BERND PERPLIES

Das geraubte Paradies

Bernd Perplies

Das geraubte Paradies

Roman

LYX
EGMONT

Originalausgabe September 2013 bei LYX
Verlegt durch EGMONT Verlagsgesellschaften mbH,
Gertrudenstr. 30–36, 50667 Köln

1. Auflage
Lektorat: Sara Riffel
Vorsatzillustration & Vignette: Max Meinzold
Satz: Greiner & Reichel, Köln
Printed in Germany (671575)
ISBN 978-3-8025-8639-2

www.egmont-lyx.de

Kapitel 1

Der Himmel hatte die Farbe von trübem Wasser angenommen. Dunkelgrau und blau, mit leichtem Grünstich, hingen die schweren Wolken über dem Land. Metallisch klingender Donner krachte in der Ferne, und verästelte Blitze züngelten am Horizont zur Erde. Auffrischender Wind fuhr durch die Kronen der Laubbäume, die sich um ihren Rastplatz erhoben, und sorgte für ein ruheloses Rauschen der Blätter.

Carya zog mit der linken Hand ihre Strickjacke vor der Brust zusammen, während sie den Blick von dem Sommergewitter abwandte, das sich in einigen Kilometern Entfernung über der flachen Landschaft entlud. Ihre Rechte, in der ein Bleistift lag, schwebte über dem Briefpapier, das sie vorgestern in einer Häuserruine unweit der Straße entdeckt hatte.

Nachdenklich blickte sie auf das leicht vergilbte Blatt, das auf einem Holztablett auf ihren Oberschenkeln ruhte. Sie war sich unsicher, ob das, was sie vorhatte, so eine gute Idee war. Andererseits hegte sie schon seit Längerem den Wunsch, ein paar Zeilen zu Papier zu bringen, und dieser Wunsch war mit dem Fund des Schreibzeugs beinahe übermächtig geworden. Und so setzte Carya, allen Bedenken des vernünftigen Teils ihres Geistes zum Trotz, den Stift an und begann zu schreiben.

Liebe Mama, lieber Papa,

ich schreibe euch diese Zeilen, auch wenn ich nicht weiß, ob sie euch jemals erreichen werden. Aber vielleicht tun sie das ja doch, und dann möchte ich, dass ihr wisst, dass es mir und Jonan und Pitlit gut geht. Ich hoffe, auch ihr seid wohlauf und sicher in Bolonara eingetroffen.

Carya hielt inne. Hatte sie schon nach wenigen Worten einen Fehler begangen, indem sie den Aufenthaltsort ihrer Eltern nannte? Wenn dieser Brief an der Grenze zur Machtsphäre von Arcadion abgefangen wurde – sofern sie ihn überhaupt jemals würde losschicken können –, wussten die Häscher des Lux Dei, vor denen sie alle nach wie vor auf der Flucht waren, wo sich Andetta und Edoardo Diodato aller Wahrscheinlichkeit nach versteckt hielten. Andererseits musste sie dem Boten ohnehin sagen, zu welchem Ziel er den Brief bringen sollte. Sie riskierte folglich so oder so etwas.

In der Ferne donnerte es erneut. Es war ein trockenes, hartes Krachen. Mit einem Windstoß wehte der Geruch von Regen herbei. Bald würde das Unwetter auch sie erreicht haben. Carya machte sich deswegen keine Gedanken. An ihrem gegenwärtigen Aufenthaltsort im Laderaum der Lastkutsche saß sie trocken und sicher vor den Elementen. Sollte es ganz schlimm kommen, konnte sie zusätzlich noch die schwere Plane schließen, die über den Metallrahmen des Laderaums gespannt war, auch wenn es dadurch zwischen all den gestapelten Kisten ungemütlich eng wurde.

Das Fahrzeug, in dessen Inneren sie saß, war einst ein Motorwagen gewesen. Er fuhr jedoch schon lange nicht mehr mit Treibstoff. Stattdessen war der komplette Antrieb ausgebaut worden, um Gewicht zu sparen, und heute zogen ihn zwei kräftige Kaltblüter durch die Lande. Gemeinsam mit fünf anderen bildete das Lastgefährt die Handelskarawane von Ibrahem Mustard, einem braun gebrannten Francianer, der von sich behauptete, bereits den ganzen Kontinent bereist zu haben.

Seit wir uns in Livorno getrennt haben, ist so viel geschehen. Eigentlich sollte ich euch wohl gar nichts davon erzählen, um uns und euch nicht zu gefährden. Andererseits liegt diese Etappe meiner Reise nun schon wieder hinter mir, sodass es wenig Schaden anrichten kann, wenn ich euch zumindest ein paar Begebenheiten schildere, zumal der Lux Dei uns ohnehin zwischenzeitlich gefunden hat – aber dazu gleich mehr.

Jonan, Pitlit und sie hatten Mustard zwei Tage nach ihrer Abreise aus Paris getroffen. Er hatte sie mit seinen sechs Fuhrwerken auf der großen Handelsstraße nach Osten eingeholt, und nach einer kurzen Unterhaltung waren sie übereingekommen, gemeinsam bis zu einem Ort namens Dijon zu reisen. Der Händler hatte ihnen dafür ihr letztes Goldstück abgeknöpft, aber das machte Carya nichts aus.

Jonan und sie hatten die Strecke in ihrem Navigator überprüft und gesehen, dass sie gut die Hälfte des Weges hinter sich hatten, wenn sie in Dijon eintrafen. Es war ein beruhigendes Gefühl, zu wissen, dass sie sich zumindest dreihundert Kilometer weit keine Gedanken darüber machen mussten, wo sie Nahrung und ein Dach überm Kopf zum Schlafen fanden, auch wenn sich ihr provisorischer Schlafplatz in einem vollen Laderaum befand. Und wenn sie die Schwarze Zone, den Ort, an dem sich Caryas Informationen zufolge die ominöse Erdenwacht verbarg, erst einmal erreicht hatten, war Geldmangel sicher ihr geringstes Problem.

Unser Ziel, als wir Livorno verlassen haben, war Francia, genauer gesagt Paris, die Stadt des Mondkaisers. Wir sind mit einem Handelsschiff bis zur Westküste von Francia gefahren, wobei Handelsschiff vielleicht das falsche Wort ist. Kapitän Denning und seine Leute sind Schmuggler, aber keine von der üblen Sorte, keine Piraten. Es war eine schöne Reise übers Meer, frei von der Sorge, dass uns die Häscher des Lux Dei aufspüren könnten. Bloß so eine nächtliche Fahrt durch die Meerenge von Gibral-Taar möchte ich nie wieder erleben. Wir hatten unglaubliches Glück, dass uns die Spaniarden nicht erwischt haben.

Um genau zu sein, waren es Glück und erstaunliches Können gewesen. Von beidem würden sie reichlich benötigen, wenn sie ihren Ausflug in die Schwarze Zone, die sich in den Bergen hoch im Norden des Einflussbereichs von Arcadion befand, überleben wollten.

Jonan hatte Pitlit und ihr erzählt, dass dort während des Sternenfalls ein Experiment schiefgegangen war. Seitdem hing ein schwarzer und, wie es hieß, tödlicher Dunst über dieser Region. Niemand, der sich dort hineingewagt hatte, war jemals wieder zurückgekehrt. So ganz mochte Carya das nicht glauben, denn immerhin hatte sie in Francia, am Hof des Mondkaisers, einige Männer kennengelernt, die auf ihr nicht ganz klare Weise mit der Erdenwacht verbunden gewesen waren. Die hatten ihre Kameraden in den Bergen doch sicher schon besucht. Es musste also einen Weg in die Zone hinein geben, der nicht zwangsläufig zum Tod führte.

Im Süden von Paris haben wir den Ort besucht, dessen Koordinaten ich in meiner Kapsel gefunden habe. Es handelte sich um einen alten Lufthafen, einen Landeplatz für Raketenflugzeuge und andere Flugmaschinen. Leider endete dort unsere Spur.

Doch dann geschah etwas, womit keiner von uns gerechnet hatte. Wir konnten beobachten, wie ein Raketenflugzeug dort landete. Ein Mann stieg aus, der sich mit einem anderen Mann traf, der mit einem Panzerfahrzeug eingetroffen war. Leider bemerkten sie uns, und auf der Flucht wurde ich von Jonan und Pitlit getrennt. Die Männer, die zum Hofstaat des Mondkaisers gehörten, erwischten mich.

Carya brach erneut ab. Sollte sie diese Geschehnisse ihren Eltern überhaupt so ausführlich beschreiben? Ihre Mutter und ihr Vater würden sich bloß Sorgen um ihre Sicherheit machen, wenn sie davon lasen. Andererseits war ihr ja nichts passiert. Botschafter Cartagena hatte den schießfreudigen Minister Justeneau davon abgehalten, sie von den Soldaten des Kaisers umbringen zu lassen. Dass er ihr in diesem Augenblick das Leben gerettet hatte, wenn auch aus egoistischen Gründen, war das einzig Gute, was sie über Cartagena sagen konnte.

Doch statt mich zu töten oder wenigstens als Gefangene einzusperren, wurde ich von Cartagena, dem Reisenden mit dem Raketenflugzeug, als Gast nach Château Lune, an den Hof des Mondkaisers, gebracht. Dort geriet ich in eine Welt, die ihr euch kaum vorstellen könnt. Die Pracht und die Größe des Hofes sind mit Worten nicht zu beschreiben. Mittlerweile schäme ich mich dafür, aber ich muss gestehen, dass ich anfangs davon verführt wurde.

Allerdings habe ich recht schnell merken müssen, dass hinter der schönen Fassade Missgunst und Intrigen herrschten. Ich erfuhr von Plänen, den Mondkaiser zu stürzen, in die auch Cartagena verwickelt war. Eine Sondergesandte des Lux Dei tauchte in Begleitung von Paladin Julion Alecander (ja, dem Julion Alecander!) im Schloss auf. Ein Mann, der mir etwas über meine Herkunft erzählen wollte, wurde ermordet.

Sie überlegte, ob sie beichten sollte, dass sie Magister Milan getötet hatte. Es mochte gegen ihren Willen und unter dem Zwang Cartagenas stehend geschehen sein, aber das änderte nichts an der Tatsache, dass Carya einen wehrlosen Mann kaltblütig im Schlaf gemeuchelt hatte. Das Schlimmste daran war, dass sie damit im

Grunde genau ihre Bestimmung erfüllt hatte. Cartagena und die Erdenwacht hatten sie als Attentäterin erschaffen, ausgebildet und konditioniert. *Nein*, entschied Carya. *Das müssen sie nicht erfahren. Nicht so.*

Draußen vor der Lastkutsche nahmen Blitz und Donner zu. Carya hörte das unruhige Schnauben der Pferde, die an einigen Bäumen angebunden waren, und irgendwo zwischen den sechs Fahrzeugen riefen Männer gegen den Wind an. Wahrscheinlich handelte es sich um Mustard und seine rechte Hand Dursema, die alle anderen dazu aufforderten, ihre Sachen in die Kutschen zu packen und die Planen zu schließen.

Eine untersetzte Gestalt tauchte neben ihrem Wagen auf. Es war Mustard. Der braun gebrannte Händler mit dem struppigen schwarzen Haar und dem erstaunlich gepflegten Bart warf ihr aus dunklen Augen einen leicht gehetzt wirkenden Blick zu. »Carya, ich muss die Plane zumachen«, sagte er. »Der Sturm wird stärker, und Regen naht.« Er sprach auf Francianisch mit ihr, aber es lag ein hörbarer Akzent in seinen Worten. Mustard bezeichnete sich selbst als Bürger der ganzen Welt, aber Carya vermutete, dass er ursprünglich aus den Wüstenstaaten südlich des Mittleren Meeres stammte.

»Kann ich irgendwie helfen?«, wollte Carya wissen.

Mustard winkte ab. »Nein, nein, ich mache das schon. Bleib sitzen. Alles ist gut.«

»Wo sind Jonan und Pitlit?«

»Ich glaube, sie räumen ihr Werkzeug weg. Sie haben zusammen mit Miral ihre Waffen gereinigt.« Bevor Carya ihn noch länger mit irgendwelchen Fragen aufhalten konnte, schlug der Händler die Plane vor.

Sofort wurde es im Laderaum der Lastkutsche deutlich dunkler und enger. Carya erhob sich, um zu der Laterne hinüberzugehen, die auf einer Metalltonne auf der anderen Seite des Laderaums stand. Sie zog ein paar Streichhölzer aus der Hosentasche und entzündete sie. Der niedrige Docht erzeugte nur eine kleine Flamme, deren Lichtkreis arg begrenzt war, aber es genügte, um den Brief beenden zu können.

Schließlich fanden mich Jonan und Pitlit wieder, was eigentlich ein Grund zur Freude gewesen wäre. Stattdessen wurde alles nur noch viel komplizierter. Jonan legte sich mit dem Sohn des Mondkaisers an, dem Prinzen Alexandre, der irgendwie ein Auge auf mich geworfen hatte. Dafür wurde Jonan eingekerkert. Als ich mich bei Botschafter Cartagena um seine Befreiung bemühen wollte, wurde plötzlich ich hintergangen und eingesperrt. Offenbar wollte sich die Versprochene Alexandres an mir rächen. Es war alles ein schreckliches Durcheinander.

Carya war sich der Tatsache bewusst, dass diese Darstellung der Ereignisse sehr oberflächlich war. Aber sie konnte ihren Eltern gewisse Details einfach nicht verraten. Beispielsweise mussten sie nicht unbedingt erfahren, dass Carya sich auf eine fatale und – wie sie im Nachhinein erfahren hatte – nicht ganz freiwillige Affäre mit dem Prinzen Alexandre eingelassen hatte. Und sie war auch noch nicht bereit, ihnen davon zu erzählen, dass Magister Milan einer ihrer Väter gewesen war, einer der Männer, die sie, Carya, geschaffen hatten.

Sie hob die linke Hand und betrachtete gedankenverloren ihre Finger. Sie sahen so echt aus. So menschlich. Und doch war sie eine Künstliche, gezeugt und gereift in einem Labor, um intriganten Männern wie Cartagena als Erfüllungsgehilfin für ihre fragwürdigen Pläne zu dienen. Sie hatte Milan für Cartagena ermordet, und beinahe hätte sie auch den Mondkaiser selbst erschossen. Glücklicherweise war ihr diese grausame Tat erspart geblieben. Es war ihr gelungen, sich gegen die Konditionierung aufzulehnen und ihren eigenen Willen zurückzuerlangen. Seitdem fühlte sie sich nicht mehr ganz so hilflos, doch das änderte nichts daran, dass sie einfach nicht fassen konnte, eine Invitro zu sein.

Der Donner draußen wurde noch lauter, und kräftige Windböen peitschten auf die Plane des Wagens ein. Carya war wirklich froh, dass sie Mustard getroffen hatten. Bei so einem Wetter wollte sie nicht mitten in der Wildnis unter einem Strauch sitzen.

Seufzend richtete sie ihre Aufmerksamkeit wieder auf das bislang Geschriebene. Sie fragte sich, wie sie den Brief abschließen sollte. *Aber am Ende wurde doch alles gut*, formulierte sie in Gedanken. *Cartagena fand seine gerechte Strafe, der Mondkaiser begnadigte uns, und Jonan und Pitlit wurden für ihren Mut sogar mit jeweils einem Beutel Silber belohnt.* Würden ihre Eltern ihr das abnehmen? Es klang beinahe zu schön, um wahr zu sein.

Vielleicht sollte sie es noch vager halten: *Doch es gelang uns, aus Château Lune zu entkommen, und nun sind wir – mit einigen Antworten, aber noch immer vielen Fragen im Gepäck – wieder unterwegs. Ich hoffe, unsere Reise dauert nicht mehr lange, und wir können uns bald wiedersehen. Ich vermisse euch sehr. Betet für uns, so wie ich für euch bete. Liebe Grüße …*

Ja, das klang doch eigentlich ganz gut. Carya setzte gerade den Stift an, um diese Gedanken zu Papier zu bringen, als ein heftiger Donnerschlag sie zusammenzucken ließ. Die Plane der Lastkutsche klatschte laut gegen den Rahmen, dann setzte ein Trommeln ein, das von plötzlichem heftigen Regen kündete. Das Unwetter war nun genau über ihnen. Hoffentlich schlug kein Blitz in ihre kleine Karawane ein.

Aus den Augenwinkeln bemerkte Carya, dass in die Plane am hinteren Ende der Ladefläche Bewegung kam. Jemand machte sich daran zu schaffen. Im nächsten Moment wurde ein Teil beiseitegeschlagen. Kalter, von Regen geschwängerter Wind fuhr ins Innere und ließ Carya frösteln.

Dann tauchte das Gesicht von Pitlit auf. Triefnass stemmte sich der Straßenjunge auf die Ladefläche, bevor er die flatternde Plane einfing und rasch wieder schloss. »Puh, was für ein Mistwetter«, schimpfte er. »Es gießt, als würde die Welt untergehen. Ich war nur einen kurzen Moment im Regen – und jetzt schau mich an.« Er sah an sich hinunter auf seine durchnässte Jacke und Hose und schüttelte sich. »Ekelhaft.«

Wie zur Antwort ertönte draußen in der Finsternis ein mehrfacher Donnerschlag. Es klang wie das höhnische Gelächter irgendeines Gewittergottes über den Wolken.

»Wo ist Jonan?«, wollte Carya wissen, während sie etwas zur Seite rückte, um Pitlit Platz zu machen.

Der Straßenjunge schob sich an ihr vorbei und zwängte sich in den vorderen Bereich der Ladefläche, wo zwischen den aufgestapelten Kisten ihre Wolldecken lagen. Er nahm eine und schlang sie sich um die schmalen Schultern. »Er sitzt in einer der Fahrerkabinen und hält dort Wache«, sagte er.

»Mustard behauptete eben gerade, ihr hättet mit Miral eure Waffen gereinigt.«

»Haben wir auch. Aber dann kam das Gewitter, und Jonan hat entschieden, seine Wache jetzt schon anzutreten statt erst in einer Stunde. Na ja, und ich bin hier rübergeflitzt.«

Carya runzelte die Stirn. Jonan hatte sich erboten, Mustards Männern dabei zu helfen, die Karawane zu beschützen. Dazu zählten auch regelmäßige Nachtwachen, eine Aufgabe, um die Carya ihn nicht beneidete. Doch er hatte erst die vorgestrige Nacht auf einsamem Posten verbracht. Eigentlich sollte er frühestens morgen wieder dran sein. Genau das sagte sie Pitlit auch.

»Ianni hat vorhin gekotzt«, erklärte dieser daraufhin. »Keine Ahnung, was mit ihm los ist. Jedenfalls geht es ihm nicht gut, und Jonan hat seine Wache übernommen.«

Der hagere, bebrillte Iannides war einer der Leute, die Mustard irgendwo auf seinen Reisen aufgelesen hatte und die ihn seitdem begleiteten. Er wirkte, schon seit Carya ihn kennengelernt hatte, kränklich. Sie fragte sich, ob er unter einer der schleichenden Krankheiten litt, die man sich einhandelte, wenn man zu lange in Todeszonen unterwegs war.

Seufzend nickte sie. »Na schön. Dann schaue ich später mal bei Jonan vorbei. Vielleicht bringe ich ihm einen Tee. Bei dem Wetter freut er sich bestimmt über jede Möglichkeit, sich aufzuwärmen.«

»Also mich kriegen keine zehn Pferde mehr vor die Tür«, verkündete Pitlit kategorisch. »Aber mach nur. Er sitzt in Mirals Lastkutsche, am linken Ende des Lagers. Du kannst ihn gar nicht verpassen.«

»Ich warte noch, bis der Regen ein wenig nachlässt«, sagte Carya und deutete auf die Plane über ihnen, von der ein Geräusch zu ihnen herunterdrang, als würden tausend riesige Ameisen darüber hinwegkrabbeln. »Außerdem will ich das hier noch fertig machen.«

Neugierig reckte Pitlit den Kopf und schielte zu dem Blatt Papier hinüber, das vor ihr lag. »Was ist das? Schreibst du etwa einen Brief?«

Carya nickte. »Ja, an meine Eltern.«

»Was soll das denn bringen?«, erkundigte sich Pitlit. »Du weißt doch gar nicht, wo sie leben.«

»Sie wollten nach Bolonara.«

»Und vielleicht sind sie nie dort angekommen. Oder schon wieder weitergereist. Genauso gut könnte ich Suri einen Brief schreiben und dem Postboten als Adresse ›Mutantensiedlung, an einem See, östlich der Berge‹ nennen.«

Unschlüssig blickte Carya auf den Briefbogen. Ihr Verstand sah ein, dass der Straßenjunge wahrscheinlich recht hatte. Vermutlich war die Vorstellung naiv, den Umschlag an der nächstbesten Herberge abzugeben und darauf zu hoffen, dass ein Bote ihre Eltern in Bolonara fand – oder wo immer sonst sie jetzt lebten. Doch irgendwie war es ihr ein Bedürfnis gewesen, ihrer Mutter und ihrem Vater zu erzählen, was sie erlebt und durchlitten hatte. Ihr Herz wollte folglich solche Einwände, so berechtigt sie auch sein mochten, nicht hören.

Carya schob den Stift in ihre Hosentasche. Dann nahm sie den Briefbogen, faltete ihn zusammen und steckte ihn ebenfalls ein. »Du bist blöd«, stellte sie fest, als sie begann, die Plane des Wagens aufzuknöpfen. Sie wollte hier raus, vielleicht zu Jonan, ganz gleich, ob vor der Tür noch das Unwetter tobte oder nicht.

»He … was?« Pitlit klang verblüfft. »Ich habe doch recht, oder nicht?«

Sie warf ihm einen Blick über die Schulter zu. »Kann schon sein.«

»Und?«

»Ich wollte es trotzdem nicht hören.« Sie wandte sich ab, nur um sich gleich wieder mit ungehaltener Miene umzudrehen. »Weißt du, manche Leute vermissen ihre Eltern. Und dann tun sie törichte Dinge, zum Beispiel Briefe schreiben, die womöglich nie ankommen werden.«

Carya hatte die Worte kaum ausgesprochen, als sie merkte, wie unangemessen heftig ihre Reaktion ausgefallen war. Und wie gemein sie sich gerade Pitlit gegenüber verhalten hatte, der als Straßenkind nie so etwas wie fürsorgliche Eltern gehabt hatte, sah man vielleicht von Ugo ab, einem Mitglied der Untergrundorganisation Ascherose in Arcadion, der ihm so etwas wie ein väterlicher Freund gewesen war – bevor der Lux Dei ihn erschossen hatte.

Sie ließ die Plane wieder sinken und sah Pitlit, dessen Miene sich verdüstert hatte, reumütig an. »Es … es tut mir leid. Das war unangebracht.«

Geräuschvoll zog der Straßenjunge die Nase hoch und nickte knapp. »Schon gut. Ich verstehe dich. Du hast in Paris so viel Mist erlebt, da muss man ja durchdrehen.«

»Ich drehe nicht durch«, stellte Carya klar, wobei ihr tadelnder Tonfall durch ein Schmunzeln gemildert wurde. Sie wandte sich um und knöpfte die Plane, durch die es kalt und feucht hereinzog, wieder zu. Vielleicht wartete sie doch besser, bis sich die Elemente draußen ein wenig beruhigt hatten.

»Ja … nein … schon klar.« Pitlit seufzte. »Am besten sage ich heute gar nix mehr. Geht doch nur schief.«

»Genau«, pflichtete ihm Carya bei. »Setz dich in eine Ecke und sei einfach ein bisschen still. Ich schreibe derweil meinen Brief fertig, der meine Eltern nie erreichen wird.« *Oder vielleicht doch*, fügte sie in Gedanken hinzu. Man konnte ja nie wissen.

Kapitel 2

Fröstelnd hockte Jonan in der zum Kutschbock umgebauten Fahrerkabine des ehemaligen Lastwagens und starrte hinaus ins Unwetter. Er hatte seine Lederjacke zugeknöpft und die Beine angezogen, um sie nicht dem Wind und dem Regen auszusetzen. Zu seinem Glück stand die Lastkutsche so, dass er sich im Windschatten befand und trotz der relativ offenen Konstruktion der Kabine vor dem Unwetter weitgehend geschützt war.

Auf seinen Knien lag quer sein Templersturmgewehr. Die klobige, schwere Waffe war eigentlich für den Einsatz mit einer passenden Templerrüstung gedacht, deren Kraftverstärkerservos ihr Gewicht erträglich machten. Bedauerlicherweise besaß Jonan seine Rüstung nicht mehr. Er hatte sie weggegeben, im Austausch für ein Navigationsgerät aus der Zeit vor dem Sternenfall, das ihnen auf ihrer Reise quer über den Kontinent den Weg weisen sollte. Bislang hatte sich der flache schwarze Navigator als enorm wertvoll erwiesen, und genau genommen wäre es auch ziemlich gefährlich gewesen, als arcadischer Templer durch ein Land wie Francia zu ziehen, das gerade erst im Begriff war, behutsame diplomatische Bande zum langjährigen Feind Arcadion zu knüpfen.

Dennoch vermisste Jonan seine Rüstung bisweilen. Er mochte bloß ein Jahr in den Reihen der Schwarzen Templer, der ebenso berühmten wie gefürchteten Garde des Tribunalpalasts, gedient haben, aber in dieser Zeit war ihm die schwere Panzerung, die zum modernsten Kriegsgerät gehörte, das der Lux Dei in diesen Tagen, Jahrzehnte nach dem Sternenfall, noch besaß, beinahe zu einer zweiten Haut geworden.

Angestrengt blickte Jonan in den Regen. Die Lastkutsche parkte am nordwestlichen Ausgang des Rastplatzes, der einst Scharen von Motorwagenfahrern als kurzer Ort des Innehaltens gedient haben mochte. Heute erinnerten bloß noch die verfallenen, leeren Ruinen eines Treibstofflagers und einer Gaststätte daran. Daneben erstreckten sich die geteerten Parkplätze, auf denen nun, in einem Kreis unweit einer Baumgruppe aufgestellt, die Lastkutschen von Mustards Karawane standen.

Von seinem Sitzplatz aus hatte Jonan einen guten Blick auf die endlose Handelsstraße, die sich, wie er dank seines Navigators wusste, von Paris kommend einmal quer durch Francia bis zum Mittleren Meer zog. Wobei »guter Blick« etwas übertrieben war. Die schweren Gewitterwolken, die sich vor die sinkende Abendsonne geschoben hatten, tauchten die Welt in trübes Dämmerlicht, und der strömende Regen machte die Sicht nicht besser.

Der Uhrzeit und den Witterungsbedingungen entsprechend, war die Handelsstraße vollständig verwaist. Kein einsamer Wanderer, kein Motorradbote und kein fahrender Händler ließ sich blicken. Jonan konnte das nachvollziehen. Jeder, der halbwegs bei klarem Verstand war, suchte sich einen Unterschlupf und blieb dort bis zum Morgen. Was gab es denn hier draußen, so tief in der Wildnis, für das es sich lohnte, durch Wind und Regen zu eilen?

Dennoch musste jemand auf diesem Kutschbock sitzen und frierend die Landschaft im Blick behalten. Genau genommen war Jonan sogar nur einer von zwei Wachposten. Am anderen Ende ihres Lagers saß Giraud, möglicherweise in Gesellschaft von Seyfried, und hielt den Blick gen Südosten gerichtet. Sie mussten vorsichtig sein. Mustards Karawane war auffällig und groß genug, um Banden auf dumme Ideen zu bringen – etwa die, spätabends im Schutze eines Unwetters einen Überfall zu unternehmen.

Jonan rutschte auf dem gepolsterten Sitz des Kutschbocks hin und her. Zum wiederholten Male hob er sein Gewehr, setzte es an die Schulter und warf einen Blick durch die Restlichtverstärkeroptik. Er musste aufpassen, dass er dabei nicht in einen der in unregelmäßigen Abständen über den Himmel zuckenden Blitze schaute. Die plötzliche Helligkeit machte sich schmerzhaft grell in der Optik bemerkbar, die den abrupten Wechsel nicht zu kompensieren vermochte.

Leider verbesserte sich seine Sicht dadurch kaum. Der heftige Regen sorgte für ein konstantes Rauschen, das wie ein Vorhang vor dem grünstichigen Falschfarbenbild hing. Mit zusammengekniffenen Augen schwenkte er den Lauf der Waffe und damit auch die Optik von links nach rechts, dem breiten, dunklen Band folgend, das die Straße markierte. Nirgendwo regte sich etwas. Zufrieden senkte er das Gewehr wieder.

Über ihm teilte ein Blitz den Himmel, und Donner krachte. Ein kalter Windhauch fuhr um die Lastkutsche herum und trieb Jonan Regen ins Gesicht. Er duckte sich etwas tiefer in den Kutschersitz und zog am Kragen seiner Lederjacke. »Verfluchtes Wetter«, murmelte er. »Warum musste Iannides ausgerechnet heute Nacht krank werden?«

Er griff nach der Trinkflasche, die neben ihm zwischen den Sitzen klemmte, schraubte den Metalldeckel ab und nahm einen Schluck vom Inhalt. Es handelte sich um Kräutertee, irgendeine Mischung, die ihm Anebell, Iannides' Frau, zum Dank dafür aufgebrüht hatte, dass er die Wache ihres Mannes übernahm. Jonan hatte keine Ahnung, wo sie die Kräuter herhatte. Irgendwie schmeckte der Tee ein wenig bitter und hätte einen Löffel Honig gut vertragen können. Doch solchen Luxus gab es hier nicht. Jonan verzog das Gesicht, nahm aber noch einen weiteren Schluck. Immerhin war der Tee warm.

In diesem Moment fiel ihm etwas am Horizont auf, wo die Handelsstraße in einer weiten Schleife über den Rücken einer flachen Hügelkette verschwand. Er blinzelte und wischte sich den Regen aus den Augen. Hatte er sich den Lichtfleck nur eingebildet?

Nein! Da war er wieder. Es waren sogar mehrere Flecken. Und sie bewegten sich so schnell, wie es nur motorisierte Fahrzeuge vermochten. Ein Adrenalinstoß jagte durch Jonans Körper, und er richtete sich auf. Konnte das eine Motorradbande sein?

Er hob das Sturmgewehr und legte das rechte Auge an das Okular der Lichtverstärkeroptik. Die Landschaft nahm erneut einen kränklichen Grünton an. Er suchte die Straße und aktivierte die Vergrößerung, um die Lichtflecken besser erkennen zu können.

In diesem Augenblick krachte ein Blitz über den Hügeln, und Jonan riss mit einem Fluchen das Nachtsichtzielfernrohr von den Augen. Helle Punkte flimmerten vor seinem rechten Auge und machten es ihm unmöglich, die Lichter, die er zuvor auf der Straße gesehen hatte, zu erkennen. Doch das änderte nichts daran, dass sich ihnen jemand näherte. Und zwar so schnell, dass er binnen weniger Minuten bei ihnen sein musste.

Jonan kam in Bewegung. Er quetschte sich an den Überresten des Rahmens vorbei, die früher die Fahrerkabine des Lastwagens gebildet hatten, und sprang mitten in eine Wasserlache, die neben der Kutsche entstanden war. Ohne darauf zu achten, rannte er, das Sturmgewehr an die Brust gedrückt, zu der großen Lastkutsche hinüber, die Ibrahem Mustard gehörte. »Mustard!«, schrie er und hämmerte mit der Faust gegen die Blechverkleidung. »Es nähert sich jemand über die Straße! Schnell! Mustard!« Regen prasselte ihm auf den Kopf, und über ihm grollte der Donner.

Von innen wurde die Laderaumtür entriegelt. Quietschend sprang sie auf, und der braun gebrannte Karawanenführer tauchte mit einer Laterne in der Hand in der Öffnung auf. »Was ist los, Estarto?«, fragte er auf Arcadisch. Mustard sprach mindestens vier Sprachen fließend, zu Jonans Glück auch seine eigene.

»Ich habe Lichter auf der Handelsstraße gesehen, Mustard. Sie kommen rasch näher.«

Alarmiert blickte Mustard über Jonan hinweg in Richtung der Straße, obwohl er die Näherkommenden von seiner Position aus gar nicht sehen konnte. »Wer ist es? Eine Motorradbande?«

»Kann ich nicht sagen«, erwiderte Jonan kopfschüttelnd. »Die Sicht ist zu schlecht.«

»Verdammt«, knurrte Mustard. Er verzog das dunkle Gesicht. »Seyfried?«, rief er über die Schulter in den Wagen hinein. »Wirf mir das Gewehr rüber. Und lauf von Kutsche zu Kutsche. Die anderen sollen sich bereithalten, falls es Ärger gibt.«

Klatschend landete das schlanke Repetiergewehr in Mustards Pranke. Dann sprang der Karawanenführer aus dem Laderaum zu Jonan in den Regen. »Schauen wir uns das mal an.«

»Was ist los?«, vernahm Jonan eine weibliche Stimme hinter seinem Rücken. Als er sich umdrehte, sah er Carya, die aus der Plane der Kutsche herausschaute, in der Jonan, Pitlit und sie schliefen.

»Wir bekommen Besuch«, informierte Jonan sie hastig.

»Besuch oder Ärger?«, mischte sich Pitlit ein, der neben Carya den Kopf aus der Kutsche steckte.

»Weiß ich nicht«, wehrte Jonan ab. »Bleibt im Wagen. Nur zur Sicherheit.«

»Vergiss es.« Der Straßenjunge zog die Plane auseinander und begann, nach draußen zu klettern.

»Pitlit, ich …«, setzte Jonan an.

»Estarto, kommen Sie«, unterbrach Mustard ihn barsch. »Wir haben keine Zeit.«

Seufzend nickte Jonan. Der Francianer hatte recht.

Seite an Seite rannten sie durch den Regen zu der Stelle, wo der Parkplatz auf die Handelsstraße hinausführte. Pitlit folgte ihnen. Hinter ihnen vernahm Jonan die volltönende Stimme des bärtigen Hünen Seyfried, der den Rest des Lagers alarmierte.

Als sie zwischen den Büschen am Rand der Einfahrt in Deckung gingen und auf die Handelsstraße hinausspähten, waren die Lichter bereits deutlich näher herangerückt. Dazu hatte sich ein dunkles Brummen, wie von starken Motoren, gesellt. Da zumindest die vorderen Lichtquellen sehr dicht und in gleichmäßigem Abstand beisammenlagen, verabschiedete sich Jonan von der Theorie, es könne sich bei den Näherkommenden um Motorradfahrer handeln. Scheinwerfer dieser Art deuteten auf Lastwagen hin, denen nicht unähnlich, die zu ihrer eigenen Karawane gehörten –, wenngleich diese längst nicht mehr durch Treibstoff, sondern mittels Pferdekraft angetrieben wurden.

»Drei oder vier Fahrzeuge«, stellte Mustard fest. In seiner Stimme schwang deutliche Anspannung mit. Er prustete und wischte sich den Regen aus den Augen. Dann hob er sein Gewehr. »Wenn das eine Bande ist, hat sie verdammt gute Ausrüstung.«

»Sollten wir nicht alle zusammenrufen?«, fragte Pitlit nervös.

»Die anderen sind bereit, keine Sorge«, beruhigte ihn der Karawanenführer. »Das wäre nicht die erste Bande, die uns zu überfallen versucht. Erfolglos, wohlgemerkt.«

Das Brummen wurde lauter, und die Lichter waren immer klarer zu erkennen. Jonan hob sein Gewehr, stellte die Restlichtverstärkeroptik auf null und blickte durch das Zielfernrohr. Drei klobige schwarze Schatten rasten die Handelsstraße entlang, und das in einer Geschwindigkeit, die bei diesem Wetter und beim Zustand der schon seit Jahrzehnten nicht mehr reparierten Straße nur als leichtsinnig bezeichnet werden konnte. Aber offenbar beherrschten die Fahrer der Gefährte ihren Job, oder die Notwendigkeit trieb den kleinen Konvoi erbarmungslos zur Eile.

»Ich glaube nicht, dass das eine Bande ist«, murmelte Jonan, das Auge nach wie vor ans Okular des Zielfernrohrs gepresst.

»Sondern?«, fragte Pitlit.

Jonan regelte die Restlichtverstärkung ein paar Grad nach oben, und nun erkannte er auch, was er zuvor nur erahnt hatte. Auf dem Dach des ersten Motorwagens, eines bulligen Fahrzeugs mit großen Reifen, saß ein kreisförmiger Wulst, aus dem der Lauf eines Maschinengewehrs ragte. Er kannte diese Bauweise. »Soldaten aus Château Lune«, sagte er und blickte zu Mustard und Pitlit hinüber. »Ich will verdammt sein, wenn das keine Wagen der Leibgarde des Mondkaisers sind.«

»Wie bitte?« Der Karawanenführer riss die Augen auf. »Da soll mich doch …«

Ihnen blieb keine Zeit für weitere Worte. Im nächsten Moment waren die Wagen heran. Das Licht ihrer starken Scheinwerfer glitt über die Büsche hinweg, zwischen denen Jonan, Pitlit und Mustard kauerten. Bis zum etwas zurückgesetzten Parkplatz reichten sie nicht. Das war allerdings auch nicht nötig. So dunkel, dass man von der Straße aus die sechs kreisförmig aufgestellten Lastkutschen nicht hätte sehen können, war es trotz Abenddämmerung und Unwetter nicht.

Dennoch verhielten sich die Insassen der drei Fahrzeuge anders, als Jonan erwartet hatte. Statt die Gelegenheit zu nutzen, in der Einöde auf Menschen zu treffen, die ihnen vielleicht Treibstoff und Lebensmittel verkaufen – oder zumindest eine heiße Tasse Tee anbieten – konnten, ließen die Militärs die Karawane völlig unbeachtet. In halsbrecherischem Tempo rasten sie an ihnen vorbei. Einen

Augenblick lang konnte Jonan die drei Wagen genau erkennen. Es handelte sich um einen gepanzerten Transporter, ein Diplomatenfahrzeug und einen weiteren Transporter, wahrscheinlich zur Eskorte. Wimpel flatterten im Fahrtwind, und die silberne Mondsichel auf einem dunkleren, kreisrunden Hintergrund, das Emblem des Mondkaisers, glänzte auf den nassen Türen der Wagen. Die Insassen waren nicht richtig zu sehen. Dafür war es zu dunkel.

Gleich darauf waren sie vorbei und rasten weiter die Handelsstraße hinunter, in Richtung Südosten. *In Richtung Arcadion*, ging es Jonan durch den Kopf.

»Was bei allen Sandteufeln treibt die Garde des Mondkaisers zu dieser Stunde hier in der Wildnis?«, beschwerte sich Mustard lautstark.

»Das wüsste ich auch gerne«, antwortete Jonan düster.

Er musste an das Bündnis denken, das der Orden des Lux Dei und der Mondkaiser zu schließen im Begriff gewesen waren, während Carya, Pitlit und er in Paris geweilt hatten. Wenn er es richtig verstanden hatte, ging es der Allianz darum, sich gegen den Ketzerkönig von Austrogermania zu stellen.

Es handelte sich also um eine Glaubensfrage, was Jonan im Fall der fanatischen Herrscher Arcadions gut verstehen konnte, im Fall des doch sehr pragmatisch wirkenden Mondkaisers allerdings nicht so ganz. Der Mann hinter der silbernen Gesichtsmaske galt gemeinhin als dekadenter Herrscher, der auf Kosten seines Volkes ein Leben im Überfluss führte. Doch in dem einen Gespräch, das Jonan mit ihm unter vier Augen hatte führen dürfen, war bei ihm der Eindruck entstanden, dass der Mondkaiser sehr viel ernster und aufrichtiger war, als man denken mochte, und dass sein Gebaren bei Hofe eher der Notwendigkeit geschuldet war, seine Position im Intrigensumpf von Château Lune zu halten, als dass es seiner innersten Überzeugung entsprochen hätte.

Und dann hatte Jonan bei ihrer Abreise auch noch einen kurzen Blick auf den unmaskierten Mann erhascht. Er hatte eine bemerkenswerte Ähnlichkeit mit Enzo und Luceno besessen, den beiden Invitro-Soldaten. Wenn das kein erstaunlicher Zufall war, ließ sich daraus eigentlich nur schließen, dass auch der Mondkaiser in Wahrheit ein Invitro war, der seine Künstlichkeit ironischerweise hinter einem falschen Gesicht aus Silber verbarg – und dass es offenbar Zuchtreihen gab, bei denen Invitros gleicher Art entstanden, etwas, das Jonan bislang unbekannt gewesen war.

Doch wenn der Mondkaiser wirklich einem Tank entstiegen war, statt auf natürlichem Wege geboren worden zu sein, stellte sich die Frage doppelt, weswegen er sich mit dem Lux Dei verbünden wollte, dessen unerbittliche Haltung zur Invitro-Frage weithin bekannt war. Vielleicht hegte der Mondkaiser irgendeinen Groll gegen den Ketzerkönig, der so stark war, dass er den Feind seines Feindes als Freund – oder zumindest Alliierten – zu akzeptieren bereit war.

Durch den Tod der Sondergesandten Neve Arida waren die schon praktisch abgeschlossenen Verhandlungen jedenfalls ins Stocken geraten. Dass Arida zugleich eine Attentäterin gewesen war, von Großinquisitor Aidalon geschickt, um Carya umzubringen und Jonan zurück nach Arcadion zu verschleppen, hatte dabei zweifellos eine untergeordnete Rolle gespielt. Immerhin hatte sich Arida, wenn Jonan Caryas Schilderung des Vormittags vor einer Woche, als alles aus dem Ruder gelaufen war, recht verstanden hatte, als eine der wenigen treuen Verbündeten des Mondkaisers erwiesen, während gleich zwei seiner Minister und engsten Berater ihn hatten stürzen wollen. Gut, Aridas Loyalität war ein wenig dem Zufall entsprungen, denn Carya umzubringen, die zu dem Zeitpunkt unter dem Bann des Verräters Cartagena gestanden hatte, hätte praktischerweise auch bedeutet, dem Mondkaiser das Leben zu retten.

Zu Jonans großer Erleichterung war es nicht dazu gekommen. Carya hatte sich selbst aus dem Bann befreit, den Mondkaiser verschont und die Attentäterin – sozusagen in Notwehr – getötet. Noch am gleichen Tag hatte die Delegation aus Arcadion, nun unter der Leitung des Paladins Julion Alecander, Château Lune verlassen. Dass in den wenigen Stunden dazwischen noch ein Bündnisvertrag unterzeichnet worden war, bezweifelte Jonan.

War diese Hetzjagd der drei kaiserlichen Wagen durch Nacht und Sturm nun also ein Zeichen, dass der Herrscher von Francia es eilig hatte, diesen Missstand zu beheben? Oder ging es um etwas völlig anderes, eine Mission, deren Zweck und Hintergründe Jonan nicht kennen konnte? Er fluchte leise. Aus irgendeinem Grund war ihm dieser Gedanke noch unliebsamer als der, dass es wirklich zum Bündnis zwischen Arcadion und Francia kam. Er vermochte sich nicht zu erklären, warum. Er hatte einfach ein mieses Gefühl bei der Sache.

»Alles in Ordnung?«, fragte Mustard nun schon etwas ruhiger.

»Ja«, antwortete Jonan. Dann schüttelte er den Kopf. »Nein, vermutlich nicht. Diese Geschichte gefällt mir nicht.« Er deutete die verregnete Straße hinunter, auf der die drei dunklen Umrisse der Fahrzeuge schnell kleiner wurden.

»Nun ja.« Der Karawanenführer stand auf und schulterte sein Gewehr. »Für mich zählt nur, dass sie keine Gefahr für uns darstellen, und das ist wohl der Fall. Ich werde jetzt also in meine Kutsche zurückkehren und dort eine Tasse Tee mit Rum trinken – um mich aufzuwärmen und um diesen Spuk zu vergessen. Melde dich, wenn sie umdrehen sollten. Oder wenn etwas anderes Ungewöhnliches geschieht.«

»Natürlich«, versicherte Jonan ihm und erhob sich ebenfalls aus dem Gebüsch. Pitlit tat es ihm gleich. Der Junge erschauerte im kühlen Regen.

»Lauf zu Carya«, empfahl ihm Jonan, während Mustard bereits zurück zum Lager stapfte, »und erzähl ihr, was passiert ist. Das wird sie sicher auch interessieren.«

»Geht klar.« Pitlit schob sich mit der Hand eine nasse Haarsträhne aus der Stirn. »Echt blöd, dass die Burschen nicht angehalten haben«, meinte er dann. »Ich hätte gerne gewusst, in welcher Mission sie unterwegs sind.«

Jonan nickte. »Geht mir genauso, Pitlit. Das kannst du mir glauben.«

Kapitel 3

Am nächsten Morgen war das Unwetter weitergezogen. Die Luft war nach wie vor frisch, der Asphalt glänzte nass, und in den Büschen am Straßenrand hingen Wassertropfen. Doch der Himmel hatte bereits merklich aufgeklart, und die aufgehende Sonne versprach einen weiteren heißen Tag.

Nach einem spartanischen Frühstück setzte sich die Karawane wieder in Bewegung. Carya fuhr mit Jonan und Pitlit auf dem letzten Wagen mit, dem, der Dursema gehörte. Der wortkarge Albioner hatte keinen Einspruch erhoben, als Mustard ihm die drei Gäste aufgebürdet hatte. Stattdessen hatte er ihnen bloß einen Platz hinten in seiner Lastkutsche zugewiesen, wo sie nachts schlafen und tagsüber sitzen konnten.

Genau das taten sie im Augenblick – zumindest Carya und Jonan. Der Straßenjunge hatte sich, wenn Carya es richtig mitbekommen hatte, nach vorne in die Kutschkabine zu Dursema gesellt, um die Nerven des Albioners durch den Versuch zu strapazieren, ihm irgendwelche Abenteuergeschichten über seine Reisen aus der raubvogelartigen Hakennase zu ziehen.

Carya lehnte unterdessen an einer hölzernen Transportkiste, über die sie ihre Wolldecke geworfen hatte, damit sich das Sitzen zumindest ein bisschen bequemer gestaltete. Sie hatte die Beine angewinkelt und die Arme um die Knie geschlungen. Mit der rechten

Hand spielte sie gedankenverloren an dem silbernen Schlüssel zur Kapsel ihres abgestürzten Raketenflugzeugs herum, den sie als Erinnerungsstück noch immer um den Hals trug. Ihr Blick ruhte auf der breiten Handelsstraße, die sich wie ein grau erstarrter Fluss durch die braungrüne Wildnis zog und hinter ihrem Wagen Meter um Meter länger wurde.

Jonan, der an ihrer Seite saß, hatte den Navigator aus seinem Beutel geholt. Er tippte darauf herum und brummte dabei leise vor sich hin. Schließlich siegte Caryas Neugierde über die Trägheit, die durch das lange Starren hinaus auf die Straße von ihr Besitz ergriffen hatte, und sie drehte den Kopf, um Jonan anzuschauen. »Was machst du da?«, fragte sie.

»Ich versuche auszurechnen, wie bald es zum Krieg kommen könnte, wenn die drei Wagen gestern Nacht wirklich Botschafter des Mondkaisers waren, die auf dem Weg nach Arcadion sind, um das Bündnis zu schließen, das auf Château Lune wegen Cartagena und seinen Mitverschwörern gescheitert ist.«

Carya ließ den Anhänger in den Ausschnitt ihrer Bluse zurückgleiten und rutschte dichter an Jonan heran. Sie legte ihre Hände auf seine Schulter und stützte ihr Kinn darauf, um einen Blick auf den kleinen, rechteckigen Bildschirm des Geräts werfen zu können. »Und?«, fragte sie, als sie bloß eine winzige Karte von Francia erkennen konnte, durch die mehrere farbige Linien verliefen.

Jonan verlagerte sein Gewicht ein wenig und hielt ihr den Navigator entgegen. Mit dem Finger fuhr er über die farbigen Linien. »Von Paris nach Arcadion sind es ungefähr tausendfünfhundert Kilometer. Wenn der Konvoi weiter in so scharfem Tempo gefahren ist – und wenn sie genug Treibstoff dabeihaben –, könnten sie heute am späten Abend oder morgen in aller Frühe dort sein.«

»Dann ist das Bündnis aber noch nicht geschlossen«, gab Carya zu bedenken. »Wer weiß, wie der Lux Dei auf den Tod von Neve

Arida reagiert. Vielleicht ist der Rat so wütend, dass alte Feindseligkeiten wieder hervorbrechen. Immerhin kommt es, schon solange ich denken kann, an den Grenzen zu Auseinandersetzungen mit Francia.«

Jonan schüttelte den Kopf. »Ich würde dem Tod der Sondergesandten nicht zu viel Gewicht beimessen. Sicher werden sie ihn scharf verurteilen. Aber du darfst nicht vergessen, dass Arida offiziell bei dem Versuch gestorben ist, den Mondkaiser zu retten, dem eine Gruppe Verschwörer, die gegen diese Allianz war, nach dem Leben trachtete. Dazu kommt, dass *du* sie umgebracht hast. Wenn Großinquisitor Aidalon bei alldem ein Wörtchen mitzureden hat, wird er bestimmt lautstark hervorheben, dass die elende Rebellin Carya Diodato, die schon in Arcadion für Unruhe gesorgt hat, nun auch noch versucht, den Frieden mit Francia zu untergraben.«

»Oje, jetzt, wo du es sagst …« Carya spürte, dass sich ihr bei dem Gedanken, wie die Inquisition einmal mehr die Wahrheit nach ihrem Belieben verdrehen würde, die Eingeweide verkrampften. Andererseits konnte sie Aidalon in diesem speziellen Fall kaum Vorwürfe machen. Dass sie unter dem Bann von Cartagena gestanden hatte, als sie den Anschlag auf den Kaiser verübt hatte, bei dem Arida zu Tode gekommen war, konnte er nicht wissen. Die Existenz der Erdenwacht war ein gut gehütetes Geheimnis, und dass Carya eine von dieser ominösen Gruppierung programmierte Attentäterin war, dürften außer Jonan, Pitlit und ihr nur eine Handvoll Leute wissen – in Arcadion wahrscheinlich lediglich Paladin Julion Alecander, und der würde schweigen, um seine eigene heimliche Mitgliedschaft in der Erdenwacht nicht zu gefährden.

»Womöglich«, fuhr Jonan fort, »wird deine Rolle bei diesen Ereignissen die Bündnisverhandlungen sogar noch beschleunigen, denn solange Invitro-Mörderinnen und Ketzerkönige alle wahren

Kinder des Lichts Gottes bedrohen, muss man zusammenstehen und Seite an Seite kämpfen. Oder so ähnlich. Du kennst die Propaganda ja.«

»So gut wie du«, erwiderte Carya nickend.

Jonan wandte seine Aufmerksamkeit wieder dem Navigator in seinen Händen zu. »Also nehmen wir an, sie brauchen noch zwei Tage, um die letzten Einzelheiten ihres Vertrags und des weiteren Vorgehens zu besprechen. Viel kann es ja nicht mehr sein, da die Verhandlungen, wenn ich dich richtig verstanden habe, in Château Lune schon weit fortgeschritten waren.«

»So klang es wenigstens, als sich Cartagena und Ministerin Factice unterhalten haben«, bestätigte Carya. Sie hatte die Unterhaltung, versteckt unter dem Bett in Cartagenas Schlafzimmer, mitverfolgt, was zwar ihren Blick auf die Sprechenden, nicht aber ihr Hörvermögen eingeschränkt hatte.

»Nun gut, gehen wir von höchstens zwei Tagen aus«, sagte Jonan. »Danach muss die Delegation zurückkehren, um alles Weitere in die Wege zu leiten. Das dauert noch einmal zwei bis drei Tage, sofern sie mit ihren Motorwagen problemlos durchkommen. Anschließend werden beide Parteien ihre Truppen mobilisieren. Ich nehme an, dass dafür höchstens eine Woche angesetzt wurde.«

»Eine Woche kommt mir recht lang vor«, warf Carya ein. »In Arcadion sind die Soldaten doch ständig einsatzbereit, und der Mondkaiser hatte eine riesige Kaserne vor dem Schloss.«

Jonan schüttelte den Kopf. »Die Kampfkraft des Mondkaisers kann ich nur schwer einschätzen. Allerdings magst du recht haben, dass er eine große Menge Soldaten ständig unter Waffen hat – auch weil sein Reich größer ist als der Einflussbereich des Lux Dei und er praktisch alleine regieren muss. Aber die Truppenstärke in Arcadion darfst du nicht überschätzen. Sie genügt, um die Stadt zu kontrollieren und Angriffe von Banden oder Mutantengruppen zurückzuschlagen. Doch vor einem richtigen Kriegszug müssten mehr Männer eingezogen werden.«

Er tippte auf dem Bildschirm des Navigators herum und veränderte die Perspektive. Der gebirgige Norden der Machtsphäre des Lux Dei rückte ins Zentrum. »Es gibt jedoch schon recht viele Soldaten, die in Bereitschaft sind«, fuhr er fort. »Und zwar hier und hier, an den Grenzen zu Francia und an den südöstlichen Ausläufern von Austrogermania, wo wir seit Jahren kleinere und größere Kämpfe ausfechten.«

»Und was heißt das?«, wollte Carya wissen.

»Nun ja, wenn sich der Mondkaiser und der Lux Dei einigen, könnte eine Delegation beider auf dem Rückweg nach Paris die Einheiten, die ohnehin schon an der Grenze von Francia stehen, zusammenführen und in Richtung Norden schicken, um als erste Welle den Süden von Austrogermania anzugreifen. Alle übrigen Truppen könnten dann eine Woche später nachrücken. Die Einheiten, die Arcadions Südostgrenze nach Austrogermania bewachen, müssen natürlich vor Ort bleiben, um uns vor einem Gegenangriff zu schützen, auch wenn wir hier bereits einen gewissen Schutz durch die Berge haben. Soweit ich weiß, gibt es kaum noch Pässe, die für schweres Gerät befahrbar sind.«

»Alles in allem willst du mir also sagen, dass schon in zwei Wochen ein Krieg ausbrechen könnte«, fasste Carya Jonans bisherige Ausführungen zusammen.

Er nickte düster. »Wenn sie es wirklich drauf anlegen, ja. Vielleicht auch schon etwas früher. Doch das ist nicht einmal unser persönliches Hauptproblem.«

»Es wird noch schlimmer?«

»Möglicherweise. Schau, wir befinden uns auf dieser Handelsstraße.« Jonan fuhr mit dem Finger eine geschwungene orangefarbene Linie nach, die von Paris zum Mittleren Meer hin verlief.

»Hier ist Dijon, von dort müssen wir weiter nach Süden in Richtung Mâcon und dann nach Osten zu den Bergen, in die Schwarze Zone. Du siehst, wie nah wir dabei der Grenze kommen.«

Allmählich begriff Carya, worauf er hinauswollte. »Dem Gebiet, wo sich all die arcadischen und francianischen Soldaten aufhalten.«

»Genau. Also, wenn wir Pech haben …«

»… wandern wir genau in die nach Norden ziehenden Truppen hinein«, vollendete sie seinen Satz.

»In die nach Norden ziehenden *arcadischen* Truppen«, verbesserte Jonan in vielsagendem Tonfall.

Ihre Blicke kreuzten sich. Erinnerungen an eine Stadt voller Steckbriefe stiegen in Carya auf. Sie wussten nicht, wie gut die Frontsoldaten über die Geschehnisse, die sich vor ein paar Wochen in Arcadion zugetragen hatten, unterrichtet waren. Dennoch mussten sie höllisch aufpassen, sobald sie diese Gegend im Südosten von Francia erreichten. Wenn sie einer arcadischen Einheit in die Hände fielen, mochte es gut sein, dass sie als Verräter erkannt wurden. Und wenn man sie nicht gleich vor Ort erschoss, brachte man sie womöglich nach Arcadion zurück, um sie der Inquisition zu übergeben. Dass ihre Suche nach der Erdenwacht damit vorbei war, würde in diesem Fall ihr geringstes Problem sein. Dieser Gedanke war alles andere als erfreulich.

Sie seufzte. »Ich frage mich ernsthaft, wer recht und wer unrecht hatte in dieser Angelegenheit.«

Jonan hob die Brauen. »Wie meinst du das?«

Carya zog die Beine wieder an den Körper und lehnte sich zurück an die Wolldecke, die über der Kiste in ihrem Rücken hing. Sie zuckte mit den Schultern. »Na, Cartagena oder der Mondkaiser. Wer von ihnen hatte die redlicheren, wer die schändlicheren Motive? Cartagena nicht zu mögen fiel mir leicht, weil er die ganze Zeit versucht hat, mich zu manipulieren. Andererseits war sein Ziel doch letztlich bloß, diese Allianz, die alle Länder in einen furchtbaren Krieg stürzen wird, zu verhindern. Und warum ziehen Arcadion und Francia gegen Austrogermania? Weil sie den Ketzerkönig hassen. Ist es also nicht eigentlich so, dass der Mondkaiser und seine Verbündeten die Bösen sind? So hat Ministerin Factice es jedenfalls gesehen – und ich halte sie für eine Frau mit edlen Prinzipien, auch wenn sie eine Verschwörerin gegen die Kaiserkrone war.«

»Wie könnten wir sie auch verurteilen?«, antwortete Jonan. »Wir sind selbst Verschwörer, bloß gegen die Herren von Arcadion.« Er fuhr sich ratlos durchs braune Haar, das mit jedem Tag in der Fremde länger wurde, sodass aus dem einst linientreuen Militär mehr und mehr auch äußerlich ein Rebell wurde. »Ich fürchte, ich habe keine Antwort für dich. So, wie du es beschreibst, magst du recht haben. In dem Fall wären wir mit schuld daran, dass dieser Krieg ausbricht, denn wir haben den Mondkaiser nicht getötet, als wir die Gelegenheit dazu hatten.«

Er sagte aus Solidarität *wir,* aber Carya war sich im Klaren darüber, dass nur sie allein diese Schuld traf, wenn irgendwann jemandem die Schuld gegeben werden musste. Ihre Waffe war bereits auf den Kopf des Mannes mit der Silbermaske gerichtet gewesen. Sie hatte sogar abgedrückt, aber unter enormer Willensanstrengung in letzter Sekunde den Lauf die wenigen Zentimeter zur Seite gezogen, die nötig waren, um ihr Ziel zu verfehlen.

Vielleicht hätte sie gegen Cartagenas Bann nicht ankämpfen sollen. Tatsächlich hatte sie vor allem aus Trotz und aus Wut auf den Botschafter der Erdenwacht so gehandelt. Womöglich hatte sie dabei ihre eigenen Bedürfnisse über das Leben zahlloser Menschen gestellt, die in den nächsten Wochen zu Tode kommen würden.

»Aber mein Gefühl sagt mir, dass die Wahrheit nicht so einfach ist«, unterbrach Jonan ihre Zweifel. »Ich habe sowohl den Kaiser persönlich gesprochen als auch Paladin Julion Alecander, der immerhin zur Gruppe der Unterhändler gehörte. Keinen von beiden halte ich für einen Fanatiker. Genau genommen dürfte der Paladin der aufrechteste Mann sein, den man im Führungszirkel von Arcadion finden kann. Dass er trotz seiner geheimen Verbindung zur Erdenwacht Cartagena am Ende getötet hat, spricht dafür, dass dieser wirklich einigen Dreck am Stecken hatte. Und obwohl es der Kaiser hinter seiner Maske verbirgt, scheint auch er mir jemand zu sein, der mit Bedacht handelt und nicht aus blindem Eifer, wie etwa Großinquisitor Aidalon.«

Er schüttelte grimmig den Kopf. »Es bringt nichts, sich wegen dem, was passiert ist, und dem, was jetzt kommen wird, verrückt zu machen. Wir können es nicht mehr ändern. Vielleicht konnten wir es nie. Dazu haben Leute wie Cartagena und Neve Arida ihr Netz auf Château Lune viel zu gut um uns gewoben.«

Carya presste die Lippen zusammen. »Sich nicht den Kopf zu zerbrechen ist leichter gesagt als getan«, erwiderte sie, und eine leichte Anklage lag in ihrer Stimme.

»Ich weiß«, antwortete Jonan. Seine Züge wurden etwas weicher. Er schaltete den Navigator aus und verstaute ihn in seinem Beutel. Dann streckte er einladend einen Arm aus. »Komm her.«

Sie rückte wieder neben ihn, und er schlang die Arme um sie, hielt sie fest, tröstend und beschützend zugleich. »Und trotzdem sollten wir uns nicht um Entwicklungen scheren, die außerhalb unserer Möglichkeiten zur Einflussnahme liegen. Für uns gibt es Dinge, die wichtiger sind, unmittelbarer.«

»Die Schwarze Zone«, murmelte Carya.

»Überleben«, sagte Jonan.

Der Tag zog sich dahin, ebenso wie die Landschaft, durch die sie fuhren. Francia schien eine einzige sanft hügelige Einöde zu sein, die von einem braungrünen Gräsermeer überzogen war. Buschwerk und kleinere Baumgruppen verteilten sich wie lose ausgestreut übers Land, und gelegentlich waren die Dächer von Dörfern in der Ferne zu sehen. Mustard machte sich nicht einmal die Mühe, ihre Karawane dorthin umzuleiten. Die Erfahrung hatte sie alle gelehrt, dass es seit den Dunklen Jahren außerhalb der großen Städte kein menschliches Leben mehr gab. Zumindest keins, dem man freiwillig begegnen wollte.

Gegen Nachmittag wurde das Gelände unübersichtlicher. Grüne Erdwälle tauchten links und rechts neben der Handelsstraße auf, die obendrein von Reihen dicht beieinanderstehender Bäume gekrönt wurden, sodass man das Land dahinter kaum noch zu sehen vermochte. Mustard schickte Jonan und einen kraushaarigen Mann, dessen Namen Carya nicht kannte, die Wälle hinauf, um die Lage vor der Karawane auszukundschaften. Offenbar befürchtete er, eine Bande Wegelagerer könnte sich die Umgebung zunutze machen.

Eine halbe Stunde später entdeckten sie tatsächlich etwas, allerdings mitten auf der Straße. Von vorne erklang ein Ruf, der nach hinten weitergegeben wurde, und die Karawane kam zum Stehen.

Carya, die zuletzt mit Pitlit neben den Lastkutschen hergelaufen war, um sich die Beine zu vertreten, reckte besorgt den Hals. »Was ist denn da los?«

»Finden wir es heraus«, schlug der Straßenjunge vor und verfiel in einen leichten Trab, um an den Fahrzeugen vorbei den Kopf der Karawane zu erreichen. Carya folgte ihm. Auch andere Mitglieder von Mustards Reisegesellschaft warfen neugierige Blicke nach vorn, und als Carya an Seyfrieds Kutsche vorbeilief, sah sie, dass der bärtige Hüne ein Gewehr mit einem langen Lauf hervorgeholt hatte.

Vor ihnen sprang Mustard aus der Kutschkabine seines umgebauten Lastwagens. Auch er hatte ein Gewehr in der Hand. Der kraushaarige Mann kam vom linken Erdwall hinuntergelaufen und schloss sich ihm an. Jonan blieb, seine Templerwaffe im Anschlag, auf dem rechten stehen und ließ den Blick langsam über die Umgebung schweifen.

»Igitt, was ist denn hier passiert?«, entfuhr es Pitlit, als Carya und er den Grund für ihr Anhalten erblickten.

Auf der Straße lagen mehrere gefällte Baumstämme. Es schien, als hätten sie ursprünglich eine Art Barriere gebildet, doch jemand hatte sie auseinandergeschoben, sodass Fahrzeuge wieder passieren konnten. Zuvor jedoch war der Unbekannte offenbar in den vorbereiteten Hinterhalt geraten, zu dem die Baumstämme gehört hatten. Vier leblose Körper lagen verkrümmt zu beiden Seiten der behelfsmäßigen Sperre. Sie hatten zerlumpte Kleider an und trugen weder Waffen noch Stiefel. Ihre Gesichter waren mit Erde beschmiert, und Carya fiel auf, dass sie Zweige mit frischem Blattwerk an Jacken und Westen befestigt hatten.

Und noch etwas war bei näherem Hinschauen unübersehbar: Alle wirkten, als wären sie von Kugeln regelrecht durchsiebt worden. Einem der Männer fehlte der halbe Schädel, ein anderer sah aus, als hätte ihn ein schweres Fahrzeug überrollt, denn sein Unterleib erschien auf bizarre Weise platt gedrückt. Rasch wandte Carya den Blick ab. Natürlich war es zu spät. Das grauenvolle Bild hatte sich in einem Sekundenbruchteil in ihren Geist gebrannt.

Einen Moment lang spürte sie, wie Übelkeit in ihr aufstieg. Sie wünschte sich, dass die Programmierung der Erdenwacht auch in Augenblicken wie diesen greifen und sie jeder inneren Beteiligung berauben würde, so wie es geschah, wenn sie zur Attentäterin wurde und, ohne zu zögern, zu töten vermochte. Leider konnte man diese Gabe, die zugleich ein Fluch war, nicht einfach so herbeirufen – zumindest war Carya dazu nicht imstande. Cartagena hatte es irgendwie gekonnt.

Dennoch gelang es ihr, den Anfall von Unwohlsein abzuschütteln, indem sie ein paarmal tief ein- und ausatmete und dabei bewusst an nichts dachte. Der kraushaarige Mann neben ihr hatte weniger Erfolg. Mit einem würgenden Geräusch wandte er sich ab und übergab sich hinter den Baumstämmen.

»Diese armen Irren haben sich übernommen«, brummte Mustard auf Francianisch. »Ihre Gier war groß, doch ihr Feind zu mächtig.«

»Wie meinen Sie das?«, fragte Carya.

Der Karawanenführer hob etwas vom Boden auf, das silbern glänzte. Aus Höflichkeit gegenüber Pitlit wechselte er ins Arcadische. »Das hier sind Gewehrhülsen aus Stahl. Ein großes Kaliber. Kein Wegelagerer verwendet so etwas. Die stammen aus den Arsenalen des Mondkaisers.«

Als der Junge das hörte, wurde er ganz aufgeregt. »Glauben Sie, der Konvoi, den wir gestern Nacht gesehen haben, hat hier gekämpft?«

Mustard nickte. »Das glaube ich in der Tat. Und wie es aussieht, wurden die Angreifer spektakulär in die Flucht geschlagen. Sie sind so schnell abgehauen, dass sie sogar ihre toten Kameraden zurückgelassen haben.«

Carya runzelte die Stirn. Irgendetwas an dieser Aussage ergab keinen Sinn. Wenn die verbliebenen Wegelagerer so überstürzt das Weite gesucht hatten, wieso fehlten den Toten dann die Waffen und Stiefel? Die Militärs hatten sie bestimmt nicht mitgenommen. Hatte sich also jemand bedient, der später hier vorbeigekommen war? Oder waren die Wegelagerer zurückgekehrt, um ihren gefallenen Kameraden alles Wertvolle abzunehmen? In dem Fall stellte sich allerdings die Frage, warum sie die Leichen nicht mitgenommen hatten, um sie zu bestatten. Gab es denn überhaupt kein Gefühl für Anstand hier draußen? Oder …

Am hinteren Ende der Karawane löste sich ein Pistolenschuss.

»Eine Falle!«, schrie Carya.

Am Rand der Straße kam plötzlich Bewegung ins Buschwerk unter den Bäumen. Etwa ein halbes Dutzend Vermummte sprangen auf die Straße und rannten mit heiserem Brüllen, lange Messer schwingend, auf die Kutschen zu. »Wir müssen hier weg«, rief Giraud. Der spindeldürre Francianer hielt anstelle von Mustard die Zügel der ersten Lastkutsche in den Händen. Nervös sah er sich um.

»Verteidigt die Karawane!«, befahl Seyfried vom zweiten Kutschbock aus. Eine Sekunde später krachte sein Gewehr, und einer der Angreifer wurde zu Boden gerissen. Weitere Schüsse peitschten, doch nicht alle stammten von den Händlern, wie Carya mit Entsetzen feststellte, als der kraushaarige Mann, der sich eben übergeben hatte, mit einem Gurgeln stolperte und zwischen den herumliegenden Baumstämmen umkippte.

Ein Geräusch erkannte Carya hingegen auf der Stelle: das charakteristische Hämmern von Jonans Templersturmgewehr. Während sie noch mit Pitlit am Straßenrand nach Deckung suchte und überlegte, was sie als Unbewaffnete tun konnte, um Mustard und seinen Leuten zu helfen, sah sie, wie Jonan den Lauf seines Gewehrs hin- und herschwenkte. Er hatte sich zwischen die Sträucher gekniet. Auf seiner Miene lag grimmige Konzentration. Kurze Feuerstöße schlugen aus der Mündung der übergroßen Waffe in seinen Händen.

Er war so beschäftigt, dass er gar nicht bemerkte, wie in seinem Rücken auf einmal ein Busch lebendig wurde. Ein weiterer Wegelagerer, braun gekleidet und fast vollständig von Laub bedeckt, erhob sich einem Naturgeist gleich aus dem Gestrüpp, in der Hand eine matt schimmernde Klinge.

»Jonan!«, schrie Carya. »Hinter dir!« Ihr Ruf ging im allgemeinen Durcheinander unter.

»Hab ihn«, verkündete Pitlit neben ihr triumphierend. Als sie den Blick senkte, fiel er auf den großen, silbernen Revolver, den der Junge bei sich trug, seit die junge Ausgestoßene Suri ihm die Waffe vor vielen Wochen vor ihrer Abreise aus dem Dorf der Mutanten geschenkt hatte.

»Nein!«, versuchte Carya ihn aufzuhalten, aus Angst, er könne bei seinem Versuch, Jonan zu helfen, diesen womöglich lebensgefährlich verletzen.

Aber sie war zu langsam. Ohrenbetäubend laut knallte der Schuss, und der Lauf des Revolvers ruckte nach oben, weil die Waffe eigentlich viel zu schwer für ihren jungen Besitzer war.

Er traf weder Jonan noch seinen Angreifer. Stattdessen peitschte die Kugel ins Gebüsch und zerfetzte auf ihrem Weg bloß einige Zweige. Das genügte jedoch, um Jonans Aufmerksamkeit zu erregen. Sein Kopf fuhr herum und suchte nach der neuen Bedrohung.

Diesen Moment wählte sein Gegner, um zuzuschlagen!

Kapitel 4

Blitzschnell fuhr die matt schimmernde Klinge auf Jonan herab. In letzter Sekunde gelang es ihm, sein Gewehr hochzureißen und das lange Messer mit dem Lauf abzufangen. Klirrend schlug es dagegen und glitt daran hinunter, bevor es am Schaft hängen blieb.

Jonan nutzte die Gunst des Augenblicks und drehte das Gewehr, um seinem Angreifer das Messer aus der Hand zu hebeln. Der vollkommen in braune Lumpen und grünes Blattwerk gehüllte Mann grunzte unwillig und zog die Waffe rasch zurück.

Sofort setzte Jonan nach, schlug mit dem Gewehrkolben zu und versuchte, seinen Gegner zu betäuben. Der hingegen machte einfach einen Schritt nach hinten und wich dem Angriff aus, bevor er sich wie ein sprungbereites Raubtier duckte und nach vorne warf.

Fluchend kam Jonan aus dem Gleichgewicht und fiel nach hinten um. Mit dem Krachen berstender Zweige landeten sie beide im Gebüsch. Jonan hieb dem halb auf ihm liegenden Mann das schwere Templersturmgewehr auf den Rücken, dann ließ er es fallen, weil es ihm im Nahkampf nur hinderlich war. *Ich muss an mein Messer*, erkannte er.

Er versuchte, sich hangabwärts zu rollen, um die Oberhand zu gewinnen. Der Wegelagerer verhinderte dies jedoch, indem er die Beine spreizte und die Füße in den weichen Erdboden grub. Erneut fuhr der Arm mit dem Messer herab. Jonan riss den Kopf zur Seite. Diesmal gelang es ihm nicht ganz, dem Angriff zu entgehen. Die Klinge streifte sein linkes Ohr, und er verspürte einen schneidenden Schmerz.

Mit Wucht schlug er dem Gegner die rechte Faust gegen die Schläfe, und endlich gelang es ihm, ihn abzuschütteln. Stolpernd kam er auf die Beine und zog sein eigenes Kampfmesser aus dem Stiefel. *Verflucht, wie lange ist es her, dass ich mich im Messerkampf geübt habe?*, dachte er. Viel zu sehr hatte er sich in den letzten Monaten seines Dienstes bei der Tribunalpalastgarde auf die Macht seiner Templerrüstung verlassen. Diese Nachlässigkeit rächte sich jetzt.

Er stach probeweise in Richtung seines Gegners. Der sprang zur Seite. Mit erschreckender Schnelligkeit zuckte dessen Waffe vor und traf Jonans rechten Handrücken. Brennender Schmerz flammte in seiner Hand auf, und Blut trat aus der Wunde. Ein weiterer Fluch kam über Jonans Lippen. Er wechselte sein Messer von der Rechten in die Linke, stach dann aber nicht zu, sondern ballte die Faust um den Griff und versuchte, einen linken Schwinger zu landen. Sein Gegner mochte schneller sein als er und geübt im schmutzigen Straßenkampf, aber stärker war er mit Sicherheit nicht, und wie zäh er war, würde sich noch erweisen.

Mit dumpfem Klatschen traf Jonans Faust und brach dem Wegelagerer die Nase. Keuchend taumelte der Mann zwei Schritte rückwärts. Er fuhr sich mit der Hand übers Gesicht und blickte auf das hellrote Blut, das seine Finger besudelte. Anschließend hob er den Kopf. In seinen dunklen Augen glühte Mordlust.

Jonan hob sein Kampfmesser. »Na los«, versuchte er, ihn zu reizen. »Komm her, wenn du was von mir willst.«

Die Lippen seines Gegners verzogen sich zu einem höhnischen Grinsen, das mehrere faulig schwarze Zähne enthüllte. »Stirb«, stieß er hervor.

Doch der Angriff erfolgte aus einer vollkommen anderen Richtung, als Jonan es erwartet hatte. Auf einmal schlang sich ein kräftiger Arm um seinen Hals und zog seinen Kopf zurück. Dann ging alles plötzlich sehr schnell.

Instinktiv rammte Jonan seinen Kopf nach hinten, um den unerwarteten Gegner im Gesicht zu treffen. Ein schmerzerfülltes Grunzen war die Folge. Gleichzeitig spürte er, wie ihm etwas in die Seite gerammt wurde. Schmerzen explodierten an seinem rechten Rippenbogen.

Keine Sekunde später stand plötzlich Carya neben seinem ersten Gegner. Auf ihren Zügen lag ein Ausdruck eiskalter Entschlossenheit, und in ihren Augen brannte etwas, das Jonan so nicht kannte. So schnell, dass er mit den Blicken kaum folgen konnte, hatte sie Pitlits silbernen Revolver an die Schläfe des Mannes gelegt und abgedrückt. Blut und Hirnmasse spritzten auf die Blätter des nebenstehenden Gebüschs. Bevor der Knall des Schusses auch nur verhallt war, hatte sie den Arm bereits herumgerissen und den rauchenden Lauf der Waffe auf Jonan gerichtet.

Er hatte nicht einmal Zeit, zusammenzuzucken, bevor der zweite Schuss krachte. Die Kugel flog so nah an seiner linken Wange vorbei, dass er den scharfen Luftzug spürte. Gleich darauf vernahm er hinter sich ein ersticktes Gurgeln. Der Arm um seinen Hals lockerte sich, und sein unsichtbarer zweiter Gegner sackte zu Boden.

»Danke. Ich …« Er keuchte kurz auf, als die Welt um ihn herum zu schwanken anfing. Seine Hand legte sich auf seine rechte Seite. Das Leder der abgewetzten Jacke war feucht. »Oh, verflucht«, entfuhr es ihm. Sein Blick verengte sich, und er blinzelte angestrengt, um die Schwärze, die von allen Seiten herankroch, zu verscheuchen.

Carya ließ den Revolver fallen, ohne die Waffe weiter zu beachten. Leben kehrte in ihre Miene zurück, und sie machte ein besorgtes Gesicht. »Jonan, alles in Ordnung?« Sofort war sie an seiner Seite und stützte ihn. »Du bist verletzt«, stellte sie fest.

»Heiliger Strohsack«, kommentierte Pitlit, der hinter Carya auftauchte, sich bückte und seinen Revolver aus dem Gras aufhob. »Du bist eine echte Killerin.«

Aus den Augenwinkeln sah Jonan, wie Carya dem Straßenjungen einen finsteren Blick zuwarf.

Der machte ein erschrockenes Gesicht. »Ich … äh … tut mir leid. So war das nicht gemeint.« Er ging hinter dem Gebüsch in die Hocke, ohne dabei auf den Erschossenen, der neben ihm lag, weiter zu achten. Irgendwie fand Jonan diese Abgebrühtheit bei einem Dreizehnjährigen erschreckend.

Matt ließ er sich auf den Erdboden sinken. Unten auf der Handelsstraße wurde noch immer gekämpft. Männer und Frauen schrien, Schüsse peitschten und Pferde schnaubten. Aber Jonan kam es vor, als finde das alles im Moment weit weg von ihm statt. *Wie stark blutet meine Wunde eigentlich?*, fragte er sich. Ob irgendwelche wichtigen Organe getroffen worden waren? Er konnte nach wie vor problemlos atmen. Die Lunge hatte sein Gegner also nicht erwischt. *Wenigstens etwas.*

Carya kniete sich an seine Seite. »Es wird alles wieder gut«, versprach sie. »Ich passe auf dich auf.«

»Eigentlich ist das mein Spruch«, erwiderte Jonan in dem schwachen Versuch, sie aufzuheitern.

»Ich fürchte, du musst dich damit abfinden, dass aus mir keine Prinzessin mehr wird wie aus meiner Nachfolgerin.« Sie spielte damit auf Aurelie an, die Versprochene des Prinzen Alexandre, die Caryas Ersatz am Hof des Mondkaisers sein sollte, sich für die Erdenwacht aber leider als psychisch labiler Fehlschlag erwiesen hatte.

»Keine Sorge«, sagte Jonan. »Mit einer Prinzessin wüsste ich gar nichts anzufangen.«

»He!«, schrie Pitlit unvermittelt und unterbrach damit ihr liebevolles Geplänkel. »Was machen die denn da?« Er deutete hinunter zur Handelsstraße.

Jonan richtete seine Aufmerksamkeit auf den Kampfschauplatz zu seinen Füßen. Seine Augen weiteten sich, als er sah, dass Mustard sich für eine neue Strategie entschieden hatte. Der Karawanenführer war zurück auf seine Lastkutsche gesprungen und schlug mit den Zügeln auf die Rücken der vier schwarzbraunen Kaltblüter ein, die sein Gefährt zogen. »Heya!«, schrie er. »Los! Heya!«

Mit einem Rucken setzte sich die Kutsche in Bewegung. Stampfend brachen die schweren Pferde durch die Lücke in der Baumstammbarriere auf der Straße. Dann gewann das Gefährt langsam an Geschwindigkeit. Die übrigen Wagen folgten ihm. Offenbar hatte man beschlossen, das eigene Heil in der Flucht zu suchen. Die Wegelagerer heulten frustriert auf und versuchten, auf die Wagen zu springen, um diese anzuhalten. Schüsse peitschten, während die Händler sich ihrerseits bemühten, sie genau daran zu hindern.

»Nein! Halt! Wartet auf uns!« Pitlit sprang auf und fuchtelte wild mit den Armen.

Keiner der Flüchtenden achtete auf die im Gebüsch am Straßenrand Hockenden.

Carya griff Jonan unter die Arme. »Komm. Steh auf. Wir müssen los.«

Mühsam rappelte Jonan sich auf. Er machte zwei Schritte und verzog schmerzerfüllt das Gesicht. Seine Seite brannte wie Feuer. »Ich schaffe es nicht«, presste er hervor. »Lauft ihr.«

»Nein«, widersprach Carya. »Ich lasse dich doch nicht im Stich.«

Vor ihnen, keine zwei Dutzend Meter entfernt, ratterten die Lastkutschen eine nach der anderen durch die Bresche. Die Kutscher peitschten auf ihre Pferde ein, ihre Mitreisenden schossen, bis die Magazine ihrer Waffen leer waren.

»Seyfried! Dursema!«, schrie Pitlit.

Zu Jonans Erstaunen hörte Dursema, der die letzte Lastkutsche zwischen den Baumstämmen hindurchlenkte, tatsächlich Pitlits Rufen. Er wandte den Kopf und sah zu ihnen hinüber. Sein Gesicht war eine grimmige, blutüberströmte Fratze. Er winkte ihnen zu. »Lauft!«, brüllte er. »Kommt her.«

»Jonan ist verletzt!«, gab Pitlit zurück. »Hilf uns!«

Ein stummes, bedauerndes Kopfschütteln war die Antwort. Der wortkarge Albioner ließ die Zügel auf die Rücken seiner Pferde klatschen und folgte den anderen.

»Elender Verräter!«, regte sich der Straßenjunge auf. »Feigling! Scheißkerl. Dieb!« Er wandte sich Jonan und Carya zu. »Unsere Sachen sind noch in der Kutsche. Und Dursema haut einfach ab!«

»Pitlit, sei still«, sagte Jonan gepresst. »Du verrätst uns noch.« Ihm war auch klar, was die Flucht der Karawane für sie bedeutete. Ihre Wolldecken, die Munition, das Erste-Hilfe-Set, die verbliebenen Silbermünzen, die ihnen der Mondkaiser geschenkt hatte, und – am allerschlimmsten! – der Navigator verschwanden soeben auf Nimmerwiedersehen die Handelsstraße hinunter. Jonan hätte sich am liebsten geohrfeigt, dass er den Beutel in der Kutsche zurückgelassen hatte, statt ihn auf dem Rücken zu tragen, auch wenn er bloß wenige Schritte neben der Karawane hergegangen war.

Im Moment jedoch hatten sie weitaus drängendere Probleme. Jonans Blick huschte besorgt zu den Wegelagerern. Sie hatten empfindliche Verluste erlitten. Überall lagen Körper auf der Straße. Einige trugen die Kleider der Händler – Jonan glaubte den spindeldürren Giraud zu erkennen –, die meisten jedoch die laubbehängten Lumpen ihrer Angreifer.

Dennoch waren nach wie vor genug von ihnen am Leben, um Jonan, Carya und Pitlit gefährlich zu werden. Allein sieben befanden sich noch auf der Straße. Wie viele sich im Gebüsch herumtrieben, vermochte er nicht zu sagen. *Die Bande muss riesig gewesen sein*, ging Jonan auf. *Mindestens zwanzig Leute.* Kein Wunder, dass sie auch vor gefährlicher, aber potenziell fetter Beute nicht zurückgeschreckt waren.

»Wir müssen hier weg«, murmelte er. »Wir befinden uns in höchster Gefahr.« Er bückte sich, um sein Sturmgewehr aufzuheben. Der Schmerz trieb ihm Tränen in die Augen, aber er würde das Gewehr nicht zurücklassen. Sie würden es noch brauchen, wenn sie überleben wollten.

Geduckt drängten sie sich durch das Buschwerk den Erdwall hinauf bis zu den Bäumen. Sie mussten außer Sicht sein, bevor den Wegelagerern klar wurde, dass drei ihrer Opfer zurückgeblieben waren. Im Grunde besaßen sie kaum mehr etwas von Wert. Aber schon Pitlits Revolver oder Jonans Jacke mochten für diese Leute Grund genug sein, um über sie herzufallen – von seiner Templerwaffe ganz zu schweigen. Und über das, was sie Carya antun würden, wenn sie in ihre Gewalt geriet, wollte er gar nicht erst nachdenken.

Unbemerkt erreichten sie den Hügelkamm. Die Wegelagerer waren zu sehr damit beschäftigt, die Toten zu plündern, um ihren Blick in Richtung der Baumlinie zu lenken. Leider blieb ihnen das Schicksal nicht viel länger hold.

Ein lauter Ruf zerriss die Stille, die mit der erfolgreichen Flucht der Kutschenkarawane eingetreten war. Ein Adrenalinstoß fuhr durch Jonans Körper, und sein Kopf ruckte herum. *Sie haben uns entdeckt!*, schrie es in ihm, und was er sah, bestätigte diese Befürchtung. Einer der Wegelagerer deutete in ihre Richtung und brüllte seinen Gefährten etwas zu, das Jonan nicht verstand. Möglicherweise sprachen sie einen francianischen Dialekt.

Sofort rannten vier der mittlerweile knapp zehn Männer und Frauen, die unten auf der Straße zugange waren, in ihre Richtung.

»Gib mir deinen Revolver«, forderte Carya Pitlit auf und streckte die Hand aus.

»Nein, wir müssen verschwinden«, widersprach Jonan. »Es sind zu viele, sieh doch.« Er deutete auf die Baumlinie vielleicht dreißig Meter zu ihrer Rechten. Auch dort bewegte sich etwas im Gebüsch. »Wir werden eingekreist und überwältigt. Selbst wenn wir fünf oder sechs von ihnen erschießen – diesen Kampf gewinnen wir nicht.« Hastig begann er den Erdwall auf der anderen Seite wieder hinunterzustolpern, die rechte Hand auf seine blutende Seite gepresst, mit der linken das viel zu schwere Sturmgewehr krampfhaft umklammert.

Carya und Pitlit schlossen sich ihm an. Der Straßenjunge hatte den Revolver gehoben und sah sich immer wieder nervös um. »Wie viele Kugeln hast du noch in der Trommel?«, fragte Jonan ihn.

»Fünf … glaube ich«, gab Pitlit zurück. Die Angst in seiner Stimme war nicht zu überhören.

Beiläufig warf Jonan einen Seitenblick auf die rot glühende Munitionsanzeige seines Gewehrs. Die Zahl 22 blinkte ihm entgegen. Warnend wies sie ihn darauf hin, dass er die Waffe nachladen musste. Unerfreulicherweise befanden sich seine Munitionsbestände auf einer sich mit jeder Sekunde weiter entfernenden Lastkutsche. *Diesmal stecken wir echt in Schwierigkeiten*, dachte er.

»Vielleicht haben wir Glück, und die Wegelagerer verfolgen uns nicht, weil sie sich nicht zu weit von ihren Freunden entfernen wollen«, meinte Carya, während sie über einen verdorrten Streifen Wiese auf die Baumgrenze eines Waldes zueilten, der sich durch den Erdwall verborgen parallel zur Handelsstraße erstreckte.

Hinter ihnen ertönte ein erbostes Aufkreischen, gefolgt von einem mehrstimmigen Heulen. »Sie haben die beiden Toten gefunden«, mutmaßte Jonan. »Jetzt wollen sie Rache.« Er verzog das

Gesicht und beschleunigte seine Schritte. »So viel also dazu. Wir müssen den Wald erreichen. Dort können wir uns vielleicht vor ihnen verstecken.«

Gemeinsam hasteten sie über den Grasstreifen und tauchten in den Schatten der ersten Bäume ein. Das Unterholz war nicht dicht genug, um ihnen viel Sichtschutz zu gewähren, aber es erschwerte dennoch das Vorankommen. Schwer atmend kämpften sie sich über Stock und Stein und blickten dabei immer wieder zu ihren Verfolgern zurück, die erschreckend rasch zu ihnen aufschlossen.

»Jonan, gib mir das Gewehr«, verlangte Carya. »Dann sind wir schneller.«

»Nein«, keuchte Jonan. »Es ist zu schwer für dich.«

»Und du bist verletzt.«

»Ich bin trotzdem kräftiger als du.«

Sie warf ihm einen verärgerten Seitenblick zu. »Du unterschätzt mich immer noch.«

Er schüttelte den Kopf. »Nicht im Geringsten. Du bist schnell … lautlos … und tödlich, wenn es sein muss. Aber dieses Ding … ist kein Messer und kein Revolver.« Sie kletterten über einen umgestürzten Baum hinweg, und Jonan ächzte schmerzerfüllt auf.

»Verdammt, Jonan, aber so schaffen wir es nicht!«, rief Carya erregt. »Entweder wir fliehen, oder wir stellen uns. Wenn wir fliehen, lass das Gewehr fallen oder gib es her. Wir haben keine Zeit zum Streiten.«

Jonan warf einen raschen Blick über die Schulter. Im Dickicht hinter ihnen konnte er Bewegung wahrnehmen, aber wie viele Verfolger es genau waren, vermochte er nicht zu sagen. »Auch wieder wahr«, gab er zurück, blieb stehen und wuchtete den Lauf des Gewehrs auf den quer liegenden Baumstamm. »Rennt weiter. Ich halte sie auf.«

»Das Thema hatten wir doch schon, du sturer Blödmann!« Caryas Augen blitzten wütend. »Wir bleiben zusammen, komme, was wolle.«

Zwischen den Bäumen peitschte ein Schuss, und Holz splitterte von einem nahen Stamm. Instinktiv duckten sich alle drei. »Na schön, du hast recht«, sagte Jonan. »In Deckung. Sonst kriegen wir noch eine Kugel in den Rücken.«

Sie sanken zu Boden und krochen in den Sichtschutz des quer liegenden Stammes. »Da kommen sie«, warnte Pitlit und deutete auf eine Stelle zwischen den Bäumen, wo drei Gestalten sichtbar wurden. Ihre braune Kleidung und das Blattwerk, das sie sich übergehängt hatten, ließen sie beinahe mit der Umgebung verschmelzen. Zum Glück war es helllichter Tag. In der Dämmerung hätte Jonan ungern gegen diese Gegner gekämpft.

Eigentlich kämpfte er auch *jetzt* ungern gegen sie. Ihre Bewegungen waren flink und zielsicher. Ganz offensichtlich nannten sie diesen Wald ihr Zuhause. *Na, großartig!* »Warte, bis sie heran sind«, schärfte er Pitlit ein. »Uns geht die Munition aus. Jede Kugel zählt.«

»Ist gut«, antwortete der Straßenjunge angespannt. Das hier war nicht seine Welt, das sah man ihm an. Es gab zu viele Bäume und zu wenig Häuserruinen.

Plötzlich waren ihre Gegner fort. Es schien, als hätte sie der Erdboden verschluckt. Keine Bewegung war mehr auszumachen. »Verdammt, wo sind die hin?«, flüsterte Jonan. »Habt ihr was gesehen?«

Carya schüttelte den Kopf. »Ich kann es dir auch nicht sagen. Eben noch waren sie zwischen dem Buschwerk – und dann auf einmal weg.«

Unvermittelt herrschte unheilvolle Stille um sie herum. Irgendwo schlug ein Specht gegen einen Baumstamm. Ein paar Vögel zwitscherten. Sanfter Wind fuhr durch die Kronen der Bäume und brachte die Blätter zum Säuseln. Von den Wegelagerern war nichts zu sehen oder zu hören.

»Sie müssen angehalten haben«, flüsterte Pitlit, »weil sie gemerkt haben, dass wir nicht länger fliehen.«

»Und jetzt?«, raunte Carya. »Ob sie versuchen, sich anzuschleichen und uns zu überraschen?«

Jonan legte stumm einen Finger an die Lippen. Angestrengt lauschte er in den Wald hinein. In diesem Augenblick wünschte er sich seine Templerrüstung. In den Helm war eine Wärmebildoptik eingebaut, die ihm wahrscheinlich den Aufenthaltsort ihrer Verfolger enthüllt hätte. Mit dem Restlichtverstärker seines Gewehrs konnte er momentan leider wenig anfangen.

Verflucht, die sind gut, ging es ihm durch den Kopf. *Vielleicht sind es ehemalige Soldaten. Oder sie leben einfach schon so lange im Wald, dass sie praktisch eins mit ihm geworden sind.*

Nervös ließ er den Blick über das Unterholz schweifen. Es war keineswegs besonders dicht. Einen aufrecht gehenden Mann hätte man schnell bemerkt. Aber vermutlich hielten sich die Wegelagerer in Bodennähe, genau wie sie.

Zu ihrer Linken knackte ein Zweig. Adrenalin schoss durch Jonans Körper. Er vergaß den Schmerz, der in seiner rechten Körperhälfte brannte, und wuchtete das Sturmgewehr herum. Aus einer Senke wenige Meter neben ihnen sprang ein Mann. Er war schnell, aber trotzdem ein klein wenig zu langsam. Jonan jagte ihm einen Feuerstoß entgegen. Die Wucht der Kugeln holte den Mann von den Beinen.

»Vorsicht!«, rief Carya neben ihm. Pitlits Revolver krachte.

Schwungvoll riss Jonan sein Gewehr herum. Ein zweiter Mann war aufgetaucht, dann kamen noch ein dritter und eine Frau in Sicht. Es war, als hätte der Waldboden sie ausgespuckt.

In der Hand der Frau lag eine Pistole, ein altes Modell und nicht sonderlich gut gepflegt, aber trotzdem todbringend. Bevor Jonan seine eigene Waffe in Anschlag bringen konnte, drückte sie ab. Der Schuss peitschte hell durch den Wald, und Jonan zuckte zusammen, als er Schmerzen an der linken Wange verspürte. Aber das Geschoss hatte ihn um Haaresbreite verfehlt und war stattdessen in den Baumstamm eingeschlagen, an dem er lehnte.

Er erwiderte das Feuer, hielt den Abzug gedrückt und schwenkte den Lauf von links nach rechts. Die Frau und ihr Nachbar brachen zuckend zusammen. Der letzte Gegner warf sich mit einem Wutschrei auf Carya und riss sie mit sich zu Boden.

Hinter ihnen war nun deutliches Bersten im Unterholz zu hören. »Da kommen noch mehr!«, rief Pitlit.

»Licht Gottes, wie viele von denen gibt es denn noch?«, entfuhr es Jonan frustriert. »Gib mir Deckung, Pitlit.« Er rollte sich herum und hievte sich auf die Knie. Zwei Meter weiter rang Carya mit ihrem Gegner. Sie mochte sich schnell und elegant bewegen, wenn sie in einem Kampf die Initiative hatte, doch unter einem doppelt so schweren Mann begraben und auf dem feuchten Erdboden liegend halfen ihr auch ihre außergewöhnlichen Fähigkeiten wenig weiter.

Sie schrie und wand sich, aber der Mann hatte sie am Hals gepackt und drückte ihren Kopf auf den Boden. Ihr rechter Arm beschrieb einen Bogen, und mit spitzen Fingerknöcheln schlug sie ihm gegen die Augen. Der Mann zischte wütend, ließ aber nicht locker. Stattdessen versuchte er, ihr mit der Stirn einen Hieb ins Gesicht zu versetzen, doch Carya zog ruckartig den Kopf zur Seite, und er traf sie nur an der Schläfe.

Dann war Jonan heran, hob sein Gewehr und ließ es, den Kolben voran, auf den Hinterkopf des Mannes krachen. Mehr als zehn Kilogramm Metall zerschmetterten den Schädelknochen im ersten

Anlauf. Der Mann zuckte wie vom Blitz getroffen zusammen, bevor er auf Carya hinabsackte.

Die Welt um Jonan begann unangenehm zu schwanken. Helles Blut besudelte das Laub unter ihm. Die Anstrengung war einfach zu viel. Es ging nicht mehr länger.

Die Zeit dehnte sich auf absurde Weise. Seltsam entrückt nahm Jonan wahr, dass Pitlit den Mund wie zum Schrei geöffnet hatte. Aus der Mündung seines silbernen Revolvers fauchten Flammen, während er seine letzten Kugeln verschoss, um noch unsichtbare Gegner auf Abstand zu halten. Dann zog Pitlits Finger ein letztes Mal den Abzug durch, und der Hahn schnellte klickend ins Leere.

Im nächsten Augenblick tauchten zwei neue Gegner hinter dem Baumstamm auf. Beide trugen Messer und kurze Äxte in den Händen, und ihre Mienen waren Fratzen wie aus einem Albtraum.

Wir gehen hier drauf, erkannte Jonan. *Das war's. Es ist vorbei.*

Da donnerte in seinem Rücken auf einmal ein Schuss wie ein Kanonenschlag.

Kapitel 5

Der erste der beiden Wegelagerer wurde regelrecht von den Füßen gerissen. Es donnerte ein zweites Mal, und sein Gefährte wirbelte herum und brach zusammen.

Um Luft ringend drehte Carya den Kopf, um einen Blick auf den Neuankömmling zu erhaschen. Rote Flecken tanzten durch ihr Sichtfeld, trotzdem entdeckte sie ihn. Er stand auf einer kleinen Anhöhe zwischen zwei Bäumen und hielt das größte Gewehr in der Hand, das sie je in ihrem Leben gesehen hatte. Es mochte nicht ganz so klobig sein wie Jonans Waffe. Dafür besaß es einen Doppellauf von spektakulären Ausmaßen, wie Carya erkannte, als sich ihr Blick langsam klärte.

Der Mann selbst war von sehniger, hochgewachsener Gestalt. Er trug graubraune Kleidung aus Leder und festem Stoff. Sein Gesicht lag im Schatten der Kapuze seiner Jacke verborgen. Reglos wartete er einige Augenblicke ab, während dem Rascheln nach zu urteilen, das in Caryas Rücken leiser wurde, die letzten Wegelagerer das Weite suchten, endlich überzeugt, dass weder Beute noch Rache Grund genug waren, um noch mehr Tote zu riskieren.

Nachdem es in dem Waldstück ruhig geworden war, schulterte der Fremde das Gewehr und kam mit langen Schritten näher. Blinzelnd rappelte Carya sich auf, wobei sie sich auf den umgestürzten Baumstamm stützte, um nicht wieder umzukippen. Ihre

Kehle brannte, ihr Kopf schmerzte und sie verspürte ein unangenehmes Schwindelgefühl.

Neben ihr kam Pitlit auf die Beine, der den ganzen Zusammenstoß mit den Wegelagerern weitgehend unbeschadet überstanden hatte. »Wer sind Sie?«, fragte der Straßenjunge auf Francianisch.

Der Mann musterte die drei kurz, bevor er neben Jonan auf die Knie sank und ihn rasch zu untersuchen begann. »Mein Name ist Denier«, antwortete er, ohne aufzublicken. »Ich lebe hier.«

»Allein? Hier draußen im Wald?«, mischte sich nun auch Carya ein.

Denier bedachte sie mit einem kurzen, prüfenden Seitenblick. Sein Gesicht unter der Kapuze war bärtig und wettergegerbt, und in seinen Augen lag der tiefe Ernst eines Mannes, der in seinem Leben schon viel durchgemacht hatte. »Nicht allein«, erwiderte er. »Mit meiner Tochter.« Denier deutete auf Jonan. »Er ist verletzt. Wir müssen ihn versorgen. Außerdem kommen die Waldmenschen vielleicht wieder. Und dann in größerer Zahl. Daher sollten wir verschwinden. Kommt mit zu mir.«

Er griff nach Jonans Templersturmgewehr, und der Umstand, dass Jonan selbst nur schwach protestierte, bewies, wie schlecht es ihm ging. An seiner Stelle streckte Carya die Hand aus. »Das trage ich«, sagte sie, und versuchte, ihre Stimme dabei so fest wie möglich klingen zu lassen.

Ihr Retter wog die Waffe in einer Hand. »Es ist ziemlich schwer, und der Weg zu meiner Hütte anstrengend.«

»Das ist mir gleichgültig. Geben Sie es mir.«

Denier zögerte erneut und warf ihr dabei einen merkwürdigen Blick zu. Carya befürchtete schon, mit dem Mann um das Gewehr, das praktisch alles darstellte, was ihnen geblieben war, kämpfen zu müssen. Doch dann zuckte er mit den Schultern und reichte es ihr. »Sicher. Wenn du meinst.« Und als hätte er Caryas Gedanken gelesen, fügte er hinzu: »Ich bin kein Dieb, falls es das ist, was du befürchtest. Ansonsten hätte ich die Waldmenschen euch töten lassen – und hätte danach erst zugeschlagen.«

Verlegen erkannte Carya, dass er damit recht hatte. Aber da sie selbst unbewaffnet war, Pitlit seinen Revolver leer geschossen hatte und Jonan mit seinen Verletzungen kämpfte, fühlte sie sich im Augenblick erschreckend verwundbar. Sie musste einfach misstrauisch sein, auch gegenüber einem möglichen Wohltäter. »Es tut mir leid«, sagte sie. »Wir haben gerade so viel verloren …«

Er nickte. »Schon in Ordnung. Junge …«

»Ich heiße Pitlit«, stellte Pitlit klar.

»Auch gut: Pitlit. Hilf mir mal mit eurem Freund. Wir müssen ihn stützen. Alleine wird er sich kaum auf den Beinen halten können.«

»Geht schon«, murmelte Jonan und winkte schwach ab. »Bloß eine Stichwunde.« Er versuchte sich aufzurichten, kam allerdings ins Taumeln und hielt sich an Denier fest, der ihm eine kräftige, braun gebrannte Hand anbot. Mit Erschrecken sah Carya das Blut, das Jonans linke Gesichtshälfte, seine Hand und die rechte Seite seiner Lederjacke besudelte. Es machte einen schlimmen Eindruck.

»Jonan«, sagte sie eindringlich, wobei sie versuchte, die Sorge, die sie plagte, nicht zu sehr auf ihre Stimme abfärben zu lassen, »spiel nicht den Helden. Es ist nicht nötig, dass du dich umbringst, nur weil du zu stolz bist, um Hilfe anzunehmen.«

Jonan schloss kurz die Augen und atmete tief aus und ein. »Ja, das wäre wirklich dumm«, gestand er. »Diesmal streite ich nicht.«

»Los«, drängte Denier. »Reden können wir später.«

Der Einsiedler führte sie den Hügel hinauf und anschließend auf schmalen, bisweilen kaum zu erkennenden Trampelpfaden quer durch den Wald. Die Bäume, schlanke, braungrüne Nadelgewächse, wuchsen nun dichter, und auch das Unterholz nahm zu. Carya fragte sich, ob Denier diesen mühsamen Weg nur einschlug, um ihre Verfolger abzuschütteln, oder ob er tatsächlich im tiefsten Dickicht seine Hütte errichtet hatte.

»Gibt es keinen einfacheren Weg?«, beschwerte sich Pitlit, der hinter Denier und Jonan in der Mitte ihrer kleinen Gruppe lief und dadurch immer wieder niedrig hängende Äste abbekam.

»Natürlich gibt es den«, antwortete ihr Retter. »Aber er ist im Moment nicht sicher. Der hier ist besser.«

»Sind wir denn wenigstens bald da?«

»Ja, bald. Es ist ungefähr noch einen Kilometer entfernt.«

Sie erreichten eine alte Landstraße, die sich durch den Wald zog und völlig überwuchert war. Denier folgte ihr kurz in Richtung Süden, bevor er sich mit ihnen wieder in den Wald schlug. Sie marschierten durch einen etwas lichter wirkenden Streifen, dann einen kleineren Waldweg entlang, der nicht einmal geteert war, und schließlich erklommen sie einen flachen Hügel, an dessen Fuß die Nadelbäume von schlanken, mit Efeu überwucherten Laubbäumen abgelöst wurden.

»Bleibt ab jetzt zusammen«, befahl Denier ihnen. »Wir nähern uns meiner Hütte. Ich habe überall im Wald Fallen aufgestellt. Die wollt ihr nicht auslösen.«

»Fallen?«, wiederholte Carya. »Wofür das? Gibt es hier große Wildtiere?«

»Das weniger. Sie sind für ungebetene Gäste gedacht.«

»Haben Sie die häufiger?«

Ihr Retter schenkte ihr ein grimmiges Lächeln. »Bislang nicht. Aber man weiß ja nie, was noch kommt.«

Auf der Hügelkuppe befand sich etwas, das auf den ersten Blick kaum aus der Landschaft herausstach, ein efeubedeckter, von Sträuchern umgebener Höcker, der sich erst beim Näherkommen als gut versteckte Holzhütte entpuppte. Neben der Hütte kam eine kleine Feuerstelle in Sicht, außerdem hingen ein paar einfache Hemden und Tücher an einer zwischen zwei Baumstämmen gespannten Schnur zum Trocknen.

Denier hob die Hände zum Mund, bildete einen Hohlraum und stieß einen eigentümlichen Vogellaut aus, der in Caryas Ohren nicht so klang, als würde er zu einer einheimischen Vogelart gehören.

Dennoch – oder vielleicht gerade deswegen – zeigte das offenbar vereinbarte Lautzeichen Wirkung. Eine zugewachsene Holztür wurde aufgeschoben und ein vielleicht achtjähriges Mädchen mit aschblonden, zerzausten Haaren lugte daraus hervor. Es hatte Halbstiefel, eine feste Stoffhose und eine Bluse an und blickte ihnen abweisend, aber auch ein klein wenig neugierig entgegen.

»Ich bringe Gäste mit, Elje«, sagte Denier, während er die letzten Schritte auf die Hütte zuging. »Einer von ihnen ist verletzt. Mach ein Feuer an. Ich brauche heißes Wasser, um seine Wunden zu reinigen.«

Das Mädchen ließ den Blick über die Gruppe schweifen. Es hatte erstaunlich helle, eisgraue Augen.

»Hallo«, sagte Pitlit und hob grüßend die Hand.

Elje schüttelte bloß den Kopf und verschwand wieder im Haus.

»Habe ich was Falsches gesagt?«, fragte der Straßenjunge verwundert.

»Nein, keine Sorge«, gab Denier zurück. »Sie ist nur etwas scheu. Und sie spricht nicht.«

»Sie ist stumm?«

»Sie *wurde* stumm – als ihr Bruder und ihre Mutter starben.«

»Oje, das tut mir leid«, sagte Carya.

Das Gesicht ihres Retters verhärtete sich. »Es ist schon drei Jahre her. Es hat keine Bedeutung mehr.«

Beinahe hätte Carya nachgefragt, wie sie ums Leben gekommen waren. Sie verkniff sich die Worte jedoch. Zum einen stand es ihr nicht zu, Denier über so persönliche Dinge auszufragen. Zum anderen hatte sie im Augenblick wichtigere Probleme. Ihr Blick wanderte zu Jonan, der kurzatmig und erschreckend bleich im Gesicht an Deniers Schulter lehnte. »Wir müssen ihn reinbringen«, sagte sie. »Er muss sich hinlegen.«

»Ja«, antwortete Denier nickend. »Kommt.«

Sie betraten die Hütte, wo Elje gerade einen großen Topf von einem Haken an der Wand nahm. Gleich darauf huschte sie nach draußen.

Die Hütte sah auch von innen ausgesprochen rustikal aus, wie Carya feststellte, während sie Jonan gemeinsam mit Denier zu einer Lagerstätte an der hinteren Wand führte. Die Wände bestanden aus einem Gerüst aus schlanken Baumstämmen, deren Zwischenräume mit Ästen und Erde aufgefüllt worden waren. Neben der Tür gab es nur ein kleines Fenster und ein mehr oder minder rundes Loch im Dach, das sich über einer zweiten, etwas kleineren Feuerstelle befand, die Denier vermutlich nutzte, wenn das Wetter zu schlecht war, um im Freien zu kochen.

Neben dem Bett befanden sich noch ein Tisch, zwei Stühle und ein paar Regale voll unterschiedlichster Utensilien in dem Raum. Die Einrichtung war nicht selbstgezimmert, sondern offenbar aus einem benachbarten Dorf entwendet worden, wobei der Einsiedler eher auf Haltbarkeit als auf Aussehen geachtet haben musste. Nichts passte zusammen; der Tisch mit seiner schmutzig weißen Farbe, der aus irgendeinem unverrottbaren Material aus der Zeit vor dem Sternenfall zu bestehen schien, stach regelrecht heraus.

Im hinteren Bereich, oberhalb des Schlaflagers, auf dem mehrere grobe Wolldecken und sogar ein Tierfell lagen, führte eine provisorische Treppe hinauf zu einer schmalen Empore unter der Decke. Dort schien sich Eljes kleines Reich zu befinden, zumindest sprach der blaue Vorhang mit den stilisierten Sternen dafür, der einen Teil der Empore verhängte.

Sie setzten Jonan auf die Bettkante, und Denier begann vorsichtig, ihm Lederjacke und Hemd auszuziehen. Er warf Carya einen Seitenblick zu und öffnete den Mund, als wolle er etwas sagen. Dann runzelte er die Stirn. »Äh, wie heißt du eigentlich?«, fragte er.

»Carya. Carya Diodato«, antwortete sie.

Denier nickte. »Also dann, Carya, geh bitte dort drüben zum Regal und hol mir den olivgrünen Metallkasten mit dem Kreuz drauf.«

»Den Verbandskasten?«, wollte Carya wissen.

»Genau.«

Sie leistete der Aufforderung Folge. Der etwa schuhkartongroße Kasten war erstaunlich schwer. »Was haben Sie da alles drin?«, wollte sie wissen.

»Alles, was man zum Überleben braucht«, gab Denier zurück. »Und vermutlich mehr, als die meisten erwarten würden.« Er blickte zu Pitlit hinüber. »Schau mal nach dem Wasser. Ich brauche es zum Reinigen der Wunden.«

»Ist gut.« Eifrig flitzte der Straßenjunge nach draußen.

Denier begann, Jonans Verletzungen zu untersuchen. Die Treffer am Handrücken und am Ohr schienen ihm wenig Sorge zu bereiten. Der Stich am Oberkörper sah schon anders aus. Es handelte sich um eine klaffende Wunde, die noch immer kräftig blutete, und Carya glaubte im Inneren sogar etwas Weißes zu sehen. Rasch wandte sie sich ab.

»Das Wasser!«, rief Denier.

»Kommt«, drang von draußen die Stimme Pitlits zu ihnen herein. Mit hektischer Miene kam der Junge angelaufen, den Topf mit zwei dicken Lappen festhaltend. »Heiß, au verflixt.«

»Es soll auch heiß sein«, sagte ihr Retter.

Elje kam stumm herein und brachte ihrem Vater unaufgefordert zwei helle Tücher. Er tauchte sie in das Wasser und fing dann an, die Wunden zu säubern. »Übernimm du die Hand«, befahl er Carya. »Waschen und verbinden.«

Jonan ließ die Prozedur mit zusammengebissenen Zähnen über sich ergehen. »Ist es schlimm?«, fragte er Denier, der mit schweigender Zielstrebigkeit zu Werke ging.

»Nicht so schlimm, wie es hätte sein können«, gab dieser zurück. »Das Messer ist am Rippenbogen abgeglitten. Hätte es hindurchgestochen, wäre die Lunge getroffen worden. Das wäre hässlich ausgegangen.«

Er klappte den Verbandskasten auf, der randvoll mit verpackten Mullbinden und kleinen Fläschchen war. Eines der Fläschchen, in dem sich eine klare Flüssigkeit befand, holte er heraus. Er blickte kurz auf das Etikett und schüttelte es dann brummend. »Der meiste Kram ist lange über dem Verfallsdatum. Aber das macht nichts. Wirkt trotzdem.« Er schob das Fläschchen in ein fragiles, pistolenartiges Gerät mit einer Mündung, auf der eine Schutzkappe steckte.

»Was machen Sie da?«, fragte Jonan.

»Das ist ein Injektor. Ich gebe dir ein Mittel, das Entzündungen verhindern soll, die dich hier draußen umbringen könnten.« Denier zog die Schutzkappe ab.

»Ist das Vor-Sternenfall-Technologie?«

»Ja. Teuer. Und extrem selten heute.«

Er setzte das Gerät an Jonans Oberarm, wo es sich zischend entlud, was dieser mit einem Verziehen des Gesichts quittierte.

Denier grinste humorlos. »Das war erst der Anfang. Die Wunde muss genäht werden. Und alles, was ich dir anbieten kann, ist ein Stück Leder zum Draufbeißen.«

»Ich werde es schon durchstehen«, antwortete Jonan ernst. Die Blässe in seinem Gesicht und die Schweißperlen auf seiner Stirn ließen das in Caryas Augen erschreckend fraglich erscheinen. Sie setzte sich neben ihn, während Denier aus seinem Verbandskasten Nadel und Faden holte und im heißen Wasser sterilisierte. »Schau nur mich an, Jonan«, beschwor sie ihn sanft. »Achte nicht darauf, was Denier macht.«

»Igitt, das ist selbst mir zu viel«, verkündete Pitlit und zog sich zum Eingang zurück. Elje dagegen hockte sich auf die benachbarte Treppe und schaute von dort neugierig zu.

»Bereit?«, fragte Denier.

Jonan holte tief Luft und stieß sie geräuschvoll wieder aus. »Muss ja sein. Also bringen wir es hinter uns.«

»Erste richtige Stichwunde?«, wollte Denier wissen.

Jonan nickte. »Nur mal eine Kugel durch den Oberarm. Danach war ich immer zu gut gerüstet.«

»Das Gewehr gehört also dir und ist kein Diebesgut?«

»Ja, ist das ein Problem für Sie?«

Ihr Gastgeber schüttelte den Kopf. »Kein Problem. Wir haben nur selten so hohen Besuch.«

»Diese Zeit liegt schon eine ganze Weile hinter mir«, sagte Jonan.

»Bei mir auch«, antwortete Denier.

Überrascht hob Jonan die Brauen. »Sie waren Templer?«

»Bei uns heißt es Chevalier«, verbesserte Denier ihn. »Feldsanitäter, um genau zu sein. Ist mehr als fünfzehn Jahre her, aber so etwas verlernt man nicht. Womit heute dein Glückstag sein dürfte. Und jetzt stillhalten.«

Kurz darauf war Jonan verarztet. Seine Hand und der Oberkörper waren verbunden, über dem Ohr klebte ein Pflaster. Carya mochte es sich nur einreden, aber sie hatte das Gefühl, dass er schon ein wenig besser aussah, wenngleich er immer noch sehr schwach war. Er hatte einiges an Blut verloren.

»Leg dich hin und ruh dich aus«, sagte Denier. »Mehr können wir nicht tun. In ein paar Tagen bist du wieder auf dem Damm. Oder die Wunde entzündet sich. Das wäre schlecht.« Er zuckte mit den Achseln und wollte sich abwenden, doch Jonan hielt ihn mit seiner gesunden Hand zurück. »Danke. Ich weiß nicht, warum Sie uns geholfen haben. Sie hatten wahrhaftig keinen Grund dazu. Aber danke.«

Der Einsiedler warf Pitlit, der wortlos neben dem Eingang hockte, einen kurzen Blick zu. Dann richtete er seine Aufmerksamkeit wieder auf Jonan. »Schon gut.«

Am Abend saßen sie im Freien um ein kleines, rauchloses Lagerfeuer beisammen: Denier, seine Tochter, Carya und Pitlit. Jonan schlief in der Hütte, um zu Kräften zu kommen. Es mochte ein unruhiger Schlaf sein, weil die Wunden ihm Schmerzen bereiteten, aber es hätte viel schlimmer sein können.

Über dem Feuer brieten Fleischstücke am Spieß, Kaninchen, wie Denier ihnen verraten hatte. Dazu gab es warme Äpfel. Nach den letzten Tagen bei Mustard handelte es sich um ein eher bescheidenes Mahl, doch selbst dies zu verspeisen bereitete Carya ein schlechtes Gewissen. Denier und Elje lebten ganz allein hier, ein Dasein unter einfachsten Verhältnissen tief in der Wildnis. Sie mochten sich dafür entschieden haben – aus welchen Gründen auch immer –, aber das machte es nicht leichter. Drei Gäste mussten ihre Vorräte schmerzhaft beanspruchen.

»Ich weiß gar nicht, wie wir Ihnen danken können«, sagte sie, während sie aßen. »Sie haben uns vor diesen Wegelagerern gerettet und jetzt lassen Sie uns Ihre Gäste sein. So viel Güte hätte ich hier draußen nicht erwartet.«

Denier, auf dessen Schoß sein Gewehr lag, so als traue er dem Frieden des Waldes nicht, nahm einen Bissen von seinem Fleisch. »Es war das Richtige«, sagte er achselzuckend. »Ich habe schon viel zu lange weggeschaut.«

»Wie meinen Sie das?«

Einen Moment lang kaute er stumm auf dem Kaninchen herum. Das Fleisch war in der Tat etwas zäh, aber Carya argwöhnte, dass er vor allem Zeit gewinnen wollte, um nachzudenken. »Elje, was hältst du davon, Pitlit deinen Lieblingsplatz drüben auf der Lichtung zu zeigen?«

Das Mädchen sah zweifelnd zu dem Straßenjungen hinüber. Dann schüttelte sie den Kopf.

»Elje!«, sagte ihr Vater ein wenig strenger.

Mit missmutigem Gesicht blickte sie zu Boden, bevor sie mit den Schultern zuckte und ergeben nickte.

»Halten Sie das für klug, die beiden allein im dunklen Wald herumlaufen zu lassen?«, wandte Carya ein.

»Es sind nur ein paar Meter. Die Lichtung befindet sich direkt hinter den nächsten Bäumen. Außerdem kennt Elje sich hier so gut aus wie keine Zweite. Sie wird schon auf deinen Freund aufpassen.«

»He, ich kann selbst auf mich aufpassen«, begehrte Pitlit auf. »Aber eigentlich würde ich lieber beim Feuer bleiben, als …«

»Pitlit, bitte, wir wollen nicht unhöflich sein«, unterbrach ihn Carya, die begriff, dass Denier mit ihr unter vier Augen sprechen wollte. Sie neigte leicht den Kopf in Richtung ihres Gastgebers und sah Pitlit eindringlich an.

Dem Aufleuchten in seinen Augen zufolge verstand nun auch er. »Andererseits … so eine Waldlichtung im Mondschein, in Begleitung einer hübschen jungen Frau … Was gibt es Romantischeres?«

Elje schnitt eine Grimasse und streckte ihm die Zunge raus.

»Pitlit«, warnte Carya ihn.

»He, keine Sorge. Ich mach nur Spaß.« Er grinste sie an, bevor er sich aufrappelte. »Komm, Elje. Lassen wir die Großen allein.«

Als sie gegangen waren, nahm Denier einen weiteren Bissen von seinem Kaninchenspieß. Nachdenklich kaute er darauf herum. Carya drängte ihn nicht. Es wunderte sie ohnehin, dass er, der ihr bei ihrer ersten Begegnung eher zugeknöpft vorgekommen war, so rasch das zweisame Gespräch suchte.

»Die Waldleute«, begann er schließlich, »tauchten vor einem Jahr auf. Ich habe keine Ahnung, woher sie kamen. Habe sie nie gefragt. Heute leben sie in einem Dorf etwa drei Kilometer südlich von hier. Ich bin mir nicht ganz sicher, wie viele es wirklich sind. Vielleicht fünfzig – wobei sich ihre Zahl heute halbiert haben dürfte. Erst der Kampf gegen die Panzerwagen, dann gegen die Lastkutschenkarawane ... Das hat sie einiges gekostet, wenn ich es richtig mitbekommen habe.«

»Sie waren vor Ort?«

»Ich habe mich in der Gegend herumgetrieben, ja. Ich bin viel im Wald unterwegs. Und wenn mir eine größere Gruppe von ihnen auffällt, verfolge ich sie manchmal, um zu sehen, was sie so treiben.«

»Haben Sie keine Angst vor denen? Das sind doch verrückte Mörder!« Carya wurde noch immer ganz anders zumute, wenn sie an den Angriff auf die Kutschen dachte. Diese Wilden hatten Giraud und die anderen heulend und zähnefletschend umgebracht.

»Sie sind nicht so verrückt, wie sie wirken«, gab Denier zurück. »Außerdem herrscht zwischen uns eine Art Waffenstillstand.«

»Was heißt das?«

»Ich habe ihnen nach unserem ersten Zusammenstoß klargemacht, dass ich nichts besitze, was die Toten wert wäre, die sie zu beklagen hätten, wenn sie mich angreifen. Also haben wir uns geeinigt, einander zu ignorieren. Ich kümmere mich nicht darum, was sie auf der Handelsstraße treiben, sie lassen meine Tochter und mich in Ruhe.«

Stirnrunzelnd sah Carya ihn an. »Aber … dann verstehe ich noch weniger, warum Sie uns geholfen haben. Sie haben zwei von denen getötet. Ist damit der Frieden nicht gebrochen?«

»Das ist er. Und sie werden kommen und furchtbare Rache nehmen. Keine Angst, nicht heute und nicht morgen, dafür sind sie im Moment zu angeschlagen. Doch irgendwann sicher.«

Kapitel 6

Erschüttert nahm Carya Deniers Worte zur Kenntnis. Sie richtete ihren Blick auf die kleinen gelben Flammen des Lagerfeuers, die beharrlich einen dicken Ast verzehrten. Natürlich war sie dem Einsiedler dankbar für sein Eingreifen, denn er hatte ihnen mit großer Wahrscheinlichkeit das Leben gerettet. Dass er darüber aber sein eigenes zerstörte und einen fragilen Frieden mit diesen barbarischen Waldmenschen aufkündete, hatte sie nicht gewollt.

Seine Bemerkung über ungebetene Gäste vor ein paar Stunden kam ihr in den Sinn. »Haben Sie deshalb die Fallen um Ihre Hütte aufgestellt? Wegen der Waldleute?«

»Auch, ja«, bestätigte Denier nickend.

Sie werden kommen und furchtbare Rache nehmen, klang seine düstere Voraussage in ihrem Kopf. Das bedeutete, dass Elje und er hier nicht mehr sicher waren. Sie glaubte nicht daran, dass ein paar Fallen ihre Gegner dauerhaft aufhalten würden. Denier und seine Tochter würden ihr Heim, in dem sie vermutlich über Jahre hinweg gelebt hatten, aufgeben müssen. Weil sie drei vollkommen Fremden geholfen hatten. Je länger sie darüber nachdachte, desto weniger Sinn ergab es. »Ich muss Sie noch einmal fragen«, sagte sie. »Wieso? Wieso setzen Sie das Wenige, das Sie noch haben, für uns aufs Spiel? Sie haben die Waldleute getötet, obwohl Sie wussten, dass diese sich rächen würden. Nur für uns?«

Deniers Lippen verzogen sich zu einem humorlosen Lächeln. »Nein. So selbstlos bin ich nicht. Wie gesagt: Ich habe viel zu oft weggeschaut, wenn sie Reisende überfallen haben. Und es mag richtig gewesen sein, das nicht länger zuzulassen und einen Schlussstrich zu ziehen. Aber das war nicht der Hauptgrund.«

»Hat es irgendetwas mit Pitlit zu tun?«, fragte Carya. »Sie haben ihn ein paar Mal so seltsam angeschaut.«

Denier ließ den mittlerweile leer gegessenen Fleischspieß sinken und drehte ihn zwischen den Fingern. »Vielleicht. Ich bin mir nicht sicher. Er erinnert mich ein wenig an meinen Jungen, Macus. Und irgendwie wollte – *konnte* – ich nicht zusehen, wie er getötet wird.« Er hielt kurz inne, schüttelte dann den Kopf und blickte Carya wieder an. »Er war wohl der letzte Anreiz, den ich brauchte, um meinen Panzer aus Gleichgültigkeit zu sprengen. Trotzdem war der eigentliche Grund, euch zu helfen, noch ein anderer.«

Carya schwieg erwartungsvoll.

Ihr Gegenüber verzog die Lippen. Offenbar gefiel es ihm gar nicht, so viel von sich preiszugeben. Schließlich sprach er aber doch weiter. »Ich sterbe«, sagte er.

»Was?« Überrascht hob Carya die Brauen. Mit dieser Eröffnung hatte sie nicht gerechnet.

»Ich habe, noch im Dienst des Mondkaisers damals, einfach zu viel Zeit an Orten verbracht, an denen sich kein Mensch aufhalten sollte. Wir haben uns Medikamente dagegen gespritzt, aber wir wussten nicht, ob sie viel helfen würden. Sie haben es nicht. Und nun muss mein Körper die Rechnung bezahlen. Man mag es mir noch nicht ansehen, weil die Symptome schleichend sind. Aber ich war Sanitäter, und ich habe viele alte Texte gelesen. Ich erkenne eine solche Krankheit.«

»Der lautlose Tod …«, murmelte Carya. »Ist es das?«

»Dieser Begriff sagt mir nichts«, gestand Denier.

»Die Ausgestoßenen – die Mutanten, wie viele sie nennen –, bei denen wir eine Zeitlang in der Wildnis gelebt haben, litten darunter. Zumindest viele von ihnen. Der Arzt des Dorfes sagte, die Todeszonen seien der Grund dafür.«

»Nun, eigentlich nennt man es Krebs. Es handelt sich um eine mögliche Folge erhöhter Strahlenbelastung. Aber ›der lautlose Tod‹ trifft es ganz gut.«

»Das ist furchtbar … Aber ich verstehe immer noch nicht, was das mit uns zu tun hat«, sagte Carya kopfschüttelnd.

»Wie ich schon sagte: Ich sterbe. Die Krankheit wird jeden Tag etwas schlimmer. Ich gebe mir Mühe, es zu verbergen, aber es fällt mir immer schwerer. Und eine Heilung gibt es nicht. Nicht in unserer Zeit.« Er hielt kurz inne, und obwohl seine Züge wie versteinert waren, glaubte Carya in seinen Augen den Wunsch zu erkennen, in einem anderen Jahrhundert geboren worden zu sein. »Ich habe Männer deinen lautlosen Tod sterben sehen. Die letzten Wochen waren furchtbar. Eine einzige Qual. So will ich nicht enden. Lieber kämpfe ich bis zum Schluss.«

»Die Waldmenschen«, begriff Carya. »Deshalb haben Sie den Frieden mit ihnen gebrochen.«

Denier nickte. »Ja. Ich will, dass sie kommen und mich holen. Und wenn ich dabei ein paar von ihnen mitnehmen und für die Schandtaten bestrafen kann, die sie im letzten Jahr verübt haben, umso besser.«

»Und wir …?«, begann Carya.

»Elje«, sagte er. »Ihr müsst euch um Elje kümmern, wenn ich nicht mehr bin. Deshalb habe ich euch das Leben gerettet, und ich bringe auch deinen Freund durch, und wenn ich alle Medizin in seinen Körper pumpen muss, die ich noch besitze. Doch im Austausch für euer Leben müsst ihr Elje mit euch nehmen, wenn die Waldmenschen kommen. Bis auf die Tatsache, dass sie nicht spricht, ist sie gesund. Und sie ist ein kluges Mädchen. Sie verdient ein besseres Leben, als ich es ihr noch bieten kann. Bitte, versprich es mir.«

Carya schluckte. Was für ein grausames Schicksal das Leben diesem jungen Mädchen zugedacht hatte. Erst waren Mutter und Bruder gestorben. Und nun würde Elje auch ihren Vater verlieren. Carya musste an ihre eigenen Eltern denken, an die Angst, die sie um sie gehabt hatte, als sie sich in der Hand des Lux Dei befunden hatten. Nur weil sie mit Jonan jemanden gehabt hatte, der bei ihr gewesen war und sich um sie gekümmert hatte, war es ihr überhaupt möglich gewesen, diese Tage durchzustehen. Also wie viel mehr brauchte jemand wie Elje eine Schulter, um sich daran auszuweinen, wenn sie miterleben musste, wie ihr Vater, der einzige Elternteil, der ihr geblieben war, starb? Carya spürte, wie ihr der Gedanke die Kehle zuschnürte.

Aber was machen wir dann mit ihr?, fragte sie sich. Sie befanden sich auf dem Weg zu einem der gefährlichsten Orte des Kontinents, zumindest, wenn man den Geschichten glauben durfte. Dorthin konnten sie die Achtjährige unmöglich mitnehmen. *Wenn ich sie bloß zu meinen Eltern nach Bolonara schicken könnte. Oder zu Bonasse nach Paris.* Leider stand ihnen weder die eine noch die andere Option offen.

»Carya?«, unterbrach Denier ihre Gedanken. Ein merkliches Drängen lag in seiner Stimme.

Sie nickte. »Wir kümmern uns um sie, so gut wir können. Ich verspreche es.«

Irgendwie würden sie schon klarkommen. Sie mussten es einfach.

Am nächsten Morgen ging es Jonan schon ein klein wenig besser. Sein Gesicht hatte wieder Farbe angenommen, und er schwitzte auch nicht mehr so stark. Denier wechselte die Verbände und gab ihm eine weitere Spritze mit einem unbekannten Medikament. Dann verkündete er, dass er in den Wald gehen würde, um etwas zu essen zu beschaffen. Elje und Pitlit schlossen sich ihm an.

Es hatte den Anschein, als hätten die beiden am gestrigen Abend Frieden miteinander geschlossen. Zumindest wirkte das Mädchen nicht mehr ganz so abweisend wie zuvor. Elje sprach nach wie vor kein Wort. Das hatte Carya auch nicht erwartet. Aber zumindest lächelte sie ein paar Mal über Pitlits Scherze.

Der Straßenjunge seinerseits wirkte regelrecht aufgedreht. Er war offensichtlich froh darüber, jemanden um sich zu haben, der jünger war als er und den er mit seinen Geschichten beeindrucken konnte. Womöglich war Pitlit der Schlüssel zum Erfolg, Elje in ihre kleine Gruppe aufzunehmen. Genauso wie Denier sich durch ihn an seinen verstorbenen Sohn erinnert gefühlt hatte, mochte auch Elje sich leichter an einen neuen großen Bruder gewöhnen als an zwei fremde Erwachsene, so wohlmeinend sie auch sein mochten.

Dennoch wünschte Carya sich mehr Zeit, bevor das scheinbar Unvermeidliche geschah und es zum Kampf gegen die Wegelagerer kam. In der kurzen, eher unbequemen Nacht, die Carya auf dem Fußboden von Deniers Hütte verbracht hatte, war sie das Gespräch des gestrigen Abends noch einmal durchgegangen, und sie hatte darüber nachgedacht, Denier davon zu überzeugen, mit ihnen gemeinsam zu fliehen. Er konnte mit Elje nach Paris gehen, sie bei Bonasse abliefern und sich dann in den Straßen der Trümmerzone eine Bande suchen, die ihm ein finales Duell bot.

Doch dann bekam sie – noch halb schlafend – mit, wie er sich am frühen Morgen heimlich etwas zu spritzen versuchte. Doch das Fläschchen war leer, und seinem unterdrückten Fluch nach zu schließen, war das kein gutes Zeichen. Offenbar war seine Krankheit schon deutlich weiter fortgeschritten, als sie gedacht hatte. Womöglich würde er den Fußmarsch bis zurück nach Paris gar nicht mehr schaffen, auch wenn er ihr gestern noch wie ein Mann vorgekommen war, der sich von nichts unterkriegen ließ. Er schien ein guter Schauspieler zu sein – um Eljes willen.

Die Abwesenheit von Denier, Elje und Pitlit nutzte Carya, um Jonan über die neuesten Entwicklungen zu unterrichten. Dieser hörte ihr mit ernster Miene zu. Am Ende quittierte er ihre Ausführungen mit einem leisen Fluch. »Das gefällt mir überhaupt nicht: hier zu sitzen und darauf zu warten, dass diese Wegelagerer vor unserer Tür auftauchen. Ich will nicht undankbar sein. Denier hat uns das Leben gerettet, als er sich mit den Waldmenschen angelegt hat. Aber jetzt, wo ich weiß, dass er ihren Gegenangriff regelrecht erwartet, kommt mir sein Handeln verdammt leichtsinnig vor. Womöglich hat die Krankheit bereits seinen Verstand beeinträchtigt.« Er schüttelte den Kopf und vollführte eine Geste in Richtung Ausgang. »Ich meine, woher wissen wir, dass diese Kerle nicht jede Minute über uns herfallen? Sie könnten in diesem Augenblick vor der Hütte auftauchen.«

Beunruhigt warf Carya einen Blick in Richtung Tür. Im Grunde hatte er recht. Denier hatte gestern zwar behauptet, dass die Waldleute erst einmal ihre Wunden lecken würden, bevor sie sich Zeit für ihre Rache nahmen. Aber woher wusste er das so genau? Eigentlich lag die Vermutung näher, dass sie so schnell wie möglich zuschlagen würden. Schließlich mussten sie damit rechnen, dass ihre Feinde das Weite suchen würden. Dass der Einsiedler sie beinahe freudig erwartete, damit konnten sie ja nicht rechnen. »Immerhin sind da noch die Fallen, die Denier erwähnt hat«, wandte Carya ein. »Wenn sie da hineinlaufen, sollte uns das doch warnen. Ich kann mir nicht vorstellen, dass er so leichtsinnig wäre, diese Bande herauszufordern, wenn er sich nicht halbwegs darauf vorbereitet hätte. Oder?«

Jonan seufzte missmutig. »Ich hoffe es. Ich würde ungern *noch* ein Messer zwischen die Rippen bekommen. Beim nächsten Mal ist der Stich vielleicht besser gezielt.«

»Was sollen wir sonst machen?«, fragte Carya. »Wir können nicht einfach verschwinden. Du bist noch zu stark verletzt. Wie weit kämen wir mit dir in deinem jetzigen Zustand? Wir sollten für jeden Tag dankbar sein, den wir bei Denier verbringen können, der all diese Medizin besitzt und auch damit umgehen kann. Du weißt selbst, wie schnell so eine Wunde schlimme Folgen haben kann, wenn sie keine Gelegenheit bekommt, ordentlich zu verheilen.«

»Ja, natürlich.« Jonan seufzte und sackte auf dem Bett zusammen, auf dessen Kante er saß. Sitzen konnte er schon wieder ganz gut. Es war für ihn fast bequemer als Liegen, da die Rippen dabei nicht so sehr gegen die Wunde drückten. »Ich verstehe ihn ja sogar. Ein Soldat wie er stirbt lieber im Kampf, als dahinzusiechen, bis der Körper am Ende aufgibt. Trotzdem sollten wir offen reden, sobald er zurückkehrt. Ich will genau wissen, wie seine Schutzmechanismen aussehen und was er vorhat. Denn wenn wir tatsächlich angegriffen werden, wird alles verdammt schnell gehen. Dann müssen wir vorbereitet sein. Sonst wird das nicht nur Deniers Tod sein, sondern unser aller.«

»Ich bin vorbereitet – und das seit Wochen«, verkündete Denier, als Jonan ihn am frühen Nachmittag im Beisein von Carya mit seinen Bedenken konfrontierte.

»Verzeihen Sie mir, aber das ist mir zu wenig«, gab Jonan zurück. »Ich bin kein Soldat mehr, der sich blind in Gefechte stürzt, nur weil seine Vorgesetzten behaupten, sie hätten einen guten Plan. Ich trage Verantwortung für Carya und Pitlit und demnächst auch für Ihre Tochter. Daher will ich genau wissen, wie Sie sich Ihr glorreiches Ende vorstellen. Wenn uns die Waldleute umzingeln, sitzen wir nämlich an diesem Ort alle in der Falle.«

Einen Moment lang musterte Denier ihn schweigend, dann nickte er. »In Ordnung. Machen wir einen kleinen Rundgang.«

Sie traten vor die Tür, Jonan langsam und mit sehr vorsichtigen Bewegungen. Draußen zeigte Elje Pitlit gerade irgendwelche Beeren, die sie offenbar auf ihrem morgendlichen Streifzug gesammelt hatte, wobei sie ihm mit energischer Mimik, aber ohne einen Ton von sich zu geben, auf essbare und giftige hinzuweisen versuchte.

»Wo wollt ihr hin?«, fragte der Straßenjunge, als er sie vorbeigehen sah.

»Denier will uns die Fallen zeigen, die er um die Hütte angelegt hat«, sagte Carya. Sie erwartete halb, dass Pitlit aufspringen würde, weil er mitkommen wollte. Doch zu ihrer Überraschung winkte er nur desinteressiert ab. »Na dann. Kenne ich schon.«

Neben Carya hob Jonan die Augenbrauen. »Pitlit?«

Elje schnaufte empört und boxte dem Jungen gegen den Oberarm.

»Ups«, murmelte Pitlit.

»Ist schon in Ordnung«, sagte Denier. »Er soll ja nicht in eine Sprengfalle tappen.«

»Sprengfalle?« Nun richtete sich Jonans Erstaunen auf den Einsiedler.

Denier zuckte mit den Achseln. »Dachtest du, ich hätte Gruben ausgehoben, in deren Boden angespitzte Pfähle stecken?«

»Wenn man es so betrachtet …«

Zu dritt liefen sie einmal in einem weiten Kreis um die Hütte herum, und Carya erkannte, dass diese besser geschützt war, als sie zunächst angenommen hatte. Dornengestrüpp, das geradezu unnatürlich dicht war, schützte Deniers Bleibe im Süden. Im Norden lag uralter Stacheldraht, scheinbar achtlos weggeworfen, aber doch sehr strategisch platziert. Im Osten und Westen dagegen zogen sich überall hauchfeine Schnüre zwischen den Bäumen hindurch, oft durch Blattwerk oder Ranken getarnt, die zu einigen gut verteilten Nestern führten, in denen Metallkugeln lagen, die Jonan als Granaten identifizierte. Darüber hinaus waren gespannte Äste an den Schnüren befestigt, die beim Auslösen der Falle emporschnellten und dabei selbst gebastelte Schellen auslösten, die ein warnendes Klappern von sich gaben.

»Na schön«, sagte Jonan schließlich. »Ich will Ihnen zugestehen, dass sich vermutlich niemand unbemerkt an diese Hütte heranschleichen kann – zumindest wenn er die Fallen nicht kennt. So weit, so gut. Aber wenn die Fallen ausgelöst werden, ist der Feind schon so nah, dass eine Flucht kaum möglich sein wird. Zumal sich diese Wegelagerer schneller und geschickter durchs Unterholz bewegen als Carya, Pitlit und vor allem ich.«

»Auch daran habe ich gedacht«, sagte Denier. »Kommt.«

Er führte sie hinter die Hütte, wo ein großer Busch wuchs. Erst als er ihn zur Seite zog, erkannte Carya, dass es sich dabei um eine gut getarnte Plane handelte. Darunter kam zu ihrem Erstaunen ein Motorrad mit Beiwagen zum Vorschein. Beides erweckte den Eindruck, schon mehrere Jahre unbenutzt herumzustehen, aber soweit Carya das beurteilen konnte, war die Maschine in ordentlichem Zustand.

»Meine letzte Verbindung zur Zivilisation, der ich damals entflohen bin, wenn man so will«, verriet Denier. »Ich habe es für den Notfall in Schuss gehalten. Die Tankfüllung sollte noch für hundert Kilometer gut sein. Ausreichend, um damit von hier wegzukommen. Ihr müsst nur etwa fünfhundert Meter durch den Wald nach Norden fahren, dann erreicht ihr eine Landstraße. Wenn ihr euch dort nach rechts wendet, kommt ihr nach wenigen Kilometern zurück auf die große Handelsstraße. Von dort aus könnt ihr entscheiden, wohin ihr fahren möchtet.«

»Wie kommen wir durch die Fallen?«, wollte Jonan wissen.

»Folgt einem schmalen Korridor, den ich freigelassen habe. Er wird durch Hügel markiert, die an Ameisenhaufen erinnern – damit niemand Verdacht schöpft. Es sind vier Stück, jeweils in Sichtweite zueinander. Haltet genau auf sie zu, und beim vierten Haufen habt ihr die Gefahrenzone hinter euch. Kriegt ihr das hin?«

Jonan nickte. »Das ist nicht mein erstes Motorrad.«

»Gut.« Denier zog die Plane wieder zu. »Ich packe euch nachher auch noch zwei Taschen, eine mit Proviant, eine mit Ausrüstung. Sie liegen unter der Treppe. Versucht sie mitzunehmen, wenn ihr könnt. Sie dürften eure Weiterreise erleichtern.«

»Vielen Dank. Sagen Sie, besitzen Sie zufällig Munition für unsere Waffen?«

»Nicht für dein Sturmgewehr. Aber für den Revolver des Jungen dürfte ich noch ein halbes Päckchen Kugeln haben. Ich hatte mal einen ähnlichen.«

»Vielleicht können Sie es in die Tasche packen.«

»Das mache ich.« Denier breitete die Arme aus und schloss mit einer Geste die ganze Umgebung ein. »Seid ihr nun zufrieden?«

»Die Lage gefällt mir schon besser als heute Morgen«, antwortete Jonan. »Trotzdem hätte ich es für klüger gehalten, wenn wir alle von hier verschwinden würden.«

Die Miene ihres Gastgebers verdüsterte sich. »Ich gehe nirgendwo mehr hin. Hier habe ich gelebt, hier will ich sterben.«

Jonan erwiderte den Blick ernst. »Hoffentlich klappt das alles so, wie Sie es sich vorstellen.«

»Erfüllt ihr nur euren Teil des Plans und rettet Elje«, sagte Denier. »Ich kümmere mich um den Rest.«

Zwei weitere Tage blieb es verdächtig ruhig um Deniers Hütte. Von den Waldmenschen war keine Spur zu sehen, obwohl sie alle die Augen offen hielten. Carya fragte sich schon, ob die Kämpfe an der Handelsstraße ihre Gegner so geschwächt haben könnten, dass sie auf absehbare Zeit von weiteren gefährlichen Unternehmungen, etwa einem Rachefeldzug gegen einen Exsoldaten mit einem sehr großen Gewehr, absehen würden. Aber Denier zerschlug diese Hoffnungen. »Die lecken bloß ihre Wunden. Es ist nur eine Frage der Zeit, bis sie kommen, um mit mir über die geänderten Umstände unseres Waffenstillstands zu sprechen.« Er betonte das letzte Wort in einer Weise, die deutlich machte, dass sehr viel eher ihre Waffen ›sprechen‹ würden.

Jonan erholte sich langsam von seinen Verletzungen. Die Schnitte am Ohr und am Handrücken verheilten gut. Allein die gefährlichere Stichwunde am Oberkörper, die genäht worden war, bereitete ihm noch größere Schmerzen, und sie hatte sich auch ein wenig entzündet. Denier säuberte sie noch einmal gründlich und gab anschließend eine Wundsalbe darauf, die so alt und bröcklig war, dass er sie zuvor mit abgekochtem Wasser verdünnen musste. »Denk immer daran«, ermahnte er Jonan. »Es könnte schlimmer sein. Also Kopf hoch und tapfer lächeln.«

Jonan lächelte tapfer – und am nächsten Morgen erfolgte der Angriff der Waldmenschen!

Denier war gerade zu einem Patrouillengang durch die umliegenden Waldstriche aufgebrochen, und Carya half Jonan, sein mittlerweile gewaschenes und geflicktes Hemd anzuziehen, damit er sich draußen ein wenig in die Sonne setzen konnte, als sie unvermittelt Schüsse im Wald hörten. Carya erkannte das Geräusch sofort wieder.

Umgehend war sie auf den Beinen. »Das ist Deniers Gewehr!«

»Stimmt«, pflichtete Jonan ihr bei. »Das klingt nicht gut.« Er erhob sich und griff nach seiner Jacke, die neben dem Bett lag. Rasch streifte er sie über, wobei er schmerzerfüllt das Gesicht verzog. »Carya, mein Gewehr.«

»Ich hab es schon«, verkündete Pitlit, nur um gleich darauf ein Keuchen auszustoßen. »Uff, ist das Ding schwer.« Leicht verkrampft hievte er die Waffe quer durch die Hütte.

Carya schnitt ihm den Weg ab und griff danach. »Ich nehme das«, bestimmte sie und ergriff das Templersturmgewehr, wobei sie versuchte, sich nicht anmerken zu lassen, wie viel Mühe ihr das bereitete.

Offenbar hatte Jonan dazugelernt, denn er fing keine Diskussion deswegen an. Vielleicht war er aber auch klug genug, zu erkennen, dass er, der nicht einmal schmerzfrei ein Hemd anziehen konnte, kaum in der Verfassung war, um mit einem Sturmgewehr herumzuhantieren, ganz gleich, wie gut es gegen Rückstoß gedämpft sein mochte.

Er nickte also bloß stumm und eilte zur Tür der Hütte, wo bereits Elje stand und furchtsam nach draußen lugte.

Keine zehn Sekunden später tauchte Denier zwischen den Bäumen auf. Er hielt seine doppelläufige Flinte quer vor die Brust gepresst und stürmte ihnen mit verbissener Miene entgegen. »Sie kommen!«, brüllte er.

Kapitel 7

Im Wald hinter Denier gab es einen gewaltigen Knall, gefolgt von einem lauten Aufschrei. Offenbar war einer seiner Verfolger in eine der vorbereiteten Fallen gerannt. Jonan hoffte, dass sie das ein wenig ausbremste.

»Pitlit«, sagte Carya, »hol die beiden Taschen unter der Treppe hervor. Hast du deinen Revolver nachgeladen, wie Jonan es dir geraten hat?«

»Klar, ich bin doch nicht blöd«, antwortete der Straßenjunge, während er der Aufforderung Folge leistete.

»Also gut«, sagte Jonan. »Dann wird es Zeit, dass wir von hier verschwinden. Carya, Pitlit, Elje, kommt.« Er durchquerte das Zimmer, um durch die Tür nach draußen zu verschwinden.

In diesem Augenblick stieß das Mädchen ein ersticktes Quietschen aus. Carya erkannte im gleichen Moment, was es zu bedeuten hatte. Am Waldrand hinter Denier war ein halbes Dutzend der verwildert aussehenden, mit Blättertarn behängten Wegelagerer aufgetaucht. Vier von ihnen trugen bloß Knüppel und Äxte, die anderen beiden jedoch hatten alte Pistolen in der Hand, mit denen sie Denier hinterherschossen. Jaulend peitschten die Kugeln über die kleine Anhöhe, auf der sich die Hütte befand, und eine von ihnen fuhr mit dumpfem Schlag in die Wand unweit von Caryas Position am Fenster.

Ohne länger zu zögern, richtete sie das Templersturmgewehr auf die Angreifer. Es mochte nicht zu Deniers Plan gehören, aber sie musste ihm zumindest Feuerschutz bieten, bis er das Innere der Hütte erreicht hatte. Von dort aus würde er sich länger gegen die Waldmenschen verteidigen können, und womöglich half es Carya und den anderen bei ihrer Flucht, wenn der Einsiedler ihre Feinde so lange wie möglich beschäftigte.

Sie drückte ab, und die Waffe spuckte Feuer in Richtung der Bäume. Sofort duckten sich die Angreifer hinter die Stämme. Einer jedoch schien besonders versessen darauf zu sein, Denier zu erwischen. Vielleicht wollte er Rache für seine Gefährten nehmen, die durch die Hand des Einsiedlers umgekommen waren. Todesverachtend und trotz Caryas Deckungsfeuer richtete er sich auf, zielte und schoss.

Eine Sekunde später wurde er von Caryas Kugeln erwischt und fiel taumelnd nach hinten, doch es war schon zu spät. Elje stieß ein Wimmern aus, und Caryas Eingeweide verkrampften sich, als sie sah, wie Denier zusammenzuckte und ins Stolpern geriet. Ohne sein Gewehr loszulassen, stürzte er wenige Schritte vor dem Eingang auf die Knie. Sein Gesicht war eine Maske des Schmerzes.

Das Mädchen keuchte und riss die Tür auf. »Nein«, stieß Jonan hervor und versuchte, Elje festzuhalten. Es gelang ihm nicht. Sie war einfach zu flink für ihn. Geschickt duckte sie sich unter seiner zugreifenden Hand hinweg, bevor sie nach draußen rannte.

»Au Kacke«, kommentierte Pitlit.

»Carya, gib mir Feuerschutz«, rief Jonan. »Ich hole sie zurück.«

Carya nickte, drückte erneut ab, um die Angreifer zu beharken – und nichts passierte. »Jonan!« Fassungslos presste sie den Finger auf den Abzug.

Mit zwei schnellen Schritten war Jonan bei ihr und riss die Waffe herum. Ein Fluch kam ihm über die Lippen. Er tippte auf die Munitionsanzeige an der Seite der Waffe. »Leer. Verdammt, ich hätte dich warnen sollen, dass fast nichts mehr im Magazin ist.«

Am liebsten hätte Carya sich selbst getreten. Daran hätte sie auch selbst denken können.

»Ich habe noch Munition«, sagte Pitlit und hob seinen Revolver.

Zweifelnd warf Jonan ihm einen Seitenblick zu. Er schien das Gleiche wie Carya zu denken. *Sechs Schuss.*

Carya spähte über den Lauf des nutzlosen Sturmgewehrs nach draußen. Elje hatte ihren Vater erreicht und zerrte ihn verzweifelt Richtung Hütte. Ihre Gegner begannen erneut die Köpfe hinter den Bäumen hervorzurecken. Offenbar hatten auch sie gemerkt, dass seit einigen Sekunden Feuerpause herrschte.

»Pitlit, gib mir den Revolver«, drängte Carya. »Ich versuche, sie in Schach zu halten.«

Ausnahmsweise gehorchte der Straßenjunge, ohne zu murren. Er schien zu wissen, dass die Lage zu ernst war, um Zeit durch Widerworte zu verlieren.

Den Revolver in der Hand, nickte Carya Jonan zu. »Dann lauf, schnell.«

Er holte tief Luft, bevor er geduckt nach draußen stürzte.

Vom Waldrand her peitschte erneut ein Schuss. Jonan warf sich zu Boden. Ein stechender Schmerz fuhr durch seine rechte Seite. Das war nicht gut für seine Verletzung, was er hier trieb. Überhaupt nicht gut. Aber er musste Denier helfen, und wenn auch nur deshalb, um Elje wieder in die Sicherheit der Hütte zurückzubringen.

Hinter ihm fing Carya an, das Feuer zu erwidern. Jonan wusste, dass sie wie der Teufel schießen konnte, wenn ihr Attentäter-Ich sie überkam. Es bestand also Hoffnung, dass sie auch mit bloß sechs Kugeln so viel Schaden anrichtete, dass die Wegelagerer einstweilen den Rückzug antraten und ihnen etwas mehr Zeit blieb.

Im Wald zu seiner Linken gab es einen Donnerschlag. Eine weitere Granate war hochgegangen, zweifellos die Folge eines versuchten Flankenangriffs. Offenbar waren doch mehr Gegner dort draußen als das halbe Dutzend, das sie gesehen hatten.

Jonan schüttelte den Kopf und rief sich selbst zur Ordnung. Letzten Endes war es gleichgültig. Er musste sich auf seine Aufgabe konzentrieren. Nicht zuletzt Eljes Leben hing davon ab.

Er kroch zu Denier hinüber, an dessen Seite das Mädchen hockte. Elje ächzte, während sie am schweren Körper ihres Vaters zerrte. »Komm, ich helfe dir«, sagte Jonan. Er packte Denier unter den Achseln und begann rückwärtszukriechen, wobei er den Einsiedler mit sich zog. Auf dessen Unterleib bildete sich ein nasser Fleck. Die Kugel musste ihn in der Magengegend erwischt haben. Das konnte er nicht überleben. *Aber das will er ja auch nicht*, dachte Jonan verbittert. Er hasste es, einen guten Mann gegen diese Ungeheuer zu verlieren, selbst wenn dieser aus freien Stücken das Ende suchte.

»Flieht, verdammt«, keuchte Denier. »Ich halte sie auf. Noch bin ich nicht besiegt.«

Als wollten sie seiner Aussage spotten, sprangen drei Wegelagerer linker Hand aus dem Wald.

Mit einem Knurren versuchte Denier, sein Gewehr in Anschlag zu bringen. Doch aus der Hütte peitschten bereits Schüsse. Einer der Männer wurde mitten in die Brust getroffen und landete keuchend im Unterholz. Ein zweiter riss plötzlich die Hände vors Gesicht und schrie wie am Spieß. Der Dritte warf sich in Deckung.

Im nächsten Moment erreichten sie die Hütte, und Pitlit zog die Tür auf. »Kommt schnell rein«, rief er.

Elje huschte an ihm vorbei, dann zog Jonan Denier über die Schwelle. Hinter ihnen schlug Pitlit die Tür wieder zu und schob den Tisch davor. Das würde ihre Angreifer bestenfalls Sekunden aufhalten.

»Der Revolver ist leer«, verkündete Carya. »Und hier kommen sie schon. Immer noch fünf. Wie viele von denen gibt es eigentlich?«

»Zu viele«, keuchte Denier. In seiner Stimme schwang der Schmerz mit, den die Bauchwunde ihm verursachte. Er deutete auf sein Bett. »Dorthin. Hilf mir, Jonan.« Mühsam rappelte er sich auf und schleppte sich zur Lagerstätte.

»Jonan, wir müssen hier weg«, drängte Carya. »Ich kann nur noch mit Steinen werfen.«

»Warte, ich habe noch Kugeln«, sagte Pitlit und rannte zu ihr hinüber. Carya warf die Trommel aus, und fieberhaft fingen beide an, die Waffe nachzuladen.

»Aufklappen«, befahl Denier schwach und gestikulierte vage in Richtung des Bettes.

Jonan bückte sich und hob die Felle und Wolldecken hoch. Darunter kam ein Bettkasten zum Vorschein. Als er ihn öffnete, weiteten sich seine Augen. Er warf Denier einen Blick zu.

Der erwiderte ihn grimmig.

Jonan nickte stumm. Er verstand, was der Einsiedler vorhatte. »Wie kommen wir hier raus?«, fragte er. »Es gibt hoffentlich einen Hinterausgang.«

»Die Wand dort hinter dem Regal besteht nur aus lockerem Baumaterial«, antwortete Denier. »Ihr könnt sie aufbrechen.«

Es knallte laut, als Carya erneut und mit tödlicher Präzision zur Verteidigung ihrer letzten Zuflucht ansetzte.

Jonan wartete nicht darauf, dass ihr ein zweites Mal die Munition ausging, sondern packte das Regal und warf es kurzerhand um. Scheppernd und krachend fielen Töpfe und Geschirr zu Boden. »Pitlit, hilf mir mit der Wand. Elje, hol unsere zwei Taschen und zieh deinen Rucksack an.«

Das Mädchen sah ihn aus großen Augen an. Dann blickte sie zu ihrem Vater hinüber. Der nickte. »Elje, es muss sein. Du weißt, dass wir darüber gesprochen haben. Der Tag X. Heute ist er gekommen. Lauf, und dreh dich nicht mehr um, hörst du?«

Elje presste die Lippen zusammen und schüttelte den Kopf. Tränen traten ihr in die Augen. Sie rannte zu ihrem Vater und ergriff seine Hand.

»Nein, Elje, bitte tu das nicht«, flehte er sie an. »Mach es mir nicht noch schwerer. Sei tapfer. Und geh, hörst du?« Die letzten Worte schrie Denier beinahe. Es war der Schrei einer gequälten Seele. »Geh!«

»Und wieder leer«, verkündete Carya. »Drei Gegner übrig. Tut mir leid, die sind echt flink.«

Etwas krachte gegen die Tür und der Tisch rückte nach hinten.

Jonan trat Äste und lose Erde beiseite. In der hinteren Wand der Hütte entstand ein Loch. Direkt daneben stand das Motorrad unter der Plane. Pitlit schlüpfte nach draußen.

»Jonan, wir müssen nicht fliehen«, sagte Carya hinter ihm.

»Was?« Entgeistert drehte er sich um.

In ihren Augen lag ein unheilvoller Glanz. »Ich kann sie töten. Lass sie kommen.«

Draußen vor der Hütte wurde ein animalisches Heulen laut, ein lang gezogener Laut, der durch Mark und Bein ging. Aus dem Wald wurde er vielstimmig beantwortet.

»Diesmal nicht, Carya«, sagte Jonan. »Überlass sie Denier.« Er wandte sich Elje zu und streckte die Hand aus. »Komm.«

Ein letztes Mal sah das Mädchen seinen Vater an. Der stieß sie mit dem Gewehrkolben von sich. »Na los.« Sein grimmiges Gesicht war hart wie Stein, aber in seinen Augenwinkeln glitzerte es verräterisch.

Da gab sich Elje einen Ruck und huschte ohne ein weiteres Wort durch das Loch zu Pitlit, der schon die Tarndecke beiseitegezogen und ihr Fluchtfahrzeug freigelegt hatte. Carya folgte als

Nächstes, Pitlits Revolver und Jonans Sturmgewehr im Gepäck. Beide Waffen mochten im Moment nutzlos sein. Aber später würden sie ihnen noch gute Dienste leisten.

Bevor Jonan selbst durch das Loch kletterte, warf er Denier einen letzten Blick zu. Der Einsiedler hielt nun das Kästchen in der Hand, das er unterm Bett versteckt hatte. Er hob den Kopf und schaute Jonan an. Sie sagten nichts, nickten sich bloß zu. Ein Abschied unter Soldaten.

Erneut schlug jemand gegen die Tür. Der Tisch wurde nach hinten geschoben.

Jonan zog den Kopf ein und glitt nach draußen.

»Kommt, wenn ihr euch traut!«, hörte er Denier im Inneren brüllen. Dann krachte dumpf sein Gewehr, zweifellos eine schmerzvolle Überraschung für den Mann, der vor der Tür gestanden hatte.

Pitlit und Elje hatten sich bereits in den Beiwagen des Motorrads gesetzt, und Carya wartete neben der Maschine. Das schwere Templersturmgewehr hatte sie über die Schulter geschlungen. »Das fährst besser du«, sagte sie.

Mit einem Nicken stieg Jonan auf. Erneut presste er die Lippen zusammen. Seine Seite schmerzte höllisch. Er betete, dass die Wunde nicht wieder komplett aufgerissen war. Vor der Hütte war ein Tumult zu hören, und Denier brüllte seinen Feinden immer neue Schmähungen entgegen. Dennoch würden alle hören, wenn Jonan das Motorrad startete. Er hoffte wirklich, dass es noch funktionierte. Wenn sie sie erst auf sich aufmerksam gemacht hatten und dann nicht von hier wegkamen, waren sie geliefert.

»Wünsch uns Glück«, raunte er Carya zu.

Sie schlang die Arme um seine Hüfte. »Viel Glück«, flüsterte sie.

Er aktivierte den Anlasser. Mit dumpfem Grollen erwachte die Maschine zum Leben. Der Motor stotterte, und einen grauenvollen Moment lang befürchtete Jonan, dass er wieder ausgehen könnte. Behutsam gab er mehr Gas, und gleich darauf gewann das Geräusch der Maschine an Kraft. »Und weg hier«, knurrte er, bevor er die Bremse löste und den Gang einlegte.

Mit einem Rucken setzte sich die alte Maschine in Bewegung. Holpernd rollte sie den Hang hinter der Hütte hinunter und wurde dabei schneller und schneller. *Ameisenhaufen,* ging es Jonan durch den Sinn. *Immer auf die Ameisenhaufen achten.* Vor ihm tauchte einer der falschen Reisighügel auf, und er hielt direkt darauf zu.

»Au Kacke!«, schrie Pitlit, der einen Blick über die Schulter geworfen hatte. »Sie haben uns bemerkt.«

»Dann duck dich und bete«, empfahl ihm Jonan, der sich selbst über den Lenker kauerte, die Augen zusammengekniffen und den unwegsamen Pfad vor ihnen, kaum mehr als ein halb überwucherter Wildwechsel, fest im Blick.

Hinter ihnen peitschte ein Schuss, und eine Kugel pfiff viel zu nah an Jonans Kopf vorbei. *Los, du Mistding. Fahr!*, schrie er in Gedanken die Maschine an.

Sie rauschten am ersten Hügel vorbei, und Jonan vollführte eine scharfe Wende nach rechts, wo er bereits den nächsten erspäht hatte.

Wieder war der Knall eines Revolverschusses zu hören, dessen Projektil irgendwo ins Grüne flog.

Eine Sekunde später und wie zur Antwort wurde der Wald plötzlich von einem gewaltigen Donnerschlag erschüttert. Ein heftiger Windstoß fauchte durch die Bäume. Elje schrie auf, und Carya zuckte hinter Jonan so heftig zusammen, dass dieser kurz den Lenker verriss und sie durch ein Gebüsch rauschten. Schwungvoll trat er auf die Bremse und brachte das Fahrzeug schliddernd zum Stehen. Sie alle drehten sich um und blickten den Weg zurück, den sie gekommen waren.

Auf der Hügelkuppe stieg eine Wolke aus Staub und Blättern auf. Von der Hütte – und ihren Angreifern – war nichts mehr zu sehen. Die umstehenden Bäume ragten umgeknickt wie Streichhölzer in die Luft.

»Licht Gottes, was hat er getan?«, flüsterte Carya.

»Er hat uns allen die Haut gerettet«, sagte Jonan. Tiefer Respekt für diesen todkranken, zu allem entschlossenen Mann und zugleich Erschütterung über sein Schicksal wühlten sein Innerstes auf. Denier hatte nicht nur seine geliebte Tochter, sondern auch drei völlig Fremde vor dem sicheren Tod bewahrt und ihnen so eine Zukunft geschenkt, wenn auch eine noch ungewisse. Er wünschte sich, sein Tod würde irgendwann einmal ähnlich bedeutsam sein.

Jonan blickte zu Elje hinüber. Das Mädchen starrte stumm zu der Ruine, die jahrelang ihre Heimat gewesen war. Lautlose Tränen rannen ihr über die Wangen.

»Dein Vater war ein tapferer Mann«, sagte Jonan.

Elje hob den Kopf und sah ihn an. Sie nickte.

»Und er hat dich nicht absichtlich im Stich gelassen. Das da oben.« Er nickte zum Trümmerfeld hinauf. »Er hat es so gewollt. Er war schwer krank, weißt du. Lange hätte er ohnehin nicht mehr gelebt. Es gab keine Rettung für ihn. Deshalb wollte er abgehen wie ein echter Soldat. Im Kampf für etwas Gutes. Für dich – und für uns.«

Das Mädchen nickte erneut. Sie deutete auf ihre Augen und Ohren. Natürlich hatte sie es gewusst. Sie war schließlich bloß stumm, aber nicht blind und taub.

Jonan neigte verständnisvoll den Kopf. Dann richtete er den Blick auf den kaum erkennbaren Pfad vor ihnen. Seine Seite schmerzte, aber er beachtete sie nicht weiter. Die Wunde würde heilen. Jetzt hieß es nach vorne blicken. »Machen wir uns wieder auf den Weg.«

Unbehelligt erreichten sie den nördlichen Waldrand, und wie von Denier beschrieben, verlief dort eine Straße von Ost nach West. Entgegen der Weisung des Einsiedlers wandte Jonan ihr Motorrad jedoch nicht nach rechts, sondern nach links. Er wollte es nicht riskieren, in eine Richtung zu fahren, in der sich erwiesenermaßen auch Waldmenschen herumtrieben.

»Wir fahren bis zur nächsten Straße, die nach Süden führt und schlagen ein paar Kilometer weiter südlich zurück den Bogen zur Handelsstraße«, entschied er und hoffte, dass ihnen dieser Umweg ohne Kartenmaterial auch glückte. Er vermisste den Navigator schmerzlich, denn mehr als eine grobe Himmelsrichtung – nach Südosten in Richtung Berge – besaßen sie nun nicht mehr, um ihr Ziel zu erreichen.

Eine Straße nach Süden fanden sie nicht, dafür aber eine Eisenbahnschneise, die sich beinahe schnurgerade durch die Landschaft zog. Die beiden parallel verlaufenden Gleisstränge waren verrostet und von Unkraut überwuchert, aber trotzdem sah es so aus, als ließe sich auf dem Schotterbett leidlich gut fahren.

Sie stiegen ab, und mit etwas Mühe gelang es ihnen, ihr Fahrzeug den von Gestrüpp übersäten Abhang hinunter zu den Schienen zu schieben. Eine Stunde lang folgten sie den Gleisen, bevor Jonan es für angebracht hielt, ihr Fahrzeug bei einer der in unregelmäßigen Abständen die Bahnschneise überspannenden Brücken wieder zurück auf die Straße zu bringen, um nach Osten weiterzufahren – in der Hoffnung, die Handelsstraße wiederzufinden.

Wie sie feststellen mussten, hatten sie sich erstaunlich weit von dieser entfernt, sodass es sie weitere zwei Stunden kostete, um dorthin zurückzukehren. Eine Weile schlängelte sich die Straße durch hügeliges Gebiet, dann schlug sie einen weiten Bogen um eine Ruinenstadt, und schließlich teilte sie sich gleich in vier Richtungen auf. Zu ihrem Glück entdeckten sie ein völlig verwittertes, einstmals möglicherweise blaues Straßenschild, auf dem unter anderem das Wort *Genève* stand.

»Von dieser Stadt habe ich schon einmal gehört«, verkündete Jonan. »Sie grenzt unmittelbar an die Schwarze Zone. Wir sind auf dem richtigen Weg.«

Sie folgten der Weisung des Schilds und fuhren Richtung Süden. Etwa fünfzehn Kilometer weiter fing der Motor ihrer Maschine an zu stottern, und kurz darauf blieb das Motorrad stehen. Jonan überprüfte die Tankanzeige und zuckte ergeben mit den Achseln. »Das war's. Wir haben keinen Tropfen Treibstoff mehr.«

»Was machen wir mit dem Motorrad?«, fragte Pitlit, nachdem sie abgestiegen waren. »Nehmen wir es mit?«

»Wenn du es schieben möchtest«, antwortete Jonan. Natürlich tat es ihm leid, das Gefährt einfach am Straßenrand stehen zu lassen. Aber ohne Treibstoff nutzte es ihnen wenig, und wer wusste schon, wann sie mal auf einen Schmuggler oder Schwarzmarkthändler trafen, der zu völlig überteuerten Preisen ein paar Liter zu verkaufen bereit war.

»Eigentlich nicht«, gestand Pitlit. Also schulterte Elje ihren Rucksack, Pitlit und Jonan nahmen jeweils eine der von Denier gepackten Taschen und Carya Jonans Templersturmgewehr, das eindeutig am schwersten war, aber für Jonan mit seiner Verletzung im Moment nicht zu tragen. Danach zogen sie zu Fuß weiter.

Eigentlich war Jonan recht dankbar dafür, dass sich ihr Reisetempo dadurch wieder verlangsamte. Sie würden noch früh genug die Schwarze Zone erreichen. Ein paar Tage später dort einzutreffen würde ihm gestatten, wieder halbwegs auf die Beine zu kommen. Ob das bei ihrem Versuch, sich mit der Erdenwacht anzulegen, letztendlich einen Unterschied machte, wusste er allerdings selbst nicht.

KAPITEL 8

Als es Abend wurde an diesem Tag, erreichten sie eine weitere Stadt. Schon von Ferne sahen sie die mehrstöckigen Häuser aufragen. Auf dem einzigen Hinweisschild, das sie fanden, stand etwas, das wie *Chalon* aussah. Der Rest war nicht mehr lesbar. Als sie etwas näher kamen, sahen sie, dass einige der Gebäude fast vollständig von grünem Efeu oder einer anderen Kletterpflanze überwuchert waren. Der Ort wirkte verlassen.

Aber nur, weil wir keine Menschenseele hören oder sehen, muss das nicht heißen, dass hier niemand haust, ermahnte sich Carya. Das Ödland um Arcadion oder die Trümmerzone von Paris sahen auch nicht nach Landstrichen aus, in denen Menschen wohnten.

»Ich schlage vor, hier übernachten wir«, wandte sich Jonan an Carya, Pitlit und Elje. Er sah wieder etwas blass aus, und sein leicht verkniffener Gesichtsausdruck verriet Carya, dass er unter Schmerzen litt. Der Tag war lang und anstrengend gewesen. Eigentlich zu anstrengend für jemanden mit Jonans Verletzungen.

Wir hätten zumindest den Beiwagen des Motorrads behalten sollen, ging es ihr durch den Kopf. *Dann hätte Jonan sich zwischendurch ein wenig ausruhen können, während Pitlit und ich ihn gezogen hätten.* Diese Erkenntnis kam ein wenig spät. Aber Carya nahm sich vor, Jonan in den nächsten Tagen dazu zu zwingen, sich zu schonen und es langsamer angehen zu lassen. Ansonsten mochte sich all die Pflege von Denier als umsonst erweisen. *Natürlich setzt das voraus, dass wir nicht wieder in irgendeinen Schlamassel geraten.*

»Hm? Was sagt ihr?«, hakte Jonan nach. »Schlagen wir hier unser Lager auf?«

Elje sah Pitlit an, und als der nickte, nickte sie auch. Der Straßenjunge ließ den Blick schweifen, dann hellte sich seine Miene auf. »Und ich weiß auch schon, wo«, verkündete er und deutete mit dem Arm auf einen Ort jenseits der Straße.

Als Carya in die angezeigte Richtung blickte, sah sie ein buntes Schild auf einem hohen Mast stehen. »Was ist das?«, fragte sie.

»So ein Symbol habe ich auch schon mal im Ödland gesehen«, antwortete Pitlit. »Es gehört zu einem riesigen Einkaufsmarkt. Folgt mir. Ich zeige es euch.« Auf unerwartete Weise beschwingt, lief er voraus, quer über die mehrspurige Handelsstraße hinweg.

Carya und die anderen marschierten ihm nach.

Pitlit kletterte über die Fahrbahnbegrenzung und deutete aufgeregt den Abhang hinunter, der dahinter lag. »Dort unten ist er. Ich wusste es.«

Was er meinte, war ein riesiger, schmutzig weißer Kasten, der ein flaches Dach aufwies, auf dem Gras und sogar einige Sträucher wuchsen. Über der breiten Eingangstür hing ein großes Logo aus Glas oder einem ähnlichen Material, das allerdings von Vandalen eingeschlagen worden war, sodass man nur noch blaue und gelbe Bruchstücke davon erkennen konnte. Vor dem Bauwerk erstreckte sich ein ausgedehnter Bereich, wo man Motorwagen abstellen konnte. Bereits rund um den Lufthafen südlich von Paris war Carya aufgefallen, wie viele Plätze die Menschen früher gebraucht hatten, um ihre Motorwagen zu parken. Es musste unglaublich viele dieser Fahrzeuge gegeben haben.

»Da unten«, verkündete Pitlit. »Das ist der perfekte Schlafplatz. Wer weiß, was in dem Laden noch alles zu finden ist.«

»In diesem Fall sollten wir besonders vorsichtig sein«, entgegnete Jonan. »Orte, die irgendwie reizvoll sind, neigen dazu, nicht unbewohnt zu sein. Und unsere Kampfkraft ist im Augenblick furchtbar eingeschränkt.«

Elje zupfte Carya am Ärmel. Dann deutete sie auf sich, ihre Augen und das Gebäude.

»Du willst vorausgehen und die Lage auskundschaften?«, fragte Carya.

Das Mädchen nickte.

»Ich weiß nicht, ob das …« Sie hielt gerade noch inne, bevor sie »dein Vater so gut gefunden hätte« sagen konnte. Gleichzeitig überdachte sie ihren Einwand noch einmal. Ihr altes Ich sträubte sich dagegen, ein achtjähriges Mädchen eine so gefährliche Aufgabe übernehmen zu lassen. Doch die Attentäterin in ihr erkannte Elje als das, was sie war. Klein, schlank und durch Jahre in der Wildnis im Schleichen geübt. Es wäre dumm gewesen, diese Fähigkeit nicht zu nutzen. »Na schön. Wir warten hier oben.«

Pitlit schnaufte. »Leute, das können wir uns sparen. Da unten lebt niemand – zumindest keine Bande oder so etwas.«

»Wie kommst du darauf?«, wollte Carya wissen.

»Wenn dort eine Bande leben würde, hätte sie den Eingang gesichert. Schau dir die offene Tür doch an. Da ist keine Barriere und nichts. Und warum stehen die Autowracks noch überall über den Parkplatz verstreut? Die würden einen prima Schutzwall abgeben. Außerdem ist in so einem Fall Abschreckung die halbe Miete. Symbole an den Wänden, aufgespießte Leichen von Gegnern. Glaubt mir: Würde dort jemand wohnen, würde man das sehen.«

Elje verzog das Gesicht, und auch Carya lief bei Pitlits Worten ein Schauer über den Rücken. »Aufgespießte Leichen? Das meinst du doch nicht ernst?« Aber dann musste sie an den mit Silber überzogenen Totenkopf denken, der vor dem Eingang des Bereichs von

Godards Marktwache in der Trümmerzone von Paris auf einem Pfahl gesteckt hatte. Auf einmal kam ihr die Vorstellung erschreckend realistisch vor.

Pitlit zuckte mit den Achseln. »Ich hab so was noch nicht gesehen. Aber im Ödland von Arcadion hat man sich davon erzählt. Und du hast doch mitgekriegt, dass diesen Verrückten ein Leben nicht viel wert ist.«

»Also schön, wir gehen zusammen runter«, entschied Jonan. »Aber immer schön in Deckung bleiben. Unliebsame Überraschungen gibt es häufiger, als man denkt.«

Vorsichtig näherten sie sich dem großen Einkaufsmarkt. Alles blieb ruhig, auch als sie ins Innere des Gebäudes traten. Dort erwartete sie ein unübersichtliches Durcheinander aus alten Verkaufstheken, zum Teil umgekippten, zum Teil kreuz und quer stehenden Regalreihen und herumliegendem Verpackungsmaterial.

Bereits eine flüchtige Überprüfung ergab, dass der Markt nicht nur von Plünderern, sondern auch von blindwütigen Zerstörern heimgesucht worden war. Etliche der Regale waren zertrümmert worden, die Lampen hingen zerschlagen von der hohen Decke, und keine Glasscheibe schien mehr in einem Stück zu sein. Einmal mehr fragte sich Carya, was die Dunklen Jahre für eine barbarische Zeit gewesen sein mussten.

Nach einem Rundgang, der sie nebenbei davon überzeugte, dass sie allein im Gebäude waren, ließen sie sich in einem Bistrobereich unweit des Eingangs nieder. Er befand sich in einer Nische, sodass man zwar die Türen gut im Blick behalten konnte, selbst aber nicht sofort gesehen wurde.

Sie legten ihre Taschen auf den Tisch und aßen einen Teil der Vorräte, die Denier ihnen eingepackt hatte und die im Wesentlichen aus Fleisch und Pilzen bestanden. »Bevor wir weiterziehen, sollten wir uns morgen die Stadt etwas genauer anschauen«, sagte Jonan. »Wir brauchen mehr Proviant, und wenn hier irgendwo Menschen leben, dürfen wir die Chance, mit ihnen zu handeln, nicht ungenutzt verstreichen lassen.«

Carya nickte. Das war sehr in ihrem Sinne. Sie konnte Kaninchen bald nicht mehr sehen.

Pitlit hatte den letzten Bissen kaum heruntergeschluckt, da rutschte er schon von seinem Sitz. »Ich gehe noch ein wenig stöbern«, sagte er. »Womöglich haben die Plünderer etwas übersehen, das wir mitnehmen können. Kommst du mit, Elje?« Er sah zu dem Mädchen hinüber, das mit bekümmerter Miene an einem großen Pilz nagte. Elje schien an ihren Vater zu denken, etwas, das Carya gut verstehen konnte.

»Geh mit ihm«, sagte sie sanft zu ihr. »Vielleicht entdeckt ihr ja etwas Interessantes.«

Mit einem tonlosen Seufzen nickte das Mädchen und erhob sich.

»Komm«, sagte Pitlit. »Ich wette, hier gibt es noch irgendwo einen funktionstüchtigen Einkaufswagen. Lass uns danach suchen.« Gemeinsam liefen sie los.

»Bleibt aber im Gebäude«, rief Jonan ihnen nach. »Und passt auf unsichere Bereiche auf.«

»Jonan.« Carya musste schmunzeln. »Ich glaube, den beiden brauchst du wirklich nicht zu sagen, wie man in so einer Umgebung klarkommt.«

»Hm, stimmt«, brummte Jonan. »Ich vergesse immer wieder, dass die beiden sich in der Wildnis eigentlich viel besser auskennen als wir.« Er ließ sich auf einem der Stühle in dem ehemaligen Bistro nieder und verzog dabei das Gesicht.

»Lass mich nach deiner Wunde sehen«, sagte Carya.

»Nicht nötig«, widersprach er und winkte ab. »Es ist gar nicht so schlimm.«

Sie setzte eine gespielt strenge Miene auf. »Keine Widerrede. Denier hat sich so viel Mühe gegeben, dich zusammenzuflicken. Wir sind es ihm schuldig, dass du schnell wieder gesund wirst. Außerdem …«, ihre Züge wurden weicher, als sie ihn liebevoll anblickte, »… möchte ich mich nur versichern, dass alles in Ordnung ist. Ich brauche dich, Jonan. Nicht nur weil wir durch die Wildnis wandern. Nicht nur weil wir auf dem Weg zur Schwarzen Zone sind. Sondern weil ich nicht mehr ohne dich sein will.«

Auf seine Züge trat Verlegenheit. »Es … es tut mir leid, Carya. Du hast natürlich recht. Wie so oft in letzter Zeit. Daran muss ich mich auch erst mal gewöhnen, dass jetzt du dich um mich kümmerst statt andersherum.« Er grinste ein wenig kläglich, bevor er ein Seufzen ausstieß. »Also dann …« Umständlich begann er seine Jacke und das Hemd auszuziehen.

Carya half ihm dabei. Anschließend wickelte sie vorsichtig den Verband ab. Wie sie es befürchtet hatte, war die Wunde rot und nässte leicht. Aber Deniers Fäden waren zum Glück nicht gerissen. Carya tupfte die Wunde mit Desinfektionsmittel ab, das sie dem Verbandskasten des Einsiedlers verdankten. Dann brachte sie etwas Wundsalbe auf, ebenfalls eine Gabe von Denier. Wie es aussah, hatte er fast den ganzen Inhalt seiner Privatapotheke in die eine Tasche gepackt, zusammen mit einem Schnappmesser, einem Kompass und einem kleinen blauen Kästchen, das Carya als Strahlungsmessgerät erkannte. »Wenigstens wird dadurch ein Teil unserer verlorenen Ausrüstung ersetzt«, stellte sie fest, als sie es herausholte.

»Ein Navigator oder eine Landkarte ist nicht zufällig in der Tasche?«, wollte Jonan wissen, während er Hemd und Jacke wieder anzog.

Bedauernd schüttelte Carya den Kopf.

»Wäre auch zu schön gewesen.« Ächzend erhob sich Jonan und streckte die Glieder.

»Was hast du vor?«, wollte Carya wissen.

»Ich schaue mich draußen um«, antwortete Jonan. »Ich möchte einfach ein Gefühl für die Umgebung bekommen, sollten wir zu einem überhasteten Aufbruch gezwungen sein.«

»Du glaubst nicht ernsthaft an einen nächtlichen Angriff, oder?«

»Eigentlich nicht. Aber ich will trotzdem vorbereitet sein.«

»Na gut.« Carya erhob sich ebenfalls. »Dann komme ich mit. Ein kleiner Abendspaziergang wäre nett.« Sie schenkte ihm ein vielsagendes Lächeln.

Jonans Mundwinkel zuckten verräterisch. Dann drehte er den Kopf. »Pitlit!«, rief er.

Zwischen zwei Regalreihen tauchte der Straßenjunge auf. Er hatte einen Pappkarton mit verblasstem Aufdruck wie einen Hut verkehrt herum auf dem Kopf sitzen und beide Arme voll mit Krempel. »Hm?«

»Wir sind ein paar Minuten draußen. Überprüfen die Umgebung.« Mit einer vagen Geste deutete Jonan in Richtung Tür. »Die Sachen lassen wir hier.«

Pitlits Blick glitt von Carya zu Jonan und zurück. »Ist gut. Geht nicht zu weit weg. Und passt auf *unsichere Bereiche* auf.« Er grinste breit.

»Schätze, den hatte ich verdient«, brummte Jonan an Carya gerichtet.

Bevor Carya die Ausrüstungstasche verschloss, nahm sie das Schnappmesser heraus und ließ es verstohlen in ihre Hosentasche gleiten. Seit sie in Paris ihren Bogen eingebüßt hatte, besaß sie keine Waffe mehr. Die Attentäterin in ihr machte das überraschend nervös. Anschließend drehte sie sich arglos lächelnd zu Jonan um, und gemeinsam verließen sie das Gebäude.

Die Sonne war beinahe untergegangen, doch die Wärme des Tages lag noch in der Luft und strahlte vom steinernen Boden des

Parkplatzes ab. Carya und Jonan liefen einmal um das Gebäude herum. Unkraut hatte den Asphalt zu ihren Füßen aufgesprengt, und Gestrüpp säumte ihren Weg. An der Rückseite des Gebäudes sahen sie einige Rampen, die einst Lieferanten gedient haben mochten. Außerdem gab es dort eine rostige Metalltreppe, die aufs Dach hinaufführte.

»Wollen wir hochsteigen?«, fragte Jonan.

»Ich schätze, das ist einer der Bereiche, die Pitlit als unsicher bezeichnen würde«, konterte Carya neckend.

Jonan zwinkerte ihr zu. »Wenn du nichts verrätst, verrate ich auch nichts.«

Die Treppe erwies sich als stabiler, als sie ausgesehen hatte, und sie erreichten ohne größere Schwierigkeiten das weitläufige Dach des Einkaufsmarkts. Ursprünglich schien es mit Kies bedeckt gewesen zu sein, wie man an einigen Stellen noch erkennen konnte. Der Großteil war mittlerweile jedoch von Moos, Gras und niedrigem Strauchwerk überwuchert.

Vorsichtig schritten sie über das Dach bis zum Ostrand, von wo aus sie die Ruinen der Stadt sehen konnten. Die letzten rötlichen Strahlen der untergehenden Sonne fielen auf sie, und hier und da spiegelte sich das Licht in Metallflächen. Zwischen den Hochhäusern in der Ferne wurden jedoch bereits die Schatten länger und dunkler. Trotz aller Gefahren, die, wie Carya wusste, an Orten wie diesen lauern mochten, haftete dem Anblick zerfallener Zivilisation, deren Ruinen mehr und mehr von der Natur vereinnahmt wurden, nach wie vor etwas Magisches an. Es war ein ähnliches Gefühl wie früher, wenn sie mit Rajael hoch oben auf der Krone des Aureuswalls gehockt und von der schützenden Festungsmauer Arcadions hinaus ins Ödland geschaut hatte. Nun trennten sie tausend Kilometer von ihrer damaligen Heimat – und noch mehr von Rajael.

Dabei könnte ich dich im Augenblick gut brauchen, dachte Carya. Sie hätte ihre Freundin fragen können, wie sie es empfunden hatte, als Künstliche unter normalen Menschen zu leben. Ob sie es schon immer gewusst hatte. Oder ob man es ihr irgendwann, genau wie Carya, einfach eröffnet hatte. Und wenn ja, wie hatte sie sich danach gefühlt?

Was Carya selbst anging, so war sie sich noch nicht ganz im Klaren darüber, was sie empfinden sollte. Ihr Körper fühlte sich jedenfalls kein bisschen weniger lebendig an als zuvor. Zugegeben konnte sie nicht sicher sein, wie sich ein normaler menschlicher Körper anfühlte. Schließlich hatte sie nie in einem gesteckt. Andererseits hatte sie jahrelang unerkannt unter Menschen gelebt. Und von der Tatsache abgesehen, dass sie praktisch nie krank gewesen war, fiel ihr auch keine Begebenheit ein, während der sie wegen unnatürlichen Verhaltens auf sich aufmerksam gemacht hätte. *Nun ja, zumindest galt das bis zu dem Abend in der Richtkammer im Tribunalpalast*, dachte sie.

Danach war ihr Leben in der Tat völlig aus dem Ruder gelaufen, und sie hatte sich *mehrmals* eindeutig seltsam aufgeführt. Allerdings war ihr das ja auch selbst aufgefallen. Sie hatte sich in diesen Situationen, in denen die extremen Umstände das, in ihr weckten was Cartagena später ihre Attentäterprogrammierung nennen sollte, im eigenen Körper fremd gefühlt.

Vielleicht war das die wichtigste Frage, die sie Rajael – oder auch Enzo oder irgendeinem anderen Invitro – gerne gestellt hätte: Besaß jeder Künstliche zwei Persönlichkeiten? Existierte neben dem Charakter, den sie im Laufe ihres Lebens ausbildeten, noch so etwas wie eine professionelle Programmierung, die in ihnen im Zuge ihrer Schöpfung angelegt worden war? Und kamen sie sich, während sie die Aufgabe erfüllten, für die man sie geschaffen hatte, auch so ausgesperrt vor?

»Du siehst nachdenklich aus«, merkte Jonan neben ihr leise an. Er legte einen Arm um sie, und Carya drehte sich zu ihm herum, um sich an seine linke, unverletzte Seite zu schmiegen. Antworten mochte Jonan ihr keine geben können. Aber es war schön, dass er bei ihr war, dass er unerschütterlich und unablässig für sie da war.

»Ach, ich grüble nur über die Dinge nach, die Cartagena mir in Paris gesagt hat. Wer ich eigentlich bin oder sein sollte und so.«

»Wer du bist, kann ich dir sagen: Du bist die Frau, die hier neben mir steht. Die ihre Eltern vermisst. Die für ihre Freunde, jedes Risiko eingehen würde. Die mutig und rechtschaffen und manchmal ein klein wenig verrückt ist. Die Frau, die ich liebe.« Diese Worte, mit dem tiefen Ernst vorgetragen, den Jonan in solchen Momenten immer zeigte, ließen es Carya warm ums Herz werden.

Doch bevor sie antworten konnte, fuhr Jonan fort. »Und wer du sein solltest, spielt keine Rolle mehr. Cartagena ist tot, seine Intrige geplatzt. Du magst aufgrund der hinterlistigen Pläne der Erdenwacht das Licht der Welt erblickt haben, und einen kurzen, schlimmen Moment lang warst du vielleicht ihr Werkzeug, aber damit ist es nun vorbei. Sie haben keine Macht mehr über dich oder über dein Leben. Sie bestimmen nicht über dein Schicksal.«

»Ich hoffte, du hast recht«, sagte Carya und schmiegte sich noch etwas enger an ihn. »Aber ganz sicher bin ich mir nicht. Die wirkliche Herausforderung liegt noch vor uns. Wer weiß, was uns in der Schwarzen Zone erwartet. Welche geheimen Fäden die Erdenwacht noch in mir versteckt hat, an denen sie bloß ziehen muss, damit ich wie eine Puppe nach ihrem Willen tanze.«

»Du kannst dagegen ankämpfen, vergiss das nicht«, erinnerte Jonan sie. »Im Audienzsaal des Mondkaisers ist es dir schon einmal gelungen. Und jetzt, da du um die Gefahr weißt, wird es dir sicher noch leichter gelingen. Und du bist ja nicht allein. Zur Not kann ich auch noch eingreifen.«

Carya hob den Kopf und zugleich die Augenbrauen. »Und was hast du vor zu unternehmen, wenn ich mich in eine Tötungsmaschine verwandle, die von einem fremden Willen gesteuert wird?«, fragte sie mit leichtem Spott in der Stimme.

»Ich sehe da zwei Möglichkeiten«, antwortete Jonan, und in seinen Augen blitzte es plötzlich schelmisch.

»Und die wären?«

»Entweder schlage ich dich mit meiner unfehlbaren Rechten bewusstlos.«

»Wie nett.«

»Oder ich versuche es hiermit.« Er beugte sich vor, und seine Lippen verschmolzen mit den ihren zu einem Kuss.

Carya spürte wie eine Welle heißer Liebe in ihr aufwallte. Sie presste ihren Körper an den seinen und umschlang ihn mit beiden Armen.

»Autsch. Ah. Vorsicht«, entfuhr es Jonan, und er zuckte zurück.

»Oh, entschuldige«, stammelte Carya, als ihr bewusst wurde, dass sie seine verletzte Seite erwischt hatte. Sie legte ihm besorgt die Hand auf die Brust. »Alles okay?«

Er nickte, wenn auch ein wenig gequält. »Nicht so schlimm. Nur eine Fleischwunde.« Erneut trat ein Lächeln auf sein Gesicht, als er Carya wieder in den Arm nahm. »Wo waren wir stehen geblieben?«

»Ich habe mich in eine verrückte Attentäterin verwandelt, und du wolltest mich aufhalten«, soufflierte sie.

»Ach, richtig.« Erneut küsste er sie, und diesmal passte sie auf, als sie den Kuss erwiderte. Eine Weile lang standen sie in inniger Umarmung auf dem Dach des einsam daliegenden Einkaufsmarktes und genossen es, die Welt und all ihre Probleme für einen Moment zu vergessen. Die Sonne verschwand vollends hinterm Horizont, und erste Sterne wurden am Himmel über ihnen sichtbar.

Eine sanfte Brise strich um ihre Beine und brachte die Sträucher um sie herum zum Rascheln. Es war ein Moment des Friedens.

Schließlich lösten sie sich voneinander und blickten sich tief in die Augen. »Ich liebe dich«, flüsterte Jonan. »Und die Erdenwacht kann sich auf den Kopf stellen: Daran wird sich nichts ändern.«

»Ich liebe dich auch«, erwiderte Carya lächelnd und strich ihm über die stoppelige Wange. Seit sie von Mustards Handelskarawane im Stich gelassen worden waren, hatte Jonan keine Möglichkeit gehabt, sich zu rasieren. Der Bartschatten ließ ihn, zusammen mit der Lederjacke und dem wachsenden Haar, zunehmend verwegen aussehen. Seine Freunde in Arcadion hätten ihn sicher nicht wiedererkannt.

Jonan öffnete gerade den Mund, als wollte er noch etwas sagen, da fiel Carya hinter ihm etwas ins Auge. »Schau«, rief sie und drehte ihn um. »Eine Sternschnuppe.« Sie deutete auf den glühenden Streifen am Himmel. »Schnell, wünsch dir was.«

Er kniff die Augen zusammen. »Ich … ich wünschte mir, es wäre eine Sternschnuppe«, sagte er langsam. Sein Blick folgte dem feurigen Schweif am dunklen Firmament, und jetzt merkte auch Carya, dass er bereits viel zu lange leuchtete, um eines der schnell vergehenden Himmelsphänomene zu sein.

Der Streifen kam näher und zog dann sicher mehrere Dutzend Kilometer nördlich an ihrer Position vorbei. Carya glaubte, ein ganz schwaches Fauchen zu vernehmen. »War das ein Raketenflugzeug?«, fragte sie ungläubig. Unwillkürlich wanderte ihre Hand zu dem Schlüssel, den sie als Anhänger um den Hals trug.

»Sieht beinahe so aus«, antwortete Jonan. »Zumindest will mir nichts anderes einfallen, das mit so einer Feuerspur und so schnurgerade über den Himmel zieht.«

»Ob es aus der Schwarzen Zone kommt?«

»Woher sonst?«

Carya kniff die Augen zusammen. Die Erscheinung war mittlerweile kaum noch zu sehen. »Was denkst du, wohin es unterwegs ist?«

Jonan machte ein düsteres Gesicht. »Tja, wenn du mich fragst, fliegt es nach Paris.«

Kapitel 9

Die Nacht verbrachte Carya in unruhigem Schlummer. Tausend Gedanken beschäftigten sie. Denier ging ihr nicht aus dem Sinn, der auf eine Weise den Tod gesucht hatte, die es ihm erlaubte, noch ein paar Mistkerle mitzunehmen. Noch immer fand sie sein Opfer mutig und selbstsüchtig zugleich.

Denn sie musste auch an Elje denken, die nun ohne Vater dastand. Bislang hielt sich das Mädchen ungewöhnlich tapfer, hatte offen keine Träne vergossen. Aber im Laufe des Abends hatte Elje sich von den anderen abgesondert und war hinter einem Verkaufstresen für Fleischwaren verschwunden. Von dort war sie bislang nicht zurückgekehrt. Gelegentlich hörte man ein leises Schniefen aus der Ecke. Carya, Jonan und Pitlit ließen sie in Ruhe.

Und schließlich grübelte Carya über das Raketenflugzeug nach, das Jonan und sie auf dem Dach beobachtet hatten. Was hatte es damit auf sich? Welche Mission führte es in Richtung Paris? War ein neuer Sondergesandter an Bord, der Nachfolger für Magister Milan oder Botschafter Cartagena? Und hatte er neue Intrigen im Gepäck? Die Ungewissheit machte Carya nervös.

Irgendwann schlief sie doch auf ihrem Lager aus Pappkartons ein, den Kopf auf die zusammengerollte Jacke gebettet, und als sie durchgefroren und steif nach ein paar Stunden aufwachte, vermisste sie einmal mehr schmerzlich die Wolldecken, die sie beim Angriff der Wegelagerer auf Mustard und seine Leute verloren hatten. »Wenn wir wirklich einen Markt finden«, sagte sie zu Jonan, der auch wach war und sich mit einer Hand seine verletzte Seite hielt, »dann müssen wir neben neuem Proviant unbedingt versuchen, ein paar Mäntel oder Decken einzutauschen.«

»Keine Widerrede von mir«, antwortete Jonan, bevor er ächzend aufstand. »Die Sache hat nur einen Haken, und der gibt mir gehörig zu denken.« Er warf ihr einen düsteren Blick zu. »Ich habe keine Ahnung, was wir eintauschen sollen. Seit unser ganzes Hab und Gut, inklusive der sauer verdienten Silbermünzen des Mondkaisers, mit Mustard über alle Berge verschwunden ist, besitzen wir so gut wie nichts mehr von Wert. Außer … Nun ja, außer meinem Sturmgewehr.«

»Nein, Jonan«, entfuhr es Carya, und sie rappelte sich auf, »nicht dein Gewehr. Das hat uns nun schon so lange begleitet und beschützt. Wer weiß, wann wir es noch brauchen werden.«

»Ich kann es im Augenblick nicht tragen, weil es zu schwer für mich ist, und es besitzt keine Munition mehr«, hielt Jonan dagegen. Er senkte den Blick. »Es ist die einzig logische Entscheidung.«

Carya trat zu ihm. »Es geht nicht immer nur um Logik, Jonan«, sagte sie leise, »sondern auch um Gefühle. Um das, was uns ausmacht. Warum habe ich immer noch diesen blöden Schlüssel zu meiner Kapsel um den Hals hängen? Sicher nicht, weil ich ihn in absehbarer Zukunft bräuchte. Aber irgendwie gehört er zu mir. Er erinnert mich daran, wo ich herkomme, und zeigt mir, wo ich hin will. Und genauso ist es mit deinem Gewehr.«

»Es ist bloß eine Waffe, Carya.«

»Und ein Ritter braucht eine Waffe.«

»He, worüber redet ihr?«, fragte Pitlit, der mit Elje aus dem hinteren Bereich des Einkaufsmarkts kam. Das Mädchen hatte rot verquollene Augen, wirkte ansonsten aber gefasst.

»Wir grübeln, wie wir an etwas zu essen und ein paar Decken gelangen können«, verriet Carya ihm. »Also, falls wir überhaupt einen Markt finden.«

Pitlit schaute sie verwirrt an. »Na ja, wir tauschen sie ein.«

»Aber wogegen?«

Auf den Zügen des Straßenjungen hielt eine triumphierende Miene Einzug. »Ha, das kommt davon, wenn man bloß draußen die Sterne anschaut und Händchen hält, statt sich um den nächsten Tag zu kümmern. Schaut mal her.« Er hüpfte in den Gang zurück und tauchte gleich darauf mit einem rasselnden, scheppernden Wagen aus Drahtgeflecht wieder auf. In dem Wagen lag ein Haufen Krimskrams, den Pitlit und Elje gestern Abend gesammelt haben mussten. »Wir haben hier ein paar abgepackte Lappen«, sagte der Junge, »einen Dosenöffner, eine Flasche Bier, die erst … hm, na ja, vierzig Jahre abgelaufen ist. Dann wären da noch ein paar Schuhe, wobei ich das Gefühl habe, dass der linke etwas größer ist als der rechte, aber das müssen wir ja niemandem auf die Nase binden. Außerdem haben wir einen kleinen Karton mit Waschmittel gefunden und ein Kästchen mit so lustigen Wattestangen, an denen Schnüre sind – keine Ahnung, was das ist. Ich will jetzt nicht alles einzeln aufzählen. Das Beste ist ohnehin das hier.«

Pitlit griff in den Wagen und zog einen Trichter mit einem röhrenförmigen Griff darunter hervor, in den er einen kleinen Ball legte. Mit einem Knacken löste er einen Federmechanismus aus, der den Ball hoch in die Luft schleuderte. »Ich habe nicht den leisesten Schimmer, wozu das gut sein soll«, gestand er lachend. »Aber ich find's witzig. Elje, holst du mal den Ball?« Er sah das Mädchen mit Hundeblick in den Augen an.

Elje schnaubte unwillig – offenbar holte sie den Ball nicht zum ersten Mal –, lief dann aber gehorsam los, um ihn zu suchen.

»Pitlit, ich muss gestehen, ich bin beeindruckt«, sagte Jonan. »Ich habe keine Ahnung, wie viel dieses gesammelte Zeug uns einbringen mag. Wir sollten lieber nicht zu viel erwarten. Aber jedes bisschen hilft.«

»Sehe ich auch so«, antwortete Pitlit, sichtlich stolz auf das Lob.

Sie aßen die Reste ihres Proviants und machten sich danach auf den Weg. Eine Stunde lang streiften sie durch die Stadt namens Chalon und mussten dabei feststellen, dass sie weitläufiger war, als sie zunächst angenommen hatten. Die Hochhäuser schienen nur das Zentrum zu bilden, von dem sich eine Vielzahl von Straßen in alle Himmelsrichtungen ausbreitete. Dabei war die Häuserdichte in einigen Bezirken so gering, dass die einzelnen Gebäude im wuchernden Grün geradezu versanken. Es war eine stille, leere Welt, durch die sie sich bewegten. Einen Markt fanden sie nicht. Genau genommen begegneten sie keiner einzigen lebenden Seele.

Stattdessen stießen sie irgendwann plötzlich auf einen Fluss. Er war beinahe so breit wie der Tevere, der durch Arcadion strömte, wirkte aber deutlich sauberer als der brackige, stinkende Strom aus Caryas Heimatstadt. Eine heruntergekommene Uferpromenade säumte den Fluss, schmutzig und moosbedeckt, von der in regelmäßigen Abständen schmale Treppen sowohl zu einer höher gelegenen Straße als auch hinunter ans Wasser führten. Ein paar verfallene Anlegestellen aus Holz und Metall waren dort zu sehen, die träge knarrend auf den Fluten schaukelten.

Und noch etwas schwamm im Wasser. »He, Leute, seht mal, ein Boot!«, rief Pitlit. Er deutete auf einen vielleicht vier Meter langen Kahn, der vor Jahrzehnten mal ein paar Anglern gehört haben mochte. Er stand aufgebockt an der Mauer der Uferpromenade, und die grüne Farbe blätterte in großen Fetzen vom dünnen Metallrumpf ab. Ein Segel oder einen Motor gab es nicht. Allerdings steckten unter dem Boot zwei Riemen aus diesem nicht verrottenden Material, das Carya mittlerweile mit der Zeit vor dem Sternenfall verband.

»Ich frage mich, ob das noch schwimmt«, sagte Jonan und ließ den Einkaufswagen los, in dem inzwischen all ihre Habseligkeiten lagen. Er trat hinüber, um mit den Fingern über das Metall zu streichen.

»Lass es uns einfach ausprobieren«, schlug Pitlit vor. »Wir schmeißen es ins Wasser und schauen, was passiert.«

»Warum eigentlich nicht? Den früheren Besitzer wird es kaum stören.« Gemeinsam hoben die beiden das Gefährt von den Backsteinen runter, auf denen es gestanden hatte, und trugen es die nächstbeste Treppe hinunter. Sie ließen es zu Wasser, und während Jonan das Boot mit der Linken festhielt, sprang der Straßenjunge hinein und drehte sich prüfend zwischen den rissigen Sitzbänken im Kreis. »Kein Wasser. Sieht gut aus.«

»Und nun?«, mischte sich Carya von oben ein. »Was wollt ihr damit anfangen? Habt ihr vor, den Fluss hinunterzufahren?« Der Gedanke, dicht gedrängt auf engem Raum und ohne wirkliche Möglichkeit zur Flucht so offen und vor aller Augen durch die Landschaft zu fahren, behagte ihr gar nicht.

»Also, ich finde die Idee gut«, sagte Pitlit. »Wir suchen nach Menschen? Menschen wohnen da, wo es Wasser gibt, also am Fluss. Wir wollen nach Süden? Bitte, richtige Richtung. Und außerdem treibt uns die Strömung ganz bequem voran. Besser, als wenn wir am Ufer entlanglaufen.«

»Ich bin Pitlits Meinung«, fügte Jonan hinzu. »Noch ein oder zwei Tage ausruhen, während wir uns den Fluss hinuntertreiben lassen, würde uns sicher guttun.«

Carya argwöhnte, dass er mit »uns« vor allem sich selbst meinte, aber sie konnte es ihm nicht verübeln. Im Grunde war sie sogar dankbar dafür, dass er zumindest Anzeichen von Sorge um seine

Gesundheit zeigte. Seufzend nickte sie. »Also gut. Überlassen wir uns diesem Bootswrack. Aber wenn wir mitten im Strom plötzlich mit nassen Füßen dasitzen, sagt nicht, ich hätte euch nicht gewarnt.«

Sie luden ihr Hab und Gut aus dem Einkaufswagen ins Boot und legten diesen selbst auch noch hinein. Dann kletterten sie an Bord und stießen sich mit den Riemen von der Mauer ab. Pitlit ruderte sie in die Mitte des Flusses. Dort ließen sie sich treiben und korrigierten nur gelegentlich mit ein paar Ruderschlägen ihren Kurs.

Den ganzen Tag über fuhren sie den Fluss hinunter. Leere Felder säumten das Ufer, eine trostlose Einöde unter einem grauen Himmel, die Carya ganz trübsinnig machte. Hin und wieder kamen sie an kleinen Siedlungen vorbei, die alle aufgegeben aussahen. Die ersten beiden Male ruderten sie noch ans Ufer, um sich umzuschauen. Danach ließen sie es bleiben. In diesen Ruinen war nichts mehr zu holen.

Am frühen Nachmittag mussten sie ein altes Wehr überwinden, was mit viel Ächzen und Fluchen einherging. Anschließend folgten weitere Kilometer unbewohntes Land. *Es ist alles so einsam,* dachte Carya nicht zum ersten Mal. Sie fragte sich, ob erst der Sternenfall und die Dunklen Jahre diese Gegend so entvölkert hatten oder ob sie schon früher ein dermaßen gottverlassener Flecken gewesen war.

Als es dunkelte, legten sie bei einigen Häusern an, die am Ufer neben einer zerstörten Flussbrücke standen. Pitlit wollte weiterfahren, aber Jonan überzeugte ihn davon, dass es nachts zu gefährlich auf dem Fluss sei. Wenn sie im Stockfinsteren auf ein Hindernis stießen und kenterten, durften sie sich glücklich schätzen, wenn sie bloß ihre Besitztümer verloren.

Sie durchstöberten die Häuser, aber außer ein paar vermoderten Möbeln, die in von Schimmel und Moos bedeckten Räumen ihrem schleichenden Zerfall harrten, war nichts zu finden. Mit knurrendem Magen legten sie sich in dem Zimmer zur Nachtruhe, das am wenigsten schlimm aussah. Und wieder dauerte es lange, bis Carya Schlaf fand.

Mit dem ersten Licht des neuen Tages fuhren sie weiter flussabwärts, in der Hoffnung, möglichst bald auf Zeichen von Zivilisation zu stoßen. Am Himmel hingen Wolken, und es roch nach Regen. Caryas Magen fühlte sich an wie ein harter, schmerzhafter Knoten. »Wenn wir nicht bald auf eine Siedlung stoßen, gehe ich an Land und esse das Nächstbeste, was ich finden kann, und wenn es Gras auf einer Wiese ist«, murmelte sie.

Diese Erfahrung blieb ihr zum Glück erspart. Tatsächlich dauerte es keine zwei Stunden, bis auf einmal Häuser zuerst auf der rechten Uferseite, dann auch auf der linken auftauchten. Kurz darauf stieß Jonan Carya an und deutete auf einen Vorgarten. Wäsche hing dort zum Trocknen. Wenig später erblickten sie die ersten Menschen, die sich soeben zu ihrem Tagewerk aufmachten.

Sie ruderten zu einem unbenutzten Anlegesteg und vertäuten dort das Boot, bevor sie ihr Hab und Gut wieder ausluden. Eine Wache ließen sie nicht zurück. Keiner von ihnen glaubte, dass hier jemand ein so schäbiges Ruderboot stehlen würde. Außerdem waren sie auch gar nicht sicher, ob sie weiter den Fluss entlangfahren würden. Sie mussten sich zunächst einmal orientieren.

Sie fanden recht schnell heraus, dass sie in Mâcon angelangt waren, was sie kurzzeitig in Hochstimmung versetzte, denn es bedeutete, dass sie auch ohne Navigator eine der wichtigen Wegmarken auf ihrer Reise zur Schwarzen Zone erreicht hatten. Während sie durch die Straßen gingen, fiel ihnen allerdings eine merkliche Unruhe unter der Bevölkerung auf. Viele Menschen trugen besorgte Mienen zur Schau. Einige schienen größere Einkäufe getätigt zu haben, was Carya und die anderen auf der einen Seite hoffnungsfroh stimmte, denn offenbar gab es irgendwo einen Markt, andererseits aber die Frage aufwarf, was der Grund für diese Panikkäufe war.

Sie fragten sich bis zu einem Marktplatz durch, auf dem tatsächlich mehrere Bauern der Umgebung Lebensmittel feilboten. Dazu kamen ein paar fahrende Händler, die ein breites Angebot an Waren in ihren Auslagen hatten. Carya ließ ihren Blick über die Lastkutschen schweifen, aber sie stellte rasch fest, dass es sich nicht um Mustards Karawane handelte. Der Zufall wäre auch zu schön gewesen.

Einem der Händler verkauften sie ihren Einkaufswagen voller Fundstücke. Der Erlös war so gering, dass sie nach kurzer Diskussion übereinkamen, zusätzlich ein paar Medikamente loszuschlagen, um wenigstens Geld für vier Decken und Proviant zusammenzubekommen. Für die kleinen Ampullen aus Deniers Bestand erzielten sie einen deutlich besseren Preis, sodass sie sich kurz darauf mit einem Satz Decken und ein paar Münzen zu den ansässigen Bauern hinüberbegaben, um ihre Vorräte aufzufrischen.

»Darf ich Sie etwas fragen?«, wandte sich Carya an einen Käsehändler, einen stämmigen Mann, der einfache Kleidung und eine Schiebermütze trug. In seinen Auslagen gab es nicht mehr viel zu holen, aber alles war besser als nichts – oder kaltes Kaninchen.

»Sicher«, erwiderte der Mann mit nicht allzu großer Begeisterung.

»Warum herrscht in der Stadt so eine angespannte Stimmung? Haben die Leute vor etwas Angst?«

Der Bauer hob den Kopf und musterte Carya aus dem Schatten seiner Mütze heraus. »Haben Sie es noch nicht gehört?«

»Was gehört?«

»Dass es Krieg geben wird.«

Jonan, der einen Laib Brot unterm Arm trug, trat zu ihnen. »Dort, wo wir herkommen, gingen Gerüchte um. Wissen Sie mehr darüber?«

Der Bauer rieb sich die schwieligen Hände. »Na ja, es handelt sich eindeutig um mehr als bloß ein Gerücht. Gestern kam ein Kontingent von Truppen aus Paris hier vorbei. Sicher zweihundert Soldaten mit Transportern und Fuhrwerken. Es hieß, sie wollten nach Grenoble … oder Genève, ich bin mir nicht ganz sicher. Dorthin, wo unsere Grenztruppen stationiert sind.«

»Der Kaiser sammelt bereits seine Truppen …« Jonan wechselte einen besorgten Blick mit Carya. Die Dinge entwickelten sich fast noch schneller, als sie angenommen hatten. Und zu allem Überdruss war Genève genau die Richtung, in der auch ihr Weg sie führte.

»Nicht nur der«, meldete sich der Fleischer am Nachbarstand zu Wort. »Mein Bruder hat mir heute Morgen erzählt, er hätte gestern mit einigen fahrenden Händlern gesprochen, die aus dem Süden kamen. Dort geht die Kunde um, dass auch die Truppen des Lux Dei sich sammeln. Das mag nun nichts Neues sein. Zwischen den Bergen und der Küste wird seit Jahrzehnten gekämpft. Mal herrscht ein paar Monate oder vielleicht sogar ein Jahr lang Ruhe, dann glaubt wieder eine Partei, einen Vorstoß wagen zu müssen.«

Er schüttelte den Kopf und rieb sich mit der Hand übers bärtige Kinn. »Aber diesmal ist es anders. Diesmal verstärken die richtig ihre Truppen. Das gefällt mir überhaupt nicht, wisst ihr, denn wenn der Lux Dei bei Grenoble durchbricht, liegt nur noch Lyon zwischen uns und dem Feind. Und wir alle wissen, dass in Lyon bloß noch ein paar Banden leben.«

»Ich weiß nicht, ob der Lux Dei diesmal unser Feind ist«, mischte sich eine ältere Frau ein, die hinzugetreten war, um sich die Fleischwaren anzuschauen. »Mein Neffe arbeitet für die Garnison, und er hat meinem Sohn erzählt, dass der Mondkaiser und der Lux Dei ein Bündnis geschlossen haben.«

»Was? Das kann ich nicht glauben«, unterbrach sie der Käsehändler.

»Doch, solche Gerüchte haben wir auch vernommen«, bestätigte Carya die Aussage der Frau.

»Seit Jahren kämpfen wir an den Grenzen gegen den Lux Dei«, sagte der Bauer. »Warum sollten wir nun auf einmal Freunde sein?«

»Weil der Lux Dei und der Mondkaiser einen gemeinsamen Feind ausgemacht haben«, antwortete Jonan humorvoll. »Sie kennen sicher das Sprichwort: Der Feind meines Feindes ist mein Freund.«

Der Bauer runzelte die Stirn. »Und dieser Feind ist …?«

»Der Ketzerkönig!«, schrie ein Mann, der in diesem Augenblick den Hauptweg des Marktes hinuntergestürmt kam. Er hielt einen Zettel in der Hand, der so klein war, dass er von einer Brieftaube stammen mochte, und wedelte damit aufgeregt in der Luft herum. Sein Gesicht war gerötet, die Augen hatte er weit aufgerissen. »Der Ketzerkönig hat im Norden die Grenze überschritten! Mettis hat sich kampflos ergeben. Ich habe es gerade eben erfahren.«

Um sie herum brach wildes Durcheinander aus. Die Marktbesucher drängten sich um den Mann und wollten die Botschaft sehen, die er in den Händen hielt. Hatte vorher dumpfe Sorge geherrscht, trat jetzt offene Angst zutage.

»Woher stammt die Botschaft?«, rief der Fleischer.

»Ist Näheres über das Schicksal der Bewohner von Mettis bekannt?«, wollte eine Frau wissen.

»Dringen die Truppen weiter vor?«, fragte ihr Begleiter.

»Ich habe bislang keine weiteren Informationen«, antwortete der Mann atemlos. »Ich arbeite beim Kurierdienst und habe diese Nachricht von einem Freund aus Mettis bekommen. Er versprach mir, sich später zu melden, wenn er mehr weiß. Aber ich kann nicht sagen, wann das sein wird. Mir ist also nur das bekannt: Der König von Austrogermania greift uns mit seinen Truppen an!«

Carya spürte, wie ihr bei diesen Worten ein Schauer über den Rücken lief. Sie wechselte einen raschen Blick mit Jonan. Er machte ein ernstes Gesicht.

Aus der Menge drängten sich Pitlit und Elje zu ihnen durch, die sich ein wenig auf dem Markt hatten umschauen wollen. Die Jackentaschen des Straßenjungen wölbten sich verdächtig, doch wie viele der Dinge, die sich darin befinden mochten, von Pitlit wirklich bezahlt worden waren, fragte Carya sich nur nebenbei. Sie hatten größere Sorgen.

»Habt ihr das gehört?«, fragte Pitlit. »Das mit dem Ketzerkönig?«

Carya und Jonan nickten.

»Was heißt das für uns?«

Jonan schürzte nachdenklich die Lippen. »Wenn wir Glück haben und schnell sind, gar nichts. Allerdings besteht eine gewisse Gefahr, denn wenn der Ketzerkönig in den Norden von Francia eingefallen ist, werden die Truppen, die der Mondkaiser und der Lux Dei im Süden sammeln, sicher rasch den Weg nach Norden antreten, um den Feind abzufangen. Dabei werden sie wahrscheinlich durch diese Gegend marschieren. Je nachdem, wie mutig oder verzweifelt sie sind, werden sie näher am Gebirge vorbeiziehen oder in größerer Entfernung. Es ist also durchaus möglich, dass wir den Truppen über den Weg laufen.« Er sah Carya an. »Und ich glaube nicht, dass wir das wollen.«

»Befürchtest du ernsthaft, dass wir auf Soldaten treffen könnten, die sich an unsere Taten in Arcadion erinnern?«, fragte Carya.

»Das und Schlimmeres: Aidalon könnte bei den Truppen aus Arcadion sein.«

»Der Großinquisitor?«, fragte Carya, und gegen ihren Willen fröstelte es sie. Sie wollte keine Angst vor diesem Mann haben, der ihr und ihren Eltern so übel mitgespielt hatte. Mittlerweile wusste sie, dass sie ihn binnen Sekunden zu töten vermochte, sollten sie sich jemals wieder gegenüberstehen. Aber der Gedanke, dass er von Dutzenden schwarz gepanzerten Templern und Gardisten umgeben sein mochte, die ihm das widerspenstige Schulmädchen mit Freuden ausliefern würden, behagte ihr ganz und gar nicht. Sie hatte die Nacht in den Kellern des Tribunalpalasts nicht vergessen – und auch den Morgen nicht, an dem sie gehängt werden sollte.

»Er war einer der Hauptunterhändler dieser Allianz zwischen dem Mondkaiser und Arcadion«, sagte Jonan. »Außerdem sprechen wir hier vom Kampf gegen den Ketzerkönig. Obwohl Aidalon kein Militär ist, sondern der Inquisition vorsteht, könnte ich mir gut vorstellen, dass er bei diesem Feldzug mit von der Partie sein will – gut geschützt hinter den Linien natürlich.«

»He, toll, dann lerne ich den Mistkerl vielleicht auch endlich mal kennen«, warf Pitlit ein, aber in seiner Stimme lag kein Hauch von Begeisterung.

»Das willst du nicht«, antwortete Carya kopfschüttelnd.

»Nein, vermutlich nicht«, gab der Straßenjunge zu.

»Kommt«, sagte Jonan und fasste Carya am Arm. »Wir haben genug Zeit auf diesem Markt verloren. Verschwinden wir von hier. Je schneller wir Genève und die Berge erreichen, desto besser.«

Sie packten ihre Sachen zusammen und ließen die Menschentraube auf dem Marktplatz hinter sich. Während sie durch die Straßen liefen, kam Carya ein weiteres Problem in den Sinn, dem sie sich besser jetzt als später widmen sollten.

»Jonan, wir müssen mit Elje sprechen«, sagte sie leise. »Dieser Ort mag die letzte größere Siedlung sein, bevor wir die Schwarze

Zone erreichen. Wir haben Denier versprochen, auf seine Tochter aufzupassen. Sie mit in die Schwarze Zone zu nehmen wäre vermutlich nicht in seinem Sinne gewesen.«

Jonan nickte. »Du hast recht. Bestimmt gibt es irgendwo in der Stadt eine Mission oder ein Waisenhaus, wo sie unterkommen kann. Es wird kein leichtes Leben werden, aber mit Sicherheit ist es besser, als mit uns zu gehen.«

Unter dem Vorwand, noch eine kurze Mahlzeit einnehmen zu wollen, bevor sie sich wieder in die Wildnis schlugen, machten sie in einem kleinen, heruntergekommen wirkenden Park Rast. Beim Essen unterbreitete Jonan Elje den zuvor mit Carya besprochenen Vorschlag. »Wir denken, dass es das Beste für dich wäre«, sagte er. »Dort, wohin wir gehen, ist es sehr gefährlich. Wir wissen nicht, was uns in der Schwarzen Zone erwartet. Es ist möglich, dass uns tödliche Bedrohungen bevorstehen.«

»Mann, wenn du es so sagst, klingt das echt wie eine dumme Idee, weiterzureisen«, warf Pitlit ein.

»Das Angebot gilt natürlich auch für dich«, sagte Carya. »Wenn du lieber in einer Stadt bleiben möchtest, in der du dich mit deinen … Talenten durchschlagen kannst, ist jetzt vermutlich die letzte Gelegenheit.«

»Wollte ich so leben wie früher, wäre ich in Arcadion oder Paris geblieben«, gab der Straßenjunge zurück. »Vergesst es. Jonan hat mir Abenteuer versprochen. Nur deshalb habe ich Suri zurückgelassen. Also gehe ich genau dahin, wo ihr auch hingeht. Außerdem komme ich nie zu den Ausgestoßenen zurück, wenn ich jetzt hier bleibe.«

Elje, die dem auf Arcadisch geführten Wortwechsel stumm zugehört hatte, sah Jonan fragend an. »Pitlit will nicht bleiben«, fasste er es für sie zusammen. »Was ist mit dir?«

Das Mädchen schüttelte den Kopf.

»Bist du ganz sicher?«, fragte er noch einmal. »Wir könnten alle sterben.«

Energisch wiederholte Elje das Kopfschütteln, und wie um es zu unterstreichen, ergriff sie Jonans Hand. Mit der anderen deutete sie auf sich, dann im Kreis auf Carya, Jonan und Pitlit und schließlich wieder auf sich.

»Ich denke, das war eindeutig«, sagte der Straßenjunge.

Jonan nickte. »Also schön. Wir bleiben zusammen. Bis zum guten – oder bitteren – Ende.«

Kapitel 10

Mit dem Schreckgespenst namens Krieg im Nacken eilten Carya, Jonan, Pitlit und Elje in Richtung Osten. Je weiter sie kamen, desto bergiger wurde das Land. Erst begann die Handelsstraße, der zu folgen ihnen geraten worden war, sanft aber beständig anzusteigen. Dann rückten die bewaldeten Kuppen niedriger Berge näher heran und nahmen der Landschaft die Weite. Schließlich wurde die Straße von zwei Bergketten eingeschlossen, auf deren Hängen dunkelgrüne Tannen einen regelrechten Urwald bildeten. Und es ging immer weiter aufwärts.

Elje erwies sich in diesen Tagen als unschätzbar wertvolle Begleiterin, denn als ihre Vorräte zur Neige zu gehen drohten, brach sie mit Carya in die Wälder auf und suchte nach Nahrung und Wasser, während der immer noch angeschlagene Jonan und Pitlit, dessen Kenntnisse als Straßenjunge ihm in dieser Umgebung nicht weiterhalfen, bei ihrer Ausrüstung blieben und für das abendliche Lagerfeuer sorgten.

Am vierten Tag ihrer Wanderung ging es plötzlich wieder abwärts, und sie erreichten ein weitläufiges Tal. Von einer Brücke aus, die einen Teil des Tals überspannte, blickten sie auf die Ruinen einer weiteren ehemaligen Stadt. Es gab keine Anzeichen von Bewohnern, aber Carya und die anderen nutzten die Gelegenheit, in einem der aufgegebenen Häuser zu nächtigen. Zu ihrer Freude fanden sie sogar eins, in dem noch vier Betten standen, die zwar völlig verstaubt waren, ansonsten aber ziemlich gut aussahen. Allem Anschein nach hatte es nach dem Wegziehen der eigentlichen Bewohner kaum Plünderungen gegeben, was angesichts der Abgeschiedenheit dieses Fleckens Zivilisation wenig verwunderte.

Während Jonan sich erschöpft auf eins der Betten sinken ließ, und Carya sich ein letztes Mal vom fortschreitenden Heilungsprozess seiner Stichwunde überzeugte, machte sich Pitlit – auch nach Stunden der Wanderung noch unermüdlich – auf, um sich in den Straßen der Umgebung umzuschauen. Elje begleitete ihn.

Als beide eine gute Stunde später wieder auftauchten, wirkte der Straßenjunge sehr guter Dinge. »Stellt euch vor, was ich gefunden habe«, rief er.

Elje zupfte ihn am Ärmel und deutete auf sich.

»Was wir gefunden haben«, verbesserte Pitlit großzügig.

»Ein Warenlager mit Konservenbüchsen?«, schlug Jonan vor.

Pitlit verzog das Gesicht. »So viel Glück habe selbst ich nicht. Nein, aber es ist fast genauso gut.« Er zog einen Stapel Pappkarten aus der Jackentasche und warf sie auf den Tisch. »Ich bin an einem Laden vorbeigekommen, der Krimskrams für Urlauber angeboten hat: Plaketten, Teller, kitschige Porzellanandenken. So ein Zeug eben. Das meiste war kaputt oder hatte nun wirklich überhaupt keinen Wert. Aber das hier könnte uns nützlich sein.« Er tippte auf seine Beute.

Carya erhob sich von der Bettkante, auf der sie gesessen hatte, und ging zum Tisch hinüber. Sie nahm eine der Karten in die Hände. »Ansichtskarten?«, fragte sie.

»Genau«, gab Pitlit zurück. »Schau her, ich glaube, hier sind wir: Bellegarde.« Er hob eine Karte mit der Ansicht einer Stadt hoch, die in einem grünen Tal lag. Die Sonne schien, der Himmel war blau, die Welt schien noch in Ordnung zu sein. »Hier haben wir eine Ansicht der Berge. Da ein einzelner Berg namens Mont Blanc. Von Genève habe ich auch eine, sieh nur, es liegt an einem riesigen See.« Nacheinander hob er Karte um Karte hoch. »Aber das Beste ist das hier.« Er reichte Carya ein von Alter und Witterung verbogenes Exemplar.

Als sie das Motiv erblickte, konnte sie sich eines Lächelns nicht erwehren. »Eine Landkarte«, stellte sie freudig fest.

»Gut, nicht wahr? Schön, sie mag sehr grob gezeichnet sein und ziemlich klein, aber auf jeden Fall besser als gar nichts.« Pitlit grinste zufrieden.

Tatsächlich zeigte die Karte stilisiert und in kräftigen Farben den nördlichen Bereich der Machtsphäre des Lux Dei, der von einem weißbraunen Gebirgsmassiv gekrönt wurde. Kleine rote Punkte, die Städte darstellten, umgaben das Gebirge, das als Alpen bezeichnet wurde. Die meisten Namen sagten Carya nichts, einige jedoch kamen ihr bekannt vor, darunter Firenze, vermutlich das frühere Firanza, und Genève. Dünne Linien, die hoffentlich Straßen abbildeten, zogen sich zwischen ihnen dahin.

»Das ist deutlich besser als nichts«, sagte Jonan anerkennend, als er sich zu ihnen gesellte und ebenfalls einen Blick darauf warf. »Jetzt können wir uns zumindest grob orientieren. Die Schwarze Zone befindet sich ungefähr in diesem Bereich des Gebirges.« Jonan deutete auf ein Gebiet, das südöstlich von ihrem gegenwärtigen Aufenthaltsort lag. »Es ist also nicht mehr weit. Vielleicht zwei Tage oder so.«

»Es scheint ein Weg direkt hineinzuführen«, stellte Carya fest, als sie die Karte genauer betrachtete.

»Ja, anscheinend handelt es sich um eine Überlandstraße, die den Osten von Francia mit dem Norden des Arcadischen Reichs verbindet«, pflichtete Jonan ihr bei.

Pitlit ließ sich auf das Bett fallen, auf dem zuvor Carya und Jonan gesessen hatten. Die Beine lang ausgestreckt und den Oberkörper auf den Ellbogen aufgestützt, sah er zu ihnen herüber. »Sagt mal, haben wir eigentlich so was wie einen Plan, was wir machen wollen, wenn wir ankommen? Ich meine, jetzt ist es ja nicht mehr weit. Wir können schließlich nicht einfach in die Schwarze Zone spazieren. Hat doch sicher seinen Grund, warum noch nie jemand von dort zurückgekehrt ist.«

Seufzend lehnte Carya sich an den Tisch. Über diese Frage hatte sie in den letzten Tagen auch mehrmals nachgegrübelt, ohne nennenswerte Ergebnisse zu erzielen. »Da wir überhaupt nicht wissen, was uns erwartet, ist das mit dem Pläneschmieden nicht so einfach.« Sie wandte sich an Jonan. »Was erzählt man sich noch mal in der Templerakademie über diese Gegend?«

»Es heißt, nach dem Sternenfall sei ein geheimes Experiment schiefgelaufen«, antwortete Jonan achselzuckend. »Seitdem hängt eine Art schwarze Wolke zwischen den Bergen. Daher rührt der Name Schwarze Zone. Die ganze Region ist Sperrbereich, weil einen dort mit Sicherheit der Tod erwartet. Genaueres ist mir leider auch nicht bekannt.«

»Hast du noch nie von einem Soldaten gehört, der die Schwarze Zone betreten hat?«, wollte Pitlit wissen. »Ich dachte, in der Gegend wird seit Jahren gekämpft.«

»Lucai – ihr wisst schon: mein Freund bei der Tribunalpalastgarde – hat mal von einem gehört, dessen Einheit auf Patrouille war und sich im dichten Nebel in die Schwarze Zone verirrt haben soll. Er selbst war an dem Tag krank und deshalb nicht dabei. Im Nachhinein hat er sich glücklich geschätzt. Von seinen Kameraden ist nie wieder gehört worden.«

»Oh, Mann …« Pitlit zog die Ellbogen weg und ließ Kopf und Oberkörper geräuschvoll auf die quietschende Matratze zurückfallen. Schicksalsergeben starrte er zur rissigen Decke ihrer Bleibe.

Carya richtete ihre Aufmerksamkeit wieder auf Jonan. »Hast du irgendeine Vermutung, worauf wir uns einstellen müssen?«

»Nun ja.« Jonan machte ein nachdenkliches Gesicht. »Wir dürfen nicht vergessen, dass die Erdenwacht sich in der Schwarzen Zone verbirgt. Das behauptet zumindest Paladin Alecander. Es könnte also sein, dass einiges, was man sich über die Zone erzählt, bloße Fehlinformationen sind, die als Abschreckung dienen sollen, damit sich niemand dorthin wagt und die Wacht entdeckt. Die Geschichte von der tödlichen schwarzen Wolke, die zwischen den Bergen hängt, kann ich beispielsweise nur schwer glauben. Der Wind müsste sie in den Jahren seit dem angeblichen Unfall längst verweht haben. Seit wir um die Existenz der Erdenwacht wissen, bezweifle ich auch, dass die Schwarze Zone eine echte Todeszone ist. Wenn dort dermaßen viel Strahlung in der Luft läge, wäre das kein Ort, an dem sich jemand jahrzehntelang verstecken will.«

In einer Geste der Hilflosigkeit hob er die Arme. »Aber das ist alles Spekulation. Sicher wissen wir es erst, wenn wir dort sind. Insofern gebe ich dir recht. Es fällt schwer, vorab Pläne zu schmieden. Insbesondere da wir ja auch nicht gerade mit Ausrüstung gesegnet sind. Natürlich wäre mir wohler, wenn wir Schutzkleidung besäßen und Atemmasken und unseren Navigator, mit dem jetzt Mustard seinen Spaß hat. Aber die haben wir nun mal nicht, und ich sehe auch keine Möglichkeit, an solche Sachen heranzukommen, wenn wir nicht nach Paris oder Arcadion zurückkehren wollen, um ein Militärdepot zu überfallen. Also bleibt uns letzten Endes nur, vorsichtig und wachsam zu sein – und zu hoffen, dass es irgendeinen Weg in die Zone hinein gibt, der nicht den Einsatz eines Raketenflugzeugs erfordert.«

»Tja, jetzt wäre es praktisch, wenn wir ein Raketenflugzeug hätten, nicht wahr?« Die Hände in die Hüften gestemmt blickte Pitlit zu dem gewaltigen Gebirgsmassiv auf, das sich vor ihnen hoch in den strahlend blauen Himmel erhob. An den Flanken zogen sich dunkelgrüne Tannenwälder hinauf, doch die Gipfel ragten als nackter, schroffer Fels in die Höhe. Schnee, der wie Puderzucker auf die scharfen Grate gestreut dalag, glitzerte im Schein der Mittagssonne.

Carya konnte nicht anders, als ihm zuzustimmen. Über die großen Handelsstraßen quer durch Francia zu wandern war bereits eine Herausforderung und keineswegs ungefährlich gewesen. Diese Berge zu überwinden, schien jedoch ein Ding der Unmöglichkeit zu sein. Nur Lebensmüde kletterten dort oben, wo die Erde an den Himmel zu stoßen schien, zwischen den Felsen umher. »Hoffentlich gibt es den Weg, der auf dieser Karte eingezeichnet ist, wirklich«, murmelte sie.

Sie senkte den Blick auf die wellige Ansichtskarte in ihren Händen. Eine dünne, gewundene Linie zog sich von Genève nach Milano. In den letzten drei Tagen waren sie ihr erst von Bellegarde nach Genève und dann in Richtung Südosten direkt auf das Hauptmassiv des Gebirges gefolgt. Dennoch blieb die Frage spannend, ob die Straße wirklich weiterführte oder irgendwann einfach endete. Seit sie Genève erreicht hatten, war ihr Zustand rapide schlechter geworden. Der Straßenbelag war völlig verwittert und an zahlreichen Stellen großflächig aufgeplatzt. Außerdem waren sie an mehreren Kratern vorbeigekommen, die zum Teil Dutzende von Metern durchmessende Stücke einfach ausgelöscht hatten.

Auch Genève hatte einen erschreckenden Eindruck geboten. Die Stadt, die einst idyllisch an einem großen See in Sichtweite der Berge gelegen hatte, war ein einziges Trümmerfeld, in dessen Mitte ein mehrere Hunderte Meter durchmessender Kraterkegel lag. Darüber hinaus hatte Deniers Strahlungsmesser eine Todeszone angezeigt. Von den Truppen des Mondkaisers, die angeblich hierher unterwegs sein sollten, war keine Spur zu entdecken. »Ein weiteres Opfer des Sternenfalls«, hatte Jonan nur gemurmelt, als sie sich mit Schaudern von dem Anblick abgewandt hatten und eilig weitergewandert waren.

Und nun befanden sie sich hier, anscheinend kurz vor ihrem Ziel. Allerdings war von schwarzen Wolken, die zwischen den Berggipfeln hingen, wenig zu sehen. Die Wildnis unterschied sich kein bisschen von der übrigen menschenleeren Einöde, die sie beispielsweise an der Küste im Westen oder östlich von Paris vorgefunden hatten. Bloß der Zustand der Straße, die sich in Serpentinen durch den Wald bergauf schlängelte, war noch mieser als an anderen Orten. Aber das war nun wirklich kein Indiz für eine wie auch immer geartete Schwarze Zone.

»Hier oben!«, rief Jonan, der mit Elje ein paar Schritte vorausgegangen war.

Pitlit wandte seine Augen von dem Gebirgsmassiv ab, und Carya ließ die Postkarte sinken, bevor sie beide rasch zu den anderen aufschlossen.

Irgendetwas war hier früher gewesen. Die Straße verbreiterte sich, und an den Seiten wurden Parkplätze für Fahrzeuge sichtbar. Überwucherte Ruinen von Gebäuden, die früher Gasthäuser oder Herbergen gewesen sein mochten, standen einsam in der Gegend herum. Das alles wirkte wie eine wichtige Raststation, die letzte vor der Überquerung des Gebirgsmassivs. Bloß gab es keinen Pass. Die Straße endete einfach an einem von Gestrüpp und Tannen übersäten Hang.

Jonan runzelte die Stirn und blickte sich mit zusammengekniffenen Augen um. »Das kann doch nicht sein! Carya, auf der Karte führt der Weg weiter, oder?«

»Ja, eindeutig«, erwiderte sie, ohne dafür auf ihre zugegeben etwas fragwürdige Wegbeschreibung blicken zu müssen. »Die Linie zieht sich schnurgerade nach Südosten.« Sie stockte kurz. »Nun ja, mindestens zwei Millimeter weit.«

»Warum geht es hier dann nicht weiter? Es gibt nicht einmal ein Anzeichen von einem Pass.« Suchend und etwas ratlos drehte er sich um die eigene Achse.

Plötzlich schien Elje etwas zu bemerken. Das Mädchen reckte den Kopf und lief los.

»Sieht so aus, als hätte Elje eine Entdeckung gemacht«, rief Pitlit und setzte zur Verfolgung an. Carya und Jonan folgten den beiden deutlich langsamer.

»Was macht sie da?«, fragte Jonan leise, während sie zusahen, wie Elje vor dem Strauchwerk am Hang hin und her lief. Sie drehte sich um und winkte. Dann tauchte sie unvermittelt ins Gestrüpp ein und verschwand.

»He, was …« Jonan starrte ihr verwundert nach.

In Carya regte sich ein Verdacht, und sie musterte den Abhang vor ihnen mit neuen Augen. Wenn man ihn genau betrachtete, konnte man erkennen, dass er eine irgendwie unnatürliche Form besaß. Er sah beinahe kantig aus, wenngleich das dichte Buschwerk das recht gut zu verbergen wusste. »Natürlich«, murmelte sie.

Ihr Blick suchte Jonans. Auch in seinen Augen glomm Verstehen auf. »Ein Tunnel«, sprach er laut aus, woran sie beide in diesem Augenblick gedacht hatten.

»Ich werd' verrückt!«, schrie Pitlit von weiter vorne. Auch er hatte sich halb ins Unterholz geschlagen. »Hinter diesem Gestrüpp verbirgt sich ein Tunnel! Und was für ein Ding!«

Nun tauchte auch Elje neben ihm wieder auf. Ihre Wangen waren vor Aufregung gerötet und ihre Augen ganz groß, während sie Carya und Jonan näher winkte.

Als sie das Gestrüpp erreicht hatten, erkannte Carya, dass die Sträucher in der Tat nicht auf der steinigen Erde des Hangs wuchsen, sondern wie ein dichter Vorhang vor einer dunklen Öffnung hingen.

»Los«, sagte Pitlit aufgeregt. »Sehen wir uns um.«

»Halt, langsam ihr zwei«, ermahnte Jonan den Straßenjungen und das Mädchen. »Dieser Tunnel ist nie und nimmer zufällig so dicht zugewachsen. Jemand hat ihn absichtlich verborgen. Schaut mal her.« Er trat an das Strauchwerk und zog es ein wenig auseinander. Darunter wurde ein olivgrünes Geflecht erkennbar, das eindeutig künstlichen Ursprungs war. »Ein Tarnnetz. Dieser Eingang wurde so präpariert, dass er im Laufe der Jahre zuwuchern und wie ein völlig natürlicher Teil des Berges aussehen sollte. Und wenn ich dreimal raten dürfte, würde ich darauf tippen, dass unsere Freunde von der Erdenwacht dafür verantwortlich sind. Das bedeutet, wir sollten ab jetzt verdammt vorsichtig sein. Und es bedeutet auch, dass ich vorgehe und mit der Restlichtverstärkeroptik meines Gewehrs diesen Tunnel erst einmal in Augenschein nehme, bevor ihr darin herumtollt.«

»Oha, in Ordnung.« Pitlit verzog verlegen das Gesicht. Dann setzte er eine strenge Miene auf und wandte sich an Elje. »Hast du gehört: Nicht im Tunnel herumrennen! Es könnten tödliche Fallen darin verborgen sein.«

»Na, das wollen wir mal nicht hoffen«, brummte Jonan, während er das Gewehr aus dem Einkaufswagen nahm, den sie noch immer als provisorisches Transportmittel mit sich führten. Lange würde er nicht mehr seinen Dienst verrichten. Die Rollen waren für derartige Strecken auf rauem Asphalt nicht gemacht. Aber solange er sich noch bewegte, nutzten sie die Möglichkeit, ihr Gepäck nicht selbst tragen zu müssen.

»Ihr wartet hier«, schärfte Jonan Carya, Pitlit und Elje ein. »Und diesmal bitte keine Diskussion. Wir haben nur dieses eine Nachtsichtgerät, und wenn wir alle da drinnen im Dunkeln herumtappen, ist das wenig hilfreich.«

»Wir warten gespannt auf deine Rückkehr, nicht wahr, Kinder?«, erwiderte Carya gespielt artig – als wäre nicht Jonan derjenige gewesen, der in der letzten Zeit gerne mal unsinnige Diskussionen anfing.

»Absolut«, pflichtete Pitlit ihr mit treuem Hundeblick bei.

Elje blickte verwirrt von einem zum anderen, bevor auch sie nickte.

»Ihr seid so blöd«, murmelte Jonan seufzend und wollte sich gerade abwenden, als Pitlit sich noch einmal zu Wort meldete. »He, Jonan.«

»Hm?«

Der Straßenjunge zog seinen Revolver aus dem Gürtel und hielt Jonan die Waffe hin. »Nur zur Sicherheit. Mit deinem Gewehr kannst du Gegner ja bloß noch erschrecken.«

Mit dankbarem Nicken nahm Jonan den Revolver entgegen und schob ihn in seinen Hosenbund. Dann drehte er sich um und trat durch das Gestrüpp.

Der Tunnel erwies sich als gewölbte Röhre von vielleicht zehn Metern Breite und vier Metern Höhe. Die Wände mochten einst weiß gewesen sein, die Decke war schwarz. Auf der Fahrbahn ließen sich verblasste Markierungen erahnen. Von den Lampen, die über Jonans Kopf in die Tunnelverkleidung eingelassen waren, funktionierte natürlich keine einzige.

Langsam, Schritt für Schritt, pirschte er sich vorwärts, das Templersturmgewehr im Anschlag und das rechte Auge an das Okular der Restlichtverstärkeroptik gepresst. Das grüne, leicht körnige Bild erschwerte das Erkennen von Einzelheiten innerhalb des

Tunnels, aber Jonan befand sich nicht auf seinem ersten Kampfeinsatz.

Kampfeinsatz, dachte er sarkastisch. Himmelfahrtskommando traf es eigentlich besser. Es gab sicher nicht viele Soldaten in den Reihen des Lux Dei, die so verrückt waren, nur mit einem Revolver und einem leer geschossenen Sturmgewehr in die Festung eines Feindes vorzudringen, der über Raketenflugzeuge, hochwertige Funkanlagen und Pistolen von einer Bauart verfügte, wie sie heute nicht mehr hergestellt wurden. Oh, und der nebenbei Invitros züchten und zu Killern abrichten konnte. *Nun ja, genau genommen bin ich ja auch kein Soldat des Lux Dei mehr,* schloss er den Gedanken ab.

Mittlerweile hatte er sich etwa dreißig Meter tief in den Tunnel hineinbewegt. Das von draußen einfallende Licht wurde immer schwächer, was seine Gewehroptik mit ihrer Infrarotlichtquelle glücklicherweise nicht beeinträchtigte. Doch selbst wenn das grüne Bild vor seinem rechten Auge dunkler geworden wäre, hätte Jonan unmöglich das Hindernis übersehen können, das vor ihm plötzlich den Tunnel versperrte.

»Das ist nicht gut«, murmelte er, als er das Gewehr senkte und im Restlicht, das vom Tunneleingang hereinschien, den Blick hin und her schweifen ließ. Vor ihm befand sich eine gewaltige Metalltür. Die massive Bauart weckte in Jonan Erinnerungen an Panzertüren von Bunkeranlagen. Er fand einen Griff und zog probehalber daran. Die Tür bewegte sich keinen Millimeter weit. Das musste nicht einmal bedeuten, dass sie tatsächlich verriegelt war. Womöglich wog sie schlicht eine halbe Tonne, und die Scharniere waren im Laufe der Jahrzehnte völlig eingerostet. Aber vielleicht war sie auch wirklich zusätzlich von innen verschlossen, damit niemand durch den Tunnel den Ort erreichte, der sich dahinter verbarg.

Nur um sicherzugehen, rief Jonan die anderen zu sich und gestattete Carya, Pitlit und Elje, sich an der Tür zu versuchen. »Uffza, unmöglich«, kommentierte der Straßenjunge, nachdem er ein wenig an etwas herumgefuhrwerkt hatte, das er für ein neben dem Griff eingelassenes Türschloss hielt. »Um diese Tür aufzukriegen, bräuchten wir einen Panzer.«

»Ja, das hatte ich befürchtet«, sagte Jonan.

»Das heißt, wir kommen hier nicht weiter?«, fragte Carya enttäuscht.

»Es sieht so aus«, antwortete Jonan. »Dieser Weg ist uns versperrt.« Enttäuscht wandte er sich ab. »Ein Gutes hat das Ganze immerhin«, fügte er hinzu, als sie sich auf den Rückweg nach draußen machten.

»Und das wäre?«

»Wir wissen jetzt, dass wir uns in der richtigen Gegend befinden. Irgendetwas befindet sich hinter dieser Gebirgskette. Ansonsten wäre der Tunnel nicht so gut geschützt worden.«

»Das ist ja ausgesprochen hilfreich«, entgegnete Carya nicht ohne Sarkasmus in der Stimme. »Leider ist der Weg *unter* dem Berg versperrt und den Weg *über* den Berg schaffen wir ohne die richtige Ausrüstung nie. Ach, und mit vermutlich auch nicht.«

Sie drängten sich durch das Gestrüpp und ließen die falsche Pflanzenwand wieder an ihren Platz zurückfallen. Wenn möglich sollte niemand bemerken, dass sie jemals hier gewesen waren. »Zeig mir noch mal diese Postkarte«, bat Jonan Carya. »Es muss doch weitere Wege geben.«

Sie reichte sie ihm und er begutachtete sie im hellen Licht der Mittagssonne. »Hm, also da die Straße einmal quer durch die Schwarze Zone führt und dann oberhalb von Torino wieder aus den Bergen kommt, könnten wir es an diesem südlichen Zugang versuchen. Bis dahin sind wir zugegeben sicher noch einmal eine

Woche unterwegs. Außerdem marschieren wir der arcadischen Armee direkt entgegen, was nun wirklich keine erstrebenswerte Aussicht ist.«

»Hast du noch eine andere Idee?«, wollte Carya wissen. »So kurz vor dem Ziel werde ich jedenfalls nicht aufgeben.«

Jonan wiegte nachdenklich den Kopf. »Ich glaube nicht, dass wir bis nach Torino zu wandern brauchen. Es muss Pässe über diese Berge geben, auch wenn sie auf dieser Postkarte natürlich nicht eingezeichnet sind.« Er senkte die Karte und hob den Blick zu dem Gebirgsmassiv zu ihrer Linken. »Ich schlage vor, wir halten uns in der Nähe der Berge und wandern so in einem Bogen nach Südosten. Und sobald wir einen Weg entdecken, der uns vielversprechend aussieht, nehmen wir ihn.«

»Einverstanden«, sagte Carya. »Ich hoffe bloß, wir stoßen zwischendurch auf eine Siedlung, und sei es ein Dorf von Ausgestoßenen. Ansonsten werden wir unsere Gürtel ziemlich eng schnallen müssen, bis wir unser Ziel erreichen.«

Jonan erlaubte sich ein schiefes Grinsen. »Wahrscheinlich werden wir uns noch wünschen, den Truppen des Lux Dei in die Arme zu laufen. Denn bei allem Ärger, den das bedeuten mag: Zumindest gibt es dort etwas Besseres zu essen als Pilze, Kaninchen oder Baumrinde.«

»Nein, danke«, erwiderte Carya düster. »Ich habe die Gastfreundschaft des Lux Dei einmal genossen. Das reicht mir für den Rest meines Lebens.«

Kapitel 11

Da sie so weit oben am Berg keinen Weg fanden und sich auch nicht mitten durch die Wildnis schlagen wollten, begaben sie sich zunächst hinunter zum Fuß der Gebirgskette, auch wenn das bedeutete, dass sie ein Stück der Strecke zurücklaufen mussten, die sie zuvor mühsam bergauf gewandert waren.

Als sie wieder unten waren, dunkelte es bereits, sodass sie sich in einer aufgegebenen Herberge einen Schlafplatz suchten und dort die Nacht verbrachten. Das Abendessen fiel spärlich aus, da ihr Proviant so gut wie erschöpft war, Jonan ihn aber unbedingt noch so weit rationieren wollte, dass sie einen weiteren Tag damit auskamen. Spätestens übermorgen würden sie dann wieder im Wald nach etwas Essbarem suchen müssen.

Der nächste Morgen begrüßte sie mit grauen, regengeschwängerten Wolken, und eine kühle Brise wehte um die Berge. Auch einzelne Sonnentage konnten immer weniger verhehlen, dass der Herbst nahte. Wo auch immer das letztendliche Ziel ihrer Reise liegen mochte, es war wichtig, dass sie es in den nächsten zwei Monaten erreichten – bevor der Winter über das Land kam und es abseits der kleinen Zivilisationsinseln so gut wie unmöglich wurde zu überleben.

Sie setzten ihren Weg fort, den Blick nach links auf die majestätisch aufragenden Berge gerichtet, immer in der Hoffnung, einen

Pass zu entdecken, der sie an den Ort bringen könnte, den sie hinter dieser natürlichen Mauer vermuteten.

Bereits nach einer Wegstunde entdeckten sie eine kleinere Straße, die an den Bergen entlang mitten durch die Wildnis nach Südwesten führte. Sie entschlossen sich, das Risiko einzugehen, und wandten ihre Schritte in diese Richtung, statt auf der größeren Handelsstraße zu bleiben. Sie wanderten in ein Tal hinein, das vielleicht einen Kilometer breit sein mochte und sich zwischen dem Hauptmassiv zur Linken und einer Kette bewaldeter Vorberge zur Rechten erstreckte. Hoch wachsende Wildwiesen und Haine aus dicht beieinanderstehenden Laubbäumen umgaben sie, und immer wieder kamen sie an kleinen, unbewohnten Siedlungen vorbei. Vor dem Sternenfall und den Dunklen Jahren musste die Gegend ein Ort gewesen sein, der eine beinahe kitschige Idylle ausgestrahlt hatte.

Am späten Nachmittag erlebten sie eine Überraschung. Auf einer Weide unweit eines Gehöfts sahen sie Kühe und Schafe grasen. Daneben erstreckte sich eine kleine Obstbaumplantage. Und etwas weiter talabwärts schienen bestellte Felder zu liegen. Allein der Gedanke an all das Essen, das es hier geben musste, sorgte dafür, dass sich Jonans Magen vernehmlich zu Wort meldete.

»Schaut euch das an!«, entfuhr es Pitlit ungläubig. »Am Ende der Welt leben wirklich Menschen.«

»Und das offenbar gar nicht allzu schlecht«, fügte Jonan hinzu.

»Vielleicht sind sie bereit, uns etwas von ihren Vorräten zu verkaufen?«, sagte Carya.

Jonan verzog missmutig das Gesicht. »Wenn wir bloß etwas hätten, das wir ihnen anbieten könnten – außer den Medikamentenresten von Denier und meinem Gewehr.«

Carya warf ihm einen abschätzenden Blick zu. »Dein Schnitt verheilt mittlerweile gut und auch die kleineren Verletzungen machen keinen Ärger mehr. Ich denke, dass wir es uns leisten können, uns von Deniers Erste-Hilfe-Set zu trennen. Zumal wir es auch nicht mehr benötigen würden, wenn wir dort draußen am Berg verhungern.«

»Auch wieder wahr. Also gehen wir mal hinüber. Aber haltet die Augen offen. Es soll Leute geben, die unerwünschte Besucher mit dem Gewehr begrüßen.« Er dachte da unter anderem an Luceno auf der Insel der Invitros nördlich von Arcadion.

Vorsichtig näherten sie sich dem Gehöft, das aus einem Wohngebäude und einigen dahinter liegenden Scheunen und Ställen bestand. Alle Gebäude sahen erstaunlich gut instand gehalten aus. Wer auch immer hier wohnte, kümmerte sich offensichtlich mit viel Eifer und Mühe darum, dass nichts verfiel oder verwilderte.

Als sie sich dem Anwesen auf etwa hundert Meter genähert hatten, brach unvermittelt heftiges Hundegebell los. Drei schwarzbraune Schäferhunde tauchten im Eingang des Hofs auf. Sie machten keine Anstalten, auf Jonan und die anderen loszugehen. Aber sie zogen sich auch keinen Meter zurück. Elje drängte sich furchtsam an Jonans Seite, der seinerseits sein Gewehr fester griff. Es mochte keine Patrone mehr im Magazin stecken, aber ein zehn Kilogramm schwerer Knüppel würde auch einem übereifrigen Hund zu denken geben.

Ein scharfer Befehl rief die Tiere zur Ordnung. Im Türrahmen des Haupthauses tauchte ein kräftiger, wettergegerbt aussehender Mann auf. Seine Haut war gebräunt, und sein grau meliertes Haar wies einen beinahe militärisch kurzen Schnitt auf. Überhaupt erinnerte der Mann Jonan an einen Soldaten, was womöglich an seiner wachsamen Haltung und dem forschenden Blick lag. Vielleicht war auch das Templersturmgewehr schuld daran, das mit einer Beiläufigkeit in seiner Armbeuge ruhte, die dem Gewicht der Waffe zu spotten schien.

»Ich werd' verrückt«, murmelte Pitlit. »Der Kerl erinnert mich an Enzo und Luceno.«

Jonan nickte langsam. Nun, da der Straßenjunge es sagte, fiel auch ihm die Ähnlichkeit auf. Er sah ihnen nicht so gleich wie sie einander, aber Züge und Statur wiesen doch genug Gemeinsamkeiten auf, dass er ihr Sohn hätte sein können, was tatsächlich zu seinem Alter gepasst hätte – vorausgesetzt Enzo hätte etwa zur Zeit des Sternenfalls einen Nachkommen gezeugt.

»Wer seid ihr?«, rief der Mann ihnen auf Francianisch zu.

Da seine Aussprache einen deutlich arcadischen Akzent aufwies, antwortete Jonan in seiner Muttersprache. »Wir sind Reisende auf dem Weg von Paris nach Firanza. Wir kommen in Frieden und wären Ihnen sehr dankbar, wenn Sie uns etwas zu essen verkaufen könnten. Unsere Vorräte sind beinahe aufgebraucht.«

»Von Paris nach Firanza?«, wiederholte der Mann misstrauisch.

»Ja«, sagte Jonan.

»Das ist ein verdammt weiter Weg.«

»Das können Sie laut sagen. Wir wünschten, er läge schon hinter uns.«

»Und da kommt ihr ausgerechnet in unserem Tal vorbei?«

Jonan zuckte mit den Achseln. »Reiner Zufall. Wir dachten, es gäbe einen Weg über die Berge, der unsere Reise abkürzen würde. Leider haben wir bisher keinen Pass gefunden.«

»Hm«, brummte der Mann. Er warf einen Blick auf Jonans Gewehr, das dem seinen so ähnlich war, und dann musterte er Jonan eindringlich, als versuchte er herauszufinden, wie er diesen jungen Mann mit seinen drei noch jüngeren Begleitern einschätzen sollte.

Er schien zu dem Schluss zu kommen, dass sie keine Gefahr darstellten. »Na schön, ihr könnt reinkommen, wenn ihr wollt«, knurrte er. »Wir essen gerade. Es soll niemand sagen, wir wären nicht gastfreundlich. Aber das Gewehr bleibt draußen in eurem …

Wagen.« Er sah den heruntergekommenen Einkaufswagen abschätzig an.

Jonan wechselte einen Blick mit Carya. Sie deutete ein Schulterzucken an, dann ein Nicken. Der Hof und alle umliegenden Ländereien sahen so ordentlich aus, dass sie höchstwahrscheinlich nicht von einer Familie von Psychopathen betrieben wurden, die nur darauf warteten, dass arglose Wanderer vorbeikamen, die sie zum Essen einladen konnten – als Hauptgericht.

»Einverstanden«, sagte Jonan und legte sein Gewehr zurück in den Wagen. Ohne Munition war es ohnehin wenig wert. Vielleicht hatte er ja Glück, und es handelte sich bei dem Mann um einen desertierten arcadischen Templer. Dann hatten sie etwas gemeinsam. Ganz abwegig war der Gedanke nicht. Die Front zwischen dem Lux Dei und den Truppen des Mondkaisers verlief nur wenige Tagesreisen südlich von hier.

Der Mann machte eine einladende Kopfbewegung. »Dann kommt. Übrigens: Mein Name ist Reno.« Er streckte Jonan die Rechte hin, die dieser ergriff, bevor er sich und seine Begleiter vorstellte.

Sie folgten dem Mann ins Innere. Durch einen kurzen Korridor gelangten sie in einen Speiseraum. Dort saßen zu Jonans Überraschung sechs Personen. »Leute, wir haben Besuch«, verkündete der Mann, während er zu seinem Platz am Kopf der Tafel ging. »Das sind Jonan, Carya, Pitlit und Elje. Sie kommen aus Paris, wollen nach Firanza, und der unwahrscheinlichste aller Zufälle hat sie durch unser Tal geführt.« Er deutete auf die Anwesenden. »Mein Bruder Catho, meine Schwester Raina, ihr Mann Collet und ihre drei Söhne Cris, Arturo und Andra.«

»Freut mich«, sagte Jonan und räusperte sich ein wenig unbehaglich, als alle Anwesenden ihn und die anderen unverhohlen anstarrten. Wie es aussah, bekamen sie nicht häufig Besuch. Vor allem die drei Jungen, die zwischen vierzehn und achtzehn Jahre alt sein mochten, machten große Augen, als sie Carya erblickten. Jonan konnte es ihnen nicht verdenken. Womöglich war Carya die erste junge Frau, die sie in ihrem Leben zu Gesicht bekamen. Und auch wenn sie schmutzig und von der langen Reise ein wenig verhärmt wirkte, ließ sich ihre außergewöhnliche Schönheit nicht verleugnen.

Carya schienen die Blicke der Jungs ebenfalls nicht zu entgehen, denn sie hakte sich, wie um klarzustellen, dass sie vergeben war, bei Jonan unter, bevor sie den Anwesenden ein Lächeln schenkte. »Danke, dass wir Ihre Gäste sein dürfen.«

Reno schlug einem seiner Neffen, Cris, mit den breiten Händen auf die Schultern. »Hockt nicht da und glotzt blöd, holt Stühle und noch einen Tisch.«

Sofort sprangen die drei auf und stürzten aus dem Raum. Es polterte und rumpelte im Nachbarzimmer. Gleich darauf tauchten sie wieder auf und schleppten die gewünschten Möbel heran, um die Tafel zu verlängern. Raina erhob sich unterdessen ebenfalls und holte Geschirr aus der Küche. »Wir haben nicht genug Fleisch und Kartoffeln für vier Gäste«, stellte sie fest. »Soll ich noch etwas nachkochen?« Sie sah Reno fragend an. Er schien in diesem Haus das Sagen zu haben.

»Bitte machen Sie sich für uns keine Umstände«, hielt Jonan sie auf. »Wir sind mit einer Kleinigkeit vollkommen zufrieden.«

»Hol einfach noch ein Brot und Schinken und Butter aus der Vorratskammer«, sagte Reno. »Dann teilen wir alles.«

»Ist gut, Reno.«

»Also bitte, setzt euch.« Reno deutete auf die neuen Stühle.

»Danke«, sagte Jonan. »Sie sind sehr freundlich.«

Raina kam mit den Lebensmitteln wieder, und gemeinsam wurde die Mahlzeit fortgesetzt.

»Wir waren wirklich überrascht, so tief in der Wildnis Menschen anzutreffen«, versuchte Jonan, ein Gespräch in Gang zu bringen, das ihm mehr über ihre Gastgeber verraten mochte.

»Genau deswegen leben wir hier«, erwiderte Reno. »Niemand stört uns oder mischt sich in unser Leben ein. Wir haben unsere Ruhe. Nicht mal wegen Banden oder Mutanten müssen wir uns so tief in der Einsamkeit Sorgen machen.«

»Vermissen Sie nicht manchmal die Gesellschaft anderer Menschen?«

»Warum sollten wir? Wir haben uns, außerdem unsere Tiere und verdammt viel Arbeit, um diesen Hof und die Felder zu bewirtschaften. Da bleibt keine Zeit für trübe Gedanken.«

»Sie haben sich wirklich ein kleines Paradies geschaffen«, mischte Carya sich ein. »Wie ist Ihnen das nur gelungen?«

»Mit viel Weitsicht und Disziplin«, erwiderte Reno ernst. »Beides ist das A und O an einem Ort wie diesem. Wir planen genau voraus, wovon wir wie viel benötigen und was wir wann ganz besonders brauchen. Und dann setzen wir diese Pläne konsequent um. Auch wenn es nicht leicht ist. Auch wenn es manchmal schwere Entscheidungen von einem erfordert. Doch dank dieses Vorgehens ist es uns gelungen, uns eine Existenz zu schaffen, von der viele jenseits dieser Berge nur träumen können.«

»Aber es kann doch immer etwas passieren«, wandte Carya ein. »Ein heißer Sommer lässt die Ernte verdorren. Eine Krankheit rafft die Tiere dahin. Einer von Ihnen verletzt sich schwer.«

Ihr Gastgeber riss ein Stück von seiner Brotscheibe ab, steckte es in den Mund, kaute und nickte dann. »Ja, wir haben auch Rückschläge erlitten. Wir mussten uns zu früh von geliebten Menschen verabschieden. Aber noch sind wir genug, um ein Leben an diesem Ort zu ermöglichen. Und das ist gut so, denn dieses Tal ist unsere Heimat.«

»Wie lange wohnen Sie schon hier?«, wollte Jonan wissen.

Reno wechselte einen Blick mit seinem Bruder, der wie er eine gewisse Ähnlichkeit zu Enzo und Luceno aufwies. »Unser ganzes Leben«, sagte er. »Wir wurden hier geboren. Es waren unsere Eltern und zwei ihrer Kameraden, die das hier aufgebaut haben.«

Jonan entging nicht, dass Reno *Kameraden* sagte, ein Begriff, den man für gemeinsam dienende Soldaten verwendete. »Das heißt, es gibt hier noch mehr Menschen?«

»Nein. Alle vier sind bereits tot. Der Letzte von ihnen starb vor einem Jahr bei …«, er zögerte, »… einem Unfall auf dem Feld.« Reno schob sich ein weiteres Stück Brot in den Mund. »Aber das liegt hinter uns.«

Ein Augenblick des Schweigens schloss sich an. Reno schien der Meinung zu sein, genug erzählt zu haben, und auch von den anderen meldete sich niemand zu Wort. Raina und ihr Mann Collet blickten auf ihre Teller, Renos Bruder schien ganz auf sein Essen konzentriert zu sein, und die drei Jungen warfen Carya verstohlene Blick zu. Jonan hoffte, dass die Neugierde die drei Burschen nicht zu weit treiben würde. Gucken durften sie, wenn sie es nicht lassen konnten. Aber wenn auch nur einer von ihnen Carya anfasste, würde Jonan ihm eine Lektion erteilen, Messerwunde hin oder her.

Neben ihm räusperte sich Carya. »Nun haben Sie uns so viel über sich gesagt, vielleicht möchten Sie, dass wir auch ein wenig erzählen. In den letzten Jahren ist in der Welt vieles geschehen.«

Reno schüttelte den Kopf. »Die Welt jenseits der Berge interessiert uns wenig. Unsere Eltern und ihre Kameraden haben uns genug darüber erzählt. Über die Kämpfe, die Seuchen, die Zerstörung ganzer Städte.«

»Haben Ihre Eltern in den Dunklen Jahren nach dem Sternenfall gekämpft?«, fragte Jonan.

»Unser Vater und seine Kameraden, ja. Meine Mutter traf er erst später, nachdem …« Er brach ab.

Nachdem sie desertiert waren, vervollständigte Jonan den Satz in Gedanken.

»... nachdem alles den Bach runtergegangen und sowieso egal war«, sagte Reno.

»Also sind sie hierher geflohen, um ein neues Leben anzufangen?«

»Ja.«

»Aber was ist mit all den Tieren? Haben sie die hier noch vorgefunden?«

Reno nickte. »Der Hof stand schon, aber er war in erbärmlichem Zustand. Die Besitzer litten an einer schweren Krankheit und konnten ihn nicht mehr richtig führen. Alle Nachbarn waren geflohen, weil sie Angst vor Plünderern hatten, die ironischerweise niemals kamen. Alles war da. Nur es fehlte an Manneskraft, um es wieder ertragreich werden zu lassen. Es war eine schwere und entbehrungsreiche Aufgabe, aber sie ist geglückt. Während die Leute da draußen ihre Welt vernichtet haben, wurde sie hier in einer kleinen Oase wiedergeboren.«

»Aber Onkel«, meldete sich Cris, der älteste der Jungen, zu Wort, »ich würde schon gerne mehr über Carya erfahren. Warum war sie in Paris und warum reist sie jetzt nach Firanza? Was ist überhaupt Firanza?«

»Eine Stadt im Süden«, sagte Jonan an Caryas Stelle, etwas schärfer als beabsichtigt. Ihm gefiel die Art nicht, wie dieser Kerl mehr über Carya erfahren wollte. »Wir reisen dorthin, weil dort unsere Heimat ist. Und in Paris waren wir ...« Er stockte. Eigentlich wollte er so wenig wie möglich über die wahre Natur ihrer Odyssee durch Francia preisgeben.

»Weil ich meine Eltern gesucht habe«, führte Carya den abgebrochenen Satz unerwartet fort. »Ich bin bei Pflegeeltern groß geworden, bis ich vor ein paar Monaten erfahren habe, dass mein leiblicher Vater wahrscheinlich in Paris weilt. Ich bin losgezogen, weil ich ihn kennenlernen wollte.«

»Und? Hast du ihn gefunden?«, fragte Cris.

»Nein«, erwiderte Carya ernst. »Das Ganze erwies sich als Hirngespinst. Unsere Reise war umsonst. Nun wollen wir nur noch nach Hause.«

Anerkennend musste Jonan feststellen, dass es ihr perfekt gelang, die Wahrheit so zu dehnen, dass sie weder rundheraus zur Lüge gezwungen war, noch zur Preisgabe heikler und entschieden privater Informationen über ihr Leben und ihre Herkunft.

»Das ist verständlich«, sagte Reno. »Nichts ist wichtiger, als ein gutes Zuhause zu haben. Manche erkennen bereits im Kindesalter, wohin sie gehören. Andere müssen hierzu einmal quer durch die Welt reisen.« Er stützte die Hände auf der Tischplatte ab und ließ seinen Blick zufrieden wie ein Patriarch über die Runde schweifen. Alle außer Pitlit hatten ihre Mahlzeit inzwischen beendet. »So, das war ein gutes Abendessen. Nun wird es Zeit für uns, alles für die Nacht vorzubereiten. Jonan, ihr solltet bis morgen früh bei uns bleiben. Wir haben Platz genug, und ein Bett dürfte in jedem Fall einem Lagerplatz in der Wildnis vorzuziehen sein.«

»Wir möchten Ihnen wirklich nicht zur Last fallen«, wandte Jonan ein.

»Unsinn!«, unterbrach ihn Reno. »Ihr seid die ersten Gäste seit Jahren. Wir werden euch sicher nicht vor dem Hof im Wald übernachten lassen. Bei uns ist es doch viel angenehmer.« Bei diesem letzten Satz warf er Carya einen kurzen Blick zu. Das mochte reiner Zufall sein, aber Jonan gefiel es trotzdem ganz und gar nicht.

Kapitel 12

So, das sind eure beiden Zimmer«, sagte Reno, als er sie wenig später zu ihren Schlafquartieren führte. Diese lagen im zweiten Stock des Hauses, direkt unter dem Dach, auf der rechten Seite eines schmalen Korridors. In die linke Wand waren zwei weitere Türen eingelassen. »Ein Abstellraum, der euch nicht zu kümmern hat, und eine Toilette«, erklärte ihr Gastgeber.

Die Räume erwiesen sich als enge Kammern mit schräger Decke, in der es jeweils nur ein kleines Dachfenster gab. Die Einrichtung war spartanisch – ein Bett, ein Schrank, eine Kommode mit Waschschüssel, ein Tisch und zwei Stühle –, aber alles war vorbildlich sauber. »Die Zimmer gehören Arturo und Andra, aber für eine Nacht treten sie sie gerne an euch ab und schlafen bei ihrem großen Bruder. Es gibt in jedem Raum nur ein Bett. Da ich nicht möchte, dass die Fantasie meiner Neffen noch stärker angeregt wird als bereits geschehen, muss ich darauf bestehen, dass ihr nach Männern und Frauen getrennt schlaft. Ich denke, das ist nicht zu viel verlangt.«

»Das ist kein Problem«, erwiderte Carya. »Danke.«

Reno nickte zufrieden. »Wasser zum Waschen bringt euch Raina gleich. Ach, und bleibt über Nacht hier oben, wenn möglich. Im Erdgeschoss schlafen die Hunde, und wenn ihr sie erschreckt … nun ja, in dem Fall ist das ganze Haus wach.«

»Wir werden es im Kopf behalten«, sagte Jonan.

»Dann wünsche ich eine gute Nacht. Gefrühstückt wird im Morgengrauen.« Er wandte sich ab und ging zur Treppe zurück, die in den ersten Stock führte. Dort angekommen drehte er sich noch einmal um und blickte Carya und die anderen an, so als erwarte er, dass sie gleich auf ihre Zimmer gingen.

»Ist noch etwas?«, fragte Jonan.

»Nein. Nichts.« Reno schüttelte den Kopf. Seine Augen verengten sich ein wenig. »Nur eins noch: Missbraucht unsere Gastfreundschaft nicht. Bleibt in euren Zimmern und stiftet heute Nacht keinen Unfrieden. Ich würde sehr ungehalten darauf reagieren. In diesem Haus muss Disziplin herrschen, sonst sind wir dem Tod geweiht.«

»Wir bereiten Ihnen keinen Ärger«, versicherte Carya ihm.

»Gut. Dann noch einmal gute Nacht.« Mit diesen Worten stapfte er die Treppe hinunter.

»Der Kerl ist schon ein wenig seltsam, oder?«, sagte Pitlit leise. »Bleibt auf euren Zimmern. Stiftet keinen Unfrieden. Für wen hält der uns? Kinder?«

Seine Entrüstung brachte Carya zum Schmunzeln. In den Augen der meisten Menschen wäre der Straßenjunge wohl als Kind durchgegangen. Trotzdem teilte sie sein Gefühl. »Reno ist wirklich eigenartig. Er gibt sich ja freundlich, aber habt ihr gesehen, wie die anderen alle vor ihm kriechen? Als wäre er der Alleinherrscher über dieses Tal.«

»Ich glaube, dass seine Eltern Templersoldaten waren«, sagte Jonan, »die – ironischerweise – nicht sehr diszipliniert gewesen sein können, denn es klingt so, als seien sie desertiert. Womöglich haben sie ihr schlechtes Gewissen damit zu beruhigen versucht, dass sie an diesem Ort alles absolut korrekt, geplant und geordnet angegangen sind, mit militärischer Effizienz sozusagen. Vermutlich wurden die Kinder streng erzogen, und Reno als Ältester der zweiten Generation führt dieses strenge Regiment weiter. Wobei ich nicht ausschließen möchte, dass die jahrzehntelange Abgeschiedenheit ihn und die anderen ein wenig … eigen hat werden lassen.«

Pitlit zuckte mit den Schultern. »Na ja, immerhin haben sie nicht versucht, uns umzubringen und aufzuessen. Dafür bin ich schon dankbar.«

»Pitlit!«, entfuhr es Carya. Sie deutete mit einer Kopfneigung in Richtung Elje. »Hör auf, solche Schauergeschichten zu erzählen. Du machst Elje nur Angst.«

Das Mädchen machte eine gelangweilte Miene und winkte ab. Carya war sich nicht sicher, ob das nicht noch schlimmer war, als wenn Elje furchtsam nach ihrer Hand gegriffen hätte. Schon Pitlit war auf eine Weise abgebrüht, die einen angesichts seines Alters erschrecken konnte. Und Elje war erst acht! *Nicht jeder hat ein so behütetes Leben geführt wie du*, meldete sich ihre innere Stimme zu Wort.

Auf der Treppe wurden Schritte laut, und Raina tauchte mit je einer Kanne Wasser in den Händen auf. »Was macht ihr noch alle auf dem Korridor?«, fragte sie. »Stimmt etwas mit euren Zimmern nicht?«

»Nein, danke, es ist alles bestens«, antwortete Carya mit erzwungenem Lächeln. »Wir haben uns nur wegen morgen besprochen. Wir … wir möchten Ihnen gerne ein paar Vorräte abkaufen – für unsere Weiterreise. Dafür könnten wir Ihnen Medikamente aus einem Erste-Hilfe-Kasten anbieten, die wir von einem Arzt bekommen haben. Alte Medikamente … Sie wissen schon: Vor-Sternenfall-Technologie.«

»Das besprecht ihr am besten morgen mit Reno«, gab Raina zurück, während sie an ihnen vorbei in die Zimmer ging und jeweils eine Kanne dort neben die Waschschüsseln stellte. »Aber jetzt solltet ihr wirklich schlafen gehen. Es ist schon spät.«

»Natürlich.« Carya wandte sich an Jonan. »Gute Nacht, Jonan. Pitlit.«

»Gute Nacht, Carya«, erwiderte Jonan, trat auf sie zu und gab ihr einen züchtigen Kuss auf die Wange. »Verschließ heute Nacht die Tür«, flüsterte er ihr auf Francianisch ins Ohr.

»Ich werde auch an dich denken«, gab Carya lauter zurück, lächelte und strich ihm über den Arm. »Komm, Elje«, wandte sie sich an das Mädchen, und gemeinsam zogen sie sich in ihren Schlafraum zurück. Sie machten die Tür zu, und Carya wartete, bis Raina hörbar wieder die Treppe hinuntergegangen war. Einen Schlüssel zum Versperren der Tür gab es nicht. Also sah sie sich im Raum um, und in Ermangelung eines Holzkeils nahm sie einen der beiden Stühle und verkantete ihn unter der Türklinke.

Fragend blickte Elje sie an.

»Nur eine Vorsichtsmaßnahme«, versicherte Carya ihr.

Das Mädchen deutete auf sich, den Fußboden und zog fragend mit einem Finger über ihre Kehle.

»Nein, ich glaube nicht, dass sie uns etwas antun wollen. Wenn sie das gewollt hätten, wieso hätten sie sich dann die ganze Mühe mit dem Abendessen und diesen Zimmern gemacht? Ich halte sie für seltsam, aber freundlich. Mach dir keine Gedanken.«

Elje hob drei Finger, machte eine Geste, als würden ihre Augen aus den Höhlen springen und zeigte dann auf Carya.

»Oh ja, das habe ich beim Essen auch gedacht«, bestätigte Carya und verzog das Gesicht. »Diese Jungs haben mich echt angestarrt … Irgendwie war das ziemlich peinlich.« Sie verstellte die Stimme und versuchte theatralisch, einen der Söhne nachzuäffen. »Oh, eine Frau! Guckt mal, Brüder, eine Frau. Ich mach mir gleich in die Hose vor Aufregung.«

Elje lachte, und nichts anderes hatte Carya zu erreichen beabsichtigt. »Na los, wasch dich und krabble ins Bett. Ich schlafe vorne an der Kante.«

Kurz darauf lagen sie beide im Dunkeln im Bett. Es war ein wenig schmal für zwei Personen, aber trotzdem hätte Carya es im Zweifelsfall immer einer Nacht im Freien oder auf dem modrig riechenden Boden irgendeiner Ruine vorgezogen. Sie fragte sich, wie es Jonan und Pitlit im Nachbarzimmer erging. Sie hatte sie noch eine Weile nebenan leise reden gehört, dann war die Tür auf und zu gegangen, wahrscheinlich weil einer von ihnen ein gewisses Bedürfnis verspürt hatte. Schließlich war Ruhe eingekehrt.

Von den anderen Bewohnern hörte Carya überhaupt nichts, sosehr sie auch in die Finsternis lauschte. Das ganze Haus war vollkommen still. Nur von draußen vernahm sie gelegentlich den Laut eines Schafs oder einer Kuh, ein Geräusch, das in dieser Einöde ungewöhnlich genug war.

»Carya«, flüsterte plötzlich eine leise, helle Stimme hinter ihr.

Unwillkürlich versteifte sich Caryas Rücken. War das möglich? War das wirklich …?

»Ich vermisse meine Eltern«, flüsterte Elje kaum hörbar.

Carya drehte sich im Dunkeln um. Im schwachen Licht des Mondes, das durch die Fensterläden schien, sah sie das Mädchen mit weit geöffneten Augen neben sich liegen. Sie schluckte. Niemals hätte sie damit gerechnet, dass Elje ausgerechnet an sie das erste Wort richten würde, das sie womöglich seit Jahren sprach.

»Ja«, sagte sie leise und räusperte sich, weil ihre Stimme so belegt klang. »Das glaube ich dir. Ich vermisse meine Eltern auch.«

»Sind sie tot?«, wollte Elje wissen.

»Nein«, erwiderte Carya. »Sie leben in einer Stadt südlich der Berge. Das hoffe ich zumindest. Ganz genau weiß ich es nicht. Ich habe, seit wir uns vor Wochen getrennt haben, keine Verbindung mehr zu ihnen.« Sie schwieg kurz und richtete den Blick zur Decke. »Ich bete, dass es ihnen gut geht.«

»Ich auch«, sagte Elje, bevor sie sich an Carya kuschelte und ihr den Arm um den Hals schlang. Sie mochte abgebrüht sein und die Härten des Lebens draußen in der Wildnis kennengelernt haben. Aber in diesem Augenblick war sie nur ein kleines, einsames Mädchen, genau wie Carya ganz tief in ihrem Herzen manchmal auch. *Wir werden auf dich aufpassen*, versprach sie lautlos, während sie die Umarmung sanft erwiderte. Sie spürte, wie ihr Tränen in die Augen stiegen, wehrte sich jedoch nicht dagegen. In dunklen Nachtstunden wie diesen durfte man weinen. Außerdem bewies es, dass sie mehr war als nur eine gezüchtete und programmierte Mörderin.

Ein Kratzen an der Tür ließ sie beide zusammenschrecken. Sofort war Carya hellwach. Sie legte einen Finger an die Lippen, bevor sie Elje losließ, sich die Tränen aus dem Gesicht wischte und lautlos vom Bett glitt. Ihr war schmerzlich bewusst, dass sie nur halb bekleidet war, aber daran ließ sich im Augenblick nichts ändern. Nicht, wenn sie vermeiden wollte, dass derjenige, der auf dem Korridor stand, mitbekam, dass sie wach war.

Erneut kratzte es an der Tür, dann vernahm sie ganz schwach eine gedämpfte Stimme. »Carya.« Im ersten Moment vermochte sie sie nicht einzuordnen, doch der Sprecher identifizierte sich zu ihrer Erleichterung gleich darauf. »Ich bin es, Pitlit. Mach auf. Leise.«

Carya warf einen Blick zu Elje zurück, die sich im Bett aufgerichtet hatte. Behutsam zog sie den Stuhl unter der Klinke weg und öffnete. Vor der Tür stand tatsächlich Pitlit. Genauer gesagt duckte er sich in den Türrahmen, und seine Miene war angespannt. Dass er ihren nackten Beinen nur einen kurzen Blick zuwarf, zeugte vielleicht mehr als alles andere vom Ernst der Lage. Pitlit gab ihr zu verstehen, dass er reinkommen wollte, und Carya ließ ihn an sich vorbei, bevor sie die Tür wieder schloss.

»Was ist los?«, flüsterte sie.

»Wir müssen hier weg«, eröffnete ihr Pitlit. »Wir sind in Gefahr.«

Carya blinzelte verwirrt. »Was? Wie kommst du darauf?«

»Ich habe mich im Haus mal umgeschaut.«

»Du hast …« Sie hielt den Atem an.

Beschwichtigend hob Pitlit die Hände. »He, keine Sorge. Ich war ausgesprochen vorsichtig. Du kennst mich doch.« Er grinste, wurde jedoch umgehend wieder ernst. »Ich habe dem Braten einfach nicht getraut und wollte nur sichergehen, dass wir morgen auch erwachen, wenn wir heute die Augen schließen. Naja, mein Misstrauen war berechtigt, schätze ich.«

»Sag schon, was hast du gesehen?«, forderte Carya ihn auf weiterzusprechen, während Elje und sie möglichst leise anfingen, sich anzuziehen.

»Gesehen gar nichts«, antwortete Pitlit kopfschüttelnd. »Aber gehört. Erst mal bin ich nur bis zur Treppe geschlichen, um mich zu versichern, dass im ersten Stock unter uns die Luft rein ist. War sie. Also bin ich tiefer runter, und da habe ich im Esszimmer die saubere Familie beisammensitzen und flüstern hören. Zum Glück sprechen sie Arcadisch, sonst hätte ich vermutlich kein Wort verstanden, und auch so kamen nur Fetzen bei mir an, aber eins wurde klar: Sie planen, Jonan und mich heute Nacht loszuwerden.«

Carya spürte, wie ihr eiskalt wurde. Waren sie doch in die Fänge von Irren geraten? »Warum?«

»Was weiß ich. Es klang so, als wären wir nur überflüssige Mäuler, die sie nicht stopfen wollten.«

»Und was soll mit Elje und mir geschehen?«

Der Straßenjunge verzog angewidert den Mund. »Euch wollten sie wohl unter den Söhnen aufteilen. Damit das heile Familienleben weitergehen kann. Das versteht Reno dann wohl unter Weitsicht. Der Mistkerl.«

»Weiß Jonan schon Bescheid?«

»Nein, ich habe ihm gesagt, ich müsse mal aufs Klo. Mittlerweile wird er sich aber vermutlich seinen Teil denken, denn ich bin jetzt schon eine ganze Weile weg.«

»Na schön, sammeln wir leise unsere Sachen, und dann müssen wir von hier verschwinden«, entschied Carya.

»Wie sollen wir das anstellen?«, wollte der Straßenjunge wissen. »Im Erdgeschoss sind die Hunde, die sofort Alarm schlagen, wenn sie uns bemerken.«

»Dann müssen wir eben rennen – und hoffen, dass niemand hier auf unseren Ausbruch vorbereitet ist.« Carya zog ihre Jacke an und hängte sich ihre zusammengerollte Wolldecke und die leere Provianttasche um. »Es gibt keinen anderen Weg. Mitten in der Nacht übers Dach zu flüchten, ist Selbstmord.«

»Einfach toll, wenn man die Wahl zwischen schlechtem Plan und ganz schlechtem Plan hat«, murmelte Pitlit. Er nickte in Richtung Tür. »Ich schleiche zu Jonan hinüber und erzähle ihm alles. Danach holen wir euch ab. Oh, und hier … Wenn es hart auf hart kommt, ist es besser, wenn du ihn hast.« Der Straßenjunge gab Carya seinen Revolver.

»Du gehst mit einer Waffe aufs Klo«, stellte Carya trocken fest.

»Wir leben in gefährlichen Zeiten«, entgegnete Pitlit.

Er öffnete die Tür und huschte hinaus. Durch den Türschlitz sah Carya, wie er im Nachbarzimmer verschwand. Kurz vernahm sie die verwunderte Stimme Jonans. Dann hörte sie nichts mehr, weil die beiden offenbar im Flüsterton weitersprachen.

Stattdessen vernahm sie unvermittelt etwas anderes. Ein Knarren im Stockwerk unter ihnen, so als sei jemand auf eine morsche Bodendiele getreten. Unwillkürlich verkrampfte sich ihre Hand um den Griff des soeben entgegengenommenen Revolvers. Sie drehte sich zu Elje um und legte einen Finger auf die Lippen. Das Mädchen verstand und nickte. Auf Zehenspitzen huschte es zwischen Schrank und Waschkommode in Deckung.

Carya drückte sich neben der Tür an die Wand, winkelte den Arm mit der Waffe an und lauschte angestrengt. Sie hatte sich nicht geirrt. Dem leisen Tappen von Schritten nach zu urteilen, bewegten sich zwei Personen verstohlen die Treppe zu ihnen herauf. Behutsam zog Carya die Tür so weit zu, wie sie konnte, ohne die Klinke bewegen zu müssen. Sie hoffte, dass es im Korridor dunkel genug war, um den Umstand der bloß angelehnten Zimmertür vor den Augen ihrer heimlichen Besucher zu verbergen.

Lautlos atmete Carya aus und schloss die Lider. Sie spürte, wie sich ihre Muskeln anspannten und ihre Sinne schärften. Eine Präsenz regte sich in ihr, von der sie in den letzten Tagen, seit der Flucht aus Deniers Hütte, wenig bemerkt hatte. Die Attentäterin lag sprungbereit an der Schwelle zu ihrem Bewusstsein, bereit, hervorzubrechen und die Kontrolle zu übernehmen, sollte es zum Kampf kommen.

Ihre Besucher hatten mittlerweile das obere Ende der Treppe erreicht. Carya glaubte ein verstohlenes Flüstern zu hören, verstand aber nicht, was gesprochen wurde. Vermutlich planten sie, wie sie zuschlagen wollten. Carya versuchte, sich die wahrscheinlichen Positionen der beiden im Flur vorzustellen. Wenn sie sie überraschen wollte, musste alles ganz schnell gehen.

Ein Kratzen an der Tür verriet ihr, dass ihre Gegner heran waren. Es klang, als versuche jemand, einen Schlüssel ins Schloss zu schieben. Wollte er Elje und sie einsperren? Carya entschied, es nicht darauf ankommen zu lassen, sondern sofort zu handeln.

Schwungvoll zog sie die Tür auf und drehte sich in den Türrahmen. Die Hand mit dem Revolver richtete sich auf ihr Gegenüber. Es handelte sich um Catho, Renos Bruder, der vor Schreck zusammenzuckte und die Augen aufriss. Mit einem schnellen Blick versicherte sich Carya, dass sie es wirklich nur mit zwei Gegnern zu tun hatte. Bei ihrem zweiten nächtlichen Besucher handelte es sich um Reno selbst, der ein bösartig aussehendes Kampfmesser in der Hand hielt.

»Was …?«, entfuhr es Catho, als er auf die Revolvermündung schielte, die zwischen seine Augen gerichtet war.

»Keine hastige Bewegung«, befahl Carya scharf. Ihre Hand ruckte zur Seite, sodass die Waffe auf Reno deutete. »Messer fallen lassen. Sofort.« Sie zog den Revolver zu Catho zurück. »Und keine Dummheiten. Ich schieße sofort.« Da Reno immer noch die Klinge in der Hand hielt, zog sie den Revolver erneut zur Seite und feuerte an Cathos Kopf vorbei in die gegenüberliegende Wand. Der Schuss knallte ohrenbetäubend laut durch den schmalen Korridor. »Ich mache keine Witze.« Sie drehte den Kopf etwas. »Jonan!«

Kaum hatte sie seinen Namen gerufen, als sie aus den Augenwinkeln sah, wie hinter ihr die Tür zum zweiten Schlafzimmer aufging. Mit grimmiger Miene trat Jonan hervor. Das Templersturmgewehr hing auf seinem Rücken, denn Reno hatten ihm erst erlaubt, die Waffe mit ins Haus zu nehmen, nachdem Jonan ihm den Sicherheitszylinder gegeben hatte, dessen Entnahme das Gewehr sperrte. Dass sie ohnehin keine Munition mehr besaßen, hatte Jonan ihrem Gastgeber lieber verschwiegen. Wehrlos war er deswegen allerdings nicht, denn stattdessen hatte er sein eigenes Messer gezogen.

Damit trat er nun auf Catho zu, packte ihn und schob ihn gegen die nächste Wand, bevor er ihm die Klinge an die Kehle legte. Carya hielt derweil Reno in Schach, der sie wütend anfunkelte, mittlerweile aber immerhin seine Waffe wie befohlen fallen gelassen hatte.

»Ihr wolltet uns also umbringen, hm?«, fauchte Jonan Catho an. »So leicht wird das nicht.«

»Vater?«, drang von unten eine Jungenstimme zu ihnen herauf.

»Reno?«, meldete sich eine zweite, dunklere, die von Rainas Mann Collet. Offenbar versammelte sich die ganze Familie am Fuß der Treppe. Jetzt wurde die Lage langsam heikel.

»Unten bleiben!«, schrie Carya. »Sonst sind die beiden tot.«

»Gebt auf«, sagte Reno, der zwar Respekt vor Caryas Revolver hatte, aber mitnichten aussah, als würde er sich so leicht geschlagen geben. »Ihr kommt hier niemals raus, wenn ihr den Weg der Gewalt wählt. Da unten stehen vier bewaffnete Männer, und wir haben drei scharfe Hunde.«

»Und wenn schon«, fauchte Carya ihn an. »Ich habe noch fünf Kugeln in der Trommel. Ich benötige eine, um einen Mann zu töten. Catho und Sie werden zuerst sterben. Danach drei weitere, die uns versuchen, aufzuhalten. Vier, wenn Jonan Catho die Kehle durchschneidet. Wollen Sie so viele Leben riskieren, nur um uns aufzuhalten?«

»Seien Sie vernünftig, Reno«, knurrte Jonan, während er sein Messer an Cathos Kehle presste. »Ihr Plan, so verrückt er von Anfang an war, ist fehlgeschlagen. Versuchen Sie nicht, uns zu irgendetwas zu zwingen. Sie verlieren dabei mehr als wir. Denken Sie an Ihren Hof und Ihre Familie. Nur zwei oder drei Tote, und alles, was Sie sich aufgebaut haben, fällt auseinander. Das ist es nicht wert. Zumal Carya und Elje sich Ihnen ohnehin niemals fügen würden. Da haben Sie sich die falschen Frauen ausgesucht.«

»Reno, was machen wir jetzt? Sollen wir hochkommen?«, drang von unten die Stimme Collets herauf. »Wir stehen bereit, euch zu retten.«

»Bleib, wo du bist, du Idiot!«, fuhr Reno ihn an. »Catho hat ein Messer an der Kehle, und das Mädchen richtet einen Revolver auf meine Stirn. Wir haben uns verrechnet.« Er wandte sich wieder an Jonan. »Wie habt ihr von unseren Plänen Wind bekommen?«

»Tja, ihr habt euch nicht nur verrechnet, sondern *gründlich* verrechnet«, meldete sich Pitlit zu Wort, der im Türrahmen des benachbarten Zimmers auftauchte. »Schmiedet nie Pläne gegen einen Straßenjungen. Ihr mögt gut sein im Kühemelken und Kartoffelnernten, aber ich weiß, wie man überlebt – und wie man unbemerkt Leute ausspioniert.«

Reno machte den Eindruck, als hätte er sich am liebsten selbst geohrfeigt. Wäre die Lage nicht so angespannt gewesen, hätte Carya womöglich gegrinst. Ihre Gastgeber hatten sich durch Jonans Templersturmgewehr und sein Auftreten als Anführer ihrer kleinen Gruppe täuschen lassen und Carya, Pitlit und Elje bloß für seine Freundin und zwei Kinder gehalten. Es war nicht das erste Mal, dass man sie unterschätzte. Aber selten hatte es Carya mehr Genugtuung bereitet als heute.

»Also gut«, presste Reno zwischen zusammengebissenen Zähnen hervor. »Ihr habt gewonnen. Ihr könnt gehen. Wir werden euch nicht behelligen.«

»Nicht so schnell«, entgegnete Pitlit. »Ihr wolltet uns Übles und habt versagt. Jetzt seid ihr uns was schuldig. Wir verlangen einen Korb voll Proviant.«

»Gut mitgedacht, Pitlit«, lobte Jonan ihn. »Außerdem will ich den Sicherheitszylinder für mein Gewehr zurück. Und ein Magazin voll mit Munition. Sie müssten doch noch einige Vorräte haben, wenn Ihre Eltern Soldaten waren.«

»Ich habe nie gesagt, dass unsere Eltern Soldaten waren«, stellte Reno klar.

»Versuchen Sie nicht, uns für dumm zu verkaufen«, fuhr Carya ihn an. »Sie besitzen ein Templersturmgewehr. Und Sie und Ihr Bruder ähneln zwei Soldaten aus der Zeit des Sternenfalls, die wir auf unseren Reisen kennengelernt haben. Sie brauchen es also gar nicht zu leugnen.«

Reno schüttelte den Kopf. Seine Miene war eine Grimasse mühsam unterdrückter Wut. »Proviant sollt ihr bekommen, aber die Munition ist zu wertvoll.«

»Wir haben noch sechs andere Leute hier auf dem Hof, mit denen wir verhandeln können«, sagte Carya ohne jedes Gefühl in der Stimme. »Wir brauchen Sie nicht unbedingt.« Sie hob den Revolver noch ein wenig und sah Reno, ohne mit der Wimper zu zucken, an. Ein Teil von ihr erschrak vor ihr selbst. Doch etwas, das mächtiger war als jeder Skrupel, diktierte ihr, dass sie Reno nur mit Härte kleinkriegen würde. Die Attentäterin war wieder in ihr – und sie würde vor nichts haltmachen, um sich und ihre Freunde zu retten.

Einen Moment lang schien es, als wolle Reno erneut aufbegehren. Doch etwas in ihrem Blick sorgte dafür, dass er es sich anders überlegte. »Versprecht mir nur, dass ihr geht und keinem von uns was antut«, grollte er.

»Versprochen«, sagte Jonan. »Sie haben mein Ehrenwort als ehemaliger Templersoldat.«

Ihr Gastgeber nickte, räusperte sich dann und hob die Stimme. »Collet, sag Raina, sie soll einen Korb mit Proviant packen.«

»Hier, sie kann diese Tasche nehmen«, sagte Carya, ließ Deniers leere Tasche von der Schulter gleiten und reichte sie Reno. »Werfen Sie sie einfach die Treppe hinunter.«

Reno gehorchte. »Und, Collet, geh in mein Zimmer und an meinen Schrank. In der obersten Schublade liegt der Sicherheitszylinder vom Gewehr unseres Gastes. In der untersten findest du einen Karton mit Munition. Nimm eine Magazinfüllung heraus.«

»Sie sollen alles in unseren Wagen vor der Tür legen«, befahl Jonan.

»Habt ihr gehört?«, fragte Reno.

»Vor die Tür, alles klar, Reno«, bestätigte Collet.

»Und jetzt wäre es schön, wenn alle da unten verschwinden und uns den Weg freimachen könnten«, sagte Jonan. »Wir wollen doch nicht, dass jemand nervös wird und es unnötigerweise Verletzte oder gar Tote gibt. Am besten gehen alle ins Esszimmer und bleiben dort, bis wir verschwunden sind. Das gilt auch für die Hunde.«

Widerwillig fügten sich die Bewohner des Hofes. Raina holte den Proviant, Collet die Munition und die drei Neffen Renos zogen sich mit den Hunden ins Esszimmer zurück. Langsam bewegten sich Carya, Jonan, Pitlit und Elje nach unten. Carya ließ Reno unter vorgehaltener Waffe vorausgehen. Catho wurde von Jonan mitgezogen. An der Eingangstür angekommen, erwarteten Raina und Collet sie schon. Beide machten aber keine Anstalten, anzugreifen. »Eure Sachen sind im Wagen«, sagte Renos Schwester. Ihre Miene wirkte verkniffen, aber in ihren Augen meinte Carya einen Hauch widerwilliger Bewunderung zu erkennen.

»Pitlit, überprüf das«, befahl Jonan dem Straßenjungen.

Der kam der Aufforderung rasch nach und nickte. »Sieht alles gut aus.«

»Na schön«, sagte Jonan. Er ließ Catho los und zog sich rasch zwei Schritte zurück. Carya nickte derweil Reno zu und wedelte mit dem Revolver. »Gehen Sie zu den anderen.«

Schweigend gehorchte er.

Jonan steckte sein Messer weg, zog das Sturmgewehr vom Rücken und entsperrte es mit dem Sicherheitszylinder. Dann griff er in die Munitionsschachtel und lud mit geübtem Griff ein halbes Dutzend Kugeln ins Magazin. »Zumindest für das gute Abendessen schulden wir Ihnen Dank«, sagte er. »Ansonsten kann ich Ihnen nur raten: Gehen Sie mit Ihren nächsten Gästen freundlicher um. Nicht jeder vergibt so leicht, wie wir es tun.«

Mit diesen Worten zogen sie sich in die Nacht zurück. Da sie im Dunkeln den Weg nicht kannten, liefen sie über die Straße zurück, die sie gekommen waren. Jeden Augenblick erwarteten sie, dass sich die Hofbewohner erholen und zur Verfolgung ansetzen könnten. Doch die Nacht blieb ruhig, bis auf den Wind, der durch die Bäume fuhr.

Kapitel 13

Den Rest der Nacht verbrachten sie unter einer Baumgruppe im Freien. Jonan hielt Wache, später ließ er sich von Pitlit ablösen. Mit dem ersten Licht des neuen Tages machten sie sich wieder auf den Weg. Sie verteilten ihre Ausrüstung und trennten sich von dem Einkaufswagen. Anschließend stiegen sie den bewaldeten Hang der Vorgebirgskette empor, um in einem weiten Bogen den Hof und seine vermutlich gerade erwachenden Bewohner zu umgehen.

Bald darauf fanden sie einen kaum noch erkennbaren Pfad, der mitten in die Berge hineinführte, und beschlossen, ihm zu folgen. Sie mussten feststellen, dass er zu einem Netz von Wegen gehörte, die sich kreuz und quer durch Wiesen und über karge Geröllfelder erstreckten und früher offensichtlich als Wanderpfade gedient hatten. Zum Glück besaßen sie Deniers Kompass, der ihnen den Weg nach Südosten wies. Ansonsten hätten sie sich im Geflecht der Pfade, das aufgrund der spärlichen Vegetation so weit oben im Gebirge erstaunlich gut erhalten war, heillos verlaufen.

Zuerst wanderten sie noch an bewaldeten Berghängen entlang. Dann stieg der Weg an, und sie überquerten die Baumgrenze. Niedriges Gras und struppiges Buschwerk säumten von nun an ihren Weg. Die Luft war schneidend kalt und klar, der Himmel schien sich bis zur Unendlichkeit zu erstrecken.

»An diesem Ort könnte man denken, dass es den Sternenfall und die Dunklen Jahre nie gegeben hat«, brach Carya das lange Schweigen, das zwischen ihnen geherrscht hatte. Ihrem Tonfall haftete etwas Andächtiges an.

»Ja, das könnte man«, gestand Jonan. »Und doch kann sich das hinter jeder Hügelkuppe ändern.« Er hatte in den letzten Stunden regelmäßig den Strahlungsmesser hervorgeholt, bislang allerdings keine bedenklichen Werte gemessen. Wenn sie die Schwarze Zone erst erreicht hatten, würde sich das zweifellos ändern.

Gegen Nachmittag kamen sie erst einmal zu einer zweispurigen Fahrzeugstraße, der sie weiter nach Süden folgten. Noch immer hatten sie keinen Pass gefunden, der sie über die Berge zu ihrer Linken führen würde. Langsam begann Jonan zu zweifeln, ob es überhaupt einen gab.

Als es Abend wurde, entdeckten sie im Tal unter sich eine Kleinstadt. Häuser lagen wie Spielzeug verstreut zwischen dichtem Grün. Auf den ersten Blick schien es sich um eine weitere aufgegebene Insel der Zivilisation in der Wildnis zu handeln. Auf einmal jedoch fielen ihnen vielleicht zwei Kilometer entfernt, im westlichen Teil, Lichtquellen ins Auge.

Obwohl es höchst unwahrscheinlich war, dass man sie vom Tal aus sehen konnte, gingen sie sofort hinter einem Gebüsch in Deckung und spähten hinunter auf das Licht inmitten der Häuser. »Wohnen hier wirklich Leute?«, fragte Carya ungläubig.

»Die sollten sich mit den Irren vom Berghof zusammentun«, warf Pitlit ein. »Dann müssten die keine armen Wanderer belästigen.«

Jonan kniff die Augen zusammen. »Vielleicht erhalten wir Antworten, wenn wir uns das Ganze mal aus der Nähe anschauen. Wartet kurz.« Er zog das Templersturmgewehr, das er im Verlauf des Tages komplett geladen hatte, vom Rücken und hob es vors Gesicht. Das rechte Auge ans Okular des Sichtgeräts gepresst, schaltete er die Fernsichtoptik ein und richtete die Waffe auf die Lichtquellen.

Zuerst fiel es ihm schwer, sich zwischen all den Bäumen und Hausdächern zu orientieren. Dann glitt sein Blick über etwas, das wie ein kleines Industriegebiet aussah. Mehrere große Hallen standen dort dicht beieinander. Sie besaßen leicht bogenförmig gewölbte Dächer und schmale Fensterreihen unmittelbar unterhalb des Dachfirstes. Von dort drang das Licht nach draußen.

Doch das war nicht alles. Auch in den Straßen zwischen den Hallen brannte Licht, als hätte dort jemand Laternen aufgehängt. Und plötzlich erblickte Jonan etwas, womit er an diesem Ort wirklich nicht gerechnet hätte. »Das gibt es doch nicht«, murmelte er, als er die Optik über seinen Fund gleiten ließ.

»Was siehst du?«, wollte Carya wissen.

»Dort stehen Lastwagen und Kutschen und Anhänger mit Feldgeschützen. Dazwischen laufen Soldaten und Männer in Templerrüstungen herum.« Er nahm das Auge vom Okular und blickte seine Gefährten überrascht an. »Da unten befindet sich ein Heerlager, Truppen des Lux Dei. Der Größe des Geländes nach zu urteilen, dürfte es sich um sicher fünfhundert Mann handeln. Ich frage mich, was die hier machen, wenn sich die Truppen des Mondkaisers wirklich in Grenoble versammeln. Das liegt viel weiter im Südwesten. Außerdem ist diese Straße echt ein Schleichweg im Gegensatz zu der Handelsstraße, die von Torino aus in Richtung Francia führt.«

»Könnte der Lux Dei auf irgendeine fragwürdige List aus sein?«, fragte Carya.

»Du meinst, sie umgehen die Truppen des Mondkaisers, um ihnen dann in den Rücken zu fallen?« Jonan legte die Stirn in Falten. »Aber was soll das? Ich dachte, sie seien Verbündete gegen den Ketzerkönig.«

»He, wir reden hier über den Lux Dei«, warf Pitlit ein. »Vermutlich haben die Priester wieder ihre ganz eigenen Pläne.«

»Nun ja, es soll uns nicht weiter stören«, sagte Jonan. »Wir haben andere Sorgen. Allerdings sollten wir heute Nacht vorsichtig sein. Es wäre ziemlich ärgerlich, wenn wir so kurz vor unserem Ziel von einer Patrouille arcadischer Soldaten entdeckt werden.«

»Also suchen wir uns einen Schlafplatz am Ostrand des Tals«, schlug Carya vor. »So weit werden deren Streifen bestimmt nicht ausschwärmen.«

»Wahrscheinlich nicht.«

»Meint ihr nicht, wir sollten uns mal anschleichen und herauszufinden versuchen, was die dort treiben?«, wandte Pitlit ein.

»Das halte ich für keine gute Idee«, erwiderte Jonan. »Deine Neugierde in allen Ehren, aber das bringt uns nichts – außer in Gefahr.«

»Hm, na schön. Ich dachte ja nur, es könnte vielleicht interessant sein.«

»Könnte es auch. Aber das Risiko ist zu groß. Und bevor du jetzt auf deine überragenden Fähigkeiten als Spitzel hinweist: Lass es gut sein, Pitlit. Dieser Krieg zwischen Arcadion, Francia und Austrogermania ist wirklich nicht unser Problem.«

Missmutig lenkte der Straßenjunge ein.

Sie zogen sich wieder von ihrem Aussichtspunkt hinter dem Gebüsch zurück und begannen entlang der Bergflanke einen weiten Bogen nach Osten zu schlagen. Nach einer halben Stunde erreichten sie eine aus wenigen Häusern bestehende Siedlung am Hang und blieben dort über Nacht, wobei sie darauf achteten, dass ihr Schlafplatz einen guten Blick auf die Hauptstraße besaß und einen Hinterausgang, um wenn nötig die Flucht in den Wald antreten zu können. Es verhielt sich allerdings so, wie Jonan es vorhergesagt hatte: Die Arcadier blieben an ihrem Ende des Tals und behelligten sie nicht.

Der nächste Morgen begrüßte sie mit dichtem Nebel. Eine weiße Wand, so undurchdringlich, dass man kaum mehr als fünfzig Meter weit sehen konnte, hing vor den Fenstern ihrer Schlafstätte zwischen den Häusern und Bäumen. Die Luft, die sie umfing, als sie ins Freie traten, war feucht und kühl. Völlige Stille herrschte.

»Na großartig«, knurrte Jonan. »Jetzt müssen wir doppelt aufpassen, dass wir niemandem in die Arme laufen, dem wir lieber nicht begegnen wollen.«

»Aber der Nebel ist doch auch praktisch«, entgegnete Pitlit. »Keiner sieht uns.«

»Ist es denn überhaupt sinnvoll, weiterzuwandern?«, fragte Carya. »Solange die Sicht klar ist, finden wir uns dank Pitlits Ansichtskartenfund wenigstens halbwegs zurecht. Aber so tappen wir völlig ins Leere.«

»Wir könnten uns zumindest die größeren Straßen anschauen, die aus dem Ort rausführen«, sagte Jonan. »Und uns in den Häusern ein wenig umsehen. Vielleicht finden wir eine bessere Karte als diese Pappdinger da.« Er nickte in Richtung der Ansichtskarten, die Carya hervorgeholt hatte.

»Einverstanden.«

Sie teilten sich in zwei Gruppen auf – Carya und Pitlit sowie Jonan und Elje – und machten sich an die Arbeit, die verlassenen Bauwerke zu durchforsten. Das erste halbe Dutzend Gebäude durchsuchten sie erfolglos. Doch in einem Laden, über dessen Eingang ein verwittertes Schild etwas von »Touristik« verkündete – ein Begriff, der Jonan nichts sagte –, wurden Elje und er tatsächlich fündig. In blassen Metallständern hingen ein paar verblichene Papierbögen, und als er sie auseinanderfaltete, erwiesen sie sich als Wanderkarten der näheren Umgebung. Er spürte, wie sich sein Gesicht aufhellte. »Volltreffer. Glück muss man haben.«

Er setzte sich auf einen der aus Metallrohren und knarrendem Leder bestehenden Stühle, die in einer Art Wartebereich standen, und ließ seinen Blick über die stilisierte Landschaft wandern. Elje gesellte sich wortlos zu ihm und schaute ihm über die Schulter. Mit dem Finger deutete sie auf einen kleinen See, an dem zwei Siedlungen lagen, umgeben von hohen Bergen. Dabei nickte sie nachdrücklich.

»Stimmt, das könnte unser Aufenthaltsort sein«, bestätigte Jonan nach kurzem Kartenstudium. »Wenn das wahr ist, dann …«, sein Blick glitt über eine Straße, die sich ziemlich genau in östlicher Richtung in merklichem Zickzack eine Bergflanke hinaufzog, »… dann … Augenblick mal … dann ist da ein Pass!« Er stieß die Luft aus, die er unwillkürlich angehalten hatte, und ein triumphierendes Lächeln breitete sich auf seinen Zügen aus, als er sich Elje zuwandte. »Ich glaube, wir haben es geschafft, Elje. Wir haben endlich einen Pass über die Berge gefunden! Los, suchen wir Carya und Pitlit.«

Rasch erhob er sich und eilte dem Ausgang entgegen. Das Mädchen hüpfte neben ihm her, zufrieden mit sich selbst, weil es den richtigen Riecher gehabt hatte.

Da sie sich während ihrer Suchaktion nie weit voneinander entfernt hatten, dauerte es nicht lange, bis Jonan und Elje die beiden anderen fanden. Sie standen an einer T-Kreuzung vor einem Straßenschild. »He, schaut mal«, begrüßte Pitlit sie, als der Straßenjunge sie kommen sah. »Wir haben ein Schild gefunden, das auf einen Pass hinweist. Gut, oder?«

Die Eröffnung nahm Jonan ein wenig den Wind aus den Segeln, aber er fasste sich schnell wieder. »Tatsächlich nicht übel. Aber wir haben noch etwas mehr zu bieten: Elje und ich haben in einem Laden eine Wanderkarte entdeckt, auf der alle Straßen und Wege der Umgebung eingezeichnet sind.« Er wedelte mit dem Papier.

»Pah«, machte Pitlit.

»Zeig mal her«, sagte Carya. »Findest du die Kreuzung, an der wir stehen?«

»Bestimmt. Wartet kurz.« Jonan faltete die Karte auseinander. Er studierte sie einen Moment, bevor er nickte und sie den anderen hinhielt. »Ich denke, wir befinden uns direkt hier, am Südausgang des Ortes. Wenn wir der ausgeschilderten Straße folgen, sollten wir spätestens heute Abend den Pass erreichen. Mit etwas mehr Mut könnten wir es auch über die direkteren Wanderwege versuchen, dabei sparen wir mehr als die Hälfte der Strecke, aber wir riskieren, plötzlich unterwegs den Pfad zu verlieren, weil diese Karte natürlich mehrere Jahrzehnte alt ist. Zumal bei dem Nebel.« Dieses Risiko wollte niemand eingehen, sodass sie sich entschieden, der Straße zu folgen.

Höher und höher ging es an der Flanke der Gebirgskette empor. Die Straße wand sich in Serpentinen aufwärts, und genau wie zuvor, als sie sich dem verborgenen Tunnel genähert hatten, wies auch sie zunehmend Anzeichen von Zerstörung auf. Schon nach einer Stunde Marsch war der Straßenbelag so zerlöchert und von Kratern unterschiedlicher Größe übersät, dass man mit einem Fahrzeug kaum vorangekommen wäre.

Das ist kein Zufall, erkannte Jonan. *Hier hat jemand absichtlich versucht, die Zugangsstraßen unbefahrbar zu machen. Wir sind auf dem richtigen Weg.*

Nach etwa drei Stunden ließen sie den Nebel hinter und unter sich zurück. Wenn sie zu ihrer Rechten ins Tal schauten, hingen dort nach wie vor dichte Dunstfelder. Doch über ihren Köpfen erstreckte sich ein Himmel aus kaltem Blau. Dürre Nadelhölzer wuchsen entlang der Straße, und in der Ferne erblickten sie die bis auf die Grundmauern zerschmetterten Ruinen vereinzelter Häuser am Hang. Eine öde Trostlosigkeit herrschte hier, von der im Tal nichts zu spüren gewesen war.

Und dann, noch eine knappe Stunde später, wurden die Bäume auf einmal völlig kahl, die Büsche verwandelten sich in struppige, blattlose Astgeflechte und das Gras verschwand. Die Natur verlor alle Farbe. Die Erde wurde aschgrau, und schwarze Flecken wucherten darauf wie giftiger Pilzbefall. Feiner Staub, schwarzgrau wie Ruß aus einem Fabrikschornstein, hing in der Luft, aufgewirbelt von jedem Luftzug, der über die Berghänge strich.

»Licht Gottes«, murmelte Carya, als sie stehen blieben und den Blick über die kahlen, schwarzgrauen Berge schweifen ließen. »Was ist hier geschehen?«

»Ich habe keine Ahnung«, antwortete Jonan düster. »Aber so viel ist klar: Wir haben die Schwarze Zone gefunden.« Er sagte es nicht laut, aber er betete, dass sie damit nicht ihr Todesurteil unterschrieben hatten. Ein Blick auf den Strahlungsmesser überzeugte ihn zwar davon, dass dies keine Todeszone im normalen Wortsinne war. Aber dass hier der Tod vorherrschte, war nicht zu übersehen. Kein Büschel grüner Grashalme spross aus dem Boden. Kein Vogel war zu sehen oder zu hören. Welche Katastrophe auch immer einst für die Zerstörung der Natur verantwortlich gewesen war, ihre Nachwirkungen dauerten auch nach Jahrzehnten noch an.

Der Boden muss völlig vergiftet sein, ging es Jonan durch den Kopf. »Wir hätten versuchen sollen, den Truppen des Lux Dei ein paar Atemmasken zu stehlen.«

»Der Gedanke kommt dir ziemlich spät«, warf Pitlit spitz ein.

Jonan nickte säuerlich. »Ich weiß. Das heißt für uns: Ab jetzt bleiben wir auf der Straße. Wir fassen nichts an, wir legen uns nicht auf die Erde zum Schlafen und wir gehen nicht zum Pinkeln hinter den nächsten Baum. Und sobald irgendjemand von euch Schwindel, Kopfschmerzen oder andere Veränderungen an sich bemerkt, sagt Bescheid. Dann kehren wir sofort ins Tal zurück, um uns einen neuen Plan zurechtzulegen.« Er richtete seinen Blick auf Carya.

»Ich bin bereit, für dich Arcadion zu stürmen und den Hof des Mondkaisers zu infiltrieren. Aber ich werde nicht zulassen, dass wir von irgendeinem unsichtbaren Gift umgebracht werden, während wir versuchen, diesen Pass zu überqueren.«

»Ich möchte auch nicht, dass uns etwas passiert«, antwortete Carya mit deutlichem Unbehagen auf den Zügen. »Auch wenn es mich furchtbar frustrieren würde, in Sichtweite des Ziels zu scheitern, ist mir wichtiger zu leben, als alle Antworten über meine Vergangenheit zu erhalten.«

Mit einem dankbaren Lächeln nickte Jonan ihr zu. »Okay, das ist gut. Ich hätte dich ungern fesseln und gegen deinen Willen den Berg wieder hinunterschleifen wollen.«

»Das wäre auch gar nicht so einfach geworden«, erwiderte sie mit vielsagendem Blick.

Insgeheim fürchtete er, dass sie damit recht hatte.

Sie hatten den höchsten Punkt des Passes gerade erreicht – bislang ohne körperliche Folgen ihrer Wanderung durch dieses unheimliche Ödland zu verspüren –, als sie auf einmal ein Summen vernahmen, wie von einem großen Insekt.

Suchend sahen sie sich um. »Was ist das?«, fragte Pitlit nervös.

»Ich habe keine Ahnung«, sagte Jonan, »aber es gefällt mir nicht.« Er deutete auf die Ruinen eines einsamen Hauses etwa fünfzig Schritt entfernt. Ebenso wie der Erdboden waren sie von dem merkwürdigen schwarzen Pilz überzogen, aber das kam ihm auf einmal nicht mehr so lebensgefährlich vor wie noch vor ein paar Minuten. »Los, verstecken wir uns dort.«

Das Summen wurde lauter. Genau genommen schien es sich sogar um einen Doppellaut zu handeln, und es kam von der Bergkuppe zu ihrer Linken.

»Lauft!«, rief Jonan.

Sie begannen zu rennen. Elje und Pitlit vorweg, Carya hinterher und Jonan, der sein schweres Gewehr zu tragen hatte, als Letzter. *Das Gewehr*, durchfuhr es ihn, und er zog im Laufen am Gurt der Waffe, um sie über die Schulter zu heben und nach vorne zu nehmen.

Die Grundmauern kamen immer näher. Sie waren an den meisten Stellen kaum mehr hüfthoch, aber eine andere Deckung gab es hier oben nicht. Wenn sie sich duckten und eng zusammenkauerten und der Urheber des Summens nicht zu nah herankam, mochten sie eine Chance haben.

Das Schicksal wollte es anders. Sie hatten die Ruine noch nicht erreicht, als plötzlich zwei fliegende Objekte, Raketenflugzeugen nicht unähnlich, aber deutlich kleiner, um die Flanke des Berges jagten. Ihre tropfenförmigen Rümpfe wirkten unnatürlich sauber, und die weiße Lackierung hob sich deutlich vom dunklen Boden ab. Wirbelnde Rotoren, die denen des *Phantom*-Hubschraubers glichen, den die Armee von Arcadion früher besessen hatte, hielten sie in der Luft, bloß waren diese hier viel beweglicher und schienen sich in jede Richtung schwenken zu lassen.

Jonans Überraschung währte keine zwei Sekunden. Sein Blick fiel auf den länglichen Kasten mit dem linsenartigen Frontstück, der sich in ihre Richtung drehte. »Oh, verflucht«, entfuhr es ihm. »Carya, Pitlit, Elje, zurück! Wir müssen zurück zu den Bäumen. Die haben Waffen!«

Im gleichen Moment ertönte ein lautes Knacken, und für den Bruchteil einer Sekunde glaubte Jonan einen dünnen, rötlichen Lichtstrahl zu sehen, der die Luft durchschnitt. Dann verpuffte auf einmal ein Stück Fels direkt vor ihren Füßen.

»Lauft!«

Carya, Pitlit und Elje ließen sich nicht zweimal bitten, sondern wirbelten herum und hetzten den Weg zurück, den sie gekommen waren.

Jonan brachte sein Sturmgewehr in Anschlag und begann zu feuern, um ihren Rückzug zu decken. Dass er dafür stehen bleiben musste, machte es zwar ihrem Gegner leichter, ihn zu treffen, aber ansonsten hatte er keine Chance, die wendigen Gefährte mit seiner schweren Waffe zu erwischen. Das Gewehr hämmerte, und Kugeln jagten ihren plötzlich aufgetauchten Feinden entgegen. Die Piloten, wenn es im Inneren der Tropfen überhaupt Piloten gab, rissen ihre Fluggefährte zur Seite, und ein zweites Knacken pulverisierte ein Stück Mauer wenige Meter vor Jonan.

Er fuhr herum und stürmte ebenfalls los.

Kapitel 14

Jonan rannte um sein Leben. Vor ihm liefen Carya, Pitlit und Elje auf die kahlen, grauschwarzen Bäume zu, die etwas unterhalb des Passes mahnend wie Grabkreuze aufragten. Hinter ihm summten die beiden fremdartigen Flugmaschinen wie zornige Hornissen, deren Stachel aus heißem Licht Fels, Erde und totes Holz zum Verdampfen brachten.

Er wandte sich halb um und feuerte aus der Hüfte eine Salve auf ihre Verfolger ab. Die Wucht der Geschosse aus dem Templersturmgewehr schien den Piloten der Gefährte zumindest genug Sorgen zu bereiten, dass sie sich auf Ausweichmanöver konzentrierten, wann immer er schoss.

Trotzdem holten sie rasch auf. Ein Entkommen schien so gut wie unmöglich. *Verdammter Dreck*, fluchte Jonan lautlos. Er hatte zwar damit gerechnet, dass die Erdenwacht ihr geheimes Refugium irgendwie schützen würde, aber nicht damit, dass man sie so schnell aufspürte.

Ein lautes Knacken, das charakteristische Geräusch der Lichtwaffen ihrer Feinde, ertönte hinter ihm, und Jonan zog instinktiv den Kopf ein, auch wenn ihm klar war, dass das überhaupt nichts half.

Es knackte erneut, und diesmal gewahrte er ein kurzes Aufleuchten in der Luft, als der Lichtstrahl an ihm vorbeischnitt. In der nächsten Sekunde verwandelte sich ein Teil von Caryas linkem Bein in einen Nebel aus Rauch und Blut. Sie schrie schmerzerfüllt auf und stürzte vor Jonan zu Boden.

»Carya!«, rief Jonan entsetzt. Sofort war er bei ihr, kniete sich neben sie und betrachtete ihre Wunde. Rotschwarzes, verbranntes Fleisch war durch den verkohlten Hosenstoff zu sehen, und blutige Knochenfragmente ragten daraus hervor. Die Wunde stank fürchterlich, und Jonan musste sich zusammenreißen, um sich nicht auf der Stelle zu übergeben.

Er hob den Blick. Elje rannte noch immer panisch und mit erstaunlicher Flinkheit auf die Bäume zu. Pitlit war stehen geblieben und hatte seinen Revolver gezogen. Schreiend leerte er sein Magazin in Richtung ihrer Verfolger.

»Lauf weiter!«, brüllte Jonan. »Bring dich in Sicherheit!«

»Nein, ich lasse euch nicht zurück.«

»Elje braucht dich.«

»Nein, Elje braucht *dich*. Und Carya auch. Also lauf *du*.«

Jonan senkte den Blick. Caryas Miene war vor Schmerz verzerrt, ihre Haut kreidebleich und die Augen glasig. Sie stand unter Schock. Er hob den Kopf und wandte sich ihren Verfolgern zu. Einer der beiden Tropfen rauchte und schwankte etwas. Wie es aussah, hatten entweder Pitlits oder seine eigenen Schüsse doch irgendwas getroffen.

Er hob das Templersturmgewehr und presste den Finger auf den Abzug. Donnernd spie die schwere Waffe den Flugmaschinen ihre todbringende Ladung entgegen. Die bereits rauchende Maschine wurde erneut getroffen und fing an, heftig zu taumeln, während der Pilot offenbar darum kämpfte, die Kontrolle zu behalten. Das zweite Fluggerät zog hoch, um ein schlechteres Ziel abzugeben.

»Lauf weg …«, flüsterte Carya neben ihm.

Jonan schaute zu ihr hinunter. Sie schien um ihr Bewusstsein zu ringen, aber auf ihrer Miene lag eine erstaunliche Dringlichkeit. »Niemals«, entgegnete er. »Ich habe dich zweimal verloren. Ein drittes Mal passiert mir das nicht.«

Ein Rauschen in der Luft veranlasste ihn, den Blick wieder zu heben. Er stöhnte frustriert auf. »Auch das noch.« Zwischen den Bergen war ein größeres Fluggefährt aufgetaucht, ein Raketenflugzeug, wie sie es nun schon mehrmals gesehen hatten.

»Du hast mich zweimal gerettet«, erinnerte Carya ihn mit rauem Flüstern. »Du kannst es nur ein drittes Mal tun, wenn du hier nicht stirbst. Mich lassen sie bestimmt am Leben, weil sie neugierig auf mich sind. Aber dich …«

Jonans Gedanken rasten. Von links nahte das tropfenförmige Patrouillengefährt, von vorne das Raketenflugzeug. Dass die beschädigte zweite Tropfenmaschine abdrehte, war nur ein unbedeutender Sieg.

Er hielt das Gewehr schräg und überprüfte die Munitionsanzeige: 27 Schuss. Kopfschüttelnd richtete er sich auf. »Nein. Die kriegen uns nicht. Keinen von uns.« Er zielte auf das Tropfengefährt.

Mit einem scharfen Knacken fuhr ein Lichtstrahl haarscharf an ihm vorbei in den Straßenbelag. Asphaltbrocken spritzten auf, als die Stelle gekocht wurde.

Jonan antwortete mit einer langen Salve. Seine Muskeln verkrampften sich, als der Rückstoß ihm die Schulter auszurenken versuchte, und voller Wut schrie er auf. Die Kugeln fanden ihr Ziel, zogen eine Garbe der Zerstörung über den reinweißen Rumpf der Maschine und brachten sie mit einem Donnerschlag zur Explosion. »Ja!«, brüllte Jonan. »Schon besser.«

Plötzlich war Pitlit neben ihm, packte Carya unter den Achseln und zog sie herum, um sie Richtung Wald zu schleifen. Carya entfuhr ein leises Wimmern. »Gib mir Rückendeckung«, keuchte Pitlit.

»Ja«, antwortete Jonan nickend. Er fuhr herum, richtete sein Gewehr auf das Raketenflugzeug und schoss.

Im gleichen Augenblick erwiderte auch der Pilot des Gefährts das Feuer. Eine Klappe am Rumpf glitt auf, und etwas ratterte los, das wie ein Maschinengewehr klang. Der Lauf der verborgenen Waffe spie Flammen, und eine tödliche Linie aus aufplatzendem Asphalt raste auf Jonan zu.

»Au Kacke!«, schrie Pitlit hinter ihm.

Jonan ließ sein Gewehr fallen und warf sich zur Seite. Noch in der Luft wurde er von den Kugeln des Feindes an der rechten Hüfte erwischt. Der Treffer riss ihn herum. Mit einem Aufschrei krachte er zu Boden, reagierte zu langsam und knallte mit dem Kopf gegen den Fels neben dem Straßenrand. Ein gleißend heller Blitz zuckte durch seinen Schädel.

Sein Sichtfeld begann sich zu verengen, während von allen Seiten schwarze Schatten herankrochen. Benommen rollte er sich herum. Er streckte den Arm nach Carya aus, die kaum zwei Meter entfernt neben ihm lag, aber erreichte sie nicht. Undeutlich sah er, wie der metallene Leib des Raketenflugzeugs über sie hinwegschwebte.

»Carya …«, murmelte er schwach. »Ich liebe …«

Dann umfing ihn tiefe Dunkelheit.

»Ist sie es wirklich?«, fragt eine Stimme.

»Die bisherigen Untersuchungsergebnisse sind eindeutig«, antwortet eine zweite. »Sie ist es.«

Weißes Licht erhellt den Raum, gefärbt von farbigem Blinken, rot und gelb und blau.

»Ich kann es nicht fassen. Nach all den Jahren. Sie war so jung.«

»Es ist in der Tat erstaunlich. Leider war sie ein Fehlschlag.«

»Aber sie trägt doch keine Schuld an dem, was geschehen ist.«

»Dennoch ist ihr Auftrag gescheitert, und die Folgen sind noch nicht abzusehen.«

»Ja.« Ein Seufzen ist zu hören.

Ein Schatten schiebt sich vor das weiße Licht, die Gestalt eines Mannes. Carya kann sein Gesicht nicht erkennen. »Keine Angst, Kind. Bald wird es dir besser gehen.«

»Sie kann sie nicht hören. Sie ist bewusstlos.«

»Ist sie das?«

»Hm, Sie haben recht. Sie scheint im Begriff zu sein aufzuwachen. Bemerkenswert. Ich erhöhe die Dosis vor dem Eingriff.«

Kühles Metall schmiegt sich an Caryas Schläfen und an mehrere Stellen ihres Kopfes. Das Licht wird schwächer. Ihr Blick wandert, und auf einmal schaut sie auf tiefe Schwärze, erfüllt von kaum wahrnehmbarem Glitzern. In der Mitte hängt eine riesige blaugrüne Kugel, über die sich weiße Schlieren ziehen. Sie sieht wunderschön aus. Und irgendwoher kommt sie Carya bekannt vor.

Doch ihr bleibt keine Zeit, den Gedanken zu verfolgen. Im nächsten Augenblick versinkt sie erneut im Vergessen.

Als Carya zum zweiten Mal – und diesmal richtig – erwachte, fand sie sich in einem grauen Metallbett mit weißen Laken wieder. Das Bettzeug roch frisch und sah makellos sauber aus, die Matratze schmiegte sich so perfekt an ihren Rücken, dass Carya sich am liebsten gar nicht bewegt hätte, um dieses wundervoll weiche Gefühl nicht zu verlieren.

Doch ihre Neugierde war stärker, nicht zuletzt weil irgendetwas im Raum einen beharrlichen, rhythmischen Piepton von sich gab. Sie versuchte, sich in eine sitzende Position zu erheben, und stellte dabei zwei Dinge fest: Zum einen beschleunigte sich das Piepen, und sie erkannte, dass es sich um ein Gerät handeln musste, das ihren Puls maß, denn ihr Herz schlug im Einklang mit dem Geräusch, zum anderen merkte sie, dass sie ein weißes Nachthemd anhatte und dass ihr Körper unterhalb des Bauchnabels in irgendeinem kastenförmigen Apparat steckte, der es ihr nur ermöglichte, sich auf die Unterarme zu stützen.

Einen Moment lang überkam Carya Panik, und das Piepen, das neben ihr aus einem weißsilbernen Kasten mit ihr fremden Anzeigen drang, beschleunigte sich. Doch dann kehrte die Erinnerung daran zurück, dass sie auf dem Pass angeschossen worden war, und als sie ihren Blick durch den Raum wanden ließ, wurde ihr klar, dass sie sich in einem Krankenhaus befinden musste.

Allerdings musste sie zugeben, noch nie in einem derart seltsamen Krankenhaus gewesen zu sein. *Kunststück*, meldete sich ihre innere Stimme zu Wort. *Du warst überhaupt noch nie in einem Krankenhaus.* Dennoch bezweifelte sie, dass es im Hospital von Arcadion auch nur annähernd so aussah wie hier.

Alles war enorm sauber. Die Wände, die keine Fenster und nur eine Tür aufwiesen, waren in hellem Mintgrün gestrichen und der Boden mit einem grauen Belag aus einem ihr unbekannten Material ausgelegt. Die in die Decke eingelassenen Lampen wiesen eine seltsame Röhrenform auf und verstrahlten mildes Licht, das eindeutig elektrischen Ursprungs war. Am befremdlichsten jedoch waren all die Apparate, die entlang den Wänden standen und den Anschein erweckten, als stammten sie allesamt aus der Zeit vor dem Sternenfall.

Bin ich in der Schwarzen Zone?, fragte Carya sich. *Bin ich bei der Erdenwacht?* Sie erinnerte sich noch vage daran, dass das Raketenflugzeug neben ihr gelandet war, kurz nachdem Pitlit fluchend das Weite gesucht hatte. Eine in Helm und Uniform gekleidete Gestalt war aufgetaucht und hatte irgendwelche unverständlichen Worte gemurmelt. Dann war sie wieder verschwunden, nur um gleich darauf wieder zurückzukehren. Ein kurzes Zischen an ihrem Hals. An mehr erinnerte sie sich nicht.

Nein, halt! Jonan! Er hatte versucht, sie zu verteidigen, war getroffen worden und zu Boden gestürzt. Was danach mit ihm geschehen war, wusste sie nicht. Das Piepen, das aus dem Apparat neben ihr drang, wurde erneut schneller. »Oh, Licht Gottes …«, flüsterte sie. War er tot? Hatten diese fliegenden Passwächter ihn umgebracht? *Bitte nicht, oh, bitte nicht.*

Allein bei dem Gedanken bildete sich ein Kloß in ihrem Hals. Ihre Augen fingen an zu brennen, und sie blinzelte ein paar Mal, bevor sie sich mit der Linken darüberrieb. *Beherrsch dich!*, fauchte Carya sich in Gedanken an. Sie hatte keine Ahnung, wo genau sie sich aufhielt und wie ihre Lage war. Sie durfte keine Schwäche zeigen. Mit ein paar tiefen Atemzügen gewann sie die Kontrolle zurück.

Und nun? Suchend sah sie sich um. Womöglich gelang es ihr, sich aus dem Kasten herauszuwinden, der ihren Unterleib umschlossen hielt, aber vermutlich war es nicht klug, das zu versuchen. Da sie in einem Krankenhaus aufgewacht war, ging sie davon aus, dass sie in keiner unmittelbaren Gefahr schwebte. Hätten ihre Gegner ihr etwas zuleide tun wollen, hätten sie reichlich Zeit dazu gehabt. Andererseits hatte sie Durst. Ihre Kehle fühlte sich wie ausgedörrt an. Und natürlich wollte sie wissen, wie es nun mit ihr weiterging.

Ihr Blick fiel auf einen roten Knopf, der in einen kleinen Kasten neben ihrem Bett eingelassen war. Gerade wollte sie den Arm ausstrecken, um ihn versuchsweise zu drücken, als unvermittelt die Tür aufging.

Ein Mann kam herein. Vom Alter her schätzte Carya ihn auf etwa fünfzig, seine Gestalt ließ sich in jeder Hinsicht als unscheinbar beschreiben. Er trug keinen Kittel, wie sie es von einem Arzt erwartet hätte, sondern eine weißgraue Kombination mit roten Zierstreifen, die Carya ein wenig an die Kleidung von Botschafter Cartagena erinnerte, wenngleich sie nicht ganz so edel aussah, sondern eher streng wirkte.

Das passte zu seinem etwas verkniffen wirkenden Gesicht, dem mit seiner hohen Stirn, den tief liegenden grauen Augen und den kaum vorhandenen Augenbrauen etwas vage Unangenehmes anhaftete. Wenn dieser Mann ein Doktor war, hatte er Caryas Empfinden nach seinen Beruf verfehlt, denn sie vermochte sich kaum vorzustellen, dass irgendein Patient ihm Vertrauen entgegenbringen konnte.

»Du bist wach«, sagte er, während er die Tür hinter sich wieder schloss. »Das ist gut.« Er ging zu dem piependen Kasten und studierte die Anzeigen. Obwohl Carya annahm, dass sie ihm alles über ihren Zustand verrieten, richtete er den Blick auf sie. »Wie geht es dir?«

»Gut«, erwiderte Carya mit rauer Stimme. »Denke ich. Etwas zu trinken wäre schön.«

»Natürlich«, sagte der Mann, durchquerte das Zimmer und nahm eine Flasche und ein Glas aus einem Fach, das Carya nicht sehen konnte. Er füllte eine klare, sprudelnde Flüssigkeit in das Glas, kehrte zu ihr zurück und gab es ihr.

Dankend nahm Carya es entgegen und trank. »Es prickelt«, stellte sie erstaunt fest. Es war ein gänzlich ungewohntes Gefühl im Rachen.

»Mineralwasser«, erklärte er ihr knapp. Dann schien ihm einzufallen, dass sie mit dem Begriff womöglich nichts anfangen konnte, und er fügte hinzu: »Es ist ungefährlich.«

Carya nahm einen weiteren Schluck. Das Wasser war nicht schlecht. »Danke.«

Der Mann nahm ihr das leere Glas wieder ab und stellte es zur Seite. Anschließend zog er sich einen Hocker heran und setzte sich. Er stützte die Unterarme auf die Knie und sah Carya ernst an. »Wie lautet dein Name?«

»Zuerst möchte ich wissen, wo ich bin«, antwortete Carya mit einer Gegenfrage.

Der Mann schüttelte den Kopf. »So läuft das nicht. Erst beantwortest du meine Fragen. Danach sehen wir weiter.«

Sein Tonfall sorgte dafür, dass sich Widerstand in ihr regte. »Warum sollte ich Ihnen irgendetwas erzählen?«

Stirnrunzelnd sah sie der Mann an. »Aus zwei Gründen solltest du das. Erstens: Dankbarkeit. Du könntest auch tot sein. Aber unsere Ärzte haben dich wieder zusammengeflickt, und wenn ich mir deine Werte anschaue, wirst du vermutlich übermorgen schon wieder auf den Beinen sein. Zweitens: Höflichkeit. Ich verlange ja nicht von dir, dass du mir hochgeheime Informationen preisgibst. Ich will lediglich deinen Namen wissen, woher du kommst und was du in diesem gefährlichen Gebiet oben auf dem Pass zu suchen hattest. Ich denke nicht, dass das zu viel verlangt ist.«

Leicht beschämt musste Carya sich eingestehen, dass er da vermutlich recht hatte. Seit sie als Gefangene des Tribunalpalasts verhört worden war, schien sie zur Überreaktion zu neigen, wann immer jemand ihr gegenüber etwas entschiedener auftrat. »Na schön«, sagte sie, trotz allem nicht gewillt, sich bei dem seltsamen Mann, der sich im Übrigen selbst auch nicht vorgestellt hatte, zu entschuldigen. »Ich heiße Carya Diodato. Ich stamme aus Arcadion und …«

Sie zögerte. Am liebsten hätte sie sich dafür in den Hintern getreten, denn egal, was sie jetzt sagte, nun musste ihr Gegenüber misstrauisch werden. Dummerweise hatte sie nach dem Aufwachen zu wenig Zeit gehabt, um sich eine Tarngeschichte auszudenken.

Und auf seine dritte Frage würde sie erst wahrheitsgemäß antworten, wenn sie wusste, wo sie sich gegenwärtig befand und ob diese Leute zur Erdenwacht gehörten oder nicht.

»… ich war auf dem Rückweg dorthin«, fuhr sie fort. »Von Paris.« Sie erinnerte sich an die Karte auf Lucenos Navigator, die Jonan und sie mehrfach angeschaut hatten. Die direkte Strecke Arcadion - Paris hatte mitten durch die Berge geführt. Gänzlich abwegig war ihre Antwort also nicht.

»Von Paris?«, wiederholte der Mann, und er klang dabei, als wäre diese Antwort doch ziemlich abwegig.

Carya nickte.

»Du bist durch ganz Francia gewandert? Zu Fuß?«

»Na ja, zuerst waren wir mit einer Handelskarawane unterwegs. Und dann sind wir zu Fuß weiter, ja. Oh, wo wir gerade davon sprechen …« Caryas Miene verfinsterte sich. »Was ist mit meinen Freunden?« Sie blieb absichtlich vage, wen genau sie damit meinte, weil sie sich nicht sicher war, ob ihre Angreifer Elje gesehen hatten. Sie musste davon ausgehen, aber vielleicht hatte das Mädchen auch Glück gehabt.

»Du meinst diesen jungen Mann und den frechen Bengel?«

»Jonan und Pitlit, meine Freunde«, bestätigte Carya.

»Nun, den Bengel haben wir erwischt, als er versucht hat, sich nach der Landung vor dem Krankenhaus aus unserer Flugmaschine zu schleichen.« Ihr Gegenüber schüttelte den Kopf. »Erstaunlich genug, dass es ihm gelungen ist, sich überhaupt darin zu verstecken. Vermutlich hat er sich hineingestohlen, als unsere Leute dich auf dem Pass erstversorgt haben.«

»Und Jonan?«

Der Mann musterte sie ernst. »Tut mir leid. Er hat es nicht geschafft. Er hat auf uns geschossen, und wir mussten uns verteidigen.«

Carya spürte, wie es ihr die Kehle zuschnürte. »Was … Sie … Er ist tot?« Sie hasste sich dafür, aber auf einmal klang ihre Stimme wie erstickt. »Das kann nicht wahr sein … Das *darf* nicht wahr sein …«

Ihr Gegenüber sagte nichts.

»Kann ich ihn sehen?«, wollte Carya wissen.

»Bedaure, ich fürchte, der Pilot hat ihn am Pass zurückgelassen. Er musste sich um dich kümmern. Wir haben aber das Templersturmgewehr geborgen.«

»Nein …« Caryas Blick verschleierte sich, und sie drehte den Kopf weg, weil sie nicht wollte, dass der Mann ihre Tränen sah. »Jonan.« Sie konnte es einfach nicht glauben, wollte es nicht glauben. Jonan, ihr geliebter Jonan, der vom ersten Tag ihres neuen Lebens an ihr Beschützer, Freund und Gefährte gewesen war, sollte plötzlich fort sein? Bei einem absurden Kampf auf einem einsamen, öden Pass hoch oben in den Bergen erschossen?

Eine Flut von Bildern brach über sie herein. Jonan in seiner Templerrüstung, wie er sie in der Gasse hinter ihrem Elternhaus in Arcadion vor dem brutalen Burlone rettete. Ihre erste gemeinsame Nacht im Lagerhaus seines Vaters. Ihr Kuss auf dem Dach im Dorf der Ausgestoßenen. Die Stunden inniger Liebe in ihrem Gemach auf Château Lune. Das alles sollte nun vorbei sein? Jonan sollte tot sein, und sie würde ihn niemals wiedersehen?

Das durfte nicht wahr sein!

Vielleicht lügt er, ging es ihr durch den Kopf. *Vielleicht will er mich bloß in Verzweiflung stürzen, damit ich nicht an Flucht oder Widerstand denke, sondern mich ihm und seinen Leuten ergebe?*

Andererseits hatte er es nicht nötig, zu lügen. Carya war ihm so oder so ausgeliefert. Außerdem mochte er vielleicht ein wenig grob wirken, aber tatsächlich behandelte er sie nicht im Geringsten wie eine Gefangene. Seine Leute und er hatten sie gerettet, so viel stand fest. Gut, zuerst hatten sie auf Jonan, Pitlit, Elje und sie geschossen – und sosehr sie darauf erpicht sein mochten, dass niemand erfuhr, was sich in der Schwarzen Zone befand, musste man schon ziemlich skrupellos sein, um auf eine unbewaffnete Frau und zwei Kinder zu feuern. Und dass die Schießwütigen oben auf dem Pass zu ihrem Gegenüber gehörten, hatte er mittlerweile ja bestätigt. Also war auch er irgendwie mit für Jonans Tod verantwortlich.

Als Carya dies erkannte, wallte Zorn in ihr auf, eine kalte Wut, an die sie sich klammerte, um nicht zu einem heulenden Häufchen Elend zusammenzubrechen. »Sie!«, fuhr sie ihren Besucher an. »Sie haben ihn umgebracht! Warum haben Sie auf uns geschossen? Wir haben Ihnen nichts getan, sondern wollten nur diesen Pass überqueren, um nach Hause zu gelangen!«

Die Miene des Mannes verhärtete sich. »Erzähl mir nicht solchen Unsinn«, erwiderte er scharf. »In den letzten Jahrzehnten hat kein Mensch diesen Pass zufällig genommen. Alle wissen, dass in der Schwarzen Zone der Tod wartet, weil hier zur Zeit des Sternenfalls ein Experiment katastrophal schiefgelaufen ist. Der Zugang zur Passstraße liegt in einer der abgelegensten Regionen von Francia, alle Wege sind unbefahrbar. Und ich habe noch nie von jemandem gehört, der über die Berge, statt an der Küste von Südfrancia entlang, ins Arcadische Reich gereist wäre. Also, was zum Teufel hattet ihr oben auf dem Pass verloren?«

»Wir haben uns verlaufen«, schrie Carya. »Wir hatten eine alte Karte, die besagte, dass wir den Weg abkürzen könnten, wenn wir uns eng am Gebirge halten. Aber dann sind wir in dichten Nebel geraten und irgendwo falsch abgebogen.«

»In deinen Sachen gab es keine Karte«, hielt der Mann dagegen. »Nur ein paar alte Ansichtskarten – und du willst mir doch nicht erzählen, dass ihr euch daran orientiert habt?«

»Doch, das will ich. Außerdem hatten wir noch eine richtige Karte, aber …« Sie stockte. *Jonan.* Der Gedanke nahm die

Wucht aus ihrem verbalen Angriff. »Jonan hatte sie in seiner Tasche«, fuhr sie etwas leiser fort. »Fliegen Sie doch zum Pass zurück und schauen Sie nach, wenn Sie mir nicht glauben.«

Der Mann schnaubte und erhob sich. »Ich sehe schon, dass wir an diesem Punkt nicht vorankommen. Wir sprechen später weiter. In der Zwischenzeit möchte ich dir dringend empfehlen, nicht das Bett zu verlassen. Deine Wunden sind noch zu frisch. Wenn du Hunger bekommst oder sonst irgendwelche Hilfe brauchst, kannst du nach einer Pflegerin rufen, indem du auf diesen Knopf drückst.« Er deutete auf den kleinen Kasten, der schon zuvor Caryas Interesse geweckt hatte. »Mach keinen Ärger, denn um es ganz offen zu sagen: Wir können auch anders. Dass du hier bist und so gut behandelt wirst, verdankst du allein der Fürsprache gewisser einflussreicher Leute.«

Er beugte sich vor und funkelte Carya an. »Wenn es nach mir gegangen wäre, lägst du jetzt da oben auf dem Pass neben diesem Jonan. Ich mag es nicht, irgendwelche Risiken einzugehen. Und du bist ein Risiko. Daher behalte ich dich im Auge.« Er nickte bekräftigend, während er sich wieder aufrichtete. »Ich behalte dich im Auge, Aurelie Eins.«

Kapitel 15

Aurelie Eins, dachte Carya erschüttert, nachdem ihr Besucher die Tür geschlossen hatte. Diesen Namen hatte sie bislang erst einmal vernommen, aus dem Mund von Botschafter Cartagena, kurz nachdem er ihr eröffnet hatte, dass sie in Wahrheit eine gezüchtete und programmierte Attentäterin war, von der Erdenwacht geschaffen, um als zukünftige Braut und potenzielle Mörderin des designierten Mondkaisers Prinz Alexandre zu dienen, damit die Wacht eine Rückversicherung für ihre Angelegenheiten in Francia besaß.

Dass ihr Besucher von diesem Namen wusste, war eigentlich Beweis genug, dass sie bei der Erdenwacht gelandet war. Wer sonst sollte ihn kennen? Sie grübelte noch darüber nach, was genau das jetzt für sie bedeuten mochte und wie sie am besten vorgehen sollte, und sie wünschte sich, Jonan wäre hier, um ihr mit seinem Rat zur Seite zu stehen.

Aber Jonan war nicht bei ihr. Stattdessen war er tot, wenn sie den Worten des unfreundlichen Mannes Glauben schenken durfte, der ihr als Erster einen Besuch abgestattet hatte. Carya ließ sich auf ihr Kissen zurücksinken und starrte an die Decke. Das Licht der Lampen wurde zu verschwommenen Flecken, als frische Tränen ihre Sicht trübten. Carya drehte den Kopf zur Seite und vergrub ihr Gesicht in den Armen. Es durfte nicht wahr sein. Er musste gelogen haben. Sicher war es bloß ein gemeiner Versuch gewesen, ihr wehzutun. Anders konnte es gar nicht sein.

Sie hätte nachher nicht zu sagen vermocht, wie lange sie leise schluchzend in dem Bett gelegen hatte, das ihr anfangs noch wundervoll komfortabel vorgekommen war, aber aus dem sie jetzt am liebsten sofort geflohen wäre. Nur das Wissen um ihre Beinverletzung und die Angst, sich selbst Schaden zuzufügen, wenn sie aufstand, hielten sie zurück.

Irgendwann bekam Carya keine Luft mehr durch die Nase, in ihren Schläfen pochte ein hartnäckiger Kopfschmerz, und Gesicht und Kissen waren nass vor Tränen. Ihre Augen fühlten sich rot und verquollen an. Schniefend richtete sie sich auf und sah sich suchend nach etwas um, das sie als Taschentuch verwenden konnte. Sie beugte sich vor und fand unter dem Bett einen Kasten mit unterschiedlichen Utensilien, darunter eine Papierrolle, derer sie sich bediente, um sich Augen und Gesicht abzutupfen und die Nase zu putzen.

Carya war gerade damit fertig, als sich die Tür zu ihrem Zimmer unvermittelt zum zweiten Mal öffnete. Der Mann, der diesmal hereinkam, war deutlich älter als der letzte, mindestens siebzig Jahre alt, zumindest legten das die Falten und Altersflecken auf seinem dunkelhäutigen Gesicht, der graue Bart und das zurückweichende Kraushaar nahe. Er hatte einen weißen Overall an und trug einen blauen Kittel darüber und bewegte sich mit der Gemessenheit von jemandem, der weder Aufregung noch körperliche Anstrengungen schätzte.

»Hallo, Kind«, sagte er freundlich. Sein Arcadisch war genauso gut wie das von Caryas erstem Besucher, aber es lag ein Akzent in seinen Worten, der sie an Captain Denning erinnerte. Womöglich stammte er aus Albion. »Mein Name ist Doktor Freeman, Morton Freeman. Ich habe dir etwas zu essen mitgebracht. Du hast eine halbe Ewigkeit geschlafen. Du musst am Verhungern sein.« Er hob ein kleines Tablett mit einer Schale dicker Suppe, das er mit sich führte.

Obwohl sie sich eigentlich nicht danach fühlte, zwang sie sich zu einem Lächeln. »Danke. Das ist sehr nett. Ich habe tatsächlich etwas Hunger.« Noch während sie es aussprach, erkannte sie, dass das nicht einmal gelogen war. Die Trauer hatte sie vergessen lassen, wie lange sie keine richtige Mahlzeit mehr zu sich genommen hatte. Aber mit dem Geruch der warmen Gemüsesuppe machte sich das Bedürfnis nach etwas Essbarem plötzlich bemerkbar.

Freeman zog einen kleinen weißen Tisch unter dem Bett hervor und stellte ihn aufs Bett. Dann platzierte er das Tablett darauf. »Bitte«, sagte er aufmunternd, bevor er sich wieder zurückzog und auf den Hocker setzte, den Caryas voriger Besucher beim Hinausgehen zurück neben die Tür gestellt hatte.

Carya probierte einen Löffel. Sie musste gestehen, dass die Suppe ausgezeichnet war. Etwas so Gutes war ihr nicht mehr untergekommen, seit sie Château Lune verlassen hatte. Hungrig machte sie sich über die Schale her. Freeman sah ihr stumm zu. Ein eigenartiger Ausdruck lag dabei auf seiner Miene, wie Carya bei einem Seitenblick bemerkte. Er sah zufrieden aus und wie von einer stillen Freude erfüllt.

Nachdem Carya ihre Mahlzeit beendet hatte, räusperte er sich. »So, nun können wir reden, nehme ich an.«

Diese Worte machten Carya bereits wieder misstrauisch. »Sind Sie jetzt der nette Inquisitor?«, fragte sie. »Denn es war schon jemand hier, der reden wollte, und der hat mich deutlich spüren lassen, dass er mich nicht mag.«

Freeman schnaubte. »Oberst Davin Dymond. Ja, man könnte ihn als unangenehmen Zeitgenossen bezeichnen. Aber das musst du ihm nachsehen. Er ist der Sicherheitschef. Es ist seine Aufgabe, misstrauisch und ein wenig feindselig zu sein.«

»Und wer sind Sie?«

»Ich bin Wissenschaftler, Gentechniker um genau zu sein. Weißt du, was das ist?«

Carya schüttelte den Kopf.

»Ich entwickle und erschaffe künstliches Leben, Invitros, um genau zu sein. Ich bin …« Er hielt kurz inne, und ein Lächeln erschien auf seinen Zügen. »Ich bin sozusagen dein Vater.«

Verwirrt blickte Carya ihn an. »Mein Vater?« Hatte Cartagena ihr nicht auf Château Lune eröffnet, dass Magister Milan, den Carya auf seinen Befehl hin und gegen ihren Willen umgebracht hatte, ihr Vater gewesen war?

»Nun, einer deiner Väter, um genau zu sein«, schränkte Freeman ein. »Das Erschaffen von Invitros ist keine Kleinigkeit. Natürlich arbeiten wir immer in Gruppen.«

Ihr lag die Frage auf der Zunge, ob er Milan gekannt hatte, aber damit hätte Carya verraten, dass *sie* ihn gekannt hatte, und so viel wollte sie auch ihrem zweiten Gesprächspartner nicht preisgeben – zumindest noch nicht.

Stattdessen richtete sie eine Frage an ihn, die sie schon seit ihrem Aufwachen hier beschäftigte. »Doktor Freeman, wenn Sie nicht so sind wie dieser Oberst …«

»Dymond.«

»… Dymond, dann verraten Sie mir doch bitte, wo ich bin. Und wie es meinem Freund geht, Pitlit, dem dreizehnjährigen Jungen, den Sie gefangen genommen haben.«

»Zu deiner ersten Frage können wir gleich kommen«, sagte Freeman. »Widmen wir uns erst einmal deiner zweiten. Einen Moment, Aurelie.«

»Carya«, verbesserte Carya ihn.

Der Wissenschaftler hob die Augenbrauen. »Wie bitte?«

»Ich heiße Carya. So haben mich meine Eltern getauft, als sie mich damals in der Kapsel des abgestürzten Raketenflugzeugs fanden.« Unwillkürlich berührte sie die Stelle an ihrer Brust, wo für gewöhnlich der Schlüssel zur Kapsel an der dünnen Silberkette hing. Zu ihrem Erschrecken musste sie feststellen, dass er nicht mehr da war. Er fehlte, genau wie ihre Kleidung und die Tasche mit dem Proviant von Reno.

»Ah, natürlich, Carya«, antwortete Freeman lächelnd. »Ein sehr schöner …«

»Wo ist meine Kette?«, unterbrach ihn Carya. »Sie haben mir meine Kette weggenommen! Und überhaupt: Wo sind meine ganzen Sachen?«

Beschwichtigend hob Freeman die Hand. »Ganz ruhig, Carya. Auch das bringe ich in Erfahrung. Eins nach dem anderen. Wir sind bestimmt keine Diebe.« Er griff in die Tasche seines Kittels und holte ein kleines, weißes, blank poliertes Kästchen heraus. Mit einem Finger fuhr er über die Oberfläche des Kästchens. Was genau er da tat, konnte Carya nicht sehen. Jedenfalls hielt er es sich plötzlich ans Ohr und begann zu sprechen. *Ein Funkgerät?*, wunderte sich Carya. *Aber es ist so winzig …*

Freemans Stimme klang ruhig, aber entschieden. Carya verstand kein Wort, glaubte jedoch, dass er auf Albionisch sprach. Es gefiel ihr nicht, im Unklaren darüber zu sein, was gerade geschah, andererseits wäre es vermessen gewesen, davon auszugehen, dass hier jeder Arcadisch sprach. Dass sowohl Dymond als auch Freeman Caryas Muttersprache nahezu perfekt beherrschten, war erstaunlich genug.

»Hier, bitte schön«, sagte Freeman und reichte ihr das Kästchen, auf dessen Vorderseite seltsame bunte Symbole leuchteten. »Ich habe deinen Freund Pitlit am Apparat.«

Einen Moment lang starrte Carya das fremdartige Funkgerät unsicher an. Dann hob sie es ans Ohr, wie sie es bei Freeman gesehen hatte. »Pitlit? Hallo?«

»He, Carya!«, drang die Stimme des Straßenjungen in erstaunlicher Qualität aus dem Kästchen. *»Du lebst! Verdammt, bin ich froh, dass du lebst. Ich habe schon befürchtet, ich würde hier ganz alleine hocken. Wo bist du?«*

»Ich befinde mich in einem Krankenhaus«, gab Carya zurück. »Meine Verletzung wurde versorgt, aber ich muss wohl noch ein paar Tage hierbleiben. Und was ist mit dir? Wo bist du? Und geht es dir gut?«

»Ja, so weit schon. Ich kann mich nicht beklagen. Sie haben mich in irgendein Zimmer mit Gitterfenstern gesperrt, die auf eine wunderschöne Mauer hinauszeigen. Aber es gibt ein weiches Bett und elektrisches Licht und fließendes Wasser. Und ich habe ein Fleischbrötchen bekommen.«

»Haben sie dich ausgefragt?«

»Es war so ein Kerl hier, der ein paar Fragen hatte, aber ich habe ihm erklärt, dass ich gar nix sagen werde, ohne zuvor dich gesehen zu haben. Er hat dreingeschaut, als hätte er mir am liebsten mein Fleischbrötchen wieder weggenommen. Zum Glück war ich schon fast fertig. Na jedenfalls ist er dann abgehauen, hat aber damit gedroht, wiederzukommen, worauf ich mich schon richtig freue.«

Carya musste lächeln. Es tat so gut, mit Pitlit zu sprechen, und wenn es nur über Funk war. Solange der Straßenjunge nicht den Mut verlor, gab es noch Hoffnung. »Ich bin froh, dass du hier bist, Pitlit«, sagte sie.

»Also, ich bin mir noch nicht sicher, ob ich froh darüber sein soll. Ich meine, das ist alles sehr aufregend, aber irgendwie wäre es mir noch lieber, ich hätte mich heimlich *in das Raketenflugzeug und wieder hinausstehlen können. Dann könnte ich dich jetzt suchen und würde nicht bloß dumm herumsitzen.«*

»Ich werde dafür sorgen, dass man uns zusammenbringt«, versprach Carya. »Irgendwie wird es schon klappen.« Sie hielt inne, und als sie weitersprach, war ihre Stimme leiser. »Pitlit, weißt du was von Jonan? Mir wurde gesagt, er sei tot.«

»Tot? Ach du Kacke!«, entfuhr es dem Jungen am anderen Ende der Leitung. *»Ich habe gesehen, dass er umgekippt ist. Schätze, dieses Maschinengewehr des Raketenflugzeugs hat ihn getroffen. Aber als ich mich verdrückt habe, hat er sich noch bewegt, da bin ich mir ganz sicher. Und danach … na ja … ich hatte keine Möglichkeit, nach ihm zu schauen. Elje war fort. Jonan lag da nur noch so auf der Straße. Und dieser eine uniformierte Pilotenkerl war im Begriff, dich mitzunehmen. Ich musste mich entscheiden, bei wem ich bleibe. Tut mir leid, mehr kann ich dir auch nicht sagen.«*

»Ich verstehe«, antwortete Carya niedergeschlagen.

»Verfluchter Mist«, murmelte Pitlit leise.

»Mach dir keine Vorwürfe. Jonan hätte sicher gewollt, dass du auf mich aufpasst, statt bei ihm zurückzubleiben.«

»Ja, vermutlich. Trotzdem fühle ich mich mies. Och, Mann, jetzt hocke ich hier in dieser Zelle und muss darüber nachgrübeln, ob Jonan wirklich tot ist. Ich hoffe, die haben sich geirrt.«

Carya nickte. »Ja, das hoffe ich auch.« Sie warf Freeman einen kurzen Seitenblick zu, der geduldig auf seinem Hocker saß und ihr zuschaute. »Pitlit, ich glaube, wir sollten später weiterreden. Ich bin nicht alleine.«

»Ja, ich auch nicht. So ein Wärter in weißgrauer Uniform steht neben mir und schaut mich übellaunig an.«

»Lass dich nicht unterkriegen, ja? Ich werde sehen, was ich für uns tun kann.«

»Geht klar. Pass auf dich auf, Carya. Im Moment würde es mir gerade ziemlich schwerfallen, dir aus irgendeiner brenzligen Lage herauszuhelfen.«

»Ich werde dran denken.«

Sie verabschiedeten sich, und Carya gab Freeman das Funkgerät zurück. »Ich danke Ihnen«, sagte sie.

»Keine Ursache«, antwortete der Wissenschaftler. »Es war eine Kleinigkeit. Deine Sachen liegen übrigens in einem Schrank hier auf dem Stockwerk. Die alten Lebensmittel wurden entsorgt, aber alles andere ist noch vorhanden, auch deine Kette.«

»Vielen Dank. Sie sind wirklich sehr nett.«

»Ich freue mich einfach, dass du wieder da bist«, sagte Freeman. »Du warst mein Meisterstück, weißt du? Aus einer perfekten Gensequenz geschaffen. Und deine Entwicklung verlief so prachtvoll. Es fiel mir wirklich schwer, dich gehen zu lassen. Und als wir von dem Verlust des Raketenflugzeugs hörten, war ich untröstlich. Ich hätte so gerne gesehen, wie du dich entwickelst. Und nun bist du hier. Die verlorene Tochter ist zurückgekehrt. So schön, so klug und so eigensinnig, wie ich sie mir immer vorgestellt habe.« Er beugte sich vor, hob die Hand und fuhr damit beinahe zärtlich durch die Luft, so als wolle er über Caryas Wange streichen, wage es aber nicht, sie zu berühren, aus Angst, dass sie sich als Trugbild erweisen und in Luft auflösen könnte.

Carya starrte ihn bloß an. Sie wusste nicht, ob sie sich geschmeichelt fühlen oder beleidigt sein sollte. War sie für Freeman wirklich die verloren geglaubte Tochter, die zurückgekehrt war? Oder freute er sich, ein besonders wertvolles Spielzeug wieder in die Hände bekommen zu haben?

»Ich hätte gerne meine Kette wieder«, sagte sie. »Und Sie wollten mir noch verraten, wo ich mich befinde. Sind wir noch in der Schwarzen Zone? Gehören Sie zur Erdenwacht?«

Freeman blinzelte und nickte. »Ah, ja, natürlich. Du sollst deine Kette bekommen – und auch Antworten auf deine Fragen. Komm.« Er erhob sich.

»Ich darf noch nicht aufstehen«, entgegnete Carya. »Dymond hat gesagt, ich müsse noch zwei Tage warten.«

»Hat er das?« Der Wissenschaftler kam zu ihr hinüber und studierte die Anzeigen auf dem im Rhythmus ihres Herzschlags piepsenden Kasten zu ihrer Rechten. »Hm. Darf ich mir die Wunde mal anschauen?« Er trat ans Bett und tippte mit den Fingern auf dem Kasten herum, der die untere Hälfte des Betts bedeckte. Offenbar gab es dort auch eine Anzeige.

»Tja, also, wie ich das sehe, sind zwei Tage Bettruhe eine deutlich übertriebene Maßnahme. So viel Vorsicht grenzt schon an Böswilligkeit. Die Verletzung an deinem Bein ist zwar noch nicht vollständig verheilt, aber wenn du es langsam angehst, steht einem Spaziergang nichts im Wege.«

Freeman drückte einen Knopf, und der Kasten klappte summend nach links auf. Carya schielte nach unten, um ebenfalls einen Blick auf den Zustand ihrer Verletzung zu werfen. Sie stellte fest, dass ihr linkes Bein bis zum Knie in einer stiefelförmigen Hülle steckte, die eine harte Schale aufwies und oben durch ein Polster eng am Bein anlag. Was innerhalb dieses seltsamen Verbandes geschah, vermochte Carya nicht zu sagen. Sie spürte praktisch nichts. Ihr rechtes Bein war bis zur Hälfte des Oberschenkels nackt, wo es unter dem Saum des Krankenhemds verschwand.

Carya merkte, wie Freemans Blick über ihren Körper glitt. Doch es handelte sich nicht um die Lüsternheit eines alten Mannes, der ein junges Mädchen anstarrte. Vielmehr lag in seinen Augen die Bewunderung eines Künstlers gegenüber einem Kunstwerk, das am Ende besser geworden war, als er es während des Schaffensprozesses gedacht hätte. »Einfach perfekt«, murmelte er. Dann warf er Carya einen schuldbewussten Blick zu. »Bitte verzeih mir. Ich möchte dich nicht in Verlegenheit bringen. Aber du hast dich wirklich hervorragend entwickelt.«

Mit einem Räuspern wandte Freeman sich ab. »Ich hole dir etwas zum Anziehen. Wenn du möchtest, kannst du dich unterdessen frisch machen.« Er deutete auf ein Stück Wand, an dem ein Griff befestigt war. »Dahinter ist eine Waschgelegenheit.«

»Brauche ich nicht ... ich weiß nicht ... Krücken oder so?«, wollte Carya wissen.

»Das wird nicht nötig sein«, gab Freeman zurück. »Die Manschette schützt und entlastet das Bein. Tritt nur ein wenig vorsichtig auf, wenn du dich bewegst. Wir wollen es nicht gleich übertreiben.«

Vorsichtig erhob sich Carya. Tatsächlich ging es erstaunlich gut. Die Wunde an ihrem Bein reagierte mit einem leichten Stechen auf die Lageveränderung, aber das Gefühl war ein fernes Echo der furchtbaren Schmerzen, die sie verspürt hatte, als die Lichtkanone der tropfenförmigen Flugmaschine sie getroffen hatte.

Einen Moment lang überlegte Carya, ob sie Freemans Worte in den Wind schlagen und versuchen sollte zu fliehen, um nach Pitlit und danach Jonan und Elje zu suchen. Aber sie musste sich eingestehen, dass das völliger Wahnsinn gewesen wäre, solange sie noch verletzt war und keine Ahnung hatte, wo genau sie sich befand. Trotz ihrer außergewöhnlichen Fähigkeiten würde man sie einfangen, bevor sie auch nur das Gebäude verlassen hatte. Und danach durfte sie nicht mehr mit einer so gastfreundlichen Behandlung rechnen. Gegenwärtig blieb ihr nichts anderes übrig, als sich in ihr Schicksal zu fügen – und auf einen günstigen Moment zu hoffen, um in Aktion zu treten.

Carya ging ins Bad und wusch sich behutsam mit einem bereitliegenden Lappen. Unterdessen besorgte Freeman ihr einen hellblauen Overall und ein Paar leichte Stoffschuhe. Einen Schuh zog Carya an, den anderen steckte sie in eine der Taschen des einteiligen Kleidungsstücks. Es sah ein wenig nach Gefängniskluft aus, schien aber die Kleidung des Pflegepersonals in diesem Krankenhaus zu sein, wie Carya sah, als der greise Wissenschaftler sie aus ihrem Zimmer führte.

Staunend schaute sie sich um. Das Bauwerk, in dem sie sich befand, erinnerte Carya an den Lufthafen von Orly, bloß handelte es sich hier nicht um eine Ruine, sondern um eine Stätte voller Menschen, die durch die fensterlosen, hell erleuchteten Gänge liefen. Glas und Metall schienen die bevorzugten Baustoffe zu sein, zusammen mit einem seltsam glatten, leichten Material, das sie nun schon oft im Zusammenhang mit Relikten der früheren Menschheit gesehen hatte.

»Was ist das?«, fragte Carya, und ihre Finger strichen über einen roten Kasten an der weißen Wand.

»Äh, das ist eine Rufanlage, um mit der Zentrale in Verbindung zu treten, wenn es einen Notfall gibt«, antwortete Freeman.

»Nein, ich meine, aus was besteht es. Wie nennt man das?«

»Oh, das ist Kunststoff. Das … äh … das gibt es in deiner Welt nicht mehr, Carya. Die Technik, um es herzustellen, ging verloren.«

»Aber hier gibt es ihn noch.«

Freeman räusperte sich. »Nun ja. Hier gibt es vieles, was von den Menschen in den Dunklen Jahren vergessen oder zerstört wurde. Das Wissen zu bewahren ist eine unserer Hauptaufgaben.«

Sie erreichten eine größere Halle, der Einrichtung nach zu urteilen ein Wartebereich, und wurden von dem Symbol einer stilisierten Erde begrüßt, das an der Wand hing. Carya erkannte es. »Die Erdenwacht«, stieß sie hervor. Endlich hatte sie die letzte Bestätigung dafür, dass sie sich in den Händen der geheimnisvollen Organisation befand, der auch Cartagena und Magister Milan angehört hatten, ganz zu schweigen von Paladin Julion Alecander, der sich überraschend ebenfalls als Mitglied zu erkennen gegeben hatte.

»Ganz richtig«, sagte Freeman nickend. »Das sind wir: die Erdenwacht. Und unser Ziel ist es, die Schöpfung zu bewahren, die unsere Väter und Urgroßväter beinahe zerstört hätten.«

Carya warf ihm einen fragenden Blick zu. »Also bin ich … im Zentrum der Schwarzen Zone?«

»Sieh selbst«, schlug ihr der greise Wissenschaftler vor und deutete auf die Fensterfront an der Stirnseite des Raums.

Langsam, beinahe zögerlich, folgte Carya dem Angebot. Einerseits war sie natürlich neugierig, wie das Hauptquartier der Erdenwacht aussah. Andererseits war ihr das, was sie in den vergangenen paar Minuten gesehen hatte, schon fast zu viel Neues auf einmal gewesen.

Als sie die Fensterfront erreichte und nach draußen schaute, verschlug es ihr den Atem!

Kapitel 16

Vor Caryas staunenden Augen erstreckte sich ein blühendes Tal. Das Gebäude, in dem sie sich aufhielt, befand sich an einem Hang, sodass sie eine hervorragende Sicht auf die ganze Umgebung hatte. Grüne Wiesen erstreckten sich etwa zwei Kilometer weit bis zu den zerklüfteten, von Wald bedeckten Hängen der gegenüberliegenden Bergkette. Mehrere Straßen, auf denen ungewöhnlich stromlinienförmige Fahrzeuge fuhren, zogen sich durch die Landschaft und verschwanden zur Linken und zur Rechten in den Hügeln. In der Mitte verlief ein Fluss. Und überall erhoben sich Häuser von so fantastischer Pracht, dass Carya das Gefühl hatte, sie sei in einer vollkommen anderen Zeit gelandet.

Sonnenlicht glitzerte auf den spiegelnden Fassaden gläserner Türme. Rechts von ihr erhob sich ein abenteuerlich geschwungenes Oval mit enormen Ausmaßen, links stand ein halbkreisförmiger Stufenbau aus weißem Stein, auf dessen Terrassen weitläufige Gärten angelegt worden waren. Am eindrucksvollsten jedoch war ein großes, grau glänzendes Bauwerk im hinteren Talbereich, zwei schmale Pyramiden mit abgeflachten Spitzen, die durch einen niedrigeren Mittelbau verbunden waren. Auf dem Dach des Mittelbaus, zwischen den beiden Pyramiden, drehte sich ein riesiger, stilisierter Globus – das Zeichen der Erdenwacht.

Dabei handelte es sich bei alldem keineswegs um tote, verlassene Überbleibsel der Zeit vor dem Sternenfall. Im ganzen Tal, zwischen den Gebäuden und auf den Terrassen und Balkonen, waren winzig kleine Menschen zu sehen, die geschäftig ihrer Arbeit nachgingen. Genaues vermochte Carya nicht zu erkennen, aber es hatte den Anschein, als trügen viele ähnliche Kleidung in den Farben Weiß, Grau und Rot. Es musste die vorherrschende Mode an diesem Ort sein.

»Licht Gottes«, hauchte Carya ehrfürchtig. Sie hatte ja alles Mögliche erwartet, als Freeman sie aufgefordert hatte, das Herz der Schwarzen Zone persönlich in Augenschein zu nehmen. Aber dieser Anblick übertraf doch ihre kühnsten Erwartungen.

»Es ist ein Paradies, nicht wahr?«, sagte der greise Wissenschaftler, der sich mittlerweile zu ihr gesellt hatte, leise.

»Eher ein Zauberland«, antwortete Carya. Mit großen Augen nahm sie die Szenerie in sich auf. »Wie ist das möglich? Hier ist alles so anders als draußen, jenseits der Berge.«

»Man könnte meinen, die Zeit sei vor dem Sternenfall stehen geblieben?«

Carya nickte.

Ihr Begleiter schmunzelte. »Das liegt vermutlich daran, dass es sich gewissermaßen so verhält. Komm, setzen wir uns dort drüben hin, dann erkläre ich es dir.« Er wies in Richtung einer Sitzgruppe an der rechten Wand des Raumes. Sie gingen hinüber und ließen sich nieder. Auch diese Stühle bestanden aus dem geheimnisvollen Kunststoff und besaßen eine seltsam geschwungene Form. Sehr bequem waren sie allerdings nicht, trotz des dünnen Kissens, das anscheinend direkt auf die Sitzfläche geklebt worden war.

»Vor etwa sechzig Jahren – ich war damals noch ein junger Mann – stand es um unsere Welt nicht gut. Der Kampf um Rohstoffe, Macht und Einfluss hatte gefährliche Ausmaße angenommen. Der Westen rang mit dem Osten, der Süden drohte dem Norden. Es war nur eine Frage der Zeit, bis es zum ganz großen Knall kommen würde. Weitblickende Männer entschieden damals, dass es wichtig sei, vorbereitet zu sein. Sie erkauften sich die Kontrolle über dieses Tal, schotteten es unter verschiedenen Vorwänden von der Außenwelt ab und begannen mit dem Bau von Häusern, Fabriken und Bunkern, damit sie dort unabhängig würden überleben können. Außerdem wurden im Geheimen enorme Mengen an Rohstoffen, Vorräten und modernsten Technologien hierher umgeleitet, um auch für die Zukunft gewappnet zu sein.«

Freeman schürzte die Lippen, und sein Blick wanderte an Carya vorbei ins Leere. »Nach ein paar Jahren geschah es dann plötzlich. Ich weiß nicht einmal mehr, wer zuerst den Knopf drückte, vielleicht weiß es niemand. Auf einmal war der Nachthimmel über uns von den Triebwerksfeuern der Raketen erfüllt. Es war die Nacht, die noch heute als Sternenfall bekannt ist, denn es war, als fielen die Sterne vom Himmel, und mit unvorstellbarer Gewalt löschten sie einen Großteil der Menschheit, vor allem auf der Nordhalbkugel der Erde, einfach aus.«

Betroffen sah Carya ihn an. »Dann war es also wirklich ein Krieg damals.«

»Ja, der dritte und letzte Weltkrieg, wenn man so möchte. Ein paar Tage funktionierte die Welt noch, und wer konnte, versuchte sich irgendwo an abgelegenen Plätzen in Sicherheit zu bringen. Alle, die von diesem Projekt hier wussten und noch nicht vor Ort waren, reisten so schnell wie möglich an. Nicht jeder schaffte es. Dann brach sämtliche Kommunikation zusammen. Die Menschheit als solche gab es auf einmal nicht mehr, lediglich einzelne Gruppen, manche größer, manche kleiner, die anfingen, mit allen ihnen zur Verfügung stehenden Mitteln ums Überleben zu kämpfen. Das Tal wurde rundherum abgesperrt und ein vorbereitetes

Programm gestartet, um eine Katastrophe vorzutäuschen, die das ganze Land um die Berge scheinbar zur unbewohnbaren Todeszone machte.«

»Also ist die Schwarze Zone nur eine Täuschung?«

Freeman wiegte nachdenklich den Kopf. »Ja und nein. Das Land wurde wirklich zerstört, mithilfe von Giften und speziell gezüchteten Pilzen. Aber es gibt dort keine Strahlung, wie an Orten, wo seinerzeit die übleren Raketen eingeschlagen sind. Dennoch ist der Mythos, dass kein Mensch je lebend aus der Schwarzen Zone zurückgekehrt ist, wahr. Dafür sorgen Männer wie Dymond, die damals wie heute große Mühen auf sich nehmen, damit wir in Frieden leben können, versteckt vor der Welt – und das seit fünf Jahrzehnten.«

»Soll heißen: Sie töten Unschuldige, die sich in ihr Gebiet verirrt haben.« In Caryas Tonfall schwang tiefe Verbitterung mit.

»Für gewöhnlich ist das nicht nötig«, gab der greise Wissenschaftler zurück. »Die Legende von der Schwarzen Zone hat die Jahre überdauert und ist stetig gewachsen. Jeder, der auch nur die ersten schwarzen Wiesen und toten Bäume sieht, macht kehrt und schaut nicht zurück. Und die wenigen, die besonders dreist oder dumm waren …« Er brach ab und zuckte mit den Schultern. »Es gefällt mir auch nicht, aber das Werk, das wir hier vollbringen, erfordert manchmal seinen Preis.«

»Sie reden hier über meinen Freund Jonan!«, begehrte Carya auf.

Beschwichtigend hob Freeman die Hände. »Ich weiß, ich weiß. Und es tut mir auch schrecklich leid. Doch was soll ich machen? Was geschehen ist, ist geschehen. Ich kann ihn nicht zurückbringen. Immerhin konnte ich die Zonengarde überzeugen, den Jungen am Leben zu lassen. Dymond hätte ihn am liebsten gleich getötet, um sich unnötigen Ärger zu ersparen. Aber wir sind keine Barbaren, wir sind besser als die marodierenden Banden draußen in der Wildnis. Das musste ich dem Kreis und dem guten Oberst zwar noch einmal nachdrücklich in Erinnerung rufen, aber sie haben sich meinem Appell gebeugt, sodass nun zumindest ihr beide noch lebt.«

Erschrocken nahm Carya diese Worte zur Kenntnis. Ihr war nicht bewusst gewesen, wie knapp der Straßenjunge dem Tod von der Schippe gesprungen war. Gleichzeitig erkannte sie auch, dass Freeman nicht ihr Feind war, genauso wenig wie die meisten anderen Leute an diesem Ort. Im Grunde konnte sie es ihnen schlecht zum Vorwurf machen, dass sie ihre Grenzen zu schützen versuchten. Nichts anderes machte der Lux Dei, wenn er bewaffnete Wachen auf den Wall von Arcadion stellte, um die Ausgestoßenen des Ödlands abzuschrecken und, wenn nötig, auch abzuwehren. Jahrelang hatte sie sich nichts dabei gedacht.

Doch je länger sie selbst zu den Ausgestoßenen und Gejagten gehörte, desto mehr hatte sich ihre Perspektive verändert. Heute sah sie die Ungerechtigkeit und die Unterdrückung, die von Machtgruppen wie dem Lux Dei ausgingen, und auch die Tyrannei von Einzelnen, wie etwa dem Sohn des Mondkaisers. Deshalb konnte und wollte sie das Handeln der Erdenwacht nicht entschuldigen. Es war schön und gut, dass sie ihr kleines Paradies in den Bergen schützen wollten – aber wenn es auf den Leichen Unschuldiger aufgebaut war, lief hier doch etwas falsch!

»Ich erwarte nicht von dir, dass du das alles sofort verstehst«, sagte Freeman, der Caryas Gedanken zu erraten schien. »Ich verlange erst recht nicht, dass du uns einfach so verzeihst. Nur um eines möchte ich dich bitten: Gib uns eine Chance. Wie gesagt, wir sind keine Barbaren. Und wir sind nicht die Bösen in dieser Geschichte. Wir tun viel Gutes für die Welt, auch wenn es kaum jemand weiß.«

Carya runzelte die Stirn. »Sie meinen, Sie schicken jemanden wie mich an den Hof des Mondkaisers – eine junge Frau, die das

Herz des Prinzen gewinnen und ihn heiraten soll, nur um ihn irgendwann, wenn es Ihnen passt, umzubringen?«, fragte sie. »Handeln so die Guten in der Geschichte? Was soll das überhaupt? Was hat die Erdenwacht davon?«

Der greise Wissenschaftler musterte sie mit einer Mischung aus Faszination und Erschütterung. »Du hast dich wirklich ganz erstaunlich entwickelt«, murmelte er.

»Sie weichen mir aus.«

»Nein, das tue ich nicht. Ich …« Er brach ab, und sein Blick glitt an Caryas Schulter vorbei. Seine Miene verschloss sich, und sein Tonfall wurde kühler. »Das ist Politik und betrifft uns nicht.« Freeman stand auf und berührte Carya am Arm. »Komm, Kind, wir gehen. Du musst auf dein Zimmer zurück.«

Als Carya aufstand und sich umdrehte, sah sie, dass ein beleibter, grauhaariger Mann den Raum betreten hatte. Er wurde von zwei jüngeren Männern begleitet, deren Kleidung an die von Oberst Dymond erinnerte. Auf seiner breiten Stirn bildete sich eine steile Falte, als er näher kam. Er sprach Freeman auf Albionisch an, das die gängige Sprache hier zu sein schien.

»Ich habe Carya … Aurelie Eins … bloß unser Tal gezeigt, Rat Montasano«, antwortete Freeman auf Arcadisch.

Montasano musterte Carya kritisch. Ohne den Blick von ihr abzuwenden, sagte er erneut etwas zu Freeman.

»Nein, sie ist noch nicht ganz gesund, aber wie Sie wissen, regenerieren sich diese speziellen Invitros besonders schnell.«

Ihr Gegenüber nickte und brummte etwas. Carya nahm sich vor, Freeman um Lehrmaterial für die albionische Sprache zu bitten. Dass sie nicht verstand, was um sie herum gesprochen wurde, machte sie nervös.

Freeman nickte unterdessen, woraufhin das Trio kehrtmachte und den Warteraum durch eine zweite Tür verließ.

»Was hat er gesagt?«, wollte Carya wissen.

»Er hat den nachdrücklichen Wunsch geäußert, dass wir dein Bett im Hospital freimachen, wenn du gesund bist. Du sollst ein Armband bekommen und vorläufig ein Appartement in der Sichel beziehen, dem halbkreisförmigen Wohnkomplex dort drüben.« Freeman deutete durchs Panoramafenster auf den großen Terrassenbau, der Carya bereits zuvor aufgefallen war.

»Was für ein Armband ist das?«, fragte Carya, als sie sich auf den Weg zurück machten.

»Ein Überwachungsarmband«, antwortete der Wissenschaftler. »Es wird so programmiert, dass es dich warnt, wenn du die für dich freigeschalteten Bezirke verlässt und dich in Sperrgebiet begibst. Außerdem kannst du so von der Zonengarde verfolgt werden. Damit müssen sie dich nicht einsperren oder einen Wachmann für dich abstellen.«

»Aber ich bin im Grunde eine Gefangene?«, hakte Carya nach.

»Ein Gast unter besonderer Beaufsichtigung«, verbesserte Freeman. »Ich rate dir, einfach nicht darüber nachzudenken. Das Armband stört nicht. Solange du in den Bereichen bleibst, wo du dich aufhalten darfst, wirst du es gar nicht bemerken. Oder möchtest du lieber eingesperrt sein?«

»Nein, natürlich nicht.«

»Dann holen wir jetzt am besten deine Sachen, passen dir ein Armband an und danach fahre ich dich zur Sichel.«

Sie begaben sich zu einem Lagerraum mit mehreren Spinden, wo sich Freeman von einem Pfleger Caryas ursprüngliche Kleidung, die leere Provianttasche, die Wolldecke und ihren Anhänger geben ließ, den sie sogleich wieder über den Kopf streifte. Es mochte albern sein, dass sie so sehr an dem Schlüssel zu ihrer Kapsel hing, der mitnichten hübsch aussah und darüber hinaus auch keine Funktion mehr erfüllte, seit Carya das Innenleben ihres Gefährts zerstört hatte. Trotzdem mochte sie ihn, und wenn auch nur deshalb, weil er sie an ihre Mutter erinnerte, die ihn ihr in der Nacht, die alles verändern sollte, heimlich in den Schuh gelegt hatte.

Anschließend gingen sie ins Erdgeschoss des Gebäudes, um für Carya dieses ominöse Armband abzuholen, das sie zukünftig tragen sollte. Auf dem Weg überprüfte Carya unauffällig ihre Hosentasche. Das Schnappmesser fehlte, der Brief an ihre Eltern steckte aber noch zusammengefaltet darin. *Aber ich wette, sie haben ihn gelesen*, ging es Carya durch den Kopf. Sie erinnerte sich nicht mehr genau, was sie damals auf dem Rastplatz neben der Handelsstraße in jener Gewitternacht geschrieben hatte, aber für die Erdenwacht war es sicher ohne Belang.

Während sie auf den Ausgang des Hospitals zugingen, stiegen erneut Gedanken an Flucht in Carya auf. Sobald sie das Armband trug, war sie für die Ordnungskräfte der Schwarzen Zone auffindbar, hatte Freeman gesagt. Also war jetzt vielleicht ihre letzte Möglichkeit, sich aus dem Staub zu machen.

Aber wohin soll ich fliehen?, dachte sie. *Ich weiß nicht, wo man Pitlit gefangen hält, ich habe keine Ahnung, in welcher Richtung der Pass liegt, der mich zu Jonans Leiche führen müsste. Und was mit Elje geschehen ist, kann ich auf eigene Faust und ohne Hilfsmittel auch kaum herausfinden.*

Andererseits existierten im Tal der Erdenwacht Fahrzeuge und bestimmt auch Karten der umgebenden Berge. Wenn sie einen der Bewohner in ihre Gewalt brachte, konnte sie ihn vielleicht dazu zwingen, ihr zu helfen, von hier fortzukommen. Dann hingegen würde sie Pitlit zurücklassen müssen, denn er befand sich zweifellos im Gewahrsam der Zonengarde und gegen die hatte Carya keine Chance. *Das kann ich nicht machen*, erkannte sie. *Er lebt nur noch, weil er irgendwie zu mir gehört. Wenn ich verschwinde, brin-*

gen sie ihn um. Das hätte Jonan niemals gewollt. Aber ich muss doch was tun!

Auf einmal fiel ihr etwas ein. »Doktor Freeman«, wandte sie sich an ihren Begleiter.

»Ja, Kind.«

»Können Sie mir noch einen Gefallen tun?«

Freeman blickte sie freundlich an. »Welchen denn?«

»Würden Sie hinaus zum Pass fahren, wo wir gefunden wurden, und nachschauen, ob mein Freund Jonan noch dort liegt? Ob lebendig oder tot, bitte bringen Sie ihn her. Er …« Sie stockte und musste sich sammeln. »Wir waren …« Erneut wallten Schmerz und Trauer in ihr empor und erstickten jedes weitere Wort.

Der greise Wissenschaftler nickte verständnisvoll. »Eigentlich darf dort niemand von uns hin – also niemand außer der Zonengarde. Aber mein Wort hat ein gewisses Gewicht. Ich werde zusehen, was ich machen kann.«

»Ich danke Ihnen. Und wenn ich um noch einen Gefallen bitten darf: Könnten Sie Pitlit zu mir bringen lassen? Von mir aus verpassen Sie ihm auch so ein Armband, aber sperren Sie ihn nicht länger alleine ein. Er ist doch noch ein Kind.«

»Ich rede mit Oberst Dymond«, versprach Freeman.

Sie traten aus dem Gebäude, das sich als weißsilberner Kastenbau mit flachem Dach entpuppte und am Ende einer Straße lag, die sich zwischen grünen Laubbäumen hinunter ins Tal schlängelte.

Über einen Hof, in dessen hinterem Bereich zwei tropfenförmige Rotorschweber mit roten Kreuzen auf dem weißen Rumpf standen, gelangten sie zu einem kleinen Wachgebäude, wo ein gelangweilter junger Offizier Carya ein zwei Finger breites Armband umlegte, das aus einem schwarzen, lederartig weichen Material bestand und außer einem Verschluss unten und einem grauen Rechteck an der Oberseite völlig schmucklos war.

»Bezirk eins bis drei sind für dich freigeschaltet«, sagte der Mann in gebrochenem Arcadisch, nachdem er mitbekommen hatte, dass Freeman und Carya sich in der Sprache unterhielten. »Das ist das zentrale Tal rund um die Stadt. Die Industriekomplexe im Osten sind gesperrt, ebenso die Hanglagen, die Einrichtungen der Zonengarde, die Forschungseinrichtungen und das Ratsgebäude. Du wirst zweimal gewarnt, wenn du Sperrbezirke betrittst. Danach wird die Zonengarde alarmiert. Versuchst du, an dem Armband herumzuspielen oder es zu entfernen, wird auch die Zonengarde alarmiert. Und wir finden dich in diesem Tal binnen fünf Minuten, glaube mir. Also fordere uns nicht heraus, in Ordnung?« Er sah Carya fragend an.

»Ich verstehe«, gab sie zurück. Einmal mehr seit ihrem Aufenthalt auf Château Lune kam Carya sich wie eine Gefangene in einem goldenen Käfig vor. Diesmal waren die Schlösser und Gitterstäbe noch besser verborgen, aber sie zweifelte keine Minute daran, dass es ihr schwerer fallen würde, diesen Wärtern zu entkommen, als den Männern des Mondkaisers.

Mit einem Motorwagen brachte Freeman sie zu dem Wohnkomplex, den er als Sichel bezeichnet hatte. Während der Fahrt kam Carya aus dem Staunen kaum heraus. Nicht nur der Wagen selbst war viel leiser, schneller und komfortabler als jedes andere Fahrzeug, in dem sie jemals gesessen hatte, auch jenseits der Fenster fielen ihr unablässig Dinge auf, die sie noch nie zuvor gesehen hatte. Elektrizität beispielsweise, in Arcadion ein Luxus, schien hier im Überfluss zu existieren. Dasselbe musste für Treibstoff gelten, denn es waren vergleichsweise viele Motorwagen auf den Straßen unterwegs und immer wieder glitten Fluggefährte über ihre Köpfe hinweg.

Sie parkten vor dem Gebäude, das mindestens so groß war wie der Tribunalpalast in Arcadion, allerdings deutlich freundlicher wirkte, nicht so schwer an der Last der Jahre tragend und durchdrungen von der Angst seiner Bewohner – mochte es die vor dem Vorgesetzten oder – schlimmer noch – vor dem Inquisitor sein.

Freeman blickte auf ein Gerät, das wie eine schlankere Version des Navigators aussah, den Carya und die anderen eine Weile lang besessen hatten. »Dein Zimmer befindet sich im ersten Stock«, sagte der Wissenschaftler. Er führte sie durch eine weitläufige Eingangshalle zu einer breiten Treppe, die sie nach oben brachte. Am Ende eines gebogenen Ganges blieb er vor einer Tür mit der Aufschrift 154 stehen. »Hier wären wir.«

Er öffnete und ließ Carya ein. Das Zimmer erwies sich als erstaunlich geräumig und war schlicht, aber auf eine fremdartige Weise geschmackvoll eingerichtet. Weiße Wände, ein hellgrauer, fester Teppichboden und bodentiefe Fenster am fernen Ende des Zimmers sorgten für ein enormes Gefühl von Helligkeit und Raum. Neben den Fenstern gab es eine Sitzecke mit blauen Polstermöbeln; ein etwa schulterhohes Regal trennte diesen Teil des Raums von einer Schlafstätte, zu der auch ein Kleiderschrank mit einem riesigen Spiegel gehörte. Daneben führte eine Glastür in einen Waschbereich. Gegenüber befand sich eine kleine Kochzeile. Ein paar gezielt angebrachte Bilder an den Wänden sorgten für zusätzliche Farbtupfer.

»Eine einfache Bleibe, aber ich denke, für den Anfang sollte es genügen«, sagte Freeman.

Unwillkürlich fühlte Carya sich an ihren ersten Abend auf Château Lune erinnert. Auch dort hatten sie der Prunk und die Größe, die sie umgaben, sprachlos gemacht. Nun aber erkannte sie, dass der Glanz des Mondkaisers im Vergleich hierzu die Pracht eines Bettlerkönigs in einer Welt der Besitzlosen war. Der Reichtum von Château Lune war ohne Zweifel atemberaubend gewesen, doch die Bewohner des Schlosses hatten ihn allzu sehr zelebriert, als müssten sie sich Tag für Tag aufs Neue davon überzeugen, wie gut es ihnen ging.

Hier, im verborgenen Tal der Erdenwacht, wurde dem phänomenalen Luxus, der weit über Silberbesteck und livrierte Diener hinausging, kaum Beachtung geschenkt. Ein großes Zimmer mit elektrischem Licht, einer eigenen Nasszelle und riesigen Fenstern, die den Blick auf eine blühende Gartenterrasse freigaben, wurde als *einfache Bleibe* bezeichnet. *Sie leben wirklich wie im Paradies*, dachte Carya.

Freeman räusperte sich. »Nun ja, ich gehe dann mal. Ich habe noch Dinge zu erledigen. Um deine Freunde kümmere ich mich. Oh, und du brauchst keinen Schlüssel für dieses Zimmer. Ich habe die Schlossautomatik mit deinem Armband verknüpft.«

»Ja … äh … danke.« Sie drehte sich zu dem greisen Wissenschaftler um. »Danke für alles.«

»Keine Ursache«, erwiderte Freeman und wandte sich der Tür zu, doch im Türrahmen drehte er sich noch einmal um. Auf seiner Miene lag unvermittelt tiefer Ernst. »Warum bist du gekommen, Carya? Ich meine, zu uns, ins Tal?«

Einen Moment lang blickte Carya den Wissenschaftler – ihren »Vater« – stumm an. Sie traf eine Entscheidung. »Ich wollte meine Schöpfer kennenlernen.«

»Und wozu?«

»Um sie zu fragen, ob sie sich für Götter halten, die Leben geben und nehmen dürfen, wie es ihnen gefällt.«

Freeman senkte ein wenig den Kopf. »Es tut mir leid«, murmelte er.

»Ja«, sagte Carya, »mir mittlerweile auch. Ich hätte niemals herkommen sollen. Wie geht es denn jetzt überhaupt mit Pitlit und mir weiter?«

Ihr Gegenüber schürzte die Lippen, bevor er wieder aufschaute. In seinen dunklen Augen glänzte Sorge. »Ich weiß, dass du in Paris warst, auf Château Lune.«

»Botschafter Cartagena hat mit Ihnen gesprochen?«

»Ja, und Magister Milan auch. Sie waren sich unsicher, ob du wirklich Aurelie Eins bist, und sie erbaten Informationen und Rat von uns.«

Carya musste an das Funkgerät denken, das sie in dem Globus in Magister Milans Zimmer gefunden hatte, bevor es von Julion Alecander entfernt worden war. »Und?«

»Inzwischen haben wir zu beiden den Kontakt verloren. Und der Mondkaiser verbündet sich mit dem Lux Dei im Kampf gegen den König von Austrogermania. Es geraten Dinge in Bewegung, die dem Rat nicht gefallen, und du bist irgendwie darin verstrickt. Der Rat traut dir nicht.«

»Glauben Sie mir, wie es scheint, weiß ich von den Dingen, die um mich herum geschehen, selbst am wenigsten. Meine Rolle in den Vorkommnissen ist lächerlich gering.«

Freeman warf ihr einen letzten gedankenvollen Blick zu und nickte dann. »Wir werden sehen«, sagte er. »Wir werden sehen.«

Kapitel 17

Jonan schlug die Augen auf und blickte auf einen Schleier aus Weiß. *Bin ich tot?*, fragte er sich, nur um die Frage sogleich als unsinnig zu verwerfen. Wäre er wirklich tot gewesen, hätte er sich weniger Gedanken darüber gemacht. Außerdem hätten seine rechte Hüfte und sein Schädel nicht dermaßen wehgetan.

Er blinzelte, und als sich sein Blick klärte, erkannte er, dass er hinter einem Vorhang auf einer Pritsche lag. Genau genommen schloss der Vorhang ihn auch nicht vollständig von der Außenwelt ab, sondern es blieb eine Öffnung am Fußende, durch die Jonan auf einen Quergang und jenseits davon eine weitere Pritsche zwischen zwei Vorhängen schauen konnte. Als er den Blick hob, sah er eine hohe Hallendecke über seinem Kopf. *Wo bin ich?*, fragte er sich.

Ächzend überprüfte Jonan, wie es um ihn bestellt war. Dabei wurden ihm zwei Dinge bewusst: Zum einen war seine Hüfte dick bandagiert, und als er vorsichtig die Hand hob, ertastete er auch einen Verband um seinen Schädel, zum anderen erkannte er die graue Wolldecke, unter der er, halb entkleidet, lag. Sein Herz schlug schneller. »Templerorden«, murmelte er. Das bedeutete Ärger. Er musste sich im Feldlager des Lux Dei befinden, das sie in der Kleinstadt am Fuße des Passes, der in die Schwarze Zone führte, entdeckt hatten. Wahrscheinlich handelte es sich bei der Halle um das Lazarett.

Neben ihm auf dem Fußboden regte sich etwas. Verwirrt drehte Jonan den Kopf. Zu seiner Überraschung lag dort Elje, zusammengerollt auf einer Wolldecke wie ein Hund, und schlief. Genau genommen schien sie gerade aufzuwachen, denn sie wälzte sich unruhig hin und her, rieb sich dann über die Augen und gähnte. Ihr schulterlanges, aschblondes Haar hing völlig zerzaust um ihren Kopf. Im nächsten Moment blickte sie auf und Jonan mit ihren hellen, eisgrauen Augen direkt an.

Eine Sekunde später hielt ein Strahlen auf ihrer Miene Einzug. Ihre Augen begannen zu leuchten, und ihr Mund verzog sich zu einem breiten Grinsen. Rasch kam Elje auf die Knie und umarmte Jonan stürmisch.

»Autsch, Vorsicht«, entfuhr es Jonan, aber gleichzeitig musste auch er grinsen, und er erwiderte die Umarmung behutsam.

»Wie ich sehe, ist der verlorene Sohn erwacht«, sagte eine Stimme vom Gang her. Sie gehörte einem untersetzten Mann mit eingefallenem Gesicht und schwarzem Kraushaar, in das sich erste graue Strähnen schlichen. Er hatte die grünbraune Felduniform eines Templersoldaten an und trug eine Armbinde mit einem roten Templerkreuz, das ihn als Arzt auswies. Jonan hatte also richtig getippt. Er lag im Lazarett der Lux-Dei-Truppen. Auf dem Namensschild des Mannes stand Bramante, und er rauchte eine Zigarette, was an einem Ort wie diesem sicher verboten war.

»Der verlorene Sohn?«, wiederholte Jonan verwirrt Bramantes Worte.

»Genau«, erwiderte dieser. »Sie sind doch Jonan Estarto, oder etwa nicht?«

Jonans Herz machte einen Satz und schlug schmerzhaft heftig in seiner Brust, als er seinen Namen hörte. Man hatte ihn also nicht nur ins Lager der Armee von Arcadion gebracht, seine Retter wussten zudem bereits, wen sie da – vermutlich halb tot – oben auf dem Pass aufgelesen hatten. Da Jonans Konterfei noch vor ein paar Monaten alle Straßen Arcadions geziert hatte, war es sinnlos, seine Identität zu verleugnen.

»Doch, der bin ich«, gestand er daher zähneknirschend.

»Na also«, sagte Bramante und zog an seiner Zigarette. Dass direkt neben ihm ein Verletzter und ein achtjähriges Mädchen saßen, schien ihn nicht zu stören. »Willkommen im vorgeschobenen Heerlager Bourg-Saint-Maurice. Ich bin Doktor Bramante, was Sie vermutlich schon an meinem Namensschild erkannt haben, und herrsche über diese prachtvolle Halle der Heilung, deren erster und einziger Gast Sie übrigens sind. Das Personal war völlig aus dem Häuschen, als Sie eintrafen.« Sein Tonfall legte den Verdacht nahe, dass mindestens der letzte Satz sarkastisch gemeint war.

»Und wie bin ich hierhergekommen?«, wollte Jonan wissen. »Hat Elje …?« Er blickte zu dem Mädchen hinüber.

Bramante nickte. »So sieht's aus. Sie tauchte vorgestern am späten Abend plötzlich im Lager auf und wirkte sehr aufgeregt. Sprach kein Wort. Die Männer wollten sie erst wegscheuchen, aber plötzlich hielt sie ein Kampfmesser in den Händen, das eindeutig aus Templerbeständen war. Und nach ein wenig Hin und Her begriffen wir auch, dass sie uns sagen wollte, es läge ein Verletzter draußen in der Wildnis. Erst dachten wir noch, es sei einer unserer Aufklärer. Umso überraschter waren wir, als das Mädchen unseren Motorwagen hinauf zum Pass führte, mitten in die tote Einöde, wo wir Sie vorfanden, niedergeschossen und ohne Bewusstsein.«

Der Arzt nahm erneut einen Zug von seiner Zigarette und blies den Rauch in Richtung Hallendecke. »Sie hatten verdammtes Glück. Die Kugel, die sie erwischt hat, ist am Beckenknochen seitlich abgeprallt, und es wurde nichts Lebenswichtiges verletzt. Ich habe Sie dann erst mal versorgt und Ihnen zwei von den Wundermittelchen reingejagt, die Sie in Ihrer Tasche dabeihatten. Keine Ahnung, wo Sie das Zeug nach all den Jahren gefunden haben, aber danken Sie dem Licht Gottes dafür. Übrigens war ich so frei, den Rest für das Lazarett zu konfiszieren. Ist ohnehin kaum noch was übrig. Nun ja …«, er zuckte mit den Achseln, »… und schließlich haben wir Sie hergebracht, wo Sie den Rest der Nacht und einen ganzen Tag durchgeschlafen haben. Jetzt haben wir fünf Uhr früh, und wie es aussieht, muss ich nun den Kommandanten informieren, damit er entscheidet, was mit Ihnen passieren soll.«

Seine Worte riefen Jonan in Erinnerung, wie brenzlig seine Lage wirklich war. Er galt als Fahnenflüchtiger, hatte Eigentum der Tribunalpalastgarde gestohlen – und mit seiner Templerrüstung und dem *Phantom*-Hubschrauber auch noch verdammt wertvolles –, er hatte einer Mörderin zur Flucht verholfen und war selbst für den Tod mehrerer Soldaten und des Inquisitors Loraldi mitverantwortlich. Eigentlich brauchte er überhaupt nicht darüber nachzudenken, wie das Verdikt des Kommandanten aussehen würde. Man würde ihn an die nächste Hauswand stellen und standrechtlich erschießen. Seltsam genug, dass man ihn überhaupt vom Pass gerettet hatte, statt ihn dort sterben zu lassen. Vermutlich gab es Regeln, die dagegensprachen, einen zum Tode Verurteilten auf offener Straße verbluten zu lassen. Er musste aufrecht vor seinem Richter stehen, bevor er umgebracht werden durfte.

Jonan überlegte kurz, ob er versuchen sollte, Doktor Bramante zu überreden, ihn laufen zu lassen. Allerdings besaß er erstens nichts, was er ihm im Tausch dafür hätte anbieten können, und zweitens war Jonan zu stolz, um einen ehemaligen Mitsoldaten anzubetteln. Abgesehen davon hatte er all diese Verbrechen tatsächlich begangen, auch wenn er sich im Recht sah, da der Lux Dei – oder zumindest dessen inquisitorischer Arm – verrottet und böse war. Aber man konnte dem Feind schlecht sagen, dass er die eigentliche Schuld trug und einen bitte verschonen solle, weil man doch der Gute sei.

Also nickte Jonan nur grimmig. »Tun Sie, was Sie tun müssen. Sagen Sie mir bloß bitte, dass Ihr Kommandant nicht Großinquisitor Aidalon ist.«

Bramante hob die Augenbrauen. »Wie kommen Sie denn darauf?«

»Ich dachte, er könne an diesem Kriegszug gegen den Ketzerkönig vielleicht ein persönliches Interesse haben«, antwortete Jonan und zuckte mit den Schultern. »Und, na ja, Sie wissen vermutlich, dass uns eine unerfreuliche Vergangenheit verbindet.«

»Wer in Arcadion weiß das nicht?«, gab der Arzt mit einem Grinsen zurück und bestätigte damit Jonans schlimmste Befürchtungen bezüglich seiner eigenen fragwürdigen Berühmtheit unter den Soldaten. »Aber ich kann Sie beruhigen. General Palladio hat hier den Oberbefehl. Ich habe keine Ahnung, wo der Großinquisitor sich herumtreibt, aber er gehört nicht zu diesem Heereszug.«

Das war in der Tat eine Erleichterung für Jonan. Er hatte bereits das Schlimmste befürchtet – nicht dass es einen großen Unterschied machen würde, ob Palladio oder Aidalon ihn verurteilte.

»Verstehen Sie mich nicht falsch, Estarto«, fuhr Bramante fort und zog ein letztes Mal an seiner Zigarette, »ich habe nichts gegen Sie. Na gut, Sie sind ein Deserteur und Sie haben der Tribunalpalastgarde den Arsch aufgerissen. Aber das schert mich nicht. Ich bin weder blind, noch schreie ich jedes Mal Hurra, wenn ein Priester einen göttlichen Wind fahren lässt. Will sagen: Mir ist klar, dass in Arcadion nicht alles richtig läuft, und vielleicht braucht es sogar Leute wie Sie, damit auch der Rest das erkennt. Doch wir befinden uns im Krieg, und ich habe bestimmt nicht vor, mir irgendwas anhängen zu lassen, weil ich nicht nach Vorschrift gehandelt habe.«

Bramante ließ den Zigarettenstummel fallen und trat ihn auf dem Hallenboden platt, bevor er ihn mit der Fußspitze unter Jonans Bett kickte. »Bis gleich. Oh, und ich rate Ihnen dringlich, liegen zu bleiben. Ihre Hüfte ist noch nicht einmal ansatzweise verheilt. Darüber hinaus stehen Wachen drüben am Eingang, die schon die ganze Zeit misstrauisch zu mir herüberschauen. Sie kämen also nicht weit, wenn Sie es drauf anlegten.«

»Verstanden«, bestätigte Jonan düster. »Aber Doktor, tun Sie mir einen Gefallen.«

Bramante sah ihn abschätzend an. »Solange es mir keine Schwierigkeiten bereitet.«

»Es geht um Elje«, sagte Jonan und warf dem Mädchen einen Seitenblick zu, das ihrem Wortwechsel mit stummem Unverständnis gefolgt war. »Bitte sorgen Sie dafür, dass ihr nichts passiert. Sie ist ein unschuldiges Kind und hat mit den Dingen, die ich mir dem Gesetz nach habe zuschulden kommen lassen, absolut nichts zu tun. Lassen Sie sie einfach bei der nächstbesten Siedlung, sollte mir etwas zustoßen. Würden Sie das für mich tun?«

Der Doktor grinste und entblößte dabei vom Tabak fleckige Zähne. »Selbstlos bis zuletzt, was, Estarto? An Ihnen wäre ein guter Templersoldat verloren gegangen, wenn Sie nur nicht so blöd gewesen wären, sich mit der Obrigkeit anzulegen.« Er nickte. »Aber gut, ich bin einverstanden. Ich passe auf, dass dem Mädchen nichts geschieht – soweit es in meiner Macht steht.«

»Danke«, sagte Jonan, und er meinte es.

Etwa zwei Stunden später – Doktor Bramante hatte Jonan und Elje, die nicht von seiner Seite wich, inzwischen etwas zu essen gebracht und sich noch einmal Jonans Verbände angeschaut – kam ein Mann vorbei, mit dem Jonan an diesem Ort weit draußen in der Wildnis kaum gerechnet hätte.

»Templer Estarto«, begrüßte Julion Alecander ihn, als er ans Fußende von Jonans Pritsche trat. »So sehen wir uns wieder. Warum nur bin ich nicht so erstaunt, wie ich es sein sollte?« Der hochgewachsene, breitschultrige Mann, einer der zehn Paladine des Lux Dei, ragte, eingerahmt von den weißen Vorhängen, die Jonans Lager umgaben, wie ein Halbgott aus früheren Zeiten vor ihm auf. Seine Felduniform, die von einer weiß-goldenen Schärpe, dem Zeichen seiner Paladinswürde, geziert wurde, machte einen makellosen Eindruck. Sein kantiges Gesicht verriet nicht, was er dachte.

»Paladin Alecander.« Ächzend versuchte Jonan, sich etwas weiter aufzusetzen. Elje hob rasch ihre Wolldecke, rollte sie zusammen und schob sie Jonan hinter den Rücken. Er warf ihr einen dankbaren Blick zu, bevor er sich wieder an seinen Besucher wandte. »Was macht Ihr denn hier? Ich will sagen: Wie komme ich zu der Ehre Eures Besuchs?«

»Ich bin der höchste militärische Berater dieses Heereszugs, und das bedeutet – neben diversen Privilegien –, dass ich dem Kommandanten, General Palladio, Aufgaben abnehme, die ihn gegenwärtig nicht kümmern sollen. Etwa mich mit einem fahnenflüchtigen Soldaten zu beschäftigen, der auf der Abschussliste des Tribunalpalasts ganz oben steht.«

Jonans Gedanken rasten. Alecanders Worte waren nicht unbedingt dazu angetan, ihm Mut zu machen. Allerdings hatte der Paladin ihn erneut als Templer angesprochen, und das rief Erinnerungen an ihre Begegnung auf dem Fest des Mondkaisers wach, als er Jonan schon einmal überrascht hatte. Damals hatte Jonan den Paladin darauf hingewiesen, dass er kein Templer mehr war. »Ein Templer zu sein bedeutet mehr, als nur eine Uniform zu tragen«, hatte Alecander darauf geantwortet. »Es ist eine Frage des Mutes und der Aufrichtigkeit.« Es war ein äußerst seltsames Zusammentreffen gewesen, das erst dann etwas mehr Sinn ergeben hatte, als Jonan erfuhr, dass der Paladin zugleich ein Agent der ominösen Erdenwacht war und damit womöglich Ziele verfolgte, die über die des Lux Dei hinausgingen.

Das alles ging Jonan binnen Sekunden durch den Kopf. *Vielleicht*, so dachte er, *ist doch noch nicht alles verloren.* »Paladin, ich …«, setzte er an.

Alecander brachte ihn mit einer Handbewegung zum Schweigen. »Warten Sie. Bevor Sie etwas sagen, Templer Estarto, möchte ich Ihnen eins erklären: Die Dinge, die hier geschehen, sind viel bedeutender, als sie Ihnen erscheinen mögen. Es ist daher von größter Wichtigkeit, dass der Verlauf der Ereignisse nicht gestört wird. Sie und Ihre Freunde neigen unerfreulicherweise dazu, genau das zu tun.«

Dem konnte Jonan nicht widersprechen. Ohne Caryas, Pitlits und sein Auftauchen auf Château Lune wären dort sicher einige Sachen anders gelaufen – andererseits keineswegs besser. »Wir haben Euer Bündnis mit dem Mondkaiser gerettet, wenn Ihr Euch daran erinnern mögt«, wandte er ein. »Botschafter Cartagena hatte das Messer sozusagen schon an der Kehle des Kaisers, und Ihr wärt gemeinsam mit der Sondergesandten Arida als die Schuldigen hingestellt worden.«

»Ich streite nicht ab, dass Ihr Handeln auf Château Lune sich letzten Endes vorteilhaft ausgewirkt hat, auch wenn ich den Verdacht habe, dass das nicht Ihr Plan war, sondern bloß eine Folge der Umstände, in die Sie hineingeraten sind. Oder um es einfacher auszudrücken: Sie hatten großes Glück, dass niemand von Ihnen gestorben ist und niemand, den ich noch brauche.«

»Worauf wollt Ihr hinaus, Paladin?«, fragte Jonan. »Ihr seht, dass ich ans Bett gefesselt bin. Ich glaube kaum, dass von mir in der nächsten Zeit viel Ärger ausgehen wird. Abgesehen davon, dass es wohl in Eurer Hand liegt, mich als Verräter am Templerorden hinrichten zu lassen.«

»Das wird sicher nicht geschehen«, gab Alecander zurück. »Der Handel, den Ihr Vater mit Großinquisitor Aidalon geschlossen hat, gilt nach wie vor, wenn auch nur deswegen, weil Carya die Sondergesandte umgebracht hat und nicht Sie. Ich nehme an, Sie können sich denken, dass der Großinquisitor sehr ungehalten darüber war, eine seiner besten Agentinnen zu verlieren.«

Das konnte sich Jonan in der Tat lebhaft vorstellen. Doch viel wichtiger an den Worten des Paladins war die Erkenntnis, dass er diese eine Angelegenheit vollkommen vergessen hatte: *Der Handel zwischen Aidalon und meinem Vater!* Ein absurdes Gefühl der Erleichterung überkam ihn. Es mochte seiner Kopfverletzung geschuldet sein oder der Tatsache, dass in den letzten Wochen so viele andere Dinge geschehen waren, aber er hatte einfach nicht mehr daran gedacht, dass sein eigenes Todesurteil durch einen politischen Winkelzug seines Vaters, des Stadtrats Lucian Estarto, aufgehoben worden war.

»Nicht zuletzt aus diesem Grund möchte ich, dass Sie von hier verschwinden«, fuhr Alecander fort. »Kehren Sie nach Arcadion zu Ihrem Vater zurück. Das wäre für alle das Beste.« Er schien noch etwas hinzufügen zu wollen, schwieg aber.

Jonan schüttelte den Kopf. »Bei allem Respekt, Paladin, das kann ich nicht tun. Sobald es mir besser geht, muss ich zurück in die Berge, um nach Pitlit und Carya zu suchen.«

Der Paladin hob die Augenbrauen. »Die beiden sind in der Schwarzen Zone?«

»Ich hoffe es, denn die Alternative wäre, dass sie tot sind. Und das kann und will ich nicht glauben.«

Nachdenklich blickte Julion Alecander über Jonan hinweg. »Ich hätte damit rechnen müssen«, murmelte er, und Jonan war sich nicht sicher, ob er damit ihn ansprach oder mit sich selbst redete. »Ich habe ihr den Weg gewiesen. Aber dass sie wirklich dort ankommt …« Er schüttelte den Kopf, und seine Augen richteten sich wieder auf Jonan. »Letzten Endes ändert das wenig bis gar nichts. Vielleicht hat es sogar noch seinen Nutzen. Trotzdem können Sie nicht bleiben, sondern sollten so schnell wie möglich nach Arcadion zurückkehren. Ich werde mit Doktor Bramante sprechen und klären, wann Sie transportfähig sein werden.«

Jonan wusste, dass er undankbar war. Eigentlich sollte er sich freuen, dass er nicht an die nächste Wand gestellt wurde. Stattdessen fühlte er Zorn in sich aufsteigen, weil Alecander ihn fortbringen lassen wollte und er in seinem augenblicklichen Zustand nichts dagegen unternehmen konnte. Er beschloss, ein Risiko einzugehen. »Das solltet Ihr nicht machen, Paladin.«

Die Miene des anderen Mannes verdüsterte sich nur um Nuancen, doch es genügte, dass sich die Stimme der Vernunft in Jonan meldete und ihn aufforderte, er solle gefälligst den Mund halten und nicht den einzigen Verbündeten verärgern, den er in diesem Lager hatte. »Wie darf ich das verstehen, Estarto?«, knurrte Alecander.

Jonan brachte die Stimme in seinem Kopf zum Verstummen. Er hatte sich bereits an den Rand des Abgrunds begeben, nun konnte er auch springen. »Ich denke, es wäre besser, wenn Ihr mich in Eurer Nähe behaltet. Ich könnte Euch nützlich sein. Immerhin gehöre ich zu den wenigen Menschen, die Euch richtig gut kennen, vor allem seit Carya mir so viel über Euch erzählt hat.« Er sah Alecander bedeutungsvoll an.

Der Paladin trat einen Schritt näher an die Pritsche, was Elje veranlasste, sich zum Kopfende zurückzuziehen. »Drohen Sie mir nicht, Estarto. So etwas ist eines Mannes wie Ihnen nicht würdig. Außerdem könnte ich Sie jederzeit mundtot machen, wenn es nötig werden sollte, auch wenn ich es nicht möchte, weil ich glaube, dass Sie ein guter Mann sind.«

»Genau wie Ihr einer seid«, erwiderte Jonan. »Deshalb bitte ich Euch erneut: Lasst mich bleiben, bis ich gesund bin. Dann gehe ich und suche nach Carya. Ich will Euch gar nicht im Weg stehen. Ich möchte nur Carya retten. Sie hat die Intrige von Botschafter Cartagena aufgedeckt. Und genau genommen steckt sie jetzt nur deshalb in Schwierigkeiten, weil Ihr ihrem Drängen nachgegeben und ihr den Weg hierher verraten habt. Ihr seid für Caryas Schicksal mit verantwortlich.«

»Ich habe sie eindringlich davor gewarnt, dem Weg zu folgen, den sie eingeschlagen hat«, entgegnete Alecander. »Sie wollte nicht hören. Nun muss sie die Konsequenzen tragen.«

»Bitte!«, flehte Jonan, und in diesem Fall war es ihm gleichgültig, ob es unter seiner Würde war, zu betteln. »Ich schwöre, dass ich freiwillig nach Arcadion zurückkehren und mich der Strafe meines Vaters unterwerfen werde, sobald ich weiß, dass Carya in Sicherheit ist.«

Der Paladin richtete sich auf und musterte Jonan unwillig. Schließlich atmete er geräuschvoll aus. »Und wieder gebe ich unvernünftigerweise dem Drängen von einem von Ihnen nach. Also gut. Sie werden einstweilen weiter im Lazarett bleiben. Sobald Doktor Bramante es für vertretbar hält, dass Sie sich im Lager bewegen können, sehen wir weiter. Aber ich sage Ihnen gleich: Sie gehen ein unnötiges Risiko ein, indem Sie darauf bestehen, hierzubleiben.«

»Wieso?«, wollte Jonan wissen. »Was kann schlimmer sein, als nach Arcadion zurückzukehren, wo nicht nur mein Vater auf mich wartet, sondern auch Großinquisitor Aidalon, der jederzeit entscheiden könnte, den Pakt aufzukündigen, den die beiden geschlossen haben?«

»Nun ja«, sagte Alecander. »Stadtrat Lucian Estarto, der so viel dafür gegeben hat, um Ihre Unversehrtheit zu gewährleisten, mag in Arcadion sein. Aber Großinquisitor Aidalon ist es nicht. Tatsächlich befindet er sich mit dem zweiten Heereszug und einer Leibgarde aus Schwarzen Templern auf dem Weg hierher. Und er wird schon morgen hier eintreffen.«

Kapitel 18

Es dauerte bis zum späten Nachmittag, bis Carya eine gute Nachricht bekam und eine, die sie nicht so richtig einzuschätzen vermochte. Ein kleiner schwarzer Kasten auf dem Regal, den sie zuvor gar nicht beachtet hatte, fing plötzlich an, Musik zu spielen, und als sie hinüberging und ihn verwirrt hochhob, entpuppte er sich als Funkgerät, denn plötzlich drang Doktor Freemans Stimme daraus hervor.

»Carya, hör zu«, sagte der greise Wissenschaftler. »Ich habe mit einem Piloten der Zonengarde gesprochen, dem ich mal einen großen Gefallen getan habe, und er war so freundlich, mit mir hinauf zum Pass zu fliegen. Ich weiß nicht, wie ich es dir sagen soll, aber wir haben deinen Freund dort oben nicht gefunden. Wir haben mehrere Kreise über der Umgebung gezogen. Er war nicht da. Was genau das bedeutet, kann ich nicht sagen. Eigentlich lebt in der Gegend niemand, der seine Leiche mitgenommen haben könnte. Und selbst wenn er nicht tot, sondern nur schwer verletzt war, ist es auszuschließen, dass er aus eigener Kraft den Pass verlassen hat.«

»Danke, Doktor«, erwiderte Carya mit betrübter Stimme, doch innerlich jubilierte sie. Jonans Verschwinden war zugegebenermaßen kein Beweis für sein Überleben, aber dass er nicht mehr auf der Passstraße lag, gab ihr ein wenig Hoffnung zurück. Möglicherweise war es Elje gelungen, Hilfe herbeizuholen, etwas, das sie Freeman selbstverständlich nie gesagt hätte.

»Es tut mir leid, dass ich dir nichts Besseres berichten kann«, sagte Freeman. »Aber das muntert dich vielleicht auf: Ich konnte Dymond davon überzeugen, deinen jungen Freund Pitlit freizulassen. Er muss wie du ein Armband tragen, braucht aber nicht länger in seiner Zelle zu bleiben. Er ist bereits auf dem Weg zu dir.«

Caryas Stimmung besserte sich augenblicklich. »Das ist wunderbar, vielen Dank.«

»Keine Ursache. Ist sonst alles in Ordnung bei dir?«

»Ich habe mich gefragt, wo ich etwas zu essen herbekommen könnte.« Die Schränke in ihrer Wohnung waren alle leer gewesen.

»Ah, natürlich. Das habe ich ganz vergessen. Ich lasse dir etwas schicken. Hast du besondere Wünsche?«

»Keine Baumrinde und kein kaltes Kaninchen«, erwiderte Carya.

Freeman lachte. »Ich glaube, ich hätte Mühe, so etwas hier zu finden. Aber gut, ich werde daran denken. Ich muss Schluss machen, Carya, ich habe noch zu arbeiten. Ich melde mich wieder bei dir. Vielleicht können wir morgen zusammen Mittag essen gehen, wenn es dir nichts ausmacht, mit einem alten Mann zu speisen. Ich würde zu gerne mehr über dein Leben hören, was du gemacht und was erreicht hast. Danach könnten wir am Krankenhaus vorbeifahren und schauen, ob die Manschette schon abgenommen werden kann.«

Carya willigte ein. So viel Dankbarkeit war sie Freeman für seine Freundlichkeit schuldig. Außerdem würde er ihr vielleicht noch mehr über das Leben in diesem Tal erzählen und darüber, was die Erdenwacht am Hof des Mondkaisers und in Arcadion trieb. Womöglich konnte sie sogar herausbekommen, warum Cartagena Magister Milan und Julion Alecander im Gegenzug Cartagena umgebracht hatte. Wenn irgendein Riss durch die Ränge der Erdenwacht verlief, konnte sie das bei Gelegenheit vielleicht zu ihrem Vorteil ausnutzen.

Sie verabschiedeten sich, und Carya setzte sich auf einen der sündhaft bequemen Sessel vor der Fensterfront am fernen Ende des Zimmers, um auf Pitlit zu warten. Die Sonne senkte sich den weißen Gipfeln der Bergkette entgegen. Ihre schräg einfallenden Strahlen spiegelten sich in den Fassaden der Gebäude. Menschen liefen durch die parkähnlichen Grünanlagen, andere fuhren in ihren komischen eiförmigen Motorwagen die Straßen entlang.

Die Szenerie zeugte von einem Frieden, den Carya selbst in ihrer Zeit als Schulmädchen in Arcadion so nicht erlebt hatte, denn obwohl sie dort behütet aufgewachsen war, hatte man Einschränkungen im alltäglichen Leben immer wieder zu spüren bekommen – ein Erbe der Dunklen Jahre. *Wie können die Menschen hier im Überfluss leben, wenn die Welt draußen noch immer ums nackte Dasein kämpft?*, fragte Carya sich unwillkürlich. *Könnte die Erdenwacht mit ihrem unglaublichen technischen Wissen nicht vielen Leuten helfen?*

Die Türglocke läutete, und als Carya das Zimmer durchquerte und öffnete, stand Pitlit auf dem Gang, schmutzig, zerzaust und breit grinsend. Ein absurdes Gefühl der Erleichterung überkam Carya. Sie war nicht mehr alleine, auch wenn ihr Begleiter ein junger, vorlauter Straßenbengel war. »He, Carya, hast du mich schon vermisst?«, fragte Pitlit, als habe er ihre Gedanken gelesen.

Neckend deutete sie mit Daumen und Zeigefinger der rechten Hand eine Spanne von einigen Millimetern an. Dann lächelte sie. »Komm rein. Willkommen in unserer gegenwärtigen Bleibe. Geht es dir gut?«

Der Junge schnitt eine Grimasse, während er eintrat. »Na ja, die haben mir den Revolver geklaut, den Suri mir geschenkt hat. Ich verstehe ja, dass sie mir die Munition abnehmen, aber musste es auch die Waffe sein? Außerdem hat man mir diese tolle Armfessel verpasst, die denen wohl erlaubt, mich zu überwachen, egal, wohin ich gehe.« Er hob den Arm und zeigte Carya ein Armband, das dem ihren exakt glich.

»Ja, mir geht es wie dir«, sagte Carya und streckte ihrerseits den Arm aus. »Das ist wohl der Preis der Freiheit.«

»Zugegeben, ist besser, als eingesperrt zu sein.« Pitlit durchquerte das Zimmer und sah sich um. »Nicht schlecht«, musste er eingestehen. »Besser als meine Zelle bisher. Und viel besser als ein Gebüsch unter ein paar Bäumen draußen im Freien.« Er wandte sich Caryas Küchenzeile zu. »Hast du zufällig was zu essen im Haus? Ich bin am Verhungern.«

Carya schüttelte den Kopf. »Im Augenblick nicht. Doktor Freeman wollte mir etwas schicken, aber ich weiß nicht, wie lange das dauern wird.«

»Dann lass uns doch mal rausgehen«, schlug Pitlit vor. »Wir sehen uns ein wenig in der Gegend um und schauen, bei wem wir etwas zu beißen ergattern können.«

»Ist gut«, sagte Carya. Es war keineswegs die schlechteste Idee, sich einen etwas besseren Eindruck von ihrer Umgebung zu verschaffen. Viel mehr blieb ihnen im Moment ohnehin nicht zu tun. »Aber lass uns langsam machen. Ich bin noch nicht so gut zu Fuß.« Sie deutete auf ihr Bein, von dem nach wie vor ein dumpfer Schmerz ausstrahlte, wenn auch weniger als am Vormittag. Die Behandlung hier war erstaunlich wirksam.

»Möchtest du dich auf mich stützen?«, bot der Junge generös an.

Carya lächelte. »So schlecht geht es mir nun auch wieder nicht.«

Sie verließen das riesige, sichelförmig geschwungene Bauwerk und spazierten über den Vorhof zur Straße. Alles war unglaublich weitläufig angelegt, und statt der vielen, oft eng beisammenstehenden Häuser, die Carya aus Arcadion kannte, herrschten vereinzelte, aber dafür eindrucksvoll große Bauten vor. Offenbar waren die Planer dieses Tals der Ansicht gewesen, dass es leichter sei, ein paar riesenhafte Bauten an diesen Ort zu setzen, als jeder Familie ein Eigenheim zu errichten.

Carya und Pitlit wandten ihre Schritte nach links auf eine Ansammlung von Häusern zu, die aussahen, als gäbe es dort Geschäfte und Lokale. Tatsächlich fanden sie nur einen riesigen Einkaufsmarkt vor, der dem ähnelte, in dem sie auf ihrer Reise von Paris nach Genève übernachtet hatten. Allerdings konnte man sich in diesem nicht frei bewegen, sondern musste seine Bestellung an einem lang gezogenen Tresen abgeben, nachdem man seine Wahl auf Bildschirmen getroffen hatte. Bezahlt wurde scheinbar nicht, doch als Carya und Pitlit sich an einen der Verkäufer wandten, merkten sie schnell, dass auch im Paradies nicht alles kostenlos war. »Nur gegen Bezugsschein«, erklärte ihnen der Verkäufer, ein schlaksiger Mann mit langem Gesicht, freundlich, aber bestimmt.

»Mist«, murmelte Pitlit, als sie unverrichteter Dinge weitergingen. »Und klauen kann man hier auch nichts, weil sie alle Waren hinter dem Tresen verstecken. Was ist das eigentlich für ein seltsames Verhalten?«

»Vielleicht müssen die hier auch Lebensmittel rationieren«, überlegte Carya. »Das Tal ist nicht klein, aber es leben doch ziemlich viele Menschen darin.«

»Wie auch immer.« Missmutig schob der Straßenjunge die Hände in die Hosentaschen. »Sag mal, ist dir eigentlich aufgefallen, dass es eine Menge Leute gibt, die Armbänder wie wir tragen?«

»Ehrlich?« Carya schüttelte den Kopf. »Darauf habe ich gar nicht geachtet.«

»Also, mir sind auf dem Weg bis jetzt bestimmt ein halbes Dutzend aufgefallen. Da vorne ist schon wieder einer.« Er deutete auf einen Mann, der schwer mit Einkäufen bepackt vor ihnen den Gehweg entlanglief. »Ich frage mich, ob die alle was ausgefressen haben. Kann ich mir irgendwie nicht vorstellen.«

»Die Armbänder könnten verschiedene Verwendungsmöglichkeiten haben«, meinte Carya. »Zum Beispiel geht meine Wohnungstür auf, wenn ich mein Armband davorhalte. Das gleiche mag für Motorwagen gelten.«

»Aber hätte dann nicht jeder so ein Armband?«, hielt Pitlit dagegen. »Nein, ich glaube, das hat mehr zu bedeuten.«

In diesem Augenblick kam es vor ihnen zu einem Zwischenfall. Der Mann mit den Einkaufstaschen lief auf eine Kreuzung hinaus und prallte dabei unmittelbar hinter der Hausecke mit einer Frau zusammen, die auf einem eigentümlichen Fortbewegungsmittel stand, das aus zwei parallelen Rädern, einer kleinen Plattform und einer hochgezogenen Frontpartie mit Lenker bestand. Die Frau kreischte auf, und beide fielen zu Boden, wobei einige der Einkäufe des Mannes aus den Taschen auf den Gehweg rollten.

Die Frau fing wüst an zu schimpfen, wobei Carya und Pitlit kein Wort verstanden, weil sie Albionisch sprach. Sie rieb sich die Handgelenke, schien sich aber dank gepolsterter Knie- und Ellbogenschoner nichts getan zu haben. Der Mann versuchte, sie zu beschwichtigen, dann nahm seine Stimme einen leicht vorwurfsvollen Tonfall an, während er auf den Gehweg deutete, auf dem die Frau mit ihrem Gefährt offenbar nicht hätte fahren dürfen.

Das schien sein Gegenüber nur noch mehr in Wut zu versetzen. Lautstark überschüttete die Frau den Mann mit Schmähungen, während sie sich aufrappelte und ihr umgekipptes Fahrzeug wieder hinstellte. Der Mann blieb ungewöhnlich passiv. Entweder war er ein ziemlich schüchterner Bursche oder die Frau gehörte einer höheren sozialen Kaste an als er, sodass er es nicht wagte, ihr die Widerworte zu geben, die sie zweifellos verdient hatte.

Mit einer letzten ungehaltenen Geste stellte sich die Frau wieder auf ihr Zweirad und fuhr weiter.

»Komm«, sagte Carya zu Pitlit, während sie humpelnd ihre Schritte etwas beschleunigte, um an die Seite des Mannes zu gelangen. »Hallo«, sagte sie auf Arcadisch. »Dürfen wir Ihnen helfen?« Sie bedeutete Pitlit, sich nützlich zu machen und die auf dem Boden verteilten Lebensmittel einzusammeln, vor allem Äpfel und Kartoffeln.

Der Mann sah sie einen Moment fast erschrocken an. Er mochte ein paar Jahre älter als Jonan sein und wirkte ganz nett, wenngleich etwas verhuscht. Dann musterte er sie etwas genauer und entspannte sich. »Danke«, antwortete er mit hörbarem Akzent. Er schaute zu Pitlit hinüber, und erneut entstand eine steile Falte auf seiner Stirn.

»Alles in Ordnung?«, fragte Pitlit.

»Ja«, nickte der Mann. »Das ist nicht weiter schlimm.« Er deutete auf das Malheur auf dem Gehweg.

»Ich meine: Warum gucken Sie mich so an?«

Der Mann nickte in Pitlits Richtung. »Ich wusste gar nicht, dass sie wieder Kinder machen.«

»Wie bitte?«

»Kinder. Wie dich.«

»Niemand hat mich gemacht«, versetzte Pitlit. »Außer meine Eltern, aber die können mir gestohlen bleiben. Hab auch gar keine Ahnung, ob sie noch leben. Ich bin meine Familie.« Er klopfte sich auf die Brust. »Na ja, und Carya.«

»Du bist kein Invitro?«, fragte der Mann.

»Natürlich nicht«, antwortete Pitlit. »Fleisch und Blut, von Kopf bis Fuß. Also echtes Fleisch und Blut, meine ich. Nicht aus einem Brutdingsbums. Ach, Sie wissen schon, was ich sagen will. Ich bin ein Mensch.«

»Und Sie?« Der Mann wandte sich an Carya, die an die Hauswand gelehnt dastand, um ihr Bein zu entlasten.

»Wie kommen Sie darauf, wir wären Invitros?«, wich Carya der Frage aus.

»Na, wegen der Armbänder natürlich«, antwortete ihr Gegenüber gelinde verwirrt, womit er das Rätsel löste, mit dem Carya und Pitlit sich soeben befasst hatten. Wenn jedoch all die Armbandträger, denen sie bislang begegnet waren, Invitros waren, gab es erstaunlich viele hier im Tal.

»Ach das!« Carya zwang sich zu einem arglosen Lächeln und tat so, als bemerke sie erst jetzt, dass sie auch so ein Armband trug. »Wir tragen die Bänder bloß zur Strafe. Wir haben uns … äh … in einer Sperrzone herumgetrieben. Es war eine Mutprobe.«

»Ja, eine dumme Mutprobe«, stieg Pitlit auf ihre Geschichte ein. »Und meine Schwester Carya hat mich dazu angestiftet.«

»Habe ich gar nicht«, widersprach sie.

»Hast du wohl. Weil du unbedingt Loraldi sehen wolltest.« Er warf dem Mann einen verschwörerischen Blick zu. »So ein schneidiger Zonengardist.«

Carya verzog beim Namen des verstorbenen Inquisitors aus Arcadion das Gesicht. Er war alles Mögliche gewesen, aber sicher kein schneidiger Soldat. »Na gut«, gestand sie zerknirscht. »Ich war schuld. Und dann hat unser Vater uns die hier verpasst.« Sie hob den Arm. »Damit wir lernen, wo unser Platz ist.«

»Ich verstehe«, sagte der Invitro. Es ließ sich schwer erkennen, ob er ihr die eher seltsam klingende Geschichte wirklich abkaufte oder bloß aus Höflichkeit nicht weiter nachfragte. Er steckte den letzten Apfel in seine Einkaufstasche und erhob sich. »Danke für eure Hilfe. Aber nun muss ich gehen. Ich werde schon erwartet.«

Carya nickte. »Na schön. Auf Wiedersehen.«

»Wiedersehen.« Rasch eilte er weiter.

»Wer hätte das gedacht.« Nachdenklich blickte Carya dem sich entfernenden Mann nach. »Hier laufen überall Invitros herum.«

»Krass«, murmelte Pitlit. »Wie es aussieht, werden sie als Diener gehalten.«

»Ja, scheint so. Ich wette mit dir, dass wir auch in den Fabriken überall Invitros antreffen würden. Es ist genauso wie vor dem Sternenfall. Und weil es den Sternenfall und die Dunklen Jahre in diesem Tal nie gegeben hat, kam es weder zur Eingliederung der Invitros in die Gesellschaft, wie in Francia, noch zu ihrer Verfolgung, wie in Arcadion.«

»Lass uns zu einem der Industriegebiete des Tals laufen, damit wir uns dort mal umschauen können«, schlug Pitlit vor. »Was hältst du davon?«

»Dir ist schon klar, dass wir das eigentlich nicht dürfen?«, wandte Carya ein. »Denk an unsere Armbänder.«

Der Straßenjunge verdrehte die Augen. »Genau deswegen ist es ja so interessant. Außerdem werden diese Dinger doch wohl nicht schon anschlagen, wenn wir uns ein wenig am Rand umsehen.«

Carya schüttelte den Kopf. »Verschieben wir das auf morgen, Pitlit. Mein Bein tut langsam weh. Außerdem ist es jetzt schon zu spät. Es wird bald dunkel. Gehen wir lieber zurück und hoffen, dass uns Freeman mittlerweile etwas zu essen geschickt hat.«

Als sie wieder in Caryas kleiner Wohnung eintrafen, die jetzt irgendwie auch Pitlits Bleibe war, wenngleich es kein zweites Bett gab und er mit dem Sofa vorliebnehmen musste, stellten sie erfreut fest, dass tatsächlich jemand da gewesen war. Der elektrisch gekühlte Schrank in ihrem Küchenbereich war mit Brot, Wurst, Käse und Getränken gefüllt worden. Darüber hinaus stand eine kleine Schale mit Obst auf dem Esstisch. »He, super!«, rief Pitlit und stürzte sich gleich darauf. Plötzlich stutzte er und machte ein paar seltsame Bewegungen, als wolle er etwas sagen, dann aber lieber doch nicht.

»Carya, magst du nicht auch einen Pfirsich?«, fragte er.

Eigentlich war ihr im Augenblick eher nach einer Scheibe Brot mit Käse, aber in der Stimme des Straßenjungen lag etwas derart auffällig Argloses, dass sie sich zu ihm gesellte. »Warum nicht«, sagte sie.

»Der hier sieht besonders gut aus«, verkündete Pitlit. »Und, Mensch, sieh mal, wir haben auch Äpfel und Orangen. Ein Leben wie die Könige.« Während er so vor sich hin plapperte, hielt er Carya einen kleinen Zettel hin, den er zwischen den verlockend aussehenden Obststücken entdeckt haben musste.

»Hm, ja, nicht schlecht. Ich kann mich gar nicht entscheiden«, spielte Carya sein Spiel mit, während sie verstohlen den Zettel anschaute. *Vorsicht, ihr werdet überwacht*, stand dort geschrieben. *Es gibt Augen und Ohren in diesem Raum. Redet nur offen, wenn Lärm um euch herrscht. Und haltet eure Armbänder zu. Tut nichts Unüberlegtes, bis wir uns melden. Willkommen daheim, Aurelie Eins.*

Einen Moment lang starrte sie die Botschaft nur verdattert an. Wer versuchte hier, heimlich mit ihr Kontakt aufzunehmen? Und woher kannte derjenige ihren »echten« Namen? Gab es irgendeine Art von Untergrundbewegung im Tal der Erdenwacht? Erklärte das die offensichtlich gegensätzlichen Interessen von Cartagena, Milan und Alecander auf Château Lune?

Carya wurde bewusst, dass sie schon ziemlich lange schweigend und wie unschlüssig vor der Obstschale stand. »Ich … äh … glaube, ich bleibe bei dem Pfirsich«, sagte sie und ließ, während sie nach dem Stück Obst griff, verstohlen den Zettel in ihrer Overalltasche verschwinden, um ihn später zu entsorgen. *Morgen ziehe ich meine eigene Kleidung wieder an*, dachte sie dabei. Sie kam sich vor wie aus einer Haftanstalt entflohen. Andererseits trugen viele Leute auf den Straßen ähnliche Kombinationen. Vielleicht war es gar nicht so dumm, sich an die Kleidungsgepflogenheiten der Talbewohner zu halten.

Wortkarg, weil doch ein wenig beunruhigt durch die verstohlene Nachricht, nahmen sie ihr Abendessen ein. Anschließend ließ sich Carya auf einem der Sessel vor den Fenstern nieder, und Pitlit machte sich an dem daneben in einem Regal stehenden silbernen Kasten zu schaffen, von dem er behauptete, er könne Musik abspielen. »Es klebte ein Zettel dran, aber ich habe keine Ahnung …«

Plötzlich dröhnte unvorstellbarer Krach aus zwei Lautsprechern. Es handelte sich um ein Jaulen, Fauchen und Hämmern, das zumindest keiner Musikrichtung entsprach, die Carya bekannt war – wenn es sich denn überhaupt um Musik handelte und nicht um ein Störgeräusch, weil Pitlit einen falschen Knopf gedrückt hatte. »Kannst du das nicht leiser machen?«, schrie Carya.

»Warum?«, rief Pitlit zurück. »Ich find's super.« Er warf sich neben Carya aufs Sofa. »Nein, eigentlich finde ich es grauselig«, bekannte er leiser, »aber es erfüllt seinen Zweck. Der Zettel … du weißt schon.«

»Ja, ist mir klar.«

»Was hältst du davon?« Er grinste sie breit an und wedelte rhythmisch mit der Faust in der Luft herum, als versuche er, ihr die Vorzüge dieser musikalischen Lärmbelästigung zu verdeutlichen.

Carya verzog theatralisch das Gesicht und schüttelte den Kopf. »Ich kann mir noch keinen Reim darauf machen. Ich frage mich, ob wir Doktor Freeman davon erzählen sollten. Er scheint ein netter Mann zu sein, dem wirklich etwas an mir liegt.«

»Bist du irre?«, fragte Pitlit. »Der gehört doch zu den oberen Tausend hier. Denen ist nicht zu trauen.«

»Wie kommst du darauf?«

»Den oberen Tausend ist nie zu trauen. Das galt für Arcadion und für den Hof des Mondkaisers. Warum sollte es in diesem Tal anders sein?«

»Also, was schlägst du vor? Ich will mich nicht schon wieder in eine Intrige verstricken lassen, die mich nichts angeht.«

»Ich würde erst mal abwarten. Soll sich derjenige doch melden und uns erzählen, was er will. Es schadet nicht, ihn anzuhören. Außerdem können wir jeden Verbündeten gebrauchen, den wir kriegen können. Überleg nur, was mit uns passiert, wenn dieser fiese Dymond seinen Willen bekommt.«

»Also gut«, willigte Carya ein. »Aber jetzt mach die schreckliche Musik leiser. Oder am besten gleich ganz aus. Ich ertrage das nicht länger.«

»Ach, du hast einfach keinen Geschmack«, befand Pitlit, als er vom Sofa aufstand.

Carya antwortete nicht. Sie musste über vieles nachdenken, und dafür brauchte sie Ruhe. Glücklicherweise konnte man Gedanken noch nicht belauschen, selbst die Erdenwacht mit all ihren technischen Spielereien war dazu nicht in der Lage.

Kapitel 19

In der Nacht fand Carya wenig Ruhe. Es lag nicht an ihrem neuen Bett, das ausgesprochen bequem war. Vielmehr raubte ihr der Gedanke den Schlaf, dass jede ihrer Bewegungen rund um die Uhr von aufmerksamen Beobachtern irgendwo verfolgt werden mochte. Sie wusste nicht mal, ob sie sich am nächsten Morgen in die Nasszelle stellen konnte, ohne dass womöglich lüsterne Blicke auf ihr ruhten. Noch am Abend hatten Pitlit und sie unauffällig die Einrichtungsgegenstände auf Überwachungsgeräte hin untersucht. Gefunden hatten sie allerdings nichts, was im Wesentlichen daran lag, dass sie überhaupt keine Vorstellung hatten, wie die erwähnten Augen und Ohren aussehen mochten.

Ganz abgesehen davon musste sie unablässig an Jonan denken. War er wirklich tot oder vielleicht doch noch am Leben? Einerseits wünschte sie sich Gewissheit, andererseits fürchtete sie die Antwort, die sie auf diese Frage erhalten mochte. *Ich kann mir nicht vorstellen, dass er tot ist*, dachte sie. *Er darf einfach nicht tot sein. Was soll ich ohne ihn machen? Wie soll mein Leben aussehen?* Auf keinen Fall wollte sie den Rest ihrer Jahre im Tal der Erdenwacht verbringen, das auf den ersten Blick vielleicht ein Paradies sein mochte, aber letzten Endes ein riesiges Gefängnis war, bloß dass für manche der Mangel an Freiheit weniger deutlich zutage trat als für andere.

In den frühen Morgenstunden fiel Carya schließlich doch in einen unruhigen Schlaf, und sie träumte von tropfenförmigen Fluggefährten, die Jonan, Pitlit, Elje und sie durch eine tote, schwarze Landschaft hetzten.

Am nächsten Morgen rief Freeman bei ihnen an und sagte das gemeinsame Mittagessen ab. »Tut mir leid, es liegt einfach zu viel Arbeit auf meinem Schreibtisch. Aber heute Abend sehen wir uns, einverstanden? Ich hole dich ab.«

»Einverstanden«, antwortete Carya. Was hätte sie auch sonst sagen sollen? Ihr fiel auf, dass er Pitlit in seine Einladung nicht mit eingeschlossen hatte, ob aus Versehen oder absichtlich vermochte sie schwer einzuschätzen. *Na ja, vielleicht ist es ganz gut, wenn ich mit ihm alleine weggehe. Pitlit würde ihn nur daran erinnern, dass wir eigentlich Fremde sind.* Wenn Freeman dagegen mit Carya allein war, mochten aufkeimende Vatergefühle seine Zunge lockern.

Bis zum Mittag blieben sie in der Wohnung. Carya nutzte die Gelegenheit, mal wieder ihr lange vernachlässigtes Haar zu waschen, und danach wusch sie auch sich selbst, wobei sie sich scheute, sich nackt in die Nasszelle zu stellen. Das Wissen um unsichtbare Beobachter saß ihr im Nacken. Glücklicherweise konnte sie ihre Beinmanschette als Grund für ihr Zaudern vorschieben. Also betrieb sie nur eine gründliche Katzenwäsche. Gerne hätte sie die Manschette abgenommen, um zu schauen, wie ihre Verletzung aussah. Sie schien wirklich schnell zu verheilen, denn Schmerzen hatte sie praktisch keine mehr. Es kam ihr wie ein Wunder vor, wenn man bedachte, dass sie erst vor wenigen Tagen von dem Rotorschweber angeschossen worden war.

Da sich ihr geheimnisvoller Obstschalenkontakt nach wie vor bedeckt hielt, beschlossen Carya und Pitlit, den Ausflug in den Industriebezirk zu unternehmen, den sie gestern nicht mehr gemacht hatten. »Ich bin gespannt, ob wir überhaupt in die Nähe kommen, solange wir diese *Sklavenbänder* tragen«, bekannte Carya. Sie war diesbezüglich skeptisch.

Sie begaben sich wieder ins Stadtzentrum, wo sie durch ein wenig Herumfragen herausfanden, dass es einen kostenlosen Schienentransporter gab, der zwischen den Industriebezirken im östlichen Teil des Tals und den Zentralbezirken verkehrte. Sie suchten eine der auffällig gekennzeichneten Haltestellen auf, und kurz darauf waren sie unterwegs.

Das Tal erwies sich als größer, als Carya gedacht hätte. Die steil aufragenden Bergketten mochten zur Linken und zur Rechten stets präsent sein, aber der schmale Landstrich dazwischen, in dessen Mitte der Fluss, eine mehrspurige Straße und die Schienenstrecke lagen, zog sich dahin. Zu Fuß hätten sie für diesen Weg sicher fast einen Tag benötigt.

Nach einigen Stationen kam schließlich der Industriebezirk in Sicht, riesige Bauwerke mit glänzenden Metalldächern, manche kastenförmig, andere zylindrisch. Schornsteine, aus denen erstaunlicherweise nur dünner weißer Rauch in den klaren Himmel aufstieg, ragten dazwischen auf, und ein Geflecht aus Leitungen und Rohren erstreckte sich von Gebäude zu Gebäude. Auf einem Berggipfel oberhalb der Anlagen befand sich neben einem schmucklosen Bauwerk ein Feld aus seltsamen weißen Schüsseln, die auf Metallständern ruhten und gen Himmel zeigten.

Der Schienentransporter fuhr in die nächste Station ein und kam zum Halt. »Los«, sagte Pitlit unternehmungslustig, »steigen wir aus und schauen uns mal um.«

»Na schön«, antwortete Carya, unverändert zweifelnd, ob das so eine gute Idee war.

Sie verließen das Gefährt und traten auf den Bahnsteig. Allerdings hatten sie sich kaum zwei Schritte von dem Transporter entfernt, als ihre Armbänder zu piepen und zu blinken anfingen. »Achtung, Sperrbezirk«, drangen unisono zwei mechanische weibliche Stimmen auf Arcadisch aus ihren Bändern. »Bitte verlassen Sie diesen Bereich umgehend.«

Oh nein, durchfuhr es Carya. *Das musste ja passieren.*

Einer der anderen aussteigenden Gäste, von denen viele Armbänder wie sie trugen, blickte irritiert zu ihnen hinüber. Er stellte eine Frage, die Carya nicht verstand.

Sie schenkte ihm ein gequältes Lächeln und schüttelte den Kopf. »Tut mir leid, ich kann kein Albionisch. Wir sind … wir sind nur falsch gefahren. Kein Grund zur Aufregung. Wir wollten eigentlich nach Westen.« Sie deutete mit dem Daumen über die Schulter, auch wenn sie keine Ahnung hatte, wo genau Westen in diesem Moment lag.

Der Mann sagte noch etwas, zuckte mit den Schultern und ging davon. Stattdessen tauchte plötzlich ein uniformierter Fahrbegleiter auf. Er zeigte mit dem Finger auf Caryas und Pitlits hartnäckig mahnende Armbänder und knurrte eine Frage.

»Ich verstehe nur Francianisch oder Arcadisch«, informierte Carya ihn verlegen. *Verfluchter Mist aber auch!*

Seine Augen verengten sich. »Ich wollte wissen, was hier los ist«, wiederholte er auf Francianisch.

Sie erzählte ihm die gleiche schwache Geschichte, dass sie ins falsche Fahrzeug eingestiegen seien.

Der Mann zückte sein Funkgerät. »Wem gehört ihr?«, wollte er wissen, offenbar in dem Glauben, sie seien Invitros. *Was auf mich genau genommen ja sogar zutrifft*, ging es Carya widerwillig durch den Kopf.

»Doktor Morton Freeman«, antwortete sie.

»Doktor Freeman?«, echote der Mann überrascht, so als sei dieser eine durchaus bekannte Persönlichkeit.

»Ja, aber Sie brauchen ihn deswegen wirklich nicht zu stören. Es war ein Versehen. Wir fahren auch sofort zurück. Bitte.« Sie bedachte ihn mit ihrem betörendsten Lächeln und sah ihn mit großen Augen an.

Der Mann seufzte. »Also gut. Setzt euch wieder in den Zug. Es sind ohnehin nur noch zwei Stationen, bevor wir zu Bezirk 2 zurückfahren. Aber ich warne euch: Macht keinen weiteren Unsinn! Ich behalte euch im Auge.«

»Danke.« Sie stiegen wieder ein und nahmen auf den harten blauen Sitzen Platz.

»Das lief ja nicht so gut«, raunte Pitlit ihr zu.

»Nein«, pflichtete Carya ihm bei. »Wie war das doch gleich: Diese Dinger werden schon nicht anschlagen, wenn wir uns bloß ein wenig am Rand umsehen? Von wegen!« Doch immerhin wussten sie nun, wie die Alarmfunktion der Armbänder aussah – und dass sie verdammt wirksam war.

Als sie wieder in Bezirk 2 angekommen waren, stiegen sie aus und begannen die Straße hinunterzuspazieren, während sie überlegten, was sie als Nächstes unternehmen sollten. In möglichst unauffälligen Worten beschlossen sie, zum Fluss hinunterzugehen, dort Füße – und Handgelenke – ins kühlende Nass zu halten und in Ruhe weitere Pläne zu schmieden. Sie hatten allerdings das Flussufer kaum erreicht, als plötzlich ein geräumiger Motorwagen – eine Art Lieferfahrzeug, wie es aussah – neben ihnen hielt und die blausilbern verspiegelte Scheibe auf der Beifahrerseite heruntergefahren wurde.

Eine Frau Mitte zwanzig, deren brave graublaue Bluse und das sorgsam am Hinterkopf zusammengesteckte rote Haar in auffälligem Gegensatz zu dem gewinnenden Lächeln auf ihrem blassen Gesicht standen, blickte ihnen entgegen. »Möchtet ihr vielleicht ein paar Pfirsiche, Äpfel oder Orangen haben?« Gleich darauf legte sie den Zeigefinger an die Lippen und tippte sich auf das entblößte Handgelenk, um das sich eines der allgegenwärtigen Armbänder schlang.

Carya fing sich schnell. »Wir haben keine Bezugsscheine.«

»Wir würden sie euch schenken«, erwiderte die Frau. »Ist zweite Wahl, die der Zentralmarkt nicht haben wollte. Aber bevor wir sie zur Entsaftungsanlage bringen, könnt ihr gerne ein paar einpacken.«

»Äh, na gut. Vielen Dank.«

Die Seitentür des Fahrzeugs ging auf, und ein Mann, der kurioserweise ein gewisse Ähnlichkeit mit dem Arbeiter hatte, den sie vorhin am Rand des Industriebezirks getroffen hatten, winkte sie lautlos näher. Als sie der Aufforderung folgten, zog er sie rasch ins Wageninnere. Auf dem Fahrersitz saß ein grauhaariger Mann, der den Blick unbeirrt auf die Umgebung draußen vor dem Wagen gerichtet hielt. Die Frau auf dem Beifahrersitz hingegen drehte sich um und plauderte munter weiter. »Hier, sucht euch was aus. Die Druckstellen sind nicht schlimm. Das kann man trotzdem alles essen. Schimmelig ist garantiert nichts davon.«

Währenddessen widmete sich der jüngere Mann wortlos und mit erstaunlicher Zielgerichtetheit Caryas und Pitlits Armen. Er drehte sie, sodass er an die Unterseite der Armbänder kam, öffnete dort verborgene Laschen und stöpselte je einen dünnen Stecker ein, der über ein langes Kabel mit einem Rechengerät verbunden war, das im hinteren Bereich des vielleicht zwei mal drei Meter großen Laderaums stand. Er kniete sich davor, und seine Finger begannen in rasender Geschwindigkeit über eine blanke Eingabefläche zu huschen, wobei sie so leise waren, dass ein möglicher Zuhörer vor einem Überwachungsgerät davon sicher nichts mitbekam.

Gleich darauf griff der Mann in eine Schublade unterhalb des Rechengeräts und zog einen kleinen Kasten hervor, den er ebenfalls mit dem Gerät koppelte. Die Frau führte unterdessen mit Carya und Pitlit ein angeregtes Gespräch über Obst. »Das ist total nett von Ihnen«, sagte Pitlit. »Mir knurrt echt schon total der Magen. Darf ich mir noch einen Apfel mehr nehmen?«

»Aber natürlich«, antwortete die Frau lachend. »Nehmt, so viel ihr wollt.«

Der Mann im hinteren Bereich des Wagens hob einen Daumen. Er stöpselte den Kasten ab und zog die Stecker aus Caryas und Pitlits Armbändern. Darüber hinaus holte er zwei Stoffarmbänder hervor, die von einem Metallgeflecht überzogen waren. Stumm bedeutete er Carya und Pitlit, sie auf sein Zeichen hin überzuziehen.

»Na gut, wir müssen jetzt weiter«, sagte die Frau, gebot ihnen aber mit einer Geste, im Wagen zu bleiben. »Habt noch einen schönen Tag.«

»Danke. Ihnen auch«, verabschiedete sich Carya, ohne sich zu rühren.

Der Mann nickte beiden zu, und gleichzeitig streiften Carya und Pitlit die Stoffarmbänder über. Der Mann legte unterdessen einen Hebel an dem Kasten um. Er warf einen Blick auf den Bildschirm seines Rechners. »Alles in Ordnung«, verkündete er. »Die Aufzeichnung läuft, und die Signalgeber senden. Für unsere Freunde bei der Zonengarde spaziert ihr zwei jetzt zum Flussufer und führt da zwei Stunden lang eine absolut belanglose Unterhaltung.« Er grinste.

»Heiliger Strohsack, ist das genial!«, entfuhr es Pitlit. »Was seid ihr denn für Leute? Spione?« Mit leuchtenden Augen blickte er auf den Kasten und dann von einem zum anderen.

»Nicht ganz«, entgegnete die junge Frau lächelnd. »Wir sind Freiheitskämpfer – sozusagen. Mein Name ist Emma Eins Fünf

Drei, aber ich bevorzuge Emm. Meine Kameraden: Curzo und Ferrer.« Sie deutete auf den Fahrer und den jüngeren Mann.

»Schön, euch kennenzulernen«, sagte Ferrer.

»Wir sind Carya und Pitlit«, stellte Carya sie beide vor.

»Ich weiß«, erwiderte Emm.

Curzo am Steuer knurrte etwas auf Albionisch.

»Richtig, wir müssen hier weg«, sagte die Frau nickend. Sie wandte sich an den Mann mit dem Kasten. »Ferrer, platzierst du den Sender?«

»Schon dabei«, erwiderte dieser, ergriff den Kasten und sprang damit aus dem Wagen. Er lief zum Flussufer hinunter bis zu einer Stelle, die von der Straße aus nicht einzusehen war, und kehrte gleich darauf ohne den Kasten wieder zurück. »Zwei Stunden«, wiederholte er noch einmal, als er einstieg und die Seitentür zuzog. »Dann müssen die beiden wieder hier sein, oder es wird sehr ruhig auf dem Abhörkanal der Zonengarde.«

Curzo knurrte etwas und trat aufs Gaspedal. Der Wagen bog in eine benachbarte Straße ein und dann auf eine größere Verkehrsstraße, die über eine Brücke hinweg den Fluss überquerte. Sie fuhren durch ein Wohngebiet und folgten anschließend einer Landstraße, die sich in Serpentinen die südliche Bergflanke des Tals hinaufwand. Rasch wurden die Häuser weniger, kurz darauf tauchte die Straße in einen lichten Tannenwald ein. Normalerweise hätten spätestens jetzt Caryas und Pitlits Armbänder Alarm schlagen sollen, doch sie schwiegen, was bewies, dass Ferrers Täuschungsmanöver tatsächlich funktionierte.

Nachdem sie eine ganze Weile der Straße den Hang hinauf gefolgt waren – die Häuser der Erdenwacht erstreckten sich nun klein wie Spielzeuge vor dem atemberaubenden Panorama der nördlichen Berge –, bog ihr Fahrer unvermittelt in einen schmalen Forstweg ein, der sie tiefer in den Wald führte. Ein paar Hundert

Meter weiter endete der Weg vor einer unscheinbaren Holzhütte, hinter der eine gänzlich unpassende, grün bemalte Metallschüssel aufragte.

»Da wären wir«, sagte Emm, als Curzo vor dem Haus hielt.

Sie stiegen aus und gingen zu der Blockhütte hinüber. Die Tür öffnete sich, bevor sie angeklopft hatten, und eine feingliedrige Frau mittleren Alters mit bronzefarbenem Hautton, glatten schwarzen Haaren und leicht geschlitzten Augen blickte ihnen aus dem Türrahmen entgegen. Sie begrüßte ihre Freunde und wechselte ein paar Worte mit Curzo, der Carya, nachdem sie ihn nun von vorne gesehen hatte, leicht an Enzo und Luceno erinnerte. Allerdings wirkte er etwas älter als die beiden Invitro-Soldaten und nicht ganz so kompakt.

»Das ist Ziyi«, stellte Emm die exotisch aussehende Frau vor. »Unsere Gentechnikerin.«

Carya nahm die Worte mit einem Nicken zur Kenntnis.

Sie begaben sich ins Innere, das im Halbdunkel lag, da kein Licht brannte und alle Fenster durch orangefarbene Tücher verhängt waren. Die Einrichtung bestand aus einem Sammelsurium aus technischer Ausrüstung und zusammengewürfelten Sitzgelegenheiten. In einer Ecke brummte ein silbergrauer Schrank, daneben ein zweiter, etwas kleinerer.

»Was zu trinken?«, erkundigte sich Ferrer und öffnete den kleineren Schrank, der randvoll mit Vorräten war. Ohne auf eine Antwort zu warten, hielt er Carya und Pitlit jeweils eine blau getönte Flasche mit Mineralwasser hin.

»Danke«, sagte Carya und nahm das angebotene Getränk entgegen. Sie wandte sich an Emm. »Also, was hat das alles hier nun zu bedeuten? Wir haben nur zwei Stunden, deshalb sollten wir rasch reden.«

»Du hast recht«, pflichtete Emm ihr bei. »Setzen wir uns.« Sie blickte Curzo an und wechselte ein paar Worte mit ihm. Unterdessen schob Ferrer ein paar Sitzgelegenheiten zusammen und ließ sich in einen der Sessel fallen. Er hob seine Flasche, die eindeutig kein Mineralwasser enthielt, und prostete Carya und Pitlit stumm zu. Ziyi blieb an der Tür stehen.

»Eigentlich müsste Curzo euch alles erklären, denn er leitet diese Operation«, sagte Emm, als sie sich auf der Armlehne eines zweiten Sessels niederließ, »aber er spricht nur Albionisch. Darum übernehme ich das Reden.« Sie faltete die Hände und schien nachzudenken, wie sie beginnen sollte.

»Wir – also Curzo, Ferrer, Ziyi, ein paar andere und ich – gehören zur Erdenwacht. Genau genommen sind wir ein Zusammenschluss aus unzufriedenen Invitros und unzufriedenen Erdenwächtern. Ich bin, wie ihr leicht sehen könnt, eine Invitro.« Sie hielt ihr Armband hoch. »Allerdings bin ich eine heimliche Freie, das heißt, mein Armband wurde von Ziyi, für die ich geschaffen worden bin, abgeschaltet. Ich trage es nur, um nicht aufzufallen. Denn dass ich eine Invitro bin, kann man mir auch ansehen. Die Erdenwacht-Genetiker besitzen Kataloge der verschiedenen Modellreihen.«

»Modellreihen?«, wiederholte Carya stirnrunzelnd.

»Die unterschiedlichen Invitro-Züchtungen«, erklärte Emm. »Du hast doch nicht geglaubt, dass jeder Invitro ein Einzelstück ist? Das geht, wenn Kunden mit sehr genauen Vorstellungen und Wünschen ins Brutlabor kommen. Aber gerade im industriellen Maßstab wurden überwiegend Modellreihen produziert, die bestimmte Vorzüge aufweisen, die ihrem jeweiligen Aufgabengebiet entsprechen.«

Das erklärt einiges, dachte Carya, *beispielsweise warum Luceno Enzo so ähnlich war – und warum der Mondkaiser Jonan zufolge genau wie die beiden aussieht.* »Hier im Tal werden also immer noch Invitros gezüchtet?«

»Ja, natürlich«, sagte Emm. »Als Hausdiener, als Fabrikarbeiter, natürlich auch als Wunschpartner für einsame Männer und Frauen. In dieser Hinsicht hat die Erdenwacht die Lebensweise der Menschen vor dem Sternenfall beibehalten.«

»Und die Leute behandeln die Invitros in den meisten Fällen auch ähnlich schlecht«, warf Ferrer ein. »Wie Menschen zweiter Klasse, wenn ihr versteht, was ich meine.«

»Was unter anderem Ferrer und mich in den Schoß unserer kleinen Widerstandsbewegung geführt hat«, fuhr die junge, rothaarige Frau fort. »Wir wehren uns gegen diese Behandlung. Wir wollen Freiheit und gleiche Rechte für Invitros. Curzo und Ziyi dagegen gehören zum wissenschaftlichen Korps der Erdenwacht. Sie sind Teil einer Gruppe von Wächtern, die glauben, dass sich die Erdenwacht überlebt hat. Viele Jahre gab es einen guten Grund für das, was hier getan wurde. Aber langsam wird es Zeit, mit der Vergangenheit abzuschließen und nach vorne zu blicken. Leider sehen das die konservativen Ratsmitglieder und vor allem die Zonengarde anders. Sie wollen ihre Macht erhalten, wie so viele, die durch die Macht, die ihnen verliehen wurde oder die sie sich erstritten haben, korrumpiert wurden. Also folgen sie dem einmal eingeschlagenen Weg stur weiter, auch wenn er mittlerweile in die falsche Richtung führt. Völkerverständigung und Aufklärung, nicht Unterdrückung sollten unser Ziel sein.«

Neugierig beugte Carya sich vor. »Was genau macht denn die Erdenwacht? Ich habe gesehen, dass sie Spione am Hof des Mondkaisers und in den obersten Rängen des Lux Dei hat, was dahintersteckt, habe ich jedoch noch immer nicht begriffen.«

»Das wirst du noch«, versprach ihr Emm. »Aber nicht jetzt, denn eine Demonstration sagt mehr als tausend Worte, und für diese Demonstration müssen wir einen bestimmten Zeitpunkt abwarten, der in der Nacht liegt.«

»Na schön, dann habe ich eine andere Frage: Was wollt ihr von Pitlit und mir?«

»Von deinem Freund wollen wir nichts. Dich dagegen möchten wir um Hilfe bitten.«

»Um Hilfe?«, wiederholte Carya verblüfft. »Wieso? Was könnte ich für euch tun? Ich spreche nicht mal Albionisch, und ich habe nicht die geringste Ahnung von all den technischen Wunderwerken, über die die Erdenwacht gebietet. Ich bin bloß ein Mädchen aus einer einfachen Familie.«

Ferrer, der gerade einen Schluck aus seiner Flasche genommen hatte, sah aus, als wolle er sein Getränk ausspucken. Er schluckte hart, brach dann in Gelächter aus und deutete mit dem Zeigefinger auf Carya. »Das ist gut. Du bist wirklich bescheiden.«

»Carya … *Aurelie Eins* … wir wissen, wer du bist. Ziyi kennt deine Spezifikationen.«

»Ach ja?« Unsicher blickte Carya sie an. »Und wie lauten die genau?«

»Du wurdest als perfekte Attentäterin erschaffen. Herausragende Reflexe, außergewöhnliche Körperbeherrschung, enorm scharfe Sinne. Und das ist noch nicht alles. Die Proto-Invitro-Reihe, der du angehörst, umfasste weniger als ein Dutzend Einzelmodelle. Ihr seid nicht nur die gentechnische Spitze des Machbaren, sondern bei eurer Erschaffung kamen zusätzlich experimentelle Prozeduren zum Einsatz, die keinem von uns gewöhnlichen Invitros zuteilwurden. Dein Immunsystem wurde verstärkt, deine Zellregeneration beschleunigt. Du wurdest mit zahlreichen Fähigkeiten programmiert, die du praktisch intuitiv abrufen kannst, sollte es nötig sein. Außerdem wurde dir eine Art adaptive Persönlichkeit verliehen. Du lernst schnell und kannst dich gut in neue Umgebungen einfinden. Außerdem …«

»Hör auf!«, unterbrach sie Carya. Ihr Herzschlag hatte sich beschleunigt, und sie spürte, dass ihre Hände zitterten. *Proto-Invitro. Experimentelle Prozeduren. Adaptive Persönlichkeit.* »Ich verstehe nur die Hälfte von dem, was du sagst. Worauf willst du hinaus? Was hat das alles zu bedeuten?«

Emm hielt inne, und ein Hauch von schuldbewusstem Erkennen hielt auf ihrer Miene Einzug. »Verzeih, ich wollte dich nicht überfahren. Was ich damit sagen wollte, ist Folgendes: Unsere Gruppe besteht fast ausschließlich aus Wissenschaftlern und Invitros, die für die Arbeit am Fließband oder als Kindermädchen gezüchtet wurden. Wir haben kluge Köpfe in unseren Reihen und geschickte Techniker wie Ferrer. Aber uns fehlt jemand, der einen Kommandoauftrag durchführen kann, der eine perfekt geschmiedete Waffe ist, die absolut zielgerichtet, ohne Furcht und ohne Zögern vorgehen kann. Jemand wie du.«

Beinahe hätte Carya angefangen, hysterisch zu lachen. Der Drang dazu wurde in ihrem Inneren regelrecht übermächtig. »Ihr habt keine Ahnung, wer ich wirklich bin«, sagte sie kopfschüttelnd. »Ich bin keine *perfekt geschmiedete Waffe ohne Furcht und Zögern.* Nichts könnte weiter von der Wahrheit entfernt liegen. Natürlich habe ich Angst. Und ich zweifle ständig an mir. Ich verspüre Schmerz und Trauer, und ich liebe und mache dumme Dinge deswegen.«

»Aber es stimmt schon, dass du ein paar ziemlich irre Tricks draufhast«, mischte sich Pitlit unvermittelt ein. »Denk nur an die Aktion im Mutantendorf, als du die Frau gerettet hast. Oder an den Bogenschuss vom Dach des Ruderhauses auf Dennings Kahn, als du die Fregatte in die Luft gejagt hast, obwohl es dunkel war und ziemlicher Seegang herrschte.«

»Zugegeben, es gibt Momente, in denen etwas von mir Besitz ergreift und mich verrückte Dinge machen lässt, über die ich bei klarem Verstand nicht einmal nachdenken würde.«

»Es handelt sich dabei um deine unterbewusst angelegte Programmierung. Die Erdenwacht hat deine Fähigkeiten versteckt, damit sie nur zutage treten, wenn ihre Agenten es wünschen. Auf dein ganzes Potenzial kannst du tatsächlich nicht zuverlässig zugreifen. Aber wenn du bereit bist, uns zu helfen und für eine gerechte Sache zu kämpfen, können wir etwas dagegen unternehmen. Wir können dir Zugriff auf deine Gaben ermöglichen.«

Ungläubig starrte Carya sie an. »Wie soll das funktionieren?«

»Mach heute Abend, wenn es dunkel geworden ist, einen Spaziergang, der dich zum anderen Ende der Wiesen hinter eurem Haus führt. Such dir eine Stelle, wo du dir vorstellen könntest, ein paar einsame, nachdenkliche Nachtstunden zu verbringen. Dort holen wir dich ab. Ferrer wird die Signalbox an dem Ort platzieren, und danach bringen wir dich in ein Labor, in dem wir den Vorgang durchführen können.«

Unsicher blickte Carya von einem zum anderen. »Also, ich weiß nicht. Ist das auch garantiert ungefährlich? So nützlich meine Gaben manchmal sein mögen, ich möchte nach dieser Prozedur immer noch die sein, die ich bin.«

»Das wirst du. Ziyi persönlich wird die Operation überwachen. Wenn es jemanden im Tal gibt, der Ahnung von der Programmierung von Proto-Invitros hat, dann sie. Es war ihre Forschung, die die Grundlagen dafür schuf.«

»Wie lange wird das dauern?«

»Nicht länger als drei oder vier Stunden.« Emm schaute sie eindringlich an. »Die Dinge geraten in Bewegung, Carya. Wir stehen kurz vor einem Wendepunkt in der Geschichte. Hilf uns, dafür zu sorgen, dass die Sache ein glückliches Ende nimmt. Wir brauchen jemanden wie dich.«

»Was ist denn mit den anderen Proto-Invitros?«, wollte Carya wissen.

»Drei sind unseres Wissens nach tot, fünf befinden sich im Außeneinsatz in fernen Ländern und einer ist verschollen. Hier im Tal gibt es einen einzigen, Victor Eins, den Leibwächter von Oberst Dymond. Er ist der Zonengarde treu ergeben und würde uns niemals helfen.«

»Ein Grund mehr, warum wir dich brauchen«, fügte Ferrer hinzu. Auch er sah sie fast flehend an. Diese Leute schienen sich ein Wunder von ihr zu versprechen, von dem Carya nicht zu sagen vermochte, ob sie es ihnen bieten konnte.

Eine Weile lang sagte sie nichts, sondern starrte bloß unentschlossen ins Leere. In ihrem Kopf drehte sich alles. Sie wünschte, sie wäre schon wieder zurück in ihrer Wohnung. Dann hätte sie sich jetzt aufs Bett geworfen und zu einer Kugel zusammengerollt und wäre die nächste Stunde lang nicht ansprechbar gewesen. Natürlich erwarteten Emm und die anderen früher eine Antwort. Aber konnte sie ihnen eine geben?

»Was meinst du?«, fragte Emm.

»Ich weiß es einfach nicht«, erwiderte Carya ehrlich. »Mehr kann ich im Moment nicht dazu sagen. Aber wisst ihr was: Überwacht mein Armband. Das macht ihr ja ohnehin. Und wenn ihr seht, dass ich heute Abend zu einem Spaziergang durch die Wiesen aufbreche …«, sie hob den Kopf und nickte, »… dann kennt ihr meine Antwort.«

Kapitel 20

Wie von Alecander vorhergesagt, traf am nächsten Tag um die Mittagsstunde der zweite Heereszug im Feldlager in Bourg-Saint-Maurice ein. Jonan, der noch immer das Bett hüten musste, bekam das nur in Form erhöhter Geschäftigkeit außerhalb der Lazaretthalle mit. Männer brüllten und Fahrzeugmotoren brummten. Es klang, als würde schweres Gerät rangiert. Er wünschte sich, einen Blick nach draußen werfen zu können, aber er wagte es nicht, ohne die Unterstützung von Doktor Bramante oder einer Krankenschwester seine Pritsche zu verlassen.

Elje war verschwunden, um sich irgendwo im Lazarett herumzutreiben – hinaus ins Lager traute sie sich nur, wenn nicht so viel los war, etwa in den frühen Morgenstunden –, und so lag Jonan alleine zwischen den weißen Vorhängen, die im Augenblick die Grenzen seiner kleinen Welt darstellten, und lauschte frustriert den Vorgängen jenseits der dünnen Hallenwände. »Doktor Bramante!«, rief er.

Solange das Heer nicht in Kampfgeschehen verwickelt war, hatten Bramante und sein Stab nicht viel zu tun. Dennoch ließ sich der Arzt zweimal rufen, bevor er sich an Jonans Bett bemühte. »Wo kneift es diesmal, Estarto?« Er hatte erneut eine Zigarette im Mundwinkel hängen. Für einen Arzt rauchte Bramante eindeutig zu viel. Suchend sah Jonans Gegenüber sich um. »He, wo ist die Kleine, die Sie so anhimmelt?«

»Sie braucht wohl mal ein paar Minuten für sich«, erwiderte Jonan. Er richtete sich ein wenig auf, was angesichts seiner Hüftverletzung und des dicken Verbandes nicht so einfach war. »Sagen Sie, Doktor, führt wirklich Großinquisitor Aidalon den zweiten Heereszug an, der gerade eintrifft?«

»Nein, angeführt wird er durch Paladin Kasro Iudicaton …«

»Iudicaton ist hier?«, entfuhr es Jonan. Der Mann war eine Legende und nahm selbst unter den zehn Paladinen des Lux Dei eine herausragende Stellung ein. Er gehörte zu den Männern, die Arcadion gegründet hatten, und diente dem Orden bereits seit den ersten Tagen. Mittlerweile musste er Ende siebzig sein, aber sein Wille war ungebrochen, sein Körper noch immer stark genug, um eine Templerrüstung zu tragen, und sein Name weit über die Grenzen der Machtsphäre des Lux Dei hinaus bekannt. Das mochte auch der Grund sein, weswegen er Teil dieses historischen Feldzugs und Bündnisses war.

Jonan hatte Iudicaton noch nie persönlich getroffen. Er hatte ihn lediglich ein paar Mal während einer offiziellen Zeremonie vor dem Dom des Lichts in Arcadion aus der Ferne gesehen, und genau genommen war der Paladin da auch nur in seiner weiß-goldenen, prachtvoll verzierten Templerrüstung aufgetreten.

»Und welche Rolle spielt Aidalon?«, wollte Jonan wissen.

»Aidalon ist als Sondergesandter dabei – und natürlich um für unser aller Seelenheil zu sorgen. Schließlich sollen wir nicht durch francianisches Gedankengut verdorben werden. Außerdem brennt er vermutlich geradezu darauf, ein paar austrogermanische Ketzer und Invitros dem reinigenden Licht Gottes zu überantworten.« Bramantes Mundwinkel verzogen sich zu einem sarkastischen Lächeln.

Interessanterweise ging unter den Tribunalpalastgardisten das Gerücht um, dass Iudicaton von der harten Politik der Inquisition in der Frage der Invitro-Verfolgung nicht sehr begeistert war. Womöglich hing das damit zusammen, dass er zu denen gehörte, die bereits vor der Zeit des Sternenfalls gelebt hatten und daher zu genau über die wahren Begebenheiten damals Bescheid wussten, um guten Gewissens behaupten zu können, die Künstlichen seien an allem Übel schuld. Iudicaton war ein ergebener Diener und Soldat Arcadions und hätte daher seine Meinung niemals offen ausgesprochen, aber es musste wohl bei Ordenssitzungen hinter verschlossenen Türen schon einige heftige Wortwechsel gegeben haben. Dass nun ausgerechnet Aidalon und er praktisch Seite an Seite zu marschieren gezwungen waren, war schon eine Ironie des Schicksals und konnte nur das Ergebnis einer geschickt eingefädelten Intrige in den Reihen des Ordens sein.

»Haben Sie ihn schon gesehen?«, fragte Jonan. »Aidalon, meine ich.«

»Ja, er ist mit einer Abordnung von sechs Schwarzen Templern als Leibgarde eingetroffen. So etwas ist kaum zu übersehen.«

Das klang beinahe, als hätte sich der Großinquisitor sicherheitshalber ein paar verstärkende Argumente mitgebracht, sollte er über die Frage, wie mit Ungläubigen und Künstlichen in den Feindesreihen zu verfahren sei, mit Iudicaton aneinandergeraten. Allerdings konnte sich Jonan nicht vorstellen, dass sich irgendein Templersoldat freiwillig mit einem Paladin anlegen würde – und mit diesem schon gar nicht. Die Treue der Tribunalpalastgarde zu ihren geistlichen Herren kannte Grenzen.

»Wie sieht Aidalon aus?«, wollte Jonan wissen.

»Wie soll er aussehen?«

»Das letzte Mal, als ich ihn gesehen habe, lag er eingeklemmt unter der Templerrüstung eines seiner Untergebenen. Sie wissen, wie massiv diese Panzer sind.«

»Oh, ich verstehe, worauf Sie hinauswollen.« Bramante zog an der Zigarette im linken Mundwinkel und blies den Rauch zum rechten wieder hinaus. »Nun ja, seit dem Zwischenfall auf dem Quirinalsplatz humpelt er und stützt sich auf einen Stock. Vielleicht wirkt er noch ein wenig verbitterter als früher, aber ganz genau kann ich das nicht sagen. Glücklicherweise kenne ich ihn nicht so gut.«

»Das heißt, er wird richtig erfreut sein, wenn er erfährt, dass ich in diesem Lazarett liege«, brummte Jonan. »Ich hoffe, er beabsichtigt nicht, einen Krankenbesuch zu machen.«

»Sollten mir entsprechende Gerüchte zu Ohren kommen, warne ich Sie vor, Estarto.« Bramante nahm die Zigarette aus dem Mund und klopfte die Asche ab. »Wenn das alles war, was Sie wissen wollten, kümmere ich mich jetzt um meine anderen Aufgaben. Ich komme später wieder vorbei und schaue mir den Heilungsfortschritt Ihrer Schussverletzung an.«

Vom Eingang des Lazaretts her war plötzlich das charakteristische Stampfen schwerer Schritte zu hören, ein Geräusch, das Jonan so vertraut war wie das Hämmern seines verloren gegangenen Sturmgewehrs. Ein Mann in einer Templerrüstung nahte. »Doktor Bramante«, drang eine metallisch klingende Stimme zu ihnen herüber. »Paladin Iudicaton und Großinquisitor Aidalon wünschen Sie zu sprechen. Sie wollen sich ein Bild vom Zustand des Lagers machen und erwarten Ihren persönlichen Bericht.«

Der schwarz gepanzerte Hüne tauchte in dem knapp zwei Meter messenden Sichtbereich auf, den Jonan zwischen den beiden Vorhängen hatte. Er überragte den Leiter des Lazaretts um mehr als einen Kopf. Die Rüstung war so massig, dass ihr Träger von Glück sagen konnte, dass Bramante und seine Leute die Gänge zwischen den Bettenreihen recht großzügig ausgelegt hatten.

»Einen breiteren Laufburschen konnten die beiden nicht finden?«, fragte der Arzt süffisant.

Etwas verspätet schien dem Templer aufzufallen, dass seine Rüstung womöglich nicht optimal dazu geeignet war, um damit innerhalb eines Lazaretts herumzulaufen, das voller Tische und Rollwagen mit zerbrechlicher Ausrüstung war. »Ich … Verzeihung, es war mein Fehler. Ich habe mich freiwillig gemeldet, die Führungsoffiziere des Lagers kurzfristig zusammenzurufen.«

»Schon in Ordnung. Tauchen Sie bloß nicht hier auf, wenn das Lazarett voll belegt ist und die Einrichtung überall im Weg steht.« Bramante nickte Jonan zu. »Bis später, Estarto. Wie Sie hören, ruft die Pflicht.«

Der Neuankömmling wandte den Kopf, als bemerke er erst jetzt, dass auf der Pritsche zwischen den Vorhängen jemand lag. »Jonan?«, drang es überrascht aus dem Helm hervor. »Verdammt, Jonan, was machst du denn hier?« Der Soldat drehte sich ihm zu, und bevor er auch nur das Helmvisier aufgeklappt hatte, erkannte Jonan ihn seinerseits an den Abzeichen auf seiner schwarz glänzenden Brust.

»Lucai? Ich fasse es nicht!« Der Anblick seines alten Kameraden und Freunds aus Arcadion versetzte Jonan in freudige Aufregung. »Du gehörst zu Aidalons Leibwache?«

Bramante hüstelte. »Ich gehe dann mal meine Meldung machen«, verkündete er und zog sich zurück.

Als er fort war, grinste Jonans Freund ihn unter dem hochgeklappten Helmvisier schief an. Er sah so gut aus wie eh und je: braun gebrannt und mit gepflegtem Dreitagebart. Einige Locken seines schwarzen Haars hingen ihm in die Stirn. »Schon komisch, wie die Dinge laufen, was?«, fragte er, als er einen Schritt näher trat, womit er fast den ganzen freien Raum zwischen den Vorhängen einnahm. »Zenturio Kahane hat unsere Einheit für den Schutz des Großinquisitors abgestellt, um ihn auf diesem Feldzug zu begleiten. Mir soll's recht sein. Ich mache alles lieber, als vor dem Tribunalpalast strammzustehen oder Invitro-Nester auszuheben.«

»Das bedeutet, unsere kleine Episode in Arcadion ...« Jonan beendete den Satz nicht. Lucai würde auch so verstehen, dass er auf ihren gemeinsamen Einbruch in die Templerkaserne anspielte, bei dem Enzo und Jonan den *Phantom*-Hubschrauber der Armee gestohlen hatten.

Sein Freund senkte die Stimme. »Ich bin sauber rausgekommen. Niemand konnte mich belangen. Und so soll es auch bleiben. Also halt schön den Mund.«

»Ich schweige wie ein Grab, das ist Ehrensache«, versprach Jonan. »Sind die anderen auch alle hier? Ich hörte, es seien nur sechs Tribunalpalastgardisten mit Aidalon eingetroffen.«

»Du bist witzig, mein Freund. Ich weiß nicht, ob du dich noch daran erinnerst, aber du hast Bosia und Montanaro mit den Schnellfeuergeschützen des *Phantom* auf dem Quirinalsplatz in Stücke gesägt.«

Richtig. Jonan erinnerte sich. Auf der Tribüne mitten auf dem Platz hatten neben Aidalon, Loraldi, dem Henker und den übrigen Richtern auch zwei schwarze Templer gestanden. In der Hitze des Gefechts hatte Jonan nicht mitbekommen, wer die beiden gewesen waren und ob Enzos Deckungsfeuer sie nur kampfuntüchtig gemacht oder getötet hatte.

»Bosias Anzug war danach hinüber, Montanaros konnte repariert werden. Nach deinem Verschwinden war unsere Truppstärke damit sozusagen auf sechs Mann reduziert: Bruto, DeVito, Peruzzi, Burlone, ich und ein Neuling namens Ramin Castillos, so ein übereifriger Aufsteiger.«

Jonan hob die Augenbrauen. »Gut aussehend, strahlend blaue Augen, unerträglich schneidig?«

»So ungefähr.«

»Ich kenne ihn«, sagte Jonan säuerlich. »Er ist der Neffe von Großmeister Artamnon und hat früher Caryas Templerjugendgruppe geleitet. Später wurde er wohl Loraldis Adjutant – nach meinem Verschwinden.«

»Tja, die Welt ist klein«, stellte Lucai fest.

»Das kann man so sagen.« Jonan lehnte sich auf sein Kissen zurück und schloss kurz die Augen. Ein ungutes Gefühl breitete sich in seiner Magengrube aus. »Sie wollen mich alle umbringen, oder?«, fragte er, als er Lucai wieder ansah.

Sein Freund machte ein ernstes Gesicht, und sein Schweigen war Jonan Antwort genug. »Na ja«, sagte Lucai nach einer Weile. »Ich denke, Peruzzi ist es egal, was mit dir geschieht.«

Das wunderte Jonan nicht. Peruzzi hatte noch nie zu irgendetwas eine eigene Meinung gehabt. Sehr viel besser fühlte er sich nach dieser Eröffnung trotzdem nicht. »Wusstest du, dass Aidalon einen Handel mit meinem Vater hat?«

»Inwiefern?«

»Mein Leben gegen eine Gunst des großen Stadtrats Lucian Estarto. Ich habe keine Ahnung, welchen Teil seiner kaum nennenswerten Seele mein Vater verkauft hat. So oder so habe ich es kaum glauben können, als ich in Paris Aidalons Agentin traf, die mich von dem Handel in Kenntnis setzte.«

»Du warst in Paris?«, fragte Lucai ungläubig.

Jonan schenkte ihm ein mattes Lächeln. »Wenn du wüsstest, wo ich in den letzten Monaten überall gewesen bin.«

»Mann, ich wünschte, wir hätten Zeit, damit du mir alles genau erzählen könntest.«

»Es steht noch ein Bier am Ufer des Tevere aus«, rief Jonan ihm ihre Abschiedsworte vor der Kaserne des Templerordens in Arcadion ins Gedächtnis. Jonan kam es so vor, als sei das ein halbes Leben her.

»Ja, richtig. Ich erinnere mich.« Lucai grinste schief. »Nun ja, nicht heute. Ich muss weiter. Eigentlich habe ich schon zu viel Zeit verloren. Die Pflicht ruft.« Er deutete über die Schulter in Richtung des Lazaretteingangs.

»In Ordnung«, antwortete Jonan. »Lass dich nicht unterkriegen, Lucai. Und bete, dass Aidalon die anderen im Griff hat. Ich bin gerade wirklich nicht in der Verfassung, um mich mit Bruto oder Burlone anzulegen.«

»Keine Sorge, ich werde dichthalten. Und von wem sollte Aidalon sonst erfahren, dass du im Lager bist?«

Das war eine gute Frage, die Jonan sich insbesondere stellte, als der Großinquisitor ihm noch am selben Tag in den frühen Abendstunden einen Besuch abstattete. Wie es der Zufall wollte, kam er ausgerechnet in Begleitung von Bruto und Burlone – beide in Uniform, nicht in Templerrüstung – und tauchte just in dem Augenblick auf, als Jonan sich unter Mithilfe einer Schwester etwas umständlich an einem Tisch unweit seines Krankenlagers niedergelassen hatte, um ein einfaches Abendbrot zu sich zu nehmen.

»Jonan Estarto …« Der Großinquisitor spie den Namen aus wie ein Insekt, das er versehentlich eingeatmet hatte, während er, jeden zweiten Schritt mit einem nachdrücklichen Pochen seines schwarz polierten Gehstocks unterstreichend, näher schritt. Er presste die Lippen zu einem schmalen, unerbittlichen Strich zusammen und starrte Jonan unter grimmig gerunzelten Augenbrauen unheilvoll an. »Der Hochverräter, Dieb und Mörder lebt also noch. Ich weiß nicht, ob ich mich darüber freuen oder ob ich diesen Umstand verfluchen soll.«

»Ein Wort von Euch, Euer Ehren, und ich beseitige dieses Ärgernis«, knurrte Burlone. Auf der linken Wange seines stoppelbärtigen Gesichts glaubte Jonan ein Stück helle Haut zu sehen, ein Erbe der Nacht, als Jonan seinem damaligen Kameraden den Elektroschockstab ins Gesicht gedrückt hatte, um Carya vor ihm zu retten.

»Halt dich zurück, Burlone«, befahl Bruto, Jonans früherer Truppführer. Der glatzköpfige Hüne trug eine Miene entschiedener Gleichgültigkeit zur Schau, aber auch in seinen Augen sah Jonan noch nicht überwundenen Zorn und Enttäuschung.

Heiliges Licht Gottes, das ist übel, durchfuhr es ihn. Einen Moment lang wurde er von dem fast übermächtigen Bedürfnis befallen, aufzuspringen und wegzurennen, aber das wäre nicht nur würdelos gewesen, sondern auch vollkommen unsinnig. Verletzt wie er war würde er niemals aus einem Heerlager voller arcadischer Soldaten entkommen.

»Großinquisitor Aidalon«, begrüßte er diesen also mit aller Gelassenheit, die er aufzubringen vermochte. »Truppführer Bruto.« Burlone ignorierte er. »Sind Sie gekommen, um mich zu richten?« Jonan konnte nur hoffen, dass Aidalon sich an den Handel mit seinem Vater hielt, sonst würde sein Leben schon bald vorbei sein.

»Ich bin gekommen, weil ich mit eigenen Augen sehen wollte, was meine Ohren nicht zu hören geglaubt haben«, erwiderte Aidalon scharf. »Aber es ist wahr! Da sitzen Sie, Estarto, seelenruhig und offensichtlich ohne das geringste Schuldgefühl.«

Jonan brauchte einen Moment, um sich zu sammeln. Dann nickte er. »Doch, ich fühle mich schuldig«, gestand er. »Ich fühle mich schuldig, weil ich mitgeholfen habe, Ihnen diese armen Männer, Mondo Laura und Tobyn Cortanis, auszuliefern. Ich fühle mich schuldig, weil ich mich von meinem Vater habe überreden lassen, der Tribunalpalastgarde beizutreten, obwohl mir klar war, dass deren Aufgabe nicht nur darin besteht, bedrohlich auszusehen. Vor allem aber fühle ich mich schuldig, dass es erst der Begegnung mit einer Frau bedurft hat, um mir meine Fehler einzugestehen und endlich Konsequenzen zu ziehen.«

»Ah, richtig, Carya Diodato, die Unruhestifterin mit der eigenartigen Herkunft.« Aidalons Mundwinkel verzogen sich angewidert. »Wo ist sie? Hält sie sich auch im Lager auf? Meine Agentin Neve Arida war ja bedauerlicherweise nicht imstande, mich von Caryas Existenz zu erlösen. Aber vielleicht bietet sich mir heute eine Gelegenheit.«

Jonan setzte einen düsteren Gesichtsausdruck auf. »Ich fürchte, da kommen Sie zu spät«, presste er zwischen zusammengebissenen Zähnen hervor. »Carya und ich wurden getrennt. Wir gerieten oben in den Bergen in einen Kampf, und ich fürchte, sie wurde erschossen.«

Aidalons Augen verengten sich misstrauisch. »Fürchten Sie das? So so.«

»Wenn Sie mir nicht glauben, fragen Sie die Männer, die mich gefunden haben!«

Der Großinquisitor warf seinen Begleitern einen Seitenblick zu und wedelte mit der rechten Hand. »Lassen Sie uns einen Augenblick allein.«

Burlone sah zu Bruto hinüber, der den Befehl mit unergründlicher Miene zur Kenntnis nahm. Er neigte in einer knappen Bestätigung den Kopf und trat an Jonan vorbei, um ein paar Meter weiter in die Halle hineinzumarschieren. Burlone folgte ihm.

Als sie außer Hörweite waren, stützte Aidalon sich auf seinen Stock und beugte sich beinahe verschwörerisch zu Jonan hinunter. In seinen Augen lag mühsam beherrschter Zorn. »Glauben Sie bloß nicht, dass Sie Narrenfreiheit genießen, nur weil Ihr Vater sich bei mir mit Nachdruck für Ihr Leben eingesetzt hat. Treiben Sie es nicht zu weit, Estarto, sonst lasse ich Sie hängen. Ich hätte eine Menge guter Gründe dazu. Und ich bin sicher, dass Ihre ehemaligen Kameraden mit Freude den Strick halten würden, an dem Sie verrecken.«

Einen Moment lang starrte Jonan ihn wortlos an. »Wenn Sie sich Reue oder Dankbarkeit von mir erhoffen, können Sie lange warten«, zischte er dann. »Genau genommen müssten Sie mir dankbar sein. Ich habe Carya davon abgehalten, Sie zu erschießen. Dabei hätte *sie* eine Menge guter Gründe dafür gehabt. Sie haben ihre Eltern, die in jeder Hinsicht unschuldig waren, zum Tode verurteilt.«

»Ihre Eltern haben eine Psychopathin aus der Wildnis großgezogen, eine tickende Zeitbombe. Sie waren genauso schuldig wie die Mörderin Carya selbst.«

»Carya wurde zur Mörderin, weil Sie sie dazu gezwungen haben, indem Sie die Invitros jagen und misshandeln, als wären sie räudige Hunde.«

»Sie sind räudige Hunde«, zischte Aidalon. »Eine Vergewaltigung der Schöpfung. Ein Erbe der verderbten alten Zeit, das ausgemerzt werden muss.«

Langsam lehnte Jonan sich auf seinem Stuhl zurück. »Mit dieser Einstellung werden Sie eine Menge Probleme bekommen, wenn das Heer des Mondkaisers eintrifft.«

Stirnrunzelnd blickte der Großinquisitor ihn an. »Was soll das heißen?«

»Ach nichts«, erwiderte Jonan. »Ich habe nur laut gedacht.«

Unwillig richtete Aidalon sich wieder auf. »Sobald Sie transportfähig sind, lasse ich Sie in Ketten legen und nach Arcadion verfrachten, das schwöre ich Ihnen. Und ich hoffe für Sie, dass Ihr Vater wirklich so viel Einfluss auf den Rat hat, wie er behauptet. Ansonsten stehen Sie schneller wieder vor Gericht, als Sie Ihren Namen aussprechen können.« Er hob den Kopf und blickte an Jonan vorbei zu Bruto und Burlone. »Wir gehen!«

Ohne auf die Reaktion seiner beiden Untergebenen zu warten, machte er scharf kehrt und humpelte eilig zum Ausgang zurück. Die beiden Soldaten beschleunigten ihre Schritte, um zu ihm aufzuholen. Als Burlone an Jonan vorbeikam, hielt er kurz inne. Mit vielsagendem Blick tippte er mit der Fingerspitze gegen den hellen Fleck auf seiner Wange. »Ich mach dich fertig, Estarto«, flüsterte er. »Das schwöre ich dir.«

KAPITEL 21

Was hältst du von alldem?« Fragend blickte Carya Pitlit an. Sie hätte lieber Jonan um Rat gebeten, aber Jonan war nicht bei ihr und vielleicht würde er es nie wieder sein. Der Gedanke schmerzte noch immer wie ein heißes Messer in ihrer Brust, aber sie musste sich jetzt zusammenreißen.

»Puh.« Der Straßenjunge streckte die Beine aus und schnaufte. »Ich muss sagen, das war ziemlich viel verrücktes Zeug auf einen Schlag. Ich hätte nicht gedacht, dass im Tal der Erdenwacht so der Haussegen schief hängt.«

»Es ist doch überall auf der Welt das Gleiche«, stellte Carya fest. »In den Dunklen Jahren tauchten Machtgruppen auf, die damals vielleicht ein löbliches Ziel vor Augen hatten – nämlich den Menschen zu helfen –, und nun, nach all den Jahren, haben sie sich auf ihren Thronen festgesessen und sind nicht bereit, endlich nach vorne zu blicken. Statt die Zukunft mit offenen Armen zu empfangen, klammern sie sich an die Vergangenheit, die ihnen ihre Macht verliehen hat. Und auf einmal beginnt es in den Balken zu knirschen. Ich hoffe bloß, dass uns dieses Haus nicht über dem Kopf zusammenbricht.«

Der Straßenjunge warf ihr einen schrägen Seitenblick zu. »Manchmal redest du echt komisches Zeug, weißt du das?«

Sie saßen, an einen umgekippten Baumstamm gelehnt, unten am

Flussufer, wo Emm und Ferrer sie wieder abgesetzt hatten, damit es in den Überwachungsaufzeichnungen nicht zu Ortssprüngen ihrer Armbandsignale kam. Damit mögliche Zuhörer ihre Stimmen nicht verstehen konnten, hatten sie die Arme hinter den Rücken geklemmt. Sehr bequem war das nicht, aber lange wollten sie auch nicht mehr bleiben. Der Nachmittag war bereits fortgeschritten, und bald würde Freeman kommen, um Carya zum Abendessen abzuholen.

»Ich weiß wirklich nicht, was ich machen soll«, gestand Carya seufzend. »Auf der einen Seite bin ich ja hierhergekommen, weil ich das ganze Geheimnis meiner Herkunft lüften und diese verschwiegene Gemeinschaft kennenlernen wollte, die mich erschaffen hat. Andererseits habe ich aber auch Angst. Emm und ihre Leute wollen mich verändern.«

»Sie wollen den Sicherheitszylinder rausnehmen«, sagte Pitlit.

»Danke, dass du mich mit einem Templersturmgewehr vergleichst«, versetzte Carya unwillig. Der Vergleich gefiel ihr allerdings vor allem deshalb nicht, weil er im Kern irgendwie der Wahrheit entsprach. Sie war eine Waffe, nur in eine hübschere Hülle verpackt.

»Tut mir leid«, murmelte Pitlit.

»Schon gut. Vergiss es.«

Eine Weile hockten sie schweigend nebeneinander und sahen dem Flusswasser zu, das gemächlich über sein flaches Bett aus Stein strömte.

»Wenn du nicht willst, dass sie diese Experimente an dir durchführen, dann lass es doch«, nahm Pitlit ihr Gespräch wieder auf. »Es zwingt dich doch niemand, dich auf den Untersuchungstisch zu legen.«

»Aber vielleicht sollte ich es tun«, gab Carya zurück, »um etwas zu bewirken. In Arcadion sind wir gescheitert. Wir konnten nur mit knapper Not entkommen, und der Ascherose haben wir eher geschadet als geholfen, die Macht des Lux Dei zu brechen. Gut, in Paris haben wir eine Intrige gegen den Mondkaiser verhindert, aber dadurch zugleich dazu beigetragen, einen Krieg anzuzetteln. Dass wir keine Alternative hatten, weil sonst Alexandre – unter der freundlichen Manipulation von Cartagena – an die Macht gekommen wäre, ist unerheblich. So oder so haben wir erneut die Dinge kaum verbessert.«

»Das stimmt nicht! Wir haben dafür gesorgt, dass der verrückte Prinz keine Kinder mehr in der Trümmerzone jagt«, wandte Pitlit ein.

»Na schön, ein *wenig* haben wir erreicht«, gab Carya zu. »Worauf ich hinauswill, ist das: Die Widerstandsbewegung hier scheint gut organisiert zu sein. Menschen und Invitros ziehen an einem Strang. Außerdem glaube ich, dass auch Magister Milan und Paladin Julion Alecander auf der Seite der Widerständler stehen, beziehungsweise standen, beides anständige Männer. Es scheint sich also um eine gute Sache zu handeln. Vielleicht wäre es deshalb einfach das Richtige, Emm und ihren Freunden zu helfen.«

»Sieh es auch mal so: Was sollen wir sonst machen?«, gab Pitlit zu bedenken. »In unserem Zimmer sitzen und grauselige Musik hören ist ja schön und gut, aber so kommst du nie zu deinen Eltern und ich nie zu Suri zurück. Wenn wir hier rauswollen, brauchen wir diese Widerstandsleute, fürchte ich. Denn alleine schaffen wir es nie über den Pass. Also können wir was Gutes mit was Nützlichem verbinden.«

»Und etwas Gefährlichem«, fügte Carya hinzu.

Der Straßenjunge feixte. »Wäre ja nicht das erste Mal.«

Am frühen Abend wurde Carya wie versprochen von Doktor Freeman abgeholt. Der Höflichkeit halber bot der greise Wissenschaftler auch Pitlit an, sie zu begleiten, doch Carya hatte diesem bereits erklärt, dass es ihr alleine leichter fallen würde, Freeman auszuhorchen, woraufhin der Junge behauptete, er sei zu müde für einen weiteren Ausflug.

Zuerst fuhren sie zum Krankenhaus hinüber, und die Ärzte dort nahmen Caryas Beinmanschette ab. Wie sich herausstellte, war die Schusswunde so gut verheilt, dass Carya bloß mit einem Verband am Bein die Klinik nach einer halben Stunde wieder verlassen durfte.

Als Nächstes führte sie ihr Weg zu dem riesigen Oval, das Carya schon vom Panoramafenster des Krankenhauses aus gesehen hatte. Dieses erwies sich als Anlage, in der die Bewohner des Tals – zumindest die nicht künstlichen – ihre freien Stunden verbrachten. Um diese Uhrzeit hielten sich viele Besucher in dem Oval auf, das mehr Möglichkeiten der Unterhaltung bot, als Carya je in ihrem Leben gesehen hatte. Die meisten Angebote sagten ihr gar nichts.

Freeman führte sie in den zweiten Stock zu einem Restaurant, in dem nur eine Handvoll Gäste in gedämpftem Licht an kleinen Holztischen saßen. Die Einrichtung wirkte – jedenfalls nach den Maßstäben, die in diesem Tal galten – rustikal und auf eine heimelige Weise schlicht. Warme Rot- und Brauntöne herrschten vor. Aus einer unsichtbaren Quelle drang leise Musik, die Carya irgendwie an traditionelle Stücke aus ihrer Heimat Arcadion erinnerte.

»Ich dachte mir, wir gehen an einem Ort essen, der dir ein wenig vertraut vorkommt«, sagte Freeman lächelnd. »Du hast in den letzten zwei Tagen genug Neues kennenlernen müssen.«

»Das ist wahr«, pflichtete Carya ihm seufzend bei.

Sie setzten sich an einen Tisch direkt neben der braun getönten Fensterfront, durch die sie einen Blick auf das abendliche Tal werfen konnten, ohne jedoch von draußen gesehen zu werden. Ein Kellner kam, und als Freeman Carya ermutigte, zu bestellen, worauf sie Lust hatte, wählte sie gebratenes Lamm, während er selbst sich mit einem Nudelgericht mit Gemüse beschied.

Sie warteten, bis ihre Getränke gebracht wurden, dann prostete Freeman ihr zu. »Wie geht es deiner Verletzung?«, fragte er freundlich.

»Danke, sie heilt außergewöhnlich gut«, antwortete Carya. »Ich hätte das nicht für möglich gehalten. Erst vor ein paar Tagen wurde ich angeschossen und habe schon jetzt kaum noch Beschwerden.«

»Das freut mich zu hören. Und wie fühlst du dich sonst? Hast du dich ein wenig eingelebt?« Es fiel auf, dass er nicht *ihr* sagte. Pitlit schien ihn kaum zu interessieren.

Carya wiegte den Kopf. »Es geht, ja. Die Wohnung ist sehr schön. Und langweilig wird es auch nicht, denn im Tal gibt es unglaublich viel zu entdecken. Dabei fällt mir eine Sache ein: Kann ich irgendwie lernen, Albionisch zu sprechen – zumindest ein wenig? Es ist sehr unangenehm, dass man nie versteht, was um einen herum geredet wird. Außerdem erkennt man Pitlit und mich auf diese Weise immer sofort als Fremde.«

»Wie dumm von mir, daran habe ich gar nicht gedacht«, erwiderte Freeman. »Aber ja, natürlich, das lässt sich einrichten Es gibt gute Schnellkurse. Man lernt sogar im Schlaf weiter. Ausgesprochen praktisch. Ich schicke dir morgen früh das Lernmaterial.«

»Danke schön.«

Freeman befragte sie, was sie die letzten zwei Tage über gemacht hatte, und Carya erzählte ihm von ihrem Ausflug ins Zentrum von Bezirk 2, von der Fahrt mit dem Schienentransporter und dem Nachmittag am Fluss. Zunächst hatte sie Pitlits und ihren Ausflug in den Industriebezirk verschweigen wollen, aber sie musste davon ausgehen, dass der Wissenschaftler in Verbindung mit der Zonengarde stand und über ihre Bewegungen im Tal unterrichtet war.

Also beschloss sie, seine Frage als Test ihrer Aufrichtigkeit zu verstehen und gab bereitwillig über die Dinge Auskunft, die ihm vermutlich ohnehin schon bekannt waren.

»Wissen Sie, was mich überrascht hat?«, schloss sie ihren Bericht, gerade als der Kellner ihnen ihre Gerichte brachte.

»Nein, was denn?« Freeman nickte dem Mann zu. »Danke schön.«

Carya nahm ihr Besteck. Einen Moment lang bewunderte sie das herrlich gebratene und mit Gemüse garnierte Fleisch auf dem Teller. Dann, während sie zu essen anfingen, wandte sie sich wieder an den Wissenschaftler. »Es gibt erstaunlich viele Invitros im Tal.«

»Wieso wundert dich das?«, wollte Freeman wissen.

»Nun … ich …« Carya zögerte, als ihr klar wurde, dass sie einen Gentechniker vor sich hatte, einen Erschaffer von Invitros. »Es ist mir bloß aufgefallen, denn außerhalb der Berge gibt es kaum noch welche«, wiegelte sie ab.

»Ja, in den Dunklen Jahren kamen viele zu Tode, und seit dem Sternenfall existieren nur noch sehr wenige Brutkliniken. Die alte Generation stirbt langsam aus, eine neue kommt nicht mehr nach. Darüber hinaus werden die wenigen, die verblieben sind, an vielen Orten verfolgt und getötet. So endet eines der größten Wunder, das die Menschheit je geschaffen hat: das künstlich erzeugte, perfekte Leben. Es ist unendlich bedauerlich.«

Carya runzelte die Stirn. »Wenn Sie die Invitros für etwas so Außergewöhnliches halten, wieso werden sie dann hier als Hausdiener und Fabrikarbeiter gehalten? Und wieso behandelt man sie als Menschen zweiter Klasse?«

»Das siehst du falsch, Carya. Die Invitros in diesem Tal sind geschätzte Mitglieder unserer Gemeinschaft. Wir sind dankbar dafür, dass sie uns Arbeiten abnehmen, die für uns zu beschwerlich sind, für die sie aber optimale Voraussetzungen mitbringen. Jeder Invitro besitzt genau die Fähigkeiten und Charaktereigenschaften, die er braucht, damit er die ihm zugewiesene Arbeit erfolgreich und mit Freude ausführen kann.«

»Und was ist mit jenen, die keine Diener oder Arbeiter sein wollen? Nicht jeder Invitro ist gleich.«

»Doch, selbstverständlich. Also zumindest jene, die aus einer Modellreihe stammen.« Freeman zuckte mit den Achseln. »Zugegeben, die Lebensumstände können zu Abweichungen im Persönlichkeitsbild führen. Aber das lässt sich durch ein paar Suggestivsitzungen beheben. Und am Ende sind alle wieder glücklich.«

Beinahe hätte sich Carya an einem Fleischstück verschluckt. »Sie unterziehen die Invitros einer Gehirnwäsche, wenn sie nicht tun, was sie sollen?«, fragte sie erschüttert.

Der greise Wissenschaftler legte sein Besteck zur Seite, faltete die Hände auf dem Tisch und blickte Carya wie ein Kind an, das wenig Ahnung von der Welt hatte. »Carya, die Erdenwacht ist eine Gemeinschaft von Spezialisten. Nur so haben wir es in den letzten Jahrzehnten geschafft, weitgehend autark, also unabhängig von der Welt, zu überleben. Jeder ist ein Rädchen im großen Getriebe, und jeder hat seine Aufgabe zu erfüllen. Das gilt für mich ebenso wie für Oberst Dymond und auch für unsere Invitro-Arbeiter. Die meisten von uns sehen die Notwendigkeit ein, sich in das System einzufügen. Diejenigen, die es nicht tun, müssen behutsam auf den richtigen Weg zurückgebracht werden. Das mag ein wenig unangenehm sein, aber der Preis des Überlebens heißt nun einmal harmonische Zusammenarbeit.«

»Wer nicht passt, wird passend gemacht«, murmelte Carya.

Freeman neigte den Kopf und musterte sie eindringlich. »Es ist absolut erstaunlich …«, sagte er und sprach dabei wahrscheinlich mit sich selbst.

Dennoch ging Carya auf die Worte ein. »Was?«

»Dein Bedürfnis, über Dinge nachzudenken. Eigentlich wurdest du charakterlich als eher – verzeih mir das Wort – *einfach* angelegt. Du solltest deine Rolle am Hof des Mondkaisers gut ausfüllen, dich aber nicht zu sehr für Politik und damit einhergehende Problemfelder interessieren. Denn jede Form von Aktivismus hätte deine Position natürlich gefährdet. Aber durch deine Zeit in Arcadion hast du dich völlig anders entwickelt. Du besitzt ein ausgeprägtes, fast überzogenes Unrechtsbewusstsein und einen regelrechten Hang zum Widerstand. Das ist faszinierend.«

»Dann geben Sie zu, dass es falsch ist, wie Sie mit den Invitros umgehen?«, fragte Carya.

»Das ist nicht das Entscheidende«, antwortete Freeman mit erhobenem Zeigefinger. »Interessant ist der Umstand, dass du, obwohl du erst zwei Tage hier bist und keineswegs das ganze Bild kennen kannst, dir bereits aus wenigen Beobachtungen, die du gemacht hast, ein Urteil bildest, das dich dazu bewogen hat, mit mir über empfundene Missstände zu sprechen. Du bist wie eine …« Ein Lächeln breitete sich auf seinen Zügen aus. »Wie eine Jugendliche, die gegen das System der Eltern rebelliert, weil sie es nicht besser weiß.«

»Bei Ihnen klingt das so, als wäre ich die Einzige im Tal, die sich irgendwelche Gedanken machen würde«, gab Carya gereizt zurück. »Finden Sie es denn richtig, dass eine ganze Rasse geschaffen wurde, die bloß dazu dient, die Dinge für Sie zu erledigen, die Sie selbst nicht machen wollen?«

Freeman hob leicht hilflos die Hände. »Was erwartest du von mir, Carya? Soll ich in die Fabriken gehen und allen sagen: Leute, ihr könnt gehen. Macht mit eurem Leben, was ihr wollt? Das würde in purem Chaos enden.«

»Oder es wäre der Beginn einer gerechteren Gesellschaft.«

Kopfschüttelnd blickte der greise Wissenschaftler sie an. »Carya, du begreifst nicht, dass unser Werk größer und wichtiger ist als unsere persönlichen Wünsche und Sehnsüchte. Das Tal der Erdenwacht muss funktionieren, damit unsere Aufgabe nicht gefährdet ist. Das Wohl weniger muss hinter dem Wohl vieler zurückstehen. Aber lass uns nun bitte nicht weiterdiskutieren, denn ich befürchte, dass wir uns ohnehin nur im Kreis drehen. Du brauchst einfach mehr Zeit, um zu verstehen, wie wir hier unser Leben führen.«

»Da sprechen Sie eine Sache an, die ich Sie ohnehin noch fragen wollte«, sagte Carya, die Freeman insgeheim recht gab, dass eine weitere Diskussion unnötig war – wenn auch aus anderen Gründen. »Was soll nun eigentlich mit Pitlit und mir geschehen? Wir sind Ihre Gäste, schön und gut. Aber für wie lange? Und was wird aus uns werden?«

»Nun, ich fürchte, das hat der Rat noch nicht endgültig entschieden. Normalerweise haben wir keine Gäste von außerhalb, wie du ja weißt. Dein Freund ist von geringem Interesse für den Rat. Man wird für ihn wahrscheinlich eine Pflegefamilie suchen, damit aus ihm ein nützliches Mitglied der Gemeinschaft werden kann. Was dich angeht, so würden wir gerne noch einige Untersuchungen vornehmen, um genau zu ermitteln, wie du dich entwickelt hast. Du musst verstehen, dass du von allen Invitros, die wir jemals geschaffen haben, die ungewöhnlichste Lebensgeschichte aufzuweisen hast. Du warst länger im Feld unterwegs als jeder andere. Und du warst dir, wenn ich das recht verstanden habe, während der ganzen Zeit deiner wahren Natur nicht bewusst. Wie hat sich das auf deine Fähigkeiten und deine Psyche ausgewirkt? Auf diese Fragen hätten wir liebend gerne Antworten.« Beschwichtigend hob er eine Hand. »Ich schwöre dir, das Ganze wird für dich nicht schmerzhaft sein. Es sind bloß ein paar Versuchsreihen.«

»Und danach?«

»Das wird sich zeigen, nehme ich an. Du könntest der Zonengarde sehr nützlich sein. Vielleicht wirst du auch wieder ins

Feld geschickt, wo wir deine Gaben am besten einsetzen können. Auch wenn ich das persönlich für eher unwahrscheinlich halte. Ich fürchte, so weit wird der Rat dir dann doch nicht trauen.«

»Also ist das Tal jetzt unser Leben?« Carya versuchte, ihre Stimme möglichst neutral klingen zu lassen, um Freeman nicht misstrauisch zu machen.

Der greise Wissenschaftler lächelte. »So sieht es wohl aus. Und glaube mir: Es wird ein gutes Leben sein!«

Kapitel 22

Als Freeman sie eine Stunde später wieder bei ihrer Wohnung absetzte, hatte Carya sich entschieden. Sie würde nicht zulassen, dass man Pitlit in eine Pflegefamilie steckte, um ihn zu einem *nützlichen Mitglied* der Gemeinschaft zu machen. Und sie würde ihre Zukunft sicher nicht im Dienst der Zonengarde verbringen. Die einzige Chance, ein Leben in Freiheit zu genießen, lag darin, sich mit den Widerständlern um Curzo und Emm zu verbünden. Vor der angedeuteten Prozedur graute Carya zwar noch immer, andererseits mochte es ein erster Schritt zu Freiheit und vollkommener Selbstbestimmung sein, wenn sie ihre Gaben dem Zugriff der Erdenwacht entzog und nur ihrem eigenen Willen unterstellte.

Statt hinauf in ihre Wohnung zu gehen, umrundete Carya den Gebäudekomplex und schritt den schmalen Kiesweg entlang, der sich durch die Grünanlage dahinter zog. Auf den ersten Metern war der Rasen noch gemäht. Einige Bänke luden zum Verweilen ein. Akkurat gestutzte Sträucher sorgten für Abwechslung. Dann erfolgte ein Schnitt in Form einer niedrigen Hecke.

Dahinter erstreckte sich ein Gelände, das halb Park, halb Wildwiese war. Hier wuchsen auch Bäume, und mehrere Wege führten bis hinüber zum einige Hundert Meter weiter beginnenden Berghang. In regelmäßigen Abständen wurden die Hauptwege durch einsame Laternen erhellt, deren Lichtinseln kaum ausreichten, um den dunklen Park zu beleuchten, aber immerhin gute Orientierung ermöglichten.

Carya suchte sich einen kleinen Hügel, auf dem eine Gruppe aus drei Bäumen wuchs, in deren Schatten eine Bank stand. Auf dieser ließ Carya sich nieder. Sie legte den Kopf in den Nacken und blickte zum dunklen Abendhimmel hinauf. Ein beinahe voller Mond hing dort, und sein bleiches Licht erhellte die zerfaserten Wolken, die träge im milden Abendwind dahinzogen. Sterne glitzerten zwischen ihnen in der Schwärze. Es war eine Nacht, die man nicht alleine verbringen sollte. Gegen ihren Willen spürte Carya, wie Trauer sie überkam. *Jonan, ich wünschte, du wärst bei mir. Wo bist du? Ich hoffe, du lebst noch und findest deinen Weg ein drittes Mal zu mir. Ich brauche dich …* Sie spürte ihre Augen feucht werden und wischte sich rasch mit dem Arm darüber. Sie wollte jetzt nicht weinen.

Das Knirschen von Schritten auf dem Weg ließ sie zusammenzucken. Carya senkte den Blick und gewahrte einen Mann, der auf sie zuspazierte. Er hatte die Schultern etwas hochgezogen, und seine Hände steckten in den Hosentaschen. Über seiner Schulter hing ein Beutel. Einen absurden Moment redete Carya sich ein, es handele sich um Jonan, der zu ihr zurückgekehrt sei. Aber schon im nächsten Augenblick erkannte sie ihren Irrtum. Der Mann war eindeutig schlanker, und sein Gang passte nicht.

Zielstrebig hielt er auf sie zu, und als er eine der Laternen passierte, erkannte sie ihn. Es handelte sich um Ferrer, den Gefährten von Emm. Wortlos trat er neben sie und legte den Zeigefinger an die Lippen. Er setzte sich neben sie auf die Bank und öffnete seinen Beutel. Eine Minute später trug Carya wieder eine Schutzmanschette über ihrem Armband, und ein kleiner, schwarzer Kasten stand neben ihnen auf der Bank.

»Hallo, Carya«, begrüßte Ferrer sie, als sie endlich frei reden konnten. »Schön, dich zu sehen. Gehe ich recht in der Annahme, dass du nicht hier draußen sitzt, um den Mond anzuheulen?«

Wenn du wüsstest, dachte Carya. »Ja, ich habe mich entschieden. Ich bin dabei.«

»Was hat dich umgestimmt – wenn ich fragen darf?«

»Die Aussicht, den Rest meines Lebens in diesem Tal zu verbringen.«

Ferrer grinste. »Die meisten Leute jenseits der Berge würden sich für diese Gnade ein Bein abhacken – vorausgesetzt sie wüssten von uns. Aber ich verstehe, was du meinst. Auf so außergewöhnliche Leute wie uns wirkt selbst ein Paradies wie dieses eng und bedrückend.«

»So in etwa«, bestätigte Carya.

»Dann komm.« Er stand auf. »Du kannst schließlich nicht die ganze Nacht hier unter dem Baum sitzen, auch wenn ich nicht davon ausgehe, dass die Erdenwacht um diese Uhrzeit so genau auf ihre Überwachungsgeräte schaut, solange du keinen Alarm auslöst.«

Sie gingen den Weg zurück, den Ferrer gekommen war, und erreichten nach wenigen Minuten einen unauffälligen Personenwagen, der am Ende einer Straße neben einer übermannshohen Mauer parkte, die, wie es aussah, ein privates Anwesen eingrenzte. Sie fuhren das Tal hinauf in Richtung Westen, die Richtung, die Carya und Pitlit bislang noch nicht erkundet hatten.

»Wie lange werden wir unterwegs sein?«, wollte Carya wissen.

»Nicht lange«, antwortete Ferrer. »Vielleicht eine Viertelstunde.«

»Und wohin fahren wir?«

»Zu einem der zwei großen Brutzentren der Erdenwacht. Ziyi arbeitet dort, und dort wird sie auch die Prozedur durchführen.«

Erstaunt blickte Carya vom Beifahrersitz zu ihm hinüber. »Sind da nicht noch andere Menschen unterwegs? Und gibt es da nicht Wachen und Kameras und solche Dinge?«

»Um Wachen oder Kameras brauchst du dir keine Gedanken zu machen. Wozu sollte es die im Brutzentrum geben? Wir sind in diesem Tal eine eingeschworene Gemeinschaft. Bei uns betreibt niemand Industriespionage oder so etwas. Und die anderen Mitarbeiter umgehen wir einfach. Ziyi hat einen privaten Forschungsbereich, der von uns sozusagen kontrolliert wird. Ich habe heimlich ein paar Vorwarnsysteme eingebaut, sodass uns gemeldet wird, wenn uns jemand zu stören droht.«

»Du kannst ziemlich gut mit Technik umgehen, was?«

Ferrer zuckte mit den Achseln. »Dafür wurde ich geschaffen. Bloß muss bei meiner Programmierung was schiefgelaufen sein. Ich empfinde es nicht als Erfüllung, tagein tagaus in der Fabrik auf meinem Platz zu sitzen und Feinelektronik zu warten oder zu reparieren. Ich will mehr vom Leben! Aber das geht nicht, solange der Rat hier das Sagen hat.«

Sie näherten sich einem großen Komplex, der aus einer Gruppe flacher, kastenförmiger Gebäude bestand. Die weiß getünchte Fassade wurde durch lange Reihen spiegelnder Fenster durchbrochen. Scheinwerfer an der Dachkante erhellten das Gelände.

Bevor sie hineinfuhren, hielt Ferrer am Straßenrand an und holte eine Tasche hervor, die er auf dem Rücksitz des Wagens verstaut hatte. Er öffnete sie und zog einen grauen Overall mit orangefarbenen Zierstreifen heraus. »Hier, zieh den an. Damit verwandelst du dich in eine Laborassistentin, die niemand weiter beachten wird. Ich mache es genauso.«

Sie stiegen aus und kleideten sich im Schutz des Wagens rasch um. Carya steckte außerdem ihre bislang im Zopf getragenen Haare hoch, damit sie kein unnötiges Aufsehen erregten. Ihre abgelegte Kleidung packten sie in die Tasche, die Ferrer im Kofferraum verschwinden ließ. Danach fuhren sie weiter, auf das Gelände des Brutzentrums. Es gab kein Tor und keinen Zaun, was sehr praktisch war, denn so konnte Ferrer ihr Fahrzeug einfach um das Hauptgebäude herumlenken und am Seiteneingang eines benachbarten Bauwerks parken. »Benimm dich ganz unauffällig«, schärfte er Carya ein, als sie den Wagen verließen. »Niemand hier kennt dich. Niemand wird auf dich achten. Halte dich einfach an mich.«

Ferrer drückte auf einen Knopf, der neben der Tür eingelassen war, und gleich darauf öffnete sie sich wie von Geisterhand. Sie folgten einigen dämmrig erleuchteten Gängen, die mit ihren glatten Wänden und Decken ausgesprochen nüchtern wirkten. Keine Menschenseele war zu sehen. Man merkte, dass es spät am Abend war.

Durch eine Metalltür gelangten sie in einen Trakt, dessen Lampen heller strahlten. Herumstehende Rollwagen mit Ausrüstung zeugten davon, dass hier auch gearbeitet wurde. Das leise Surren und Piepen von Geräten war zu hören, und durch eine Flügeltür zur Linken vernahm Carya gedämpfte Stimmen. Diese Tür steuerte Ferrer an, und als er mit ihr hindurchtrat, fanden sie sich unvermittelt in einem Raum voller fremdartiger und sehr fortschrittlich wirkender Apparaturen wieder. Tische mit Rechnern und anderen Geräten, deren Funktion sich Carya völlig entzog, säumten die Wände. Ein furchteinflößendes Ding mit fast einem Dutzend mechanischer Arme hing von der Decke. Und direkt darunter, im Zentrum des Raums befand sich eine schräg stehende Liege mit Gurten und einer Haube am Kopfende, die an eine Metallspinne mit langen, dünnen Beinen erinnerte.

Drei Menschen waren im Raum anwesend: Emm, Ziyi und ein Mann, der doppelt so alt sein mochte wie Carya, einen Kittel trug, der für seine dürre Gestalt mindestens zwei Nummern zu groß war und dessen Haare in alle Himmelsrichtungen vom Kopf abstanden, als habe eine Katze darin nach einer Maus gesucht.

»Hallo, Carya«, begrüßte Emm sie. Die junge Invitro hatte wie Carya einen orangegrauen Overall an und ihr rotes Haar zu einem praktischen Dutt zusammengesteckt. »Schön, dass du dich für unsere Sache entschieden hast. Die Vorbereitungen sind beinahe abgeschlossen. Wir können gleich loslegen.«

Argwöhnisch blickte Carya sich um. »Wieso habe ich das Gefühl, dass ihr das alles schon angefangen habt, bevor ich überhaupt meine Wahl getroffen habe?«

Emm lächelte sie an. »Curzo ist ein ziemlich guter Menschenkenner, und er behauptete nach unserem Treffen, dass du kommen würdest. Vielleicht hat er auch nur deine Erdenwacht-Akte gelesen, die wir uns beschafft haben und in der du als rebellisch und eigensinnig beschrieben wirst, zwei Charaktereigenschaften, die mit dem Leben in diesem Tal nicht gut vereinbar sind.«

Emms Worte weckten Caryas Neugierde. »Kann ich diese Akte mal sehen?«

»Nicht jetzt«, antwortete Emm. »Ich kann sie dir später gerne zeigen. Allerdings steht vermutlich nichts drin, was du nicht selbst weißt. Es handelt sich im Wesentlichen um Einschätzungen von Milan, Cartagena und Alecander. Natürlich gibt es noch einen medizinisch-technischen Teil, der deine Erschaffung und Programmierung betrifft. Der wird dir vermutlich wie Kauderwelsch vorkommen, aber wir brauchen ihn, um die Prozedur fehlerfrei über die Bühne zu bringen.«

»Ich verstehe«, sagte Carya. Sie drehte den Kopf, und auf einmal fiel ihr ein Plakat ins Auge, das zwischen zwei Regalen an der Wand hing. Es zeigte eine riesige blaugrüne Kugel, über die sich weiße Schlieren zogen, umgeben von tiefer Schwärze, die von winzigen hellen Punkten durchsetzt war. Ein Schauer durchlief Carya, als sie einen Schritt näher trat. »Das kenne ich.« Sie wandte sich zu Emm um. »Dieses Bild habe ich schon zweimal gesehen, während ich nur halb bei Bewusstsein war. Kann es sein, dass ich schon einmal hier war?«

Verwirrt blickte Emm sie an, dann richtete sie eine Frage an Ziyi. Dabei deutete sie auf das Plakat. Diese antwortete, und Emm nickte verstehend. »Ziyi sagt, dass du das Bild vielleicht in einem anderen Labor gesehen hast. Das Motiv ist unter den Gentechnikern des Tals sehr beliebt. Es ist ein Foto unserer Erde, vom Weltraum aus geschossen. Das Bild soll uns vor Augen halten, wie schön unsere Welt ist, was für ein Paradies, und das wir alles daransetzen sollten, sie zu bewahren.«

»Ein Foto …«, murmelte Carya fassungslos. Sie streckte die Hand aus und strich andächtig über das Plakat. »Das haben Menschen geschossen?«

»Ja«, antwortete Emm. »Früher gab es Menschen, die zu den Sternen gereist sind, um dort zu leben und zu forschen. Vor dem Krieg.«

»Das ist wunderschön …« Ein jähes Gefühl von Wehmut überkam Carya. In diesem Moment wünschte sie sich nichts sehnlicher, als all dem Leid und der Zerstörung, den Kämpfen und Intrigen entfliehen zu können und von dort oben den erhabenen Blick auf ihre Heimatwelt zu genießen, wie jene Männer und Frauen vor vielen Jahren.

Ziyis Assistent sagte etwas auf Albionisch.

Emm trat an Caryas Seite und nickte. »Doktor Telep hat recht. Wir sollten loslegen. Unsere Zeit ist begrenzt.«

»In Ordnung.« Carya drehte sich um und blickte die beiden Wissenschaftler an. Auf einmal war die Beklommenheit wieder da, und sie ließ sich auch nicht so einfach abschütteln, sosehr sie es sich wünschte. »Was muss ich machen?«

Emm übersetzte für sie, woraufhin Ziyi antwortete und auf die Liege deutete. »Du musst dich auf das Behandlungsbett legen«, erklärte Emm. »Wir werden dich festschnallen, damit du dich nicht versehentlich verletzt. Du bekommst natürlich ein Beruhigungsmittel, bevor es losgeht, auch damit dein Bewusstsein offener für Manipulationen ist, aber manchmal gehen mit der Prozedur trotzdem kurzzeitige Momente psychischen Stresses einher, und wir wollen doch nicht, dass du von der Pritsche springst, solange du an die Apparatur angeschlossen bist.«

»Das klingt alles wenig vertrauenerweckend«, gestand Carya, während sie mit klopfendem Herzen den Anweisungen folgte und sich fixieren ließ. Auf unangenehme Weise fühlte sie sich an die Folter erinnert, der sie Inquisitor Loraldi im Keller des Tribunalpalasts unterzogen hatte. *Aber das hier ist etwas ganz anderes!,* rief sie sich ins Gedächtnis. *Diese Leute sind deine Freunde und wollen dir helfen.* Leider konnte sie sich so viel gut zureden, wie sie wollte. Ganz gelang es ihr nicht, die Angst unter Kontrolle zu bringen.

Als Carya festgeschnallt war, wurde das Behandlungsbett etwas nach hinten gekippt. Danach holte Ziyi einen der mechanischen Arme des Ungetüms an der Decke herunter und zog eine Reihe Kabel heraus, die in weichen Auflagestücken endeten. »Das sind Kontakte, die zu einem Messgerät gehören«, sagte Emm. »Wir bringen sie an verschiedenen Stellen deines Körpers an, um deine Reaktionen auf die Behandlung zu überwachen.«

Carya nickte stumm und wartete, während Ziyi mit geübten Handgriffen die Kontakte an ihrem Hals und ihrem Oberkörper anbrachte, wobei die Wissenschaftlerin den Overall vorne aufzog und ihr mit der Hand unter das dünne Hemd fuhr, das Carya zusätzlich trug. Ihre Finger waren unangenehm kalt.

Schließlich wurde Carya die spinnenbeinförmige Haube aufgesetzt. Erinnerungen an Visionen, die sie von Räumen wie diesen gehabt hatte, kamen in ihr hoch. Auch damals hatte sie eine solche Haube aufgehabt. Was danach geschehen war, vermochte sie kaum noch zu sagen. Es hatte sich nicht sehr angenehm angefühlt.

Ziyi wechselte ein paar Worte mit Telep. Der nickte und ging zu den Rechenmaschinen an der Wand hinüber. Emm, die an Caryas Seite blieb, ergriff ihre Hand und lächelte ihr aufmunternd zu. »Keine Angst. Die wissen genau, was sie tun.« Ferrer stand mit verschränkten Armen im Türbereich und schielte immer wieder durch das kleine Guckfenster hinaus auf den Gang. Die Vorgänge im Raum schienen ihn kein bisschen aus der Ruhe zu bringen.

Die Gentechnikerin mit dem exotischen Aussehen zog einen Wagen heran, auf dem sich mehrere Ampullen und ein Injektionsgerät befanden, das einem dicken Stift ähnelte. Sie wählte drei der Medikamente aus und schob sie seitlich in entsprechende Halterungen am oberen Ende des Injektionsgeräts.

»Das Beruhigungsmittel und zwei weitere Medikamente, die den Prozess beschleunigen«, sagte Emm. »Von hier an wirst du außer ein paar wirren Eindrücken nicht mehr viel mitbekommen.« Sie drückte Caryas Hand. »Wir sehen uns, wenn du befreit wurdest.«

Mit einem Zischen entlud sich das Injektionsgerät. Erwartungsvoll horchte Carya in sich hinein. Da war nichts, was auf ein Wirken der Medikamente hingewiesen hätte. »Seid ihr sicher, dass das funktioniert?«, fragte sie Emm. »Ich fühle mich gar nicht …

… anders.«

Ein tonloses Blitzen, wie ein Reißen der Wirklichkeit. Auf einmal besteht die Welt nur noch aus blassen Farben, als läge ein hauchfeiner Schleier auf ihr. Vergangenheit und Gegenwart verschmelzen, während Erinnerungsfragmente Carya einhüllen und zu Realität werden.

»Das war ein sehr schöner Aufsatz, Carya.« Signora Bacchettona schenkt ihr ein schmallippiges Lächeln. »Aber du hättest ein wenig ausführlicher auf die zahlreichen Übel eingehen können, die unser behütetes Leben bedrohen.« Die Lehrerin lässt ihren Blick auffordernd durch die Klasse schweifen. »Wer kann mir ein paar nennen?«

Zwei Plätze neben Carya hebt Miraela die Hand. »Sie meinen die Künstlichen, Signora Bacchettona.« In ihrer Stimme liegt deutliche Abscheu.

»Die Invitros, ganz richtig.« Das Gesicht der Lehrerin verzieht sich zu einer absurden Fratze des Hasses. »Die Invitros sind eine Plage für unsere Gesellschaft«, keift sie plötzlich schmerzhaft schrill. »Ihre bloße Existenz ist ein Vergehen gegen den Willen Gottes und das Wunder seiner Schöpfung.«

Ein Donnern stört die tiefe Stille. Plötzlich fängt die Welt an zu zittern und zu beben. Von irgendwoher dringt ein Heulen, und die Notleuchten glimmen auf wie rötliche Glut.

Aidalon lehnt sich auf seinem Platz zurück. »Zu Ihnen braucht man eigentlich nicht viel zu sagen: Hochverrat, Mord, versuchter Mord, Diebstahl, Sachbeschädigung, Zusammenarbeit mit und Anstiftung einer Widerstandszelle … Die Liste Ihrer Vergehen ist lang.«

»Und doch ist sie nicht annähernd so lang wie die Ihre«, entgegnet Carya mit leiser, aber fester Stimme.

»Schweigen Sie!«, fordert der Großinquisitor mit scharfer Stimme. »Wie können Sie es wagen, hier zu stehen und auch noch das hohe Gericht zu beleidigen?«

Das Zittern wird stärker. Die Stimme eines Automaten spricht zu ihr, aber Carya versteht nicht, was sie sagt. Alle Anzeigen flackern und blinken hektisch. Ein Warnsignal kündet vom ungeplanten Abweichen ihrer Flugroute.

»Er wollte nur ein Kind mit der Frau, die er liebte. Aber wir Menschen, wir Schöpfer der Invitros, haben ihnen dieses Geschenk versagt.«

»Wir hier in Arcadion haben nichts mit den Invitros zu tun! Sie sind ein Relikt der alten Zeit, das Erbe einer früheren, verderbten Menschheit.«

Carya ballt die Fäuste. »Sie irren. Die Menschheit ist heute noch genauso …«

»Still!«, donnert der Großinquisitor. »Ich bin nicht hier, um philosophische Diskussionen zu führen, schon gar nicht mit einer Hochverräterin. Dies ist ein Gericht. Und vor dem Gesetz sind Sie schuldig!«

Oben ist unten, unten ist oben. Die Kapsel bockt und wird herumgewirbelt, als wäre sie ein loses Blatt im Wind. Carya wird in ihrem Sicherheitsharnisch umhergeschleudert. Eine unsichtbare Kraft, schwer wie ein Motorwagen, presst auf ihre Brust und macht das Atmen beinahe unmöglich.

»Ich hatte bereits so ein seltsames Gefühl, als ich dich in Orly auflas«, gesteht Cartagena. »Dieses Gefühl wurde zur Gewissheit, als du mir von dem vor zehn Jahren abgestürzten Raketenflugzeug erzählt hast. Du warst das Mädchen, das wir damals verloren haben.«

»Verloren?«, fragt Carya. »Ich habe zur Erdenwacht gehört?«

*Cartagena gluckst. »*Gehören *ist der richtige Ausdruck. Ja, du gehörtest der Erdenwacht. Wir haben dich erschaffen, dich ›programmiert‹. Du bist eine Invitro, Carya, gezüchtet, um die perfekte Attentäterin zu sein.«*

Das Licht geht aus, geht wieder an. Irgendwo heulen Triebwerke und versuchen, das Raketenflugzeug zu stabilisieren. Ein furchtbares Krachen ertönt, gefolgt von einem metallischen Kreischen. Die Kapsel wirbelt herum, überschlägt sich, wirft Carya in ihrem Gurtwerk hin und her.

Erneut schreit Tobyn auf, erstickt und abgehackt, während der Maskierte sein blutiges Handwerk verrichtet.

»Bitte …« Rajaels Stimme ist kaum noch ein Flüstern. »Hilf ihm …«
»Tobyn!«, schreit Carya.
Der Kopf von Rajaels Freund ruckt herum.

Die Welt verliert alle Farbe, wird langsam grau und schmal. Sie hat das Gefühl, als blicke sie in einen tiefen Abgrund.

»Rajael liebt dich!«
Dann schießt sie.

Direkt vor ihr leuchtet ein großer roter Knopf. Alles andere ist grau, aber er glüht in tiefem Rot.

Mit einem Schrei wirft sie sich Cartagena entgegen. Sie wird ihn umbringen, bevor er sie mit seiner fremdartigen Pistole töten kann. Dessen ist sie sich sicher.
Doch er drückt nicht ab. Er macht überhaupt keine Anstalten, sich zu wehren. Stattdessen sagt er nur ein Wort: »Nemesis.«

In ihrer Angst schlägt sie darauf.

Kapitel 23

Carya bäumte sich auf der Pritsche auf und erbrach ihr Abendessen. Sie wollte sich gerade zurücklehnen, als sich ihr Magen erneut verkrampfte und ein zweiter Schwall klatschend auf dem gefliesten Boden des Labors landete. *Das gute Lamm.* Keuchend rang sie um Atem. Ihr ganzer Körper schien ein einziger angespannter Muskel zu sein. Ihre Augen tränten vor Anstrengung. Sie fühlte sich hundeelend.

»Alles okay, ganz ruhig. Es ist vorbei, Carya.« Emm tauchte vor ihr auf, ein feuchtes Tuch in der Hand, und wischte Carya damit das Gesicht ab. »Es ist vorbei«, wiederholte sie in tröstendem Tonfall. Sie nahm ein paar weitere Tücher und wischte die gröbste Sauerei von Caryas Overall. »Ferrer, besorg uns mal Putzzeug. Wir müssen das hier aufwischen.«

»Geht klar«, sagte der Invitro-Techniker und schob sich durch die Flügeltür, die das Labor vom Korridor trennte.

Carya spürte kühles Metall am Hals, dann entlud sich zischend einmal mehr der Injektor. Als sie den Kopf drehte, sah sie Ziyi vor sich, die ihr ein wenig verlegen zulächelte. Die Wissenschaftlerin wandte sich ab und wechselte ein paar Worte mit Telep, der noch immer an den Rechnern drüben an der Wand saß, die Frisur vielleicht noch ein wenig zerzauster als zuvor.

»Was ist passiert?«, wollte Carya von Emm wissen.

»Nichts«, erwiderte die rothaarige Invitro lächelnd. »Alles ist nach Plan verlaufen, soweit ich das verstanden habe.«

»Aber … die Visionen und das hier …« Carya deutete auf die Lache aus Erbrochenem zu ihren Füßen.

»Na ja, du hast drei Stunden lang ziemlich unter Druck gestanden. Denn natürlich ist das, was Ziyi mit dir gemacht hat, keine Kleinigkeit gewesen. Man schaltet nicht einfach eine gesperrte Programmierung frei und hebt eine auslösergesteuerte Doppelidentität auf. Aber es ist uns gelungen, genau wie vorhergesagt.«

Blinzelnd horchte Carya in sich hinein. »Seltsam, ich fühle mich nicht anders als vorher.«

Emm klopfte ihr auf den Arm. »Warte noch etwas. Du wirst es schon merken.«

Ziyi, die zwischenzeitlich zu Telep gegangen war, kehrte zu ihnen zurück und begann die Fixierungen und Kontakte zu lösen. Als sie fertig war, half sie Carya, seitlich von der Pritsche zu gleiten. Sie reichte ihr eine blaue Kunststoffflasche. »Trink«, sagte sie. Carya gehorchte. Die Flüssigkeit schmeckte süß und erfrischend und vertrieb den unangenehmen Geschmack im Mund.

Unterdessen tauchte auch Ferrer wieder auf, mit Lappen und Eimer bewaffnet, und fing kommentarlos an, den Boden des Labors zu wischen. Emm widmete sich mit einigen Tüchern und einer Flasche mit scharf riechender Flüssigkeit der Behandlungsliege.

An der Wand fuhr Telep die Apparate herunter und schaltete sie aus. Dann nickte er in die Runde, sagte noch ein paar Worte zum Abschied und machte sich eilig davon. Emm ging zum Mülleimer und entsorgte ihre Putztücher. Dabei sprach sie mit Ziyi, die ihr nickend beizupflichten schien.

»In Ordnung«, wandte sich Emm an Carya. »Wir beide verschwinden jetzt zusammen mit Ferrer. Ziyi wird den Rest aufräumen und sich danach noch ein wenig ihrer normalen Arbeit widmen, damit sie etwas vorweisen kann, sollte sie jemand fragen, warum sie hier war.«

»Und wie geht es jetzt weiter?«, wollte Carya wissen.

»Wir fahren zu uns.« Emm warf einen Blick auf ihr Armband. »Es ist zwar etwas später geworden als geplant, aber die Zeit ist immer noch günstig.«

»Wofür?«

»Das wirst du sehen.«

Sie gingen zu Ferrers Auto und verließen das Gelände des Brutzentrums. Niemand hielt sie auf. Zügig fuhren sie durch die Nacht, bis sie eine Brücke erreichten, die über den Fluss zu der Seite führte, auf der die Waldhütte der Widerständler lag. Statt jedoch darüber hinwegzufahren, hielt Ferrer das Fahrzeug an und stellte den Motor aus. »Na, wie schaut es aus?«, fragte er. »Spielen wir mit Carya am Ufer ein kleines Spiel? Dort gibt es gute Kiesel.«

Auf Emms Gesicht breitete sich ein Grinsen aus. »Warum nicht?«

»He, was habt ihr vor?«, wollte Carya wissen.

»Wir zeigen dir etwas. Komm mit.« Emm und Ferrer öffneten ihre Türen und stiegen aus. Pflichtschuldig folgte Carya ihnen, als die beiden die Böschung hinunter zum Fluss marschierten. Obwohl der Schein der Brückenlaternen kaum bis zum Ufer reichte, war es nicht so dunkel, wie Carya erwartet hätte. Sie konnte sich gut orientieren, und als Emm über einen tückisch hervorragenden Stein stolperte, verhinderte sie mit einem schnellen Zupacken den Sturz ihrer Begleiterin. »Danke«, sagte Emm betont langsam und blickte sie dabei so irritierend bedeutungsvoll an, dass Carya sich fragte, ob sie absichtlich ins Straucheln geraten war.

Unten am Flussufer bückte Ferrer sich und hob einige glatte, handtellergroße Kiesel auf, die dort lagen. Emm fing an, es ihm gleichzutun.

»Was macht ihr da?«, fragte Carya verwundert.

»Fang«, sagte Ferrer statt einer Antwort und warf Carya einen der Steine zu.

Carya gehorchte und sah ihn fragend an. »Und jetzt?«

»Fang«, meldete sich Emm ein paar Meter links neben ihr, und als Carya sich drehte, flog ihr auch schon der nächste Kiesel entgegen. Sie klaubte ihn aus der Luft. »He, ihr …«

»Fallen lassen!«, befahl Ferrer. »Und fang.«

Sie drehte sich ihm erneut zu, ließ die beiden Steine in ihrer Hand fallen und griff gerade noch rechtzeitig zu, um den hoch geworfenen Kiesel aufzufangen, bevor er ihr gegen den Kopf knallte.

»Und fang«, rief Emm.

»Und fang«, fügte Ferrer hinzu.

In immer kürzeren Abständen warfen die beiden Widerständler Steine auf Carya. Dabei begannen sie, sich in gegensätzliche Richtungen zu bewegen, was Carya zwang, sich immer wieder zum einen oder zum anderen umzudrehen, um die Kiesel aufzufangen. Es dauerte etwa ein halbes Dutzend Steine, bis sie endlich begriff, was das Ganze zu bedeuten hatte. Die beiden testeten ihre Reaktionsschnelle und ihre Fähigkeit, selbst im Halbdunkel auf rasch nahende Bedrohungen aus unterschiedlichen Richtungen zu reagieren.

Zu Caryas eigener Verblüffung gelang es ihr mühelos. Sie musste kaum darüber nachdenken, die Steine zu fangen. Ihre Hände schienen genau zu wissen, wo sie sein mussten, um die Geschosse aus der Luft zu holen.

Ein Rausch der Begeisterung überkam Carya, als sie spürte, wie schnell und zielsicher sie auf einmal handeln konnte. Emm und Ferrer bückten sich und hoben ganze Armladungen Kieselsteine vom Uferboden auf, die sie ihr in rasanter Abfolge entgegenschleuderten. Carya fing sie alle. Mit traumwandlerischer Sicherheit wirbelte sie im Kreis, ging in die Hocke, sprang und streckte die Arme. Kein Stein traf sie oder flog an ihr vorbei.

Schließlich führte Emm einen niedrigen Wurf durch, Ferrer zugleich einen sehr weit rechts außen. Carya ging in die Hocke, fing den ersten Stein auf, warf sich dann in einer kraftvollen Flugrolle nach vorne, erwischte den zweiten, kam auf dem Boden auf, rollte sich elegant ab – und landete auf einem Knie im Flussbett, die Arme vor der Brust gekreuzt, die Steine in beiden zur Faust geballten Händen festhaltend. Mit klopfendem Herzen und von einem Gefühl nahe der Ekstase erfüllt, blieb sie dort hocken, während das kühle Nass ihre Beine umspülte und ihren Overall durchtränkte. An ihrer Wade pochte ein dumpfer Schmerz, aber Carya ignorierte ihn. Ihre Wunde war praktisch verheilt. Sie würde ihr keine Probleme mehr bereiten, das wusste sie. Triumphierend hob sie den Blick.

»Wahnsinn«, entfuhr es Ferrer, als er näher kam und am Rand des Wassers ebenfalls in die Hocke ging. »Das habe ich echt noch nicht erlebt.«

»Verstehst du jetzt, was wir meinten, als wir sagten, wir könnten dir Zugriff auf deine Gaben ermöglichen?«, fügte Emm hinzu, die zu ihrer Linken auftauchte. Sie streckte die Hand aus, und Carya ließ die beiden Steine ins Wasser plumpsen, bevor sie die dargebotene Rechte ergriff und sich erhob. Sie hätte die Hilfe nicht nötig gehabt, aber sie wollte nicht unhöflich wirken.

»Ja«, erwiderte sie, während sie an den Hosenbeinen ihres Overalls zupfte, die ihr nass am Körper klebten. »So langsam verstehe ich.«

»Und das war nur ein Test deiner Möglichkeiten. Du kannst noch bedeutend mehr, wenn es nötig sein sollte.«

Jetzt, wo Carya darauf achtete, fiel ihr auf, wie viel deutlicher sie ihre Umwelt auf einmal wahrnahm. Sie sah das grasbewachsene Ufer, hörte das Gurgeln des Flusses, spürte die kaum wahrnehmbare Brise, die durch das Tal strich, mit einer Klarheit, die weit über das hinausging, wozu ihre Sinne noch vor wenigen Stunden imstande gewesen waren – zumindest, solange sie nicht von der Attentäterin übernommen worden war.

Diese zweite, irgendwie fremde Präsenz schien hingegen verschwunden zu sein. Carya horchte in sich hinein, aber da lauerte nichts mehr am Rand ihres Bewusstseins, bereit, zuzuschlagen und die Kontrolle zu übernehmen, wann immer Carya in eine Stresssituation geriet. Irgendwie war es Ziyi und ihrem Assistenten gelungen, die Doppelidentität in ihrem Inneren aufzulösen und Carya mit der Attentäterin zu verschmelzen, ohne dass Carya dabei ihre Persönlichkeit einbüßte. Zumindest hoffte sie das. Ganz sicher war sie sich nicht. *Ich bin die, die ich immer war,* redete sie sich ein. *Ich fühle mich wie früher, also warum sollte ich anders sein?*

Ferrer berührte Carya an der Schulter. »Los, fahren wir weiter.«

Sie gingen zum Auto zurück, wo Carya sich ihren hellblauen Overall rasch wieder anzog und sich des nassen – und nebenbei vollgekotzten – Kleidungsstücks aus den Beständen des Brutzentrums entledigte.

Als sie um den Wagen herumging, warf Ferrer ihr mit einer beiläufigen Geste einen kurzen, zylindrischen Gegenstand zu. »Hier. Fahr du«, sagte er und deutete auf die Fahrertür.

»Aber, ich kann nicht …«, setzte Carya an, dann fiel ihr Blick auf den Gegenstand, den *Startzylinder.* »Doch …«, murmelte sie überrascht. »Ich kann.« Eigentlich hätte sie es sich denken sollen. Schon in Arcadion war es ihr instinktiv gelungen, am Steuer von Aidalons prachtvollem Motorwagen durch die Straßen der Stadt zu jagen, obwohl sie zuvor noch nie in so einem Fahrzeug gesessen, geschweige denn eines gelenkt hatte. Trotzdem musste sie sich erst daran gewöhnen, mit fremdartigen Objekten konfrontiert zu werden und einfach zu wissen, wie man sie bediente. *Was habt ihr noch alles in mir versteckt?,* fragte sich Carya und dachte dabei an Milan, Cartagena und Freeman.

Sie stiegen in den Wagen, und Carya startete ihn. Ein Lächeln umspielte ihre Lippen, als ihre Hände das Lenkrad ergriffen und ihr Fuß das Gaspedal fand. Diesmal war sie nicht das völlig panische Mädchen, das soeben den Freund ihrer besten Freundin erschossen hatte, um ihn vor grausamer Folter zu bewahren. Diesmal hatte sie die Kontrolle, wusste ganz genau, was sie tat. *Mal sehen, wie gut ich wirklich bin …*

Sie trat aufs Gaspedal und fuhr los. Der Weg, dem sie folgen musste, war nicht schwer zu finden. Es gab nur eine größere Straße, die in Serpentinen hinauf in die Berge führte. Zunächst fuhr Carya noch langsam, wollte ein Gefühl für das Fahrzeug bekommen. Dann trat sie das Gaspedal tiefer durch. Zu ihrer Freude reagierte der Wagen ohne Mühe. Mit surrendem Motor huschte er die ansteigende Bergstraße hinauf.

»Äh, Carya, diese Straße hat ein paar enge Kurven«, warf Emm von rechts ein. »Du solltest nicht so schnell fahren.«

Carya warf ihr einen kurzen Seitenblick zu. »Ihr wolltet doch einen Test meiner Fähigkeiten.«

»Ja, schon richtig, aber nicht auf Kosten … Pass auf!« Emm riss die Arme hoch, als sie um eine Kurve rauschten und direkt dahinter ein Felsbrocken auf der Straße lag, der gestern noch nicht dagewesen war.

Blitzschnell riss Carya das Steuer herum, und der Wagen vollführte ein halsbrecherisches Ausweichmanöver. »Ist schon in Ordnung«, sagte sie. »Ich weiß, was ich tue.« Sie gab noch mehr Gas.

Emm stöhnte auf. Ferrer, der auf der Rückbank saß, lachte bloß.

Schneller, als ein Mensch mit klarem Verstand mitten in der Nacht auf dieser Strecke gefahren wäre, rasten sie den Berghang hinauf. Carya hielt den Blick fest auf die Straße gerichtet. Sie spürte, wie ihr das Blut durch die Adern rauschte, fühlte das warme Leder des Lenkrads unter ihren Fingern, hörte Emms angstvolles

Atmen neben ihr. Sie lebte auf eine Weise, die ihr bisher vollkommen fremd gewesen war. *Das kann ich noch besser,* dachte sie – und schaltete die Scheinwerfer aus.

Emm schrie auf, und jetzt wurde auch Ferrer auf der Rückbank nervös. »Carya, verflucht, willst du uns umbringen?«

Sie beachtete die beiden gar nicht, sondern riss den Wagen in die nächste Kurve. Zu ihrer Rechten huschten die dunklen Baumstämme des Waldes vorbei, der hier oben wuchs. Gleich musste die Einfahrt zu dem Waldweg kommen. In der Finsternis war kaum etwas zu erkennen. Carya kniff die Augen zusammen und konzentrierte sich. Da vorne war eine Einbuchtung zwischen den Bäumen. Rasend schnell kam sie näher.

»Carya!«, rief Emm.

Mit einem Ruck riss Carya das Steuer des Wagens herum, und ihr Fahrzeug schleuderte in eine Rechtskurve. Carya lenkte gegen, um das Gefährt wieder auf Kurs zu bringen. Gleich darauf schaltete sie die Scheinwerfer erneut an. Hell schnitten sie durch die Finsternis, enthüllten den schmalen Pfad, der zwischen den vorbeihuschenden Schemen der Bäume verlief.

Sekunden später kam die Holzhütte in Sicht. Carya wartete bis zum letzten Moment, dann trat sie mit aller Kraft auf die Bremse. Schliddernd kam der Wagen auf dem unebenen Boden zum Stehen. Sie schaltete die Scheinwerfer aus und den Motor ab. Dann zog sie den Startzylinder aus dem Armaturenbrett und wedelte grinsend damit in der Luft herum. »Da wären wir.«

Mit einer Mischung aus erleichtertem Seufzen und Auflachen ließ sich Ferrer zurück in die Polster sinken. »Ach du Schande, hätte ich gewusst, was ich mir damit einbrocke, hätte ich dich nicht ans Steuer gelassen. Du bist ja komplett irre.«

»Das war nicht witzig«, bemerkte Emm und schnappte sich den Schlüssel. »Wir hätten alle draufgehen können. Du kanntest die

Straße nicht, du kanntest den Wagen nicht, und das genaue Ausmaß deiner Fähigkeiten kennst du auch noch nicht. Das war kein Test, das war lebensmüde!« Ruckartig öffnete sie die Tür und stieg aus.

Betroffenheit regte sich in Carya, als sie ihr nachsah. Vielleicht hatte die rothaarige Frau recht und sie hatte sich zu sehr von der Begeisterung über ihr neues Leben mitreißen lassen. »Ich … es tut mir leid«, rief sie Emm nach.

»Ja ja, kommt endlich. Wir haben heute noch was zu tun.« Emm warf die Tür zu.

Ferrer legte Carya eine Hand auf die Schulter. »Keine Angst, die beruhigt sich schon wieder«, versicherte er ihr, als sie sich zu ihm umdrehte. »Normalerweise ist Emm die junge Wilde unserer Gruppe. Dass du ihr jetzt so eindrucksvoll Konkurrenz machst, scheint ihr gegen den Strich zu gehen.« Er zog die Hand zurück und sah sie ernst an. »Trotzdem solltest du nicht leichtsinnig werden, Carya. Wenn du dich überschätzt und dir etwas geschieht, war unsere ganze Mühe umsonst. Und das wäre eine elende Schande.«

»Ist gut«, sagte Carya nickend. »Ich werde besser aufpassen.«

»Na schön. Dann wollen wir mal.«

Sie stiegen ebenfalls aus und gingen zur Hütte hinüber. Emm hatte den Eingang bereits erreicht, und soeben öffnete Curzo die Tür, um sie einzulassen. Er wechselte ein paar Worte mit ihr, und obwohl Carya noch immer kein Albionisch konnte, hatte sie das Gefühl, dass es ihr nicht mehr so fremd erschien wie noch bei ihrer Ankunft. Es verhielt sich ähnlich wie damals, als sie auf der Seereise von Livorno zur Westküste von Francia an Bord von Dennings Schiff Francianisch gelernt hatte. Die Sprache setzte sich langsam, aber sicher und wie von selbst in ihrem Kopf fest. Vielleicht hatte das mit der besonderen Lernfähigkeit zu tun, die Emm ihr bescheinigt hatte.

Als sie alle im Inneren versammelt waren, ging Ferrer zu seinem Rechner hinüber. »So, und nun wollen wir dir zeigen, was die Erdenwacht wirklich treibt.« Er startete die Maschine und fing an, Befehle in das Eingabefeld zu tippen.

»Was macht er?«, wollte Carya von Emm wissen.

»Erinnerst du dich an das große Gebäude auf der anderen Talseite?«, fragte Emm. »Das wie zwei flache, miteinander verbundene Pyramiden aussieht?«

»Ja, natürlich. Es ist kaum zu übersehen.«

»Dabei handelt es sich um das Ratsgebäude der Erdenwacht, das Zentrum all unseren Wirkens. In den dortigen Großrechner dringt Ferrer gerade ein.«

Carya hatte keine Vorstellung davon, wie einfach oder schwierig das war, aber es klang jedenfalls nach keinem geringen Unterfangen. »Ist das nicht gefährlich?«

»Nicht so sehr wie noch vor dem Sternenfall. Damals wurden alle wichtigen Rechnerverbünde extrem gut gesichert. Heute ist das nicht mehr nötig, weil es außerhalb dieses Tals niemanden gibt, der überhaupt etwas damit anfangen kann. Und bislang war unsere Widerstandsgruppe vorsichtig genug, dass die Zonengarde keine verstärkten Sicherheitsmaßnahmen eingerichtet hat. Trotzdem muss man aufpassen. Schließlich soll niemand merken, dass wir auf die Rechner zugreifen. Was auch der Grund ist, warum wir so tief in der Nacht dort eindringen. Zwar wird in der Zentrale rund um die Uhr gearbeitet, aber nachts sind die Leute dort nachlässiger als tagsüber.«

Es dauerte ein paar Minuten, bis Ferrer zufrieden mit der Zunge schnalzte. »Ich bin drin. Womit fangen wir an?«

»Zeig ihr die Zentrale selbst«, schlug Emm vor.

Nickend gab Ferrer ein paar weitere Befehle ein. Auf dem Schirm zu seiner Rechten erschien plötzlich das leicht verzerrte

Bild eines großen Raums. In der Mitte befand sich ein imposanter, kreisrunder Tisch, in dessen dunkle Marmorplatte das Symbol der stilisierten Erde eingelassen war. Ein Dutzend Stühle mit hohen Lehnen stand drumherum. An den Wänden des Raums zog sich ein Band aus riesigen Bildschirmen entlang, vor denen Männer saßen und, wie es aussah, zuschauten, was darauf passierte.

»Wo habt ihr dieses Bild her?«, wollte Carya wissen. »Ich dachte, es gäbe hier keine Überwachungsgeräte.«

»Die Kamera stammt von mir«, gestand Ferrer. »Ich habe mich als Wartungstechniker in die Zentrale eingeschlichen. Glaub mir, ich hatte noch nie in meinem Leben solche Angst wie an diesem Abend.«

»Und was genau geschieht dort gerade? Was schauen die sich an?« Sie versuchte, zu erkennen, was auf den Wandschirmen passierte, doch leider war das Kamerabild zu schlecht.

»Einen Moment, dazu kommen wir sofort. Halt dich fest.« Ferrer tippte auf sein Eingabefeld, und das Bild auf dem Schirm wechselte. Eine Ratskammer war zu sehen, die überwiegend in Rot und Gold gehalten war. Viel konnte man nicht erkennen, da die Kammer bis auf wenige Kerzen in Dunkelheit gehüllt war. Drei Männer saßen auf verschwenderisch mit Schnitzereien verzierten Holzstühlen beisammen. Sie trugen Roben, die Carya auf Anhieb erkannte. »Das sind Priester des Lux Dei!«, entfuhr es ihr.

»Volltreffer«, bestätigte Ferrer. »Wir befinden uns in der Ratskammer des Inneren Kreises des Lux Dei in Arcadion. Dort, wo die Geschicke des Ordens gelenkt werden. Oder wie wäre es hiermit? Die Audienzhalle des Mondkaisers. Oder hiermit? Das Sanktuarium des Königs von Austrogermania. Der Plenarsaal der Regierung von Albion. Die Gemächer irgendeines Sultans der Wüstenländer. Ein Kaisersitz hier. Ein Präsidentenzimmer da. Das Hauptquartier eines Generals am anderen Ende der Welt.« Mit knappen Fingerbewegungen schaltete Ferrer von Bild zu Bild und enthüllte damit eine Welt von einer Größe und Vielfalt, wie Carya sie sich niemals hätte träumen lassen. In einigen der ausnahmslos prunkvoll eingerichteten Räume herrschten lebhafte Diskussionen und es war helllichter Tag, andere lagen dunkel und verwaist zu tiefer Nachtstunde da. Ein oder zwei schienen unterirdisch angelegt zu sein, sodass man nicht mal erraten konnte, welche Tageszeit dort herrschte.

»Das sind alles die Räume der Anführer irgendwelcher Länder dort draußen?«, fragte Carya fassungslos.

»Ganz richtig, und überall hat die Erdenwacht ihre Augen und Ohren«, sagte Ferrer. »Genauso, wie sie überall ihre Spione hat.«

»Aber warum? Was bringt das denn?«

»Sie kontrolliert alles«, mischte sich Emm ein. Sie blickte Carya eindringlich an. »Das mag jetzt wahrhaft abenteuerlich klingen, aber die Erdenwacht ist nicht bloß eine verrückte Gruppe zurückgezogen lebender Menschen, die einen großspurigen Namen trägt. Sie ist die letzte und einzige Zivilisation dieses Planeten, die noch über die Hochtechnologie verfügt, die vor dem Sternenfall und den Dunklen Jahren in jedem Land existierte: oben am Himmel schwebende Kommunikationsplattformen, schnelle Flugapparate, unbemannte Überwachungsdrohnen, Langstreckenraketen, was es eben so alles gab. Und sie hat diese Technologie in den letzten fünfzig Jahren konsequent dazu eingesetzt, um diese Vormachtstellung zu halten. Durch Intrigen, Tricks und manchmal auch gezielte Gewaltanwendung hat der Rat der Erdenwächter dafür gesorgt, dass kein Reich auf der ganzen Erde mehr so mächtig werden kann, wie es einst war. Er hat die industrielle Entwicklung gehemmt. Er hat Rohstoffe unterschlagen.«

»Er hat sogar für Seuchen und Missernten gesorgt, wenn sich irgendein Volk zu gut entwickelte«, warf Ferrer ein.

»Und weil es keine Verbindung mehr zwischen den Reichen der Welt gibt«, fuhr Emm fort, »weil niemand mehr über die Technik verfügt, um weltweiten Handel zu betreiben und enge Beziehungen zu anderen Staaten zu pflegen, hat nie jemand dort draußen gemerkt, dass sie alle von selbst ernannten Göttern manipuliert werden. Diejenigen, die es doch gemerkt haben, wurden an die kurze Leine genommen. Man machte ihnen Versprechungen, bot ihnen Macht über ihre Feinde, schenkte ihren Söhnen wunderschöne künstliche Frauen, die insgeheim Killerinnen sind. Und das alles, weil die Erdenwacht die absolute Herrschaft über den ganzen Erdball ausüben will. Weil sie die ganze Menschheit kontrollieren will.«

Kapitel 24

Wortlos starrte Carya Emm an. Ihr schwirrte der Kopf, als sie sich vorzustellen versuchte, wie gewaltig das Ausmaß der Macht war, das die Erdenwacht über den Rest der Welt ausübte. Bisher hatte sie den Einfluss des Lux Dei auf das Leben der Bürger von Arcadion für umfassend gehalten. Doch das hier übertraf, so subtil es auch sein mochte, selbst die Herrschsucht des Ordens um Längen.

Ein Bild auf Ferrers Schirm erweckte ihre Aufmerksamkeit. Es zeigte ein riesiges weißes Schiff, das im Licht zahlreicher Flutscheinwerfer im dunklen Meer trieb. Einige kleinere Boote umgaben es wie eine Schar Kinder die Mutter. »He«, rief Carya. »Das Schiff kenne ich!«

»Ehrlich?« Ferrer drehte sich überrascht zu ihr um. »Wann hast du denn die *Maersk Titania* getroffen?«

»Auf unserer Reise von Arcadion nach Paris«, erwiderte Carya. »Das ist eine längere Geschichte. Wir waren mit einem Frachtschiff von einem Mann namens Denning unterwegs und …« Sie stockte. »Halt mal. Das …« Mit zusammengekniffenen Augen trat sie näher an den Bildschirm. »Kann man das Bild vergrößern?«

»Puh, äh, Moment, dafür muss ich die Darstellung von den Schirmen in der Zentrale abkoppeln, sonst merken die, dass wir in ihrem System stecken. Im Augenblick schalte ich mich ja nur passiv durch ihre Schirmanzeigen. Aber das kriege ich schon hin. Sekunde.« Ferrer drehte sich um, und seine Finger huschten über die Eingabefläche. »So, eine kleine Endlosschleife. Dann Zugriff auf die Überwachungsdrohne und, zack, da hätten wir es. Ihr glaubt gar nicht, wie dankbar ich bin, dass die Zonengarde mit Gegnern wie mir schon seit Jahrzehnten nicht mehr rechnet. Wie nah möchtest du ran?«

»Vergrößere bitte mal diesen Teil dort rechts. Es geht mir um das Schiff, das vorne am Bug der *Maersk Titania* festgemacht hat.«

Ferrer gehorchte.

»Das ist ja lustig.« Carya spürte, wie sich ungeachtet all der unglaublichen, erschreckenden Erfahrungen und Enthüllungen an diesem Abend ein Lächeln auf ihr Gesicht stahl. »Dieser kleine Frachter dort, das ist die *Albatros*, das Boot von Kapitän Denning, der uns übers Mittlere Meer nach Francia gebracht hat.«

»Ein Schmugglerschiff«, stellte Emm fest.

Carya nickte.

»Tja, das sind die Einzigen, die an Supertankern wie der *Maersk Titania* festmachen dürfen.«

»Wie meinst du das?«

»Das Unterbinden der Erdöltransporte war eine der ersten und wichtigsten Maßnahmen, die die Erdenwacht damals ergriffen hat«, erklärte Ferrer. »Du muss wissen, Carya, dass fast die gesamte Hochtechnologie der alten Menschheit auf dem Einsatz von Erdöl aufbaute. Es diente nicht nur als Treibstoff für Fahrzeuge aller Art, sondern auch als Grundstoff für praktisch alle Produkte der Industrie. Der Stuhl, auf dem ich sitze, mein Rechner, unser Wagen, die Armbänder, die wir tragen, selbst dein Overall, Carya, würden ohne Erdöl nicht existieren. Um also die Entwicklung der Länder überall auf der Welt zu hemmen, hat die Erdenwacht alle Produktionsstätten zerstört oder unter ihre Kontrolle gestellt. Und obwohl es nach wie vor große Mengen an Öl gibt, dürfen Schiffe wie die *Titania* sich nicht dem Festland nähern, sondern ihre Fracht bloß an kleinere Händler verkaufen. Auf diese Weise bleibt Treibstoff selten, und die Petrochemie und alle damit verbundenen Industriezweige kamen überhaupt nicht mehr auf die Beine.«

»Und wer nicht spurt, wird abgeschossen«, fügte Emm hinzu. »Vor sieben Jahren dachte ein Großtankerkapitän, er könne die Erdenwacht herausfordern. Sein Schiff liegt nun auf dem Grund des Ozeans.«

»Aber das heißt doch, unser Leben könnte viel besser sein, als es ist«, murmelte Carya. »Es könnte Treibstoff für alle Fahrzeuge geben.«

»Und Medikamente. Und Langstreckenkommunikation. Bessere Ernteerträge. Elektrizität für alle.« Ferrer hob theatralisch die Arme. »Das ist ja das Absurde. Die Erde könnte ein Paradies sein, genau wie dieses Tal, besser als dieses Tal. Aber die Erdenwacht verhindert es gezielt, sie beraubt die Menschen der Möglichkeit, in einer Zukunft zu leben, die nicht von Angst und Entbehrungen geprägt ist.«

»Und genau aus dem Grund existiert unsere Gruppe«, sagte Emm. »Weil wir dagegen sind, dass einige wenige sich herausnehmen, das Schicksal der ganzen Welt zu bestimmen. Wir wollen den Menschen die Freiheit wiedergeben, sich zu entwickeln und endlich aus dem Schatten der Dunklen Jahre herauszutreten. Dafür kämpfen wir. Und dafür, so hoffen wir, kämpfst auch du ab heute.«

Carya antwortete nicht sofort. Gedankenvoll blickte sie auf den Schirm, der ihr das winzige Schiff zeigte, auf dem Denning und seine Mannschaft in diesem Moment saßen, um Fracht aufzunehmen oder aufzutanken, bevor sie zu ihrem nächsten Ziel aufbrachen. Der Gedanke an die – sah man von der Durchquerung von Gibral-Taar ab – schönen und unbeschwerten Tage, die sie mit Pitlit und

Jonan an Bord verbracht hatte, ließ Carya ganz wehmütig werden. Die *Albatros* war für sie *das* Symbol von Freiheit.

Sie musste an all die Menschen in Arcadion und im Ödland, in Paris und seiner Trümmerzone und an den vielen anderen Orten denken, die auch Jahrzehnte nach dem Sternenfall noch ums Überleben kämpften, weil es einfach an so vielem mangelte. Und dann dachte sie an Jonan, der vielleicht tot war, denn es gab keinen Treibstoff für Motorwagen, um ihn vom Pass zu holen, und keine Medikamente für Krankenhäuser, um ihn gesund zu pflegen. *Das alles müsste nicht sein*, erkannte sie jetzt. *Die Welt könnte ein besserer Ort sein*. Und sie konnte ihren Beitrag dazu leisten, wenn sie sich dafür entschied.

Carya holte tief Luft und blickte Emm, Ferrer und Curzo an. »Ich bin dabei«, sagte sie. »Wie sieht euer Plan aus?«

»Das sollst du erfahren«, sagte Emm, »sobald die Zeit reif ist.«

»Und wann ist die Zeit reif?«

»Bald. Schon sehr bald.«

»Estarto, kommen Sie! Wir fahren nach Albertville.«

»Wie bitte?« Jonan blickte von seiner Lektüre auf. Es war der Morgen zwei Tage nach seiner unerfreulichen Begegnung mit Großinquisitor Aidalon, und er las gerade in einer mehrere Tage alten Zeitung, die ihm Bramante gegeben hatte und die ihren Weg von Arcadion hierher offensichtlich im Gepäck des zweiten Heereszugs gefunden hatte. Zwei Artikel hatten Jonans besonderes Interesse geweckt: zum einen der riesige Aufmacher »Krieg den Ketzern!«, der den bevorstehenden Kriegszug mit patriotischen Reden unterfütterte, zum anderen eine kleine Notiz über eine erneute Flugblattaffäre an der Universität, die der »Gruppe ewig Unzufriedener, die sich selbst Ascherose nennen« zugeschrieben wurde. Es freute Jonan, dass Professor Adara und seine wenigen verbliebenen Getreuen offensichtlich immer noch für ihre Überzeugungen kämpften.

Als Jonan nun seine Aufmerksamkeit auf seinen Besucher richtete, sah er Paladin Julion Alecander, der im Eingang der Lazaretthalle stand. Er kam nicht herein, weil er, wie Jonan sah, in seine prunkvolle, weiß-goldene Templerrüstung gekleidet war. Die massiven Panzerplatten ließen seine ohnehin schon eindrucksvolle Statur noch gewaltiger erscheinen. Auf seiner Brust glänzte golden das Symbol der dreistrahligen Sonne. Den Helm trug er unter dem Arm. »Ich sagte: Kommen Sie. Wir fahren nach Albertville«, wiederholte Alecander mit einem Hauch von Ungeduld in der Stimme.

Jonan stand auf und sah sich nach Elje um. Das Mädchen ließ sich gerade von einer Krankenschwester etwas erklären. Als Jonan Eljes Namen rief, schaute sie zu ihm herüber.

»Die Kleine sollte besser hierbleiben«, mischte sich der Paladin ein. »Wir fahren zu einem diplomatischen Treffen mit dem Mondkaiser.«

Überrascht wandte sich Jonan ihm wieder zu. »Der Mondkaiser persönlich ist gekommen?«

»Er ist in Albertville, nicht weit von hier. Mit dem Wagen schnell zu erreichen. Er führt seine Truppen, die dort lagern, selbst an. Und nun wird es ein Treffen zwischen den obersten Befehlshabern geben.«

»Und Ihr seid sicher, dass Ihr mich dorthin mitnehmen wollt? Ich bin in den Augen vieler nach wie vor ein Hochverräter und Deserteur.«

»Das mag sein. Aber zugleich ist Ihnen der Mondkaiser wohlgesonnen, denn Sie haben ihm gleich mehrfach einen Dienst erwiesen. Daher halte ich es für durchaus angebracht und sinnvoll, Sie in meiner Delegation zu haben.«

»Wie Ihr es wünscht, Paladin. Elje.« Jonan drehte sich erneut seiner jungen Begleiterin zu. »Du bleibst hier. Ich bin nicht lange fort. Vielleicht ein paar Stunden. Verstanden?«

Elje zögerte kurz, dann nickte sie.

Ächzend stand Jonan auf. Seine Hüfte schmerzte noch immer, aber dank einer gezielten Medikation von Bramante, der dem Durchschuss eine gute Heilung attestierte, konnte er sich wieder beinahe normal bewegen. Er schaute an sich hinab. Der Chefarzt hatte ihm einen schlichten Technikeroverall gegeben, der sich im Hüftbereich, wo der Verband anlag, etwas eigenartig beulte. »Ich bin nicht unbedingt für eine Begegnung mit dem Mondkaiser gekleidet«, stellte Jonan fest.

»Wir befinden uns im Krieg«, gab Alecander zurück. »Es genügt.«

Jonan schloss den Overall und zupfte den Kragen zurecht, während er sich zum Paladin begab. Er wünschte sich, er hätte die Zeit im Lazarett für eine Rasur und einen ordentlichen Haarschnitt genutzt. Aber dazu war es nun zu spät. Er war und blieb offensichtlich ein Außenseiter. *Aber vielleicht ist das auch ganz gut so*, dachte er sich.

Als er ins Freie trat, sah er zum ersten Mal das arcadische Lager in seiner ganzen Größe. Mit dem ersten und dem zweiten Heereszug hatten sich inzwischen eine eindrucksvolle Menge an Soldaten versammelt. Jonan schätzte, dass es sich um mehrere Tausend Mann handelte. Das ganze ehemalige Industriegebiet schien in Beschlag genommen worden zu sein.

»Fast die Hälfte aller arcadischen Truppen sind hier versammelt, Infanterie und Kavallerie«, erklärte Alecander, der, gewichtig neben Jonan herstapfend, das Interesse Jonans bemerkt hatte. »Außerdem acht Artillerieeinheiten, einige gepanzerte Motorwagen und zwei der drei *Mars*-Panzer des Ordens.«

»Der Kampf gegen den Ketzerkönig ist wirklich eine große Sache«, stellte Jonan fest.

»Diese Schlacht ist die vielleicht wichtigste, die in Jahrzehnten geschlagen wurde«, sagte Alecander. »Unsere Zukunft hängt davon ab.«

Jonans Meinung nach übertrieb der Paladin ein wenig. Wenn Aidalon solche Reden geschwungen hätte, wäre das noch verständlich gewesen. Aber Alecander hatte Jonan stets für einen Mann mit gemäßigten Ansichten gehalten. Womöglich kannte er ihn doch nicht so gut, wie er es gedacht hatte.

Sie erreichten eine Wagenkolonne aus einem gepanzerten Motorwagen und zwei Transportern. Alle Fahrzeuge waren blitzblank geschrubbt und poliert worden und mit Wimpeln verziert, die das Symbol des Lux Dei zeigten.

Vor den Fahrzeugen hatte sich eine Gruppe versammelt, bei deren Anblick Jonan ganz flau im Magen wurde. Vor einem der Transporter stand Paladin Iudicaton in strahlend weiß-goldener Rüstung samt Helm, umgeben von sechs hünenhaften, ebenfalls gepanzerten Mitgliedern der Purpurgarde Arcadions, der Ehrenformation des Lux Dei. Vor dem anderen waren die sieben Mitglieder der Tribunalpalastgarde aufgereiht, Jonans ehemalige Einheit. Sechs von ihnen steckten ebenfalls in ihren schweren, auf Hochglanz polierten Templerrüstungen. Zenturio Kahane hatte eine schwarze Galauniform an. Vor dem Motorwagen hatten sich Großinquisitor Aidalon und General Palladio mit zweien seiner Stabsoffiziere eingefunden. Alles in allem handelte es sich um eine Ehrfurcht gebietende Zurschaustellung arcadischer Militärmacht.

»Warum bringen Sie diesen Verräter mit, Paladin Alecander?«, empörte sich Aidalon, kaum dass sie auf Hörweite herangekommen waren.

»Jedem steht es frei, seinen Delegationsstab nach eigenem Belieben zu wählen, wenn ich nicht irre«, antwortete Alecander und warf einen bedeutsamen Blick auf die sieben schwarzen Gestalten vor dem zweiten Lastwagen.

»Ist das wirklich nötig, Paladin?«, mischte sich General Palladio ein. »Das widerspricht jedem Protokoll.« Er war ein untersetzter, ernst wirkender Mann um die fünfzig, dem nachgesagt wurde, dass er seinen Untergebenen streng, aber gerecht begegnete. Er führte nicht sonderlich inspiriert, aber mit einer Verlässlichkeit, die man beim Lux Dei offenbar schätzte, ansonsten hätte man ihm nicht diese wichtige Mission übertragen.

»Glauben Sie mir, General, ich habe meine Gründe dafür, Estarto mitzunehmen. Der Kaiser kennt und achtet ihn. Er wird nicht aktiv an den Besprechungen teilnehmen, aber allein seine Anwesenheit sollte die Lage zusätzlich entspannen. Wir begeben uns mit diesem Bündnis auf gefährliches, neues Terrain. Wir sollten für jede Kleinigkeit, die Verbundenheit erzeugt, dankbar sein.«

»Also gut, er kommt mit.« Palladio wandte sich direkt an Jonan. »Halten Sie sich im Hintergrund und sprechen Sie nur, wenn Sie etwas gefragt werden. Wenn Sie mir diese erste Begegnung mit dem Kaiser von Francia vermasseln, werden Sie hier im Lager so lange Latrinen putzen, bis Ihnen die Arme abfallen.«

»Jawohl, Signore«, bestätigte Jonan und verfiel dabei automatisch in den Militärumgangston zurück, obwohl er eigentlich kein Soldat mehr war.

Sie stiegen in die Fahrzeuge, wobei sich Jonan und Alecander zu Iudicaton und den vier Purpurgardisten auf die Ladefläche des ersten Lastwagens gesellten. Eingeklemmt zwischen sechs Männern in Templerrüstung, die alle zur absoluten Elite des Ordens gehörten, kam Jonan sich unangenehm klein und unbedeutend vor. *Andererseits bin ich derjenige, der sich einen Großinquisitor zum Feind gemacht hat, der mit einer Invitro-Attentäterin zusammen ist und sich mit dem Prinzen von Francia geprügelt hat. Das soll mir erst mal einer nachmachen.*

Die Gedanken brachten seine Sorge um Carya zurück. Er hatte mit Elje über den Zwischenfall oben auf dem Pass gesprochen – sofern das eben möglich war, wenn nur einer sprach und die andere Person mit einer beschränkten Anzahl von Gesten antwortete. Dem Mädchen zufolge, hatten die Piloten des Raketenflugzeugs Carya und Pitlit mitgenommen. Sie glaubte, dass beide noch gelebt hatten, als das geschehen war. Wie es ihnen jetzt erging, da sie sich höchstwahrscheinlich in der Gewalt der Erdenwacht befanden, vermochten weder Elje noch Jonan zu sagen. Er hoffte, dass sie noch lebten.

Aber Pitlit ist ein kleiner Überlebenskünstler. Und Carya hat schon auf Château Lune bewiesen, dass sie sich gut an fremde Umgebungen anpassen kann. Außerdem wird die Erdenwacht sicher höchst interessiert an ihr sein. Schließlich ist sie für die Wissenschaftler so etwas wie eine heimgekehrte Tochter. Nichtsdestotrotz wurde es langsam Zeit, Pläne für den Tag zu schmieden, an dem er völlig gesundet war und mit Elje aus dem Lager des arcadischen Heers verschwinden würde, um sich auf die Suche nach den beiden Vermissten zu begeben.

Währenddessen setzte sich die kleine Kolonne in Bewegung. Zu den drei Wagen gesellten sich noch vier Soldaten auf Motorrädern, von denen zwei vorneweg- und zwei hinterdreinfuhren, eine rein symbolische Geste, die den Fahrzeuginsassen noch etwas mehr Bedeutung verleihen sollte, denn an Kampfkraft mangelte es in den beiden Lastwagen wirklich nicht.

Über eine Straße, die sich nur wenige Dutzend Meter oberhalb des Talgrunds am Berghang entlangschlängelte, fuhr die Kolonne in Richtung Westen. Zunächst war das Tal noch recht weitläufig und von sanft ansteigenden Hängen gesäumt. Später rückten die

Berge zusammen, wurden steiler, felsiger und dunkler, bis es einem vorkam, als fahre man durch eine grüne Kluft. Sie kamen an mehreren Siedlungen vorbei, eine verfallener als die andere. In einer etwas größeren bogen sie auf eine Handelsstraße nach Norden ab, und kurz darauf wurde die Landschaft wieder weiter.

Nach einer Fahrt von etwa eineinhalb Stunden verlangsamten sich die Wagen und hielten an. »Sind wir da?«, fragte Jonan. Er bekam die Antwort wenige Augenblicke später, als zwei dunkelblau lackierte Motorräder mit Fahrern in francianischer Uniform an ihrem Laster vorbeibrausten, um sich ans Ende der Kolonne zu setzen.

»Wie es aussieht, ist unsere Eskorte eingetroffen«, sagte Alecander.

Gemächlich setzten sich ihre Fahrzeuge wieder in Bewegung. Sie passierten eine Straßensperre aus Steinblöcken und abgeschälten Baumstämmen. Zu beiden Seiten hingen Banner des Mondkaisers, auf denen das silberne Rund mit der helleren Sichel zu sehen war. Auf einem Rasenstück neben der Straße stand eine Kanone, und mehrere uniformierte Gardisten bewachten den Posten.

Jonan hätte erwartet, dass der Mondkaiser sie irgendwo mitten in der Stadt empfangen würde, in einem zur Audienzkammer umgebauten Rathaussaal beispielsweise. Stattdessen wurde die Kolonne zu einer großen Wiese einige Hundert Meter hinter der Sperre geleitet, wo, wie Jonan sehen konnte, ein riesiges Zelt aufgebaut worden war.

An der Spitze des blausilbernen Zeltes flatterte das Banner des Mondkaisers neben der dreistrahligen Sonne des Lux Dei. Im hinteren Bereich der Wiese standen Lastkutschen und Truppentransporter, vor dem Zelt waren ein Dutzend gepanzerte Elitesoldaten aufmarschiert. Jonan fragte sich, ob es ein Protokoll gab, dass die exakte Menge an Ehrengardisten vorschrieb, denn auch ihre Delegation wurde von genau zwölf Templern begleitet, wenngleich sie zu unterschiedlichen Teilen des Ordens gehörten.

Sie stoppten vor dem Zelt und stiegen aus. Obwohl General Palladio den Befehl über die arcadischen Truppen innehatte, überließ er Alecander den Vortritt. Es hatte wohl etwas damit zu tun, dass der Paladin zuletzt die Bündnisgespräche geführt hatte. Iudicaton und Großinquisitor Aidalon hielten sich direkt hinter ihm. Zwei der Purpurtempler sowie Kahane mit Ramin und Lucai gruppierten sich als Eskorte. Die übrigen blieben mit den einfachen Soldaten bei den Wagen zurück.

Jonan gesellte sich zu Palladios Stabsoffizieren, die sich im Hintergrund hielten. Er wollte nicht auffallen. Es war unglaublich genug, dass Alecander ihn zu diesem Treffen auf höchster Ebene mitgenommen hatte.

Sie begaben sich ins Innere des Zelts, das sich als großer Raum erwies. Der Boden war mit Steinplatten ausgelegt worden. Ein kostbarer, schwerer Vorhang trennte den hinteren Bereich des Zelts ab. Ein ausladender Leuchter, der von der Decke hing und mit künstlichen Kerzen bestückt war, erhellte die Kammer. Der dazu nötige Strom musste von einem Generator hinter dem Zelt geliefert werden, ein teures Vergnügen.

An der rechten Seite war ein üppiges Buffet aufgebaut, das Getränke und eine erlesene Auswahl leichter Speisen bot, die von livrierten Dienern bereitgehalten wurden. Die linke Seite wurde von einem großen Tisch eingenommen, auf dem eine Karte aufgespannt war. Zahlreiche farbige Wimpel standen darauf, die vermutlich Einheiten darstellten.

Doch Jonan hatte keine Zeit, einen genaueren Blick auf den Schlachtplan zu werfen, denn in der Mitte des Zelts erwartete sie bereits der Mondkaiser selbst, begleitet von zwei, ihren reich verzierten Uniformen nach zu urteilen hochrangigen Offizieren. Wie die übrigen Anwesenden hatte der Kaiser eine Galauniform in Mitternachtsblau an. Darüber trug er eine silberne Schärpe. Außerdem lag ein Umhang mit hohem Kragen um seine Schultern, und ein leichter, silberblauer Helm umschloss seinen Kopf, der vorne in die berühmte Silbermaske überging, die der Kaiser in der Öffentlichkeit immer trug.

In einer Geste des Willkommens breitete er die Arme aus. »Paladin Alecander, Großinquisitor Aidalon, so sehen wir uns wieder. Es ist mir eine große Freude und Ehre, Gastgeber dieser historischen Begegnung sein zu dürfen.«

Alecander, Aidalon, Palladio und Iudicaton traten näher und verbeugten sich vor dem Kaiser. Die Templereskorte postierte sich neben dem Eingang, verstärkt durch vier der francianischen Elitesoldaten, die ihnen wortlos nachgefolgt waren, so als wollten sie das Gleichgewicht der Kräfte erhalten, auch wenn sie dabei die beiden Paladine in ihren Rüstungen außer Acht gelassen hatten.

Jonan wollte sich gerade unweit des Kartentischs hinstellen, als er unvermittelt vom Kaiser angerufen wurde. »Templer Estarto«, sagte dieser. »Sie begrüßen mich nicht?«

Jonan schluckte. Sein Blick huschte zu Aidalon hinüber, der ein Gesicht machte, als hätte er in eine Zitrone gebissen. Aber er schwieg. Alecander dagegen nickte kaum merklich. Mehr Aufforderung brauchte Jonan nicht. Gehorsam trat er vor. »Eure Majestät«, sagte er und verbeugte sich etwas ungelenk aufgrund seines Hüftverbandes.

Der Mondkaiser ging einen Schritt auf ihn zu und blieb direkt vor ihm stehen. Seine stechend blauen Augen hinter der Maske blickten Jonan durchdringend an. »Ich hätte nicht erwartet, dass wir uns so bald wiederbegegnen.«

»Ich auch nicht, Majestät.«

»Sind Sie bereit und willens, mir erneut so gut zu dienen wie schon zuvor?«

»Jederzeit, Majestät.«

Der Kaiser neigte zufrieden den Kopf. »Dann seien Sie mir willkommen. Oh, und nicht nur ich weiß diese erneute Begegnung zu schätzen. Auch Capitaine Rochefort freut sich sicher. Er hält seit Ihrem gemeinsamen Einsatz große Stücke auf Sie.« Der Kaiser deutete auf einen der gepanzerten Elitesoldaten, der daraufhin grüßend den behelmten Kopf neigte.

Jonan erwiderte den Gruß und versuchte dabei, sich seine Überraschung nicht anmerken zu lassen. Er hatte gar nicht gewusst, dass Rochefort, mit dem er vor einigen Wochen in der Trümmerzone von Paris nach Prinz Alexandre gesucht hatte, auch ein … wie hatte der Einsiedler Denier es genannt? Chevalier? … war.

»Also gut«, sagte der Mondkaiser und wandte sich damit wieder an die ganze Runde. »Genug der Grußworte. Jetzt wollen wir zur Tat schreiten und mit diesem Kriegsrat beginnen. Und zu diesem Zweck möchte ich unseren dritten Verbündeten hereinbitten.« Er drehte sich dem Vorhang zu. »Wärt ihr so freundlich, euch zu uns zu gesellen?«

Der Vorhang wurde beiseitegeschlagen, und drei Männer traten ein. Zwei von ihnen waren offensichtlich Begleiter des Dritten und von wenig eindrücklicher Gestalt. Für den Dritten galt das genaue Gegenteil. Er besaß eine kräftige Statur und einen Bürstenhaarschnitt und stellte sorgsam gepflegte Koteletten sowie einen ansehnlichen Schnauzbart zur Schau. Zu einer schwarzen Hose samt auf Hochglanz polierten Stiefeln trug er einen marineblauen Uniformrock, der mit prächtigen Schulterklappen und Tressen verziert war. Eine goldene Schärpe, an der zahlreiche Orden hingen, sowie ein Gürtel samt Holster, in dem eine Pistole steckte, die eindeutig

Vor-Sternenfall-Technologie darstellte, vervollständigten sein auffälliges Äußeres.

Das alles nahm Jonan binnen der wenigen Sekunden wahr, in denen es im Zelt totenstill war. Er konnte es seinen Begleitern nicht verdenken. Auch ihm fehlten die Worte. Vor ihnen stand der sogenannte Ketzerkönig, der Herrscher von Austrogermania!

Kapitel 25

Die Türglocke zu ihrer Wohnung läutete. Es war der Vormittag des übernächsten Tages, seit Carya sich sozusagen der Widerstandsbewegung der Erdenwacht angeschlossen hatte, und da diese sich, nachdem Carya mitten in der Nacht zurückgebracht worden war, nicht mehr bei ihr gemeldet hatte, ging sie irgendwie davon aus, dass es Emm oder Ferrer oder sonst ein Mitglied der Gruppe sein würde.

Umso überraschter war sie, als sie Doktor Freeman vor der Tür stehen sah, in Begleitung eines schwarz uniformierten Offiziers der Zonengarde. »Carya«, sagte Freeman ernst. »Ich muss dich bitten, mit mir zu kommen.«

»Was ist los?«, fragte Carya besorgt. Sie versuchte, sich arglos zu geben, aber der Anblick des Zonengardisten ließ ihre Gedanken rasen. War man ihr irgendwie auf die Schliche gekommen? Wussten Freeman und die Garde, dass sie mit den Widerständlern im Bunde war? *Nein, vermutlich nicht. Denn wäre es so, wüssten sie auch, dass ich jetzt jederzeit auf meine Gaben zugreifen kann. In dem Fall ständen nicht Freeman und ein Begleiter vor der Tür, sondern Oberst Dymond und ein Dutzend Männer.* Der unerwartete Besuch musste also einen anderen, Freemans Miene nach zu schließen keineswegs angenehmen Grund haben. Eine unheilvolle Ahnung beschlich Carya. »Haben Sie etwa Jonan gefunden?«

»Nein, das ist es nicht.«

»Carya?«, fragte Pitlit, der gerade aus ihrem Waschbereich kam, wo er sich – auf Caryas dringenden Rat hin – nach einer halben Ewigkeit mal wieder die Haare gewaschen hatte. »Huch, was ist denn hier los?«

»Ich muss Carya zu einer Besprechung im Ratsgebäude der Erdenwacht bringen«, antwortete Freeman.

»Was?«, entfuhr es Pitlit. »Na, da komme ich mit.«

»Das wird nicht nötig sein«, sagte der greise Gentechniker. »Carya soll nur zu einigen Vorgängen auf Château Lune befragt werden, die vielleicht mit Geschehnissen in Verbindung stehen, von denen der Rat jüngst erfahren hat.«

»In dem Fall sollten Sie Pitlit unbedingt mitnehmen«, wandte Carya ein. »Er war genauso am Hof des Mondkaisers wie ich, und er hat einige Dinge miterlebt, von denen ich nur aus zweiter Hand berichten könnte.« Sie war sich immer noch nicht sicher, was sie von diesem Besuch halten sollte. Aber was es auch mit dieser seltsamen Aufforderung des Rats, der ihr doch dem Vernehmen nach nicht traute, auf sich hatte, sie wollte Pitlit lieber in ihrer Nähe behalten, um wenn nötig handeln zu können, ohne eventuell dazu gezwungen zu sein, ihn im Stich zu lassen. So viel hatte sie aus den Ereignissen der letzten Wochen gelernt: Wann immer es möglich war, sollte man zusammenbleiben.

Der schwarz gekleidete Zonengardist nickte Freeman zu, und dieser seufzte ergeben. »Also gut, dein Freund darf uns begleiten.«

Zu viert verließen sie die Wohnanlage und fuhren mit einem geräumigen Personenwagen hinüber zu den beiden schmalen, an der Spitze abgeflachten Pyramiden. Je näher sie kamen, desto mehr erkannte Carya, dass sie die Größe der Gebäude bislang deutlich unterschätzt hatte. Das Hauptquartier der Erdenwacht hatte gewaltige Ausmaße. Jede der beiden Pyramiden musste hundert Meter hoch sein, und der kreisende stilisierte Globus, das Symbol der Erdenwacht, war so groß, dass ein ganzes Einfamilienhaus hineingepasst hätte. *Sie überwachen und manipulieren alle Völker der Erde,* dachte Carya. *Dazu benötigt man natürlich ein paar Mitarbeiter.*

»Heiliger Strohsack«, murmelte Pitlit. »Das ist ein verdammt großes Gebäude. Ist die gesamte Talbevölkerung darin beschäftigt?« Selbstverständlich hatte Carya ihn heimlich über das, was sie erfahren hatte, informiert, daher spielte der Junge vermutlich bloß den Erstaunten.

»Ein guter Teil, ja«, antwortete Freeman.

»Und was machen die alle da drin?«

»Wir …« Der greise Wissenschaftler zögerte und schien nach den richtigen Worten zu suchen. »Wir beschäftigen uns mit der Erde. Vor allem sammeln wir Informationen aus allen Ländern, die wir erreichen können, und aus diesen Schnipseln setzen wir ein Bild zusammen, das den gegenwärtigen Zustand unserer Welt aufzeigt. Wir wollen wissen, wie es der Erde Jahre nach dem Sternenfall geht. Das ist die Hauptaufgabe der Erdenwacht. Darum trägt sie ihren Namen.«

»Und was treibt ihr sonst noch so?«, hakte Pitlit, für Caryas Begriffe etwas zu hartnäckig, nach.

Auch Freeman schien die Fragerei unangenehm zu werden, denn seine Antwort fiel merklich abweisend aus. »Verwaltung, Forschung, Politik – kaum Dinge, die für einen Jungen wie dich spannend sein dürften.«

Pitlit verstand den Wink, denn er brummte bloß ein wenig unzufrieden, schwieg dann aber.

Sie fuhren durch ein Tor, das sich automatisch vor ihnen öffnete, und drangen durch einen Tunnel in die Eingeweide des Monuments aus Stahl und Glas vor. Auf einem unterirdischen Parkplatz stellten sie ihren Wagen ab. Danach begaben sie sich in eine enge

Kabine, die Türen schlossen sich, der Zonengardist tippte die Zahl 21 ein, und als die Türen sich wenige Sekunden später wieder öffneten, befanden sie sich an einem völlig anderen Ort, ohne dass Carya zu sagen vermocht hätte, wie sie dorthin gelangt waren.

Sie durchquerten einen Eingangsbereich, der – wie das ganze Bauwerk – irgendwie imposant, aber wenig einladend wirkte. Wände und Böden waren glatt und glänzten, Glastüren führten in tiefer im Inneren des Stockwerks gelegene Bereiche, das Licht, das von den hellen Feldern an der Decke ausging, leuchtete kühl auf die überwiegend in Weiß, Grau und Rot gekleideten Männer und Frauen, die hier unterwegs waren.

Der Zonengardist führte sie einen Korridor hinunter bis zu einer unscheinbaren Tür, hinter der sich ein nicht weniger unscheinbarer Raum befand. In der Mitte stand ein ovaler Tisch, um den mit schwarzem Leder bespannte Metallstühle angeordnet waren. Eine Wand wurde von einem großen Bildschirm eingenommen. Fenster gab es keine. Die Luft war kühl und unangenehm trocken.

Um den Tisch saßen fünf Personen versammelt, die alle sehr ernst dreinschauten. Drei von ihnen, zwei Männer und eine Frau, trugen Kleidung, die sie als Zivilisten auswies. Die anderen beiden hatten die dunklen Uniformen der Zonengarde an. Den Linken erkannte Carya sofort. Es handelte sich um Oberst Dymond. Der Mann neben ihm mochte um die dreißig sein, hatte ein jungenhaftes Gesicht und kurzes braunes Haar. Carya hätte ihn als gut aussehend, ja fesch, bezeichnet, wäre da nicht der Blick in seinen dunklen Augen gewesen, der ihr, kaum dass er sich mit ihrem kreuzte, einen Schauer über den Rücken jagte. Es lag etwas Lauerndes darin, wie bei einem Raubtier, das nur darauf wartete, seine arglose Beute zu schlagen.

»Doktor Freeman, kommen Sie herein«, begrüßte Dymond den Wissenschaftler. »Danke, dass Sie es so kurzfristig einrichten und

Carya herbringen konnten.« Er warf Pitlit einen kurzen Blick zu, sah jedoch davon ab, das uneingeladene Auftreten des Jungen zu kommentieren.

»Ihr Bote machte den Eindruck, als würde es sich um eine dringliche Angelegenheit handeln«, antwortete Freeman. »Daher habe ich keine Zeit verloren.«

»Und das war richtig. Bitte, setzen Sie sich.« Dymond deutete auf die übrigen Stühle, und Freeman, Carya und Pitlit nahmen Platz. Der Gardist blieb an der Tür stehen, ein stummer Aufpasser, nur für den Fall des Falles.

»Was wollen Sie von mir?«, verlangte Carya zu wissen, nachdem sie sich niedergelassen hatte.

»Du warst, wie wir wissen, vor einigen Wochen auf Château Lune zu Gast«, sagte Dymond.

Da es sich dabei kaum um ein Geheimnis handelte, nickte Carya. »Gemeinsam mit Jonan und Pitlit, und?«

»Wie viel hast du von den Bündnisgesprächen zwischen dem Lux Dei und dem Mondkaiser mitbekommen, die zur selben Zeit stattgefunden haben?«

Carya blinzelte verwirrt. Mit dieser Frage hatte sie nicht gerechnet. »Ich … nicht viel, um ehrlich zu sein. Man hat mich nicht zu diesen Gesprächen eingeladen.«

»Berichte uns das Wenige.«

»Haben Sie dafür keine Spione am Hof?«

Dymond warf ihr einen säuerlichen Blick zu. »Hatten wir, bis sie deine Ankunft meldeten. Danach verstummten diese Quellen. Unser neuer Mann hat uns über zwei mysteriöse Todesfälle in Kenntnis gesetzt, die sich kurz vor deiner Abreise zugetragen haben sollen. Auch dazu hätte ich ein paar Fragen an dich, aber das hat Zeit. Nein, ich gehe sogar noch einen Schritt weiter: Ich werde diese speziellen Fragen vergessen, sofern du uns in dem anderen Fall weiterhelfen kannst.« Alle am Tisch sahen Carya aufmerksam an. Carya fiel auf, dass in den Ohren der drei Zivilisten weiße Knöpfe steckten, und der Art nach, wie zumindest die Frau den Kopf leicht schief legte, schien sie auf etwas zu lauschen, das aus diesem Knopf drang. Vielleicht nahm sie Befehle von ihren unsichtbaren Herren entgegen.

»Ich würde gerne behaupten, dass ich über die Vorgänge, die sich während meiner Anwesenheit auf Château Lune zugetragen haben, bestens Bescheid wüsste. Aber so ist es nicht. Ich weiß nur so viel: Der Lux Dei und der Mondkaiser haben Gespräche geführt, um sich zu verbünden und gegen den König von Austrogermania in den Krieg zu ziehen. Daran beteiligt waren eine Sondergesandte von Großinquisitor Aidalon namens Neve Arida und Paladin Julion Alecander.«

Die drei Zivilisten wechselten kurze Blicke. »Interessant«, merkte Dymond an. »Weiter.«

»Nun ja, Ihr Botschafter Cartagena versuchte, mithilfe von zwei Ministern ein Attentat auf den Mondkaiser zu verüben. Er wollte es wohl dem Lux Dei in die Schuhe schieben und dadurch den Prinzen Alexandre so sehr in Wut versetzen, dass er das Bündnis aufkündigen würde. Das Attentat schlug fehl, Neve Arida starb und Alecander reiste ab. Das ist schon das Ende der Geschichte.«

»Wurde etwas über die Motive dieses Krieges gesagt?«, wollte Dymond wissen.

»Anscheinend handelt es sich um einen Glaubenskrieg.«

»Du klingst, als würdest du daran zweifeln.«

Carya zuckte mit den Achseln. »Ich kann nicht in die Köpfe der Herrscher von Arcadion und Francia hineinschauen. Dem Lux Dei traue ich schon zu, jemanden anzugreifen, weil er nicht an das Licht Gottes glaubt. Den Mondkaiser hätte ich für … ich weiß nicht … weniger fanatisch gehalten. Aber er wird sicher seine Gründe dafür haben, einen Krieg gegen den Ketzerkönig anzufangen. Und dass es zum Krieg kommen wird, steht doch mittlerweile fest. Zumindest haben wir auf unserer Reise durch Francia erfahren, dass die Heere sich sammeln und dass der Ketzerkönig seinerseits sogar schon den Norden des Landes angegriffen hat.«

Die am Tisch Versammelten wechselten erneut Blicke. Dymond beugte sich vor und legte die Unterarme auf die Tischplatte. »Denk genau nach: Hast du irgendwelche Gerüchte von wem auch immer aufgeschnappt, dass der Mondkaiser ein doppeltes Spiel treiben und sich zugleich mit dem König von Austrogermania verbündet haben könnte? War ein Gesandter des Königs am Hof und wie wurde er behandelt?«

»Äh, von einem zweiten Bündnis weiß ich nichts.« Verwirrt schaute Carya von einem zum anderen. »Es gab einen Gesandten, so einen grauhaarigen Mann. Ich habe seinen Namen vergessen. Er wirkte immer ziemlich griesgrämig, und nach ein oder zwei Tagen ist er sehr übereilt abgereist. Warum stellen Sie mir diese ganzen Fragen?«

Die Frau in Zivil fing an, auf Albionisch zu sprechen. Aus einer unsichtbaren Quelle in der Decke über ihr drang eine Stimme, die auf Arcadisch übersetzte. »Weil Oberst Dymond unter Verfolgungswahn leidet.«

»Weil ich vorsichtig bin«, verbesserte dieser in scharfem Tonfall. »Und ich denke aus gutem Grund. Hier gehen sehr seltsame Dinge vor sich.«

»Die Aussagen dieser jungen Dame haben jedenfalls nichts dazu beigetragen, um die unglaublichen Theorien von Ihnen und Ihrem Invitro-Lakaien zu untermauern.«

»Ich schlage dennoch vor, dass wir sie dem Rat vorstellen und sie dort einer genauen Betrachtung unterziehen. Es nicht zu tun könnte uns alle teuer zu stehen kommen.«

Die Frau seufzte und steckte mit ihren Begleitern die Köpfe zusammen, um sich zu beraten. »Also gut«, sagte sie nach ein paar Augenblicken. »Wir berufen eine Dringlichkeitssitzung ein.«

»Befinden wir uns denn in Gefahr?«, fragte Freeman überrascht.

Dymond erhob sich und straffte seine Uniform. »So wie ich das sehe, stehen wir vor der größten Bedrohung seit dem Ende des Sternenfalls.«

»Was ist das für eine Teufelei?« Aidalons Blicke waren wie Dolche, die den König von Austrogermania zu erstechen versuchten. »Beim heiligen Licht Gottes, ich verlange sofort zu wissen, was dieser Mann in unserem geheimen Kreis zu suchen hat!«

»Er ist auf meine Einladung hier«, erklärte der Mondkaiser.

»Auf Eure Einladung?« Der Großinquisitor zog die Augenbrauen so stark zusammen, dass eine steile Falte auf seiner Stirn entstand. »Wollt Ihr mir damit sagen, dass Ihr uns hintergangen habt? Dass Ihr den Pakt aufgekündigt habt, den wir gegen den Ketzerkönig und seine Schergen geschlossen haben? Wittere ich etwa den fauligen Gestank von Verrat?«

Jonan bemerkte, wie Zenturio Kahane Ramin und Lucai warnend ansah. Caryas ehemaliger Templerjugendleiter verlagerte unruhig das Gewicht von einem gepanzerten Bein auf das andere. Er war nervös, das konnte Jonan trotz der stählernen Hülle seiner Rüstung sehen. Die beiden Purpurgardisten blieben dagegen völlig ungerührt, hatten ihre Waffen aber ein wenig gehoben. Wenn es nötig werden sollte, würden sie kämpfen. Nur gegen wen, war die Frage.

»Ihr irrt, Großinquisitor«, mischte sich nun Julion Alecander ein. »Nicht der Wille zum Verrat hat unsere Handlungen bestimmt, sondern die Notwendigkeit zu absoluter Geheimhaltung.«

Aidalon fuhr ungläubig herum. »Seid Ihr ebenfalls in dieses falsche Spiel verwickelt?«

»Paladin Alecander, was geht hier vor?«, verlangte nun auch General Palladio zu wissen. »Haben wir dieses Bündnis mit dem Mondkaiser nicht geschlossen, um gegen König Maximilian von Austrogermania zu kämpfen? Ist nicht sein frevelhafter Glaube, seine Entscheidung, nur der Technik zu huldigen und das Licht Gottes zu verspotten, der Grund für diesen Feldzug gewesen?«

»Nein. Das alles war nur ein Vorwand«, antwortete Alecander. »In Wirklichkeit geht es um viel mehr als um Glauben. Es geht um die Befreiung von ewiger Unterdrückung.«

»Bevor wir fortfahren, sollten wir diesen Kreis etwas exklusiver gestalten«, schlug der Mondkaiser vor. »Damit meine ich, dass wir unsere Wachen nach draußen schicken sollten. Es gibt keinen Anlass für derlei Drohgebärden. Wir ziehen alle am selben Strang.«

»Das bezweifle ich seit einigen Augenblicken stark, Eure Majestät«, wandte Aidalon grimmig ein.

»Dazu besteht kein Anlass, Großinquisitor«, versicherte der Kaiser ihm. »An unserem grundsätzlichen Plan hat sich nichts geändert. Wir wollten die technologischen Errungenschaften des Königs von Austrogermania für unsere Zwecke einsetzen. Das können wir nun. Ich habe uns bloß einen verlustreichen Feldzug erspart, indem ich ihn auf diplomatischem Wege für unsere Sache gewonnen habe.«

»Ihr habt nur diese Wahl«, dröhnte die Stimme von Paladin Iudicaton aus seinem Helm hervor. »Kämpft mit uns Schulter an Schulter und erntet unsterblichen Ruhm. Oder tretet beiseite und behindert nicht den Lauf der Geschichte.«

Jonan glaubte, seinen Sinnen nicht trauen zu dürfen. Zwei Paladine des Lux Dei hatten sich soeben mit dem Mondkaiser und dem Ketzerkönig gegen den Großinquisitor von Arcadion verbündet. Dieser Tag würde in die Geschichtsbücher eingehen. Ob als Anfang einer neuen, besseren Ära oder als Beginn eines furchtbaren und vermutlich sehr kurzen Krieges, den Arcadion, so wie es im Moment aussah, nur verlieren konnte, würden erst die nächsten Stunden zeigen.

Im Gesicht des Großinquisitors arbeitete es. Jonan konnte sich lebhaft vorstellen, wie sich Aidalon die Scheiterhaufen vorstellte, auf denen er den Mondkaiser und die beiden Paladine verbrennen würde, wenn es ihm möglich wäre. Aber entgegen Jonans Erwartung stürmte er nicht aus dem Zelt, um mit furchtbaren Konsequenzen zu drohen, sondern blieb – sei es aus Neugierde, aus Hoffnung, der Situation doch noch einen Vorteil abgewinnen zu können, oder vielleicht auch aus Furcht, im Lager des früheren Erzfeindes einem ungewissen Schicksal entgegenzublicken, wenn er sich in dessen Augen zu einem Risikofaktor für das lang geplante Unternehmen entwickelte.

»Ich habe zu viel Mühe und Lebenszeit in die Vorbereitung dieser Pläne gesteckt, um jetzt beiseitezutreten«, verkündete Aidalon mit Blick auf Iudicaton. »Aber ich prophezeie Euch, dass wir diesen Pakt mit dem Teufel noch bereuen werden.«

»Keine Sorge, Großinquisitor«, meldete sich erstmalig auch der König von Austrogermania zu Wort. »Unsere Zusammenarbeit wird nicht länger als nötig währen, und ich versichere Euch, dass mein Interesse an einer längerfristigen Freundschaft mit dem Lux Dei genauso gering ist wie das Eure an einer Allianz mit meinem Land. Wir kämpfen gemeinsam, bis wir unsere Ziele erreicht haben. Danach trennen sich unsere Wege wieder.«

»Dann sind wir uns darin einig«, sagte der Mondkaiser. Er nickte seinen Elitegardisten zu, die sich daraufhin aus dem Zelt zurückzogen. Die beiden Purpurtempler sowie Ramin und Lucai folgten ihnen. Kahane blieb auf einen Wink von Aidalon zurück. »Sie haben Ihren Stab«, sagte er mit einem Blick auf die uniformierten Begleiter des Mondkaisers und des Ketzerkönigs. »Ich habe meinen.«

Jonan schaute Alecander fragend an, doch der gebot ihm mit einer Geste, im Raum zu bleiben.

Als sich ihre Gruppe auf die notwendigen Beteiligten verkleinert hatte, lud der Mondkaiser sie ein, sich um den großen Tisch zur Linken zu versammeln, wo die farbigen Wimpel darauf warteten, in Position gebracht zu werden. »Meine Herren«, sagte er. »Widmen wir uns dem Zeitplan für unseren Angriff auf unser aller Feind, die Herren der Schwarzen Zone, die Unterdrücker von der Erdenwacht.«

»Wir greifen die Erdenwacht an?«, entfuhr es Jonan, bevor er es verhindern konnte.

Der Mondkaiser richtete seine silberne Maske auf ihn und sah ihn aus unergründlichen Augen an. »Ja, um nichts anderes ging es von Anfang an: Wir greifen die Erdenwacht an.«

Kapitel 26

Sie werden uns angreifen.«

»Das ist paranoid, Oberst Dymond. Das würden sie niemals wagen.«

»Bei allem Respekt, Rätin Guiluri, Ihre Einstellung ist ebenso arrogant wie gefährlich leichtsinnig. Nur weil es bisher noch kein Herrscher der Erde gewagt hat, gewaltsam gegen die Bedingungen aufzubegehren, die wir ihm diktieren, damit seine Macht erhalten bleibt, bedeutet das nicht, dass sich nicht eine Gruppe von ihnen, in dem Bestreben, sich von uns unabhängig zu machen, dazu hinreißen lassen könnte. Alle Anzeichen sprechen dafür. Wir müssen mit einem Angriff rechnen.«

»Wann hat dieses Gespräch stattgefunden?« Carya nahm den Hörer vom Ohr, aus dem eine Übersetzung des albionisch geführten Gesprächs drang, und wandte sich vom Bildschirm ab, auf dem die leicht farbverfälschte und verzerrte Bildaufzeichnung von Ferrers heimlich in der Zentrale des Ratsgebäudes installierter Kamera lief.

»Vor drei Stunden, am späten Nachmittag«, antwortete Ferrer, der neben ihr saß. »Ich dachte mir, dass wir uns das unbedingt gemeinsam anschauen sollten.«

Sie befanden sich wieder im Versteck der Erdenwacht-Widerstandsgruppe, wohin Curzo alle gerufen hatte, die sich auf die Schnelle unauffällig hatten einfinden können. Neben Ferrer, Emm,

Ziyi, Carya und Pitlit waren noch Ziyis Assistent Telep sowie fünf weitere Leute, drei Männer und zwei Frauen, anwesend, die Carya nicht vorgestellt worden waren. Zwei der Männer trugen Invitro-Armbänder, die übrigen schienen zum zivilen Arm der Erdenwacht zu gehören.

Die Gruppe auf dem Bildschirm bestand aus zwölf Personen. Elf von ihnen hatten sich um den Tisch in der Mitte der Erdenwacht-Zentrale gesetzt, die zwölfte, Oberst Dymond, marschierte unruhig vor der Wand aus Sichtschirmen auf und ab, auf der kaum erkennbare Bilder, die möglicherweise das Heerlager des Lux Dei jenseits der Berge zeigten, zu sehen waren.

Die Frau, die Dymond als Rätin Guiluri angesprochen hatte, kannte Carya. Sie hatte auch bei ihrer eigenen Befragung im Raum gesessen, ebenso zwei der anwesenden Männer. Es hatte sich also nicht um Lakaien gehandelt, wie von Carya angenommen, sondern um die tatsächlichen Herrscher dieses Tals. Auch der Rat, der sie aus dem Krankenhaus komplimentiert hatte, war zugegen.

»Lassen Sie uns die Fakten auf den Tisch legen«, sagte er gerade.

»Sehr gerne, Rat Montasano«, antwortete Dymond. *»Fakt ist, dass der Mondkaiser und der Lux Dei ein Bündnis eingegangen sind, vorgeblich, um Maximilian von Austrogermania anzugreifen. Interessant mag dabei noch sein, dass zu den Unterhändlern der Lux-Dei-Fraktion unser eigener Agent Julion Alecander gehörte.«*

»Wir haben den Kreis der Paladine von Arcadion infiltriert?«, fragte ein graubärtiger Rat mit ungesund roter Gesichtsfarbe.

»Schon seit fast zwanzig Jahren, ja«, bestätigte Dymond in einem Tonfall, der selbst in der Aufnahme noch klang, als frage er sich, was dieser Bursche im Rat der Erdenwacht verloren hatte. *»Bislang ist Alecander immer ein verlässlicher Beobachter gewesen. Dass er es jedoch versäumt hat, uns eine derart wichtige Mission zu melden, ganz zu*

schweigen davon, dass er anscheinend nicht versucht hat, sie zu sabotieren, wirft ein neues Licht auf seine Tätigkeiten der letzten Jahre.«

»Wir haben doch extra Cartagena nach Château Lune geschickt, um die Bündnisverhandlungen zu stören«, warf Rätin Guiluri ein. *»Warum hat er uns nichts von Alecanders Alleingang berichtet?«*

»Möglicherweise wusste Cartagena nichts von Alecanders Verbindung zu uns«, antwortete ihre Sitznachbarin, eine Frau mit dunkler Hautfarbe und glänzend schwarzem Haar. *»Agenten, deren Aufgabengebiete sich nicht überschneiden, sind einander für gewöhnlich unbekannt, wie Sie wissen. Und da Alecander sich eigentlich in Arcadion aufhalten sollte, befand sich sein Profil wahrscheinlich nicht in Cartagenas Unterlagen.«*

»Nun ja, das haben wir jetzt von dieser übertriebenen Geheimhaltung«, brummte Guiluri.

»Fakt zwei«, fuhr Dymond fort. *»Die Truppen Maximilians haben bereits die nördliche Grenze von Francia überschritten und marschieren derzeit unter relativ geringer Gegenwehr in Richtung Paris. Sie kommen nicht sehr schnell voran, wie es aussieht, aber deutlich schneller, als es ihnen eigentlich möglich sein sollte, wenn sich der Mondkaiser ihnen mit seinem ganzen Heer entgegengestellt hätte. Doch der hat stattdessen seine Truppen nach Süden verlegt, in die Grenzzone zum Arcadischen Reich.«*

»Das ist in der Tat ein etwas merkwürdiger Zug«, gab Montasano zu. *»Warum ein Heer zur Bewachung eines Verbündeten entsenden, während sich der Feind dem eigenen Regierungssitz nähert?«*

»Vielleicht wollte der Mondkaiser nicht, dass sich der Lux Dei ohne Eskorte durch Francia bewegt«, überlegte Guiluri. *»Er könnte vorgehabt haben, sich zunächst mit dem Heer seines neuen Bündnispartners zu vereinen und dann mit ihm gemeinsam nach Norden zu marschieren. In dem Fall wurden beide vom schnellen Angriff Maximilians überrascht, der zugeschlagen hat, bevor sie die Zeit hatten, sich in Stellung zu begeben.«*

»Es ist trotzdem irgendwie unsinnig, und es wird noch unsinniger, wenn man bedenkt, dass sowohl Arcadion als auch Francia Grenzen nach Aus-

trogermania haben. Ein Zweifrontenkrieg hätte den König von Austrogermania in viel größere Bedrängnis gebracht als alles, was im Augenblick vor sich geht.«

»Halt, Montasano, Sie übersehen, dass der Südosten von Austrogermania eine riesige Todeszone ist«, merkte die dunkelhäutige Rätin an. *»Dort hindurchzumarschieren hätte schlimme Folgen für die betroffenen Truppen. Da der Lux Dei über keine fliegenden Einheiten verfügt, wäre dieser Weg extrem kostspielig.«*

»Richtig. Es hatte seinen Grund, warum sich der Mondkaiser und der Lux Dei seit Jahrzehnten die Köpfe einschlagen, während an der Front zwischen dem Arcadischen Reich und Austrogermania weitgehend Ruhe herrscht. Das hatte ich vergessen. Verzeihen Sie.«

»Na schön, Fakt drei«, fuhr Dymond fort. *»Die Heere des Lux Dei und des Mondkaisers treffen sich nicht einfach irgendwo, sondern haben, wie es aussieht, direkt vor unserer Haustür Lager aufgeschlagen. Sie liegen in Albertville und Bourg-Saint-Maurice. Von dort aus könnten sie uns binnen vierundzwanzig Stunden angreifen. Wir haben nur eine Schätzung der Truppenstärke, aber sie liegt bei mindestens fünfzehntausend Mann.«*

Dymond trat an den Tisch, beugte sich vor und stützte die Fäuste auf die Tischplatte. Eindringlich blickte er von einem der Versammelten zum nächsten. *»Die Zonengarde ist nicht stark genug, um dagegen zu bestehen. Sie dient dem Schutz dieses Tals, aber sie war nie für größere Kampfhandlungen gedacht. Bislang haben Diplomatie und diffuse Drohungen unsererseits immer ausgereicht, um die Völker der Erde in Schach zu halten. Man könnte auch sagen, wir haben mit dem Wenigen, was wir noch an eindrucksvollem Kriegswerkzeug besitzen, geblufft. Doch nun will eine Gruppe von Herrschern unser Blatt sehen. Ich sage: Wir müssen sie mit allen Assen, die wir noch haben, schlagen. Das verschafft uns dann vielleicht die Zeit, eine neue Rüstungsproduktion in diesem Tal einzurichten, bis der nächste Kleinstaatenfürst glaubt, uns herausfordern zu können.«*

»Was genau schlagen Sie vor?«, fragte Guiluri.

»Ich will, dass wir alle Einheiten in Alarmbereitschaft versetzen. Alle Abwehrstellungen im Tal sind ab jetzt rund um die Uhr bemannt. Wir holen die Donnerwerferbatterien aus dem Arsenal, um einen möglichen Vormarsch der Truppen zu bremsen. Und wir machen die Hephaistos-V *startklar, um der Bedrohung ein für alle Mal ein Ende zu setzen.«*

Dieser Satz sorgte für große Aufregung, sowohl unter den Ratsmitgliedern als auch unter den Versammelten im Geheimversteck der Widerständler.

»Ist Dymond wahnsinnig geworden?«, rief Emm.

Ferrer riss die Augen auf und hob fassungslos die Hände.

»Das können wir nicht machen«, empörte sich Guiluri.

»Wenn wir die Waffe am Rand des Tals einsetzen, wird sie das ganze Gebiet verstrahlen«, warnte Montasano.

»Was ist eine *Hephaistos-V*?«, wollte Carya wissen.

»Eine Bombe«, erklärte Ferrer ihr. »Eine ziemlich große Bombe. Du warst in Paris, richtig?«

Carya nickte.

»Hast du den Krater dort gesehen, der die ganze Nordstadt verschlungen hat?«

»Ja, warum?«

»Das war eine *Hephaistos-V*. Eine der ersten, die damals in der Nacht des Sternenfalls vom Himmel fielen.«

Ein Schauer lief Carya über den Rücken. Sie hatte sich immer gefragt, welche Gewalten dazu imstande waren, solche Wunden in die Erde zu schlagen. Nun hatten sie zumindest einen Namen.

»Lassen Sie mich erklären«, rief Dymond und hob die Arme, um dem Aufruhr Einhalt zu gebieten. *»Ich habe den Einsatz der* Hephaistos *simulieren lassen. Wenn wir die Heere unserer Angreifer bis knapp vor den höchsten Punkt des Westpasses vorrücken lassen und dann zuschlagen, erwischen wir sie nicht nur alle auf einmal, die umliegenden Berge und die*

vorherrschende Windrichtung werden uns auch vor den Folgen schützen. Wir werden den Pass etwa zehn Jahre gar nicht und danach höchstens mit Flugmaschinen passieren können, aber das scheint mir ein geringer Preis für das Abwenden einer Bedrohung, die unser weltweites Werk zunichte machen könnte.«

Ferrer drückte auf ein Eingabefeld und ließ die Aufnahme schnell vorlaufen. »Jetzt diskutieren sie eine Weile hin und her. Schlussendlich wird Dymonds Antrag aber stattgegeben«, sagte er. »Wichtig für uns ist noch das Ende der Sitzung. Sie haben einen Techniker namens Westin dazugeholt, der offenbar für die Wartung des Waffenarsenals zuständig ist.«

Er schaltet die Aufnahme wieder auf Normalgeschwindigkeit und ließ sie weiter ablaufen. *»... brauchen wir umgehend das volle Waffenpotenzial der Erdenwacht«,* sagte Dymond soeben mit festem Tonfall, den Blick unverwandt auf den schmalen, leicht gebeugt dastehenden Mann namens Westin gerichtet.

Westin bewegte sich unbehaglich hin und her. *»Oberst, es ist mir sehr unangenehm, aber ich fürchte, es gibt hier ein kleines Problem.«*

»Was für ein Problem?«

»Wir ... also ... Sie müssen wissen, dass die Hephaistos-V *seit etwa fünfzig Jahren nur im Silo stand. In den ersten Jahren haben wir noch alle Einrichtungen voll betriebsbereit gehalten, aber ... nun ja ... an den Einsatz der Waffe haben wir doch nie wirklich geglaubt. Irgendwann bekam mein Vorgänger vom Rat dann die Anweisung, nur die Teile des Arsenals in ständiger Bereitschaft zu halten, die für unsere normale Arbeit notwendig sind, die Rotorschweber, die beiden Interkontinentalraketenlafetten, die Drohnen und Hochatmosphärenplattformen. Die* Hephaistos-V *wurde als ... nachrangig eingestuft.«*

Dymond wandte sich an den Rat. *»Ist das wahr?«*

Die Ratsmitglieder wechselten betretene Blicke. *»Es ist möglich, dass im Rahmen der Optimierung unserer Ressourcen so eine Order aus-*

gegeben wurde«, gab Montasano zögernd zu. *»Ich glaube, es war damals Steyners Idee. Möge er in Frieden ruhen.«*

Der Oberst der Zonengarde schüttelte den Kopf. *»Ich fasse es nicht. Wenn man nicht auf alles selbst ein Auge hat. Also, Doktor Westin, was genau bedeutet das nun für uns? Ich hoffe, Sie wollen mir nicht mitteilen, dass unsere einzige Waffe von wirklich großer Schlagkraft unbrauchbar ist.«*

»Nein, Oberst. So schlimm ist es nicht. Aber ich befürchte, dass sie einer umfangreichen Wartung und Überprüfung unterzogen werden muss, bevor wir sie starten können. Ansonsten riskieren wir, dass sie entweder gar nicht zündet oder aber direkt im Startsilo in die Luft fliegt. Und das wollen wir sicher nicht.«

»Reden Sie Klartext, Mann«, versetzte Dymond. *»Wie lange?«*

Westin schien die Prozeduren im Kopf zu überschlagen. *»Sechsundneunzig Stunden, mindestens«*, sagte er.

»Vier Tage?«

»Vielleicht fünf, maximal sechs, das versichere ich Ihnen.«

Das schien dem Oberst nicht zu gefallen, aber es blieb ihm nichts anderes übrig, als sich in das Unvermeidliche zu fügen. *»Also gut. Fangen Sie sofort an. Je schneller die Waffe einsatzbereit ist, desto besser.«*

Der Techniker wandte sich an die übrigen Versammelten. *»Ist das auch der Wunsch des Rats?«*, fragte er, offenbar nicht bereit, sich allein dem Befehl eines Militärs zu beugen.

Es gab ein wenig Gemurmel unter den Ratsmitgliedern, anschließend nickte Guiluri. *»Ja, Doktor Westin. Folgen Sie Oberst Dymonds Befehlen.«*

»Wie Sie wünschen. Ich mache mich umgehend an die Arbeit.«

»Hoffen wir, dass sich unsere Feinde mit ihrem Angriff Zeit lassen«, knurrte Dymond.

Ferrer berührte ein Eingabefeld, und die Aufnahme blieb stehen. »Das war alles, was für uns wichtig sein dürfte.«

Sofort begannen alle im Raum durcheinanderzureden. Carya, deren Albionisch von Tag zu Tag besser wurde, bekam immerhin mit, dass die Widerständler in Hektik ausbrachen, weil ihnen auf einmal die Zeit davonlief. Offenbar hatten sie nicht damit gerechnet, dass Dymond so misstrauisch sein würde. Welche Schwierigkeiten es jetzt genau gab, verstand sie allerdings nicht.

»Wo liegt das Problem?«, wandte sich Carya an Emm.

»Wir hatten einen Plan, wie wir den Rat und die Zonengarde in einem überraschenden Streich absetzen wollten. Julion Alecander, der auch in der Aufzeichnung erwähnt wurde, ist einer von uns. Er versprach uns, Truppen zu beschaffen, die das Tal erobern und besetzen könnten, wenn wir dafür das Arsenal der Zonengarde sabotieren. Wir hatten alles genau geplant. Allerdings hätte unser ursprüngliches Vorhaben ein paar Opfer auf unserer Seite erfordert, sodass wir uns etwas Neues ausgedacht haben, als du dich bereit erklärt hast, an unserer Seite zu kämpfen. Heute Nacht hätte Ferrer dich zur Kaserne der Zonengarde gebracht, und mit seiner Hilfe hättest du deren Kampfkraft spürbar schwächen sollen. Gleichzeitig wären Alecanders Truppen losmarschiert, um im Morgengrauen des übermorgigen Tages anzugreifen. Nur ist das jetzt hinfällig. Dymond ist uns um wenige Stunden zuvorgekommen und …«

»He, äh, keine Ahnung, ob das wichtig ist, aber da blinkt plötzlich so ein rotes Licht«, unterbrach Pitlit sie. Der Straßenjunge deutete auf eine Apparatur rechts neben Ferrers Rechner.

Ferrer drehte sich um und fluchte. »Wir bekommen Besuch«, erklärte er. Rasch wandte er sich dem Gerät zu und gab eine Befehlsfolge ein. Auf dem Bildschirm tauchten Informationen auf, mit denen Carya nichts anfangen konnte.

»Drei Fahrzeuge«, meldete Ferrer. »Nähern sich rasch. So wie es aussieht, gehören sie zur Zonengarde.« Hektisch sprang er auf, löste einige Kabel und zog eine kleinere mobile Einheit aus dem größeren Rechner. »Raus! Alle raus hier, sofort. Wir sind aufgeflogen.«

Augenblicklich brach etwas aus, das für Carya wie kontrollierte Panik aussah. Curzo eilte zu einem schwarzen Kasten hinüber, den Carya für ein Funkgerät hielt, und legte einige Hebel um. Es knallte zweimal, und Rauch stieg aus den schmalen Schlitzen an der Seite des Geräts auf. Ferrer schob derweil seinen tragbaren Rechner in eine Umhängetasche. Telep saß schon an der größeren Maschine und gab Befehle ein, woraufhin alle Bildschirme blau wurden. Emm klappte eine Kiste auf, zog eine krude verkabelte Box hervor und drehte an einem Einstellrad. »Fünf Minuten«, sagte sie und hob zur Verdeutlichung alle Finger einer Hand.

Über dem Hausdach ertönte plötzlich ein Brausen. Gleichzeitig fiel ein Licht, wie von einem starken Scheinwerfer, durch die Fenstervorhänge und eine blecherne Stimme war zu vernehmen. »Achtung. Hier spricht die Zonengarde. Ergeben Sie sich. Kommen Sie unbewaffnet und mit erhobenen Händen aus dem Haus. Ansonsten sind wir gezwungen, Gewalt anzuwenden.«

»Ein Wachschweber!«, schrie Pitlit.

»Hinten raus«, befahl Curzo. »Ich lenke sie ab.« Er öffnete einen Spind neben der Eingangstür und zog eine große Schrotflinte hervor. Einer der Carya unbekannten Invitros schloss sich ihm an.

Emm wandte sich an Carya. »Er hat gesagt …«, wollte sie übersetzen, doch Carya winkte ab. »Ich habe es verstanden. Ich lerne schnell, schon vergessen?«

Ferrer lief zu einem der hinteren Fenster hinüber und öffnete es. Vorsichtig spähte er hinaus. »Sieht in Ordnung aus. Los, raus.«

Zögernd wandte sich Carya Curzo und seinem Gefährten zu. Es juckte sie in den Fingern, ebenfalls zur Waffe zu greifen und ihre Haut im Kampf gegen die Zonengarde so teuer wie möglich zu verkaufen.

»Lass sie, Aurelie Eins«, hielt Emm sie zurück. »Du bist später dran.«

Brüllend riss Curzo die Tür auf, hob seine Flinte und feuerte sie krachend ab. Der andere Invitro warf sich nach draußen, und eine zweite Waffe knallte. Im nächsten Moment begann es in rascher Abfolge laut zu knacken, ein Geräusch, das Carya bereits kannte und nicht mehr so schnell vergessen würde. Im Eingangsbereich barsten Holz und Mörtel aus der Wand, als superheißes Licht die Baustoffe verbrannte. Curzo schrie gepeinigt auf und fiel auf die Knie.

Mehr bekam Carya nicht mit, denn nach Ferrer und Pitlit sprang sie auf Emms Drängen hin aus dem Fenster. Sie landete auf dem weichen Waldboden hinter der Hütte. Wenige Schritte neben ihr ragte die Antennenschüssel auf. Jenseits des Dachfirsts schwebte rauschend ein weißer, tropfenförmiger Rotorschweber über der Lichtung, aber die Aufmerksamkeit des Piloten war anscheinend auf den Eingang gerichtet. Knackend entlud sich die Lichtkanone unter dem Bauch des Schwebers, während er seine Feinde beharkte.

Carya sah das Fluggerät, und sie wusste genau, wohin sie hätte schießen müssen, um es zum Absturz zu bringen. Es frustrierte sie unendlich, dass sie keine Waffe zur Hand hatte, sondern zur Flucht gezwungen war.

»Komm. Rasch.« Ferrer winkte ihr von unter den Bäumen. »Wir müssen weg.«

»Geben Sie auf«, befahl der Pilot des Rotorschwebers den Widerständlern, die aus der Deckung des Eingangs heraus auf ihn feuerten. »Widerstand ist zwecklos und hat nur Ihren Tod zur Folge.«

Vor dem Haus quietschten Bremsen, und Reifen knirschten. Scheinwerfer erhellten den im schwindenden Tageslicht schnell dunkler werdenden Wald. Türen schlugen, und Männer brüllten Befehle.

Carya wirbelte herum und floh. Ihr blieb keine andere Wahl, nicht in diesem Augenblick. Sie schlug sich in den Wald, der sich am Berghang rund um die Hütte erstreckte. Ferrer und Pitlit liefen vor ihr. Und mit einem Blick über die Schulter vergewisserte sich Carya, dass zumindest Emm und Ziyi noch hinter ihr waren.

»Stehen bleiben«, schrie eine Männerstimme von der Hütte her. Eine zweite fiel in den Aufruf ein.

Mit einem Sprung warf sich Carya seitwärts in die Büsche, denn sie bezweifelte, dass es bei höflichen Aufforderungen bleiben würde. Keine Sekunde zu früh. Hinter ihr peitschte ein Schuss, gleich darauf ein zweiter und ein dritter. Eine Frau schrie auf, der Tonlage nach glaubte Carya, dass es sich um Ziyi handelte.

Carya rutschte ein paar Meter den Hang hinunter und rollte sich hinter einen Baumstamm. Vorsichtig lugte sie hervor, um die Lage zu überblicken. Von Ferrer und Pitlit war keine Spur zu sehen, Emm schlug einige Schritte hangaufwärts Haken zwischen den Bäumen, verfolgt von zwei Zonengardisten mit Taschenlampen und Pistolen. Das Haus konnte Carya durch die Bäume nur schlecht erkennen, aber den Schreien nach zu urteilen wurde auch dort noch gekämpft.

Ich kann nicht alle retten, erkannte sie. *Aber vielleicht wenigstens Emm.*

Suchend sah sie sich auf dem Waldboden um. Die Auswahl an natürlichen Waffen war begrenzt. Kurz entschlossen packte Carya zwei dicke Äste, bevor sie wieder auf die Beine kam und geduckt durch die Schatten unter den Bäumen eilte.

Kapitel 27

Lautlos wie eine Katze huschte Carya hinter den beiden Gardisten her, die Emm verfolgten. Die hell strahlenden Lampen der Männer halfen ihr, sich zu orientieren. Erstaunlicherweise schienen sie den ganzen Wald um Carya herum zu erhellen. Es war wie am Flussufer, als Emm und Ferrer sie hatten Steine fangen lassen. Obwohl es eigentlich dunkel sein sollte, wirkte die Umgebung nicht wirklich dunkel, sodass es ihr leichtfiel, trockenen Ästen und Wurzeln am Boden auszuweichen, die sie früher zertreten hätte oder über die sie gestolpert wäre.

»Stehen bleiben«, schrie einer der beiden Männer zum wiederholten Male. Emm dachte jedoch offensichtlich nicht daran, dem Befehl Folge zu leisten. Der zweite Gardist hielt inne, zielte und schoss. Aber er traf nur den Baum, hinter dem die rothaarige Frau gerade verschwand.

Zu einem weiteren Schuss kam er nicht, denn im nächsten Augenblick war Carya heran. Trotz der Tatsache, dass er einen Helm und eine Schutzweste trug, holte sie aus und schlug ihm mit dem Stock in ihrer rechten Hand kraftvoll gegen den Hinterkopf. Wie sie es erwartet hatte, zuckte ihr Gegner zusammen und fuhr unwillkürlich herum. Der Stock in ihrer Linken sauste herab und traf seinen Unterarm knapp über dem Handgelenk. Mit einem Schmerzensschrei ließ der Mann die Pistole fallen.

Doch er erholte sich schnell. Mit der Linken, in der er noch die Taschenlampe hielt, versuchte er, einen Schwinger gegen Caryas Kopf zu landen. Carya ließ die Stöcke fallen, wich zur Seite aus und packte seinen Arm. Sie drehte sich weiter, und schwungvoll schleuderte sie ihn gegen seinen Partner, der nun ebenfalls stehen geblieben war, um sich dieser unvermuteten Bedrohung zu widmen. Beide taumelten zwei Schritte zurück und prallten gegen einen nahen Baumstamm.

Bevor sie sich wieder fangen konnten, war Carya auf die Knie gesunken und hatte die fallen gelassene Pistole aufgehoben. Instinktiv richtete sie den Lauf der Waffe auf den Kopf des ersten Mannes, allerdings besann sie sich sofort und zog ihn stattdessen nach unten, um auf seine Beine zu zielen. Zwei schnelle Schüsse peitschten, und beide Männer stürzten schreiend zu Boden. Augenblicklich war sie bei ihnen. »Pistole wegwerfen!«, schrie sie den zweiten Gardisten an und hielt ihm ihre Waffe vors Gesicht.

Der Mann, auf dessen Zügen trotz der Schmerzen noch ein Rest eisernen Widerstands lag, zögerte einen Moment zu lange. Carya zog den Lauf zur Seite und schoss ihm in den rechten Arm. Er japste schmerzerfüllt auf, und die Waffe fiel zu Boden. Carya nahm auch diese an sich. Dabei fiel ihr Blick auf die Gürtel der beiden Männer, an denen Elektroschockstäbe und Handschellen hingen. »Jetzt werft mir die Schockstäbe zu, und wenn ihr nicht wollt, dass ich sie an euch einsetze, kettet ihr euch mit den Handschellen aneinander und danach an diese Wurzel.« Sie deutete mit der einen Pistole auf eine aus dem Erdreich ragende Wurzel, die zu dem Baum im Rücken der Gardisten gehörte.

Zähneknirschend leisteten die beiden ihren Befehlen Folge. Carya nahm auch die Schockstäbe an sich und schob sie in die Tasche ihres Overalls. Danach legte sie ein paar Schritte Distanz zwischen ihre Gegner und sich. Rasch blickte sie sich im Wald um.

Von der Hütte kommend schwärmten weitere Gardisten in den Wald aus. Unmittelbare Gefahr drohte von ihnen aber nicht.

Aus den Augenwinkeln gewahrte Carya eine Bewegung. Sie fuhr herum. Gleich darauf entspannte sie sich, als sie Emm erkannte, die offenbar zurückgekommen war, weil sie Caryas Stimme gehört hatte. »Hier, nimm die«, sagte Carya und warf Emm eine der Pistolen zu. Die Invitro-Frau griff ins Leere und musste die Waffe vom Waldboden aufheben. Carya begriff, dass sie die Dunkelheit im Wald unterschätzt hatte. Nicht jeder hatte so scharfe Sinne wie sie seit ihrer Behandlung durch Ziyi.

Sie schnappte sich noch eine der Taschenlampen der Gardisten, dann rannte sie zu Emm hinüber. »Los, weg hier, bevor die Verstärkung eintrifft und …«

Ein gewaltiger Donnerschlag unterbrach sie, der aus Richtung der Hütte der Widerständler durch den Wald hallte. Das Aufjaulen von Rotoren war zu hören. Ein Bersten und Krachen folgte, und eine zweite Explosion ertönte. Die Zerstörung des Geheimverstecks, die Emm per Zeitzünder ausgelöst hatte, war dem Rotorschweber der Zonengarde zum Verhängnis geworden.

Es herrschte Totenstille unter den Bäumen, während das Echo der Explosion verhallte. Im nächsten Moment setzten Hilferufe und aufgeregtes Schreien ein. Wo die Hütte im Wald gestanden hatte, ragten nur noch Trümmer auf, die von den Flammen des brennenden Schweberwracks erhellt wurden.

Carya berührte Emm am Arm. »Verschwinden wir, solange die beschäftigt sind«, sagte sie. Seite an Seite liefen sie durch den Wald, wobei Carya Emm die Führung überließ, da diese sich trotz der Finsternis in der Gegend besser auskannte.

Sie hatten vielleicht zweihundert Meter zurückgelegt, und wie es schien, waren alle Verfolger nach der Explosion der Hütte zurückgeblieben, als sie plötzlich leise gerufen wurden. »Carya, he, hierher.«

Carya richtete ihre Aufmerksamkeit und den Strahl der Taschenlampe auf die Stelle. In einer Senke hinter einigen Sträuchern hockten Pitlit und Ferrer. Der Straßenjunge winkte sie hektisch näher. »Kommt rüber.«

Eilig gesellten sie sich zu den beiden und glitten hinter dem Strauchwerk in Deckung. Pitlit wirkte unversehrt, aber Ferrer hielt sich den Knöchel und machte eine verbissene Miene. »Habt ihr eine Ahnung, ob die anderen entkommen sind?«, wollte er wissen.

Emm schüttelte den Kopf. »Ich habe Ziyi schreien hören, weiß aber nicht, was mit ihr passiert ist. Ich habe mich nicht umgedreht, sondern bin einfach nur gerannt. Telep habe ich, wenn ich nicht irre, in südliche Richtung fliehen sehen, aber er wurde sicher genauso verfolgt wie ich. Keine Ahnung, ob er entkommen ist. Jedenfalls wäre ich ohne Caryas Eingreifen jetzt nicht hier, sondern säße verhaftet in einem Wagen der Zonengarde oder läge erschossen drüben zwischen den Bäumen.«

»Bei der Hütte wurde noch gekämpft, bis sie in die Luft geflogen ist«, fügte Carya hinzu. »Danach …« Sie brach ab.

Ferrer machte ein betretenes Gesicht. »Ja, ich fürchte, die Sprengladung ist etwas zu heftig ausgefallen. Ich bin Experte für Feinelektronik, nicht für Explosivstoffe.« Er stockte. Etwas leiser fügte er hinzu: »Ich hoffe, keiner von unseren Leuten ist dabei ums Leben gekommen.«

»Wie sieht es eigentlich mit dir und deinem Knöchel aus?«, wollte Emm wissen.

Ihr Gefährte machte eine wegwerfende Bewegung. »Ach, das ist nichts. Ich bin nur im Dunkeln an einer Wurzel hängen geblieben. Danach war an eine weitere Flucht nicht mehr zu denken. Gebrochen ist aber nichts. Der Knöchel ist bloß verstaucht – wenn überhaupt. Wahrscheinlich werde ich schon morgen nichts mehr davon merken.«

»Ich habe gesehen, wie er vor mir umgeknickt ist«, warf Pitlit ein. »Deshalb haben wir uns gemeinsam hier versteckt.«

»Und was machen wir jetzt?«, wollte Carya wissen. »Wie es aussieht, wurde der Widerstand verraten, sonst hätte man uns doch im Wald nicht aufgespürt.«

»Stimmt, und das ist übel«, antwortete Emm. »Denn jetzt müssen wir davon ausgehen, dass Dymond und seine Garde alles wissen, was wir besprochen haben. Dass es eine Verschwörung gibt, um das Tal anzugreifen, hatten sie sich ja bereits zusammengereimt, aber unsere Rolle hier war ihnen bislang unbekannt. Nun dauert es vermutlich höchstens ein paar Stunden, bis sie die Namen aller haben, die Teil des Widerstands sind, und bis sie die Bewachung ihres Arsenals verstärken, sodass wir es nicht mehr sabotieren können. Wir, die wir entkommen sind, können uns nicht mehr frei bewegen, da man nach uns suchen wird. Und all unsere bisherigen Möglichkeiten, etwa mithilfe von Ziyi die Einrichtungen des Brutlabors zu nutzen, sind auch dahin.«

In einer Geste hilflosen Zorns ballte Ferrer die Hände zu Fäusten. »Das Schlimmste ist, dass wir Alecander und die anderen jenseits der Berge nicht über die Ereignisse unterrichten können, weil unsere Funkanlage zerstört wurde. Wir können sie nicht warnen. Sie werden auf unser Signal zum Angriff warten, das nicht kommen wird. Natürlich werden sie trotzdem losmarschieren, denn ein Zurück gibt es nicht mehr, und dann werden sie direkt in die voll einsatzbereite Kriegsmaschinerie der Zonengarde hineinlaufen.«

»Wie konnte es nur passieren, dass euch die Garde auf die Spur gekommen ist?«, fragte Carya.

»Das wüsste ich auch gerne«, brummte Ferrer. »Monatelang haben wir uns unbehelligt im Wald getroffen. Plötzlich taucht ihr auf und … Moment mal, sagtest du nicht, ihr wärt heute Vormittag zu Dymond zitiert worden?«

»Ja, richtig. Er wollte einige Dinge über das Bündnis zwischen dem Mondkaiser und dem Lux Dei erfahren«, antwortete Carya. »Allerdings war es ein eher unsinniges Gespräch. Viel konnte ich ihm gar nicht erzählen.«

Mit plötzlichem Argwohn musterte der Invitro-Techniker sie. »Ich frage mich, ob er dieses Zusammentreffen nicht noch aus einem anderen Grund organisiert hat. Hat er dich zufällig berührt, dir auf die Schulter geklopft oder so?«

Carya schüttelte den Kopf. »Nein, während der ganzen Besprechung hat mich niemand angefasst.«

»Was ist mit diesem Wachmann?«, merkte Pitlit an. »Hat der dich beim Einsteigen nicht am Nacken gepackt?«

»Na ja, *gepackt* ist das falsche Wort. Er hat mir irgendwie kurz eine Hand auf den Nacken gelegt, um mich darauf hinzuweisen, dass ich beim Einsteigen in den Wagen den Kopf einziehen soll.« Jetzt, da Carya genauer darüber nachdachte, kam ihr dieses Verhalten schon seltsam vor.

Ferrer fluchte leise. »Gib mir mal die Lampe«, bat er, und als Carya gehorchte, begann er die Schulterpartie ihres Overalls abzuleuchten. Er fuhr mit dem Finger unter den Kragen des Kleidungsstücks und fluchte erneut. »Da haben wir den kleinen Mistkerl schon.« Vorsichtig zupfte er etwas von dem hellblauen Stoff und hielt es in den Lichtkegel der Lampe. Es sah aus wie ein winziger Käfer mit haarfeinen Beinchen aus Metall.

»Eine Wanze«, verkündete Ferrer. »Offensichtlich ist Dymond misstrauisch geworden und hat dich mit einem zweiten Sender neben dem in deinem Armband ausgestattet, um dich besser verfolgen zu können. So eine elende …« Er presste Daumen und Zeigefinger zusammen und zerquetschte das winzige Gerät. Besorgt blickte er Emm an. »Wir müssen sofort weiter und uns möglichst weit von hier entfernen. Am besten fliehen wir in eines der Seitentäler.«

»Ich habe eine bessere Idee«, entgegnete Emm. »Ich habe mir vor ein paar Monaten ein Privatversteck eingerichtet – für den Fall, dass Ziyi auffliegt und ich untertauchen muss. Dorthin können wir gehen. Niemand außer mir kennt es.«

»Auch gut. Hauptsache irgendwohin, wo man uns nicht so schnell findet, selbst wenn Dymond seine Spürhunde losschickt.«

Erschüttert blickte Carya auf den zerquetschten Peilsender in Ferrers Hand. »Licht Gottes, es tut mir so leid. Dass ich euch die Zonengarde auf den Hals hetze, habe ich wirklich nicht gewollt.«

Emm legte ihr beruhigend eine Hand auf den Arm. »Das glauben wir dir. Woher solltest du auch von der Existenz solcher Überwachungsapparate wissen? Du kommst von jenseits der Berge, wo es solches Zeug seit Jahrzehnten schon nicht mehr gibt. Und selbst früher haben die Leute meist nicht gemerkt, wenn sie ausspioniert wurden.«

»Passiert ist passiert.« Ferrer warf die Wanze fort. »Machen wir uns auf den Weg. Und bei nächstbester Gelegenheit besorgen wir dir neue Kleidung – euch beiden.« Er warf Pitlit einen kurzen Blick zu. »Bloß zur Sicherheit. Wer weiß, welches Ungeziefer euch noch im Hemd hängt.«

Mit stummer Faszination betrachtete Jonan die Ameise, die über seinen Handrücken wanderte. Er saß an einem Tisch im Schankraum einer ehemaligen Herberge, die von dienstbaren francianischen Geistern unweit des auf der Wiese aufgeschlagenen Zelts des Mondkaisers hergerichtet worden war, um als Aufenthaltsbereich für die Gäste zu dienen, und wartete darauf, dass ihre Delegation ins arcadische Lager zurückkehrte. Wo die Ameise plötzlich herkam, vermochte er nicht zu sagen. Vermutlich hatte sich das winzige Insekt in einer Spalte des Holztischs verborgen, als die Diener des Kaisers den Raum geputzt hatten.

Der Plan der Verschwörer stand nun, und der König von Austrogermania hatte sich bereits mit seinen Offizieren wieder verabschiedet, um im Schutze der hereingebrochenen Nacht mit einem schnellen Motorwagen in aller Heimlichkeit zu seinen Truppen im Norden zurückzukehren. Maximilian war sozusagen ihr Ass im Ärmel, denn dass man sich mit zwei Heeren vor der Haustür der Erdenwacht einfinden konnte, ohne dass diese davon Wind bekam, daran glaubte nicht einmal Großinquisitor Aidalon, der von Militärstrategie sonst wenig Ahnung hatte.

Die Ameise ertastete sich ihren Weg zwischen Jonans Fingerknöcheln hindurch. Sie schien unsicher zu sein, wie sie in diese Lage geraten war, und bestrebt, Jonans Hand möglichst schnell wieder zu verlassen. Er fragte sich, ob ihr bewusst war, dass er genau wusste, wo sie sich aufhielt, und dass er sie wie ein Gott aus der Höhe beobachtete. Natürlich konnte sie ihn jederzeit beißen, und es würde auch eine Weile schmerzen und jucken. Andererseits lag es in Jonans Macht, sie mit einem schnellen Schlag zu zerquetschen, bevor sie überhaupt wusste, wie ihr geschah.

Jonans Finger schienen dem Insekt nicht geheuer zu sein. Es drehte sich um und zog sich eilig über den Handrücken zurück, auf der Suche nach einer Möglichkeit, Jonans warme Haut, die offenbar instinktiv alle Alarmglocken im beschränkten Geist der Ameise schrillen ließ, zu verlassen.

Wir können nicht zurück, dachte Jonan. *Wir müssen die Hand beißen und hoffen, dass der Biss stark genug ist, um den Körper zu Fall zu bringen, bevor er mit der anderen Hand zuschlägt.* Eigentlich gefiel ihm diese Analogie überhaupt nicht, denn sie wurde von seinen Befürchtungen genährt, dass sich der Mondkaiser, Paladin Alecander und Maximilian von Austrogermania trotz ihres eindrucksvollen Aufgebots an Männern und Kriegsmaschinen mit einem Gegner anlegten, der ihnen weit überlegen war.

Jonan hob die andere Hand und schnippte die Ameise mit Daumen und Zeigefinger davon. Er wollte nicht länger darüber nachdenken.

Der Vorhang wurde beiseitegeschlagen, und ein Adjutant in der Uniform der francianischen Armee trat ein. »Monsieur Estarto?«

»Ja?« Jonan erhob sich.

»Der Kaiser wünscht Sie zu sprechen.«

Er versuchte, sich seine Überraschung nicht anmerken zu lassen, ein Ansinnen, das, wie er fürchtete, grandios scheiterte. »Mich?«, fragte er.

»Jawohl, Monsieur«, bestätigte der Adjutant.

»Gut … dann … ich stehe ihm jederzeit zur Verfügung.«

»Folgen Sie mir bitte.«

Der Soldat geleitete ihn aus dem Raum und einige Meter die Straße hinunter zu einem zweistöckigen Wohnhaus, über dessen Eingangstür das Banner des Mondkaisers hing. Das Zelt, in dem die denkwürdige Begegnung der Herrscher dreier Reiche stattgefunden hatte, wurde bereits wieder abgebaut. In der Zwischenzeit diente dieses Gebäude als zeitweiliger Kommandoposten.

Sie passierten den vierköpfigen Wachtrupp aus Elitegardisten und betraten das Haus. In einem Raum direkt neben dem Eingang war die Zentrale eingerichtet worden. Paladin Alecander und General Palladio hielten sich dort auf, zusammen mit einigen Stabsoffizieren aus Francia. Sie alle warteten auf einen Funkspruch von ihren Verbündeten aus dem Tal der Erdenwacht, der bestätigte, dass die Operation wie geplant anlaufen würde.

»Estarto?«, fragte Alecander, als Jonan in Sicht kam.

»Ich habe eine Audienz bei Seiner Majestät«, beantwortete Jonan die unausgesprochene Frage.

General Palladio hob überrascht die Augenbrauen. Alecander dagegen nickte bloß. »Dann lassen Sie den Kaiser nicht warten.«

»Hier entlang«, sagte der Adjutant und führte Jonan die Treppe hinauf in den ersten Stock. Vor einer Tür am Gangende stand ein weiterer Elitegardist. In seiner blausilbernen Kampfpanzerung füllte er fast den ganzen Korridor aus. Als der Adjutant sich näherte, trat er ein wenig zur Seite. Die Holzbohlen unter seinen Füßen knarrten bedenklich.

Jonans Führer klopfte, trat ein und wechselte ein paar kurze Worte mit jemandem im Inneren. Anschließend bedeutete er Jonan einzutreten, und nachdem dieser der Aufforderung Folge geleistet hatte, schloss der Mann die Tür wieder hinter ihm.

Der Raum mochte ursprünglich ein großes Schlafzimmer gewesen sein, aber die Diener des Mondkaisers hatten alle Möbel entfernt und durch selbst mitgebrachte ersetzt. Sogar auf einem Kriegszug ließ sich der Kaiser einen Hauch von Prunk nicht nehmen. Im vorderen Bereich des Raums standen ein paar kostbar wirkende Polsterstühle. An der hinteren Wand, eingerahmt durch blausilberne Vorhänge und unter einem großen Wappen aufgestellt, befand sich auf einem niedrigen Podest ein breiter Sessel. Ein vielarmiger, silberner Kerzenständer sorgte für Licht.

Der Mondkaiser stand am Fenster und blickte hinaus auf das Treiben vor dem Gebäude. Als er Jonan hereinkommen hörte, drehte er sich um. »Templer Estarto, sehr schön.«

»Eure Majestät.« Jonan verbeugte sich. »Was kann ich für Euch tun?«

»Sie können dem Angebot zustimmen, meiner Armee beizutreten«, sagte der Kaiser ohne Umschweife.

Verblüfft starrte Jonan ihn an. »Ich … Das ist ein äußerst großzügiges Angebot, insbesondere, da Ihr vermutlich wisst, unter welchen Umständen ich aus den Reihen des Templerordens ausgeschieden bin. Wie komme ich zu der Ehre?«

»Tatsächlich sind diese Umstände ein nicht geringer Grund für mein Angebot«, gab der Mondkaiser zurück. »Sie sind ein Mann mit Anstand und Gewissen. Solche Männer kann ich gebrauchen.« Die silbern geschminkte Mundpartie unter seiner fast das ganze Gesicht verhüllenden Maske zuckte in der Andeutung eines Lächelns. »Außerdem wäre es mir ein persönliches Vergnügen, Sie dem Zugriff von Großinquisitor Aidalon zu entziehen.«

»Das würde auch mir gefallen, aber ich müsste vorher mit Paladin Alecander sprechen, dem ich im Augenblick zumindest halb offiziell verpflichtet bin.«

»Diese Mühe können Sie sich sparen. Er war es, der mich bat, Ihnen die Möglichkeit zu gewähren, Ihre Fähigkeiten erneut nutzbringend einsetzen zu können, ohne dass die Bürde, als Verräter Ihrer Kameraden dazustehen, auf Ihnen lastet.«

Das machte Jonan sprachlos. Er hatte keine Ahnung, womit er die Fürsprache solch mächtiger Männer verdient hatte, aber er war dafür so dankbar, dass er es kaum in Worte kleiden konnte. »In diesem Fall stehe ich Euch zu Diensten, Majestät«, verkündete er und verbeugte sich noch einmal. »Mit einer Einschränkung.«

Einige Sekunden lang musterte der Mondkaiser Jonan mit seinen unheimlich sezierenden Augen. »Richtig, ich erinnere mich. Sie lieben es, Ihr Glück zu strapazieren.«

»Ich muss es, verzeiht mir, Eure Majestät«, erwiderte Jonan. »Gerne ziehe ich mit Euch gegen die Erdenwacht und kämpfe, bis wir den Sieg errungen haben. Danach allerdings muss ich nach meinen Freunden suchen, Carya und Pitlit. Sie sind im Tal der Wacht verschollen. Ich kann sie nicht ihrem Schicksal überlassen. Vor allem Carya nicht.«

Der Mondkaiser neigte den Kopf. »Das sollen Sie auch nicht. Keine Sorge, wir werden Ihre Herzensdame finden, *Chevalier* Estarto.«

Draußen auf dem Flur wurden schwere Schritte laut, und es klopfte an der Tür.

»Ja?«

Die Tür wurde geöffnet, und Paladin Alecander steckte den Kopf herein. Seine Miene war ernst. »Verzeiht die Störung, Eure Majestät. Aber wir haben immer noch keine Nachricht aus dem Tal. Meine Leute dort melden sich einfach nicht. Wir bekommen nicht einmal Kontakt zu ihrem Kommunikationssystem.«

Der Mondkaiser neigte fragend den Kopf. »Für gewöhnlich waren sie sehr zuverlässig, nicht wahr?«

»Absolut«, bestätigte Alecander. »Daher befürchte ich das Schlimmste.«

Nachdenklich ging der Kaiser ein paar Schritte im Zimmer auf und ab. »Wie beurteilt Ihr die Lage, Paladin?«, fragte er.

»Meines Erachtens bleibt uns keine Wahl, als weiterzumachen, vielleicht sogar unsere Vorbereitungen zu beschleunigen. Wenn wir uns jetzt zurückziehen, werden wir nie wieder die Gelegenheit bekommen, die Erdenwacht anzugreifen, da bin ich mir sicher.«

»Dem stimme ich zu.« Der Mondkaiser hob den Kopf. Das Licht der Kerzen spiegelte sich auf seiner ausdruckslosen Maske und füllte seine Augen mit einem Feuer der Entschlossenheit. »Sammelt Eure Männer, Paladin Alecander. Wir marschieren sofort los. Übermorgen im Morgengrauen greifen wir an.«

Kapitel 28

Es knallte, und ein winziger, weißblauer Blitz zuckte über die Eingeweide des geöffneten Apparats, den Ferrer vor sich auf dem Tisch stehen hatte. »Verdammter Mist!«, fluchte der Invitro-Techniker. »Dieser Sendeempfänger ist reiner Schrott. Wo hast du den aufgetrieben, Emm?«

»Du wirst lachen: Auf dem Schrottplatz drüben in Bezirk 5«, antwortete Emm trocken, die auf einem Stuhl neben ihm hockte.

»Irgendwie fällt es mir gerade schwer, zu lachen. Dafür ist die Lage zu brenzlig.«

»He, was hätte ich machen sollen?«, versetzte Emm gereizt. »Leider können wir gegenwärtig nicht zum Zentralmarkt spazieren und einen Bezugsschein für ein Funkgerät über den Tresen reichen. Denn falls es dir noch nicht aufgefallen ist: Wir werden alle gesucht!«

Ferrer warf ihr einen finsteren Blick zu. Dann hob er die Hand und rieb sich seufzend über den Nasenrücken. »Tut mir leid«, brummte er. »Ich muss bloß die ganze Zeit daran denken, dass da draußen unsere Verbündeten sitzen und keine Ahnung haben, was im Tal passiert. Wir haben versagt. Wir waren nicht vorsichtig genug. Und nun dürfen sie dafür bezahlen.«

»Dann lasst uns etwas unternehmen«, mischte Carya sich in das Gespräch ein. »Nicht nur hier herumsitzen.«

Seit einem knappen Tag befanden sie sich nun in Emms Versteck, einem kleinen Haus am Rand einer Siedlung, die ihren Reiz offenbar verloren hatte, denn es wohnten nur noch wenige Menschen in der Nachbarschaft. Die Siedlung lag am nordwestlichen Ende des Tals, in Sichtweite des Berges, unter dem sich der zugesperrte Tunnel befand. Lebensmittel hatte Emm dort bereits vor einiger Zeit gebunkert, zu Strom und Wasser hatte Ferrer ihnen verholfen, indem er einen Verteilerkasten in der Nachbarschaft angezapft hatte.

Den Großteil des Tages hatten Carya und Pitlit im Haus versteckt zugebracht. Emm hatte ihnen beiden auf dem Weg hierher neue Overalls besorgt, und sie hatten sich von ihren alten Kleidern getrennt, um ein Wiedererkennen auf der Straße zu erschweren und außerdem das Risiko zu minimieren, versteckte Peilsender in ihr neues Domizil einzuschleppen. Trotzdem waren sie gemeinsam nach wie vor zu auffällig, um sich frei bewegen zu können. Zumindest galt das für die Kernbezirke des Tals.

Während sie sich verbargen, hatte Ferrer Caryas und Pitlits Invitro-Armbänder endgültig abgeschaltet und entfernt. Da sie ohnehin auf der Abschussliste der Zonengarde standen, war es nicht mehr nötig, sich deren Spielregeln zu beugen und die Peilsender zu tragen. Danach hatte Emm Carya vorgeschlagen, auch noch ihr Haar abzuschneiden und zu färben, um nicht so leicht wiedererkannt zu werden, doch Carya vertrat die Ansicht, dass hochgestecktes braunes Haar kaum mehr ins Auge fiel als abgeschnittenes schwarzes, rotes oder wasserstoffblondes. Emm hatte sich dieser Argumentation gebeugt und nur ihr eigenes, auffällig rotes Haar schwarz abgetönt.

Am Nachmittag hatten sie dann entschieden, dass sie irgendwie versuchen müssten, mit den Truppen jenseits der Berge wieder Kontakt aufzunehmen. Also war Emm, umgezogen und neu frisiert, losgezogen, um nach Elektronikausrüstung zu suchen, die ihnen eine Funkverbindung ermöglichen würde. Bedauerlicherweise war sie zwar gut darin, Dinge zu beschaffen, allerdings hielten sich ihre Kenntnisse, was Kommunikationstechnik anbelangte, in Grenzen.

Seufzend lehnte Ferrer sich auf seinem Stuhl zurück. »Vielleicht hat Carya recht. Es wird schon dunkel draußen. In wenigen Stunden greift Julion mit seinen Truppen an. Wir sollten etwas unternehmen.«

»Und was schwebt dir vor?«, fragte Emm. »Den Angriff auf das Arsenal können wir vergessen. Zum einen liegt unsere ganze Ausrüstung in die Luft gesprengt unter den Trümmern unseres Waldverstecks begraben, zum anderen müssen wir davon ausgehen, dass die Zonengarde weiß, was wir vorhaben. Wir würden bloß in eine Falle laufen, wenn wir daran festhalten. Abgesehen davon hat Dymond sein Kriegsspielzeug sicher schon auf den Pass verlegen lassen. Und dort befindet es sich außer Reichweite.«

»Hm, ich fürchte, das ist richtig«, musste Ferrer eingestehen. Er fuhr sich mit beiden Händen über das dichte, kurz geschorene Haar. »Verflixt, jetzt ist guter Rat teuer.«

»Können wir nicht irgendwie dafür sorgen, dass die Kameras und Funkgeräte der Erdenwacht ausfallen?«, mischte sich Pitlit ein, der bis jetzt auf einem alten Sofa lümmelnd schweigend zugehört hatte.

»Was?«, fragte Emm verblüfft.

»Na ja, wir können ihre Kampfmaschinen nicht mehr aufhalten, so viel ist klar. Aber wir könnten sie genauso hilflos machen wie uns, indem wir ihren Funk stören. Sie scheinen sich doch ziemlich auf Kameras und Peilsender und so ein Zeug zu verlassen.«

Ferrer blinzelte, als er sich die Idee durch den Kopf gehen ließ. Ein eigentümlicher Glanz trat in seine Augen, und er setzte sich auf. »Ihre Kommunikation stören. Das ist gar nicht so dumm. Auf einem der Berggipfel drüben im Osten des Tals gibt es diese Anlage, ziemlich groß, nicht zu verfehlen. Über die läuft praktisch die gesamte drahtlose Kommunikation der Erdenwacht.«

»Ich glaube, die haben Pitlit und mich bei unserem sehr kurzen Ausflug in den Industriebezirk gesehen«, sagte Carya.

»Höchstwahrscheinlich«, bestätigte Ferrer mit einem Seitenblick. »Also, wenn es uns gelingen würde, dort hineinzukommen und den Großrechner zu zerstören, wäre das komplette Funknetz lahmgelegt. Keine Funkgeräte, keine Steuerung der Spionagedrohnen, keine Bildübertragung von den Überwachungskameras. Gut, es gibt Möglichkeiten, sich zu behelfen, aber bis sie die eingerichtet haben, wären sie praktisch blind und taub. Das könnte Julion und den anderen den nötigen Vorteil verschaffen, den sie brauchen, um trotz stehender Verteidigungslinie durchzubrechen. Ganz abgesehen davon gelingt es uns vor Ort vielleicht, eine Verbindung zu unseren Mitstreitern herzustellen und sie vor dem Geschehen hier zu warnen.« Er wirkte auf einmal ganz aufgeregt, beinahe euphorisch. »Emm, was hältst du davon?«

»Also, ich bin dabei«, rief Pitlit und sprang vom Sofa. »Alles ist besser, als hier Staub anzusetzen.«

Carya nickte. Sie empfand genauso. Sie musste einfach etwas tun, um gegen das schlechte Gewissen anzukämpfen, das sie plagte, weil sie nun schon zum zweiten Mal unbeabsichtigt Unheil über eine Gruppe guter Menschen gebracht hatte. Deren Wunsch nach einem freien Tal sollte Wirklichkeit werden. Dafür würde sie sorgen, wenn es nur irgendwie in ihrer Macht stand.

»Machen wir es!«, sagte Emm entschlossen. »Für Curzo, Ziyi und die anderen!«

Sie warteten, bis es draußen richtig dunkel geworden war. Dann verließen sie ihr Versteck, schlossen einen Wagen am anderen Ende der Wohnsiedlung kurz und fuhren auf abgelegenen Straßen ostwärts das Tal hinunter. Carya saß am Steuer, denn dank ihrer schärferen Sinne konnte sie den Wagen über weite Strecken mit abgeblendeten Scheinwerfern fahren, wodurch sie praktisch unsichtbar wurden, ein eiförmiges Phantom, das auf engen Pfaden am Rand der Erdenwacht-Siedlung dahinhuschte.

Ihre Fahrt dauerte eine knappe Stunde, dann sahen sie zur Linken die Anlage oben auf der Spitze der Bergkette auftauchen. Strahler, die entlang des Hauptgebäudes angebracht waren, tauchten die Szenerie in orangefarbenes Licht. Die großen weißen Sendeempfangsschüsseln ragten in den dunklen Nachthimmel auf.

Carya parkte den Wagen auf einem Kiesweg neben einem alten, leer stehenden Wohnhaus, von denen es hier, am Rand des Industriebezirks, einige gab. Sie schienen noch aus der Zeit zu stammen, bevor die Erdenwacht die Herrschaft übernommen hatte. Einige Hundert Meter die Hauptstraße hinunter begannen die riesigen Produktionshallen, in denen auch zu später Stunde noch gearbeitet wurde, wie an den erhellten Straßen zwischen den Gebäuden, dem dumpfen, stetigen Summen und Dröhnen von Maschinen sowie den dünnen Rauchfäden, die aus den Schornsteinen aufstiegen, zu erkennen war.

In einem weiten Bogen, der sie am bewaldeten Hang oberhalb des Industriebezirks entlangführte, näherten sie sich der Kommunikationseinrichtung auf dem Gipfel. Ihr Plan war relativ simpel: Mit einer Zange aus dem Werkzeugkeller von Emms Versteck würden sie sich durch den Zaun schneiden, der das Gelände umgab, um sich anschließend von hinten dem Hauptgebäude zu nähern, das letzten Endes nicht mehr war als ein zweigeschossiger, weitgehend fensterloser Flachbau, in dem die Kommunikation gesteuert wurde. Ferrer würde die Hintertür knacken, danach würde Carya die Vorhut übernehmen, um mögliche Wachen in den

Gängen mit einem der Schockstäbe auszuschalten, die sie den Zonengardisten abgenommen hatte. Den anderen Stab trug Pitlit bei sich. Die beiden geraubten Pistolen steckten in Emms und Caryas Overalls. Ferrer hatte die Umhängetasche mit seinem tragbaren Rechner über die Schulter geschlungen. Ein paar kleinere Werkzeuge ragten aus seinen Hosentaschen. Mehr Ausrüstung besaßen sie nicht. Es würde genügen müssen.

Nachdem sie eine gute Viertelstunde bergauf gekraxelt waren, erreichten sie den übermannshohen Drahtzaun, der die imposanten Sendeempfangsschüsseln umgab. Einige Minuten lang lagen sie hinter einem Gebüsch und beobachteten das Gelände, um zu schauen, ob eventuell ein Wachmann mit Hund auf Streife unterwegs war. Als sich nichts rührte, krochen sie direkt an den Zaun heran, und Ferrer machte sich unter leisem Ächzen ans Werk, um ihn von unten so weit aufzuschneiden, dass sie hindurchschlüpfen konnten. Glücklicherweise gab es auch hier keine Kameras, die ihr Tun hätten beobachten können. Zumindest war nicht einmal Carya imstande, welche zu entdecken – und es kam auch niemand angerannt, um sie unwirsch zu fragen, was sie hier eigentlich trieben.

Als die Lücke, die Ferrer schnitt, endlich groß genug war, schoben sie sich unter dem Zaun hindurch und huschten auf die Rückseite des Gebäudes zu, wobei sie jede Deckung nutzten, die ihnen die Sendeempfangsschüsseln boten. Carya erfasste immer wieder misstrauisch ihre Umgebung und ließ ihren Blick auch über die vier Fenster schweifen, die nach hinten hinaus auf das Antennenfeld wiesen. Keine Menschenseele war zu sehen. Dennoch tauchte die Beleuchtung zumindest den Streifen um das Gebäude herum in beinahe taghelles Licht.

»Warum gibt es hier keine Wachen?«, wunderte sie sich.

»Ich schätze, Dymond hat jeden verfügbaren Mann hinauf zum Pass geschickt, um unsere Freunde zu erwarten«, antwortete Emm.

»Und einige liegen sicher auch in der Kaserne der Zonengarde auf Lauer, um uns festzunehmen, sollten wir dreist genug sein, dort aufzutauchen«, fügte Ferrer hinzu. »Sei doch dankbar, dass bislang niemand von denen auf die Idee gekommen ist, wir könnten die Kommunikationsanlage angreifen. Wäre es dir lieber, wenn es auf dem Gelände von Wachen nur so wimmeln würde?«

»Selbstverständlich nicht«, gab Carya zurück. »Leider habe ich die Erfahrung gemacht, dass die Dinge niemals leicht sind, egal, was man vorhat. Und das hier kommt mir gerade sehr leicht vor.«

»Du leidest unter Verfolgungswahn.« Ferrer bedachte sie mit einem aufmunternden Grinsen. »Aber wenn es dich beruhigt: Noch sind wir ja nicht drin. Es kann nach wie vor jede Menge schiefgehen.«

Geduckt rannten sie zur Hauswand hinüber und pressten sich gegen die Mauer, um von den Fenstern aus nicht mehr zu sehen zu sein. Bis jetzt hatte sich dort zwar niemand gezeigt, aber das hieß nicht, dass nicht jeden Augenblick einer der Techniker im Inneren von seinem Arbeitsplatz aufstehen und hinüberspazieren mochte, um einen Moment nach draußen zu schauen und dabei die müden Knochen zu strecken.

»Na großartig«, brummte Ferrer leise. »Die Tür hat kein normales Schloss, sondern wird per Codeeingabe geöffnet.« Vielsagend dreinschauend tippte er mit dem Finger auf einen kleinen grauen Kasten, der an der Wand neben der grünen Metalltür hing. »Das wird jetzt ein paar Minuten dauern.«

»Beeil dich«, drängte Emm, die mittlerweile ihre Pistole gezogen hatte und nervös von links nach rechts blickte, als erwarte sie, dass doch auf einmal ein Wachmann um die Ecke geschlendert kam.

»Ja, ja, hetz mich nicht. Sonst löse ich noch den Alarm aus.« Ferrer zog ein schmales Werkzeug aus der Hosentasche und fuhrwerkte behutsam an dem Kästchen herum, bis er einen Teil der Verkleidung gelöst hatte. Darunter kamen Kabel und Anschlüsse zum Vorschein. Der Invitro-Techniker holte seinen tragbaren Rechner hervor. Er wollte gerade eine Verbindung herstellen, als die Tür urplötzlich von innen geöffnet wurde.

Carya und die anderen zuckten erschrocken zusammen. Doch ihre Überraschung war nichts im Vergleich zu der des rundlichen Mannes, der in eine grünweiße Kombination gekleidet und eine Zigarette in der Hand im Türrahmen stand. »Was zum …«, brachte er noch hervor. Einen Lidschlag später hatte Carya ihn gepackt, herumgerissen und gegen die Hauswand gepresst. Bevor er auch nur daran denken konnte, Gegenwehr zu leisten, hielt sie ihm den Elektroschockstab an den Leib und drückte ab. Es knisterte, und der Mann begann heftig zu zittern. Dann verdrehte er die Augen und rutschte wie ein nasser Sack an der Wand hinunter zu Boden. Seine Zigarette hing zerdrückt in seiner verkrampften linken Faust.

»Oder so«, meinte Ferrer trocken und klappte seinen Rechner wieder zu.

»Na, das war knapp«, murmelte Pitlit. Er schielte in den Korridor hinein. »Alles ruhig dort.«

»Carya«, forderte Emm sie auf, die Führung zu übernehmen.

Nickend glitt Carya durch die Tür und in den Gang. Es gab eine Tür rechts, eine links und eine am Gangende, wo sich der Korridor teilte. Sie horchte, vernahm aber lediglich ein Summen und gelegentliches Piepen hinter der letzten.

»Der Raum für den Großrechner«, flüsterte Ferrer hinter ihr.

Carya passierte gerade die linke Tür, als dahinter ein Rauschen von Wasser laut wurde und etwas wie eine Türangel quietschte. Die Tür wies keine Markierung auf, aber Carya hätte schwören können, dass sich dahinter ein Waschraum oder eine Toilette befand.

Sie bedeutete den anderen, zurückzubleiben und wartete sprungbereit. Weiteres Wasserfließen war zu hören, danach das leise Brummen eines elektrischen Geräts. Einige Schritte und schon wurde die Tür geöffnet.

Ein zweiter Mann in weißgrünem Overall trat daraus hervor. Sein schütteres blondes Haar stand in Borsten vom Kopf ab, im Mundwinkel hing ebenfalls eine Zigarette. »Weißt du, was ich glaube, Thom*achduscheiße*!« Er riss die Augen auf, Caryas Schockstab knisterte, und er sank gegen den Türrahmen. Carya bedeutete Ferrer, sich um den Mann zu kümmern, bevor sie rasch weiterhuschte.

Behutsam überprüfte Carya die rechte Tür, die sich als abgeschlossen erwies. Sie schob den Kopf um die Ecke und lugte in den Quergang. Links endete dieser nach einem Meter in einer Tür, die nach einem Wandschrank aussah, in dem Putzzeug liegen mochte. Rechts führte er durch eine mit einem Holzstück verkeilte Metalltür in einen Raum, von dem aus eine Treppe in den ersten Stock hinaufging. Durch eine zweite Tür erreichte man einen weiteren Gang. Von oben vernahm Carya leise Stimmen, mindestens zwei verschiedene.

Sie wechselte den Schockstab in die Linke und zog ihre Pistole. Wenn dort mehrere Leute beisammensaßen, war es besser, sich alle Optionen offenzuhalten. Vielleicht befanden sich die Gegner zu weit auseinander, um sie rasch ausschalten zu können. Und falls einer von ihnen eine Waffe hatte, würde ihr der Schockstab allein nicht mehr weiterhelfen.

Hinter ihr tauchte Emm auf, ihre Waffe ebenfalls erhoben. Mit funkelnden Augen nickte sie Carya zu. Sie war bereit.

Auf Zehenspitzen huschte Carya zu der Treppe hinüber. Einmal mehr kamen ihr die weichen Stoffschuhe zugute, die Freeman ihr besorgt hatte und die praktisch keinen Laut auf dem grauen Bodenbelag machten. Vorsichtig glitt sie die Stufen empor, den Blick nach oben gerichtet und die Pistole im Anschlag. Sie reckte den Kopf über den Rand der Stufen und sah einen großen Kontrollraum mit zwei Reihen grauer Steuer- und Überwachungspulte. Mit einem Blick erfasste sie, dass es sechs Stühle in dem Raum gab, aber nur drei Männer in grünweißen Overalls anwesend waren. Mit den beiden Bewusstlosen im Waschraum machte das fünf. Das hieß, dass also womöglich noch ein Gegner im Gebäude war.

Bevor einer der Männer zufällig einen Blick in ihre Richtung werfen konnte, richtete sie sich auf und sprang in den Raum hinein. »Hände hoch!«, befahl sie auf Albionisch und zielte mit der Pistole auf den nächsten der Anwesenden. »Keine falsche Bewegung!« Hinter ihr tauchte Emm auf. Die nun schwarzhaarige Invitro machte zwei Schritte zur Seite und richtete ihre Pistole auf den Sitznachbarn des ersten.

»Himmel!«, entfuhr es diesem. »Nicht schießen!« Er riss die Arme in die Höhe. Seine beiden Kollegen taten es ihm gleich.

In Emms Rücken erschien auf einmal der fehlende sechste Techniker, ein junger Mann von kräftiger Statur, der offenbar gerade etwas an der Rückseite eines der Kontrollpulte eingestellt oder repariert hatte. In einem Anflug törichten Heldentums warf er sich auf die Invitro und riss sie mit sich zu Boden. Ein Schuss knallte, und einer der Bildschirme neben den sitzenden Männern zerbarst mit einem Krachen.

Emm schrie auf und versuchte sich zu wehren, aber der Mann war viel stärker als sie. Carya, die durch den Angriff abgelenkt wurde, merkte gerade noch rechtzeitig, wie einer der anderen drei Männer zu dem Schluss kam, dass sie eine Chance gegen die Eindringlinge hatten, wenn er seinem Kameraden jetzt zu Hilfe eilte. Todesmutig sprang er Carya entgegen, die jedoch blitzschnell herumwirbelte, sodass sein Angriff seitlich an ihr vorbei ins Leere ging. Noch in der Bewegung hob sie die Hand mit der Pistole und hieb ihm den Griff in den Nacken. Ächzend krachte er zu Boden.

Wieder schrie Emm auf. Verzweifelte Wut lag in dem Laut. Dann knallte ein weiterer Schuss.

Kapitel 29

»Heilige Mutter!«, schrie der zweite Techniker, ein sehr gläubiger Mann, wie es aussah.

Als Carya sich umdrehte, sah sie, wie Emm sich keuchend unter dem erschlafften Körper ihres Angreifer hervorwand. Auf dem weißen Rückenstoff seines Overalls breitete sich ein hellroter Blutfleck aus, der rasch größer wurde. Emm rollte ihn von sich und kam schwankend auf die Beine. Ihre Frisur war zerzaust und ihre Kleidung fleckig vom Blut ihres Gegners.

Sie richtete den Blick auf ihren gefällten Widersacher. »Oh, nein …«, murmelte sie. »Oh, verdammter, elender Mist.« Ihre Hände begannen zu zittern. »Er ist tot …«

Carya hatte keine Zeit dafür. Sie wandte sich wieder den beiden verbliebenen Technikern zu, die ihre Hände daraufhin nur noch höher hoben. Von ihnen ging keine Gefahr aus. »Ferrer, komm hoch und kümmere dich bitte um Emm«, rief Carya, ohne sich zur Treppe umzuschauen. »Pitlit, nimm ihre Pistole. Wir müssen diese Kerle einsperren, damit sie uns nicht im Weg sind.«

»Bitte, töten Sie uns nicht«, flehte der erste Mann. »Wir sind nur einfache Arbeiter. Ich … ich habe Familie.«

»Es soll niemand sterben«, erwiderte Carya. »Oder ich muss wohl sagen: sollte. Wenn Sie vernünftig sind und sich einsperren lassen, wird Ihnen nichts passieren.«

»Klar, kein Problem«, sagte der Techniker. »Alles, was Sie sagen.«

Während Ferrer, der selbst etwas bleich im Gesicht wurde, als er den Toten sah, Emm hinüber zum Fenster führte und ihr beruhigend zuredete, ließen Carya und Pitlit die beiden Männer ihren bewusstlosen Kameraden aufnehmen. Sie geleiteten die Techniker ins Erdgeschoss, wo sie sie zusammen mit ihren beiden zuvor betäubten Kollegen in den Waschraum einsperrten, nachdem Pitlit sich vergewissert hatte, dass es dort keine Fluchtmöglichkeit gab und dass keiner der Männer eines dieser kleinen, flachen Funkgeräte bei sich trug.

»Ich muss dich um noch einen Gefallen bitten«, sagte Carya zu Pitlit, als sie zurück zur Zentrale gingen.

»Hm?«

»Wir müssen den Toten hier runterschaffen, irgendwohin, wo er nicht stört. Ich fürchte, sonst können Emm und Ferrer nicht ruhig arbeiten.«

Pitlit schnitt eine Grimasse. »Igitt, ich hasse das. Aber ich helfe dir. Bevor einer unserer neuen Freunde uns vor die Füße kotzt oder ohnmächtig wird.«

Auf Caryas Lippen stahl sich ein Lächeln. Der Straßenjunge war unverwüstlich und verblüffte sie immer wieder. Noch überraschter war sie allerdings darüber, wie ruhig sie selbst blieb. Zugegeben hatte sie in den vergangenen Wochen so viel gesehen, dass ein in seinem Blut liegender Mann ihr nicht mehr die Sinne raubte. Womöglich war diese Ruhe, dieses klare, gezielte Handeln, um das sie Jonan immer beneidet hatte, aber auch eine Folge der von Ziyi bewerkstelligten Persönlichkeitsverschmelzung.

Carya war sehr erleichtert darüber. Sie wollte jetzt nicht in Emms Haut stecken, denn sie erinnerte sich lebhaft daran, wie sie sich gefühlt hatte, nachdem sie in der Richtkammer des Tribunalpalasts mit Tobyn ihren ersten Menschen getötet hatte. Es spielte keine Rolle, dass beide Taten irgendwie Notwehr gewesen und im Affekt durchgeführt worden waren. Festzustellen, dass man ein Leben beendet hatte, dass man einem Menschen mit einem Schlag viele Jahre der Freude und des Glücks genommen hatte, war ein furchtbares Gefühl. Es hatte schon seine Richtigkeit, dass Emm unter Schock stand, dass ihr übel wurde, dass sie weinen und sich an Ferrer klammern musste, denn es bewies, dass sie ein guter Mensch war, der Gefühle, Skrupel und Mitgefühl hatte, auch wenn sie in einem Tank geboren worden war. *So wie ich*, dachte Carya.

In der Zentrale standen Emm und Ferrer unverändert beisammen. Der Invitro-Techniker warf Carya einen kurzen Blick zu, als diese ihre Waffen einsteckte, den Toten an den Armen ergriff und mit Pitlits Hilfe zur Treppe zog. *Danke*, formten seine Lippen lautlos. Sie nickte ihm stumm zu.

Als sie das zweite Mal nach oben kamen, hatte Ferrer sich hinter die Kontrollpulte geklemmt und Emm stand hinter ihm, die Hände auf die Lehne seines Stuhls gestützt. Der Blutspur auf dem glatten Boden kehrten beide betont den Rücken zu. »Und?«, fragte Carya, als sie sich zu ihnen stellte. »Wie schaut es aus?«

Ferrer hob den Kopf und sah sie an. Auf seinen Zügen lag deutliche Frustration. »Wir haben ein Problem«, sagte er. »Einem von den Kerlen ist es in dem Durcheinander eben irgendwie gelungen, das System zu sperren.«

»Und was heißt das?«

Ferrer deutete auf den Schirm vor ihm. Er war dunkel bis auf einen kleinen Kasten, in dem ein Schriftzug darauf hinwies, dass die Sicherheitssperre aktiviert worden sei und man sich an seinen Administrator wenden sollte.

»Und was heißt das?«, wiederholte Carya.

»Nun ja«, sagte Ferrer, »entweder müssen wir jetzt einen dieser Kerle wieder herholen, damit der den Betreuer dieser Rechenzentrale anruft und herbeizitiert. Im besten Fall sind wir dann in einer Stunde wieder im Spiel, im schlimmsten meldet der den Zwischenfall der Zonengarde und ein Einsatzkommando steht auf der Schwelle. Oder ich muss das System knacken.«

»He, du hast dich doch auch in die großen Rechner der Erdenwacht eingeschlichen«, bemerkte Pitlit. »Dann müsste das doch eine Kleinigkeit sein, oder nicht?«

»Versteh mich nicht falsch«, antwortete Ferrer mit mattem Lächeln. »Es war eine ziemlich komplizierte und langwierige Angelegenheit, sich in die Großrechner der Wacht zu hacken. Jedes spätere Eindringen, wenn man alles schon vorbereitet hat, ist kein Problem. Aber die erste Runde ist ziemlich knifflig.«

»Und das hier wäre die erste Runde.«

»Exakt.«

»Und jetzt?«

Ferrer seufzte. »Beide Alternativen bergen ihre Risiken. Im ersten Fall werden wir vielleicht von der Garde erwischt. Im zweiten sind wir womöglich zu langsam, um Julion und die anderen vor ihrem Angriff noch zu warnen.«

»Versuch es selbst«, sagte Emm. Sie legte Ferrer eine Hand auf die Schulter. »Du bist gut, besser als du manchmal denkst. Die Sperre mag gar nicht so schwer zu überwinden sein.«

»Ein Trupp Soldaten von der Zonengarde ist jedenfalls *ganz sicher* schwer zu überwinden«, brummte Pitlit.

Der Invitro-Techniker holte tief Luft und legte die Finger auf die Eingabefelder. »Also gut«, sagte er. »Ran an den Feind.«

Und wieder saß Jonan auf der Ladefläche eines Lastwagens, eingeklemmt zwischen hünenhaften Soldaten in Kampfpanzerungen. Diesmal allerdings trugen die Männer um ihn herum das Blau und Silber der Leibwache des Mondkaisers und bezeichneten sich selbst nicht als Templer, sondern als Chevaliers – genau wie er selbst nun einer war. Trotzdem hatte er nur eine leichte francianische Feldrüstung an, womit er zwar etwas besser geschützt war als die lediglich uniformierten Soldaten, aber wesentlich schlechter als die massigen Gestalten um ihn herum.

Insgeheim hatte Jonan gehofft, vom Mondkaiser ebenfalls eine solche Panzerung zu erhalten, aber er sah ein, dass dieser Wunsch absurd gewesen war. Zum einen fehlte ihm die Ausbildung in dieser Rüstungsklasse, zum anderen besaß auch der Kaiser keinen Überfluss an Reservepanzerungen, die er einfach neuen Rekruten zur Verfügung stellen konnte. *Immerhin wurde ich als* Deuxième *eingeteilt*, dachte Jonan.

Hinter der unscheinbaren Bezeichnung verbarg sich ein etwas zynisches, aber durchaus kluges Konzept, das er General Palladio bei Gelegenheit einmal vorschlagen würde, sollte er den heutigen Tag überleben. Der jedem Chevalier zugeteilte *Zweite* war ein leicht gerüsteter Soldat, der sich während der Schlacht in der Nähe seines schwerer gepanzerten Kameraden hielt. Sollte dieser nun durch ein Unglück zu Tode kommen, ohne dass dabei auch die Panzerung zerstört wurde – was angesichts der robusten Rüstungen durchaus vorkommen konnte –, würde der Zweite versuchen, ungeachtet der Hitze des Gefechts seinen Kameraden aus der metallenen Hülle zu schälen und diese selbst anzulegen. Da Chevalier- wie Templerrüstungen im Wesentlichen aus einem starren Harnisch bestanden, den man vorne öffnete, um hineinzusteigen, ließ sich das tatsächlich halbwegs gut bewerkstelligen, sofern der Tote nicht auf dem Bauch lag. Denn umdrehen konnte Jonan so einen Koloss nicht, zumindest nicht ohne Hilfe.

In Jonans Fall handelte es sich bei dem ihm zugewiesenen Chevalier um einen gewissen Lieutenant Nemours. Der Soldat war wortkarg, und seine Begeisterung, von einem ehemaligen Templer begleitet zu werden, auch wenn er vom Mondkaiser persönlich rekrutiert worden war, schien sich in Grenzen zu halten. Aber Jonan hatte auch nicht erwartet, dass ihn jeder in der francianischen Armee mit offenen Armen empfangen würde. Einstweilen war er zufrieden damit, dass ihn in diesem Wagen niemand umbringen wollte. Das war schon eine deutliche Verbesserung seiner Situation im Gegensatz zu dem Umfeld, in dem er sich im arcadischen Lager bewegt hatte.

Jonan hob den Blick und ließ ihn über die Landschaft schweifen. Der Himmel war noch dunkel, nur die zaghafteste Andeutung von Silber schimmerte im Osten. Ihr Lastwagen gehörte zu einer Kolonne von Kutschen und Fahrzeugen, die sich die gewundene Straße zu dem Pass hinaufbewegte, der in die Schwarze Zone führte. Der Mondkaiser hatte seine Truppen in einem Gewaltmarsch gestern von Albertville nach Bourg-Saint-Maurice geführt, um sie dort mit der Armee des Lux Dei zu vereinen, und jetzt strebte das Bündnisheer dem Gegner entgegen.

Die Speerspitze bildeten die sechs Panzer – zwei arcadische, vier aus francianischen Beständen –, die sich rumpelnd die Passstraße hinaufkämpften und mit ihren schweren Ketten alle Schlaglöcher und kleineren Krater, an die Jonan anfangs noch sorgenvoll gedacht hatte, einfach einebneten. Diejenigen, die zu groß waren, wurden umfahren, wo es möglich war. An zwei Stellen mussten Pioniere eingreifen und die Krater mit Geröll und den Stämmen um die Passstraße wachsender Bäume auffüllen.

Hinter den Panzern folgten Munitionstransporter, Kanonenzüge und Truppenfahrzeuge, alles, was man hatte auftreiben können, um möglichst viel Ausrüstung und Leute auf den Berg zu befördern. Überall um die Kolonne herum marschierten Fußsoldaten in kleinen oder größeren Trupps, eine gewaltige Masse aus grünbraun gekleideten Leibern, die sich wie eine umgekehrte Lawine den zunehmend schmaler werdenden Pass zwischen den zwei Bergketten hinaufschob. Erst vor zwei oder drei Kilometern war die Infanterie wieder zu der Fahrzeugkolonne gestoßen. Zuvor hatten beide Truppenteile unterschiedliche Wege genommen. Die Fahrzeuge waren der schmalen, extrem gewundenen Bergstraße gefolgt, die Fußtruppen waren einen direkteren, aber bestenfalls für Motorräder und kleinere Kutschen befahrbaren Pfad am gegenüberliegenden Hang entlangmarschiert.

Der ganze Weg hinauf in die Berge war in Jonans Augen eine einzige taktische Katastrophe. Ein Feind, der sie hier angriff, würde sie vollkommen schutzlos und weitgehend unfähig zur Gegenwehr erwischen. Dass die Erdenwacht noch nicht über sie hergefallen war, bedeutete entweder, dass deren Truppen von dem plötzlichen Vorstoß der beiden Heere doch überrascht worden waren oder dass der dortige Oberbefehlshaber seine eigenen Einheiten nicht so weit vorrücken lassen wollte. *Oder sie haben all die Jahre geblufft und besitzen überhaupt keine militärische Schlagkraft,* dachte Jonan. In diesem Fall würde das hier – von dem Marsch durch die Berge abgesehen – eine ziemlich gemütliche Invasion werden.

Die Landschaft um sie herum lag öde und kahl da und machte, schwarz, wie sie war, dem Himmel über ihren Köpfen Konkurrenz, bloß würde sie mit dem kommenden Morgengrauen kaum heller werden. Ihr Heereszug hatte bereits vor einer halben Stunde die Grenze zur Schwarzen Zone überschritten, und auch wenn er nicht zum Halt gekommen war, hatte man ein merkliches Zögern der Soldaten gespürt, in diese abgestorbene Landschaft vorzudringen. Jeder kannte die Geschichten über den allgegenwärtigen Tod an diesem Ort.

Jonan reckte den Hals und blickte an dem Führerhaus des Lastwagens und der Kutsche, die vor ihnen eine arcadische Kanone zog, vorbei auf die dunklen Berge, die erst dort heller wurden, wo wie feiner Puderzucker Schnee ihre Gipfel krönte. Die Scheinwerfer der motorisierten Fahrzeuge schnitten durch kalte Luft, in der schwarze Flocken hingen, gegen die die Soldaten sich Tücher vors Gesicht gezogen hatten. Wäre es nicht bergauf gegangen, hätte man glauben können, ihr Heer befände sich auf dem Abstieg in die Unterwelt.

Irgendwo hier hatte die Erdenwacht Carya, Pitlit, Elje und ihn das erste Mal erwischt. Irgendwo hier waren Carya und Pitlit entführt worden. Wo genau, vermochte er nicht zu sagen. Im schwachen Licht der frühen Morgenstunden ließen sich wenige Einzelheiten der Landschaft ausmachen. *Haltet durch*, wandte sich Jonan stumm an seine Freunde. *Ich komme mit der Kavallerie.*

Vor ihnen weitete sich der Pass ein wenig, und die Fußsoldaten schwärmten zur Linken und zur Rechten aus. Auf einmal ging ein Ruck durch den Lastwagen, und er blieb stehen. »Was ist los?«, fragte Jonan. Er blickte nach vorne und sah, dass die ganze Kolonne angehalten hatte. Die Panzer verließen dröhnend die Straße und fächerten mit rasselnden Ketten über die steinige Hügellandschaft auseinander.

»Der Feind wurde gesichtet«, meldete Nemours neben ihm. »Er hat auf der Passspitze Stellung bezogen.«

»Alle raus!«, brüllte der Befehlshaber ihres Trupps. »Verteilen und den Einheiten anschließen, denen ihr zugeordnet wurdet. Es geht los.«

Um sie brach hektische Betriebsamkeit aus. Die Transporter spien ihre menschliche Ladung aus, die Kanoniere koppelten die Geschütze von den Zuggeschirren ab und bockten sie am Hang auf, um den vorrückenden Truppen Feuerschutz zu geben. Der Plan war so einfach wie unerfreulich. Unter dem Deckungsfeuer der Kanonen und im Windschatten der sechs Panzer würde man immer weitermarschieren, bis die Stellung des Feindes überrannt war. Doch ganz so verzweifelt, wie dieses Vorgehen klang, war es nicht. Dank Maximilian von Austrogermania hatten sie noch ein Ass in der Hinterhand. *Hoffentlich taucht es auch rechtzeitig auf*, dachte Jonan, während er, ein francianisches Gewehr im Arm hinter Nemours hereilte.

Da sie einer der letzten Wagen der Kolonne gewesen waren, herrschte unterhalb ihrer Position nicht mehr so viel Durcheinander. Es gab nur noch eine kleine Gruppe Fahrzeuge, die einige Hundert Meter hangabwärts, dort wo die Straße hinter einem Felsvorsprung außer Sicht geriet, haltgemacht hatte. Ein Funkwagen gehörte dazu sowie das Fahrzeug von General Palladio und dem francianischen Befehlshaber, die ihre Truppen von hinten im Überblick behielten. Der Mondkaiser, Paladin Iudicaton und Großinquisitor Aidalon waren sogar im Tal zurückgeblieben, um außerhalb der Gefahrenzone strategische Entscheidungen treffen zu können.

Von den hohen Herren, deren Begegnung Jonan vorgestern in Albertville miterlebt hatte, war nur Paladin Alecander an vorderster Front mit dabei. Begleitet wurde er von zwei Purpurtemplern sowie Lucai und Peruzzi als Abordnung der Tribunalpalastgarde. Die übrigen vier Mitglieder von Jonans früherer Einheit hatte Aidalon zum eigenen Schutz zurückbehalten, ein Zug, der ihm einige kritische Worte von Iudicaton eingehandelt hatte, aber die Schwarzen Templer unterstanden offiziell direkt der Inquisition, und somit konnte Aidalon mit ihnen tun und lassen, was er wollte, auch wenn jeder Soldat in Templerrüstung hier oben dringend gebraucht wurde.

»Da vorne«, rief Nemours und deutete auf eine Hundertschaft Soldaten, die sich um die Fahne des Mondkaisers versammelt hatten. »Das ist unser Trupp.«

Ich ziehe in eine Schlacht, ging es Jonan durch den Kopf. Jetzt erst begriff er so richtig, was das bedeutete. Das hier war kein Angriff auf ein geheimes Brutlabor der Invitros oder ein Schusswechsel mit Agenten des Ketzerkönigs, die Unfrieden in Arcadion stiften wollten. Hier ging es um Hunderte Menschenleben. *Hoffentlich lässt uns der König nicht im Stich, sonst wird das hier verdammt schmerzhaft.*

Noch war kein einziger Schuss gefallen. Vom Röhren der Motoren, dem Wiehern der Pferde und gebrüllten Befehlen der Offiziere abgesehen, herrschte eine beinahe gespenstische Ruhe zwischen den Bergen. Die Erdenwacht schien darauf zu warten, dass das Bündnisheer noch näher kam, um es besser unter Beschuss nehmen zu können. Das Heer dagegen wartete auf den Überraschungsgast dieses frühen, eiskalten Morgens.

»Da!«, schrie plötzlich ein Soldat neben Jonan und riss den Arm hoch. »Die Austros kommen! Heiliges Kanonenrohr, schaut euch das an! Da kommen sie.«

Jonan legte den Kopf in den Nacken und sah zum langsam heller werdenden Himmel hinauf. Der Anblick, der sich ihm bot, war schier atemberaubend. Obwohl Maximilian von Austrogermania sein Geheimprojekt bereits bei ihrer gemeinsamen Planung präsentiert und in den Dienst dieser Operation gestellt hatte, konnte Jonan es trotzdem kaum fassen, das Gefährt in Lebensgröße zu sehen. Ein gewaltiges silbergraues Flugobjekt, das die Form von drei miteinander verschmolzenen, dicken Zigarren hatte und mehr als zweihundert Meter lang sein musste, tauchte über den Gipfeln der nördlichen Bergkette auf. Es wies mehrere Propellerauswüchse auf, mit denen es gefährlich knapp über den Bergspitzen manövrierte. Das Symbol eines stilisierten, gekrönten Adlers prangte auf der Außenhülle.

Brummend schwebte das imposante Gebilde, ein sogenanntes

Luftschiff, näher. Jonan hatte gelesen, dass solche Gefährte früher vor allem zum Transport von schwerer und sperriger Fracht eingesetzt worden waren. Heute bewahrte es eine ganz besondere Ladung in der länglichen Gondel, die mittig zwischen den beiden äußeren Traggaskörpern hing.

Das Auftauchen des Luftschiffs war der abgesprochene Befehl zum Angriff. »Vorwärts!«, rief Nemours. Überall wurde sein Ruf aufgenommen, und mit einem Mal ging ein Ruck durch das vereinte Heer des Lux Dei und des Mondkaisers. Die Panzer richteten ihre Läufe aus. Die Kanonen auf den Hängen fingen an zu donnern. An der Gondel des Luftschiffs öffneten sich Klappen und ließen tödliche Fracht auf die zweifellos überraschten Einheiten der Erdenwacht regnen. Von einem Augenblick zum anderen brach die Hölle los, und eine Kakophonie von Explosionen hallte von den Bergen wider.

»Ja!«, brüllte Jonan und stürmte mit Nemours und den francianischen Soldaten vorwärts. Er spürte, wie ihn die Begeisterung eines Kampfesrauschs überkam. Vielleicht würde das Ganze schneller vorbei sein, als es jeder gedacht hatte.

Aber dann antwortete die Erdenwacht plötzlich!

Das Blitzen Dutzender Mündungsfeuer gewitterte oben auf dem Pass. Ein Heulen wie von rasenden Geistern erfüllte die Luft, und winzige Objekte, auf gleißenden Flammen reitend, schossen in einem weiten Bogen auf die Angreifer zu. Gleichzeitig tauchte hinter den Feuerstellungen ein ganzes Geschwader der tropfenförmigen Rotorschweber auf, die zornig wie Insekten auf das Luftschiff zujagten. In der nächsten Sekunde schlugen die Geschosse der Erdenwacht ein, und die von den Panzern angeführten ersten Reihen des angreifenden Heeres verschwanden unter ohrenbetäubendem Donner in einer Flammenwand, die sich von Berghang zu Berghang erstreckte.

Instinktiv schrak Jonan zurück. *Licht Gottes*, zuckte es ihm durch den Kopf. Sie hatten einen Fehler gemacht, einen riesigen, unverzeihlichen Fehler. Einen winzigen Augenblick lang hatten sie alle sich die Vorstellung gestattet, dass sie die Erdenwacht einfach so würden besiegen können. Für diesen Irrtum würden sie jetzt teuer bezahlen …

Kapitel 30

Oh, nein! Oh, nein, nein, nein. Ihr seid zu früh dran. Ich bin noch nicht ganz fertig.« Wie im Rausch hackte Ferrer auf die Eingabefelder seines tragbaren Rechners ein. Er hatte die Maschine an das größere Kontrollpult angeschlossen, nachdem er festgestellt hatte, dass er so besser arbeiten konnte. Auf dem Schirm des Rechners und auch auf dem des Pults dahinter glitt Zeile um Zeile völlig unverständlichen Codes von unten nach oben. Hätte der Invitro-Techniker nicht gerade eben verkündet, dass die Bemühungen der letzten Stunden kurz vor dem Abschluss standen, hätte Carya nicht einmal ansatzweise zu sagen vermocht, ob er bei dem Versuch, die Systemsperre zu knacken, überhaupt schon merkliche Erfolge erzielt hatte oder nicht.

In der Ferne, vom anderen Ende des Tals her, vernahmen sie das gedämpfte Donnern von Kanonenschüssen und das Grollen von Explosionen. Was das zu bedeuten hatte, musste keinem von ihnen erklärt werden. Der Kampf zwischen dem Lux Dei und dem Mondkaiser gegen die Zonengarde der Erdenwacht hatte begonnen. Und sie hatten keine Ahnung, wie er sich entwickeln würde.

Wenn wir doch nur schon diese Rechner übernommen hätten, ging es Carya durch den Kopf. Nervös durchmaß sie zum gefühlt hundertsten Mal die Zentrale der Kommunikationsanlage. Obwohl sie nun schon beinahe die ganze Nacht auf den Beinen war, verspürte sie nicht den Hauch von Müdigkeit. Viel zu sehr peitschte die Aufregung und die Sorge darüber, zu scheitern, ihren Körper auf.

Emm schien es ähnlich zu gehen. Sie saß auf einem der Drehstühle der Zentrale, hatte ein Bein angewinkelt und den Fuß auf die Sitzfläche aufgestützt und kaute, ohne es zu bemerken, schon seit geraumer Zeit an den Fingernägeln ihrer rechten Hand. Seit sie einen der Techniker erschossen hatte, war sie nicht mehr zur Ruhe gekommen. Die Fassade aus Selbstbewusstsein war in sich zusammengestürzt wie ein Kartenhaus und hatte eine junge Frau enthüllt, die endlich erkannt hatte, dass es kein heiteres Katz-und-Maus-Spiel war, sich gegen ein übermächtiges Regime aufzulehnen, sondern dass dabei, wenn es hart auf hart kam, Menschen ihr Leben ließen.

Der Einzige, der wusste, was zu tun war, wenn es nichts zu tun gab, und der konsequent danach handelte, war Pitlit. Nachdem sich abgezeichnet hatte, dass Ferrers Bezwingung der unsichtbaren Mauern der Systemsperre eine Weile dauern würde, hatte er sich im Erdgeschoss ein paar Sesselpolster besorgt und in der hinteren Ecke des Raums zusammengerollt. »Weckt mich, wenn was Spannendes passiert«, hatte er verkündet, dann war er einfach eingeschlafen. Carya beneidete ihn um diese Fähigkeit.

Jetzt allerdings regte sich der Straßenjunge, drehte sich um und wachte auf. »Was ist denn das für ein Krach?«, murmelte er. Eine Sekunde später weiteten sich seine Augen, und er sprang auf die Beine. »Oh Mann, sind das Explosionen?«

»Du hast richtig gehört«, antwortete Carya nickend. »Der Angriff hat begonnen.«

Pitlit rieb sich die Augen. »Und wie weit sind *wir?«*

»Fast fertig, bin fast drin«, murmelte Ferrer geistesabwesend.

»Wie spät ist es denn?«, wollte der Junge wissen, als er sich zu den anderen gesellte.

»Kurz vor halb sechs«, sagte Emm.

»Au Kacke. Soll das heißen, der hockt da jetzt schon die ganze Nacht vor dem Apparat?« Pitlit deutete auf Ferrer.

»Hab's gleich. Ich ... Ja!« Ferrer riss die Arme in die Höhe. »Verdammt, ich wusste, dass ich es schaffen kann. Meine Damen und Herren, hiermit ist diese Kommunikationsanlage vollständig in unserer Hand. Wir können damit machen, was wir wollen. Alle Funkimpulse für die Flugdrohnen lahmlegen. Jedwede drahtlose Kommunikation unterbinden. He, wir könnten ein wenig Musik auf alle Kanäle legen, dann wird das Leben gleich schöner.« Er bog den Kopf zurück und grinste sie übernächtigt und mit einem Hauch von Irrsinn in den Augen an.

»Beruhige dich, Ferrer«, sagte Emm. »Du hast zu lange auf diesen Bildschirm geschaut.«

Der Invitro-Techniker blinzelte ein paar Mal, und das Grinsen verschwand aus seinem Gesicht. »Ja, vermutlich hast du recht. Entschuldige. Oh, verflixt, ich bin vollkommen hinüber. Ich könnte einen ganzen Eimer Kaffee leer trinken.«

»Vielleicht haben die Burschen unten etwas in ihrer Küche«, meinte Pitlit. »Ich habe da vorhin so eine Ecke gesehen.«

»Bevor wir jetzt anfangen, ein Picknick auf dem Fußboden zu machen, sollten wir diese Sache hier zu Ende bringen«, bremste Carya ihn. »Ferrer, stör alle Verbindungen der Erdenwacht.«

»Ja, sofort. Ich schalte alles ab.«

»Stopp, warte«, ging Emm dazwischen. »Wenn wir jetzt die Kommunikation unterbrechen, braucht Dymond genau fünf Minuten, um zu begreifen, was passiert ist. Und in zehn Minuten steht eine Einheit der Zonengarde vor der Tür.«

»Ich gehe stark davon aus, dass die alle oben am Pass sind«, sagte Ferrer.

Emm verdrehte die Augen. »Dann schickt er eben den Werkschutz unten aus dem Industriebezirk. Oder er kommt persönlich vorbei, um nach dem Rechten zu sehen, mit fünf bewaffneten Ratsmitgliedern im Gepäck. Was ich damit sagen will: Wir sollten zuerst mit unseren Leuten Kontakt aufnehmen, denn das ist jetzt vielleicht unsere einzige Chance, uns mit ihnen abzusprechen. Wir müssen sie über die *Hephaistos-V* unterrichten und fragen, ob wir ihnen irgendwie helfen können. Danach legen wir die Anlage lahm und verschwinden.«

»Mal eine blöde Frage«, mischte Pitlit sich ein. »Hat eigentlich niemand drüben in der Doppelpyramide gemerkt, dass die Zentrale hier stundenlang gesperrt war? Ich hätte ja gedacht, dass irgendwann dieser Admini-Irgendwas-Kerl auftaucht, um zu fragen, warum der Alarm losgegangen ist.«

Ferrer schüttelte den Kopf. »So funktioniert das nicht. Die Kommunikationsanlage verrichtet ja weiter ihren Dienst. Nur alle Kontrollpulte wurden gesperrt. Erst wenn etwas nicht nach Wunsch gelaufen wäre, hätte sich draußen jemand gewundert und das System überprüft. Dann allerdings wäre der Vorfall bemerkt worden. Glücklicherweise ist das nicht passiert.« Er wandte sich wieder dem Pult zu. »So, dann wollen wir uns mal bei Julion melden.«

Um Jonan brannte die Erde – zumindest kam es ihm so vor. Es herrschte das reine Chaos. Männer brüllten, während sie von Bodenwelle zu Bodenwelle hetzten, um sich vor den Explosionen in Sicherheit zu bringen, die den felsigen Grund des Passes aufrissen und scharfkantige Gesteinsbrocken durch die Luft schleuderten. Auf dem Berghang donnerten die Kanonen Arcadions und Francias, ihnen gegenüber heulten die trommelförmigen Granatwerfer der Erdenwacht. Die Luft war geschwängert von Rauch und Brandgeruch, der nicht zuletzt von den vier brennenden Panzern herrührte, die in vorderster Frontreihe ihr rasches, unrühmliches Ende gefunden hatten. Ein arcadisches und ein francianisches

Fahrzeug standen noch und hatten sich in einer Mulde verschanzt, um aus kurzer Distanz den Feind zu beharken.

Oben am Himmel kämpfte das austrogermanische Luftschiff ums Überleben. Die wendigen Rotorschweber der Erdenwacht hatten die meisten der Propeller des Fluggefährts zerschossen und es dann talabwärts abgedrängt, sodass es seine tödliche Bombenfracht nun nicht mehr abwerfen konnte, ohne dabei die eigenen Reihen zu gefährden. Zur Frustration der Schweberpiloten ließ sich der Koloss jedoch nicht einfach zum Absturz bringen, weil es offenbar genug separate Kammern in den Traggashüllen gab, um ihn auch mit mehreren klaffenden Rissen im silbergrauen Leib noch in der Luft zu halten. Außerdem waren die Ingenieure des Ketzerkönigs schlau genug gewesen, auch Waffen zur Abwehr von fliegenden Gegnern einzubauen, sodass nun an zahlreichen Stellen winzige Mündungsfeuer von Schnellfeuergewehren aufblitzten, deren tödliche Geschossfinger nach den tropfenförmigen Angreifern tasteten.

Jonan kämpfte sich mit Nemours und seinen Leuten den rechten Berghang hinauf. Der Chevalier hatte den Befehl bekommen, ein Flankenmanöver zu versuchen, da es sich als unmöglich erwiesen hatte, der Werferlinie der Erdenwacht frontal beizukommen. Also kletterten sie nun die schwarzen Felsen hinauf, um den Kessel der Schlacht zu umgehen. »Vorwärts!«, spornte Nemours sie an. »Wir zeigen denen, dass ein Francianer niemals aufgibt!« Er richtete sein schweres Sturmgewehr auf den noch viel zu weit entfernten Gegner und gab eine Salve ab, die bestenfalls psychologischer Natur war.

Keuchend sprang Jonan von Stein zu Stein. Der Boden war hier so uneben, dass man kaum normal darauf laufen konnte. Trotz Schmerzmitteln spürte er, dass sich seine Hüfte bemerkbar machte. Vielleicht hatte er einen Fehler begangen, als er sich für diese

Schlacht gemeldet hatte. Er war noch immer nicht von seinem letzten Kampf genesen.

Obwohl es am Himmel langsam heller wurde, verbesserte das die Sicht kaum. Der ganze Pass war in Rauch gehüllt, der an den Hängen emporzog und über ihren Köpfen in der kalten Luft zerfaserte. So war es reinem Zufall geschuldet, dass Jonans Blick plötzlich auf ein metallisches Objekt fiel, das vor ihnen und etwas weiter hangaufwärts zwischen den Felsen versteckt war.

Er kniff die Augen zusammen, vermochte es aber nicht besser zu erkennen. Unwillkürlich hob er das Gewehr vors Gesicht, nur um festzustellen, dass es nicht seine eigene Waffe war. Diese hier verfügte weder über eine Vergrößerungs- noch über eine Restlichtverstärkeroptik. Fluchend lief er schneller, um an die Seite von Nemours zu gelangen, der ihnen mit großen, dröhnenden Schritten vorauseilte. »Lieutenant!«, brüllte er aus Leibeskräften, um sich über das Getöse, das auf dem Pass herrschte, verständlich zu machen. »Schauen Sie nach rechts. Da befindet sich etwas am Hang.«

Er musste seine Warnung noch einmal wiederholen, bevor der Chevalier sie wahrnahm und stehen blieb, um den behelmten Kopf in die entsprechende Richtung zu drehen. Im Gegensatz zu Jonans Gewehr verfügte der Helm über jede nur wünschenswerte Sichtverbesserung. »Keine Ahnung, was das ist«, sagte Nemours. »Sieht aus wie ein Kasten mit einer Linse am vorderen Ende.«

Als er das hörte, überlief Jonan ein kalter Schauer, so als habe ihn jemand mit einem Eimer Eiswasser begossen. »Zurück!«, rief er. »In Deckung! Das Ding ist ein …«

In diesem Augenblick setzte ein prasselndes Knacken ein, wie von einem schweren Körper, der durch ein trockenes Gestrüpp brach. Links und rechts von Jonan schrien Männer auf, als glühend rote Speere durch die Luft stachen und ihre Leiber durchbohrten. Direkt neben Jonan wurde einem Soldaten der Arm abgerissen, ein paar Schritte weiter traf ein Strahl sein Ziel direkt zwischen die Augen und sprengte Helm und Schädeldecke weg.

Jonan warf sich zu Boden und rollte hinter einen flachen Felsvorsprung. Die Deckung war im Grunde hundsmiserabel, aber so wie es aussah, interessierten sich die Heckenschützen mit ihren Lichtkanonen ohnehin hauptsächlich für Nemours und seinen Kampfpanzer. Aus einem halben Dutzend gestaffelt angeordneter und geschickt am Berg verborgener Stellungen zuckten die roten Lichtstrahlen in erschreckender Feuergeschwindigkeit den Francianern entgegen. Vier der Kanonen widmeten sich den panisch auseinanderlaufenden Infanteristen, zwei hämmerten auf die schwere Rüstung des Chevaliers ein, als gelte es, einen Preis für die meisten Treffer pro Minute zu gewinnen.

Nemours brüllte auf und erwiderte das Feuer mit seinem Sturmgewehr, allerdings erreichte er damit nur, dass einige Steinbrocken von den verborgenen Stellungen weggesprengt wurden. *Granaten!*, dachte Jonan. *Setzt Granaten ein.* Er verfluchte den Umstand, dass er mit dieser minderwertigen Ausrüstung geschlagen war, während sein eigenes Templersturmgewehr im Augenblick vermutlich irgendwo in einem Schrank der Erdenwacht stand.

Es war ein Gemetzel, ein grauenvolles Schlachten, das so schnell vonstattenging, dass Jonans neue Kameraden kaum Zeit hatten zu begreifen, was genau mit ihnen geschah. Direkt vor Jonan knallte ein Lichtstrahl in den Felsboden und sprengte Steinsplitter weg. Er duckte sich, konnte aber nicht verhindern, dass ihn einige der zum Teil rasiermesserscharfen Schrapnelle trafen. Die meisten prallten von der leichten Panzerung ab. Zwei oder drei jedoch bissen in seinen linken Arm.

Vor ihm geriet Nemours ins Wanken, dann kippte er plötzlich nach hinten um und krachte zu Boden wie eine gefällte Eiche. Jetzt wäre es eigentlich an Jonan gewesen, vorzukriechen, die von Einschlägen übersäte Rüstung zu überprüfen und gegebenenfalls anzulegen. Stattdessen entschied er sich jedoch zum Rückzug. Es war der pure Selbstmord, auch nur einen Augenblick länger in diesem Sperrfeuer aus superheißem Licht zu verweilen. Jonan hielt sich nicht für einen Feigling. Aber auch ein mutiger Mann wandte sich zur Flucht, wenn er erkannte, dass ein Kampf verloren war – und diesen Kampf hatte seine Einheit bitter verloren.

Hektisch begann er rückwärts zu kriechen, vorbei an den Leichen derer, die weniger Glück gehabt hatten als er. Noch immer zuckten rubinrote Strahlen über ihn hinweg, aber die Schützen schienen sich auf Ziele zu konzentrieren, die noch aufrecht standen, ganz gleich, ob sie wegliefen oder in absurder, sinnloser Tapferkeit das Feuer erwiderten. Vielleicht sahen die Feinde Jonan auch einfach nicht. Am Boden war es immer noch recht dunkel, und seine Uniform war mittlerweile vollkommen mit diesem schimmelpilzartigen Belag beschmiert, der in der Schwarzen Zone alles überwucherte. *Wahrscheinlich sterbe ich in einem Monat an einer beschissenen Vergiftung*, dachte er zynisch, nur um gleich im nächsten Moment zu beten, dass dem nicht so sein würde.

Er kam an einem Mann vorbei, der wimmernd am Boden lag. Ein Volltreffer hatte sein Bein knapp unterm Knie regelrecht abgerissen. Der verbrannte Stumpf zuckte, und der Mann war offenbar kaum noch bei Bewusstsein. *Licht Gottes* … Jonan zögerte kurz, dann schlang er sich das Gewehr um die Schultern. Es würde schwer werden, den Soldaten bis zu den Transportern zu schleppen, die die Verwundeten ins Lazarett im Tal brachten, aber er musste es versuchen, denn der hier hatte noch eine Chance.

»Ganz ruhig, Freund, ich bin da«, sagte Jonan, während er heranrobbte und dem Mann einen Arm um die Brust schlang. »Ich hol dich hier raus, ich verspreche es dir.« Keuchend kroch er weiter, den Verletzten hinter sich herschleifend. Er wagte es nicht, aufzustehen, bis er sich gute fünfzig Meter weiter hangabwärts befand und halbwegs sicher sein konnte, von den Heckenschützen mit ihren Lichtkanonen nicht mehr als Gefahr wahrgenommen zu werden. Rauch und schwarze Flocken reizten seine Kehle, und er hustete, als er sich herumrollte und sein Gesicht ganz nah an das des francianischen Soldaten heranbrachte. Der bärtige Mann war bleich wie ein Laken. »He … he, Kumpel, kannst du mich hören?«

Der Blick des Soldaten irrte umher und fand den von Jonan. »Sie haben uns voll erwischt«, krächzte er kaum hörbar. »Mann, was war das? Die haben einfach alle niedergemetzelt.«

»Ja, ich weiß«, antwortete Jonan. »Hör zu, konzentrier dich. Ich bringe dich hier raus, aber du musst mir helfen. Ich nehme dich auf den Rücken. Kannst du dich an mir festhalten?«

Jonans Gegenüber brauchte einige Atemzüge, um das Gehörte zu begreifen, doch dann nickte er. »Ja. Schaffe ich.«

»In Ordnung, also los.« Er zog den Mann auf das eine verbliebene Bein, schob das Gewehr am Gurt vor die Brust und ging in die Hocke, damit dieser sich auf seinen Rücken legen konnte. Der Soldat schlang die Arme um Jonans Hals, und mit einem Ächzen hob dieser ihn hoch. Ein stechender Schmerz fuhr durch seine Hüfte. *Elender Dreck!,* fluchte er lautlos, bevor er sich stolpernd auf den Weg machte.

»Einheit 22, wir fallen zum Sammelpunkt zurück.«

»Licht Gottes, Pinetti! Pinetti, wo bist du?«

»In Deckung, Männer. Da kommen wir nicht durch!«

»Wo ist der Lieutenant? Weiß jemand, ob der Lieutenant noch lebt?«

»Ich sage euch, da drüben am Westpass geht es ganz schön übel zu«, sagte Ferrer, der sich durch die Kommunikationsverbindungen schaltete und dabei den Funksprüchen lauschte, die aus dem kleinen Lautsprecher an seinem Kontrollpult drangen. »Unsere Leute sind auf dem Rückzug. Dymond hat ihnen ganz schön eingeschenkt.«

»Der Kampf ist schon vorbei?« Emm sah ihn fassungslos an.

»Nein, das glaube ich nicht. Aber man will sich wohl neu gruppieren.«

»Und wie sieht es bei der Erdenwacht aus?«

»... brauchen dringend mehr Munition. Bitte bestätigen.«

»Vier von den AHEL-Kanonen an der rechten Flanke sind ausgefallen.«

»Schickt ein verdammtes Technikteam da hoch. Ohne die Kanonen überrennen die uns.«

»Ich glaube, der Feind zieht sich zurück.«

»Klingt, als wären die heilfroh über die Verschnaufpause. Denn von einem Gegner zu wissen und ihn abzuwehren sind zwei völlig verschiedene Paar Schuhe.« Ferrer regelte die Lautstärke runter, und das panische Stimmengewirr wurde zu einem drängenden Gemurmel.

»Wolltest du nicht Kontakt mit Paladin Alecander aufnehmen?«, erinnerte ihn Carya. »Wie es um die Lage bestellt ist, können wir später herausfinden.«

»Was glaubst du, was ich die ganze Zeit versuche? Ich sende schon seit Minuten den vereinbarten Standardcode. Aber auf allen Frequenzen ist die Hölle los. Da draußen herrscht das pure Chaos.«

»Dann sperr doch einfach ein paar andere Leute aus«, schlug Carya vor. »Wozu sitzen wir hier in der Hauptkommunikationsanlage?«

»Darum geht es nicht. Das Problem ist, dass unsere Leute uns gerade einfach nicht bemerken, weil sie zu sehr mit sich selbst beschäftigt sind.«

»Ruf etwas lauter.«

»Also gut, ich drehe den Saft etwas hoch.« Ferrer gab in das Kontrollpult vor sich einen Befehl ein. »Ich will ja bloß vermeiden, dass wir unsere eigenen Leute blockieren. Bei denen könnte im Moment jeder Funkspruch lebenswichtig sein. Ha … wartet! Ich glaube, ich habe Julion erwischt.« Er deutete auf den Schirm vor sich, wo in mehreren chaotisch angeordneten Kästen gut ein Dutzend Funkkanäle gleichzeitig mitprotokolliert wurden. Eifrig beugte er sich über das Kontrollpult, und seine Stimme gewann an Dringlichkeit: »Magier ruft Ritter. Magier ruft Ritter. Ritter? Hörst du mich? Hier ist Ferrer.«

»Magier?«, echote Carya und sah Emm belustigt an.

»Ferrer fand die Idee toll, uns allen Codenamen zu geben«, erwiderte die junge Invitro.

»Und wer bist du?«

»Frag nicht.«

»Sicher Prinzessin«, warf Pitlit feixend ein.

»Ritter an Magier«, drang plötzlich die Stimme von Paladin Julion Alecander aus dem Lautsprecher. Kanonendonner und undeutliches Männergebrüll untermalten seine Worte. *»Ich höre dich.«*

»Julion! Verdammt, bin ich froh, dich zu erreichen«, rief Ferrer.

»Wo wart ihr, Ferrer? Wir haben stundenlang euren Funkspruch erwartet!«

»Tut mir wahnsinnig leid, dass wir uns nicht gemeldet haben. Unser Geheimversteck wurde entdeckt und wir mussten fliehen. War nicht so leicht, eine neue Funkstation zu finden, die bis zu euch durchkommt …«

»Bist du allein?«

»Nein, Prinzessin ist auch hier.«

Nun musste auch Carya grinsen. Emm verzog das Gesicht.

»Dieser Angriff auf euer Versteck kam zu einem ungünstigen Zeitpunkt«, sagte Alecander. *»Es wäre gut zu wissen gewesen, wie genau*

die Zonengarde über unseren Angriff informiert war.« Etwas in seiner unmittelbaren Umgebung explodierte mit unglaublicher Wucht. *»Hört zu, ich kann jetzt nicht reden. Ich muss den Rückzug koordinieren. Wir müssen uns neu formieren. Wenn ich etwas Ruhe habe, melde ich mich.«*

»Alles klar«, bestätigte Ferrer. »Aber vielleicht solltet ihr stattdessen vorrücken. Deren Truppen sind auch erschöpft.«

»Nichts zu machen. Wir hatten zu hohe Eingangsverluste. Wenn wir nicht wollen, dass die Männer sich in Panik zerstreuen, müssen wir sie entlasten. Ich melde mich. Ritter En…«

»Halt!«, rief Carya dazwischen. »Bitte, wartet noch einen Moment.«

»Prinzessin? Bist du das?«, fragte Alecander verwirrt.

»Nein. Hier ist Carya.«

»Carya!«

»Ja, und Pitlit ist auch bei mir. Sagt mir bitte: Ist Jonan bei euch? Lebt er noch?«

Ein kurzer, hämmernder Feuerstoß unterbrach sie für einen Augenblick. *»Nein, Canaro!«*, brüllte der Paladin. *»Hier rüber, schnell.«* Wieder explodierte etwas. Dann meldete sich Alecander keuchend erneut zu Wort. *»Ja, Jonan und das Mädchen sind bei uns. Das Mädchen ist unten im Tal im Lager. Jonan irgendwo hier draußen. Er wurde an der rechten Flanke eingesetzt. Keine Ahnung, wie es um ihn steht. Ich werde mich am Sammelpunkt nach ihm umhören. Wenn ich ihn finde, hole ich ihn zu unserem nächsten Gespräch dazu. Und jetzt muss ich Schluss machen. Ritter Ende.«*

Es knackte, dann war die Leitung tot. Ferrer schaltete den Lautsprecher ab. »Wie ich gesagt habe: Auf dem Pass ist es gerade nicht so gemütlich. Um nichts in der Welt möchte ich jetzt dort sein.«

Er sagte noch etwas, aber Carya beachtete ihn nicht mehr. Ihr Herz klopfte bis zum Hals, und eine überwältigende Freude wallte in ihr empor. Jonan lebte! Jetzt hatte sie den Beweis. Er war Teil der Armee, die kam, um das Tal zu befreien. Natürlich mochte ihm in dem Hexenkessel oben auf dem Pass jederzeit etwas zustoßen, aber das konnte sie sich einfach nicht vorstellen. Er hatte den Angriff der Erdenwacht-Patrouille überlebt. Er würde auch diesen Kampf überleben. Und bald würden sie wieder zusammen sein. *Licht Gottes, danke …*

KAPITEL 31

Geschützdonner – nicht mehr ohrenbetäubend, aber noch immer viel zu laut – begleitete Jonan, als er den Pass hinunterlief. Der unebene Untergrund und die schwere Last des Mannes auf seinem Rücken sowie des Gewehrs vor seiner Brust zehrten an seinen Kräften. Schwitzend und außer Atem erreichte er die Lastwagen und Kutschen, die hinter der Biegung auf der Straße standen. Er übergab den Verletzten an einen Soldaten mit der Armbinde eines arcadischen Sanitäters, dann ließ er sich, vollkommen erschöpft, am Straßenrand auf einen Stein sinken. Er rieb sich die Oberschenkel und die schmerzende Hüfte. *Es war einfach noch zu früh,* dachte er. Aber Krieg nahm nun einmal keine Rücksicht auf die Befindlichkeiten der Beteiligten.

»Estarto!«, rief ihn eine Stimme an.

Als Jonan sich suchend umblickte, sah er Paladin Alecander in einer nicht mehr ganz so glänzend weiß-goldenen Rüstung näher marschieren. »Paladin, es tut gut, Euch zu sehen.«

»Kommen Sie mit. Wir haben Funkkontakt mit meinen Leuten im Erdenwacht-Tal. Es wird Sie freuen zu hören, dass Carya bei ihnen ist.«

Jonan kam auf die Beine. »Ist das wahr? Geht es ihr gut?«

Alecander klappte das Visier seines Helms hoch. Sein Gesicht darunter war gerötet, und Schweißtropfen glitzerten auf seiner

Stirn. »Ich denke schon. Sie müssen sich zwar verstecken, aber sie befinden sich nicht in unmittelbarer Gefahr. Aber reden Sie selbst mit ihr. Ich fahre hinunter ins Hauptlager. Dort können wir alle gemeinsam das weitere Vorgehen planen.«

Sie begaben sich zu dem vorgeschobenen Kommandoposten, der um den Funkwagen aufgebaut worden war, und Alecander meldete sich bei General Palladio ab. Danach fuhren sie mit einem kleinen Kurierwagen hinunter zum Lager am Fuß der Berge. Die Fahrt dauerte eine halbe Stunde, weil sie eine Weile hinter einem langsamen Lastwagen mit Verletzten herfahren mussten.

In Bourg-Saint-Maurice angekommen, suchte Alecander den Mondkaiser, Paladin Iudicaton und Großinquisitor Aidalon auf. Sie versammelten sich in der Kommandozentrale um den Planungstisch, den der Kaiser aus seinem Lager in Albertville mitgebracht hatte. Die bunten Wimpel der einzelnen Einheiten gaben deren aktuelle Position wieder, schwarze Wimpel markierten bekannte Stellungen der Erdenwacht am Pass.

»Die Lage ist nicht so gut, wie sie sein sollte«, sagte der Paladin. »Unser Feind hat zu früh Verdacht geschöpft und hatte genug Zeit, eine gute Verteidigungsstellung aufzubauen. Wir haben bei unserem ersten Angriff ein paar herbe Verluste erlitten. Das betrifft insbesondere vier der sechs Panzer.«

»Wie konnte das passieren?«, ereiferte sich Aidalon. »Haben Sie nicht behauptet, Ihre Verbündeten würden uns den Weg ins Tal erleichtern?«

»Wie gesagt: Die Erdenwacht kam uns zu früh auf die Schliche. Ob die Widerstandsgruppe innerhalb des Tals davor oder danach aufgeflogen ist und ausgeschaltet wurde, weiß ich nicht.«

»Wie hoch sind unsere Verluste genau?«, fragte Iudicaton ernst.

Alecander schilderte ihre Situation, so gut er sie anhand der Berichte der verschiedenen Kommandanten überblicken konnte.

Dabei stellte er mehrere der Wimpel auf dem Planungstisch um. Einige weitere entfernte er grimmig vom stilisierten Schlachtfeld. Das Ergebnis klang niederschmetternd. Trotz des Überraschungsangriffs des austrogermanischen Luftschiffs waren die Verluste der Erdenwacht um ein Vielfaches geringer als die des Bündnisheeres. Auch wenn die Truppen des Lux Dei und des Mondkaisers dem Feind zahlenmäßig nach wie vor weit überlegen waren, schien es fraglich, ob es ihnen gelingen würde, am Pass durchzubrechen.

»Was soll das nun heißen?« Großinquisitor Aidalon ging ruhelos im Raum hin und her. Die Spitze seines Gehstocks schlug auf den hölzernen Boden wie ein langsames, unerbittliches Metronom. »Sie wollen die Operation doch nicht abblasen, oder?«

»Das können wir gar nicht«, antwortete Alecander. »Würden wir uns jetzt zurückziehen, wären die Strafmaßnahmen, mit denen die Erdenwacht unsere Reiche belegen würde, fürchterlich. Außerdem müssten wir damit rechnen, dass ihre Agenten die Köpfe dieses Aufstands, also alle hier im Raum Versammelten, früher oder später ausschalten würden – Sie vielleicht ausgenommen, Estarto.« Der Paladin warf Jonan einen kurzen Seitenblick zu.

»Wenn also Aufgeben keine Option ist«, sagte der Mondkaiser, »was unternehmen wir, um zu gewinnen?«

»Wir bräuchten mehr Truppen«, gab Alecander zurück. »Angesichts unserer ursprünglichen Kopfstärke mag es zynisch klingen, aber wir haben zu wenig Männer. Nein, genau genommen haben wir zu wenig Kriegsmaschinerie. Vier Panzer verloren, zwei Kanonen ausgefallen, und als ich das Luftschiff Maximilians das letzte Mal sah, befand es sich zerschossen auf dem Rückzug, verfolgt von den Rotorschwebern der Erdenwacht.«

»Meiner Meinung nach hat der König den Wert seiner großartigen Geheimwaffe für diesen Feldzug deutlich überschätzt«, murmelte Aidalon an niemand Bestimmtes gerichtet.

»Wie auch immer«, fuhr Alecander fort. »Es fehlt uns an großen Kalibern, um die Verteidigungslinie der Wacht zu zerschlagen.«

»Eine gewisse Verstärkung bekommen wir noch«, sagte der Mondkaiser. »Maximilian von Austrogermania befindet sich gegenwärtig mit dem schnellen Teil seines Heers auf dem Weg nach Süden. Darunter befinden sich auch sechs Panzer. Wenn alles gut geht, wird er bereits heute Nachmittag eintreffen. Der Großteil seiner Truppen bleibt natürlich im Norden, wo er den Scheinangriff durchgeführt hat. Bis die Fußsoldaten hier wären, würden zwei Wochen vergehen. Und bis dahin ist diese Schlacht geschlagen – so oder so.«

»Sechs Panzer werden sicher eine Hilfe sein, aber das Problem bleibt, dass sich die Erdenwacht verdammt gut dort oben eingegraben hat.«

»Dieser Pass ist auch ein wahrhaft undankbarer Ort für eine Schlacht«, knurrte Aidalon. »Was helfen uns zehntausend Mann, wenn wir sie nicht alle gleichzeitig einsetzen können?«

»Wie wäre es mit einem zweiten Angriff aus einer anderen Richtung?«, warf Jonan ein. »Gute zwei Tage Fußmarsch nördlich von hier existiert ein Eingang zu einem Tunnel, der unter den Bergen hindurchführt und wahrscheinlich im Tal der Erdenwacht endet. Er ist durch ein Stahltor verschlossen, aber ich schätze, wir haben Mittel und Wege zur Hand, um es aufzubrechen. Wenn wir nur hundert oder zweihundert Soldaten durch diesen Tunnel führen würden, könnten wir der Erdenwacht in den Rücken fallen.«

»Dieser Tunnel ist uns bekannt«, antwortete Alecander. »Aber wir können ihn nicht nutzen. Er ist mit Sprengfallen gesichert, die zweifellos mit Beginn unseres Angriffs scharf geschaltet wurden. Versuchen wir, den Tunnel zu passieren, wird er über unseren Köpfen zum Einsturz gebracht und alle sind tot.«

»Und wenn wir sie von Süden kommend bedrohen? Es gibt doch einen Ausgang des Tals auf arcadischem Boden.«

»Das ist wahr, aber dazu müssten wir uns zweihundert Kilometer um die Berge bewegen. Außerdem ist der Südeingang durch ein Bollwerk geschützt, dem wir, wie ich fürchte, mit unseren Panzern und Kanonen nicht beikommen können. Wir müssten es, wie eine altertümliche Burg, mit Leitern und einer Unmenge an Soldaten stürmen. Aber wenn wir unsere Truppen hier abziehen, ist die Erdenwacht sofort gewarnt und wird sich auf einen Angriff dort vorbereiten. Sie dürfen nicht vergessen, dass der militärische Arm der Erdenwacht zwar klein ist, aber wenn sie anfangen, Zivilisten zu rekrutieren, und sei es bloß, um das Bollwerk zu bemannen, haben wir es auf einmal mit fünfzigtausend Verteidigern zu tun.«

»Licht Gottes, irgendetwas *müssen* wir doch unternehmen!«, ereiferte sich der Großinquisitor.

»Wir könnten versuchen, mit einer Hundertschaft Freiwilliger direkt über die Berge zu gehen«, schlug Iudicaton vor. »Es gibt dort keine Wege, aber es sollte uns, entsprechend ausgerüstet, trotzdem gelingen, innerhalb von ein paar Tagen ins Tal vorzudringen.«

»Vielleicht sollten wir sogar mehrere dieser Gruppen links und rechts des Passes durch die Wildnis schicken«, überlegte der Mondkaiser. »Dann ist die Aussicht auf Erfolg größer.«

Alecander wirkte nicht vollkommen überzeugt. »Es darf nur nicht passieren, dass die Wacht davon Wind bekommt, denn wenn ihre Flugpatrouillen erst einmal die umliegenden Berge absuchen, sitzen unsere Männer da oben in der Falle. Am Berg sind sie ein leichtes Ziel. Dennoch halte ich das gegenwärtig für den besten Plan.« Er warf einen Blick auf die stilisierte Landschaft des Planungstisches. »Drei oder vier Tage … Ich schätze, so lange werden die Einheiten brauchen, um die Berge zu überwinden.«

Aus dem Helm des Paladins drang auf einmal ein leises Rufsignal. »Ah, das sind sicher meine Verbündeten aus dem Tal. Sie wollten sich mit uns in Verbindung setzen.«

»Etwas spät«, stellte Aidalon fest.

»Ja, das sehen sie genauso. Aber hören wir, was sie zu sagen haben.«

»Magier an Ritter. Magier an Ritter. Kannst du mich hören?«

»Laut und deutlich, Ferrer«, antwortete Julion Alecander. *»Warte einen Moment, ich gebe dir die Frequenz für das Funkgerät des Hauptquartiers. Dann können der Kaiser, Paladin Iudicaton und Großinquisitor Aidalon mithören.«*

»Oh … äh … na gut.« Ferrer schrieb sich die Angaben auf und stellte das Kontrollpult entsprechend ein. Er warf Carya, Pitlit und Emm einen unsicheren Blick über die Schulter zu. »Am anderen Ende der Leitung hat sich die ganze Herrlichkeit der umgebenden Reiche versammelt. Möchte nicht jemand anders das Reden übernehmen?«

Pitlit stieß einen anerkennenden Pfiff aus. »Der Mondkaiser und der Großinquisitor sind hier. Das ist ja ein Ding! Soll ich mit ihnen reden? Diesem Fiesling Aidalon hätte ich schon einiges zu erzählen.« Er grinste.

»Lieber nicht«, sagte Carya. »Wir haben bereits genug Probleme.«

»Ich mache es«, mischte sich Emm ein. »Für irgendwas muss ich hier ja schließlich auch gut sein.« Sie übernahm Ferrers Platz und öffnete die Verbindung. »Jul…«, setzte sie an, schien sich dann aber daran zu erinnern, in welch hoher Begleitung Alecander sich befand und begann erneut: »Paladin Alecander. Hier spricht Emm. Es tut gut, wieder Kontakt zu Euch zu haben. Ich grüße auch Eure Verbündeten. Es ist uns eine Ehre, an Eurer Seite zu kämpfen.«

Im Hintergrund war eine mürrische Stimme zu vernehmen, die ihren Zweifel daran zu äußern schien, dass sie bislang viel gekämpft hatten. Carya war sich ziemlich sicher, dass sie Aidalon gehörte.

»Die Ehre liegt ganz bei uns«, erwiderte Alecander förmlich und übertönte damit das Murren in der zweiten Reihe. *»Ist Ihre Seite der Leitung sicher?«*

Ferrer hob einen Daumen. »Für wen hält der mich?«, murmelte er.

»Ja, die Verschlüsselung ist aktiv«, gab Emm weiter.

»Gut, bei uns auch. Wir können offen reden. Also: Wie ist die Lage im Tal? Können Sie uns einen Überblick geben, Emm?« Obwohl sich die beiden für gewöhnlich sicher vertraulicher ansprachen, ging der Paladin auf die höfliche Umgangsform ein.

Emm informierte Alecander und die anderen über die gegenwärtige Situation, so wie sie sie von ihrer Position in der Kommunikationsanlage aus überblickten. Dass sie diese erobert hatten, nahmen die Männer am anderen Ende der Leitung mit Genugtuung zur Kenntnis. *»Wenn aller Funkverkehr unterbunden wird, haben unsere eigenen Pläne größere Aussichten auf Erfolg«*, sagte Alecander. *»Haltet die Anlage so lange wie möglich und unterbindet jede feindliche Kommunikation.«*

»Verstanden«, sagte Emm.

»Erzähl ihnen von der Bombe«, raunte Carya ihr zu.

»Bombe?«, echote der Paladin.

Die junge Invitro berichtete davon, wie sie die Ratssitzung der Erdenwacht abgehört hatten und dass Oberst Dymond die Ratsmitglieder überzeugt hatte, die *Hephaistos-V* startklar zu machen, um sich der angreifenden Armee mit einem kraftvollen Schlag zu entledigen.

»Wann?«, fragte Alecander, und in seiner Stimme lag auf ein-

mal hörbare Sorge. *»Wie bald können sie die Rakete einsatzbereit bekommen?«*

»Wir haben das Gespräch vor zwei Tagen abgehört«, antwortete Emm. »Da hieß es, dass wenigstens vier Tage Vorbereitungszeit gebraucht würden, höchstens sechs. Achtundvierzig Stunden sind wir also noch sicher. Danach …«, Sie verstummte.

Jonan sah, dass die Worte der Widerständlerin nicht ohne Folgen blieben. Aidalons Augen weiteten sich. Der Mund des Mondkaisers presste sich zu einem schmalen Strich zusammen. Selbst Iudicaton, dessen Gesicht unter dem Helm, den er nie abzusetzen schien, nicht zu sehen war, wirkte angespannt.

»Das ist ein großes Problem«, sagte der ältere Paladin. »Ich bezweifle, dass es unseren Truppen in der kurzen Zeit gelingen wird, die Blockade des Passes zu durchbrechen.«

»Habe ich recht gehört?«, ereiferte sich der Großinquisitor. »Die Erdenwacht besitzt eine strategische Massenvernichtungswaffe aus der Zeit des Sternenfalls? Wieso beim Licht Gottes wussten wir davon nichts?«

»Diese Bombe sollte keine Rolle spielen«, erwiderte Alecander. »Sie sollte schon lange demontiert worden sein. Ich habe die Unterlagen zur Reduzierung des Arsenals der Erdenwacht selbst gelesen.«

»Nun, offenbar habt Ihr etwas falsch verstanden, denn die Bombe existiert noch. Das ändert alles. Wir müssen uns zurückziehen.«

»Darüber haben wir doch bereits gesprochen«, sagte der Mondkaiser. »Wenn wir uns jetzt zurückziehen, werden wir die Unterdrückung durch die Erdenwacht wahrscheinlich nie brechen können. Eine Gelegenheit wie diese bekommt man kein zweites Mal.«

»Wenn wir uns *nicht* zurückziehen, werden wir alle sterben. Dann hat die Erdenwacht ebenfalls gewonnen.«

Alecander atmete tief ein und aus. »Wir müssen die *Hephaistos* ausschalten.« Er wandte sich an seine Gesprächspartnerin am anderen Ende der Verbindung. »Hören Sie zu, Sie müssen den Start der Rakete verhindern, egal wie.«

»Na, der ist ja lustig«, brummte Ferrer. »Wie sollen wir das denn anstellen? Das Raketensilo ist Teil des Hauptquartiers der Erdenwacht. Da kann man nicht so einfach reinspazieren.«

»Im Augenblick vielleicht leichter denn je«, entgegnete Emm. »Alle Kräfte sind am Westpass gebündelt. Die ganze Aufmerksamkeit richtet sich dorthin.«

»Trotzdem wird es Wachen geben. Und die schießen mit scharfer Munition. Ich bin ein Techniker, kein Ein-Mann-Kommandoteam.«

»Ich kann es machen«, sagte Carya. Sie war sich nicht sicher, ob das stimmte, aber wenn es jemanden in ihrem kleinen Rund gab, der zu so einem Sabotageakt imstande war, dann wohl sie. »Für eine Aufgabe wie diese habt ihr mich schließlich in eure Reihen geholt.«

»Stimmt«, pflichtete Ferrer ihr bei. »Carya kann es versuchen. Gute Idee.«

»Sie braucht trotzdem jemanden, der ihr bei den technischen Details hilft«, gab Emm zu bedenken.

»Ach, Dreck …«, murmelte Ferrer.

Carya trat ans Funkgerät. »Paladin Alecander, hier spricht Carya. Wenn Ihr mir sagt, wie ich vorgehen soll, bin ich bereit, es zu wagen.«

Als Jonan die Stimme vernahm, machte sein Herz einen Satz. »Carya!«, entfuhr es ihm. Alecander hatte ihm gesagt, dass sie lebte und wohlauf war, aber es mit eigenen Ohren zu vernehmen war noch einmal etwas völlig anderes.

»Jonan, du bist auch da?« Die Freude und Erleichterung in Caryas Stimme war nicht zu überhören.

»Ja, ich …« Jonan sah Alecander flehend an. »Darf ich mit ihr sprechen? Bitte. Nur zwei Minuten.«

»Das soll wohl ein Witz sein?«, knurrte Aidalon. »Wir befinden uns mitten in einer Einsatzbesprechung.«

Der Paladin trat vom Funkgerät zurück und überließ es Jonan. »Diese junge Dame ist womöglich unsere einzige Hoffnung, dieses Desaster überhaupt noch in einen Sieg zu verwandeln. Ich würde sagen, wir schulden den beiden ein paar Augenblicke der Zweisamkeit.«

Der Mondkaiser nickte und deutete zum Planungstisch auf der anderen Seite des Raums. »Widmen wir uns unterdessen der Frage, wie und wo wir unsere Truppen über die Berge führen können.« Die vier Männer zogen sich zurück, und Jonan beugte sich über das Funkgerät.

»Carya, wir haben zwei Minuten oder so«, sagte er leise.

Es dauerte einen Augenblick, dann kam ihre Antwort. »Ist gut. Ich habe die anderen ins Erdgeschoss geschickt, um mal nach unseren Gefangenen zu schauen.«

»Ich bin so froh, dass du noch lebst und wohlauf bist«, gestand Jonan.

»Geht mir auch so. Ich hatte solche Angst. Dymond, der Oberst der Zonengarde, behauptete, du seist tot.«

»Ein bisschen übertrieben, aber glücklicherweise wollte der Pilot, der dich entführt hat, nicht genauer nachschauen. Er hat meinen Hüfttreffer wohl für einen Bauchtreffer gehalten und dachte, ich würde demnächst ohnehin verbluten.« Jonan zuckte mit den Achseln, auch wenn Carya das nicht sehen konnte. »Wie dem auch sei: Wir leben beide, darauf kommt es an. Ist Pitlit auch bei dir?«

»Ja, dem geht's gut. Was ist mit Elje?«

»Hat sich hier im Lager im Lazarett eingenistet. Am liebsten würde sie mir gar nicht von der Seite weichen, aber in den Kampf habe ich sie nicht mitgenommen.« Jonan schmunzelte. »Gut zu wissen, dass die Kinder wohlauf sind, hm?«

Ein leises Kichern drang durchs Funkgerät. »Ja.« Dann wurde Carya wieder ernst. »Jonan, sieht es bei euch wirklich so schlimm aus?«

»Na ja, der erste Angriff war eine ziemliche Katastrophe. Der Pass ist eng und die Burschen besitzen echt üble Waffen. Wie war das mit diesen beiden Straßenräubern damals auf der Gorgoneninsel, die mit Messern ankamen und dann echt überrascht geguckt haben, als wir unsere Schusswaffen ausgepackt haben? So ähnlich habe ich mich jetzt gefühlt. Ganz ehrlich? Ich bin mir nicht sicher, ob wir die Erdenwacht in einem Kräftemessen der Waffen besiegen können.«

»Ihr müsstet den Rat als Geisel nehmen«, meinte Carya. »Und den Frieden erzwingen.«

»Du magst recht haben. Leider müssten wir dazu ins Tal hinein. Und das ist gerade ziemlich schwierig. Der Tunnel im Norden ist vermint. Im Süden gibt es eine Mauer, für die unsere Panzer zu schwach sind. Außerdem können wir keine größeren Truppenkontingente verlegen, weil das die Erdenwacht merken und ihre Verteidigung entsprechend verlagern würde.«

»Dafür blockieren wir ja gleich allen Funk. Dann dürfte ihr das schon schwerer fallen.«

»Es bleibt dabei, dass unsere kleinen Panzer und Kanonen nicht stark genug sind, um im Süden durchzubrechen. Wir bräuchten größere Kaliber.« Er seufzte.

»Jetzt könntet ihr diesen … wie hieß das Ding noch gleich? *Leviathan*? … gebrauchen, mit dem du damals Arcadion angegriffen hast, als du gekommen bist, um mich zu retten. Hast du mir nicht erzählt, der hätte glatt den Aureuswall durchbrechen können?«

»Stimmt, das war ein Brocken. Hätten wir den bloß nicht gesprengt, sondern …« Jonan brach ab. Ein wahnwitziger Gedanke keimte in seinem Inneren auf. »Carya, entschuldige. Ich muss mit Paladin Alecander sprechen. Ich glaube, ich habe eine Idee. Wir melden uns gleich wieder.«

Er schaltete das Funkgerät aus und sprang auf. »Paladine, Eure Majestät, mir ist vielleicht gerade eine Lösung für unser Problem eingefallen.«

Die vier Männer blickten vom Planungstisch auf. »Eine, die uns binnen achtundvierzig Stunden ins Tal der Erdenwacht bringt?«, fragte Alecander.

»Äh … puh …« Jonan versuchte innerlich die Entfernungen zu überschlagen, die es zu bewältigen galt. »Knapp, aber ja.«

»Dann lassen Sie hören, Estarto.«

»Ihr habt gesagt, dass wir nicht von Süden in das Tal einbrechen können, weil es da dieses Bollwerk gibt, das unsere Panzer und Kanonen nicht knacken können. Außerdem könnten wir die Truppen ohnehin nicht verlegen, weil das die Erdenwacht merken würde. Was wäre aber, wenn wir mit völlig neuen Einheiten, mit denen die Wacht garantiert nicht rechnet, direkt von Süden her angreifen?«

»Von was für Einheiten sprechen Sie?«, wollte Iudicaton wissen. »Wir besitzen nichts Stärkeres als das, was wir hier vor Ort aufgefahren haben.«

Jonan hob triumphierend den Zeigefinger. »Aber ich – vielleicht. Wie Euch bekannt sein dürfte, sind Carya und ich in den letzten Monaten ziemlich viel herumgekommen. Dabei haben wir auch ein Depot gefunden, in dem jemand alte, zum Teil schrottreife, aber zum Teil auch einfach nur aufgegebene Kriegsgeräte aus der Zeit des Sternenfalls versteckt hat. Ich hatte das völlig vergessen. Es befindet sich ein paar Hundert Kilometer südlich von hier, in der Gegend von Firanza.« Das stimmte nur annähernd, aber Jonan wollte nicht zu genau werden, um die Ausgestoßenen, die ihnen seinerzeit Hilfe und Obdach in ihrem Dorf geboten hatten, nicht in die Geschichte hineinzuziehen.

»Und Sie glauben, da finden sich stärkere Waffensysteme?«, hakte Iudicaton nach.

»Ich habe einiges über frühere Militärtechnologie gelesen, daher *weiß* ich, dass es dort noch ein paar richtig schwere Brocken gibt. Ich habe den Namen vergessen, aber ich erinnere mich an eine massige Raketenlafette auf einem Lastwagen und so eine einzelne riesige Kanone auf einem Radträger, wahrscheinlich eine Gausskanone. Wahrscheinlich gibt es sogar noch mehr, wir haben uns das nicht so genau angeschaut.«

»Wer sagt uns, dass diese Waffen noch funktionieren?«

Zur Antwort zuckte Jonan mit den Achseln. »Niemand. Aber ich kenne vielleicht auch ein paar Männer – Techniker, mehr will ich dazu nicht sagen –, die das Zeug reparieren könnten, sofern es überhaupt reparierbar ist.« Er dachte an die Invitros um Luceno, aber das würde er bestimmt nicht laut aussprechen, solange Großinquisitor Aidalon im Raum war. »Das größere Problem, das ich im Augenblick sehe, ist, dass wir keinen Treibstoff für die Fahrzeuge haben.«

Der Mondkaiser wechselte einen Blick mit Alecander. »Ich bräuchte einen Bericht meines Logistikoffiziers, aber ich bezweifle, dass wir noch nennenswerte Reserven besitzen. Wir haben jeden verfügbaren Tropfen Treibstoff in unsere Fahrzeuge gepumpt, damit wir möglichst schnell möglichst viele Leute hierher verlegen konnten. Nachschub muss erst noch geliefert werden.«

Der Paladin blickte nachdenklich ins Leere. »Es mag eine andere Lösung dieses Problems geben. Keine hundert Kilometer östlich von Firanza liegt Livorno, eine ziemlich geschäftige Hafenstadt. Es existiert eine Reihe großer Tankschiffe auf der Welt, deren Kapitäne von der Erdenwacht an der kurzen Leine gehalten werden. Wer sich der Küste nähert oder im großen Stil Treibstoff an die angrenzenden Reiche verkauft, dessen Schiff wird zerstört. Aus Angst davor haben die immer gespurt. Im Augenblick dürfte die Wacht allerdings zu sehr mit uns beschäftigt sein, um sich darum zu kümmern, was diese Freihändler treiben. Und mindestens eins von diesen Schiffen könnte sich in Reichweite befinden.«

Jonan verstand, worauf Alecander hinauswollte. »Ihr meint, wir sollten die *Maersk Titania* nach Livorno rufen?«

Überrascht hob Alecander die Augenbrauen.

»Die was?«, fragte Aidalon ungehalten. Dass hier über Dinge gesprochen wurde, von denen er als Großinquisitor keine Ahnung hatte, schien ihm sehr zu missfallen.

»Einen Supertanker, der im Mittleren Meer kreuzt«, antwortete Jonan knapp. Er schenkte Alecander ein Grinsen. »Wie gesagt: Carya und ich sind in den letzten Monaten viel herumgekommen.«

»Wie sollen wir Funkverbindung zu diesem *Supertanker* aufnehmen?«, gab Iudicaton zu bedenken.

»Fragen wir Carya«, schlug Jonan vor. »Die sitzt doch in der Kommunikationsanlage der Erdenwacht. Einen günstigeren Ort kann es kaum geben.«

Kapitel 32

»*Hier spricht Kapitän Al Salayeff. Was wollt ihr, Erdenwacht?*« Die Stimme das Mannes wies einen deutlichen Akzent auf, aber ansonsten war sein Albionisch sehr gut. Besser als Caryas jedenfalls, weswegen sie Emm wieder ans Funkgerät des Kontrollpults gelassen hatte, damit ihr Gesprächspartner keinen Verdacht schöpfte. Carya stand unterdessen neben ihr und fragte sich, ob Jonans verrückter Plan tatsächlich funktionieren konnte.

Die erste Hürde jedenfalls hatten sie problemlos genommen. Ferrer war es gelungen, die Frequenz der *Maersk Titania* herauszufinden, und er hatte auch ein paar alte Funkprotokolle entdeckt, die belegten, mit welcher Entschiedenheit die Erdenwacht gegenüber den Händlern auftrat. Entsprechend verwunderte es kaum, dass der Mann am anderen Ende der Leitung wenig erfreut war, von ihnen zu hören.

»Wo befinden Sie sich mit Ihrem Schiff im Augenblick, Kapitän?«, fragte Emm.

»Ist das eine Fangfrage? Das wisst ihr doch sehr gut.«

»Wir haben Überwachungsdrohnen auf dem Meer, Emm«, erinnerte Ferrer die junge Frau.

Leise verfluchte sie ihren Fauxpas. »Was ich meinte, ist: Wie schnell können Sie in Livorno sein? Arcadische Ostküste.«

»Ist das schon wieder eine Fangfrage?«, wollte Al Salayeff wissen. *»Überhaupt nicht. Das ist mir doch verboten.«*

»Dieses Verbot ist vorübergehend aufgehoben. Also: Wie schnell?«

»Einen Moment.« Eine halbe Minute herrschte Stille in der Leitung, dann meldete sich der Kapitän wieder. *»Drei Tage.«*

»Warten Sie«, befahl ihm Emm und wechselte den Kanal. »Drei Tage, Paladin«, informierte sie die Männer im Hauptquartier des Bündnisheeres.

»Das ist vermutlich zu spät«, antwortete Alecander. *»Bis wir den Treibstoff zu Estartos geheimem Depot transportiert und die Fahrzeuge danach hinauf in die Berge gebracht haben, sind wir schon tot.«*

»Moment.« Sie schaltete zurück. »Geht das nicht schneller, Kapitän?«

»Sie können gerne vorbeikommen und die Spezifikationen der Maschinenleistung überprüfen. Die Titania *ist kein Raketenflugzeug.«*

Emm bedeckte das Funkgerät mit ihrer Hand und fluchte leise. Sie hob den Blick zu Carya, Pitlit und Ferrer. »Was machen wir jetzt?«

Carya schürzte nachdenklich die Lippen. Ihr kam eine Idee. Es war ein ziemlicher Schuss ins Blaue, aber sie hatten schließlich nichts zu verlieren, wenn sie es versuchten. »Sag ihm, er soll uns die Funkfrequenz von Kapitän Denning und der *Albatros* geben. Die haben vor drei oder vier Tagen bei ihnen getankt.«

Die Invitro-Frau kam der Aufforderung nach.

»Was wollen Sie denn von Denning?«, wunderte sich Al Salayeff.

»Das hat Sie nicht zu kümmern, Kapitän«, sagte Emm scharf. »Geben Sie uns einfach die Frequenz, wenn Sie Ihren Geschäften weiter unbehelligt nachgehen wollen.«

»Schon gut, schon gut. Kein Grund, ausfallend zu werden.« Der Kapitän der *Maersk Titania* übermittelte ihnen die gewünschten Da-

ten und schien redlich erleichtert zu sein, als Emm ihn daraufhin entließ.

»Rufen wir Denning«, sagte Carya.

»Bin schon dabei«, erwiderte Ferrer, der an Emms Seite für alle technischen Aspekte ihrer Kommunikationsbemühungen zuständig war. »Sprich mir mal einen Gruß ins Mikrofon. Den wiederhole ich dann so lange, bis der gute Mann sich meldet.«

»Na schön.« Carya räusperte sich und beugte sich über das Kontrollpult. »Kapitän Denning, hier ist Carya. Ich hoffe, Sie erinnern sich noch an mich. Sie haben meine Freunde und mich nach Francia gebracht. Ich brauche dringend Ihre Hilfe. Bitte melden Sie sich. Oh, und sagen Sie Géant, sein Bruder Bonasse schickt Grüße aus Paris.« Sie schaute zu Ferrer hinüber, der zufrieden nickte.

»Jetzt heißt es warten und hoffen«, sagte dieser.

»Wieso brauchen die so lange?« Mit grimmiger Miene marschierte Großinquisitor Aidalon zwischen Funkgerät und Planungstisch hin und her. Dafür, dass er ein lahmes Bein hatte, war er ein ziemlich unruhiger Geist, fand Jonan. »Mit jeder Stunde, die verstreicht, sinken unsere Aussichten auf einen Sieg. Wir sitzen hier lediglich herum und unternehmen nichts.«

»Sprecht nur für Euch, Großinquisitor«, entgegnete Alecander. »Unsere Truppen auf dem Pass bedrängen den Feind weiter. Paladin Iudicaton stellt die vier Züge zusammen, die sich über die Berge schlagen sollen. Und ich bereite alle Informationen vor, die Carya Diodato benötigt, um die *Hephaistos-V* zu sabotieren. Wenn Ihr der Meinung seid, das sei zu wenig, geht nach draußen und tut etwas Sinnvolles.«

In Augenblicken wie diesen beneidete Jonan Alecander. Der Paladin konnte selbst dem Großinquisitor des Lux Dei gegenüber klare Worte wählen, ohne eine standrechtliche Hinrichtung zu riskieren. Rang hatte seine Privilegien.

Seit einer knappen halben Stunde saßen sie nun in der Kommandozentrale des Heerlagers und warteten darauf, dass Carya Kapitän Denning erreichte. Im Grunde war das nicht viel Zeit, aber es fühlte sich wie eine Ewigkeit an, wenn man wusste, dass innerhalb des Tals der Erdenwacht Scharen emsiger Techniker damit beschäftigt waren, das Damoklesschwert zu schleifen, das auf die Truppen der Angreifer herabsausen sollte. *Vielleicht sollte ich einfach losfahren,* dachte Jonan. *Wir machen einen Treffpunkt aus. Ist Denning zum verabredeten Zeitpunkt vor Ort, habe ich Glück gehabt. Wenn nicht, habe ich zumindest mein Möglichstes gegeben.*

Der Gedanke war in seinem Inneren gerade so weit gereift, dass er bereit war, ihn in die Tat umzusetzen, als plötzlich ein Knacken im Lautsprecher der Funkstation und danach Caryas Stimme zu hören war. *»Paladin Alecander?«*

Der Mann in der weiß-goldenen Rüstung trat ans Funkgerät. »Ich bin hier, Carya.«

»Wir haben Denning erreicht. Er war sehr überrascht über unsere Anfrage, aber ich konnte ihn überzeugen, dass er eine Menge gutes Geld verdienen kann, wenn er uns hilft. Ich hoffe, ich habe ihn nicht belogen.«

»Er soll bekommen, wonach ihm verlangt. Hauptsache, er trägt seinen Teil zum Gelingen von Jonans Plan bei.«

»Das wird er. Er befindet sich im Augenblick auf dem Weg nach Genovia, aber er ändert sofort den Kurs, landet bei Livorno und kommt mit einem Lastwagen voller Treibstoff zum vereinbarten Treffpunkt. Den Lastwagen müssen wir ihm übrigens ebenfalls bezahlen.«

»Wie auch immer. Wo befindet sich der Treffpunkt?«

Carya zögerte. *»Kann ich mit Jonan direkt sprechen?«*

Im Hintergrund knurrte Aidalon. Der Paladin jedoch machte Jonan wortlos Platz. Er schien bereit, Carya und ihm zu vertrauen, eine Einstellung, die Jonan ihm hoch anrechnete. »Ich bin hier, Carya«, sagte er, als er sich vor dem Funkgerät niedergelassen hatte.

»Erinnerst du dich an die große Straßenkreuzung in der Nähe des Sees? Du weißt schon, welchen ich meine.«

Natürlich wusste Jonan das. Sie meinte den See mit der Insel, auf der die geheime Invitro-Enklave lag. »Schon klar«, antwortete er. »Wann kann er vor Ort sein?«

»In etwa dreißig Stunden, also morgen Abend.«

»Danke. Dann mache ich mich besser gleich auf den Weg. Es gilt schließlich noch etwas Vorarbeit zu leisten. Paladin Alecander wird dir übrigens in Kürze alles übermitteln, was er über die *Hephaistos* weiß. Hoffentlich hilft es dir.«

»Ja, hoffen wir es.« Carya zögerte. Als sie weitersprach, war ihre Stimme ein Flüstern, so als seien ihre Worte bloß noch für ihn bestimmt. *»Pass auf dich auf, Jonan.«*

Jonan warf einen Blick über die Schulter. Paladin Alecander, der hinter ihm aufragte wie ein metallener Berg, verstand den Wink und drehte sich um. »Du auf dich auch, Carya«, erwiderte Jonan leise. »Viel Glück – und denk immer daran: Ich liebe dich.«

»Ich liebe dich auch. Und ich will dich nicht verlieren.«

»Deshalb lass uns beide heil aus dieser Sache herauskommen. Dann fahren wir mit Pitlit und Elje zu deinen Eltern, öffnen eine Flasche Wein und feiern, dass wir überlebt haben und wieder zusammen sind.«

»Ja … das würde mir gefallen. Carya Ende.«

Mit einem Knacken in der Leitung wurde die Verbindung unterbrochen. Jonan erhob sich und nickte den Anwesenden ernst zu. »Alles ist in die Wege geleitet. Jetzt bleibt mir nur noch aufzubrechen.«

»Sehr gut«, sagte Alecander.

»Ich brauche ein Fahrzeug, am besten ein schnelles Motorrad.«

»Nehmen Sie einen meiner gepanzerten Motorwagen«, bot ihm der Mondkaiser an. »Ich werde Capitaine Rochefort vom Pass rufen lassen. Er wird Sie fahren. Ich denke, seine Fahrkünste dürften Ihre Reise merklich beschleunigen.«

Jonan grinste. »Ja, das wäre möglich.« Wie er seit ihrem gemeinsamen Ausflug in die Trümmerzone von Paris wusste, pflegte der Leibwächter des Mondkaisers einen ziemlich rasanten Fahrstil. Vielleicht kam er deshalb immer dann zum Einsatz, wenn Eile geboten war. »Bitte schickt ihn zum Lazarett, sobald er eintrifft. Ich habe dort noch kurz etwas zu erledigen.«

»Ich werde Entsprechendes veranlassen.«

»Außerdem …«, Jonan sah an sich hinab, »… sollte ich mich wohl umziehen, denn es mag nicht die klügste Vorgehensweise sein, in einer francianischen Uniform die Grenze zur Machtsphäre des Lux Dei zu überschreiten. Nicht jeder dort weiß, dass wir jetzt Verbündete sind.«

»Eine sinnvolle Vorsichtsmaßnahme«, pflichtete ihm der Kaiser bei. »Ich werde auch Capitaine Rochefort anweisen, Zivilkleidung zu tragen.«

»Vielen Dank.«

Im Lazarett herrschte – milde ausgedrückt – geschäftiges Treiben. Der erste Angriff auf die Verteidigungsstellungen der Erdenwacht hatte nicht nur viele Todesopfer gefordert, sondern auch zahlreiche Verletzte zur Folge gehabt. Doktor Bramante und sein Stab hatten alle Hände voll zu tun, und Jonan musste aufpassen, den umhereilenden Ärzten und Krankenschwestern nicht in die Quere zu kommen, als er nach Elje suchte.

Er fand das Mädchen schließlich in einer Ecke, wo es schmutzige und blutige Verbände in kaltem Seifenwasser auswusch. Genau wie ihrem Vater, als dieser Jonan behandelt hatte, ging sie auch den Leuten hier mit stiller Gewissenhaftigkeit zur Hand. Einmal mehr staunte Jonan über Elje. Kaum ein Kind ihres Alters hätte auch nur einen Fuß in eine Halle voller verwundeter, vor Schmerzen stöhnender Menschen gesetzt. Doch sie versuchte sogar, sich nützlich zu machen.

»Elje«, begrüßte er sie und ging neben ihr in die Hocke.

Das Mädchen ließ die Verbände sinken und drehte den Kopf. Als Elje ihn erkannte, hellten sich ihre Züge auf. Die nassen Stoffstreifen noch in den Händen, schlang sie ihm die Arme um den Hals und drückte ihr Gesicht an das seine. Verlegen erwiderte er die Umarmung. Er hatte ein schlechtes Gewissen, weil er sich nicht sofort nach seiner Rückkehr ins Lager bei ihr gemeldet hatte. Offenbar hatte sie sich wirklich Sorgen um ihn gemacht.

»Alles ist gut, Elje. Ich bin ja wieder da.« Er schob sie ein wenig von sich und betrachtete sie lächelnd. »Wie ich sehe, trägst auch du deinen Teil zu unserem Kampf bei.«

Sie nickte.

»Ich bin stolz auf dich«, sagte Jonan. Seine Worte zauberten ein Lächeln auf Eljes Gesicht. »Hör zu, Elje, ich muss noch einmal los«, fuhr er fort. »Man hat mir eine wichtige Mission übertragen. Ich fahre nach Süden ins Arcadische Reich, um – hoffentlich – ein kleines Wunder zu bewirken, das uns hilft, diesen Krieg noch zu gewinnen. Du siehst ja selbst, dass es nicht so gut läuft bisher.« Er deutete auf die Verwundeten, die das Lazarett füllten.

Elje ergriff seine Hand und nickte auffordernd.

»Nein, du kannst nicht mitkommen, Elje. Es muss alles sehr schnell gehen, und ich kann nicht auf dich aufpassen. Bleib lieber hier bei Doktor Bramante. Er wird sich um dich kümmern.«

Das Mädchen packte seine Hand fester. Ihre Miene verdüsterte sich.

Ach, Licht Gottes, dachte Jonan. *Warum nicht? Wir setzen sie hinten in den Wagen und lassen sie mitfahren. Was soll's? Es muss ja niemand erfahren. Und sollte meine Mission scheitern, ist sie zumindest nicht in der Nähe, wenn die Bombe hochgeht.* »Also gut«, gab er nach. »Aber du bist ganz brav und tust, was ich dir sage. Und wenn es irgendwie gefährlich werden sollte …« *Was rede ich da eigentlich? Das Mädchen hat jahrelang in der Wildnis überlebt.* Der Druck seiner freiwillig übernommenen Aufgabe belastete offenbar schon jetzt seine Nerven.

»Vergiss es«, sagte er etwas ruhiger. »Tut mir leid. Halte dich einfach im Hintergrund und pass auf, dass dir nichts passiert, in Ordnung?«

Elje hob zwei Finger wie zum heiligen Schwur und nickte. Dann legte sie die Verbände auf den Waschtisch. Sie tippte eine junge dunkelhaarige Krankenschwester an, deutete auf die angefangene Arbeit und winkte ihr zum Abschied zu, bevor sie wieder Jonans Hand ergriff.

Der zuckte mit den Achseln und sah die verdutzte Frau hilflos an. »Kinder.«

Sie waren gerade auf dem Weg zum Ausgang, als eine schwache Stimme plötzlich nach Jonan rief. Er wandte sich um, und seine Augen weiteten sich, als er Lucai entdeckte, der auf einer der Pritschen lag. Das Gesicht seines Freundes war leichenblass. Der Grund dafür lag in dem blutigen Verband, der den Stumpf seines rechten Beins bedeckte. Es war unterhalb des Knies abgerissen worden.

»Verdammt, Lucai, was ist mit dir passiert?«, fragte Jonan, nachdem er an seine Seite geeilt war.

Lucai lächelte gequält. »Ich stand zu nah hinter einem Panzer, als er explodiert ist. Ein Metallschrapnell. Groß wie eine Tischplatte.

Man könnte sagen, ich bin ein echter Glückspilz, weil ich nur ein Bein eingebüßt habe.«

Jonan fluchte leise. »Das tut mir so leid, mein Freund. Ich wünschte, du wärst verschont geblieben.«

»Tja, sieht so aus, als war es das mit meiner Laufbahn bei der Tribunalpalastgarde. Würde mich wundern, wenn die einen Kerl mit Holzbein in eine Templerrüstung stecken.« Er verzog schmerzerfüllt das Gesicht. »Wenigstens scheide ich mit einem Orden an der Brust aus den Reihen der Garde aus, nicht mit einem Eintrag auf der persönlichen Abschussliste von Aidalon.«

Jonan ergriff die Hand seines Freundes und drückte sie. »Du hast dir viel mehr als einen Orden verdient.«

Ein mattes Lachen kam über Lucais Lippen. »Na, mal sehen, was ich rausholen kann. Und was ist mit dir? Du hast deine schöne neue francianische Uniform ja schon wieder abgelegt. War es nichts, unter dem Silbergesicht zu dienen?«

»Im Gegenteil. Ich bin auf dem Weg zu einer Spezialmission. Wir beabsichtigen einen verdeckten Vorstoß über den Süden ins Tal der Erdenwacht. Und ich soll ihn möglich machen.«

»Wie passend«, sagte Lucai mit freundschaftlichem Spott. »Du bist schon immer deinen eigenen Weg gegangen.« Gleich darauf wurde er ernst. »Glaubst du, dass du das hinkriegst?«

»Ich hoffe es«, erwiderte Jonan. »Für uns alle hoffe ich es. Denn wenn ich scheitere, sind die Menschen auf dem Pass und vielleicht sogar hier im Lager dem Tod geweiht.«

Lucai hob die freie Hand und klopfte Jonan auf den Arm. »Dann wünsche ich dir mal viel Glück, Kumpel. Denn Bein dran oder Bein ab: Sterben will ich noch nicht. Schließlich haben wir noch ein Bier am Ufer des Tevere ausstehen.«

Ergriffen sah Jonan seinen Freund an. Jetzt hatte er noch einen Grund mehr, sein Bestes zu geben, um diese Mission erfolgreich abzuschließen. »Ich werde dich nicht enttäuschen, Lucai«, versprach er.

»Ich hätte nicht gedacht, dass wir noch einmal gemeinsam auf einen Sondereinsatz gehen.« Captaine Rochefort bedachte Jonan mit einem schiefen Grinsen, während er den Motor des gepanzerten Transporters startete und das Gaspedal durchtrat. Kies knirschte unter den Reifen des massigen Fahrzeugs, als es einen regelrechten Satz nach vorne machte und auf den Ausgang des Heerlagers zufuhr.

»Hoffen wir, dass wir auch diesmal Erfolg haben werden«, sagte Jonan zu dem bulligen Mann mit dem raspelkurzen Haar. »Jedenfalls steht einiges mehr auf dem Spiel als beim letzten Mal.«

Rochefort nickte grimmig. »Wie heißt es so schön: Man wächst mit seinen Aufgaben.« Er richtete seine Aufmerksamkeit wieder auf die Straße, die sie durch den menschenleeren Norden von Bourg-Saint-Maurice führte, um dann nach Südwesten abzuschwenken, hinein in die Wildnis der Berge.

Jonan blickte in den Rückspiegel. Hinten im Wagen hockte Elje, angegurtet auf einem Sitz, der viel zu groß für sie war. »Alles in Ordnung bei dir?«, fragte er.

Das Mädchen reckte einen Daumen in die Höhe.

Sie befanden sich kurz vor dem Ortsausgang und unweit der Abzweigung, die hinauf auf den Pass führte, als Rochefort auf einmal heftig bremsen musste. Vor ihnen auf der Straße stand ein arcadischer Lastwagen quer. »Was zum Teufel machen die da?«, knurrte Rochefort.

»Gute Frage«, sagte Jonan. »Warten Sie, ich kläre das.« Er öffnete die Tür und stieg aus. »He, was ist denn los?«, rief er, als er näher heranging. In der Ferne grollten die Geschütze wie der Donner eines nahenden Unwetters.

Ein Soldat in arcadischer Uniform kam um den Lastwagen herum. Er hatte seine Jacke aufgeknöpft, und sein Gesicht war hochrot. »Ich bin durch ein verdammtes Schlagloch gefahren, und dabei ist mir ein Reifen kaputtgegangen. Können Sie mir helfen, ihn zu wechseln?«

Jonan seufzte innerlich. »Tut mir leid, wir haben es eilig. Aber wir helfen Ihnen, den Wagen an den Straßenrand zu schieben. Es kommt sicher demnächst wieder jemand vorbei.« Er drehte sich zu Rochefort um und winkte ihm.

Der Capitaine stieg aus dem Wagen.

»Radpanne«, informierte ihn Jonan. »Wir müssen …«

In diesem Augenblick gab es einen trockenen Knall, gefolgt von einem schwachen Pfeifen. Der Kopf des francianischen Elitegardisten wurde zur Seite gerissen, und seine rechte Schläfe explodierte in einem Regen aus Blut, Hirnmasse und Knochensplittern. Lautlos sackte er neben dem Wagen zu Boden.

»Rochefort!«, schrie Jonan entsetzt, bevor er sich hinter dem Lastwagen in Deckung warf. Er rollte ab, kam wieder auf die Beine und zog seinen Revolver. Ein schmerzhaftes Stechen ging durch seine verletzte Hüfte, und Jonan verzog das Gesicht. Gleich darauf erstarrte seine Miene, als er sah, wie ein schwarz gepanzerter Tribunalpalastgardist um den beschädigten Lastwagen herumgestapft kam. Der Rüstung zufolge handelte es sich um Burlone. Jonans ehemaliger Kamerad hob sein Templersturmgewehr. »Waffe fallen lassen, Estarto«, dröhnte es aus seinem Helm.

»Verdammt, Burlone, was soll das? Seid ihr irre geworden?«

»Klappe halten und Waffe fallen lassen. Gib mir keinen Grund, dir ein Loch in den Arm zu schießen. Oder, halt, warte, gib mir bitte doch einen. Ich würde dir liebend gerne ein Loch in den Arm schießen, Verräterschwein.«

Jonan ließ den Revolver los. Es hatte keinen Zweck, gegen

Burlone zu kämpfen. Die Templerrüstung ließ sich mit Jonans einfachem Armeerevolver nicht durchschlagen. Klappernd fiel die Waffe auf den geschundenen Asphalt. *Elje, bitte bleib im Wagen und komm jetzt nicht raus,* dachte er. Laut sagte er: »Würdest du mir mal erklären, was das soll? Ich bin auf einer lebenswichtigen Mission. Der Mondkaiser persönlich hat mich ausgesandt. Es geht um Sieg oder Niederlage in diesem verdammten Feldzug.«

Ein paar Meter entfernt tauchten zwei weitere Gestalten zwischen den Häuserruinen auf. Es handelte sich um DeVito und Ramin. Mit einem kalten, zufriedenen Lächeln nahm Caryas früherer Templerjugendführer sein Scharfschützengewehr hoch. Gleichzeitig erklang eine Stimme hinter dem Wagen, die Jonan einen eisigen Schauer über den Rücken jagte. »Ganz recht: Es geht um Sieg oder Niederlage. Ich persönlich möchte auf Sieg setzen, und zwar auf meinen eigenen.«

Ein Unheil verheißendes Lächeln lag auf den falkenartigen Zügen von Großinquisitor Aidalon, als er um den Lastwagen herumhumpelte, sich auf seinen Stock stützte und Jonan aus sicherer Entfernung anfunkelte.

»Aidalon!«, entfuhr es Jonan. »Seid Ihr vollkommen dem Wahnsinn verfallen? Arcadische Soldaten sterben in diesem Augenblick oben auf dem Pass. Warum zum Teufel tötet Ihr meinen Fahrer? Der Mann war, nebenbei bemerkt, ein Leibwächter des Mondkaisers. Seiner Majestät wird es überhaupt nicht gefallen, wenn er davon hört.«

»Keine Sorge, das wird nicht geschehen – oder zumindest erst, wenn es keine Rolle mehr spielt«, antwortete Aidalon. »Castillos, DeVito, schaffen Sie die Leiche in den Lastwagen.« Er wandte sich an den Soldaten mit dem angeblichen Unfall. »Porta, entsorgen Sie mit DeVito den Toten irgendwo im Gebirge. Wir, Estarto, machen unterdessen einen Ausflug nach Arcadion, um Ihren Vater zu besuchen.«

»Soll das ein Scherz sein?« Jonan glaubte, sich verhört zu haben. »Es geht Euch allein um Euren Handel mit meinem Vater?«

Unwillig schlug der Großinquisitor die Spitze seines Stocks auf die Straße. »Unsinn. Natürlich geht es mir nicht allein darum. Sie dort abzuliefern ist bloß ein angenehmer Nebeneffekt, während ich darauf warte, dass der Mondkaiser, Maximilian, Alecander und Iudicaton phänomenal scheitern. Und dann, wenn all diese Verräter Vergangenheit sind, werde ich mit der Erdenwacht in Verbindung treten und über die Konditionen meines persönlichen Aufstiegs sprechen. Dass ich denen geholfen habe, den Sieg über diese verblendeten Narren zu erringen, sollte ihnen einiges wert sein.« Aidalon vollführte eine knappe Geste, und während Ramin sein Gewehr auf Jonan richtete, schulterte Burlone das seine, um seinen Elektroschockstab vom Gürtel zu nehmen.

»Aber Ihr selbst habt vor wenigen Tagen noch zu diesen Verrätern, wie Ihr sie jetzt nennt, gehört«, rief Jonan verzweifelt. »Wolltet Ihr nicht nach all Euren Mühen sehen, wie Eure Pläne Früchte tragen? Ich erinnere mich an solche Worte im Zelt des Mondkaisers in Albertville.«

»Der kluge Mann ändert seine Meinung rechtzeitig, wenn er erkennt, dass ein Plan zum Scheitern verurteilt ist. Denn letzten Endes ist Überleben wichtiger als Ideale. Außerdem konnte ich den Mondkaiser ohnehin noch nie ausstehen. Und wenn der Ketzerkönig mit seinen Truppen fällt, werde ich gar ein Fass besten Weines aufmachen, so viel versichere ich Ihnen, Estarto. Doch genug geredet. Wir haben eine lange Reise vor uns. Gardist Burlone, stellen Sie den Gefangenen ruhig.«

Burlone hob den Elektroschockstab und trat drohend auf Jonan zu. Jonan konnte geradezu sehen, wie sich hinter dem schwarzen

Visier ein zufriedenes Grinsen auf dem stoppelbärtigen Gesicht ausbreitete. »Auf diese Gelegenheit habe ich schon lange gewartet«, tönte sein einstiger Kamerad, bevor er Jonan den Elektroschockstab gegen die Brust rammte und abdrückte. Ein bläulicher Blitz entlud sich knisternd, dann gingen bei Jonan die Lichter aus.

Kapitel 33

Ich habe verstanden, Paladin Alecander«, sagte Carya. »Vielen Dank für die Informationen. Hoffen wir, dass sie mir helfen.«

»Ja, hoffen wir es. Viel Glück, Carya.« Die Verbindung wurde unterbrochen, und Carya sah zu Ferrer hinüber, der alles mitgeschrieben hatte, was ihnen von Alecander übermittelt worden war.

Der Invitro-Techniker blickte auf den Schirm seines tragbaren Rechners und zuckte mit den Achseln. »Ich bin kein Waffenspezialist, aber wenn er sagt, dass wir die Rakete auf diese Weise unbrauchbar machen können, wird es wohl so sein. Eigentlich zerstören wir ja bloß den Steuerrechner. Der lässt sich reparieren. Aber es verschafft unseren Leuten jenseits der Berge mindestens eine zusätzliche Woche. Das muss genügen.«

»Dann sind wir hier also fertig?«, fragte Emm.

»Sieht so aus«, sagte Ferrer. Sie hatten noch einmal mit Alecander darüber gesprochen: Dem Paladin und seinen Verbündeten wäre es natürlich am liebsten gewesen, wenn sie die Anlage weiterbesetzt hätten, um die Kontrolle über den Kommunikationsverkehr zu behalten. Aber wenn Carya und Ferrer loszogen, um das Hauptquartier der Erdenwacht zu infiltrieren, ging das einfach nicht. Emm und Pitlit konnten und wollten nicht alleine zurückbleiben. Also war man zu dem ursprünglichen Plan zurückgekehrt, die Anlage zu zerstören.

»Packen wir unsere Sachen und sehen zu, dass wir von hier abhauen«, fuhr Ferrer fort. »Aber vorher muss ich noch dem Rechnerraum unten einen Besuch abstatten. Würde mir jemand von euch eine Pistole leihen?« Er sah Carya und Emm mit fragend erhobenen Augenbrauen an.

Emm reichte ihm ihre Waffe. »Aber erschieß dich nicht aus Versehen selbst«, warnte sie ihn.

»Nichts läge mir ferner. Ich …«

»Leute, wir kriegen ein Problem!«, schrie Pitlit von unten. Der Straßenjunge hatte die kleine Küche der Anlage nach etwas Essbarem durchsucht. Nun kam er aufgeregt die Treppe hinaufgeflitzt.

»Was ist los?«, fragte Carya alarmiert.

»Da kommt gerade ein großer Wagen die Einfahrt hoch. Ein normales Fahrzeug, also keine Zonengarde. Aber es sitzen sechs Männer drin.«

Ferrer warf einen raschen Blick auf seinen Rechner. »Punkt zwölf Uhr. Verdammt. Sieht nach irgendeinem Schichtwechsel aus.«

»Wer macht denn mitten am Tag einen Schichtwechsel?«, wunderte sich Emm.

»Frag das nicht mich, frag das die Betreiber dieser Anlage. Jedenfalls haben wir uns viel zu lange hier aufgehalten.«

»Ferrer, Pitlit, ihr bleibt hier oben«, befahl Carya schnell. »Ferrer, du nimmst den Schockstab von Pitlit, Pitlit die Pistole von Emm. Versteckt euch hinter den Kontrollpulten. Emm und ich verbergen uns unten im Flur. Wir schnappen sie uns, wenn sie auf der Treppe sind – ihr von vorne, wir von hinten. Nicht erschießen, nur bedrohen! Und dann möglichst schnell betäuben. Alles klar?«

Die anderen nickten. Schnell verteilten sie sich und bereiteten sich vor, die Neuankömmlinge gebührend zu empfangen. Carya und Emm waren kaum die Treppe hinuntergeeilt, als vorne schon die Eingangstür geöffnet wurde. Männerstimmen wurden laut, die sich auf Albionisch unterhielten. Einer machte einen Witz und die anderen lachten. »He, Jonn, Sergej, Enro, was ist denn heute mit euch los?«, rief einer. »Keinen Kaffee gemacht?«

Im Waschraum hinter Carya und Emm setzte unvermittelt ein gewaltiges Getöse ein. Fäuste hämmerten gegen die verkeilte Tür, und die gefangenen Techniker schrien sich die Seele aus dem Leib. »Hier! Hier sind wir. Vorsicht! Es sind Einbrecher in der Anlage.«

Emm fluchte leise.

Carya zögerte kaum eine Sekunde. »Nimm«, sagte sie und drückte Emm die Pistole in die Hand. Dann sprintete sie, den Elektroschockstab in der Hand, los.

Drei der sechs Männer kamen ihr alarmiert den Gang hinunter entgegengeeilt. Was genau los war, konnten sie nicht verstanden haben. Aber dass etwas nicht stimmte, hatten sie begriffen.

»Helfen Sie mir bitte!«, flehte Carya mit verzweifelter Miene. »Die wollen mir etwas antun!«

Den kurzen Moment der Verwirrung, den ihre Worte auslösten, nutzte sie, um mitten in die Techniker hineinzurennen. Den ersten hatte sie mit dem Elektroschockstab ausgeschaltet, bevor die Männer überhaupt erfassten, wie ihnen geschah. Ein zweiter versuchte, Carya zu packen und festzuhalten, doch sie entwand sich ihm blitzschnell und ließ sich zu Boden fallen. Von unten rammte sie ihm den Schockstab in den ausladenden Bauch. Der Mann japste erschrocken und riss die Arme hoch, wobei er seinem Kollegen versehentlich einen kräftigen Hieb ins Gesicht verpasste. Der taumelte zurück und hielt sich fluchend die gebrochene Nase.

Unterdessen war Carya bereits herumgerollt und wieder aufgesprungen. Sie warf sich gegen den dritten Mann und trieb ihn an die nahe Korridorwand. Hinter dem Rücken wechselte sie den Schockstab von der rechten in die linke Hand. Sie ließ zu, dass der

Mann sie von sich stieß, nur um ihn dann aus unerwarteter Richtung zu erwischen.

»Grundgütiger!«, entfuhr es einem der übrigen Techniker, die etwas langsamer nachgefolgt waren. »Darick, bloß weg hier! Da ist eine Killerin im Haus!« Er machte auf dem Absatz kehrt, um zu fliehen, und seine zwei Kameraden taten es ihm gleich.

Genau das hatte Carya zu vermeiden gehofft. Mit Leuten, die sie angriffen, konnte sie umgehen. Menschen, die flohen, bereiteten Probleme, vor allem, wenn sie zu dritt waren und sich in unterschiedliche Richtungen davonmachten.

So schlau waren die Techniker zum Glück nicht. Sie alle hatten das Gleiche im Sinn: Bloß den Wagen wieder zu erreichen und mit ihm das Weite zu suchen. Den ersten Gegner brachte Carya zu Fall, indem sie ihm einen im Vorbeilaufen aufgenommenen Stuhl zwischen die Beine warf. Keuchend landete der Mann auf dem Asphalt des Vorhofs, und als er wieder aufstehen wollte, betäubte Carya ihn mit dem Elektroschockstab.

Unterdessen hatten die anderen beiden das Fahrzeug erreicht. In seiner Hast ließ der Fahrer seinen Startzylinder fallen, bevor er die Türen öffnen konnte. Fluchend bückte er sich danach. »Mach schon!«, schrie sein Kollege und rüttelte an der verschlossenen Wagentür.

Als er sah, dass er auf diese Weise nicht entkommen würde, stieß er sich ab und hetzte zu Fuß dem Ausgang der Anlage entgegen. Carya setzte zur Verfolgung an. Um den Fahrer sollte Emm sich kümmern.

Zu Caryas Vorteil handelte es sich bei dem Flüchtenden um einen Mann, der anscheinend den Großteil seines Lebens in einem Sessel vor einem Kontrollpult verbracht und dabei kleine Häppchen zu sich genommen hatte. Gegen Carya, die nicht nur genetisch perfekte Voraussetzungen für körperliche Fitness mitbrachte, sondern in den letzten Tagen auch medizinisch versorgt und mit gutem Essen aufgepäppelt worden war, hatte er keine Chance.

Er kam genau bis zum Eingangstor der Anlage, dorthin, wo die gewundene Bergstraße begann, die hinunter in den Industriebezirk führte. Dann hatte Carya ihn eingeholt, riss ihn zu Boden und betäubte ihn.

Hinter ihr wurde der Wagen angelassen. Sie wirbelte herum, nur um zu sehen, dass es dem letzten Mann gelungen war, in das Fahrzeug zu steigen und es zu starten. Im Eingang zum Gebäude stand Emm, die Pistole erhoben, aber ihre Hände zitterten und sie schoss nicht. Die Reifen des Wagens quietschten, als der völlig verängstigte Techniker Gas gab. Eine Sekunde lang überlegte Carya, ob sie versuchen sollte, ihn zum Anhalten zu zwingen.

Sie entschied sich dagegen, sprang zur Seite und ließ ihn entkommen. Die Gefahr wäre zu groß gewesen, dass er bei einem Angriff ihrerseits das Steuer verrissen hätte und mit dem Wagen über die niedrige Steinmauer geschleudert worden wäre, welche die Bergstraße begrenzte. Und seinen Tod wollte sie nicht. Das war es nicht wert. Letzten Endes hatten sie auch erreicht, was sie wollten. Die akute Gefahr war abgewendet. Bis der Bursche mit der Zonengarde zurückkehrte, hatten sie die Kommunikationsanlage längst zerstört und waren auf und davon.

Im nächsten Moment fiel Carya ein, dass hier ja alle über Funk miteinander in Verbindung standen. So viel Zeit, wie sie gedacht hatte, blieb ihnen also vermutlich doch nicht. »Ferrer!«, rief sie, während sie zum Haus zurückrannte. »Zerstör den Großrechner! Jetzt sofort! Sonst besuchen uns gleich die nächsten ungebetenen Gäste.«

Als sie an Emm vorbeikam, senkte die junge Invitro beschämt die Pistole. »Tut mir leid«, flüsterte sie. »Ich konnte es einfach nicht.«

Carya nickte verständnisvoll. »Das ist in Ordnung, Emm. Vielleicht ist es sogar besser so.« Sie nahm die Waffe wieder an sich.

Als sie nach drinnen gingen, vernahmen sie bereits laute Schüsse aus dem Raum, in dem die Rechner standen. Dazwischen war begeistertes Johlen zu hören, das eindeutig Pitlit zuzuschreiben war. Als Carya über die betäubten Männern hinwegstieg, die überall herumlagen, und den Kopf in den Raum steckte, sah sie den Straßenjungen, der zwischen mehreren Reihen silbergrauer Metallschränke umherlief und im bläulichen Licht der Deckenlampen auf die blinkenden Apparate feuerte, die darin untergebracht waren.

Der Straßenjunge bemerkte Carya und schenkte ihr ein breites Grinsen. »Das wollte ich schon immer mal machen.« Er richtete die Pistole auf den nächstbesten Schrank und drückte ab. Etwas knallte elektrisch, und feiner Rauch stieg aus den Schlitzen des Geräts auf.

»Ist Ferrer noch oben?«, wollte Carya wissen.

»Ja, er löscht alle Inhalte der Kontrollpulte oder so. Ich hab's nicht ganz verstanden.«

»Bin schon fertig«, verkündete der Invitro-Techniker, während er, seinen Rechner wieder in der Tasche um die Schulter geschlungen, die Treppe herabgeeilt kam.

»Pitlit, mach Schluss«, drängte Carya ihn. »Wir müssen weg.«

Ein letztes Mal drückte der Junge ab, doch die Waffe in seiner Hand ließ lediglich ein Klicken hören. »Hm, ist sowieso leer«, verkündete er achselzuckend und warf sie weg. »Ich denke, es reicht.«

»Ich auch«, sagte Ferrer, der seinen Blick durch den Raum schweifen ließ. »Eine Sache nur noch.« Er lief zu dem Schrank hinüber, hinter dem Carya Putzzeug vermutet hatte, und zog ihn auf. Tatsächlich fanden sich Lappen, Besen, Werkzeug und andere Utensilien dort. An der Wand hing zusätzlich ein weißer Kasten mit einem Blitzsymbol. Ferrer öffnete ihn und legte alle Schalter darin um.Von einer Sekunde zur nächsten wurde es im Rechnerraum dunkel und auch das Summen der Maschinen endete.

»So, der Strom ist weg und … Carya, darf ich kurz?« Ferrer deutete auf die Pistole in ihrer Hand. Sie reichte sie ihm, er richtete den Lauf auf den Kasten und drückte mit verkniffener Miene ab. Unter einem lauten Knall zerbarsten die Schalter, und die darunter liegenden elektronischen Eingeweide wurden zerrissen. »… kommt auch nicht so schnell wieder. Danke.« Er gab ihr die Waffe wieder.

»War es das dann?«, fragte Carya ungeduldig. Sie dachte an den panischen Techniker in seinem Wagen, der vermutlich mit Höchstgeschwindigkeit auf die nächste Wachstation der Zonengarde zusteuerte.

»Das war es«, antwortete Ferrer nickend. »Verschwinden wir von hier.«

Jonan hätte hinterher nicht mehr zu sagen vermocht, wie oft ihn Burlone nacheinander mit dem Elektroschockstab betäubte. Er schien jedenfalls so großen Gefallen daran zu finden, dass er vermutlich in Viertelstundenabständen die ganzen achtzehn Stunden, die ihre Reise von der Schwarzen Zone bis nach Arcadion dauerte, damit fortgefahren hätte, wenn Aidalon nicht irgendwann eingeschritten wäre. »Ich brauche Estarto noch halbwegs bei Sinnen und nicht als sabberndes Wrack, sonst nützt er mir nichts«, erklärte der Großinquisitor und ließ Jonan stattdessen einfach fesseln.

Den Knebel ersparte er ihm unter der Voraussetzung, dass Jonan den Mund hielt und keinen Ton von sich gab, solange er nicht gefragt wurde. Jonan, der sein Glück nicht strapazieren wollte, willigte mürrisch ein und hielt sich zurück. Es hätte ihm ohnehin nichts gebracht, sich aufmüpfig zu geben. Gegen Burlone in seiner Templerrüstung kam er nicht an.

Er überlegte, ob er sich nach Elje erkundigen sollte, von der im Wagen keine Spur zu sehen war, entschied sich aber dagegen. Im schlimmsten Fall hatten Aidalon und seine Schergen sie während Jonans Bewusstlosigkeit gefunden und getötet. Das wollte er dann gar nicht wissen. Im besten Fall war sie ihnen heimlich entkommen oder versteckte sich noch irgendwo im Wagen. Darauf wollte Jonan seine Entführer lieber nicht hinweisen.

Eine Weile lang schmiedete er allerlei Fluchtpläne, doch jeder von ihnen scheiterte an der Anwesenheit von Burlone in seiner unbezwingbaren Templerrüstung. Schließlich ergab sich Jonan einstweilen in sein Schicksal und entschied stattdessen, sich kooperativ und reumütig zu geben, um seine Bewacher so bald wie möglich los zu sein.

An der Grenze zur Machtsphäre des Lux Dei ließ Aidalon Ramin, der den Wagen fuhr, kurz anhalten und die Wimpel und sonstigen Hoheitsabzeichen des Mondkaisers von dem gepanzerten Transporter entfernen. Stattdessen hissten sie ein Fähnchen mit der dreistrahligen Sonne auf der Motorhaube. Dann fuhren sie im Eiltempo weiter. Über Torino und Genovia, wo Aidalon von der örtlichen Templerkaserne ein Eskortfahrzeug mit Soldaten anforderte, um sie sicher durch die Wildnis zu geleiten, ging es weiter bis nach Firanza. Dort legten sie an der besten Herberge am Platze eine Pause ein. Jonan entging nicht die Ironie dieses Moments, denn als er vor vielen Wochen das letzte Mal in Firanza gewesen war, hatte er von einer Straßenecke aus mit Carya auf genau diese Herberge geschaut, vor der ebenfalls zwei Motorwagen des Lux Dei gestanden hatten. Damals waren Neve Arida und Julion Alecander damit unterwegs gewesen.

Nachdem sie gegessen, die Wagen aufgetankt und Ramin etwas Ruhe gegönnt hatten, setzten sie ihren Weg nach Arcadion fort. Da Jonan sonst nichts zu tun blieb, versuchte er die letzten paar

Stunden ihrer Reise etwas zu schlafen. Zum einen war es ohnehin mittlerweile stockfinstere Nacht draußen. Zum anderen würde er, sobald er in Arcadion angekommen war, nicht viel Zeit zum Schlafen haben. Er musste so rasch wie möglich zurück in den Norden, um mit den Invitros um Luceno Kontakt aufzunehmen und Denning mit seinen Männern an der vereinbarten Handelsstraßenkreuzung zu treffen.

Obwohl er gefesselt war, gelang es Jonan, sich halbwegs bequem hinzusetzen, und er schloss die Augen. Als er sie wieder öffnete, blickte er direkt in Burlones bärtiges Gesicht, der ihn unter dem hochgeklappten Visier der Kampfpanzerung anstarrte. Ein gehässiges Grinsen lag auf seinen Zügen. »Na, ausgeschlafen und bereit, deinem Erzeuger zu begegnen, Estarto?«

Ungeachtet der Schmerzen, die er in allen Gliedern spürte – teilweise, weil er sich beim Schlafen verkrampft hatte, teilweise, weil die Misshandlungen durch Burlone Nachwirkungen zeigten –, versuchte Jonan sich ungerührt zu geben. »Und wie geht es dir so nach einem ganzen Tag im Kampfanzug, Burlone?«, fragte er spöttisch. »Spürst du deine Beine noch? Oder drückt die Blase schon so sehr, dass alle anderen Unannehmlichkeiten dagegen unbedeutend wirken?«

Burlones Miene verfinsterte sich. »Ich glaube, einmal ist noch drin«, knurrte er, hob den Elektroschockstab und hielt ihn Jonan an die rechte Schulter. Ein Schlag, und eine gute Viertelstunde war Jonan weg.

Als er das zweite Mal binnen kurzer Zeit erwachte, sagte er nichts mehr, sondern funkelte Burlone bloß wütend an. Er richtete seinen Blick nach draußen, nur um festzustellen, dass sie bereits das Ödland um Arcadion erreicht hatten. Irgendwie kamen ihm die Ruinen vertraut vor. Vielleicht waren sie dieser Strecke auch auf ihrer Flucht aus Arcadion gefolgt.

Wenig später erreichten sie im Licht der aufgehenden Sonne das nördliche Stadttor, das sich in Sichtweite der Templerkaserne befand. Als die Stadtwachen Großinquisitor Aidalon sahen, winkten sie ihn, ohne zu zögern, durch. Die Wagen überquerten den Platz des Volkes und fuhren dann den Corso hinunter in die Stadt hinein.

Jonan, der durch die schmalen Fenster des gepanzerten Transporters blickte, spürte, wie sich ein mulmiges Gefühl in seiner Magengegend breitmachte. Er war wieder in Arcadion, nach all den Wochen und all den unglaublichen Geschehnissen, die er miterlebt hatte. Als er aus der Stadt geflohen war, hatte seine größte Sorge darin bestanden, dass dem wunderschönen, verängstigten und auch ein wenig seltsamen jungen Mädchen, das er kurz zuvor in einer Gasse kennengelernt hatte, nichts passieren würde. Mit den Straßen von Arcadion hatte Jonan auch seine Heimat verlassen, die einzige, die er je gekannt hatte.

Trotzdem fühlte es sich nicht wie eine Heimkehr an. Es kam ihm so vor, als sei er auf dem Weg in ein Gefängnis, und dieses Gefühl bezog sich nicht bloß auf das Jungenzimmer im Anwesen seines Vaters, in dem er vermutlich zehn Jahre Hausarrest würde absitzen dürfen, sondern auch auf die Stadt selbst, deren Aureuswall ihn symbolisch in seiner eigenen Vergangenheit einsperrte.

Selbst wenn das alles noch ein gutes Ende nahm und man es Carya, Pitlit, Elje und ihm erlauben würde, unbehelligt in Arcadion zu leben, würde er sich dort nicht mehr zu Hause fühlen. Die Stadt mochte die gleiche sein, mit ihren engen Gassen, den belebten Plätzen und den dicht an dicht stehenden, mit rotbraunen Ziegeln gedeckten Häusern. Aber Jonan hatte sich verändert. Sein Horizont hatte sich über den Aureuswall hinaus erweitert. Arcadion war ihm zu klein geworden, trotz der imposanten Bauwerke aus früheren Jahrhunderten und Jahrtausenden, die der Arche Gottes stets ein machtvolles, den Hauch von Ewigkeit atmendes Fundament verliehen hatten.

Auf eines dieser Gebäude, den riesigen, aus weißem Stein errichteten Tribunalpalast, fuhr ihr Wagen nun zu. Hier hatte Jonan einst seinen Dienst verrichtet. Er hatte vor der Durchfahrt in den Innenhof Wache gestanden, hatte Inquisitor Loraldi zu offiziellen und nicht ganz so offiziellen Treffen begleitet, und ein einziges furchtbares Mal hatte er in der Richtkammer miterleben müssen, wie gefangene Invitros bestialisch gefoltert wurden, damit sie ihre Gefährten verrieten, die gemeinsam mit dem Großteil der Einrichtung eines Brutlabors einer Razzia entgangen waren.

Diesmal bin ich der Gefangene, dachte Jonan zynisch. *So schließt sich der Kreis.*

Sie fuhren in den Innenhof, wo sie von einem halben Dutzend uniformierter Wachen erwartet wurden. Aidalon wandte sich an Burlone. »Wir sperren ihn hier in eine Zelle, bis ich Stadtrat Estarto erreicht und mit ihm die Übergabe seines Sohnes besprochen habe. Führt ihn ab.«

»Jawohl, Großinquisitor«, bestätigte Burlone mit metallischer Stimme. »Komm, Verräter.« Während die Wachen den Wagen umringten und die Türen öffneten, packte Jonans früherer Kamerad ihn mit eisenhartem Griff an der Schulter und drängte ihn ins Freie. Er führte Jonan vor sich her über den Hof und in den Westflügel, den berüchtigten Teil des Tribunalpalasts, in dem die Inquisition saß. Durch Gänge, die Jonan viele Male gelaufen war, brachte er ihn in den Zellentrakt. Einer der dortigen Wächter schloss einen der kleinen, fensterlosen Räume auf, und Burlone trieb Jonan mit einem kräftigen Stoß in den Rücken hinein. Gleich darauf krachte die Tür wieder ins Schloss und wurde geräuschvoll verriegelt. Er saß in der Falle.

Willkommen in Arcadion.

Kapitel 34

Weil sie sich als zur Fahndung Ausgeschriebene mitten am Tag nicht durch das ganze Tal bewegen wollten, hatten sie ein leer stehendes Gebäude am Berghang etwa zwei Kilometer westlich des Industriebezirks ausfindig gemacht und sich dort erst einmal versteckt. Carya wäre am liebsten direkt weitergezogen, um das Hauptquartier der Erdenwacht zu infiltrieren, aber sie sah ein, dass das zum gegenwärtigen Zeitpunkt blankem Leichtsinn gleichkam. Außerdem waren sie alle hundemüde, hatten sie sich doch, von Pitlit abgesehen, die gesamte letzte Nacht um die Ohren geschlagen. Also legte sich Carya auf ein altes Sofa, Emm verkroch sich in das einzige verbliebene Bett, Ferrer ließ sich auf einem knarrenden Schaukelstuhl nieder, und sie gönnten sich ein paar Stunden Schlaf. Pitlit hielt derweil Wache.

Als sie am späten Abend wieder aufwachten, knurrte ihnen allen der Magen. Leider gab es in ihrem Übergangsversteck nichts Essbares. »Ich sehe mal, was ich tun kann«, verkündete Pitlit und verschwand nach draußen. Es dauerte eine halbe Stunde, bis er wiederkam. Seine Ausbeute bestand allerdings lediglich aus zwei Overalltaschen voll mit Äpfeln und Pflaumen. »Das Einzige, was der Garten einen halben Kilometer die Straße hinunter hergegeben hat«, sagte er entschuldigend.

»He, es gab Zeiten, da wäre das ein Festmahl für uns gewesen«, erwiderte Carya lächelnd.

»Oh ja, ich denke mit Wehmut daran zurück«, bemerkte der Straßenjunge sarkastisch.

Um das Sofa versammelt, zu dem leider ein Tisch fehlte, aßen sie das Obst. Das einzige Licht, das sie hatten, stammte von der Taschenlampe der Zonengardisten, die sie aber erst einschalteten, nachdem sie unauffällig das Zimmerfenster verdeckt hatten. Niemand sollte mitbekommen, dass sich hier Leute aufhielten.

»Ich habe nachgedacht«, sagte Emm, während sie an einer Pflaume knabberte. »Mir erscheint der bisherige Plan extrem gefährlich.«

»Inwiefern?«, fragte Carya.

»Nun ja, Julion und die anderen bauen allein darauf, dass du mit Ferrer imstande sein wirst, die *Hephaistos* zu sabotieren. Gut, dein Jonan ist unterwegs, um auf einem zweiten Weg ins Tal vorzudringen und den Rat zum Aufgeben zu zwingen, aber er war sich selbst unsicher, ob er rechtzeitig eintreffen wird.«

Ferrer runzelte die Stirn. »Worauf willst du hinaus?«

»Wir vergessen völlig, dass es noch eine dritte Möglichkeit gäbe, diesen Konflikt zu beenden. Gerade du, Ferrer, müsstest das wissen.«

»Vielleicht bin ich übermüdet. Hilf mir auf die Sprünge.«

»Ich spreche von den Invitros.« Das Gesicht der jungen Frau nahm im Schein der Lampe einen eindringlichen Ausdruck an. »Wir haben uns damals dem Erdenwacht-Widerstand angeschlossen, weil wir Freiheit und Gleichberechtigung für alle Invitros erreichen wollten. Wegen Julion haben sich aber unsere ganzen Bemühungen irgendwann darauf beschränkt, das Tal von außen zu befreien, mithilfe dieses Bündnisheeres. Dass wir genauso gut versuchen könnten, eine Veränderung von innen zu erreichen, haben wir dabei aus den Augen verloren.«

»Wir haben vor einem Jahr mit ein paar der Arbeiteranführer gesprochen, erinnere dich«, sagte Ferrer. »Sie wirkten nicht sehr angetan von unserer Idee, den Aufstand zu proben.«

»Weil sie Angst vor der Zonengarde hatten!«, entgegnete Emm. »Es fehlte ihnen an Selbstvertrauen. Sie haben nicht geglaubt, dass so ein Aufstand Erfolg haben könnte. Aber die Lage hat sich völlig verändert. Die Zonengarde kämpft am Westpass gegen gleich drei Reiche, die ebenfalls ihre Freiheit von der Erdenwacht einfordern. Dadurch werden nicht nur ihre Kräfte gebunden, es ist außerdem ein starkes Zeichen, dass sich die Welt im Wandel befindet. Vielleicht wäre jetzt der richtige Zeitpunkt, dass auch die Invitros ihre Stimme erheben und Gehör verlangen.«

»Was soll uns das im Augenblick bringen?«, fragte Carya. »Wir haben Wichtigeres zu tun, als Demonstrationen zu organisieren. Im Prinzip stimme ich dir ja zu, aber hat das nicht Zeit, bis wir diese Rakete ausgeschaltet haben?«

»Eben darauf will ich hinaus!«, erwiderte Emm. »Wir können uns das Eindringen in die Zentrale der Erdenwacht, dieses ganze Himmelfahrtskommando, ersparen, wenn es uns nur gelingt, auf friedlichem Weg genug Widerstand auf die Beine stellen. Dann muss der Rat doch erkennen, dass seine Zeit abgelaufen ist und eine neue Ära beginnt. Alles Kämpfen ließe sich beenden, wenn wir die Erdenwacht auf diese Weise dazu bringen könnten, sich zu ergeben und einem gleichberechtigten Zusammenleben aller Völker zuzustimmen.«

»Und wenn du scheiterst?«, fragte Carya. »Wenn die Invitros sich nicht erheben wollen? Oder wenn der Rat nicht einlenkt? Dann startet die Rakete, und zehntausend Menschen sterben. In dem Fall ist der Angriff auf dieses Tal vorüber – und es wird keinen zweiten geben.«

»Und was, wenn *ihr* beiden scheitert?«, wandte Emm ein. »Wenn ihr bei dem Versuch, die Anlage zu infiltrieren, zu Tode kommt? Das hätte das gleiche Ergebnis zur Folge. Uns bleibt noch Zeit. Wir wissen, dass die Rakete frühestens in vierzig Stunden einsatzbereit sein wird. Wir können beide Wege versuchen. Lass uns noch einmal mit den Arbeiterführern sprechen. Und sollte sich abzeichnen, dass wir die Invitros nicht zu mobilisieren vermögen, könnt ihr immer noch losziehen, um die *Hephaistos* auf die harte Tour aufzuhalten.«

Nachdenklich schürzte Carya die Lippen. Langsam schüttelte sie den Kopf. »Es ist zu riskant, zu warten. Wir sollten so schnell wie möglich loslegen. Denk dir nur, Emm: Was, wenn die Techniker sich geirrt haben und schneller mit ihren Reparaturen und Startvorbereitungen fertig sind? Stell dir vor, wir marschieren mit einem Heer von Invitros auf das Ratsgebäude der Erdenwacht zu und sehen nur noch, wie die Rakete in den Himmel steigt. Es tut mir leid. Ich halte das für zu gefährlich. Meiner Meinung nach dürfen wir keine Zeit mehr verlieren.«

Ungehalten sprang Emm auf. »Ja wollt ihr denn unbedingt euer Leben aufs Spiel setzen? Ferrer, was ist mit dir?«

Der Invitro-Techniker zog die Schultern hoch. »Ich habe echt keine Ahnung, Emm. Ihr habt beide gute Argumente. Ein friedlicher Umsturz, der die Gunst des Augenblicks nutzt, wäre mir lieber. Aber die Gefahr, dass wir damit die Pläne von Dymond und dem Rat nicht rechtzeitig aufhalten können, besteht. Also ich denke … ich denke, wenn Carya morgen Abend in die Anlage eindringt, bin ich dabei.«

»Morgen?«, echote Carya. »Ich wollte gleich los!«

Ferrer schüttelte den Kopf. »Nein, Carya, das ist wirklich Wahnsinn. Ich brauche noch Ausrüstung. Wir haben keinen Grundriss der Anlage. Und in diesem Aufzug …«, er deutete auf ihre Kleider, »… kommen wir keine zwei Gänge weit. Ich kenne jemand, der uns vielleicht helfen kann. Er gehört zum Reinigungspersonal des Ratsgebäudes. Aber der braucht ein wenig Zeit, um uns einzuschleusen, verstehst du?«

Missmutig presste Carya die Lippen zusammen, nickte aber. Sie musste zugeben, dass ein frontaler Sturmangriff ungeachtet ihrer Fähigkeiten vermutlich zum Scheitern verurteilt war. Und wenn ein heimliches Vorgehen noch etwas Vorbereitung bedurfte, musste sie sich damit abfinden.

»Schön«, sagte Emm. »Dann bleiben mir ja vierundzwanzig Stunden, um einen friedlichen Aufstand herbeizuführen.« Sie schickte sich an, zur Tür zu gehen.

Ferrer stand auf. »Emm, ist das dein Ernst? Du willst jetzt losziehen, um mit den Arbeiterführern zu sprechen?«

»Wann soll ich es sonst tun? Wie ihr so schön sagtet: Uns läuft die Zeit davon.«

»Aber warum ausgerechnet jetzt? Warum nicht nachdem wir die Rakete ausgeschaltet haben, wie Carya es vorgeschlagen hat?«

Emm sah ihn mit seltsamer Miene an. »Wenn du es nicht verstehst, kann ich dir nicht helfen. Trotzdem gehe ich. Wir treffen uns morgen Abend in meinem Versteck. Mal sehen, was ich bis dahin erreicht habe.« Mit diesen Worten stürmte sie aus dem Raum.

Kopfschüttelnd drehte Ferrer sich zu Carya und Pitlit um. »Tut mir leid. Ich weiß wirklich nicht, was in sie gefahren ist.«

»Ist doch ganz klar«, sagte Pitlit, der sich aus der ganzen Diskussion gepflegt herausgehalten hatte. »Sie will nicht, dass du mit Carya ins Ratsgebäude gehst. Und weißt du, warum? Weil sie in dich verknallt ist.«

»Äh … was?« Verwirrt drehte sich der Invitro-Techniker zur Eingangstür um. »Bist du sicher?«

»Klaro«, gab Pitlit zurück. »Sieht doch jedes Kind.« Er grinste vielsagend.

Jonan befürchtete schon, dass sein Vater ihn die nächsten paar Tage einfach in der Obhut der Wächter des Tribunalpalasts lassen würde – als disziplinarische Maßnahme sozusagen. Sein Plan, dem Mondkaiser, Paladin Alecander und den auf dem Pass in der Schwarzen Zone festsitzenden Truppen zu helfen, wäre damit auf eine Weise hinfällig geworden, die man nur als bittere Wende des Schicksals hätte bezeichnen können. Doch zum Glück dauerte es kaum vier Stunden, bis Jonans Zellentür wieder geöffnet wurde und man ihn durch die Gänge des Tribunalpalasts zu einem kleinen, schmucklos eingerichteten Raum führte, der, wie Jonan wusste, normalerweise für Verhöre verwendet wurde. Dort erwartete ihn sein Vater.

Lucian Estarto hatte sich nicht verändert, seit Jonan ihn das letzte Mal gesehen hatte. Noch immer beherrschte er jeden Raum, den er betrat, mit dem unerschütterlichen Selbstbewusstsein des erfolgreichen Politikers. Vielleicht hatten sich ein paar graue Strähnen mehr in sein schwarzes Haar geschlichen und womöglich wirkte sein braun gebranntes Gesicht, das so zerfurcht war wie die ausgetrockneten Einöden am Südrand der Einflusssphäre des Lux Dei, ein wenig eingefallener als früher. Aber ganz sicher war sich Jonan nicht.

»Jonan«, begrüßte ihn sein Vater, und dabei gelang ihm das Kunststück, in dieses eine Wort zugleich tiefe Erleichterung und noch tiefere Enttäuschung zu legen; Erleichterung darüber, dass er seinen Erben wohlbehalten wiederhatte, Enttäuschung, weil die Umstände alles andere als rühmlich zu nennen waren. Jonans Taten hatten ihm eine Laufbahn in den Rängen des Templerordens verbaut, und sein Weg hinauf in die herrschende Kaste Arcadions mochte dadurch um ein Vielfaches steiniger geworden sein, wenn nicht gar völlig unbegehbar. Nicht dass das Jonan sonderlich gekümmert hätte. Sein Vater hingegen sah das ganz anders.

»Vater«, antwortete Jonan mürrisch. Die Wachen wiesen ihn an, sich auf einen der zwei Stühle zu setzen, die an dem quadratischen Holztisch in der Mitte des Raums standen. Anschließend zogen sie sich zur Tür zurück, ohne allerdings nach draußen auf den Korridor zu gehen.

Jonans Vater schien das nicht zu genügen. »Würden Sie mir einen Augenblick mit meinem Sohn allein gewähren?« Sein Tonfall war weniger Bitte als Befehl. »Es besteht ja keine Fluchtgefahr und selbst wenn, wäre das ab jetzt mein Problem. Großinquisitor Aidalon hat mir Jonan offiziell übergeben.«

Gehorsam verschwanden die Wächter auf den Gang, wobei sie die Tür allerdings sorgsam verschlossen. Als sie allein waren, setzte Lucian Estarto sich auf den leeren Stuhl. Er faltete die Hände, legte sie auf die Tischplatte und musterte Jonan wortlos. »Schau dich nur an«, sagte er mit deutlichem Vorwurf in der Stimme. »Eine Frisur wie ein Straßenjunge, dazu die Lederjacke eines Banditen. Was ist aus dem schmucken jungen Mann geworden, der mit Stolz die Rüstung der Tribunalpalastgarde getragen hat?«

»Er ist erwachsen geworden und hat erkannt, dass es im Leben nicht nur darum gehen kann, um jeden Preis zu den Herrschern zu gehören, vor allem dann nicht, wenn der eigene Aufstieg das Opfern anderer Menschen beinhaltet«, antwortete Jonan und knüpfte damit an das Gespräch an, das er vor vielen Wochen mit seinem Vater in dessen Wagen geführt hatte.

Lucian Estarto schnaubte. »Und stattdessen bist du lieber ein Rebell? Ein Verbrecher? Ein Verräter an all denen, die dir bislang ein sorgloses Leben ermöglicht haben? Deine Schwärmerei für dieses verrückte Mädchen Carya hat deinen Geist verwirrt. Es ist ja schön und gut, dass ein junger Kerl über ein Paar hübsche Beine, rosige Wangen und lange Haare den Kopf verliert, aber, verdammt nochmal, doch nicht so!« In den Augen von Jonans Vater blitzte es zornig auf, und sein Tonfall hatte an Schärfe gewonnen.

»Vater, ich …«, begann Jonan, doch dieser unterbrach ihn.

»Nein, Jonan, jetzt rede ich! Ist dir überhaupt klar, was du angerichtet hast? In dieser Stadt herrschte Frieden! Unserer Familie ging es gut. Du warst auf dem Weg, ein geachtetes Mitglied der Tribunalpalastgarde zu werden, und meine Kollegen im Stadtrat haben mich zu einem Sohn wie dir beglückwünscht. Und dann triffst du dieses junge Weibsbild! Hättest du für sie ein paar Rosen aus dem Garten des Ratspalasts gestohlen, sei's drum. Verdammt, hättest du sie geschwängert, wäre ich damit irgendwie klargekommen. Aber du hast deine Kameraden verraten und bist dieser Carya wie ein gedankenloser Tor auf einen Kreuzzug gegen den Tribunalpalast und damit den Lux Dei gefolgt, der die Stadt völlig ins Chaos gestürzt hat. Ein Überfall auf einen Gefangenentransporter auf offener Straße. Der Raub des einzigen Vor-Sternenfall-Fluggeräts des Templerordens. Und als krönender Abschluss dieser aberwitzige Angriff auf eine öffentliche Veranstaltung auf dem Quirinalsplatz. Dort sind deinetwegen Menschen gestorben! Brave Bürger Arcadions. Was hast du dir bloß dabei gedacht, Sohn?«

»Ich habe für die gekämpft, auf deren geschundenem Rücken dein ganzes verlogenes System Arcadion aufbaut, Vater«, erwiderte Jonan nun ebenfalls wütend. »Du hast doch überhaupt keine Ahnung, wie das wahre Leben auf den Straßen aussieht. Oder, schlimmer noch, vermutlich weißt du es sogar und hast entschieden, es zu ignorieren, weil dir dein eigener Wohlstand und dein Ruhm wichtiger sind als all die armen Teufel, die du in deiner Aufteilung der Menschheit gerne als Diener und Opfer bezeichnest. Die Inquisition foltert Invitros bestialisch zu Tode, während deine Kollegen vom Stadtrat in den Zuschauerrängen Häppchen verspeisen. Menschen, die einen Blick über den Tellerrand wagen, die der Wissenschaft statt dem Licht Gottes folgen wollen, werden schikaniert und gezwungen, ihrem aufrichtigen Wunsch, die Welt zu verbessern, im Untergrund nachzugehen. Unschuldige werden zu Sündenböcken, die den Massen zum Fraß vorgeworfen werden, damit niemand merkt, dass der Lux Dei schon lange kein Heilsbringer mehr ist, sondern uns vielmehr in Angst gefangen hält und uns den Aufbruch in eine bessere Zukunft verwehrt. Das Leid mag in Arcadion nicht so groß sein wie draußen im Ödland oder in der Wildnis. Aber den Preis dieses bescheidenen Wohlstands müssen all diejenigen zahlen, die dem Lux Dei nicht bedingungslos folgen.«

»Mir ist klar, dass Arcadion nicht perfekt ist, aber es gibt keine Alternative. Willst du lieber wie die Wilden in Ruinen hausen oder wie die Mutanten in Höhlen oder unter Büschen?«

»Die Ausgestoßenen leben nicht in Höhlen«, murmelte Jonan.

»Wie auch immer«, wischte sein Vater den Einwurf beiseite. »Was ich sagen will, ist dies: Du kannst und wirst das System niemals ändern, indem du willkürliche Akte des Vandalismus und der Gewalt begehst. Abgesehen davon kannst du mir nicht erzählen, dass deine Taten politisch motiviert gewesen wären. Du magst dir einreden, dass du ein Freiheitskämpfer bist, aber in Wahrheit hast du immer nur versucht, dieses verrückte Mädchen für dich zu gewinnen. Eine absurde Schwärmerei hat dir den Geist vernebelt, das ist alles.« Lucian Estarto beugte sich vor und sah ihn eindringlich an. »Jonan, es ist noch nicht zu spät für dich. Ich habe keine Kosten und Mühen gescheut, um mich für dich einzusetzen. Du bist mein Sohn, und trotz allem, was du getan hast, bist du mir teuer. Ich möchte dir helfen.«

»Und wie?«, knurrte Jonan.

»Zuerst einmal musst du schwören, dass du von nun an keine Dummheiten mehr begehst. Ich bringe dich ins Haus der Erleuchtung des Lux Dei. Dort wirst du Zeit haben, zu dir zu kommen und vor allem dich innerlich von dieser Carya zu lösen. Glaub mir, sie ist nicht das einzige hübsche Ding in Arcadion. Es gibt viele junge Frauen, die ausgesprochen apart sind, angenehm im Umgang und die vor allem einen Sinn für die Wirklichkeit haben. Ich werde dir helfen, eine zu finden, die dich glücklich macht, wenn es das ist, wonach du dich sehnst. Und auch deinen Idealismus werden wir in die rechten Bahnen lenken. In die Armee kannst du natürlich nicht zurück, aber es gibt Einrichtungen des Lux Dei, in denen Geläuterte sich für die Gesellschaft nützlich machen können. Du könntest im Hospital anfangen, oder wir bringen dich in der Verwaltung einer Fabrik unter. In beiden Fällen kannst du Menschen helfen, du kannst Leiden lindern und Arbeitsbedingungen verbessern. Und vielleicht findest du ja in ein paar Jahren deinen Weg in den Stadtrat. Es gibt Möglichkeiten, Arcadion zu einem besseren Ort zu machen – ohne Gewalt. Man muss nur geduldig sein und maßvoll. Das unterscheidet richtige Männer von jugendlichen Rabauken, die statt ihrem Kopf lediglich ihren brennenden Gefühlen folgen.« Sein Vater blickte ihn erwartungsvoll an. »Was sagst du?«

Du bist ein verdammt guter Redner, dachte Jonan. Beinahe fühlte er sich tatsächlich schuldig. Hatte er die ganze Zeit nur aus egoistischer Schwärmerei gehandelt? Hätte er auch Himmel und Erde in Bewegung gesetzt und auf jedes Gesetz gepfiffen, wenn statt Carya ein altes Mütterlein unter absurden Anschuldigungen zum Tod durch den Strang verurteilt worden wäre? *Nein, nein, fang gar nicht erst an, darüber nachzudenken!,* ermahnte er sich. Genau das wollte sein Vater doch: dass Jonan zu zweifeln begann und sich, nach Führung suchend, erneut ihm verpflichtete. Aber selbst wenn Jonan sich fragwürdiger Handlungen schuldig gemacht hatte, hieß das nicht, dass der Lux Dei unschuldig war, ganz und gar nicht. Außerdem ging es im Augenblick überhaupt nicht um Arcadion. Es ging um eine Schlacht am Rand der Schwarzen Zone, die in einem Gemetzel enden würde, wenn Jonan nicht eingriff –

einem Gemetzel, bei dem auch arcadische Soldaten sterben würden.

Um dies zu verhindern, musste ihm erneut die Flucht aus Arcadion gelingen, eine Flucht, die ihm einfacher fallen würde, wenn er sich reumütig gab. Das Haus der Erleuchtung war, wie Jonan wusste, ein Kloster am Ostrand der Stadt, eine Besserungsanstalt für Bürger, die sich keiner schweren Straftaten schuldig gemacht hatten, sondern nur ein wenig vom rechten Pfad abgekommen waren. Dem Gesetz nach wäre Jonan der Galgen oder zumindest lebenslange Kerkerhaft sicher gewesen. Dass sein Vater für ihn das Haus der Erleuchtung hatte aushandeln können, grenzte an ein Wunder, das nur einmal mehr zeigte, wie sehr in dieser Stadt mit zweierlei Maß gemessen wurde. Nicht dass Jonan in diesem Augenblick dafür nicht dankbar gewesen wäre, denn das Haus der Erleuchtung war eine Anstalt von bestenfalls mittlerer Sicherheit. Wenn ihm von irgendwo der Ausbruch gelingen konnte, dann von dort.

Einen Moment lang erwog Jonan, seinen Vater ins Vertrauen zu setzen, ihn über die Lage im Norden zu unterrichten und ihn zu bitten, ihn erneut ziehen zu lassen. Aber er verwarf diesen Gedanken gleich wieder. Sein Vater wusste höchstwahrscheinlich nichts von der Existenz der Erdenwacht. Für ihn führten der Lux Dei und der Mondkaiser einen Glaubenskrieg gegen den Ketzerkönig. Alle, die Jonans Geschichte bezeugen könnten, befanden sich noch im Norden. Also warum sollte sein Vater ihm Glauben schenken? Er würde Jonans Worte für eine abenteuerliche Lüge halten, um zu Carya zurückkehren zu können. Vielleicht hatte Aidalon, der seine Verbündeten ja verraten hatte, Lucian Estarto sogar vorgewarnt, dass Jonan die tollsten Märchen erfinden würde, um wieder freizukommen. Und Jonan bezweifelte, dass sein Wort in den Ohren seines Vater mehr Gewicht haben würde als das des Großinquisitors und dreier Tribunalpalastgardisten. Ihm blieb also nur der eine Ausweg: mitzuspielen, bis die Aufmerksamkeit seiner Bewacher einen Moment lang nachließ.

Jonan hob den Blick und sah seinen Vater ernst an. »Ich beuge mich deinem Urteil. Was bleibt mir anderes übrig? Ich denke nach wie vor, dass in Arcadion einiges falsch läuft. Aber vielleicht habe auch ich Fehler gemacht. Es gibt vieles, worüber ich nachdenken sollte. Das Haus der Erleuchtung scheint dafür der richtige Ort zu sein.«

Zufrieden erwiderte sein Vater seinen Blick. »Es ist ein Anfang, und der erste Schritt ist stets der wichtigste, wenn man in seinem Leben einen neuen Weg einschlägt. Ich bin froh, dass du zur Einsicht bereit bist, mein Sohn. Die Zeit im Haus der Erleuchtung wird dir sicher guttun.«

Er stand auf und begab sich zur Tür, um die Wachen hereinzurufen. »Ich bin gleich zurück«, versprach er Jonan. »Es gilt bloß noch ein paar Formalitäten zu erledigen.«

Tatsächlich dauerte es keine Viertelstunde, bis Lucian Estarto erneut auftauchte, nun wieder ganz der raumgreifende Staatsmann, als der er in der Öffentlichkeit gerne auftrat. »Meine Herren«, wandte er sich an die beiden Wachen, »wenn Sie mich und meinen Sohn begleiten würden. Unser Ziel ist das Haus der Erleuchtung.«

Sie gingen in den Hof hinaus, wo der Wagen von Jonans Vater mit seinen vier Pedalisten wartete. Die Männer warfen Jonan verstohlene Blicke zu. Damit würde er ab heute wohl eine Weile leben müssen. Er war nun in Arcadion eine Art fragwürdige Berühmtheit. Der Mann, der mit einem Kampfhubschrauber eine Hinrichtung auf dem Quirinalsplatz gesprengt hatte. So etwas erlebte man nicht alle Tage.

Sie stiegen ein und fuhren los. Als sie das Tor des Tribunalpalasts passierten, schlug die Turmglocke zur elften Stunde. Jonans Gedanken glitten wieder gen Norden, und ein ungutes Gefühl machte sich in seiner Magengrube breit. Tief in der Schwarzen Zone waren Dymonds Schergen mit den Startvorbereitungen für eine Rakete von apokalyptischer Sprengkraft beschäftigt. Unterdessen befanden sich Denning und seine Leute bereits mit einer Ladung Treibstoff auf dem Weg zum vereinbarten Sammelpunkt unweit der Insel der Invitros. Ihm lief die Zeit davon. Wenn er noch irgendetwas erreichen wollte, musste er schnell handeln.

Kapitel 35

Der Abt des Hauses der Erleuchtung – in anderen Worten der Direktor der Besserungsanstalt – empfing Jonan, seinen Vater und die beiden Tribunalpalastwachen im Hof der Klosteranlage. Das gelb getünchte, mehrstöckige Anwesen war annähernd hufeisenförmig angelegt und mochte früher mal der Sitz eines reichen Patriziers gewesen sein. Solange Jonan denken konnte, befand sich innerhalb dieser Mauern, die von einem Garten mit vielen Bäumen umgeben waren, ein Heim für Mönche und ihre vom rechten Weg abgekommenen Schützlinge.

Jonan, sein Vater und die zwei Wächter stiegen aus dem Wagen. »Abt Barba, wie zuvorkommend von Euch, dass Ihr uns persönlich begrüßt«, sagte Lucian Estarto und wechselte einen Händedruck mit dem Mann.

»Das versteht sich von selbst«, antwortete der Abt salbungsvoll lächelnd, wenngleich seine freundlichen Worte ein wenig durch die harten Linien seines schmalen Gesichts untergraben wurden. »Einen Gast wie Euren Sohn haben wir selten, Stadtrat Estarto. Da ist es mir wichtig, dass er sich bei uns wie zu Hause fühlt. Willkommen, mein Sohn. Wir freuen uns darauf, dir in den kommenden Monaten den Weg zurück zum Licht Gottes zu weisen.« Er reichte auch Jonan die Hand.

Jonan lächelte pflichtschuldig. »Ich kann es kaum erwarten.«

Gemeinsam gingen sie ins Innere und durch die Gänge des Hauses bis zum Nordflügel, der durch eine Gittertür versperrt war. Ein Mönch saß neben der Tür und las in einer der Schriften des Lux Dei. Als er den Abt nahen sah, sprang er auf, zog einen Schlüssel unter seiner Kutte hervor und öffnete die Tür. »Abt Barba«, begrüßte er den Vorsteher und neigte das kahle Haupt.

»Bruder Raimondo«, gab dieser zurück.

Sie gingen den Korridor entlang und bogen in einen Seitengang ein. »Hier ist deine Zelle, der Raum, in dem du die Nacht und die Stunden der stillen Einkehr verbringen wirst«, sagte Barba. Er öffnete eine der Holztüren, die sich zu beiden Seiten des Gangs erstreckten, und machte einen Schritt zur Seite, um Jonan den Vortritt zu überlassen.

Jonan ging hinein und sah sich um. *Na großartig*, dachte er. Es störte ihn nicht, dass die Kammer kaum mehr als zehn Quadratmeter maß. Auch die spartanische Möblierung, die aus einem schmalen Bett, einem kleinen Studierpult, einem hart aussehenden Stuhl und einem Schrank bestand, ergänzt durch eine Nische mit einem Waschtisch und einer einfachen Toilette, berührte ihn kaum. Was ihm zu denken gab, war der Umstand, dass der Raum nur ein kleines Fenster besaß, das obendrein durch ein stabil aussehendes, ins äußere Mauerwerk eingelassenes Gitterkreuz versperrt war. Hierdurch zu entkommen stellte ein Ding der Unmöglichkeit dar. Blieb also nur die Tür, die ebenfalls unerfreulich massiv wirkte und von außen mit einem breiten Riegel versehen war. Ein Türschloss, das man vielleicht knacken konnte, gab es nicht. Das Haus der Erleuchtung mochte kein Gefängnis sein, aber seine Sicherheitsmaßnahmen waren besser, als Jonan es erwartet hätte. *Jetzt habe ich ein Problem.*

Er zwang ein Lächeln auf seine Lippen und drehte sich zu seinen Begleitern um. »Ich danke Euch, Abt Barba. Ich werde mich bestimmt gut einleben.«

»Davon bin ich überzeugt.« Sein Gegenüber neigte mit wohlwollender Milde den Kopf.

»Dann wäre ja alles geklärt«, sagte Jonans Vater. »Ich werde einen der Diener bitten, dir im Laufe des Tages noch ein paar persönliche Gegenstände zu bringen, Kleidung und derlei.«

»Das wird nicht nötig sein«, widersprach Barba. »Das Haus wird Euren Sohn mit allem versorgen, was er in den ersten Wochen benötigt. Je weniger Ablenkung er hat, und sei es in Form von persönlichem Hab und Gut, desto besser. Wenn er die erste Phase seiner Läuterung durchlaufen hat, steht es ihm natürlich frei, seine Zelle mit einigen Erinnerungsstücken zu dekorieren.«

»Wie Ihr es für richtig haltet. Ich beuge mich hier voll und ganz Eurer Expertise«, antwortete Lucian Estarto. Er trat vor und legte Jonan in einer väterlichen Geste die Hände auf die Schultern. »Ich wünsche dir alles Gute, mein Sohn. Denk über meine Worte und deine Taten nach und darüber, wie deine Zukunft aussehen könnte. Ich werde dich besuchen, wann immer es mir möglich und erlaubt sein wird.«

»Danke, Vater«, sagte Jonan. »Ich hoffe, ich finde einen Weg aus meinem Dilemma und die kommenden Tage werden besser, als es die vergangenen waren.« Dass er sich darunter etwas völlig anderes vorstellte als sein Vater, erwähnte er nicht.

Lucian Estarto brummte zufrieden. »Das wünsche ich dir.« Er klopfte Jonan ein letztes Mal auf die Schultern, dann wandte er sich ab und trat auf den Gang zurück.

»Ein Mönch wird dir gleich noch ein paar Sachen bringen«, informierte Barba Jonan. »Passende Kleidung, Bettwäsche und ein Handtuch. Außerdem wird er dich mit den Regeln des Hauses vertraut machen.«

»Ich verstehe«, sagte Jonan.

Die Männer zogen sich zurück, und mit einem dumpfen Schlag

wurde die Tür geschlossen. Ein Schaben war das Zeichen, dass der Riegel vorgeschoben wurde. Jonan war allein in seiner Zelle, die nach dem Willen seines Vaters und des Abts die nächsten Wochen und Monate sein Zuhause sein sollte. Doch er hatte nicht mal die Zeit, um einige Tage zu bleiben. Er musste hier raus, und zwar sofort. Der Erfolg seiner Mission, die selbst ohne Aidalons Eingreifen knifflig genug gewesen wäre, hing davon ab.

Unruhig ging er in seiner Zelle hin und her. Im Grunde blieb ihm nur eine Möglichkeit. Es war riskant, aber er konnte sich den Luxus, auf eine günstige Gelegenheit zur Flucht zu warten, nicht leisten. Er musste die erste ergreifen und das Beste daraus machen.

Der Mönch, der eine Weile später mit Laken, Büßergewändern und Handtüchern beladen in Jonans Zelle auftauchte, war völlig arglos. Entsprechend überrascht blickte er drein, als Jonan ihn, kaum dass er die Zellentür geöffnet hatte, zu sich riss und ihm einen kräftigen Fausthieb mitten ins Gesicht verpasste. Einen Moment sah es noch so aus, als wolle der fromme Bruder dazu etwas sagen, doch aus seinem Mund drang nur ein leises Seufzen, bevor er die Augen verdrehte und bewusstlos zu Boden sank.

»Tut mir leid«, entschuldigte sich Jonan leise. »Schätze, damit habe ich Regel eins des Hauses schon gebrochen.« Er schüttelte seine schmerzende Faust aus, dann zog er den Mann rasch tiefer in den Raum und lehnte die Tür an, damit niemand mitbekam, wie er dem Mönch die Kutte auszog, sie sich selbst überstreifte und anschließend den nur noch in Unterwäsche gekleideten Mann mit Fetzen des Bettlakens an den einen Stuhl im Raum fesselte.

Nachdem er sich die Kapuze der Kutte über den Kopf geschlagen hatte, schob Jonan vorsichtig die Tür auf und spähte in den Gang. Keine Menschenseele war zu sehen. Er huschte nach draußen, schloss die Zellentür und legte den Riegel vor. Mit etwas

Glück würde bis zum Abendbrot in gut fünf Stunden niemand merken, dass es nicht mehr Jonan war, der sich in dem Raum befand.

Blitzschnell überlegte er, was er machen sollte. Durch den Haupteingang und über den Hof zu verschwinden erschien ihm etwas zu dreist. Es musste bloß ein Bewohner des Klosters Verdacht schöpfen, und Jonan kam in Teufels Küche. Abgesehen davon gab es da diese leidige Gittertür mit dem lesefreudigen Mönch. *Vielleicht existiert ja ein Hinterausgang oder ein unvergittertes Fenster,* dachte er.

Unauffälligen Schrittes bewegte er sich den Gang in die andere Richtung hinunter. Er kam bis zur nächsten Ecke, als er unvermittelt mit einer kleinen, schlanken Gestalt zusammenstieß, die ihm von dort entgegenkam. Sein Gegenüber wirbelte herum und wollte schon fliehen, aber Jonan packte das Mädchen am Kragen und drehte es um. »Elje?«, entfuhr es ihm vollkommen entgeistert.

Das Mädchen schielte auf das Gesicht unter Jonans Kapuze. Als Elje ihn erkannte, hellte sich ihre Miene auf und sie umarmte ihn mit stürmischer Freude. »Elje …« Lächelnd erwiderte Jonan die Umarmung, dann schob er sie auf Armeslänge von sich, versicherte sich rasch, dass niemand in der Nähe war und ging in die Hocke. »Was machst du hier? Hast du dich tatsächlich die ganze Zeit im Wagen versteckt?«

Elje nickte eifrig. Mit Händen und Füßen machte sie ihm verständlich, dass sie sich im Kofferraum des Wagens verborgen hatte, als Capitaine Rochefort erschossen worden war. Dort hatte sie ausgeharrt, um Jonan nachzufolgen und ihn zu retten, sollte es ihr möglich sein.

Jonan schmunzelte. »Du bist verrückt. Und ein verdammt tapferes Mädchen.« Er blickte sich ein weiteres Mal nervös um. »Sag, du kennst nicht zufällig einen Weg hier raus? Wir sollten uns schleunigst davonmachen.«

Erneut nickte Elje und streckte ihm die kleine Hand hin.

»So wird der Ritter von der Prinzessin gerettet.« Ohne zu zögern ergriff Jonan die dargebotene Linke und folgte Elje den Gang hinunter. Sie führte ihn bis zum anderen Ende des Zellentrakts, wo eine weitere Gittertür den Gang versperrte. Auch dort saß ein Mönch, allerdings hatte er die Augen geschlossen und die Hände vor dem Bauch verschränkt und hielt Mittagsschlaf. Elje legte einen Finger an die Lippen, bevor sie Jonan losließ und auf leisen Sohlen vorausschlich. Aus ihrer Tasche zog sie einen Schlüssel hervor, mit dem sie behutsam die Tür öffnete. Sie winkte Jonan hindurch und schloss ebenso leise wieder ab. Den Schlüssel legte sie lautlos wie ein Geist und sanft wie ein Lufthauch neben dem Mönch auf den Steinboden.

Kurz darauf erreichten sie ungesehen eine Tür, die in den eingefriedeten Garten hinter dem Hauptgebäude führte. Vorsichtig warf Jonan einen Blick ins Freie. Zwei Mönche spazierten dort auf dem Kiesweg entlang. Sie schwenkten schmale Anhänger vor sich hin und her, die, wie Jonan wusste, die dreistrahlige Sonne des Lux Dei zeigten, und waren tief ins Gebet versunken. Dennoch glitt er mit Elje hinter einen dichten Busch und wartete dort, bis die beiden Männer im fernen Teil des Gartens außer Sicht geraten waren, bevor er sich nach einem Fluchtweg umschaute.

Elje deutete auf eine Stelle, wo mehrere Bäume hinter der Gartenmauer aufragten. Einer war nicht ordentlich gestutzt, sodass ein Ast ein wenig über die Mauer ragte. Dort musste das Mädchen aufs Gelände gekommen sein. Jonan schätzte den Abstand vom Boden zum Ast. Es war recht hoch, aber wenn er einen kräftigen Sprung hinlegte, erreichte er ihn vielleicht. »Versuchen wir es«, sagte er.

Sie schlichen hinter Büschen und sorgsam beschnittenen Zypressen entlang, bis sie die besagte Mauerstelle erreichten. »Du zuerst«, sagte Jonan. Er versicherte sich ein letztes Mal, dass die Mönche noch außer Sicht waren, bevor er Elje rasch hochhob, sodass sie sich über den Ast auf die Mauer ziehen konnte. Er selbst legte die Mönchskutte ab, die ihn beim Sprung nur behindert hätte, und schnellte kraftvoll aus den Knien in die Luft. Schon im ersten Anlauf bekamen seine Hände den Ast zu fassen, und rasch hangelte er sich über die Mauer. Er ließ sich nach unten fallen und landete in der Hocke.

Sie befanden sich auf einer Seitenstraße im Osten von Arcadion. Im Moment war die Straße, vermutlich der Mittagszeit wegen, menschenleer, aber früher oder später würden sie sicher jemandem begegnen. Jonan zog die Lederjacke aus, damit er nicht ganz so sehr wie ein Straßenräuber aussah, und klemmte sie sich unter den Arm. Dann krempelte er die Ärmel seines Hemdes hoch, um mehr wie ein Arbeiter zu wirken, ein Eindruck, der durch seine wilde Frisur und den Dreitagebart glücklicherweise befördert wurde. Schließlich nickte er Elje auffordernd zu. »Also komm.«

Jonans Plan war einfach: Er musste aus Arcadion raus und so schnell wie möglich nach Norden zur Insel der Invitros. Dazu brauchte er ein Fahrzeug, am besten ein Motorrad. Dieser Gedankengang führte ihn zu Professor Adara und der Ascherose. Als sie damals im Ödland vor Arcadion auseinandergegangen waren, hatte Jonan Adara sein Motorrad überlassen – eine der Maschinen, die nach dem Überfall des Lux Dei auf das Dorf der Ausgestoßenen und der anschließenden Erschießung der bezahlten Motorradbanditen durch die Tribunalpalastgarde übrig geblieben waren. Wenn Jonan Glück hatte, besaß Adara das Gefährt noch und überließ es ihm.

In Sichtweite des Aureuswalls bewegte sich Jonan mit Elje nach Süden, bis sie die Straße unweit des Osttors erreichten, in der das Versteck der Ascherose lag. Jonan blickte zu den Fenstern hinauf, doch deren Läden waren geschlossen. Auch auf sein Klingeln reagierte niemand. »Verdammt«, murmelte er, »entweder haben sie die Wohnung aufgegeben oder Adara ist gerade unterwegs.«

Da er keine Zeit hatte, darauf zu warten, ob der Professor irgendwann zurückkehrte, entschloss er sich, sein Glück an anderer Stelle zu versuchen. Von Carya und Enzo wusste er, dass es in einer Seitengasse östlich des Corsos ein Café gab, das einer Frau namens Gamilia gehörte und ein geheimer Invitro-Treffpunkt war. Außerdem stand Gamilia im *Caffè Speranza* per Funk mit den Bewohnern der Invitro-Insel in Kontakt. Vielleicht konnte sie ihm helfen.

Als er das Café erreichte, erlebte er eine weitere Enttäuschung. Es war offensichtlich geschlossen worden. Das Schild über der Tür fehlte, und eine Handvoll weiß gestrichener Stühle und Tische standen gestapelt in einer Ecke an der Wand. Leise vor sich hin fluchend lief Jonan vor dem Café auf und ab. So langsam gingen ihm die Ideen aus. *Vielleicht sollte ich mich an Capolitto wenden*, dachte er. Allerdings würde der alte Mann, der als Nachtwächter im Lagerhaus von Jonans Onkel, einem Großhändler, arbeitete, erst mit Einbruch der Dämmerung an seinem Arbeitsplatz im Industrieviertel von Arcadion erscheinen.

Aus einem benachbarten Hauseingang kam ein Mann heraus. Er musste um die fünfzig sein, war beleibt, trug leicht heruntergekommene Kleidung, und das lichter werdende Haupthaar machte er durch einen zerzausten Bart wett. »Entschuldigung, mein Freund«, sagte er, als er sich Jonan näherte. »Hast du mal Feuer?« Wie zur Erklärung hob er die Linke, zwischen deren Fingern eine Zigarette steckte.

»Nein, tut mir leid«, sagte Jonan kopfschüttelnd.

»Macht nix, mir fällt gerade ein, dass ich selbst welches habe.« Der Mann zückte ein Briefchen mit Streichhölzern und zündete sich die Zigarette an. »Sag mal, du bist doch Jonan, der Widerständler, nicht wahr?«

Alarmiert sah dieser ihn an.

»Also lag ich richtig.« Der Mann musterte ihn neugierig. »Das ist ja ein Ding. Wir dachten, du würdest nie zurückkehren.«

»Ich habe keine Ahnung, wovon Sie sprechen«, sagte Jonan in dem lahmen Versuch, abzustreiten, was sich angesichts all der Steckbriefe, die noch vor ein paar Wochen jede zweite Straßenecke geziert hatten, kaum abstreiten ließ.

»Ganz ruhig, bin einer von den Guten, ein Freund von Gamilia. Die suchst du doch, oder?«

»Ich bin nur hier, weil ich einen Malzkaffee trinken wollte. Eine Freundin hat mir das Café empfohlen.«

Der Mann lachte leise. »Ja, schon klar. Gamilia hat wirklich guten Kaffee gekocht. Aber wenn du den trinken willst, bist du hier falsch. Dann musst du nach Süden, in den Trümmergürtel außerhalb von Arcadion. Da hat Gamilia einen neuen *Laden* eröffnet, zusammen mit ein paar Freunden. Du weißt schon.« Er deutet vielsagend auf die Asche an der Spitze seiner Zigarette.

Prüfend sah Jonan den Mann an. Es war schwer abzuschätzen, ob er die Wahrheit sprach. Andererseits hätte er auch einfach die Stadtwache rufen können, wenn er Jonan hätte schaden wollen. »Na schön, vielleicht suche ich Gamilia und ihre Freunde. Wie kann ich sie finden? Der Trümmergürtel ist groß.«

»Tja, du könntest mit mir fahren. Bin Schrottsammler und fahre recht häufig nach draußen. Die Stadtwachen interessieren sich nicht für mich und auch nicht für das, was hinten in meinem Karren liegt.«

»Warum helfen Sie uns? Wenn man Sie mit mir erwischt, kriegen Sie großen Ärger.«

Achselzuckend sog der Mann an seiner Zigarette. »Bin halt kein Freund des Lux Dei. Und habe gehört, dass du ein Freund von Leuten wie uns bist.«

»Wie uns?«, echote Jonan.

Statt einer Antwort schob der Mann sein fleckiges Hemd nach oben. Er besaß keinen Bauchnabel.

»Jetzt verstehe ich«, sagte Jonan. Auf Eljes fragenden Blick hin fügte er hinzu: »Er ist ein Invitro.« Als sie immer noch nicht verstand, schüttelte er den Kopf. »Ich erkläre es dir später.« Er wandte sich wieder dem Mann zu. »Also, wenn es Ihnen recht ist, machen wir uns sofort auf den Weg.«

»Von mir aus. Komm. Mein Name ist übrigens Matti.« Er hielt Jonan eine schwielige Pranke hin.

»Freut mich. Ich bin Jonan, aber das wissen Sie ja schon. Das ist Elje. Ich kümmere mich um sie.«

»Hübsches Ding«, sagte Matti, zwinkerte dem Mädchen zu und grinste. In seinem Mund fehlten einige Zähne.

Sie gingen in das Haus, aus dem der Schrottsammler getreten war, und durch einen hohen, dämmrigen Treppenflur direkt in den Hinterhof. In einem Schuppen stand ein Karren, vor den ein Fahrrad gespannt war, auf dessen Gepäckträger sich ein seltsamer Kasten befand, der mithilfe von Zahnrädern und Ketten mit der Hinterachse verbunden war. »Ein Motor mit Bleiakkumulator«, erklärte Matti mit hörbarem Stolz in der Stimme. »Hat mir ein Freund gebaut. Unterstützt mich, wenn ich einen der vermaledeiten Berge dieser Stadt hinauffahren muss. Man kommt zwar nicht schnell voran, aber besser als nichts.«

Der Schrottsammler deutete auf den Karren. »Versteck dich mit dem Mädchen da drauf. Ich lege noch eine Decke drüber und ein bisschen leichten Krempel obenauf. Dann fragt keiner nach.«

Nickend kam Jonan der Aufforderung nach, und nachdem Matti seinen Karren beladen hatte, schwang er sich auf das Fahrrad und radelte los. Der Schrottsammler ließ sich Zeit. Vielleicht konnte er auch nicht schneller. Jedenfalls dauerte ihre Fahrt mitten durch Arcadion bis hinunter zum Südtor der Stadt quälend lange, obwohl die Strecke höchstens fünf Kilometer maß.

Als Matti langsamer wurde und sich dem befestigten und bewachten Südtor näherte, wurde Jonan mulmig zumute. Jetzt durfte nichts schiefgehen. Waren die Stadtwachen heute auch nur ein bisschen neugieriger als sonst, steckten sie in Schwierigkeiten. »Elje«, flüsterte er. »Sollten die Wachen die Plane zurückschlagen, rennst du. Aus der Stadt raus. Sieh dich nicht um, einfach immer weiter bis zum Rand der Ruinen. Dort treffen wir uns. Verstanden?«

Das Mädchen nickte. Jonan war sich ziemlich sicher, dass die Stadtwachen Elje laufen lassen würden. Sie war bloß ein Kind. Und es gab in Arcadion viele Straßenkinder. Sie würden nicht auf sie schießen. Im Gegensatz zu manchem sadistischen Mistkerl in den Reihen der Inquisition waren die meisten Stadtwachen einfache Männer mit einer guten Portion Anstandsgefühl.

Wie es um ihn selbst bestellt sein würde, darüber war sich Jonan weniger klar. Wenn er Glück hatte, hielten die Wachen ihn für irgendeinen Dieb, der Ärger mit dem Gesetz hatte und aus Arcadion zu verschwinden versuchte. Dann hing es vom Betrieb am Tor ab, ob sie ihm folgen oder auf ihn schießen würden. Erkannten sie ihn jedoch als den Hochverräter Jonan Estarto, wurde es eng. In dem Fall würden sie ihn ganz sicher jagen, denn er hatte gemeinsam mit Carya einen Gefangenentransport der Wache angegriffen. Dabei war auch ein junger Mann gestorben. So etwas vergaß die Stadtwache nicht so schnell – und die Neuigkeit von Jonans Amnestie durch Aidalon, die nach Jonans Flucht aus dem Haus der Erleuchtung vermutlich schon wieder hinfällig war, hatte sich bestimmt noch nicht bis zu ihnen herumgesprochen.

All seine Sorgen erwiesen sich aber als unbegründet. Mattis Karren rumpelte unbehelligt durch das Tor und auf der Handelsstraße entlang in Richtung der Industrieanlagen, die sich außerhalb der Stadt befanden. Bevor er allerdings in die Nähe der Fabriken kam, bog der Schrottsammler, wie Jonan durch einen Spalt in der Decke sah, in eine unbelebte Querstraße am Rand der Ruinen ab. In weiten Teilen des Trümmergürtels um Arcadion hätte Jonan jetzt angefangen, sich Sorgen zu machen und sich sein Templersturmgewehr herbeigewünscht. Der Süden galt jedoch als relativ sicher, nicht zuletzt, weil dort Arcadion langsam über seine gemauerten Grenzen hinauszuwachsen begann.

Trotzdem war die Gegend einsam genug, um als Versteck zu taugen. Außer ihnen war kein Mensch zwischen den leer stehenden Wohnblöcken unterwegs, die zum Teil eingestürzt waren, zum Teil aber auch noch acht und mehr Stockwerke in die Höhe ragten. In leeren Fensterhöhlen hockten Tauben. Kletterpflanzen rankten an Balkonen hoch. Jonan kam zu dem Schluss, dass sie sicher waren, schlug die Decke beiseite und stieg mit Elje aus dem Karren. »Wir wollen Ihnen ja nicht mehr Arbeit machen als nötig.«

Matti, dem aufgrund der Mittagssonne und der Anstrengung der Schweiß auf der Stirn stand, grinste. »Weiß ich zu schätzen. Wir sind sowieso fast da. Dort vorne ist es.« Er deutete auf ein unscheinbares Bauwerk mit vier Stockwerken, das eine blassrote Fassade mit weißen Fenstern aufwies und vor dem mehrere Sträucher hemmungslos die Einfahrt zuwucherten.

Sie parkten ihr Gefährt hinter den Sträuchern, und Matti ging mit ihnen zum Haus hinüber. »Mal sehen, ob jemand da ist«, sagte er. »Manchmal sind sie unterwegs, um … na ja … eben das zu tun, was sie so tun.« Mit einem Eisenrohr, das neben der Tür im Erdreich steckte, hämmerte er kräftig gegen das Holz, dreimal kurz, zweimal lang, dreimal kurz – eindeutig ein Klopfzeichen. »Die hocken im Keller, da muss man etwas lauter sein«, erklärte er entschuldigend.

Es dauerte eine Minute, aber dann vernahmen sie von innen Schritte. »Wer ist da?«

»Der Primus vom Lux Dei, was denkst du denn?«, tönte Matti ungehalten. »Cleverer Code«, raunte er Jonan mit verschmitztem Grinsen zu. »Hätte ich der *Großinquisitor* gesagt, hätten sie gewusst, dass etwas nicht stimmt.«

Die Tür wurde entriegelt und geöffnet. Jonans Augen weiteten sich. Vor ihm im Türrahmen stand Enzo.

Kapitel 36

»Enzo …« Jonan starrte den alten Invitro und Exsoldaten entgeistert an. »Ich dachte, Sie wären tot.«

»Jonan Estarto, das nenne ich eine wirklich gelungene Überraschung.« Enzo packte ihn an den Oberarmen, und sein faltiges Gesicht verzog sich zu einem freudigen Grinsen. »Aber alle Gerüchte über meinen Tod sind stark übertrieben. Wer erzählt denn so etwas überhaupt?«

»Ihr Bruder Luceno«, antwortete Jonan. »Er hätte mich deswegen beinahe erschossen, weil er mich dafür verantwortlich gemacht hat, dass Sie hier in Arcadion den Rebellen spielen.«

»Oh.« Enzo ließ Jonan los und verzog die Miene. »Tja, das tut mir leid. Das war eine unerfreuliche Verkettung von Zufällen. Ich hatte einen Zusammenstoß mit der Stadtwache, von dem Gamilia Luceno berichtete. Zum Glück ist es mir gelungen, heil aus der Geschichte rauszukommen. Leider konnten wir diese Neuigkeit nicht mehr weiterleiten, denn just in jenen Stunden wurde die Inquisition auf Gamilia aufmerksam. Sie musste das Café übereilt schließen und fliehen. Dabei haben wir die Funkanlage verloren, und der Kontakt zur Insel ist abgebrochen.« Er machte eine wegwerfende Handbewegung. »Aber das sind Probleme von gestern. Heute ist ein neuer Tag. Also kommt erst einmal rein. Wer ist deine kleine Freundin? Und wo ist Carya?«

»Das erzähle ich Ihnen alles gerne. Genau genommen bin ich deswegen hier. Sind noch andere Mitglieder der Ascherose da?«

»Der *neuen* Ascherose meinst du wohl«, verbesserte Enzo, während er Jonan und Elje einließ. Matti verabschiedete sich unterdessen. »Muss noch ein bisschen Schrott sammeln gehen«, verkündete er.

»Danke für Ihre Hilfe«, sagte Jonan.

»Nichts zu danken. Mischen Sie den Lux Dei mal wieder kräftig auf. Ist so ruhig in der Stadt geworden.« Er lachte, dann schlurfte er zu dem Fahrrad mit dem Anhänger zurück.

Enzo schloss die Tür und übernahm die Führung. »Matti ist ein guter Mann, vielleicht etwas eigenbrötlerisch, aber das ist in Ordnung.«

»Ist er ein Mitglied der neuen Ascherose?«, wollte Jonan wissen.

»Nein, eher ein Sympathisant«, erwiderte Enzo. »Aber Gamilia gehört jetzt zu unserer Gruppe. Und Professore Adara leitet uns nach wie vor.«

»Was ist mit den anderen: Dino? Stephenie? Picardo?«

»Die früheren Mitglieder sind alle untergetaucht und haben sich auch bislang nicht mehr gemeldet. Dieser verrückte Kunstmaler, Picardo, bildet die Ausnahme. Der zeichnet immer noch mit Begeisterung seine Spottbildchen. Ich bin ja kein großer Kunstliebhaber, aber trotz seiner geckenhaften Art hat der Kerl Schneid, das muss man ihm lassen.«

Während Enzo redete, brachte er Jonan und Elje in den Keller des Hauses. Es war dunkel dort unten, aber offenbar arbeitete da jemand, denn hinter einer Holztür waren Stimmen zu vernehmen sowie ein regelmäßiges Quietschen und Knarzen.

Enzo machte die Tür auf. »Besuch!«, rief er in den Raum.

Um eine kleine Handdruckerpresse standen drei Leute, die offenbar damit beschäftigt waren, einen ganzen Stapel Flugblätter anzufertigen. Die auf eine herbe Weise durchaus schön zu nennende Frau mittleren Alters, die mit hochgekrempelten Ärmeln und roten Wangen den Hebel der Presse bediente, kannte Jonan nicht. Er tippte darauf, dass es sich bei ihr um Gamilia handelte. Auch der hagere Bursche mit dem strähnigen Haar und der runden Nickelbrille, der etwas jünger als Jonan sein mochte, war ihm fremd. Den dritten Anwesenden erkannte er dagegen sofort.

»Jonan, was für eine Überraschung!« Adara stand von seinem Platz auf, wo er gerade den Druck der Flugblätter kontrolliert hatte, und kam ihnen entgegen. Mit festem Händedruck begrüßte er ihn.

»Professore Adara, es freut mich, dass Sie bei guter Gesundheit sind und weiterhin für die gerechte Sache kämpfen.«

Adara lächelte und strich sich über den gepflegten Bart. »Ja, wir haben die Hände nicht in den Schoß gelegt, auch wenn die Ascherose damals einen ziemlichen Schlag erlitten hat. Dino ist ausgestiegen, und Stephenie wird wohl erst in ein oder zwei Monaten zurückkehren. Sie traut dem Frieden noch nicht. Von Francetta habe ich gar nichts mehr gehört, seit sie zu ihrer Schwester nach Firanza gereist ist.« Er räusperte sich. »Aber dafür haben wir Neuzugänge zu vermelden. Gamilia beispielsweise, die wirklich gute Kontakte zu den Invitro-Kreisen in der Stadt hat. Und Otho, dessen flammenden Aufruf, sich für eine bessere Zukunft einzusetzen, wir hier gerade vervielfältigen.«

»Angenehm.« Jonan begrüßte die Runde und stellte auch Elje vor.

Adara ordnete eine kleine Arbeitspause an und entkorkte eine Flasche Wein, Gamilia brachte Brot und einen Krug Wasser, und so versammelten sie sich um den Tisch neben der Druckerpresse. »Was führt Sie zu uns, Jonan?«, erkundigte sich Adara. »Ich hoffe, Sie haben nicht wieder eine tolldreiste Unternehmung vor, für die Sie unsere Hilfe benötigen.«

»Genau genommen schon«, antwortete Jonan. »Allerdings muss dabei diesmal nur ich mein Leben riskieren.«

»Dann lass mal hören«, ermunterte Enzo ihn. Er schien auf eine gute Geschichte zu brennen.

Jonan hob sein Glas und nahm einen Schluck Wein. Danach begann er zu erzählen. Seine Reise mit Carya nach Francia kürzte er ab, auch die Geschehnisse auf Château Lune fasste er auf das Nötigste zusammen. Allerdings betonte er die Bündnisgespräche zwischen dem Mondkaiser und dem Lux Dei, von denen sie vor Ort erfahren hatten, und wie Carya einer Organisation namens Erdenwacht auf die Schliche gekommen war, die allem Anschein nach von den Verhandlungen nicht im Geringsten begeistert war.

»Die Erdenwacht?« Adara runzelte die Stirn. »Von dieser Gruppierung habe ich noch nie gehört.«

»Das hat kaum ein Mensch«, erwiderte Jonan, »und zwar aus gutem Grund. Die Erdenwacht verbirgt sich in der Schwarzen Zone tief in den Bergen im Norden. Seit Jahrzehnten, und glauben Sie mir, ich konnte es selbst nicht fassen, als ich davon erfuhr, manipuliert sie unsere herrschenden Kreise. Das gilt für den Rat des Lux Dei ebenso wie für den Mondkaiser und den König von Austrogermania. Sie verfügt über Spione in jedem Regierungssitz, und bei jeder wichtigen Veränderung hat sie ihre Finger im Spiel. Ihr Ziel ist die absolute Kontrolle über die Welt, und um ihre Macht zu sichern, unterdrückt sie jede Form von Entwicklung.«

»Was genau soll das heißen?«, knurrte Enzo.

»Das will ich Ihnen an ein paar Beispielen verraten.« Jonan hob eine Hand und begann an den Fingern aufzuzählen. »Erstens: Wir führen seit Jahren Krieg gegen all unsere Nachbarn. Warum? Weil im Rat des Lux Dei nur Fanatiker sitzen. Wie kommt das? Weil die Erdenwacht es so will, denn Frieden hätte Wohlstand und Entwicklung zur Folge. Zweitens: Überall herrscht seit Jahrzehnten

Treibstoffmangel. Es gibt kaum schnelle Transportmittel, und unsere Industrie kann von vielen Dingen, die früher zum Alltag gehörten, nur träumen, weil Öl der Grundstoff aller Vor-Sternenfall-Technik ist. Doch warum leben wir in ständigem Mangel? Auf dem Meer schwimmen Schiffe mit Millionen und Abermillionen Litern Öl in ihren Tanks! Weil die Erdenwacht den Kapitänen verbietet, offenen Handel zu treiben.«

»Sie scherzen«, sagte Adara ungläubig.

Jonan schüttelte den Kopf. »Nicht im Geringsten. Ich habe so ein Schiff gesehen. Es war groß wie ein Straßenzug von Arcadion. Drittens: Warum, glauben Sie, verfolgt der Lux Dei Gruppen wie die Ascherose? Weil sie sein Weltbild hinterfragen? Sicher auch. Aber der Hauptgrund dafür ist, dass Visionen von Frieden, Zusammenarbeit und Fortschritt von der Erdenwacht nicht gewünscht sind. Denn dadurch würden die Reiche der Erde zu mächtig. Sie würden kommen, um die Erdenwacht zu entthronen. Und genau das geschieht gerade im Norden!«

»Ich dachte, der Lux Dei und Francia führen einen ihrer lächerlichen Glaubenskriege gegen den Ketzerkönig«, sagte Gamilia.

»Das sollten alle denken, aber es war eine Finte. In Wahrheit haben sich die drei Länder verbündet, um die Erdenwacht herauszufordern. Leider läuft der Kriegszug nicht gut. Wir benötigen ein kleines Wunder, um in die Schwarze Zone einzudringen. Ich soll es bewirken. Nun hat Großinquisitor Aidalon auf einmal seine Bündnispartner verraten und mich hierher entführt. Ich konnte zwar entkommen, schaffe es aber nicht mehr rechtzeitig zurück in den Norden, wenn Sie mir nicht helfen.« Jonan blickte Adara ernst an. »Professore, ich brauche das Motorrad, das ich Ihnen damals gegeben habe.«

Einige Sekunden herrschte vollkommene Stille. Dann brach Adara plötzlich in schallendes Gelächter aus. »Das ist alles? Sie erzählen uns die unfassbarste Schreckensgeschichte, die ich seit Langem gehört habe, nur damit ich Ihnen das Motorrad überlasse?«

»Äh …« Jonan musste zugeben, dass die Pointe seiner Geschichte nach der großen Vorbereitung ziemlich bescheiden wirkte.

Der Professor wischte sich Lachtränen aus den Augenwinkeln. »Himmel, ich hätte Ihnen die Maschine gegeben, wenn Sie einfach nur gefragt hätten. Im Grunde gehörte sie ja sogar Ihnen.« Er wurde wieder ernst. »Bitte verzeihen Sie. Eigentlich ist nichts von dem, was Sie erzählt haben, zum Lachen. Es überkam mich einfach so. Ich konnte es nicht zurückhalten. Aber um es zu wiederholen: Natürlich können Sie die Maschine haben. Ich bin sogar bereit, unsere letzten Treibstoffreserven zu opfern, damit Sie auch sicher ans Ziel kommen. Bis zur Schwarzen Zone ist es weit. Und wenn die Dinge so liegen, wie Sie sie beschrieben haben, ist Ihre Mission von größter Wichtigkeit und von einer Art, die das Wirken der Ascherose auf eine ganz neue Ebene heben würde.«

»Das ist sie«, erwiderte Jonan nickend. »Danke, Professore.«

Enzo beugte sich vor und legte die Arme auf den Tisch. »Wenn es kein Staatsgeheimnis ist, wüsste ich gerne, wie dein kleines Wunder aussehen soll, Jonan. Vielleicht kann ich was dazu beitragen.«

»Du willst uns verlassen, Enzo?«, fragte Gamilia erschrocken.

»Kann ich noch nicht sagen«, gab der Invitro zurück. »Das hängt von Jonans Antwort ab. Aber er weiß, dass wir ein gutes Team sind. Und seid mir nicht böse, aber Flugblätter könnt ihr auch ohne mich drucken. Dieser Kampf im Norden scheint mir eher meine Kragenweite zu sein.«

»Womöglich könnten Sie mir tatsächlich helfen«, sagte Jonan. »Denn ich brauche die Unterstützung von Luceno und den anderen Invitros in der Enklave.« Er umriss in kurzen Worten, was er tun musste – und wie er es zu bewerkstelligen gedachte.

»Sie wollen mit einer Einheit schrottreifer Vor-Sternenfall-Technologie ein unbezwingbares Bollwerk sprengen?«, fasste Enzo den Plan zusammen.

»So in etwa«, bestätigte Jonan.

Der alte Soldat schlug mit der Faust auf den Tisch. »Das Licht Gottes soll mich holen, wenn ich mir das entgehen lasse!«

Keine halbe Stunde später waren sie unterwegs. Gamilia hatte ihnen etwas Proviant eingepackt und Adara jeden Tropfen Treibstoff, über den die Ascherose verfügte, in die Tanks der beiden Motorräder gefüllt. Wenn sie nicht furchtbares Pech hatten, sollten sie es damit bis zur Insel der Invitros schaffen, die eine halbe Tagesreise weiter nördlich lag – sofern man über ein schnelles Gefährt verfügte.

Jonan und Enzo fuhren nebeneinander, die Handelsstraße war leer und breit genug. Elje hockte hinter Jonan und klammerte sich an ihm fest. Dem Mädchen schien die rasante Fahrt zu gefallen, denn Jonan spürte, wie es die Nase in den Wind reckte und die blonden Haare flattern ließ.

Er selbst blieb wachsam, während sie durch die einsame Wildnis dahinrasten. Auch wenn ihm die Wanderungen der vergangenen Wochen gezeigt hatten, dass es deutlich weniger in der Einöde lauernde Banden und Mutantengruppen gab, als innerhalb der Mauern Arcadions von furchtsamen Bürgern gemunkelt wurde, durfte man sich nicht der Illusion hingeben, dass es völlig gefahrlos war, sich durchs Land zu bewegen. Entsprechend dankbar war Jonan dafür, dass Enzo ihn begleitete, denn im Gegensatz zu ihm selbst besaß der Invitro eine Waffe, einen großkalibrigen Revolver, der seine Wirkung nicht verfehlen sollte, wenn jemand glaubte, sie ihrer ohnehin spärlichen Habe berauben zu müssen.

Einmal hatte Jonan den Eindruck, im Gestrüpp am Straßenrand Bewegungen wahrzunehmen. Daraufhin gab Enzo kräftig Gas, und

Jonan tat es ihm gleich. Mit dröhnenden Motoren und in halsbrecherischer Geschwindigkeit rasten sie an der Stelle vorbei. Niemand zeigte sich.

Es dämmerte bereits, als sie bei dem längst aufgegebenen und vergessenen Erholungsgebiet am See eintrafen, von dem aus man die etwa einen Kilometer vom Ufer entfernte Insel erreichte, auf der sich der geheime Rückzugsort von Enzos Gemeinschaft befand. Langsam rollten sie bis zu der Landzunge vor, die ins Wasser hineinführte. Jonan kniff die Augen zusammen. Irrte er sich, oder stiegen von einigen Schornsteinen der kleinen Häuser, die das Westufer der Insel säumten, feine Rauchfäden in den abendlichen Himmel auf?

»Es sieht aus, als sei die Familie heimgekehrt«, bemerkte Enzo. Der Invitro stellte sein Motorrad direkt am Seeufer ab und winkte Jonan und Elje, ihm zu folgen. Er überquerte eine Wiese voll verwilderter Olivenbäume und umrundete einen künstlich angelegten Bootshafen, in dem allerdings nur ein einziger Kahn dümpelte, der zu Dreivierteln unter Wasser stand. Das Gestrüpp, auf das er zusteuerte, wirkte im ersten Augenblick vollkommen natürlich, aber als er es zur Seite schob, entpuppte es sich als Holzkasten, der mit einer Mischung aus künstlichem und natürlichem Grünzeug getarnt worden war.

Im Inneren befanden sich eine blank polierte Metallplatte und ein starker Strahler. *Ah, es gibt also eine Möglichkeit, sich den Leuten auf der Insel bemerkbar zu machen,* dachte Jonan. Enzo warf einen prüfenden Blick in Richtung der sich gen Horizont neigenden Sonne und griff zu der Lampe. Mit ihr marschierte er zur Wasserkante und fing an, Lichtzeichen zu geben.

Es dauerte nur wenige Minuten, bis ein etwas größeres Boot von der Insel ablegte und auf sie zusteuerte. »Gehen wir zu unseren Maschinen zurück«, sagte Enzo, während er den Strahler wieder verstaute und den Holzkasten unter dem Gestrüpp verbarg. Sie begaben sich zu ihren Gefährten und warteten darauf, dass das Boot bei ihnen anlegte.

»Sehe ich einen Geist oder bist du es wirklich, Enzo?«, fragte der kompakte Mann mit dem silbergrauen Haar, der am Steuer stand und dem Invitro-Soldaten wie aus dem Gesicht geschnitten war.

Enzo lachte. »Ich bin es wirklich«, antwortete er. »Aussagen über meinen Tod waren etwas voreilig. Tut mir leid, dass wir das nicht geradebiegen konnten. Wir hatten ein paar schwierige Tage in Arcadion. Aber jetzt bin ich hier.«

»Und in Begleitung, wie ich sehe.« Lucenos Blick fiel auf Jonan und Elje.

»Genau genommen begleite ich Jonan«, entgegnete Enzo. »Er muss mit euch reden – und ich für meinen Teil denke, sein Anliegen ist es wert, angehört zu werden.«

Draußen vor dem Fenster verschwand die Sonne gerade hinter den Hügeln jenseits des Sees, als Jonan zum zweiten Mal an diesem Tag seine Geschichte erzählte. Sie befanden sich in einem leicht heruntergekommenen Versammlungssaal in dem kleinen Schloss an der Südspitze der Insel, und diesmal war sein Publikum deutlich größer. Es umfasste sicher hundert Männer und Frauen, die meisten von ihnen grauhaarige Veteranen, die siebzig Jahre und älter sein mussten. Doch ungeachtet ihres Alters strahlten viele von ihnen noch eine Energie aus, um die sie manch Jüngerer beneidet hätte. Es waren ernste Gesichter, die Jonan entgegenblickten, faltig und mit eindringlichen Augen, und viele von ihnen ähnelten sich, als wären sie Geschwister – Invitros der gleichen Zuchtreihe.

Genau wie gegenüber der Ascherose hielt Jonan, was die politischen Geschehnisse der letzten Wochen und insbesondere der vergangenen Tage anging, mit nichts hinter dem Berg. Auch die

Rolle der Erdenwacht, wie er sie verstand, schilderte er ausführlich. Caryas Geschichte ließ er wiederum außen vor, Pitlit nannte er nur, wo es nötig war, und Elje, die stumm neben der Tür des Versammlungssaals hockte und das Ganze beobachtete, erwähnte er gar nicht.

»Und daher«, sagte Jonan schließlich am Ende seiner Schilderung, »bitte ich Sie um Ihre Hilfe. Ich verfüge über die alte Kriegsmaschinerie, aber ich habe niemanden zur Hand, der damit umgehen, der sie reparieren und steuern kann. Ich hoffe, dass ich ein paar von Ihnen für diese Aufgabe zu gewinnen vermag. Denn ohne Sie ist mein Plan zum Scheitern verurteilt und Tausende tapferer Soldaten werden in der Schwarzen Zone den Tod finden.« Er hob in einer Geste der Ergebenheit die Arme. »Das ist alles, was ich Ihnen sagen kann.«

Ein tiefes Schweigen schloss sich an seine Rede an. Jonan ließ seinen Blick über die Anwesenden schweifen. In den Mienen der Männer und Frauen las er vor allem eines: Verhaltenheit. Obwohl sich zahlreiche ehemalige Soldaten im Publikum aufhielten, schienen sie von der Aussicht, erneut in einen Krieg zu ziehen – und darüber hinaus in einen, der sie eigentlich nichts anging –, nicht sehr angetan zu sein.

Einer der Männer, ein Soldat, erhob sich. »Signore Estarto, ich fürchte, Sie haben sich an die Falschen gewendet. Wir haben vor vielen Jahren unseren Dienst für die Menschheit geleistet. Für verschiedenste Herren sind wir in den Krieg gezogen, haben unser Leben riskiert und nicht wenige von uns sind gestorben. Wie hat man es uns gedankt? Nach den Dunklen Jahren waren wir auf einmal die Sündenböcke. Man hat unsereins gejagt und getötet. Dabei wollten wir nichts weiter, als unseren Lebensabend friedlich verbringen. Aber wir sind ja nur *lebende Verbrechen* an der Schöpfung – oder wie immer es der Lux Dei formuliert. Also haben wir uns ins

Exil begeben, hierher. An diesem Ort können wir in Ruhe leben, unsere Felder bestellen und unsere letzten Jahre genießen. Ihr Anliegen mag nobel sein, doch es betrifft uns nicht. Die Menschheit hat uns verstoßen, warum sollten wir ihr helfen? Das ist meine Meinung.«

Zustimmendes Gemurmel erhob sich. »Cordoba hat recht«, sagte eine Frau zwei Stühle weiter. »Gehört nicht sogar der Lux Dei zu den Angreifern, die jetzt in der Klemme sitzen und Hilfe benötigen? Ich wüsste nicht, warum wir ausgerechnet dem Lux Dei helfen sollten. Er ist dafür verantwortlich, dass wir uns auf dieser Insel verstecken müssen. Er hat die Inquisition ins Leben gerufen, die es sich auf die Fahnen geschrieben hat, alle Invitros vom Angesicht der Erde zu tilgen. Sollen sie da oben doch sterben! Sie haben es nicht besser verdient.«

»Aber Sie irren«, entgegnete Jonan. »Der Lux Dei spielt in all den Geschehnissen eine unbedeutende Rolle. Tatsächlich hat sich Großinquisitor Aidalon soeben als Verräter erwiesen, der lieber mit der Erdenwacht, den Unterdrückern, paktiert, als für die Freiheit aller zu kämpfen.«

»Wird denn auf diesem Pass wirklich für die Freiheit aller gekämpft?«, wollte Luceno wissen. »Oder geht es nur darum, dass die Mächtigen dieser Welt verärgert darüber sind, dass jemand noch mächtiger ist als sie? Wer garantiert uns, dass die Welt ohne die Kontrolle der Erdenwacht eine bessere wird?«

»Eine Garantie gibt es nicht. Aber ich glaube daran, dass diejenigen, die hinter dem Befreiungsschlag stecken, wirklich eine bessere Zukunft als Ziel haben. Ich spreche von den Paladinen Julion Alecander und Kasro Iudicaton sowie vom Mondkaiser von Francia. Bei ihnen handelt es sich um Männer von Ehre und Format. Solange die Erdenwacht regiert, sind ihnen die Hände gebunden, denn jeder, der gegen die Politik der Wacht verstößt, wird ausgeschaltet.

Und deren Politik besagt, dass wir in Armut und Elend leben müssen, verstrickt in kleinliche Kriege und von fanatischen Anführern beherrscht, die – wie der Lux Dei – eben auch Menschengruppen wie die Invitros opfern, weil sie der Unzufriedenheit der Bürger ein Ventil bieten müssen. Wird jedoch die Erdenwacht bezwungen, sind wir alle auf einmal unseres eigenen Glückes Schmied. Dann sind Veränderungen wenigstens möglich! Und ich glaube fest daran, dass Männer wie Alecander, Iudicaton und der Kaiser diese Chance ergreifen würden.«

»Von Iudicaton habe ich während meiner Zeit in Arcadion gehört«, warf Enzo ein. »Er gilt als einer der bedeutendsten unter den Paladinen. Viel wichtiger aber ist: Er verurteilt das Vorgehen der Inquisition und ihren Umgang mit den Invitros.«

»*All* diese Männer sind den Invitros wohlgesonnen«, nahm Jonan das Argument seines Begleiters auf. »Der Kaiser hat sogar eine von euch als Ministerin erwählt. Und da ist noch mehr! Bei meiner Ehre, ich habe unter seine Maske schauen dürfen, und er sieht genauso aus wie Sie, Luceno, oder Sie, Cordoba!«

»Der Mondkaiser soll ein Soldatenmodell sein?«, fragte Luceno ungläubig.

Jonan hob die Schultern. »Ich vermag es nicht mit Sicherheit zu sagen, aber es sieht zumindest so aus.«

»Das würde wenigstens erklären, warum er Tag und Nacht mit dieser Silbermaske herumläuft«, brummte Enzo.

Trotz dieser Eröffnung änderte sich die Stimmung unter den Versammelten nur geringfügig. Einige wirkten unschlüssig, andere nach wie vor merklich unwillig. Jonan beschloss, es auf anderem Wege zu versuchen. »Ich verstehe Sie ja. Wäre ich ein Invitro, würde ich auch kaum begeistert aufspringen, um dem Lux Dei zu helfen. Licht Gottes, ich bin *kein* Invitro und verspüre trotzdem wenig Liebe für diesen Orden. Ich kann auch verstehen, dass Sie für einen Kaiser aus dem fernen Paris, und mag er noch so ein edler Mensch sein, ungern in den Kampf ziehen wollen. Aber was ist mit den ganzen Invitros, die im Tal der Erdenwacht leben?«

»Was ist mit ihnen?«, wollte Cordoba wissen.

»Paladin Alecander, der lange ein Agent der Wacht war, bis ihm klar wurde, wie viel Leid ihre falsche Weltsicht den Menschen zufügt, hat mir erzählt, dass die Invitros von der Erdenwacht wie eine Rasse von Sklaven behandelt werden, genau so, wie es vor dem Sternenfall war. Diese Leute wünschen sich ihre Freiheit, aber sie haben nie den Aufstand gewagt, denn die Macht der Zonengarde – die man wohl am besten mit den Schwarzen Templern in Arcadion vergleichen kann – war zu groß. Wenn es jemanden in diesem Konflikt gibt, für den Sie etwas riskieren sollten, dann diese Invitros. Wissen Sie, dort leben junge Menschen, Invitros einer neuen Generation, wie Carya, meine …« Er stockte. »Die Frau, die mir alles bedeutet.«

Jonan verstummte, als er an Carya dachte, die womöglich auf ewig die Gefangene der Erdenwacht sein würde, ein widerwilliges Werkzeug in den Händen ihrer Erschaffer, wenn er nicht kam und mithalf, diese Unterdrücker zu besiegen. Er schluckte, hob den Kopf und sah seine Zuhörer mit festem Blick an. »Schluss mit den großen Worten. Ich will ganz ehrlich mit Ihnen sein. Ich brauche Ihre Hilfe, weil ich in dieses Tal reinmuss. Carya, meine Gefährtin, wurde von der Zonengarde dorthin verschleppt. Sie stammt ursprünglich aus den Brutlaboren der Erdenwacht, ist eine Invitro der neuen Generation. Ein unwahrscheinliches Schicksal hat sie nach Arcadion verschlagen, wo sie erst vor wenigen Monaten erfuhr, dass ihre Herkunft ein Geheimnis umrankt. Gemeinsam haben wir versucht, dieses Geheimnis zu lüften, und es führte uns zum Rand der Schwarzen Zone, wo wir getrennt wurden. Ich weiß, dass sie noch lebt. Sie kämpft mit einigen rebellischen

Wächtern und freiheitsliebenden Invitros gegen das Regime der Erdenwacht an. Aber ohne uns, ohne Hilfe von außen, kann sie nicht gewinnen. Ihre Gruppe wird scheitern, sie wird wie alle anderen versklavt werden, und ich werde sie niemals wiedersehen. Das kann ich einfach nicht zulassen! Ich könnte es nicht ertragen.«

Flehend blickte er in die Runde. »Bitte! Helfen Sie mir bloß, eine Raketenlafette oder eine Kanone zu reparieren, mit der ich das Bollwerk am Südeingang des Tals durchbrechen kann, damit ich hineinkomme, um Carya zu retten. Niemand von Ihnen muss mit mir kommen und kämpfen. Ich gehe auch allein. Aber ich schaffe es nicht, allein diese Maschinen in dem Depot zu reparieren.«

Diese offenen Worte schienen mehr Eindruck zu machen als alle davor. Zögernd sahen sich die Invitros an. Diesen Moment wählte Enzo, um aufzuspringen. »Was ist denn hier auf einmal los? Wollt ihr mich alle beschämen, dieser Gemeinschaft anzugehören? Wir sind Soldaten, verdammt! Wir sind Techniker! Wir sind Spezialisten, jeder für sein Fachgebiet. Wir haben unsere Arbeit nicht bloß vor vierzig oder fünfzig Jahren gut gemacht, wir sind auch heute noch gut darin. Und was uns vor allem auszeichnet, ist unsere Disziplin, unsere Hartnäckigkeit, unser Mut. Ich bin niemals vor einer Herausforderung davongelaufen. Ich habe mich ihr gestellt und sie gemeistert. Oft genug war die Sache, um die es ging, lachhaft gering. Diese Sache hier ist so groß, wie wir sie haben wollen. Es geht um den Sieg über einen Tyrannen, der die ganze Welt als Geisel genommen hat. Es geht um die Freiheit unserer Brüder und Schwestern in diesem Tal. Es geht um diesen feinen jungen Mann, Jonan Estarto, der ein Mensch ist und eine Invitro so sehr liebt, dass er bereit ist, für sie jedes Opfer zu bringen. Und, oh ja, ich habe mit diesem Kerl schon gekämpft. Ich weiß, wovon ich spreche. Also lasst mich verdammt nochmal nicht der Einzige sein, der Jonan begleitet, wenn er diese Insel wieder verlässt. Denn das wäre wirklich eine Schande.«

Enzo warf noch einen herausfordernden Blick in die Runde, dann setzte er sich wieder. »So, das musste mal gesagt werden«, brummte er.

Kapitel 37

Ein kühler Wind strich über den abendlichen See und gemahnte daran, dass es Herbst wurde. Jonan stand mit hochgezogenen Schultern auf dem Bootspier und wartete darauf, dass die Invitros, die sich nach seiner und Enzos Rede eine Aussprache hinter verschlossenen Türen ausbedungen hatten, zu einer Entscheidung kamen. Er vermochte nicht zu sagen, ob Enzo und er zu ihnen durchgedrungen waren. Die Invitros lebten einfach schon zu lange im Exil. Die Geschicke der Welt, die niemals wirklich gut mit ihnen umgesprungen war, kümmerten sie wenig. Außerdem schien das Alter ihre Bereitschaft, für eine neue Ära zu streiten, gedämpft zu haben.

Daran, dass alle Inselbewohner zur Generation von Jonans Großeltern gehörten, die schon vor Jahren im Licht Gottes aufgegangen waren, hatte er überhaupt nicht gedacht. Die Invitros der alten Garde, die er bislang getroffen hatte – Mondo Laura, Enzo, womöglich der Mondkaiser –, waren Männer voller Energie und Tatendrang gewesen. Aber vielleicht zählten sie zu den Ausnahmen.

Hinter Jonan waren Schritte auf dem Pier zu vernehmen, und Enzo gesellte sich zu ihm, begleitet von Elje, die den alten Exsoldaten ins Herz geschlossen zu haben schien. Enzo hatte die Hände in die Hosentaschen geschoben und blickte versonnen aufs Wasser hinaus.

»Und? Haben wir sie überzeugt?«, wollte Jonan wissen. Irgendwie hatte er seine Zweifel daran, trotz Enzos flammender Abschlusspredigt. Er versuchte, das Gefühl der Enttäuschung nicht in seine Stimme einfließen zu lassen, konnte das jedoch nicht völlig verhindern.

»Nicht alle«, erwiderte Enzo mit ernster Miene.

»Sind es genug, um die Reparaturen noch zu schaffen? Wir haben nicht mehr viel Zeit, wie Sie wissen.« Genau genommen mussten sie sich in maximal vierundzwanzig Stunden im Norden befinden, denn dann konnte die Rakete jede Minute startbereit sein.

Enzo wiegte nachdenklich den Kopf. »Beurteile es selbst«, sagte er und deutete mit dem Daumen über die Schulter.

Zögernd drehte Jonan sich um – und fühlte auf einmal, wie eine Welle der Erleichterung und Dankbarkeit über ihn hereinbrach, die so stark war, dass sie ihn beinahe taumeln ließ. Vor den Häusern, im Schein der Lampen, der durch die offenen Fenster und Türen fiel, hatte sich eine riesige Gruppe Invitros versammelt. Jonan konnte ihre Zahl auf die Schnelle nur überschlagen, aber es mussten mindestens fünfzig oder sechzig sein. Einige hatten Gewehre über die Schulter gelegt, andere trugen Werkzeugkästen in den Händen. Sie alle blickten Jonan erwartungsvoll an.

Enzo neben ihm grinste. »Ein paar müssen natürlich hierbleiben, um die Insel zu bewachen. Eine Handvoll sind auch einfach zu alt und schwach für so eine Irrsinnsaktion, wie du sie vorhast. Aber alle anderen stehen da hinten und warten darauf, dass du den Befehl zum Aufbruch gibst.«

Lächelnd ging Jonan auf die wartenden Veteranen zu. Sein Blick wanderte über die Männer und Frauen. So zaudernd sie während der Versammlung gewirkt hatten, so entschlossen sahen sie jetzt aus. Sie waren Profis, sie hatten eine Entscheidung getroffen, und nun würden sie auch dazu stehen, ohne zu zweifeln, ohne zu zögern. Jonan hätte in diesem Moment nicht glücklicher sein können. »Danke!«, rief er ihnen zu. »Danke, dass Sie mir helfen. Ich weiß nicht, was ich hätte machen sollen, wenn Sie meine Bitte abgeschlagen hätten.«

»Lassen Sie uns loslegen, Estarto«, sagte der Invitro namens Cordoba. »Wenn ich es richtig verstanden habe, muss jetzt alles sehr schnell gehen.«

»Richtig.« Jonan nickte. »Also dann: in die Boote!«

Sie setzten an Land über, und die Invitros gingen zu einer Reihe Häuserruinen, die früher das Zentrum des Erholungsgebiets gewesen sein mochten. Dort standen, vor den Blicken zufälliger Wanderer gut verborgen, drei Fahrzeuge. Bei dem einen handelte es sich um einen Bus, dem allerdings ein Großteil der Fenster fehlte, bei den anderen beiden um ein Paar alter Lastwagen mit offener Ladefläche. »Unser Fuhrpark«, erklärte Luceno, während er die Falttür des Busses aufschob, die kurioserweise noch existierte.

Die Invitros verteilten sich und ihr Gepäck auf die drei Gefährte, dann machten sie sich unter der Führung von Jonan, Elje und Enzo, die sich mit ihren Motorrädern an die Spitze der kleinen Kolonne setzten, auf den Weg.

Als sie eine halbe Stunde später die Kreuzung der Handelsstraßen erreichten, den Ort, wo sie Kapitän Denning treffen sollten, war niemand zu sehen. Jonan befürchtete schon, dem Schmuggler sei doch etwas dazwischengekommen. Aber er war kaum von seinem Motorrad abgestiegen und ein paar Meter auf der Brücke hin- und hergelaufen, welche die Nord-Süd-Handelsstraße überspannte, als eine Gestalt aus dem Gebüsch am Straßenrand hervortrat. »Teufel, das ist ja eine halbe Armee, mit der du anrückst«, brummte der Mann.

»Kapitän Denning!«, begrüßte Jonan den Schmuggler. »Ich bin wirklich froh, Sie zu sehen. Ich hoffe, Sie bringen mir meinen Treibstoff.«

»Einen Lastwagen voll. Mehr als ein Dutzend Fässer. Die, nebenbei bemerkt, ein halbes Vermögen wert sind, weswegen ich den Wagen mal lieber da drüben zwischen den Häusern versteckt habe.« Denning wies über die Schulter in die Dunkelheit.

Der Kapitän hatte sich kein bisschen verändert. Ein Stirnband versuchte erfolglos, sein schulterlanges Haar zu bändigen. Sein Kinn zierte ein Dreitagebart. Eine Augenklappe verdeckte das linke Auge. Gegen die Kälte der Nacht trug er eine dunkle Jacke, und in den Händen hielt er eine abgesägte Schrotflinte, die für den Kampf auf engem Raum sicher hervorragend geeignet war, auf offener Straße jedoch weniger Wirkung entfaltete.

»Ich dachte übrigens schon, ihr würdet gar nicht mehr kommen«, sagte Denning, während er sich die Straße hinunter in Bewegung setzte, um zu seinem Wagen zu gelangen. »Wir langweilen uns hier bereits seit zwei Stunden.«

»Dann müssen wir uns auf meinem Hinweg knapp verpasst haben«, sagte Jonan. »Aber ich musste noch diese Leute abholen.«

»Und wer sind die?«, fragte Denning misstrauisch.

»Wir sind Invitros«, mischte sich Enzo ein. »Ehemalige Techniker und Soldaten. Wir bringen die Kriegsgeräte in Schuss, die Sie betanken sollen. Mein Name ist Enzo. Ich hoffe, Sie haben keine Probleme mit Invitros.«

Der Kapitän schüttelte den Kopf. »Keine Probleme, Kumpel. Leben und leben lassen, lautet mein Wahlspruch. Man nennt mich Denning.« Er bot Enzo die Hand, und der ergriff sie. »Abgesehen davon geht es hier ums Geschäft, und da schaue ich nicht, welche Hautfarbe jemand hat oder ob er einen Bauchnabel besitzt«, fügte Denning mit schiefem Grinsen hinzu. Er wandte sich an Jonan.

»Wo wir davon sprechen: Ich habe bestimmt schon erwähnt, dass diese Treibstofffässer sündhaft teuer waren. Meine ganzen Barreserven sind auf diesem Laster verzurrt. Also würde ich gerne Geld sehen, bevor ich meine Ladung an dich weiterreiche, um … habe ich das richtig verstanden? Kriegsgeräte? … zu betanken.«

»Ich erzähle Ihnen alles, wenn wir unterwegs sind«, versprach Jonan. »Sie liefern doch zur Haustür, oder?«

»Ich mache alles, wenn die Bezahlung stimmt«, gab Denning zurück. »Also, wie sieht es damit aus?«

»Kapitän Denning, ich komme direkt aus einer Kampfzone. Ich habe das Geld nicht bei mir. Aber ich versichere Ihnen, dass Sie es bekommen werden, sobald alles vorüber ist.«

Denning blieb stehen und richtete warnend den Zeigefinger auf Jonan. »Das will ich dir aber auch geraten haben. Ich hoffe, du willst mich nicht verarschen, mein Junge, denn dann wäre ich blank bis auf die Knochen, und das würde mich echt ungehalten machen.«

»Bei meiner Ehre, habe ich Ihnen auf der ganzen Fahrt, die wir zusammen unternommen haben, jemals das Gefühl gegeben, Sie hintergehen zu wollen?«, fragte Jonan.

Stirnrunzelnd senkte Denning den Finger. »Nein, eigentlich nicht.« Gleich darauf hob er ihn wieder. »Aber deine Geldgeber könnten versuchen, mich zu verarschen. Denn ich schätze ja nicht, dass du mittlerweile geerbt hast und den ganzen Treibstoff aus der eigenen Tasche bezahlen wirst.«

»Falls Carya es Ihnen noch nicht verraten hat: Ich handle unmittelbar im Auftrag der Paladine Alecander und Iudicaton aus Arcadion sowie des Mondkaisers von Francia. Diese Männer stehen zu ihrem Wort. Und sie haben auch die Mittel dazu. Falls es Sie etwas milder stimmt: Der Ort, zu dem wir jetzt fahren werden, ist voller Vor-Sternenfall-Technologie. Vieles wird kaputt sein, einiges aber auch nicht. Alles, was wir nicht brauchen, können Sie haben. Damit dürfte sich eine hübsche Summe auf dem Schwarzmarkt erzielen lassen. Nennen wir es einen Bonus für Ihre rasche Hilfe.«

Der Hinweis auf die Vor-Sternenfall-Technologie ließ ein gieriges Leuchten in die Augen des Schmugglers treten. »Na schön«, lenkte er ein, wobei er versuchte, sich nicht anmerken zu lassen, wie sehr ihn das Ganze auf einmal interessierte. »Risiko ist mein Geschäft, müsste ich wohl sagen. Und im Grunde vertraue ich Carya und dir ja. Sonst wäre ich gar nicht gekommen. Also, fahren wir.«

Denning hatte die Wahrheit gesprochen. Wenige Meter abseits der Straße parkte ein mit einer Plane bespannter Lastwagen voller Treibstofffässer. Fünf Männer aus Dennings Besatzung standen um das Fahrzeug herum, darunter auch Hook, der weißbärtige Mechaniker, der sich an Bord der *Albatros* um sie gekümmert hatte. Sie alle waren schwer bewaffnet, was angesichts des Werts ihrer Ladung kaum verwunderte.

Sein Motorrad überließ Jonan einem der Invitros, bevor er mit Denning und Elje in die Fahrerkabine des größeren Gefährts kletterte. Der Lastwagen reihte sich in die Kolonne der anderen Fahrzeuge ein, und so ging es durch die Nacht zurück nach Süden.

Kurz vor Mitternacht ließ Jonan ihre Kolonne langsamer werden. Jetzt wurde es knifflig. Er war die Strecke zwischen dem Dorf der Ausgestoßenen und der Invitro-Enklave bereits mehrmals gefahren, aber nie in stockfinsterer Nacht. An einem verrosteten Straßenschild ließ er anhalten, stieg aus und besah es sich mit gerunzelter Stirn, unschlüssig, ob sie an der Abzweigung, die in die Wildnis führte, bereits vorbeigefahren waren oder nicht. Er befragte Enzo, aber der Invitro wusste es auch nicht mit Sicherheit.

Hinter ihnen ging die Falttür des Busses auf, und Luceno kam heraus. »Probleme?«, fragte er.

Jonan erklärte ihm sein Dilemma.

»Moment, da kann ich vielleicht helfen«, meinte der Invitro. Er ging zum Bus zurück, nur um gleich darauf mit einem flachen, schwarzen Kasten in der Hand wieder aufzutauchen.

»Ein Navigator!«, erkannte Jonan.

»Natürlich«, antwortete sein Gegenüber. »Glauben Sie, ich würde ohne Karte hinaus in die Wildnis fahren? Ich bin doch nicht lebensmüde. Was ist eigentlich aus dem Gerät geworden, das ich Ihnen vermacht habe?«

»Wir haben es bei einem Überfall durch Wegelagerer verloren.« Jonan verzog die Miene.

»Das ist natürlich ärgerlich.« Luceno hielt ihm seinen Navigator hin. »Dann zeigen Sie mal, wo Ihr Mutantendorf liegt.«

Jonan brauchte eine Weile, bis er die Stelle gefunden hatte. Danach ermittelten sie anhand des Straßenschilds vor ihrer Nase ihre gegenwärtige Position und stellten fest, dass sie in der Tat zwei Kilometer zu weit sein mussten. Also wendeten sie ihre Kolonne und fuhren ein Stück des Weges zurück, bis sie die Straße fanden, die nach rechts in die Wildnis führte.

Auf kaum noch erkennbaren Pfaden kämpften sie sich gen Osten durch die Landschaft, überquerten den Tevere über die einzige uralte Brücke, die in dieser Gegend noch existierte, und erreichten dann die niedrige Bergkette, an deren Flanke sich das Dorf der Ausgestoßenen verbarg.

Doch sie fuhren nicht in die aufgegebene Siedlung hinauf, von der aus es nur einen Trampelpfad hinüber zu den Hallen unter dem Berg gab. Stattdessen verließen sie sich auf Lucenos Navigator, der sie um die Berge herumführte und dann eine völlig von Unkraut überwucherte Straße hinauf, die sich in Serpentinen den Hang emporzog. Schließlich erreichten sie die Überreste von Drahtzaun und die neben der Straße aufragende Ruine eines Pförtnerhäuschens, die den Eingang der Anlage markierten. Dahinter verschwand die Straße in einer riesigen, halb von Strauchwerk verborgenen Öffnung im Fels. »Da wären wir«, sagte Jonan.

»Ein alter Militärbunker?«, fragte Denning.

»Wozu die Hallen im Berg früher dienten, kann ich nicht sagen. Heute jedenfalls sind sie das Mausoleum der größten Sammlung an uraltem Kriegsgerät, die ich je gesehen habe.«

Sie stiegen aus und kamen mit Enzo und Luceno zusammen. Auch die übrigen Invitros kletterten aus dem Bus und von den Ladeflächen der Lastwagen, um sich umzuschauen. »Mann, was ist das denn?«, entfuhr es Cordoba, der in den Schatten des Höhleneingangs getreten war. »Hier drinnen ist ein Tor, das aussieht, als hätte es jemand mit einem Panzer aus dem Schienenrahmen gerissen.«

Jonan hüstelte. »Ich fürchte, genau das ist auch passiert. Es gab da unten anfangs einen *Leviathan*, den Enzo und ich wieder betriebsbereit gemacht haben, um mit seiner Hilfe Carya aus den Klauen der Inquisition zu retten.«

»Dort unten stand ein *Leviathan*-Panzer, und Sie sind damit nach Arcadion reingerauscht?«, fragte der Invitro ungläubig.

»Nicht ganz. Bei Gelegenheit erzähle ich Ihnen die Geschichte gerne.«

»Dann wollen wir doch mal sehen, was du in diesem Keller versteckt hast, hm?« Denning klatschte tatendurstig in die Hände, dann brüllte er über die Schulter: »Hook, du alter Schraubendreher, komm rüber. Das ist bestimmt was für dich.«

Durch den riesigen Tunnel, der in einer weiten Kurve in die Tiefe führte, drangen sie in den Berg vor, Jonan vorweg, Elje, Denning, Hook, Enzo und eine große Gruppe der Invitros hinterdrein. Einige der Veteranen hatten Lampen dabei, deren Licht ihnen den Weg wies. Mit leisem Gemurmel tauschten die Männer und Frauen ihre

Ansichten darüber aus, welchem Zweck die Anlage früher wohl gedient haben mochte.

Als sie das Ende des Tunnels erreichten und in die riesige Halle traten, die sich daran anschloss, ging ein ehrfürchtiges Raunen durch die Reihen von Jonans Begleitern. »Heiliges Kanonenrohr!«, rief Denning aus. »Das ist ja ein Ding. Besser als jeder Piratenschatz, würde ich sagen.«

Jonan betrachtete die Szenerie, die sich ihnen bot, und nickte versonnen. Bis auf den *Leviathan* standen sie noch alle da, vom Schein der Handstrahler aus ihrem langen Schlaf in der Finsternis gerissen: die Truppentransporter und die Panzer, die Anhänger mit Raketenlafetten und die Tieflader mit Geschützen. Obwohl viele von ihnen merkliche Beschädigungen aufwiesen, war es ein erhabener Anblick. In gewisser Weise handelte es sich bei diesen verwitterten Fahrzeugen nicht weniger um Veteranen als bei den Invitros, die Jonan aus dem selbst gewählten Exil geholt hatte.

»Hat jemand eine Uhr?«, fragte er laut, um sich über das staunende Gemurmel verständlich zu machen.

»Ich«, antwortete Luceno. »Es ist halb eins.«

Jonan überschlug im Kopf die Reisedauer von hier zurück zur Schwarzen Zone. »Dann bleiben uns lediglich sechs bis sieben Stunden, um flottzukriegen, was flottzukriegen ist«, sagte er. »Sonst kommen wir nachher noch zu spät.«

»Auf Wiedersehen, Nachtruhe«, murmelte Denning.

»Also los, Leute!«, brüllte Enzo und schlug sich mit einer Hand auffordernd auf den Oberschenkel. »Wir haben einen Job zu erledigen. Packen wir es an!«

»Wir müssen los«, sagte Carya. »Es ist schon halb eins.« Sie blickte aus dem Fenster von Emms Versteck auf das dunkle Tal hinaus. Über den Bergen im Westen wetterleuchtete das Geschützfeuer des Bündnisheeres. Paladin Alecander hielt den Druck auf die Zonengarde aufrecht, um ihr keine Verschnaufpause zu gönnen, die ihr Gelegenheit gegeben hätte, darüber nachzudenken, ob der Feind vielleicht noch andere Strategien verfolgte.

»Aber Emm ist nicht aufgetaucht«, wandte Ferrer ein. Er wirkte ein wenig beunruhigt. Die Invitro-Frau war schon seit Stunden überfällig.

»Sie hat es selbst so gewollt«, entgegnete Carya. »Statt bei uns zu bleiben und dem Plan zu folgen, hat sie auf einmal diese verrückte Idee, die Arbeiter zum Aufstand zu bewegen.«

»Meinst du, sie wurde von der Zonengarde erwischt?«, fragte Pitlit.

Carya schüttelte den Kopf. »In dem Fall hätte uns bestimmt schon jemand hier einen Besuch abgestattet. Ich habe keine Ahnung, was Emm den ganzen Tag über gemacht hat und warum sie jetzt nicht kommt.«

Sie selbst hatten die letzten achtzehn Stunden damit verbracht, sich auf den Einbruch in das Ratsgebäude der Erdenwacht vorzubereiten. Für Carya und Pitlit hatte diese Vorbereitung frustrierenderweise vor allem aus Nichtstun bestanden. Ferrer war unterdessen zu seinem Freund, einem Mann namens Dawyn, gefahren, der ebenfalls ein Invitro war und der Widerstandsbewegung aufgeschlossen gegenüberstand. Dawyn hatte ihnen zwei Overalls beschafft, die sie als Reinigungspersonal auswiesen, und ihnen eine Liste seiner Zugangscodes überlassen. Damit sollten sie sich fast überall im Ratskomplex, darunter auch dem Bereich rund um das Raketensilo, frei bewegen können.

Unterdessen hatte Ferrer sich von einem Nachbarhaus über Kurzstreckenfunk, der von der Abschaltung der Kommunikationsanlage nicht betroffen war, ins Netzwerk des Ratsgebäudes eingeklinkt und die Notfall-Lagepläne kopiert, die dort leicht zu finden waren. Diese wiesen einen geringeren Detailgrad auf als richtige Gebäudepläne, aber solche in die Finger zu bekommen hatte sich in der Kürze der Zeit als nicht machbar erwiesen.

Carya war immer noch erstaunt darüber, wie schlecht die Erdenwacht ihre Einrichtungen schützte. Wahrscheinlich verhielt es sich jedoch genau so, wie Ferrer es gesagt hatte: Der beste Schutz der Wacht waren die gewaltigen Bergmassive und die Zonengarde, die dort Patrouille flog – ganz zu schweigen vom Mythos der Schwarzen Zone selbst. All das hatte bewirkt, dass in all den Jahren keine Feinde von außen ins Tal gelangt waren. Und Feinde von innen hatte sich offenbar bis vor wenigen Tagen niemand ernsthaft vorstellen können. Dass die wichtigen Anlagen allerdings auch jetzt noch so einfach zu infiltrieren waren, konnte nur dadurch erklärt werden, dass Oberst Dymond und seine Leute alle Hände voll damit zu tun hatten, den Westpass gegen ihre unermüdlich anstürmenden Feinde zu halten.

Carya wandte sich vom Fenster ab und blickte Ferrer wortlos an.

Seufzend nickte der Invitro-Techniker. »Machen wir uns fertig, und ziehen wir los.«

»Ich finde es übrigens immer noch Mist, dass ich nicht mitkommen darf«, bemerkte Pitlit schlecht gelaunt und trat von dem Tisch aus, auf dessen Kante er hockte, mit dem Fuß in die Luft.

»Es geht nicht anders«, antwortete Carya. »Das weißt du doch. Es gibt beim Reinigungspersonal einfach keine Jungs in deinem Alter.«

»Dann hätten wir uns eben was ausdenken müssen. Ich hätte mich in einem Müllsack verstecken und Ferrer hätte mich tragen können.«

Der Invitro schnaubte belustigt. »Bestimmt nicht.«

»Tut mir leid, Pitlit«, sagte Carya. »Aber wenigstens ist auf diese

Weise jemand hier, wenn Emm wiederkommt. Du berichtest ihr, dass wir schon losgezogen sind?«

»Klar, mache ich«, brummte der Straßenjunge und schaute zu Boden. Dann hob er den Kopf wieder und blickte sie bedeutungsvoll an. »Aber ich wette mit dir, dass ihr es noch echt bereuen werdet, mich hiergelassen zu haben.«

Diese Wette wollte Carya lieber nicht eingehen. Pitlit mochte sie gewinnen.

Kapitel 38

Einen Kilometer spazierten sie zu Fuß durch die Nacht, bevor sie sich einmal mehr einen Wagen stahlen, um damit zumindest bis in die Nähe des Ratsgebäudes zu fahren. Carya argwöhnte, dass, sollte die Erdenwacht über die nächsten Tage hinaus fortbestehen, die Bewohner des Tals schon bald deutlich bessere Diebstahlsicherungen an ihren Fahrzeugen anbringen würden.

Auch bei ihrem zweiten Besuch verfehlte die unfassbare Größe des Bauwerks seine Wirkung auf Carya nicht. Gewaltig ragte die Doppelpyramide mit dem in der Mitte schwebenden, stilisierten Erdball vor ihnen auf. Vor dem dunklen Nachthimmel wirkte das von vielen Strahlern erhellte Bauwerk mit seiner Fassade aus Metall und Glas wie etwas aus einer anderen Welt, ein riesenhaftes Raketenflugzeug, das von den Sternen gekommen war, um in diesem Tal zu landen. Unwillkürlich musste Carya an das Bild denken, das offenbar so viele der Labore der Wissenschaftler hier zierte: die leuchtend blaue Erdkugel vor der Schwärze des *Weltraums*, wie Ziyi es genannt hatte. Ob einige der alten Erdenwächter einst die Sterne bereist hatten?

»Hier geht es rein«, sagte Ferrer an ihrer Seite und deutete auf einen Eingang, der sich im hinteren Bereich des Fundaments der linken Pyramide befand. Er zog sich die Schirmmütze, die Dawyn ihm gegeben hatte, tiefer ins Gesicht.

Im Grunde war ihre Tarnung hundsmiserabel. Sah man von den Overalls ab, hatten sie keine Möglichkeiten gehabt, ihr Aussehen nennenswert zu verändern. Die Zugangscodes, die Ferrer in ihre Invitro-Armbänder eingegeben hatte – nicht ohne Caryas zuvor noch einmal gründlich auf Peilsender der Zonengarde untersucht zu haben, bevor er es ihr wieder anlegte –, mochten ihnen überall Einlass gewähren. Aber sie brachten sie nicht an misstrauischen Wachen oder Vorarbeitern vorbei. Das war Caryas Aufgabe.

Ein letztes Mal überprüfte sie die beiden Elektroschockstäbe, die in den Taschen ihres Overalls steckten. Auch die Pistole, die Carya mit einem Gürtel fixiert unter dem Kleidungsstück bei sich trug, saß noch sicher und fiel nicht auf, wenn man sie flüchtig musterte. »Ich bin bereit«, bestätigte sie Ferrer.

Ohne Hast schlenderten sie auf die Tür zu. Die Codes in ihren Armbändern sollten dafür sorgen, dass sie sich für sie öffnete. Es klappte tatsächlich. Mit leisem Zischen glitten die Türhälften auseinander. Dahinter erstreckte sich ein schmuckloser, im kühlen Licht der Leuchtfelder an der Decke daliegender Korridor. Sie liefen zum nächstbesten Tisch, dann stellten sie sich davor hin und taten so, als hätten sie etwas zu besprechen. Viel Schauspielerei war nicht nötig. Der Gang war ohnehin leer.

Ferrer zog seinen tragbaren Rechner heraus, klappte den flachen Bildschirm auf, drehte ihn plötzlich um hundertachtzig Grad und legte ihn auf die Tastatur. Wie ein Blatt Papier hielt er den Rechner vor sich. Mit einigen raschen Eingaben direkt auf dem Bildschirm rief er den Notfall-Gebäudeplan auf. Er wählte die Etage aus, in der sie sich befanden, und verschob das Bild, bis er den Gang gefunden hatte, in dem sie unterwegs waren. Danach verkleinerte er die Ansicht wieder und suchte den Bereich, in dem sich das Silo befand. »Dort drüben«, sagte er und tippte auf eine Stelle des Plans.

Sie folgten dem Korridor, bogen um eine Ecke, und um eine weitere, wodurch sie einen zentralen Gang des Gebäudes erreichten, in dem stärkerer Betrieb herrschte. Mehrere Männer und Frauen in grauweißen Kombinationen und verschiedenfarbigen Overalls liefen an ihnen vorbei. Die eine Hälfte wirkte übermüdet, die andere schien es eilig zu haben. In der Mitte gab es einen markierten Bereich, auf dem zwei Männer mit diesen seltsamen Zweirädern vorbeifuhren, von denen Carya an ihrem ersten Tag im Tal auch eins auf der Straße gesehen hatte. Außerdem waren dort verschiedene Angestellte mit kleinen Karren unterwegs, auf denen unterschiedliche Güter transportiert wurden.

»Zum Glück arbeiten hier so viele Menschen«, raunte Carya Ferrer zu. »Da kennt der eine den anderen nicht.«

»Zumindest in den Hauptgängen sollten wir einigermaßen sicher sein, das stimmt«, pflichtete der Invitro-Techniker ihr bei. »Aber wenn wir in den Silobereich kommen, wird das nicht mehr so einfach.«

»Wieso ist es hier mitten in der Nacht eigentlich noch so voll?«

»In diesem Tal mag Nacht sein, aber auf der anderen Seite der Erde ist es Tag«, erklärte Ferrer. »Und die Erdenwacht muss ihr Auge ja auf alle Menschen richten.«

»Oh, richtig.« Daran hatte sie überhaupt nicht gedacht.

»Trotzdem ist es hier nachts viel ruhiger als am Tag«, fuhr Ferrer fort. »Viele Stellen sind nur tagsüber besetzt. Du solltest mal erleben, wie es hier zur Mittagszeit aussieht.«

»Ich war schon einmal tagsüber hier«, erinnerte Carya ihn. »Allerdings habe ich nicht viel von dem Gebäude gesehen.«

Sie folgten dem belebten Korridor bis zu einem Quergang und drangen über diesen tiefer ins Gebäude ein. Sofort nahm das Menschenaufkommen wieder merklich ab. Durch eine weitere Sicherheitstür, die sich ebenfalls anstandslos öffnete, gelangten sie in eine

Ecke des Ratsgebäudes, die als Sicherheitszone ausgewiesen war. Warnschilder wiesen darauf hin, dass sich in diesen Gängen nur autorisiertes Personal aufhalten durfte. Ab jetzt mussten sie aufpassen.

Aus diesem Grund übernahm Carya die Führung. Sie zog einen der Elektroschockstäbe hervor und huschte von Ecke zu Ecke voraus, um nachzuschauen, ob sich dahinter jemand aufhielt, der sich fragen mochte, was zwei Mitarbeiter des Reinigungspersonals hier trieben. Einmal waren sie gezwungen, durch eine Seitentür in einen dunklen Lagerraum zu flüchten, weil ihnen eine ganze Gruppe Techniker entgegenspazierte. Ansonsten kamen sie ganz gut voran – bis sie eine weitere Sicherheitsschleuse erreichten, vor der zusätzlich ein Wachmann hinter einem kleinen Pult saß.

»So ein Mist«, flüsterte Carya, als sie sich wieder hinter die Gangecke zurückgezogen hatten. »Wie wahrscheinlich ist es, dass um diese Uhrzeit hier Leute zum Putzen unterwegs sind?«

»Ich habe keine Ahnung«, gab Ferrer leise zurück. »Ich habe mir von Dawyn keinen Putzplan geben lassen. Aber wenn ich raten müsste: eher unwahrscheinlich.«

»Und was machen wir jetzt?«

Ferrer rief seinen Notfall-Gebäudeplan auf und studierte ihn. »Tja, das hier ist der einzige Zugang zum Silo, der in unmittelbarer Reichweite liegt. Natürlich können wir den halben Weg zurücklaufen und es von der anderen Seite versuchen. Aber ich schätze, dass dort auch eine Wache steht.«

»Also gut, dann erledige ich das«, sagte Carya. »Komm mit und tu ganz unauffällig.« Sie zupfte Ferrer aufmunternd an seinem Overall, und er lief an ihrer Seite auf die Sicherheitsschleuse zu. Carya achtete darauf, sich möglichst weit rechts im Gang zu halten, um den Wachmann schneller in Reichweite zu haben, wenn sie losschlug.

»Guten Abend«, grüßte Ferrer höflich, als sie in Sicht kamen und, ohne zu verlangsamen, auf die Schleuse zugingen.

Der Wächter hob den Kopf. »Guten … He, Augenblick mal. Was machen Sie hier?«

»Wir sind zum Putzen gekommen«, antwortete Carya und trat dabei arglos lächelnd auf ihn zu. In diesem Moment kam ihr zugute, dass sie eine junge Frau war und in den Augen der meisten Männer recht hübsch anzusehen. Entsprechend war auch der einsame Wachmann für eine Sekunde vollauf damit beschäftigt, sie einfach nur anzustarren.

Mehr Zeit benötigte Carya nicht. Mit einem Satz sprang sie vor und zog den Elektroschockstab aus der Overalltasche. Der Mann schreckte zurück, doch weil er auf einem Stuhl saß, kam er nicht weit. Seine Hand zuckte zu einem roten Alarmknopf auf dem Pult neben ihm. Blitzschnell schlug Carya ihm auf die Fingerknöchel, woraufhin er die Hand unwillkürlich zurückzog. Dann knisterte die Schockwaffe, und der Wächter sackte auf seinem Stuhl zusammen.

»Schnell, hilf mir«, bat Carya Ferrer und versuchte, den Mann in eine halbwegs bequeme Lage zu zerren. Hastig ging ihr der Invitro-Techniker zur Hand. Sie falteten dem Wächter die Hände auf dem Bauch und ließen es so aussehen, als sei er zu später Stunde beim Dienst eingeschlafen. Ob das irgendjemanden täuschen würde, blieb dahingestellt. Und in etwa einer Viertelstunde würde er ohnehin wieder erwachen und Alarm schlagen. Ihnen blieb also nicht viel Zeit. »Weiter«, drängte Carya.

Sie passierten die zweite Schleuse und eilten an einem kreuzenden Quergang und zwei verschlossenen Türen vorbei den Korridor hinunter. Er zog sich über bestimmt fünfzig Meter und war völlig menschenleer. Am Ende lag eine schwere Metalltür, auf der ein weiteres Warnschild prangte. »Hier geht es in den Kontrollraum«, informierte Ferrer sie. »Dahinter liegt das eigentliche Silo.«

Der Invitro drückte die Klinke hinunter, aber sie bewegte sich nicht. Er hielt seine Hand vor den grauen Empfängerkasten neben der Tür. Nichts passierte. »Au, verdammt«, fluchte er, »unsere Codes bringen uns nicht in den Kontrollraum. Das ist schlecht. Richtig schlecht.«

»Warte«, sagte Carya. »Ich habe eine Idee.« Sie eilte zu dem bewusstlosen Wachmann zurück und überprüfte seine Taschen. In einer von ihnen fand sie eine flache Kunststoffkarte, die an einer Kordel hing, an deren Ende eine kleine metallene Erdkugel befestigt war. Sie nahm sie an sich und rannte zu Ferrer zurück. »Vielleicht klappt es damit«, meinte sie und hielt die Karte vor den Empfänger.

Ferrer drückte die Klinke hinunter und sie gab nach. »Glück gehabt«, sagte er. Sie huschten in den Raum und schlossen die Tür wieder hinter sich. Der Kontrollraum hatte ungefähr die Dimensionen eines großzügig bemessenen Wohnzimmers und war von quadratischer Bauweise. An der linken Wand reihten sich graue Metallschränke aneinander, in die rechte war eine Tür eingelassen, die vermutlich ins Silo selbst führte. Im hinteren Bereich befand sich eine hufeisenförmige Kontrollstelle, vor der zwei Drehstühle standen.

Jenseits der Steuerpulte war ein Fenster mit geöffneter Schutzblende zu sehen, das den Blick auf einen gewölbten Schacht freigab. In diesem ragte ein schlanker weißsilberner Körper auf. An der Seite waren Markierungen angebracht, die Carya nichts sagten. »Das ist sie also«, murmelte sie.

»Ja«, bestätigte Ferrer, der sich sogleich an das Pult setzte und seinen tragbaren Rechner wieder in Arbeitsposition drehte. »Man sieht ihr gar nicht an, dass sie so viel Tod bringen kann, nicht wahr? Irgendwie haftet ihren Linien eine gewisse Eleganz an.«

Carya trat ans Fenster. »Na ja«, erwiderte sie skeptisch. Dann warf sie dem Invitro einen misstrauischen Blick zu. »Warum ist hier eigentlich niemand? Ich dachte, die hätten es so eilig, die Rakete startklar zu bekommen.«

Als hätten sie nur auf ihr Stichwort gewartet, ging auf einmal die Tür in der rechten Wand auf und zwei Techniker kamen herein. »Was geht denn hier vor sich?«, fragte der eine überrascht.

Sein Kollege begriff schneller. »Himmel, das ist diese entflohene Invitro!«, rief er und deutete auf Carya.

Diese sprintete ihnen bereits entgegen, den Elektroschockstab kampfbereit gezückt.

Die beiden Männer wirbelten herum und versuchten zu fliehen. Zu ihrem Unglück schloss sich an die Tür bloß eine schmale Metalltreppe an, die hinunter in das Silo führte, wo etwas hing, das wie eine Plattform zur Wartung aussah. Carya machte sich gar nicht die Mühe, ihnen nachzurennen, sondern hielt den Schockstab einfach an das Metallgeländer.

Schreiend zuckten die Männer zusammen. Ihre Beine versagten unter ihnen, und sie stürzten auf die Treppe. Einer von ihnen kam ungeschickt auf und rollte polternd die letzten Stufen hinunter.

Carya wollte ihnen gerade nachsetzen, um ihnen den Rest zu geben, als ein lauter Alarm einsetzte. Hinter ihr, im Kontrollraum, begann eine orangefarbene Lampe zu flackern. »Achtung! Eindringlingsalarm! Unbefugte Personen im Raketensilo!«, erklang eine körperlose Frauenstimme.

Carya fuhr herum. »Was ist denn jetzt passiert?«

»Keine Ahnung«, antwortete Ferrer. »Ich war's nicht – glaube ich.«

»Sie müssen den bewusstlosen Wachmann entdeckt haben. Ferrer, beeil dich.«

»Bin ja dabei. Das ist nicht so einfach.«

»Achtung! Eindringlingsalarm! Unbefugte Personen im Raketensilo!«, wiederholte die Frauenstimme.

Das war's dann, dachte Carya. *Raus kommen wir hier nicht mehr.* »Sieh nur zu, dass du die Aufgabe beendest. Ich halte dir so lange den Rücken frei.« Abwehrbereit postierte sie sich neben der schweren Eingangstür. Sie wünschte sich, etwas zu haben, um die Tür verkeilen zu können. Doch alle Möbel im Raum waren an der Wand oder im Boden festgeschraubt.

Die Tür öffnete sich, und Carya stieß den Elektroschockstab durch den Schlitz. Es knisterte, und der Wachmann, der gerade eintreten wollte, fiel zuckend zu Boden. Ein rotes Warnlämpchen leuchtete am Griff ihrer Waffe auf. Die Ladungen des Schockstabs waren erschöpft. Sie hieb dem zweiten Mann, der gerade eindringen wollte, damit gegen die Nase und entlockte ihm ein schmerzerfülltes Aufjaulen. Dann schleuderte sie die nutzlose Waffe zur Seite und zog die zweite. Gleichzeitig warf sie sich mit aller Macht gegen die Tür und rammte sie wieder zu. Sie hakte den Arm unter die Klinke und versuchte, diese zu blockieren. »Ich hoffe, du kommst voran, Ferrer!«, schrie sie über den Alarm hinweg.

»Ja, ja, ich bin gleich so weit.«

Die Tür zur Rechten wurde aufgestoßen, und ein zweiter Trupp Wachen drängte in den Raum. Wie es aussah, gab es dahinter doch mehr als nur eine Wartungsplattform. Die Männer hatten Schockstäbe in den Händen, genau wie Carya. Schusswaffen wagten sie hier offenbar nicht einzusetzen. Ganz im Gegensatz zu ihr. *Tut mir leid, diese Mission ist zu wichtig für Zurückhaltung!* Sie warf dem ersten Wächter ihren Schockstab ins Gesicht, gleichzeitig riss sie den Reißverschluss ihres Overalls auf und zog die Pistole aus dem Gürtel, den sie um die Taille trug. Dazu musste sie bedauerlicherweise ihre Position an der Tür aufgeben, wodurch auch hier Wachleute eindrangen.

Vierzehn Schuss, dachte sie. Es sollte eine Weile reichen. Die ersten vier Kugeln feuerte sie in rascher Folge auf die in diesem Augenblick eindringenden Gegner ab. Sie zielte absichtlich auf Arme und Beine, weil sie die Männer nicht lebensgefährlich verletzen wollte. Außerdem ging es vor allem darum, Zeit zu schinden, und das gelang ihr am besten, wenn sie die Männer damit beschäftigte, sich gegenseitig aus der Gefahrenzone zu helfen. *Zehn.*

Ein furchtbares Chaos brach aus. Männer fielen schreiend zu Boden, andere brüllten Warnungen an ihre Kameraden. Dazu flackerte das orangefarbene Licht der Warnlampe, und die Alarmsirene heulte. Carya feuerte einen weiteren Schuss ab und zerstörte damit das Deckenpaneel. Im Halbdunkel würde es ihren Gegnern schwerer fallen, sie zu lokalisieren. Zur Sicherheit ging sie zusätzlich hinter dem zweiten Stuhl in Deckung. *Neun.*

»Ferrer?« Sie drückte erneut zweimal ab, diesmal nur, um den Rückzug der Wachleute zu beschleunigen und dafür zu sorgen, dass sie die Köpfe unten hielten. *Sieben.* »Wie sieht es aus?«

»Ich … Moment.« Der Invitro-Techniker sprang von seinem Stuhl auf und hetzte um das Kontrollpult herum. Er zückte eines seiner Werkzeuge und begann, die Verkleidung an der Rückseite des Pults zu öffnen.

»Muss das sein?«, fragte Carya.

»Sicher ist sicher«, erklärte Ferrer.

Die Wachmänner zogen sich aus dem Raum zurück. Carya dachte schon, sie hätte einen wichtigen Teilsieg errungen, als die vordere Tür plötzlich erneut aufgestoßen wurde. Sie schoss, aber ihr Gegner stand so, dass er durch die aufschwingende Tür verdeckt wurde. *Sechs.* Ein lang gezogenes Fauchen erklang, und unvermittelt füllte sich der Raum in geradezu explosiver Geschwindigkeit mit feinem weißen Nebel.

»Nein!«, schrie Ferrer. »Noch nicht.«

»Was ist das?«, wollte Carya wissen und feuerte wild in die weiße Wand hinein, die sie von einem Moment zum nächsten so vollständig einhüllte, als hätte sich die Welt um sie in nichts aufgelöst.

»Weiß nicht«, antwortete Ferrer. »Sieht aus wie Pulver aus einem Feuerlöscher.«

Eine Gestalt tauchte neben Carya auf. Sie trug eine Gesichtsmaske mit schwach rötlich glimmenden Augen. Carya wollte sich zur Seite werfen, aber es reichte nicht ganz.

Eine Hand packte sie mit furchtbarer Kraft. Mit einem raschen Schlag war Carya entwaffnet. Sie versuchte sich zu wehren, aber der Nebel raubte ihr die Sicht, ließ ihre Augen tränen und reizte sie zum Husten. Blind schlug sie zu, versuchte die Schwachstellen ihres Gegners zu treffen, nur um festzustellen, dass er offenbar eine Schutzweste trug.

Im nächsten Moment bekam sie einen heftigen Schlag gegen den Kopf. Taumelnd sank sie zu Boden. »Hast du gedacht, du könntest gewinnen, Aurelie Eins?«, zischte eine Männerstimme. »Falsch gedacht.« Ihr Gegner schlug erneut zu, und Carya schwanden die Sinne.

Draußen graute bereits der Morgen, als die vier Fahrzeuge aus der Dunkelheit des Berges hervorbrachen. Das erste war ein schweres Panzerfahrzeug, auf dessen Heckbereich eine Kanone saß, deren Lauf so groß war, dass Jonan bequem hätte hineinkriechen können. Als Zweites tauchte einer der Lastwagen der Invitros auf, der einen Anhänger mit einer Raketenlafette zog. Auf dieser befanden sich zwar nur noch drei der ursprünglich sechs Raketen, aber jede von ihnen hatte laut Enzo genug Sprengkraft, um einen Wohnblock in Schutt und Asche legen zu können.

Beim dritten Gefährt handelte es sich um eine Batterie aus Kleinraketen, die in einer Trommel steckten und sich über einen großen, leider fast leeren Munitionscontainer selbst nachluden. Als

Nachzügler rollte noch ein kleinerer Spähpanzer aus dem Tunnel ins Freie, ein Fahrzeug, das praktisch unbeschädigt in der Halle unter dem Berg gestanden hatte und das sie deshalb kurzerhand mitgenommen hatten.

Angesichts der Mengen an Kriegsgerät, die dort unten lagerten, mochte diese Ausbeute nicht überwältigend sein, aber Jonan, der neben Dennings Lastwagen stand und zusah, wie die Invitros die Fahrzeuge vorsichtig auf die gewundene Bergstraße manövrierten, war trotzdem zufrieden, denn sie hatten es tatsächlich in kürzester Zeit geschafft, einige der kampfstärksten Einheiten zumindest so weit zu reparieren, dass sie die Fahrt bis in die Schwarze Zone überstehen würden und dort einen bedrohlichen Eindruck hinterlassen konnten. Mehr würde vermutlich nicht nötig sein, um die Erdenwacht zu überzeugen, dass Aufgeben eine durchaus erwägenswerte Option für sie war.

Luceno, der den Spähpanzer fuhr, hielt das Fahrzeug an, öffnete die Seitenluke und kletterte heraus. »Verdammt lang her, seit ich so ein Ding gefahren bin«, ächzte er. »Ich hatte sie bequemer in Erinnerung.«

Hinter ihnen tauchten Denning und Hook aus dem Tunnel auf, begleitet von zwei weiteren von Dennings Männern. Sie zogen einen Anhänger hinter sich her, auf dem sich Munition und Bauteile stapelten. Der Schmuggler hatte Jonan beim Wort genommen und geplündert, was halbwegs transportabel und gut an den Mann zu bringen war. »Wenn wir das Zeug losgeschlagen haben«, tönte Denning gut gelaunt, »schippern wir zum großen Markt von Caliari, und ich kaufe mir diese Kiste mit alten CDs, die der Wucherer Gopetto hinten in seinem Laden aufbewahrt.«

»Sind wir dann wieder vollzählig?«, fragte Jonan laut in die Runde. Elje, die neben ihm stand, hob einen Daumen. Das Gesicht des

Mädchens war ölverschmiert, weil es die halbe Nacht lang durch irgendwelche Wracks gekrochen war.

Enzo kletterte auf die Ladefläche des neben ihnen parkenden, zweiten Invitro-Lasters und sah sich um. »Scheint so«, sagte er nickend. Er warf Jonan einen fragenden Blick zu. »Letzte Worte, bevor wir aufbrechen?«

»Ja.« Jonan schwang sich zu ihm auf die Ladefläche. Er hob den Kopf und gestattete sich ein zufriedenes Lächeln. »Was wir in den vergangenen Stunden erreicht haben, hat all meine Hoffnungen übertroffen«, sagte er laut. »Ich bin Ihnen zu Dank verpflichtet. Enzo und Luceno haben sich bereits freiwillig gemeldet, mich zu begleiten, ebenso Kapitän Denning und seine Männer.« Jonan argwöhnte, dass der Schmuggler auf den ein oder anderen kleinen Diebstahl im Tal der Erdenwacht spekulierte, aber das kümmerte ihn persönlich nicht. »Ich könnte noch ein paar Ersatzfahrer gebrauchen. Wir haben alle die ganze Nacht durchgearbeitet und sind müde. Es wäre gut, wenn wir uns abwechseln könnten. Niemand von Ihnen muss mir ins Tal der Erdenwacht hinein folgen. Es würde genügen, wenn wir diese Fahrzeuge bis zum Bollwerk bringen und es damit in die Luft jagen.«

Die Invitros sahen sich um. Leises Gemurmel kam auf. Köpfe nickten, und auf vielen Mienen lag ein entschlossener Ausdruck. »Ich denke, ich spreche für uns alle«, meldete sich Cordoba zu Wort, »wenn ich sage, dass wir diesen Job jetzt auch zu Ende bringen wollen. Wir fahren zusammen, bis wir im Herzen der Schwarzen Zone stehen.«

»Danke«, antwortete Jonan. »Das weiß ich zu schätzen.«

»Bevor wir starten, habe ich noch etwas für Sie«, sagte Luceno. Er winkte Jonan zu dem Bus hinüber und öffnete die Gepäckklappe im Heck. Dahinter befand sich ein großes Objekt unter einer braunen Plane. Der Invitro-Soldat schlug sie beiseite.

Jonan blinzelte überrascht. »Das ist meine Templerrüstung!«, entfuhr es ihm.

Sein Begleiter nickte. »Ganz richtig. Sie mögen es gestern Abend nicht bemerkt haben, weil zu viel los war, aber ich habe sie mit ein paar Kameraden von der Insel mitgebracht. Ich dachte mir, sie könnte uns bei der kommenden Aufgabe nützlich sein. Und da Sie derjenige sind, dem sie am besten passt, finde ich, sollten Sie sie auch wieder tragen. Ich lege sogar noch ein Gewehr drauf.« Er zog ein altes Templersturmgewehr hinter dem Bein der Rüstung hervor und hielt es Jonan hin. »Na, was meinen Sie?«

»Ich …« Jonan wusste nicht, was er sagen sollte. Mehr als einmal hatte er die schwarze Kampfpanzerung schmerzlich vermisst, weil er sich draußen in der Wildnis ohne sie nackt und schutzlos gefühlt hatte. Auf der anderen Seite weckte sie unangenehme Erinnerungen an eine Zeit, auf die er alles andere als stolz war, und es widerstrebte ihm beinahe, wieder zu dem zu werden, der er einst gewesen war, und wenn auch nur äußerlich. *Unsinn!*, schalt er sich. *Du ziehst in einen Krieg. Diese Rüstung ist der beste Schutz, den du bekommen kannst, und es ist eine verdammt noble Geste von Luceno, sie dir zu geben. Also leg sie schon an!*

»Es wäre mir eine Ehre, sie für Sie zu tragen«, sagte er. »Nur eins möchte ich ändern.« Jonan ging ein paar Schritte und klaubte einen faustgroßen Steinbrocken vom Boden auf. Dann kehrte er zurück, nahm Maß und hieb mit einem kräftigen Schlag das silberne Symbol der Inquisition von der rechten Schulterplatte der Rüstung. Splitternd flog das Zierelement davon. »Das hätte ich schon lange machen sollen«, knurrte er.

Kapitel 39

Als Carya wieder aufwachte, kam es ihr vor, als sei ihr schlimmster Albtraum Wirklichkeit geworden. Sie befand sich in einem kleinen Raum, der nichts weiter als eine Pritsche mit einer dünnen Decke und einem flachen Kissen sowie eine Toilette samt Waschbecken enthielt. Es gab keine Fenster, und die massiv wirkende Tür wies bloß eine Art Guckloch in Augenhöhe auf, durch das man aber nicht nach draußen schauen konnte.

Die Wände waren weiß und absolut schmucklos, Licht drang aus einem Helligkeit verströmenden Feld in der Decke zu ihr herab. Darüber hinaus gab es dort oben ein paar flache Apparate, an die sie aber nicht heranreichte. Vermutlich handelte es sich um einen Luftschacht und vielleicht um ein paar Kameras. Dass die Erdenwacht sie gerne ausspionierte, war ja nichts Neues.

Alles in allem erinnerte sie der Raum auf unangenehme Weise an ihre Zelle im Trakt der Inquisition im Tribunalpalast. Die Einrichtung mochte sich etwas unterscheiden, aber der Zweck war eindeutig. Das bedeutete, sie befand sich in den Händen der Zonengarde. Ihr Gegner – war es Dymond selbst oder sein Leibwächter Viktor Eins gewesen – hatte sie nicht getötet, was an sich gut war. Allerdings hatte er das Zweitschlimmste getan: sie an einem Ort eingesperrt, wo sie vermutlich so lange bleiben würde, bis die

Hephaistos-V abgefeuert worden und alle Hoffnung auf Freiheit dahin war.

Am liebsten hätte Carya vor Zorn und Enttäuschung geschrien. Aber sie beherrschte sich. Ihre Häscher sollten sich nicht daran erfreuen, wie frustriert und verzweifelt sie war. Außerdem brummte ihr der Schädel, und auf laute Geräusche war sie im Moment gar nicht erpicht.

Sie blickte an sich hinunter und stellte fest, dass sie nach wie vor den Overall der Putzkolonne des Ratsgebäudes anhatte. Reste des weißen Pulvers, das urplötzlich in den Raketenkontrollraum geblasen worden war, hingen noch immer an dem Kleidungsstück. Unwirsch versuchte sie, diese abzuschütteln, und fuhr sich auch ein paar Mal durchs Haar, das im Augenblick sehr ergraut wirken musste.

Natürlich fehlten all ihre Waffen. Auch das umprogrammierte Invitro-Armband hatte man ihr abgenommen. Stattdessen lag ein breiter, sich etwas unbequem anfühlender Ring um ihren Hals. Sie vermochte nicht genau zu sagen, was es damit auf sich hatte, aber sie ging davon aus, dass er nicht allein nett aussehen sollte. *Vermutlich ein neuer Peilsender,* dachte sie. Als ob das nötig gewesen wäre. Solange sie in diesem Raum festsaß, ging sie sowieso nirgendwohin.

In Ermangelung einer anderen Möglichkeit setzte Carya sich aufs Bett und fing an, ins Leere zu starren. In Gedanken fragte sie sich, was mit Ferrer geschehen sein mochte. Sie fragte sich, was Pitlit trieb, wo Emm war und ob Jonan dort Erfolg haben würde, wo sie selbst gescheitert war. Jonan war die letzte Chance für das Bündnisheer. Wenn er nicht rechtzeitig eintraf, würde die Rakete gestartet, die Armeen des Lux Dei und des Mondkaisers würden zerschlagen werden und dieser Angriff war vorüber. Unbezwungen würde die Erdenwacht über alle Völker herrschen, und das

Leben voller Entbehrungen und Kriegen an den Grenzen würde ewig weitergehen.

In einem der Kästen an der Decke knackte es kurz, dann drang eine Stimme, die Carya nicht kannte, daraus hervor. »Gefangene Aurelie Eins, du befindest dich in der Haftanstalt der Zonengarde. Bis zu deinem Prozess, der im Anschluss an den gegenwärtigen Konflikt angesetzt ist, wirst du in dieser Zelle bleiben. Die Mahlzeiten werden dir in die Zelle gebracht. Jeder Fluchtversuch ist zwecklos. Um deinen Hals liegt ein Schockband, das jederzeit auch aus der Ferne aktiviert werden kann. Solltest du Widerstand leisten, wird es sofort ausgelöst und du wirst die Kontrolle über deinen Körper verlieren. Die Anwendung ist schmerzhaft und der Gesundheit nicht förderlich. Gib uns daher keinen Grund, zu diesem Mittel greifen zu müssen. Verhalte dich gesittet, und dir wird kein Leid geschehen. Wenn du das alles verstanden hast, nicke mit dem Kopf.«

Carya nickte. »Wie geht es Ferrer?«, wollte sie wissen.

Erneut knackte es in dem Kasten, und die Verbindung zu ihrem unsichtbaren Wärter war unterbrochen. Eine Antwort bekam sie nicht.

Die nächste Mahlzeit, die sie erhielt, bestand aus einem Teller mit Kartoffelbrei, geschnittenen Bohnen und einer Fleischsoße, der zusammen mit einem Kunststofflöffel und einer Flasche Wasser, die ebenfalls aus Kunststoff bestand, gebracht wurde. Es musste also bereits Mittagszeit sein. Sie war länger ohne Bewusstsein gewesen, als sie gedacht hatte. *Nur noch ein paar Stunden*, ging es ihr durch den Kopf, während sie das Essen löffelte. *In ein paar Stunden ist die Rakete einsatzbereit. Und ich kann nichts dagegen unternehmen. Oh, Jonan, hoffentlich kommst du einmal mehr rechtzeitig als Retter in der Not, auch wenn es nicht mein Leben ist, das diesmal auf dem Spiel steht.*

Carya hatte kaum fertig gegessen, als sich die Tür zu ihrer Zelle erneut öffnete. Doch der Wachmann kam nicht, um ihr das Tablett wieder abzunehmen. »Du hast Besuch«, verkündete er stattdessen. »Ich bringe dich jetzt in den Sprechraum. Du wirst nicht gefesselt, aber denk dran: Solange du das Halsband trägst, können wir dich innerhalb einer Sekunde ausschalten. Also mach keinen Unsinn, verstanden?«

»Wer besucht mich?«, fragte Carya erstaunt.

»Doktor Freeman«, erwiderte der Wachmann.

»Freeman?« Ihre Verwunderung nahm noch zu. Was konnte der Gentechniker, ihr *Vater*, von ihr wollen?

»Willst du ihn sehen?« Der Wächter klang ungeduldig.

»Ja, natürlich.«

»Dann komm mit.«

Er führte sie durch einen Gang, der an einer Glastür endete, die den Zellenbereich vom Rest des Gefängnisses trennte. Carya fand eine Glastür ja ein wenig unsicher, revidierte ihre Meinung allerdings, als der Wachmann sein Armband an ein Feld neben der Tür hielt und diese beim Aufgleiten enthüllte, dass sie mehrere Zentimeter dick war.

Am Ende des Ganges bogen sie nach links ab und traten durch eine Tür in einen Raum, der in der Mitte durch eine weitere Glaswand geteilt war. Auf beiden Seiten standen ein paar Stühle. Winzige Löcher im Glas erlaubten es, sich zu unterhalten. »Ich bin draußen«, sagte der Wächter. »Wenn du den Raum verlassen willst, sag einfach Bescheid. Wir hören alle Gespräche mit.«

Reizend, dachte Carya, erwiderte jedoch nichts, sondern nickte nur.

Die andere Seite des Raums war noch leer, aber der Wachmann hatte sich kaum verabschiedet, als eine Tür in der gegenüberliegenden Wand aufging und Freeman hereinkam. Der dunkelhäutige Wissenschaftler trat an die Glaswand und blickte Carya betrübt an. Eine zynische Stimme in ihr fragte sich, ob er diese Miene bei allen gescheiterten Experimenten aufsetzte oder ob sie etwas Besonderes war.

»Carya, Carya«, sagte Freeman traurig, »in was für Schwierigkeiten du dich gebracht hast. Was hast du dir nur dabei gedacht, in das Raketensilo einzudringen? Wolltest du etwa die Rakete sabotieren und uns alle in die Luft sprengen?«

»Nein, ich wollte lediglich in der ersten Reihe sitzen, wenn sie startet«, antwortete Carya etwas ungehalten. Was sollte das werden? War der Wissenschaftler extra ins Gefängnis gefahren, um ihr Vorwürfe zu machen?

Freeman überging ihren Sarkasmus. »Du steckst ganz schön in der Klemme, und diesmal kann ich dir nicht helfen. Ich würde den Rat gerne davon überzeugen, dass das alles nicht deine Schuld war, dass du manipuliert wurdest, diesem Techniker den Weg freizumachen. Aber so ist es nicht, stimmt's?« Er winkte Carya näher. »Komm her, komm zu mir an die Scheibe.«

Widerstrebend leistete sie der Aufforderung Folge.

»Nemesis«, sagte Freeman und beobachtete sie dabei genau.

Carya blickte ihn unverwandt an. »Tut mir leid. Sie kontrollieren mich nicht mehr.«

Er seufzte. »Ich dachte es mir schon. Wer hat dich deprogrammiert? Ziyi? Man hat sie vor ein paar Tagen bei einer Razzia oben im Wald festgenommen, wie mir gesagt wurde. Sie soll einer Widerstandsgruppe gegen die Erdenwacht angehört haben. Sie wäre jedenfalls imstande dazu, deine mentale Architektur umzugestalten. Was hat sie noch gemacht? Hat sie dir Zugriff auf deine Fähigkeiten gewährt?«

»Ich sage Ihnen gar nichts, solange hier jedes Wort mitgehört wird«, erklärte sie ihm. »Nur dies: Ich bin frei, so frei, wie ich sein sollte. So frei, wie jeder sein sollte, gleich ob Mensch oder Invitro.«

»Oh, Carya.« Freeman lächelte milde. »Willst du mir schon wieder erzählen, dass jeder tun und lassen können sollte, was er will?«

»Nicht schon wieder! Immer noch! Sie wollen es ja offensichtlich nicht verstehen, genauso wenig wie die Erdenwacht selbst.«

»Was möchtest du damit sagen?«

»Ich weiß alles. Ich habe gesehen, was Sie in Ihrer Zentrale machen. Die Erdenwacht hat überall auf der Welt ihre Spione, überwacht jedes Ratsgebäude und jeden Königssitz. Sie sind schuld daran, dass alle Länder leiden müssen. Sie unterdrücken jede Entwicklung und jede Veränderung zum Besseren. Und warum? Weil Sie nicht wollen, dass jemand so mächtig wird, dass er Ihnen Ihre schöne Rolle als Gott streitig machen kann.«

Freemans Miene verdüsterte sich. »Du hast ja keine Ahnung. Nach wie vor hast du keine Ahnung, was wirklich vor sich geht. Soll ich dir eine Geschichte erzählen aus der Zeit, bevor es die Erdenwacht gab? Wie es der Zufall will, bin ich alt genug, um diese Zeit miterlebt zu haben. Die Menschen damals hatten alles, was man sich nur wünschen konnte. Die technischen Möglichkeiten waren atemberaubend. Selbst das, was uns hier im Tal geblieben ist und was dir wie Magie erscheinen mag, ist nur ein schaler Rest unseres damaligen Potenzials. Wir hätten wie im Paradies leben können. Doch leider entwickelte sich mit dem Wissen der Menschheit nicht gleichzeitig ihre Moral – im Gegenteil. Die Leute führten ein Leben wie im Rausch. Man kannte keine Hemmungen und keine Grenzen. Dann begannen die Probleme, und statt sich zusammenzuraufen und gemeinsam etwas dagegen zu unternehmen, setzte ein Wettstreit ein. Jeder wollte nur noch mehr für sich haben. Wie es auf der anderen Seite des Globus aussah, war egal. Diese Einstellung gipfelte im Sternenfall, in den Dunklen Jahren, in einem grauenvollen Weltkrieg, der unendlich viele Todesopfer forderte. Die Weitsichtigen, die sich in dieses Tal zurückgezogen hatten, begriffen, dass sie die Gnade, verschont worden zu sein, nutzen mussten. Sie machten es sich zur Aufgabe, der Menschheit zukünftig ein guter Hirte zu sein.«

»So sehen Sie sich also?« Carya konnte es kaum fassen. »Als *gute Hirten*? Dann sind Sie verblendeter, als ich dachte. Die Dunklen Jahre sind seit Jahrzehnten vorbei, und trotzdem herrschen überall Hunger und Not. Die Menschen leben in Angst. Grausame Fanatiker wie Großinquisitor Aidalon herrschen über uns, Männer, denen Sie Einhalt gebieten könnten, doch stattdessen unterstützen Sie sie. Die Erdenwacht unterdrückt alles, was gut ist und die Menschen weiterbringen könnte, weil sie Angst hat, dadurch unnötig zu werden. Es ist doch überall das Gleiche!«

Freeman schüttelte müde den Kopf. »Dein Zorn mag gerecht sein, denn es liegt wirklich einiges im Argen in der Welt. In Arcadion regiert ein fanatischer religiöser Orden. In Francia feiert ein prunksüchtiger Kaiser dekadente Feste, während sein Volk nebenan in einer zertrümmerten Stadt hausen muss. In Austrogermania herrscht ein strenges Elitedenken. Wer gewissen Anforderungen nicht genügt, wird wie Dreck behandelt. Andere Länder sind nicht besser. Aber das ist nicht unsere Schuld. Glaubst du ernsthaft, die Erdenwacht wäre mächtig genug oder hätte auch nur ein Interesse daran, so viel Bosheit, Neid, Gier und Kleingeistigkeit in die Welt zu setzen? Nein, Carya, diese Menschen sind aus eigenem Antrieb so. Die Menschen sind von Natur aus schwach und fehlerhaft. Es kostet sie unglaubliche Mühen, gut und moralisch zu handeln. Viel leichter fällt es ihnen, auf dunklen Wegen zu wandeln. Und weil das so ist, haben wir uns entschieden, dafür zu sorgen, dass dabei zumindest kein größerer Schaden mehr angerichtet wird. Dass der Lux Dei einzelne Invitros jagt und tötet, bedaure ich zutiefst. Aber stell dir vor, er hätte die Möglichkeiten, die ihm die frühere Technik geboten hätte. Das Morden würde nicht enden, es nähme vielmehr grauenvolle Dimensionen an. Und denk dir nur, der Mondkaiser und der König von Austrogermania besäßen das Wissen der Erdenwacht. Würden sie die Welt in eine bessere verwandeln? Mitnichten! Ihre Machtgier würde sie nur in eine neue Spirale Richtung Untergang treiben. Die Katastrophe ginge genau da weiter, wo sie damals aufgehört hat. Die Menschheit würde sich ein viertes Mal selbst vernichten. Nicht heute, nicht morgen, aber in hundert Jahren. Das kann und wird die Erdenwacht nicht zulassen!«

Carya ballte die Fäuste. »Wie können Sie die Menschen beurteilen, wenn Sie sie doch gar nicht kennen? Seit Jahrzehnten sitzen Sie in diesem Tal, eingemauert zwischen hohen Bergen, und die wenigen Wanderer, die den Weg zu Ihnen finden, erschießen Sie. Die Welt, die Sie kennen, besteht aus einer Handvoll Kamerabilder aus Thronsälen und Berichten von Agenten, die mit den Mächtigsten der Mächtigen verkehren. Glauben Sie wirklich, das ist die ganze Wahrheit? Da draußen leben so viele anständige Leute: meine Eltern, die mich selbstlos gerettet und aufgezogen haben, oder Professore Adara und die Mitglieder der Ascherose, die für freies Wissen kämpfen. In der Wildnis habe ich einen Mann kennengelernt, der sein Leben geopfert hat, um meins zu retten, obwohl wir einander fremd waren. Und Paladin Alecander hat Jonan mehrfach vor der Inquisition beschützt, obwohl er selbst in den Reihen des Lux Dei dient. Julion Alecander war übrigens mal einer Ihrer Agenten. Jetzt führt er den Angriff gegen die Erdenwacht an, weil er begriffen hat, dass Ihr Handeln falsch ist. Ihre Motive mögen ja rein sein. Vielleicht wollen Sie der Menschheit wirklich helfen. Doch die Methoden sind falsch, denn sie verbieten ihr bloß, sich zu entfalten. Die Erdenwacht ist wie ein Vater, der seine Tochter einsperrt, weil er Angst hat, dass sie auf die schiefe Bahn geraten könnte, wenn er sie gehen lässt. Aus Freiheit muss aber nicht nur Böses entstehen. Wir könnten auch eine schönere Welt schaffen, etwas, das nie geschehen kann, solange Sie glauben, uns vorschreiben zu müssen, wie unser Leben auszusehen hat.«

Carya trat dicht an die Glasscheibe heran. »Ja, ich war in diesem Raketensilo, um die *Hephaistos* aufzuhalten. Und ich würde es wieder versuchen, wenn ich Gelegenheit dazu bekäme. Denn wenn sie abgefeuert wird, sterben viele Tausend Menschen. Damit würde die Erdenwacht, die doch gut sein will, eine Schuld auf sich laden, die noch weit über das hinausgeht, was sie jeden Tag an Leid und Tod verursacht, weil sie uns ein Leben, das auch nur annähernd dem gleicht, was Sie hier führen dürfen, verweigert.«

Ihre Stimme wurde sanfter. Auf einmal verspürte sie beinahe Mitleid mit diesem alten, verbohrten Mann, der das Richtige wollte, aber vollkommen verkannte, was für Folgen das Handeln der Erdenwacht in der Welt tatsächlich hatte. »Doktor, wenn die Erdenwacht die Menschen so liebt, dann sollte sie vielleicht anfangen, ihnen zu vertrauen. Es ist nicht alles schlecht dort draußen. Vielleicht sollten Sie dieses Tal mal verlassen. Dann würden Sie es selbst erkennen.«

Die Mauer, die das Tal der Invitros nach Süden hin begrenzte, erhob sich an einer Engstelle zwischen zwei steil aufragenden Bergen. Das graue Bollwerk mochte etwa vierhundert Meter in der Breite messen und war sicher hundert Meter hoch – ein riesenhaftes, Ehrfurcht gebietendes Stück Architektur. Hier endete ihr Weg. Der Moment der Entscheidung war gekommen. Angesichts der Mühen, die jemand auf sich genommen hatte, um dieses Wehr zu errichten, bedauerte Jonan fast, was er nun würde tun müssen.

Beinahe zehn Stunden lang hatten sie ihre Fahrzeuge nach Norden getrieben, gegen die eigene Müdigkeit und die Tücken der uralten Technik ankämpfend. Die Zeit hatte Jonan dabei wie ein unsichtbarer Dämon im Nacken gesessen, der ihm mit jeder verstreichenden Sekunde eine heiße Nadel in die Haut gerammt hatte. Jetzt war die Frist abgelaufen. Im Grunde waren sie schon zwei oder drei Stunden darüber hinaus. Aber da sie keine gewaltige Wolke über den Bergen im Norden hatten aufsteigen sehen, gab Jonan sich der Hoffnung hin, dass sie noch nicht zu spät kamen.

Dafür sprach ebenso, dass niemand auftauchte, um sie mit blitzenden Lichtkanonen zu empfangen. Die schwarze Landschaft, durch die sie sich seit einer halben Stunde bewegt hatten, lag öde und verlassen da. Das bedeutete wohl zum einen, dass die Kommunikation noch immer ausgefallen war, und zum anderen, dass der Kampf um den Westpass unvermindert heftig geführt wurde.

Jonan, der mittlerweile seine Templerrüstung angelegt hatte und deshalb die letzten Kilometer außen neben der Kanone stehend mitgefahren war, warf einen Blick über die Schulter auf seine verbliebene Armee. Ein Lastwagen der Invitros mit sechzehn Zivilisten hatte sich auf Höhe der Invitro-Enklave von ihnen getrennt. Jonan machte es diesen Männern und Frauen nicht zum Vorwurf. Sie hatten schon mehr als genug für ihn getan. Geblieben waren ihm etwa vierzig zu allem bereite Gefolgsleute, außerdem Dennings kleine Truppe, die sich allerdings eher als Beobachter verstand, wie der Kapitän Jonan klargemacht hatte.

»Letzte Gelegenheit, zu verschwinden!«, rief Jonan seinen Begleitern zu. »Nehmt den Bus und zieht euch zurück. Niemand muss mir weiter folgen, wenn er nicht wirklich bereit dazu ist.«

»Sag es noch ein paar Mal, und du hast mich wirklich überzeugt«, brummte Enzo. »Ich schlage vor, wir hämmern eine Bresche in den Brocken da vorne und gehen rein.«

»In Ordnung.« Jonan nickte, bevor er die Stimme hob. »Cordoba! Raketenlafette ausrichten!«

»Raketenlafette wird ausgerichtet.«

»Wie viele werden wir brauchen, was meinst du, Enzo?«, wandte sich Jonan an den Invitro-Soldaten.

»Bei *der* Mauer?« Enzo schürzte die Lippen. »Ich würde alle drei reinjagen.«

Jonan drehte sich erneut zu Cordoba um. »Raketen eins bis drei abschussbereit machen!«

»Raketen eins bis drei werden abschussbereit gemacht.«

Mit entschlossener Miene blickte Jonan dem letzten gewaltigen Hindernis entgegen, das zwischen ihm und Carya aufragte. »Cordoba«, rief er. »Feuer!«

Kapitel 40

Carya schreckte von ihrem Bett hoch, als sie ein dumpfes Donnern vernahm. Es klang, als sei etwas sehr Großes und Schweres zu Boden gefallen. Auf einmal waren ganz in der Nähe Schüsse zu hören. Verwirrt stand sie auf. Was war hier los? Wie lange hatte sie seit ihrem Gespräch mit Doktor Freeman dösend auf dem Bett gelegen?

Auf dem Gang vor ihrer Zelle waren nun gedämpfte Rufe zu hören, dazu Fußgetrappel. Türangeln quietschten. Im nächsten Moment wurde die ihre aufgerissen. Instinktiv ging Carya in Verteidigungshaltung, doch gleich darauf gab sie sie überrascht wieder auf. »Pitlit?«

»Die Invitros erheben sich!«, rief der Straßenjunge begeistert. Er hielt eine Schlüsselkarte in der Hand, und aus seiner Overalltasche ragte der Griff einer Pistole. »Emm hat die verdammten Invitros zum Aufstand überredet.«

»Soll das ein Witz sein?«, fragte Carya, aber die Frage war eher rhetorisch. Auf dem Gang vor ihrer Zelle liefen mehrere Menschen umher. Einige hielten provisorische Waffen in den Händen. Alle hatten die charakteristischen Armbänder der Invitros um. Es war kein Witz. »Wie?«, wollte Carya wissen. »Wie ist Emm das gelungen?«

Pitlit bedeutete ihr mit einer Geste, ihm zu folgen. »Komm mit, ich erzähle es dir unterwegs.« Er flitzte los, zur nächsten Zelle, um auch die zu öffnen.

Da ihr nichts anderes übrig blieb, schloss Carya sich ihm an. »Was ist denn nun passiert? Wie kommst du hierher, mitten in den Invitro-Aufstand? Und wie hast du mich gefunden?«

»Ganz einfach«, sagte Pitlit, während er den nächsten Gefangenen freiließ. »Ich hatte gestern Nacht natürlich keine Lust, alleine zurückzubleiben. Also bin ich euch nachgeschlichen. Blöderweise habt ihr dann den Motorwagen geknackt und seid weggefahren. Aber da ich ja wusste, wohin ihr wolltet, bin ich hinterhergelaufen.«

»Du bist die ganze Strecke von Emms Versteck zum Ratsgebäude gelaufen?«, fragte Carya überrascht.

»Na ja, es war gar nicht so weit«, behauptete Pitlit. »Ich habe nur eine Stunde gebraucht. Jedenfalls kam ich gerade rechtzeitig, um mitzubekommen, dass im Ratsgebäude jemand den Alarm ausgelöst hatte. Es herrschte ziemliche Hektik. Ich dachte mir schon: Oh, oh, das können nur Carya und Ferrer sein. Und tatsächlich wurdet ihr kurz darauf von ein paar Wachleuten zum Haupteingang rausgebracht. Du warst bewusstlos, Ferrer bei Sinnen, aber von Kopf bis Fuß weiß wie ein Schneemann.«

»Hast du Oberst Dymond gesehen? Hat er uns abgeführt?«

»Nee, so ein anderer Kerl in einer Uniform der Zonengarde. Ich glaube, es war der Bursche, der mit im Raum saß, als Dymond uns zum Bündnis zwischen dem Lux Dei und dem Mondkaiser befragt hat. Der war übrigens auch gepudert wie die Perücke vom Großinquisitor.« Pitlit grinste.

Also doch Victor Eins, dachte Carya. Sie hatte es sich fast gedacht. Der Mann hatte sie mit solcher Effizienz ausgeschaltet, dass er keine normale Wache hatte sein können. »Und weiter?«

Pitlit entriegelte die nächste Zelle, in der Ferrer zum Vorschein kam. Als er Carya und Pitlit erblickte, weiteten sich seine Augen. »Was ist denn nun los?«, erkundigte er sich.

»Emm hat es tatsächlich geschafft, die Invitros wachzurütteln«, antwortete Carya. »Pitlit berichtet mir gerade, was geschehen ist.«

»Genau«, bestätigte der Straßenjunge nickend. Er blickte den Korridor hinunter, wo schon andere Invitros zugange waren. »Ich glaube, wir sind hier fertig und können verschwinden.« Er drehte sich um, und gemeinsam liefen sie den Korridor entlang in Richtung Ausgang. »Also, wie ich schon sagte«, fuhr Pitlit fort, »ihr wurdet abgeführt. Weil ich nicht wusste, was ich machen sollte, bin ich wieder zurück zum Versteck gelaufen. Mann, ich kann euch sagen, danach waren meine Füße platt. Na, jedenfalls war Emm mittlerweile wieder da, der ich alles erzählt habe. Sie ist daraufhin halb ausgeflippt und hat ziemlich über euren Leichtsinn geschimpft und dass sie es euch doch gleich gesagt hätte. Danach hat sie mir verraten, dass sie auf einer geheimen Versammlung der Arbeiterführer gewesen sei und dort mit den anderen Invitros wild diskutiert hat. Deshalb ist es so spät geworden.«

»Offensichtlich hatte sie Erfolg«, meinte Carya. Nun, da sie sich frei durch das Gebäude bewegen konnte, erkannte sie, dass sie sich offenbar in der Kaserne der Zonengarde befanden, in der sich gegenwärtig allerdings überwiegend aufgebrachte Invitros herumtrieben, die die wenigen, im Gebäude verbliebenen Gardisten zusammenscheuchten, Inhaftierte freiließen und sich bewaffneten.

»So richtig allerdings erst, als sie am nächsten Morgen noch einmal losgezogen ist. Diesmal durfte ich mitkommen. Wir sind in den Industriebezirk gefahren und haben dort einige Leute getroffen. Denen hat Emm berichtet, dass ihr geschnappt worden seid und dass es jetzt an ihnen läge, die Welt zu retten – so ungefähr jedenfalls. Ich weiß nicht, wie es kam, aber irgendwie hat sich diese

Nachricht dann wie ein Lauffeuer verbreitet, und das Ganze nahm unerwartet Fahrt auf. Plötzlich haben einige Invitros ihre Arbeit niedergelegt, danach hieß es, eine Demonstration sei im Gange. Wir sind den halben Nachmittag nur herumgerannt, weil Emm alle sammeln wollte, damit wir gemeinsam handeln könnten und nicht jeder für sich.«

Sie verließen das Gebäude und gelangten auf den Hof. Mit Staunen nahm Carya zur Kenntnis, dass dieser Aufstand viel größer war, als sie gedacht hatte. Der ganze Hof der Kaserne und auch die Straße dahinter waren voller Menschen. Es mussten Tausende sein. Sie hatten Spruchbänder und Schilder dabei, auf denen sie Freiheit, Gleichheit und Gerechtigkeit für die Invitros forderten. Einige skandierten entsprechende Parolen, andere lärmten mit Trommeln und Pfeifen. Das Personal der Kaserne hatte, angesichts der Übermacht vollkommen überfordert, die Waffen gestreckt.

Neben Carya keuchte Ferrer entgeistert auf. »Ich fasse es nicht. Emm hat anscheinend wirklich alle mobilisiert. Ich wusste ja, dass sie gut reden kann, aber so gut?«

»Tja, das ist das Ergebnis«, sagte Pitlit und deutete auf die protestierenden Invitros. »Vor zwei Stunden sind wir als Demonstrationszug losmarschiert, wobei wir mit der Zeit immer mehr Leute geworden sind. Die kamen echt aus allen Löchern hervor. Unser Ziel sollte das Ratsgebäude sein. Wie es der Zufall wollte, lag die Kaserne auf dem Weg. Und Emm hielt es wohl für eine gute Idee, hier einen Zwischenstopp einzulegen.« Er grinste vielsagend.

»Ferrer!«, rief eine Frauenstimme aus der Menge. »Carya!« Als sie sich suchend umschauten, entdeckten sie die Invitro-Frau, die sich auf sie zudrängte. Sie war in eine signalrote Kombination gekleidet – vielleicht um als Anführerin des Zuges erkannt zu werden – und hielt eine Flüstertüte in der Hand.

Kaum dass Emm sie erreicht hatte, schloss sie Ferrer stürmisch in die Arme. Ihr Gesicht war vor Aufregung gerötet, und auch ihre Stimme zeugte davon, wie aufgekratzt sie war. Dass die Dinge dermaßen in Bewegung geraten waren, schien sie geradezu euphorisch zu machen. »Ihr seid wohlauf!«, rief sie. »Ich bin so froh. Schaut, was hier geschieht. Ich habe euch doch gesagt, dass jetzt der richtige Zeitpunkt wäre, um unsere Leute noch einmal zu ermuntern, sich endlich gegen ihre Erdenwacht-Herren zu erheben. Kommt mit, wir müssen an die Spitze des Zuges. Es geht zum Ratsgebäude.«

Sie stürzte sich wieder in die Menge, und Carya, Ferrer und Pitlit folgten ihr. »Was genau habt ihr beim Ratsgebäude eigentlich vor?«, wollte Carya wissen.

»Ich habe keine Ahnung, was wir machen werden«, erwiderte Emm fröhlich. »Erst mal ist nur eine Kundgebung geplant. Wir wollen nicht länger die Sklaven der Erdenwacht sein. Sie soll uns als frei und gleichberechtigt anerkennen. Und wenn der Rat dazu nicht bereit ist, wird er eben abgesetzt – oder so. Ich lasse es einfach auf mich zukommen.«

Oh je, dachte Carya. *Ich hoffe, dieser Tag endet nicht in einem grauenvollen Blutbad.*

Lärmend und machtvoll wie ein Strom, der über seine Ufer getreten war, wälzte sich die demonstrierende Menge durch die Straßen des Zentralbezirks auf das nahe Ratsgebäude zu, dessen Fassade im Schein der Abendsonne glänzte. Unterwegs kümmerte sich ein Carya unbekannter Mann um ihr Schockhalsband, das sich mit etwas Fachkenntnis schmerzlos abnehmen ließ. Als sie den Vorplatz des Ratsgebäudes erreichten, sah Carya schon, dass bewaffnete Wacheinheiten am oberen Ende der Stufen vor dem Haupteingang Stellung bezogen hatten. Der Rat musste jeden verfügbaren Mann herbeordert haben. Dennoch handelte es sich höchstens um fünfzig Bewaffnete, die in einem losen Halbkreis die Türen bewachten – gegenüber der mehrtausendköpfigen Invitro-Menge eine lachhaft geringe Zahl.

»Emm, ihr müsst echt aufpassen«, warnte Carya ihre Begleiterin. »Das darf nicht in einem Gewaltausbruch enden.«

»Was redest du da?«, fragte Emm verwundert. »Wir sind friedlich, das siehst du doch. Wenn es zu Gewalt kommt, dann geht sie von denen da aus.« Sie deutete auf die Wachleute. »Ich hoffe mal, der Rat ist nicht so verrückt, auf uns schießen zu lassen. Zumal sie mit den paar Kameraden gegen uns niemals bestehen würden.«

In diesem Augenblick vernahmen sie ein lautes, mehrstimmiges Hupen. Es war nicht das Quäken einer Motorwagenhupe, sondern das kraftvolle Geräusch großer Fahrzeuge.

In den Demonstrationszug kam Unruhe, und Carya drehte den Kopf. Als sie sah, was da auf sie zurollte, riss sie erschrocken die Augen auf.

»Au Kacke«, entfuhr es Pitlit.

Es handelte sich um einen massigen gepanzerten Wagen mit einer riesigen Kanone, der von weiteren Militärfahrzeugen begleitet wurde.

Emm wurde kreidebleich. »Was ist das denn? Wo hat die Zonengarde solche Fahrzeuge her?«

Die Kolonne hupte erneut, außerdem sah Carya nun, dass auf dem Panzer und den anderen Gefährten Menschen saßen und winkten. Und dann erblickte sie die Gestalt in der schwarzen Templerrüstung mit dem hochgeklappten Helmvisier, die neben der Kanone stand. »Oh, Licht Gottes«, hauchte sie. »Das ist nicht die Zonengarde.« Ein Gefühl unbändiger Freude überkam sie, und sie lachte laut auf. »Das ist Jonan! Schau doch, Pitlit, es ist Jonan. Er hat es wirklich geschafft, die Kriegsgeräte aus dem Dorf der Ausgestoßenen zu holen.« Sie wirbelte zu Emm herum. »Die gehören zu uns! Das sind unsere Leute von der Bündnisarmee.«

Den anderen Invitros mussten sie das nicht mehr sagen, denn nach dem ersten Schrecken hatten auch diese begriffen, dass von den Neuankömmlingen keine Gefahr drohte, sondern dass es sich vielmehr um Verbündete handelte. Die Menge begann zu jubeln und ihre Schilder und Transparente zu schwenken. Die Wachen auf den Stufen des Ratsgebäudes wurden unruhig.

»Entschuldigt mich«, sagte Carya, dann fing sie an, sich durch die Menge zu drängen. Die Fahrzeuge bahnten sich langsam ihren Weg die verstopfte Hauptstraße hinunter. Während die Begleitfahrzeuge, ein Bus, ein kleinerer Panzer, zwei Lastwagen mit und zwei ohne Anhänger, auf der Straße stehen blieben, rollte die Kanonenplattform auf den Vorplatz direkt auf die Stufen zu. Es war eine machtvolle Geste, die bei einigen der Beschützer des Ratsgebäudes bereits Wirkung zeigte. Die Wachleute ließen die Waffen fallen und hoben die Hände.

»Jonan!«, schrie Carya und lief auf das Fahrzeug zu. »Jonan!«

Ungeachtet des Lärms, den das Fahrzeug und die Menge der versammelten Invitros verursachten, schien Jonan etwas gehört zu haben. Suchend drehte er sich hin und her. Hinter ihm begann sich der gewaltige Kanonenlauf zu heben.

»Hier bin ich, Jonan!«, rief Carya. Sie erreichte das gepanzerte Fahrzeug, dessen Räder fast so groß waren wie Carya selbst.

»Carya!« Endlich hatte Jonan sie entdeckt. Sein Mund verzog sich zu einem breiten Grinsen. Er machte Anstalten, sie zu sich auf das Fahrzeug zu ziehen, doch dann hielt er inne. »Warte kurz«, sagte er, und sein Blick glitt zu dem Kanonenlauf, der sich mittlerweile hoch in die Luft erhoben hatte – er war direkt auf den riesigen, stilisierten Globus gerichtet, der sich zwischen den beiden schmalen Pyramiden drehte.

Er wird doch nicht …, dachte Carya noch.

Weiter kam sie nicht, denn mit einem ohrenbetäubenden Donnerschlag entlud sich die Kanone. Die Menge schrie kollektiv auf. Ein gewaltiges Krachen folgte, und Carya, die wie alle Anwesenden auf dem Platz mit fassungslos aufgerissenen Augen nach oben geblickt hatte, sah, wie die mächtige Erdkugel, das Symbol der Erdenwacht, aus der Verankerung gerissen wurde. Scheinbar unendlich langsam kippte sie nach hinten, bevor sie dröhnend auf das Dach des Gebäudes prallte, das glücklicherweise stabil genug zu sein schien, um ihr Gewicht auszuhalten. Zerschmettert und verbogen blieb der Globus dort liegen.

Ein Moment atemloser Stille legte sich über den Platz. Dann sprang Emm auf die Stufen, hob ihre Flüstertüte und rief: »Die Herrschaft der Erdenwacht ist gebrochen!«

Eine Sekunde später erhob sich lauter Jubel, ein Rauschen, wie das Meer, das gegen einen Fels an der Küste brandete.

Auf einem Balkon zwanzig Meter über dem Eingangsportal erschien eine Gruppe von Personen. Eine weiße Flagge wurde von der Brüstung herabgerollt. »Die Erdenwacht kapituliert«, hallte eine elektronisch verstärkte Frauenstimme, wahrscheinlich die von Rätin Guiluri, über den Platz.

Erneuter, noch stärkerer Jubel brandete auf.

»Der Rat ist zusammengekommen und hat beschlossen, dass es nicht länger vertretbar ist, Widerstand zu leisten. Es würde nur das Blutvergießen verlängern, ohne dass dadurch etwas gewonnen wäre. Außerdem erkennt der Rat an, dass es an der Zeit zu sein scheint, Dinge zu ändern, wenn sich nicht nur drei Völker der Erde, sondern auch unsere eigenen Invitros gegen uns wenden. Vielleicht ist der Tag gekommen, an dem wir unsere Aufgabe beenden und das Schicksal der Welt wieder in die Hände der Menschen legen sollten, die darin leben.«

Andächtige Stille legte sich über den Vorplatz. Alle lauschten gebannt den Worten der Rätin. Jonan zog Carya zu sich auf den gepanzerten Wagen. Er legte den Arm um sie und lächelte. »Sieht so aus, als hätten wir es geschafft«, sagte er leise.

»Ja, sieht so aus«, erwiderte sie glücklich.

»In diesem Augenblick befindet sich ein Unterhändler auf dem Weg zum Westpass. Er wird unsere Kapitulation überbringen. Unsere Bedingung ist bloß, dass die Menschen und ihr Besitz in diesem Tal verschont bleiben. Im Gegenzug erklären wir uns einverstanden, unser Wissen allen Völkern der Erde zugänglich zu machen und all unsere Kräfte darauf zu verwenden, die Lage in den Ländern, in denen gegenwärtig Not herrscht, zu verbessern. Wir sind bereit zum Gespräch auf Augenhöhe, auf dass nicht nur die Erdenwacht, sondern zukünftig alle an der großen Aufgabe mitarbeiten können, unsere Welt zu einem besseren Ort zu machen. Wir …«

»Nein!«, brüllte unvermittelt eine Stimme unten am Eingang. »Nein, das darf nicht wahr sein!« Im Haupteingang erschien die schwarze Gestalt von Oberst Dymond, gefolgt von seinem Schatten, Viktor Eins. Der Anführer der Zonengarde wirkte außer sich vor Wut. »Mein ganzes Leben habe ich der Sicherheit dieses Tals gewidmet. Gekämpft und gelitten habe ich, um die Sache der Erdenwacht zu beschützen.« Er hob den Kopf und blickte anklagend zum Balkon über ihm hoch. »Sie wissen, was ich und meine Männer auf uns genommen haben, um das Geheimnis dieses Tals und unsere große Mission zu bewahren. Und jetzt ergeben Sie sich diesem Haufen von Barbaren und Sklaven?« Er wandte sich der Menge zu und spie ihr seinen Zorn entgegen. »Wir kapitulieren vor diesem Haufen Aufständischer? Das kann nicht sein. Das muss nicht sein! Wir können noch gewinnen. Und das werden wir.« Dymond hob eine Hand, in der ein kleiner, schwarzer Kasten lag.

»Verdammt, was hat der Irre vor?«, murmelte Jonan.

Carya begriff einen Moment schneller als er. »Nein!«, schrie sie und trat auf dem gepanzerten Wagen nach vorne. »Halten Sie ihn auf! Er will die …«

»Viktor!«, befahl Dymond nur.

Der Proto-Invitro, die einzige Person in diesem Tal, die wahrscheinlich noch schneller war als Carya, riss den Arm hoch. In seiner Hand lag eine glänzende Pistole.

»Nein!«, brüllte Jonan.

Der Invitro feuerte. Der Schuss peitschte unnatürlich laut über den stillen Vorplatz.

Carya zuckte zusammen, als die Kugel in ihren Körper einschlug. »… Rakete zünden«, vollendete sie ihren Satz leise. Sie drehte sich zu Jonan um. Unglauben und Entsetzen lagen auf seiner Miene. Ein Gefühl unbeschreiblicher Angst überkam sie, das sogar noch stärker war als der Schmerz, der sich in ihren Eingeweiden ausbreitete. »Jonan …«, flüsterte sie erstickt und streckte den Arm nach ihm aus. Die Welt begann zur Seite zu kippen. Wie in Zeitlupe nahm sie wahr, dass die riesige schwarze Gestalt vor ihr hinzusprang und die starken Arme ausbreitete, die Arme, die sie immer beschützt hatten. Sie sank hinein, denn ihr fehlte die Kraft, sich noch selbst aufrecht zu halten.

»Sanitäter …«, brüllte jemand.

»Nehmen Sie ihn fest«, donnerte eine weibliche Stimme.

Gedämpft hörte Carya weitere Schüsse knallen. Sie wandte den Kopf und sah, dass Viktor Eins mit eiskalter Präzision die Wachleute niederstreckte, die auf Dymond und ihn zuliefen.

Und dann entdeckte Carya etwas anderes, etwas, das die letzten Reste ihrer schwindenden Sinne auf sich zog. Hinter dem gewaltigen Bauwerk des Ratsgebäudes, in der Lücke zwischen der Doppelpyramide gut zu sehen, stieg langsam und majestätisch ein glänzender, silberweißer Körper in den Himmel auf. Der Schein der Abendsonne tauchte ihn einen Moment in Rot und Orange, dann wurde die gleißend helle Triebwerksflamme sichtbar, die alles andere Licht überstrahlte.

Die alles auslöschte.

Carya versank in Finsternis.

Epilog

Das Erste, was Carya wahrnahm, als sie wieder zu sich kam, war das rhythmische Piepen unweit ihres Kopfes. Diesmal wusste sie, was es bedeutete. *Krankenhaus*, dachte sie. *Ich bin im Krankenhaus. Das heißt, ich habe überlebt. Oh, Licht Gottes, danke …*

Vorsichtig schlug sie die Augen auf. Wieder lag sie in einem der wundervoll weichen Betten, und auch der Raum selbst unterschied sich kaum von dem letzten, in dem sie nach ihrer Ankunft im Tal der Erdenwacht aufgewacht war: mintgrüne Wände, steril sauber, zahlreiche fremdartige Apparate um sie herum.

Der einzige Unterschied war die vollkommen übernächtigt wirkende Gestalt, die in einen einfachen hellblauen Overall gekleidet neben ihrem Bett saß und ihre rechte Hand hielt. »Jonan«, flüsterte Carya glücklich und streichelte kraftlos seine Finger.

Es dauerte ein paar Sekunden, bis Jonan merkte, dass sie bei Bewusstsein war und ihn angesprochen hatte. »Carya?« Mit einem Schlag war er hellwach, und ein erleichtertes Lächeln erschien auf seinem Gesicht. »Oh, Carya, du bist wieder bei uns! Ich bin so froh, zu sehen, dass du wach bist.« Er beugte sich vor, und bevor Carya auch nur einen weiteren Ton von sich geben konnte, hatte er ihr Gesicht mit den Händen umfasst und küsste sie stürmisch.

Carya schloss die Augen und gab ein behagliches Seufzen von sich. In die Taubheit, die einen Großteil ihres Körpers erfasst hatte und vermutlich irgendwelchen Schmerzmitteln geschuldet war, mischte sich eine ganz besondere Wärme. »Noch mal«, flüsterte sie, als sich ihre Lippen voneinander lösten. Jonan lächelte und sah sie liebevoll an. Diesmal war der Kuss sanfter und dauerte länger.

Die Tür öffnete sich, und jemand kam herein. »Oh«, sagte eine Stimme, die Carya Doktor Freeman zuordnete. »Wie ich merke, geht es der Patientin besser. Ich komme später wieder, um nach ihr zu sehen.«

Jonan löste sich von Carya. »Nein, Doktor«, sagte er. »Ist schon in Ordnung.« Er erhob sich von seinem Stuhl. »Ich sage mal schnell Pitlit und Elje Bescheid. Sie werden sich über die guten Neuigkeiten bestimmt freuen.« Er drückte ein letztes Mal Caryas Hand, dann ging er nach draußen.

Freeman trat an ihr Bett, einen kleinen tragbaren Rechner in der Hand, auf dem er irgendwelche Werte zu überprüfen schien. Dann blickte er sie zufrieden an. »Willkommen zurück in der Welt der Lebenden«, sagte er. »Es tut gut, dich wohlauf zu sehen.«

»Was ist passiert?«, fragte Carya. Sie blickte an sich hinab und bemerkte einen Verband, der sich direkt unterhalb ihrer Brust spannte.

Der greise Wissenschaftler hob die Augenbrauen. »Nun ja, ich würde sagen, Oberst Dymond ist verrückt geworden. Sein Schießhund – der einzige Invitro, von dem ich mir wünschte, er hätte nie das Licht der Welt erblickt – hat drei Leute getötet und fünfzehn weitere verletzt, darunter dich, bevor er und Dymond überwältigt werden konnten. Die beiden wurden inhaftiert.«

»Und die Rakete?« Mit Schaudern dachte Carya an das letzte Bild, das ihr vor Augen gestanden hatte, bevor sie ohnmächtig geworden war. »Sie ist doch gestartet. Hat sie …?«

Freeman schmunzelte und schüttelte den Kopf. »Nein. Hat sie nicht.«

»Aber wie …?«

»Nun, es ist möglich, dass jemand einen gewissen Starttechniker davon überzeugen konnte, eine subtile Änderung der Zielkoordinaten einzuspeisen.« Der Wissenschaftler warf ihr einen vielsagenden Blick zu. »Die Rakete ist über ihr Ziel hinausgeschossen und harmlos über dem Ozean explodiert.«

Erleichtert schloss Carya die Augen. Einen Moment lang hatte sie befürchtet, das Schlimmste sei eingetreten. »Was hat Sie dazu bewogen, Ihre Meinung zu ändern?«, wollte sie wissen.

»Du«, erwiderte der Wissenschaftler. »Wahrscheinlich hat es bereits bei unserer ersten Begegnung angefangen. Aber so richtig habe ich es erst nach unserer letzten verstanden.« Er drückte ihr die Hand. »Danke, dass du mir so viel zu denken gegeben hast.«

Carya schenkte ihm ein Lächeln. Vielleicht bestand doch noch Hoffnung für ihren *Vater*. »Was wird jetzt geschehen?«

»Der Rat hat die Waffen gestreckt. Das Bündnisheer ist einmarschiert. Es gab ein paar kleinere Zwischenfälle, und die wird es vermutlich auch noch eine Weile lang geben, aber nichts Dramatisches. Ein neuer Rat soll gebildet werden, diesmal unter Beteiligung von Vertretern Arcadions, Francias und Austrogermanias. Und wer weiß, vielleicht werden andere Länder der Erde folgen.« Freeman zuckte leicht mit den Schultern. »An diesem Punkt ist alles möglich.«

»Und was werden Sie selbst machen?«

»Tja, mal sehen. Vielleicht werde ich ein wenig reisen.« Um seine Mundwinkel zuckte es verräterisch. »Es gab da eine junge Frau, die meinte, ich solle mal wieder vor die Tür gehen.«

Carya konnte sich eines Grinsens nicht erwehren. »Ja, das sollten Sie wirklich.«

Drei Stunden später hatte Carya eine ganze Menge Besuch empfangen. Pitlit und Elje kamen vorbei, und der Straßenjunge erzählte aufgeregt davon, wie das Heer mit dem Mondkaiser und Julion Alecander an der Spitze ins Tal einmarschiert war. Elje saß die ganze Zeit mit versonnenem Lächeln neben ihm und ließ ihn reden. Erst nachdem der völlig aufgedrehte Pitlit wieder aufgesprungen und zur Tür gerannt war, rutschte sie von ihrem Stuhl, trat an Caryas Bett und brachte ihren Mund ganz nah an Caryas Ohr. »Ich bin froh, dass du noch lebst«, flüsterte sie. Elje zog den Kopf zurück und sah Carya mit einem Leuchten in ihren eisgrauen Augen an.

»Ich auch«, flüsterte Carya und drückte den Arm des Mädchens.

Als Nächstes tauchten Hook und Denning auf, die schauen wollten, wie es der »Seemannsbraut« ging. »Mann, das gibt sicher eine vortreffliche Narbe«, sagte der Schmuggler, als er Caryas Verband begutachtete. »Weißt du, mich hat ja auch schon das ein oder andere Mal eine Kugel erwischt. Wenn du hier rauskommst, können wir Kampfnarben vergleichen. Ich hab ein paar echt gute im Angebot.«

»Pfui, Käpt'n, das Mädchen ist viel zu jung für Sie«, empörte sich Hook. »Außerdem hat sie einen Freund.«

Der Schmuggler lachte dröhnend und packte den Alten um die Schulter. »Hook, was du gleich immer denkst.« Er ließ ihn wieder los und beugte sich vor. »Ach übrigens, Carya, mein Angebot steht noch. Wenn ihr Lust habt, ein paar Abenteuer auf See zu erleben … mein Boot liegt in Livorno vor Anker.«

»Danke, Kapitän«, erwiderte Carya. »Für den Moment habe ich genug *Abenteuer* erlebt. Ich will bloß noch nach Hause.«

Denning zuckte mit den Schultern. »Überleg es dir.«

Zu guter Letzt tauchte ein Besucher auf, mit dem Carya niemals gerechnet hätte. Als die Tür sich öffnete und die in prunkvolles Blau-Silber gekleidete Gestalt eintrat, glaubte sie einen Moment, zu träumen. »Eure Majestät …«, stammelte sie und versuchte, sich irgendwie im Bett aufzurichten.

»Bleib liegen«, gebot ihr der Mondkaiser mit sanfter Stimme. »Du hast dir ein wenig Ruhe verdient.« Er trat an das Fußende ihres Bettes und blickte sie hinter seiner Silbermaske mit erstaunlicher Milde an.

Natürlich hatte Carya gewusst, dass der Kaiser von Francia seine Truppen begleitet hatte und daher vor Ort war. Aber dass sie ihn unmittelbar zu Gesicht bekommen würde, und dann auch noch hier an ihrem Krankenlager, das hätte sie nie vermutet. Sie wusste nicht, was sie sagen sollte. Also lächelte sie ihn nur scheu an.

»Ich wollte mich bei dir persönlich bedanken, bevor ich nach Paris zurückkehre«, sagte der Mondkaiser. »Jonan und du, ihr habt Großes für unsere Sache geleistet. Dafür werde ich euch stets dankbar sein. Als wir uns das letzte Mal getrennt haben, hatte ich den Wunsch, euch möglichst nicht so bald wiederzusehen. Diese Meinung hat sich geändert. Du sollst wissen, dass ihr in Zukunft auf Château Lune jederzeit willkommen seid. Und wenn es etwas gibt, was ich für euch tun kann, lasst es mich wissen. Diesmal habt ihr euch mehr als ein Säckchen Silber verdient.«

»Ich danke Euch, Majestät«, antwortete Carya überwältigt. »Ich werde daran denken.«

Der Mondkaiser neigte huldvoll den Kopf. »Dann bleibt mir nur, dir rasche Genesung zu wünschen. Und zu hoffen, dass sich unsere Wege irgendwann erneut kreuzen werden.«

»Danke. Und Euch und auch allen anderen – Paladin Alecander und so – wünsche ich viel Erfolg dabei, das Erbe der Erdenwacht anzutreten. Es gibt sicher viel zu tun.«

»Ja, das ist wahr.«

Mit einem weiteren Nicken wandte sich der Kaiser ab und ging gemessenen Schrittes auf die Tür zu. Er hatte die Klinke bereits in der Hand, als Carya es doch wagte, ihn in einer Sache anzusprechen, die sie schon seit Wochen beschäftigte. »Eure Majestät?«

Er wandte sich erneut zu ihr um. »Ja?«

»Darf ich Euch eine persönliche Frage stellen?«

Der Mondkaiser neigte den Kopf. »Versuch es.«

Carya blinzelte und holte tief Luft. »Seid Ihr … seid Ihr ein Invitro? So wie Enzo und Luceno, die beiden Soldaten, die mit Jonan aus der Invitro-Enklave kamen und wie Brüder aussehen, obwohl sie keine sind?«

Einen Moment lang schwieg der Kaiser. Carya befürchtete schon, zu weit gegangen zu sein. Doch dann sagte er: »Ich hoffe, dass es bald keine Rolle mehr spielen wird, ob jemand ein Invitro ist oder nicht. Dafür habe ich jedenfalls mein ganzes Leben lang gekämpft, und ich denke, das wünschen wir uns beide.« Mit einem bedeutungsvollen Lächeln auf den Lippen verließ er den Raum.

In den Straßen von Bolonara hieß es, dass es einer der letzten warmen Tage des Jahres sei, bevor der Herbst hereinbrechen und Regen und Kälte mit sich bringen würde. Carya war froh, dass ihre Reise zu Ende war, bevor es so weit kommen konnte. Bei Regen und Kälte wollte sie zu Hause am Herd sitzen und nicht quer durch die Wildnis reisen, selbst wenn sie ein Motorrad mit Beiwagen besaßen und mittlerweile genug Geld hatten, um die Nächte in Herbergen zu verbringen.

Von diesem Herd trennten sie, wenn die Informationen stimmten, die man ihr gegeben hatte, nur noch wenige Schritte. Genau genommen handelte es sich um vier Treppenstufen, die zu einer grün gestrichenen Tür führten, die ihrerseits zu einem in freundlichem Gelb gehaltenen kleinen Haus gehörte, in dem ihre Eltern leben sollten.

Drei Wochen waren seit dem Sturz der Erdenwacht vergangen, und langsam machten sich die ersten Folgen dieses historischen Ereignisses bemerkbar. Paladin Julion Alecander hatte den Vorsitz über den neuen Erdenwacht-Rat übernommen, dem die Aufgabe zufiel, das Wissen der Wacht kontrolliert zu verbreiten, um den Menschen überall auf der Welt zu helfen. Erste Überland-Sprechverbindungen wurden zwischen Städten eingerichtet. Wissenschaftler und Ärzte aus dem Tal zogen los, um zu helfen, wo Not am Mann war. Und vor einer Woche war Berichten zufolge erstmals die *Maersk Titania* vor Livorno vor Anker gegangen, um Treibstoff an alle zu verkaufen, die welchen haben wollten.

Natürlich würde die Welt nicht von heute auf morgen ein besserer Ort werden. Noch immer beherrschten Banden weite Teile der Trümmerzonen früherer Städte, und nach wie vor saßen intrigante Männer in Positionen der Macht. Großinquisitor Aidalon gehörte allerdings nicht mehr zu ihnen. Er hatte sich, wie es hieß, nach seinem fehlgeschlagenen Verrat mit ein paar Getreuen, darunter Burlone und Ramin, dem Zugriff der Obrigkeiten entzogen und war nach Süden geflohen. Carya hoffte, dass sie ihn nie wiedersehen würde. Sie wollte nicht mehr an ihn denken müssen, jetzt, da sie nach erfolgreicher Genesung das Tal der Erdenwacht hinter sich gelassen hatte und im Begriff war, heimzukehren, schon gar nicht.

Caryas Herz klopfte vor Aufregung wie verrückt, als sie auf die Tür vor ihr blickte. Sie fühlte sich wie an ihrem ersten Tag in der Akademie des Lichts, als sie, damals noch so viel jünger und mit zwei ordentlich um den Kopf gelegten Zöpfen, die Stufen zu ihrem Klassenraum hinaufgestiegen war. Tausend Fragen schossen ihr durch den Sinn: Wie war es ihren Eltern ergangen? Hatten Edoardo und Andetta Diodato hier ihr Glück und ihren Frieden gefunden, oder war ihre Flucht aus Arcadion bis heute nicht wirklich beendet? Und was würden sie sagen, wenn plötzlich ihre Tochter, die sie vielleicht längst für tot hielten, wieder vor der Tür stand, begleitet von Jonan, Pitlit und einem fremden, blondhaarigen Mädchen?

Um Beistand flehend warf Carya einen Blick über die Schulter. Jonan stand mit Pitlit und Elje ein paar Schritte die Straße hinunter, in der das Haus lag. Er hatte gesagt, dass er ihr die Wiederbegegnung mit ihrem Vater und ihrer Mutter zunächst allein überlassen wollte. Sie wollten Caryas Eltern nicht überrumpeln. Auffordernd nickte er ihr zu. *Geh,* formten seine Lippen, und er lächelte sie an. In der Hand hielt er eine Flasche Wein.

Mit einem tiefen Luftholen wandte Carya sich wieder der Tür zu. Sie packte den Brief fester, den sie vor vielen Wochen an ihre Eltern geschrieben hatte und den sie nun persönlich ausliefern würde. Irgendwie freute sie sich darüber. Es fühlte sich richtig an – wie so vieles sich endlich richtig anfühlte. Voller Vorfreude und Erwartung stieg sie die Stufen hinauf und klopfte an.

Bernd Perplies

Flammen über Arcadion

Fantasy

Die sechzehnjährige Carya lebt mit ihren Eltern in Arcadion, einer der wenigen Zufluchtsstätten in einer öden, verwüsteten Welt. Doch das scheinbare Paradies, über das der religiöse Orden des Lux Dei herrscht, wird von Angst und Irrglaube beherrscht. Als der Geliebte ihrer besten Freundin von der Inquisition festgenommen wird, lässt sich Carya zu einer verzweifelten Tat hinreißen, um ihn vor der Folter zu retten. Doch damit gerät sie selbst ins Fadenkreuz der Inquisitoren. Ihre einzige Hoffnung ist der junge Templersoldat Jonan, der für Carya sein Leben aufs Spiel setzt …

Band 1: Flammen über Arcadion
528 Seiten, gebunden mit Schutzumschlag
€ 19,99 [D]
ISBN 978-3-8025-8637-8

Band 2: Im Schatten des Mondkaisers
544 Seiten, gebunden mit Schutzumschlag
€ 19,99 [D]
ISBN 978-3-8025-8638-5

Band 3: Das geraubte Paradies
512 Seiten, gebunden mit Schutzumschlag
€ 19,99 [D]
ISBN 978-3-8025-8639-2

w.egmont-lyx.de

LYX
EGMONT